AF287785

LAUINGER VERLAG

DAS BUCH

Selenes nomadisch lebender Clan wird entdeckt und angegriffen. Um der sicheren Sklaverei zu entkommen, lässt sie sich auf ein Wagnis ein. Sie rennt durch eine schwarze Leere, die sich in einer sagenumwobenen Statue befindet. Nicht wissend, wohin diese sie bringt, gelangt sie an einen unbekannten Ort. Eine Welt voller fremder Kulturen, Monster und Magie. Dort darf keiner wissen, dass sie zum Volk der Mondmenschen gehört. In dem Chaos der neuen Eindrücke und stetigen Angst bekommt sie einen überraschenden Traumbesuch ihrer Großmutter. Ihre Familie ist am Leben, jedoch versklavt und verschleppt. In ihr wächst der Wunsch, zurückzukehren, um ihren Clan zu befreien. Mit der Hilfe von Chiron, einem Grauen, begibt sich Selene auf die Suche nach dem Pfad in ihre Welt. Dieser führt sie und ihre Gefährten durch sagenhafte Wälder, fremde Städte und zerbrochene Kontinente. Verfolgt vom mörderischen Schatten, muss sie ihr Geheimnis bewahren und den Weg fortführen, um ihre Familie zu retten.

DIE AUTORIN

Andrea Schneider wuchs als gebürtige Karlsruherin in der badischen Hauptstadt auf. Schon früh hatte sie Probleme beim Einschlafen, weswegen sie anfing, sich Geschichten auszudenken. Das half ihr, ihre wirbelnden Gedanken zu beschäftigen. Diese Geschichten wurden genährt aus Büchern, Filmen oder Serien aus den Genres Fantasy und Science-Fiction. Bald darauf begann sie diese niederzuschreiben. Nach dem Abitur schlug sie den biowissenschaftlichen Weg ein. Dieser führte über ein anfängliches Studium in Heidelberg zu einer Ausbildung in Landau. Seit 2015 arbeitet sie als Assistentin in einem Forschungslabor außerhalb von Karlsruhe. Durch die Pendelei hat sie Zeit, ihre Geschichten zu vertiefen. Der Wunsch, ein eigenes Buch zu veröffentlichen, wurde erst immer größer und schließlich Realität.

Andrea Schneider

Pfad des Mondes

Selene

Fantasy

Lauinger Verlag

Impressum

Die deutsche Nationalbibliothek verzeichnet diese Publikation in der Deutschen Nationalbibliografie; detaillierte bibliografische Daten sind im Internet unter www.dnb.de abrufbar.

© 2023 Lauinger Verlag, Karlsruhe
Umschlaggestaltung, Satz & Layout: Sonia Lauinger
Projektleitung: Anna-Linda Hahn
Redaktion: Miriam Bengert
Lektorat: Julia Marcie Bach, Marie Pfundstein
Korrektorat: Nele Müller
Kartengestaltung: Anna-Linda Hahn, Zsofia Armas
Druck: Bookpress.eu, Olsztyn, Polen

ISBN: 978-3-7650-9168-1

Dieser Titel erscheint auch als E-Book:
ISBN: 978-3-7650-9169-8

http://www.lauinger-verlag.de
http://www.facebook.com/DerKleineBuchVerlag
https://twitter.com/DKBVerlag
https://www.instagram.com/lauingerverlag/

»Ich habe gelernt, dass Mut nicht die Abwesenheit von
Furcht ist, sondern der Triumph darüber.
Der mutige Mann ist keiner, der keine Angst hat,
sondern der, der die Furcht besiegt.«
Nelson Mandela

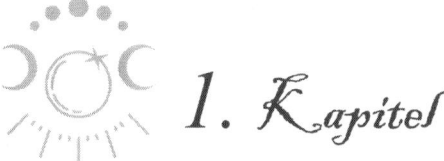

1. Kapitel

Der würzige Duft von Fleischbrühe waberte durch das traditionelle Zelt, das als Jurte bezeichnet wurde, und kitzelte Selene angenehm in der Nase. Das Wasser lief ihr im Mund zusammen, doch statt zur Quelle des Geruchs zu gehen, warf sie ihrer Mutter Ilteri nur einen schnellen Blick zu, während sie weiterhin mit flinken Fingern die hauchdünnen Holzstreifen zu einem Korb flocht. Ilteri strich sich gerade eine weiße Strähne hinter ihr Ohr, die sich aus ihrem Knoten im Nacken gelöst hatte, und streute mit der anderen Hand Kräuter in den Topf zu ihren Füßen. Dabei schimmerten ihre silbernen Tattoos, die sich wie Blumenranken über ihre rechte Gesichtshälfte und den Hals hinunterzogen, im Schein des Feuers. Kurz hielt Selene inne, dehnte ihren verkrampften Nacken und seufzte, ehe sie ihre Arbeit fortsetzte. Sie hasste es, Körbe zu flechten. Vor allem, wenn sie dabei allein war. Normalerweise konnte sie sich nebenbei mit ihrem Bruder unterhalten, doch dieser war gerade nicht da.

»Oh man«, raunte Selene genervt, als sie sich zum gefühlt einhundertsten Mal an den scharfen Kanten der Streifen schnitt.

»Du brauchst dich gar nicht zu beschweren. Immerhin war es deine Schuld«, sagte ihre Mutter streng.

Ihre Mundwinkel zogen sich herunter und sie sah mürrisch auf ihre Finger herab, die sich von allein bewegten. Innerlich fluchte sie, doch sie setzte ihre Arbeit fort und griff nach einem neuen Holzstreifen vom Stapel neben ihr. Es war tatsächlich ihre Schuld gewesen, dass drei Körbe kaputtgegangen waren. Während sie neben dem Wagen hergelaufen war, hatte sie mit ihrem Dolch trainiert, dabei das Gleichgewicht verloren und war gegen ihn geflogen. Daraufhin waren die Körbe heruntergefallen und von den Langhaarkühen zertrampelt worden. Nichtsdestotrotz murrte sie in sich hinein und fuhr fort, den Korb fertig zu flechten. Gelangweilt sah sie immer wieder auf und ließ ihren Blick durch die kreisrunde Jurte streifen. Sowohl der Boden als auch die Wände waren mit farbenfrohen, dicken Teppichen ausgelegt, die aus kantigen Runen und komplizierten, feinen Mustern gewebt waren, und die Kälte, so gut es ging, draußen hielten. Hölzerne Kommoden und Truhen, bemalt mit

bunten Farben und ineinanderlaufenden Symbolen, reihten sich an den runden Wänden und wurden nur durch den schmalen, niedrigen Eingang und den Schlafplatz abgelöst. Dieser bestand aus einer beindicken Matratze aus Leder, gefüllt mit Kräutern und Heu. Als Decke fungierten mehrere Lagen aus Fellen und schlichten, dünnen Tüchern. Den Blick auf den Schlafplatz gerichtet, seufzte sie innerlich. Selene war es inzwischen leid, zwischen ihrer schnarchenden Mutter und ihrem unruhig schlafenden Bruder zu liegen. Nur wenn sie jemanden heiraten würde, konnte sie der Jurte ihrer Familie entfliehen. Unglücklicherweise gab es bisher nur einen, den sie interessant gefunden hatte. Er hatte sich mit einer Frau aus einem anderen Clan vermählt und den ihren verlassen. An ihn zu denken, stimmte sie noch immer traurig, obwohl das nun schon mehrere Jahre her war. Selene wusste, dass selbst ihre Mutter sich um sie sorgte, da sie seitdem keinen Mann mehr als heiratswürdig empfunden hatte. Immerhin war sie bereits dreiundzwanzig Jahre alt und noch immer ohne Ehepartner, obwohl sie mit sechzehn schon als erwachsene und damit heiratsfähige Frau galt. In ihrem Clan gab es auch niemanden, der sich für Selene interessierte. Weder war sie eine talentierte Tänzerin noch begabt in Gesang oder Musizieren. Es gab nichts, was sie besonders gut konnte oder sie aus der Masse der Frauen herausstechen ließ. Es war ihr bewusst, dass sie normal und damit langweilig war. Obwohl sie dazu stand, nagte es tief in ihrem Herzen. Selene schüttelte leicht den Kopf und seufzte. Sie hoffte stets jemand Neues kennenzulernen, wenn sie einen der zahlreichen Clans trafen, doch das letzte Treffen lag schon Jahre zurück und nur der Mond wusste, wann sich ihre Wege wieder kreuzen würden. Zudem wusste sie nicht mal genau, wie viele Clans es außer dem ihren noch gab. Denn wurde einer zu groß, teilte er sich, um nicht die Aufmerksamkeit der Menschen auf sich zu ziehen, und die Dorfälteste sprach nur sehr selten von den anderen. Bei dem Gedanken rutschte Selene unruhig auf ihrem Fellkissen hin und her und versuchte, sich wieder auf den Korb zu konzentrieren, der nun schon halb fertiggestellt war. In der Vergangenheit waren viel von ihnen durch Menschen ausgelöscht worden, obwohl es für sie schwierig war, die Anwesenheit der Mondmenschen zu bemerken. Durch das Nomadenleben war es schwer vorherzusagen, wann wo welcher Clan war und wann sie wieder weiter-

ziehen würden. Manchmal blieben sie nur wenige Tage, dann wiederum Wochen und Monate, je nachdem, was die Dorfälteste beschloss. Wenn ein Clan dennoch entdeckt wurde, endete das in Tod und Sklaverei. Bisher hatten ihrer und die, in denen ihre Schwestern lebten, Glück gehabt; ihr Leben war lange ruhig geblieben.

Selene strich sich mit unruhigem Herzen über ihr schneeweißes Haar und wischte die störrischen Härchen zurück auf ihren Kopf. Sie hoffte stets darauf, dass der Mond ihnen beiseite stand und die Dorfälteste sie rechtzeitig beschützen würde. Ihre Mutter richtete sich mit einem Ächzen auf und unterbrach Selenes düstere Gedanken.

»Das Essen ist fertig. Hole bitte Sulis und sage auch Großmutter Annit Bescheid. Vielleicht mag sie mit uns essen«, sprach ihre Mutter und Selene legte erleichtert den halb fertigen Korb beiseite.

Endlich konnte sie, wenn auch nur für einen kurzen Moment, ihre Arbeit unterbrechen und frische Luft schnappen.

»Wo ist denn Sulis?«, fragte Selene mit einer Vorahnung.

Ihr kleiner Bruder hatte schon immer den Drang gehabt, dem Dorf zu entfliehen.

»Er ist mit seinen Freunden am großen See eisfischen«, antwortete ihre Mutter ohne aufzusehen und rührte weiterhin in der Suppe.

Selene seufzte innerlich, denn zum See ging sie nicht gerne und allein der Gedanke daran ließ ihr eine Gänsehaut den Rücken hinunterkriechen. Am Rande des Sees befand sich eine riesige Statue, die etwas tief in ihr erschaudern ließ. Da würde sie lieber weiter an dem Korb arbeiten, als hinunter zum See gehen, doch ihre Mutter war streng und würde nur wütend werden, wenn sie sich weigern würde. Innerlich fröstelnd strich sie sich ihr ledernes, knielanges Kleid glatt und zog ihre darunterliegende Lederhose etwas hoch, ehe sie in die warmen, braunen Pelzstiefel schlüpfte, die beim Eingang standen. Dann zog sie über ihre Kleidung einen dicken, roten Mantel aus Filz, der an den Säumen mit kleinen Runen verziert war und verschloss ihn mit festgenähten Bändern bis zu ihrem Kinn. Sie überlegte kurz, ob sie noch ihre Handschuhe und einen Schal mitnehmen sollte, doch der Weg war nicht weit und die Sonnenstrahlen würden angenehm warm sein. Stattdessen griff sie zu ihrem gefütterten braunen Pelzmantel, der ihr bis zu den Schienbeinen reichte und schlüpfte

rasch hinein. Ihre schneeweißen Haare, die im Nacken zu einem Zopf geflochten waren, zog sie unter dem Mantel hervor und ließ ihn seitlich am Hals herunterfallen.

»Bis gleich«, verabschiedete sie sich von ihrer Mutter, die ihr geschwind zulächelte, ehe Selene die Verschlüsse an der Tür öffnete.

Schnell schob sie das Leder beiseite und trat mit einem großen Schritt nach draußen. Eisige Kälte schlug ihr entgegen und sie musste Acht geben, auf dem festgetretenen Schnee vor der Tür nicht auszurutschen. Sie verschloss sofort wieder den Eingang mit den ledernen Bändern, ehe sie sich aufrichtete und ihr Gesicht zum Himmel wandte. Keine Wolken waren weit und breit zu sehen und die gleißende Sonne stand hoch am blauen Himmelszelt. Genüsslich ließ sie sich ihre fast weiße Haut wärmen, ehe der schneidende Wind sie dazu zwang ihre Fellkapuze aufzusetzen und ihres Weges zu gehen. Sie richtete ihren Schritt in das Innere des Dorfes, in der das Haus ihrer Großmutter, der Dorfältesten, lag. Unterwegs kam sie an zahlreichen anderen Jurten vorbei und grüßte alle, die ihr begegneten, darauf bedacht sich zu keiner Konversation verleiten zu lassen. Ihr Hunger machte sich langsam bemerkbar und sie wollte schnell wieder nach Hause. So ging sie zielstrebig auf den Wegen zwischen den Jurten entlang, ehe sie direkt auf eine große Rote mit überdimensionalen Runen und farbigen Ornamenten zusteuerte. Vor der reich verzierten Tür hielt sie kurz inne und atmete die frische Luft tief ein.

»Der kalte Wind vor der Tür«, sprach sie laut und bat damit respektvoll um Einlass.

»Und das wärmende Feuer im Haus«, kam die einladende Antwort rasch und Selene öffnete den Eingang und trat ein.

Wärme und ein schwerer, süßlicher Duft schlugen ihr entgegen und schnell verschloss sie hinter sich die Tür. Langsam richtete sie sich auf und ihr Blick schweifte für einen kurzen Moment durch den Innenbereich. Sie war größer, geräumiger und auch schöner als alle anderen. Mehrere kunstvoll geschnitzte und bemalte Truhen und Schränke reihten sich aneinander. Prächtige Wandteppiche, gewoben in vielen fröhlichen Farben, bedeckten die Wände und der Boden war mit braunen Pelzen ausgelegt. Die Feuerstelle im Zentrum war beinahe doppelt so groß wie in jeder anderen Jurte und die grauen Steine, welche sie einfassten, waren meister-

haft mit feinen Ornamenten behauen. Um die steinerne Feuerstelle herum lagen dicke Teppiche, die aus farbigen Lederstreifen gewoben waren und komplizierte Muster bildeten. Darauf standen Trockengestelle für allerlei Gewürze und Pflanzen und zwischen ihnen entdeckte Selene ihre Großmutter. Respektvoll zog Selene ihre Schuhe neben dem Eingang aus und weil die Wärme in der Jurte sie schon zum Schwitzen brachte, platzierte sie ihre beiden Mäntel daneben. Als sie langsam nähertrat, richtete sich ihre Großmutter auf und Selene legte die Fingerspitzen ihrer rechten Hand an ihre Stirn, führte sie dann vom Körper weg und verbeugte sich leicht mit den Worten:»Der Mond hell in der Nacht.«

Ihre Großmutter lächelte sie mit weißen Zähnen an, wobei sich ihre Falten tiefer in ihr Gesicht gruben und die silbernen, runenartigen Tattoos, die sich vollständig darüber zogen, zum Schimmern brachten. Sie vollzog dieselbe grüßende Handbewegung wie zuvor Selene, ehe sie erwiderte:»Der Mond hell am Tag.«

Dann richtete sich Annit langsam auf, wobei ihre ledernen, kostbar bestickten Kleider um ihren schlanken Körper raschelten und die vielen bunten Armreifen und Halsketten bei jeder ihrer Bewegungen leise klimperten. Neben ihrer Großmutter fühlte sich Selene stets unscheinbar, denn sie besaß kaum Schmuck, den sie auch so gut wie nie trug. Es gab schließlich niemandem in ihrem Clan, für den sie sich hübsch machen konnte.

»Mutter fragt, ob du mit uns zu Mittag essen möchtest«, sprach Selene, während sie an die Seite ihrer Großmutter trat und dann sehen konnte, worüber sie sich gerade gebeugt hatte.

Auf einem breiten Trockengitter aus Weidenruten lagen mehrere zierliche Pflanzen mit großen, schneeweißen Blüten und silbrigen Blättern.

»Mondblumen«, hauchte sie überrascht und sank ehrfürchtig auf ihre Knie, während ihre Großmutter leise kicherte.

Sachte streichelte Selene die samtenen Blätter, die allmählich schon zu trocknen begannen und sich fragil unter ihren Fingerkuppen anfühlten.

»Ich dachte, sie wachsen nicht in der Gegend«, meinte sie und sah Annit fragend an, die ihre schneeweißen Haare geschickt mit einem geflochtenen Band im Nacken zusammenband.

»Der Mond ist gnädig zu seinen Töchtern. Erst vor wenigen Tagen baten mich mehrere Frauen um neue Mondsamen, denn ihre waren verdorben. Jäger fanden sie, als sie im Wald nach Wild suchten. Deine sind noch gut, oder?«, fragte Annit plötzlich und sah sie aus silbergrauen Augen fragend an, während Selene ihren Kopf leicht schräg legte und kurz nachdachte.

»Ich denke schon«, antwortete sie.

Aber unter dem abschätzenden Blick ihrer Großmutter sah sie zur Sicherheit lieber noch einmal nach. Sie stand auf, griff durch den Ausschnitt ihres Lederkleides zum Brustkorsett und zog zwischen ihren Brüsten ein ledernes Beutelchen hervor. Dann öffnete sie den Verschluss und kippte den Inhalt in ihre Handfläche. Heraus kullerten kleine Kügelchen, die im Schein des Feuers hellsilbern schimmerten.

»Sie sehen noch gut aus«, meinte Selene.

Ihre Großmutter beugte sich über die Samen und runzelte leicht die Stirn.

»Wohl wahr, aber ich gebe dir lieber frische«, meinte sie und Selene ließ die kleinen Kugeln zurückrollen, ehe sie ihr den Beutel gab.

»Sobald die getrocknet sind, gebe ich ihn dir zurück«, versprach Annit und verstaute Selenes Beutel in einer ihrer zahlreichen Kleidertaschen.

»In Ordnung. Aber isst du jetzt mit uns oder nicht? Ich muss nämlich noch Sulis holen«, fragte sie leicht drängelnd.

»Richte deiner Mutter aus, dass ich nachkommen werde. Zuerst werde ich noch die Mondblumen trocknen.«

»In Ordnung«, sprach sie und lief zum Eingang, doch dann hielt sie inne und drehte sich zu ihrer Großmutter um.

»Wann werden wir eigentlich einem der anderen Clans wieder begegnen?«, fragte Selene neugierig und leicht verwundert sah Annit auf.

»Der Mond wird bald in seiner ganzen Pracht stehen und dann werde ich es wissen. Doch weswegen fragst du?«, hakte sie nach und Selene stockte kurz, ehe ihr eine Antwort einfiel, die nicht gänzlich gelogen war.

»Es ist lange her, dass ich meine Schwestern gesehen habe, und ich würde gerne mal meine Nichten treffen. Wie ich hörte, sollen sie jetzt schon wahre Schönheiten sein«, antwortete sie und ihre Großmutter kniff leicht ihre grauen Augen zusammen.

Einen kurzen Moment schwieg sie, während sie ihre Enkelin eindringlich musterte. Sie wusste, dass Selene nicht die beste Beziehung zu ihren Schwestern hatte.

»Du brauchst dich nicht zu fürchten. Noch bist du jung. Irgendwann wird ein Mann dich lieben, so wie du bist und deine Talente zu schätzen wissen «, sprach Annit sanft und Selene sah leicht ertappt auf den Boden.

»Ich habe keine Talente«, entgegnete Selene leise.

»Du kannst gut mit den Dolchen umgehen.«

»Frauen dürfen aber nicht jagen. Deswegen ist das wertlos«, unterbrach Selene sie und Annit seufzte leise.

»Du bist zudem gut darin, Dinge schnell zu lernen. Eines Tages wirst du Gebrauch davonmachen können«, sprach sie mit einem sanften Lächeln.

»Ich mag zwar schnell lernen, aber richtig kann ich es danach auch nicht«, entgegnete Selene und zog dann wieder ihre Sachen an, bereit zu gehen.

Sie konnte den Blick ihrer Großmutter auf sich spüren, wagte es jedoch nicht aufzusehen. Zu offensichtlich war ihr die Verbitterung anzusehen und sie wollte nicht, dass es jemand bemerkte. Nicht einmal ihre Großmutter sollte mitbekommen, wie sehr sie das schmerzte. Manchmal fragte sie sich, ob etwas mit ihr nicht stimmte. Sie wollte nur jemanden, der sie liebte. War das wirklich zu viel verlangt?

»Der Mond hell in der Nacht«, sprach Selene rasch und vollführte die gleiche Geste wie bei der Begrüßung.

»Der Mond hell am Tag«, erwiderte Annit zur Verabschiedung, aber ehe sie zu Ende gesprochen hatte, hatte Selene bereits den Eingang geöffnet und war hindurchgetreten.

Frische Luft schlug ihr entgegen und ließ sie etwas freier atmen. Dann verschloss sie die Tür wieder und richtete ihre Schritte nach Norden zum großen See, der zu dieser Jahreszeit zugefroren war. Der kalte Wind pfiff ihr um die Ohren und ließ sie ihre Kapuze aufsetzen, während sie langsam das Dorf verließ und der Schnee immer tiefer wurde. Sie sank bis fast zu den Knien ein, wobei ihre Gedanken noch in der Jurte ihrer Großmutter waren, und Bitterkeit kroch in ihr hoch. In den Worten ihrer Großmutter Annit hatte sie keinen Trost finden können. Frustriert stapfte sie weiter durch den Schnee und sah leicht grimmig nach vorne.

Sie richtete ihren Schritt immer am Waldrand entlang, an dem sich ihr Dorf befand und überquerte den langgezogenen Hügel, bis sie die Hügelkuppe erreichte und sich der See weitläufig unter ihr erstreckte. Das Ufer verschwand zu beiden Seiten in einem Wald und am Horizont ließ sich der Rand des Sees kaum erahnen. Sie ließ ihren Blick schweifen und entdeckte mehrere Körbe am Ufer.

»Sie sind vermutlich mit Eisfischen schon fertig und spielen noch eine Runde. Doch wo könnten sie sein?«, murmelte Selene zu sich selbst und sah sich um, während sie den Hügel hinunterstieg.

Ihr Blick glitt weiter Richtung Osten. Der Wald wich zurück und sie blieb mit einem Mal stehen. Eine kalte Gänsehaut lief ihr den Rücken hinunter, als Selene die riesige, steinerne Statue erblickte. Sie befand sich auf offenem Gelände, zwischen Wald und See, war mehrere Körperlängen hoch und von solch unheimlicher Schönheit, dass sich ihre Nackenhaare aufstellten. Schon oft hatte sie die Statue begutachtet, hatte es jedoch nie gewagt, näher an sie heranzutreten. Als würde sie etwas tief in ihrem Inneren davon abhalten. Selbst die Vögel sangen nicht in ihrer Nähe und die Tiere liefen einen großen Bogen um sie herum. Die Statue ähnelte der Figur eines Mannes, und doch war er zu unheimlich, als dass er menschlich sein könnte. Lange Haare zierten sein Haupt, die ihm bis zum Rücken hinunterfielen. Das schöne, schlanke, dennoch markant männliche Gesicht glich einer Maske. Es war ohne Mimik und die Augen waren leere, dunkle Höhlen. Über das Gesicht zogen sich schwarze, kantige Ranken und die vollen Lippen waren ernst geschlossen. Er trug einen schlichten, bodenlangen Mantel, der vorne geöffnet war und auf Brusthöhe ragten betende Hände heraus. Sie schienen aus dem Nichts zu kommen, denn man konnte keine Verbindung zwischen ihnen und der Statue erkennen. Einen Körper gab es nicht. Der Blick auf die Innenseite war frei. Die Innenseite des Mantels zeigte ein Bild von schneebedeckten Bäumen mit einem weißen Berg weit im Hintergrund. Selene hatte das Bild schon oft beobachtet und sie könnte zum Mond schwören, dass sich die Baumwipfel ab und an bewegten, als würden sie sich im Wind wiegen. Selenes Blick glitt zum großen Spitzbogen in der Mitte der Innenseite des Mantels. Dieser war dreimal so hoch wie ein Mensch

und so breit wie zwei Schulter an Schulter stehende Menschen. Doch was sie am meisten beunruhigte, war das schwarze Loch dahinter. Wie schon die Augen der Statue befand sich hinter dem Bogen erdrücken- de Leere und Dunkelheit. Sie konnte keine Reflexion darin ausmachen und sie wusste aus Erzählungen, dass Steine darin verschwanden, ohne ein Geräusch von sich zu geben. Es löste in ihr einen Fluchtreflex aus. Unbewusst hatte sie ihre Schritte bereits Richtung Westen, weg von der Statue, gedreht, wobei sie deren tote Blicke in ihrem Rücken spüren konnte. Sie hatte viele Geschichten über sie gehört und manche be- haupteten, dass es sie schon gab, als die erste Mondtochter noch nicht einmal geboren war. Selene schüttelte sich kurz und zwang sich, nicht mehr an die gruseligen Geschichten, die sich um die Statue rankten, zu denken, als mit einem Mal Kindergelächter zu ihr herüberschallte. Sie beschleunigte ihren Schritt, eilte zum Seeufer und sah an einer An- sammlung von schneebedeckten Bäumen vorbei. Weit von ihr entfernt spielten drei kleine Jungen im Schnee und unter ihnen erkannte sie ih- ren jüngeren Bruder wieder, der mit seinen kurzen schwarzen Haaren unter den beiden Blonden hervorstach.

»Sulis!«, rief Selene laut und winkte, als sich die drei zu ihr umdrehten.

Ein kleines Lächeln stahl sich auf ihr Gesicht, als sie zusah, wie er ihr freudestrahlend entgegenrannte. Sie verschränkte ihre Arme vor ihrer Brust und wartete leicht lächelnd am Waldesrand. Während sie her- aneilten, merkte sie, wie die Vögel im Wald verstummten und sich darin eine gespenstische Stille ausbreitete. Verwundert sah sie in die Tiefen des Waldes, als sie einen schnellen Schatten darin erkannte. Unruhe befiel sie und ihr Blick glitt wieder zu den drei Jungen, die immer näher kamen. Langsam ließ sie ihre Arme sinken und ihr Unbehagen wurde immer stärker. Etwas stimmte nicht. Plötzlich brachen aus dem Wald, nicht weit hinter den Jungen, vier schwarze Pferde hervor. Die nachtschwarzen Rüs- tungen der Reiter schimmerten im Licht der Sonne dunkel, während sie im gestreckten Galopp und mit wildem Geschrei den Jungen hinterher galoppierten. Ihr Innerstes gefror und ein Zittern befiel sie. Man hatte sie gefunden. Furcht umklammerte ihr Herz und eine eiskalte Welle strömte durch ihren Körper, als sie sah, wie die vier Reiter ihre langen Schwerter zogen und die drei Jungen langsam aber sicher einholten.

»LAUFT!«, schrie Selene mit jeder Faser ihres Wesens, und wusste dabei, dass es vergebens war.

Mit blankem Horror sah sie, wie sich ihr Bruder im Laufen nach hinten umdrehte, als der vorderste Reiter ihn einholte. Die Zeit schien still zu stehen, als die Klinge hinunterfuhr und rotes Blut auf den weißen Schnee spritzte. Ihr Bruder strauchelte, warf seine Arme zur Seite und sackte dann in sich zusammen, während die Hufe des Pferdes ihn im Schnee begruben.

»SULIS!«, rief Selene aus voller Kehle, heiße Tränen brannten in ihren Augen. Erneut sausten die Klingen herunter und begruben auch die beiden anderen Jungen im roten Schnee. Kälte schlug ihr wie eine Wand entgegen und sie taumelte ein paar Schritte nach hinten, während der Schmerz ihr Herz fast zum Bersten brachte. Taubheit legte sich auf ihre Ohren und ein Zittern befiel sie, als sie erkannte, dass sie die Nächste sein würde. Da erwachte sie aus ihrer Starre, drehte sich auf dem Absatz um und sprintete in Richtung ihres Dorfes. Tränen strömten über ihre Wangen, während ihr die eisige Luft in der Lunge stach und kalter Schweiß ihren Rücken hinunterlief. Nichtsdestotrotz verlangsamte sie ihr Tempo nicht. Sie rannte so schnell, wie sie noch nie gerannt war, als ein säuselndes Geräusch hinter ihr ertönte, das rasch lauter wurde. Gerade, als sie sich umsehen wollte, riss sie etwas hart von den Füßen. Sie stürzte zu Boden und rollte den Hügel hinunter, ehe sie atemlos liegen blieb. Leicht schwindelig versuchte sie, sich aufzurichten, und erkannte dabei, dass sie in einem Netz gefangen war. Panisch sah sie zu den Reitern, die ein Stück an ihr vorbeigeritten waren und nun ihre Pferde zügelten, damit sie wenden konnten. Schnell griff sie in ihren Stiefel und zog daraus einen verborgenen Dolch. Mit all ihrer Kraft zerschnitt sie das Netz und war wenige Augenblicke später wieder frei. Sie rappelte sich auf und sah voller Grauen, wie die Reiter erneut auf sie zu preschten. Wie angewurzelt stand sie kurz da, drehte sich um und wollte zum See rennen, als ein blendender Schmerz in ihrer Seite sie abermals zu Fall brachte. Fluchend drückte sie sich wieder hoch und sah an ihre Seite, aus der ein Pfeil herausragte. Ohne zu zögern packte sie zu und riss ihn, während sie weiter rannte, aus ihrem Körper. Sie wollte so schnell wie möglich zurück zu ihrem Dorf, aber einer der Reiter versperrte ihr den Weg. Kurzentschlossen wandte

sie sich nach Osten, in der Hoffnung, durch den Wald zurück zu gelangen. Sie hörte die dumpfen Hufschläge der Pferde hinter sich und Verzweiflung schnürte ihr die Lunge zu, während die Reiter immer näherkamen. Ruckartig verlor sie abermals den Kontakt zum Boden, schien einen Moment lang in der Luft zu schweben, nur um umso härter aufzuschlagen. Sie überschlug sich mehrere Male, ehe sie zum Stillstand kam. Keuchend rollte sie sich auf die Seite, hob ihren Blick und alle Hoffnung sank, als sie die vier Gerüsteten erblickte, die keinen Steinwurf weit von ihr entfernt standen. Mit einem Aufschrei rappelte sie sich auf und sah mit angstgeweiteten Augen zu den Reitern, die zu ihrer Überraschung stehen geblieben waren. Verwundert sah sie zu, wie die Pferde scheuten und keinen Schritt weitergingen, egal wie sehr die Reiter mit den Zügeln auf sie einschlugen. Plötzlich kroch ihr eine eiskalte Gänsehaut den Rücken hinunter und ihre Nackenhaare stellten sich zitternd auf. Sie sah langsam über ihre Schulter und erstarrte. Über ihr schwebten die betenden Hände der Statue und die leeren Augen schienen sich in ihr Wesen zu bohren. Ihr Innerstes erbebte vor Furcht. Ihr Blick glitt in Richtung ihres Dorfes und als sich der Wind drehte, hörte sie verzweifelte Schreie und den Geruch von Feuer. Der Himmel über ihrem Dorf hatte sich rot verfärbt und ihr wurde schlagartig klar, dass sie nicht mehr zurückkehren konnte. Selbst wenn sie es, wie durch ein Wunder, zu ihrer Jurte schaffte, konnte es bereits zu spät sein. Ihre Gedanken glitten zu den Mondsamen, die bei Annit lagen. Sie hätten ihr ein schnelles Ende gewährt. Viele Frauen wählten lieber den Tod, als in Sklaverei zu enden, und Selene war sich sicher, dass ihre Mutter und Großmutter ebenso empfanden. Sie war auf sich allein gestellt. So sehr sie auch zu ihrer Familie wollte, sie konnte den Männern nicht entfliehen. Ihre Hand wanderte an die Stelle, an der sich normalerweise ihre Mondsamen befanden. Dann sah sie zu den vier Reitern, die mit blutbesudelten Schwertern vorsichtig nähertraten, stets einen beunruhigten Blick zur Statue werfend. Langsam drehte sie sich zur Seite und sah in den leeren Abgrund hinter dem Spitzbogen. Dann glitt ihr Blick zu den vier Gerüsteten und eine Entschlossenheit wuchs in ihr, die sie bis dahin noch nie gespürt hatte. Sie warf einen letzten Blick in die Richtung ihres Dorfes und betete für ihre Familie, ehe sie sich mit tränenüberströmten Wangen abwandte und sich in die Leere stürzte.

2. Kapitel

Tiefschwarze Finsternis verschlang sie. Stille drückte auf ihre Ohren, Dunkelheit raubte ihr jegliche Sicht und ihre Zehen berührten keinen Boden. Ihr Kopf schien bersten zu wollen. Ihre Kehle war wie zugeschnürt und sie konnte nicht atmen. Nach Luft ringend griff sie sich an ihren Hals und versuchte verzweifelt nach Luft zu schnappen, doch es war, als würde ihr jemand ein unsichtbares Kissen auf Mund und Nase drücken. Schwindel befiel sie und das Einzige, was sie in diesem Moment wollte, war nicht in dieser Finsternis allein zu sterben.

Mit einem Schlag wich die Schwärze. Grelles Licht schlug ihr entgegen und Luft flutete ihre Lunge. Sie fiel auf alle Viere und versank beinahe im Schnee. Gierig sog sie die frische Luft tief ein. Jeder Atemzug fühlte sich an wie Eissplitter, die sich in ihre Lunge bohrten. Nichtsdestotrotz atmete sie immer weiter tief ein und ein schwerer Husten befiel sie, der den Schnee unter ihr rot färbte. Der Schwindel legte sich und die berstenden Schmerzen wurden zu einem pulsierenden Pochen. Mit verzerrtem Gesicht griff sie an ihre Brust, als ein eiskalter Wind in ihr Gesicht peitschte und sie beinahe vor Schmerzen aufschrie. Die Böe war so schneidend wie eine Klinge und fraß sich regelrecht in ihre Haut. Sie durchdrang Selene bis auf die Knochen und schien sie von innen heraus zu vereisen. Mit schon vor Kälte steifen Fingern zog sie sich ihre fellbesetzte Kapuze auf, aber selbst ihre dicke Kleidung schützte sie nicht vor dem gierigen Wind. Er drang durch jede Ritze und nagte an ihrem Körper. Zitternd richtete sie sich auf und versank beinahe hüfttief im Schnee. Sie rieb ihre schmerzenden Hände aneinander. Schon jetzt konnte sie ihre Finger kaum noch bewegen. Nur mit zusammen gekniffenen, tränenden Augen konnte sie ihre Umgebung begutachten. Um sie herum befand sich ein lichter Wald aus schneebedeckten Nadelbäumen und in weiter Ferne konnte sie einen hohen, weißen Berg erkennen, den sie schon einmal gesehen hatte. Er war auf dem Bild auf der Innenseite des Mantels abgebildet. Ein markerschütterndes Zittern packte sie, das nichts mit dem Schnee und dem Wind zu tun hatte. Sie warf einen Blick über ihre Schulter und erstarrte. Der Spitzbogen, durch den sie gerannt war, und die Statue waren

verschwunden. Sie sah auf die Schneeoberfläche um sich herum, doch dort befanden sich keine Fußabdrücke. Sie erstarrte innerlich und ihre Gedanken rasten. Sie wollte es zwar nicht wahrhaben, aber es war die einzige Erklärung, die ihr plausibel erschien. Sie war durch den Bogen in das Bild dahinter gelangt. Das dies kein Bild war, sondern tatsächlich ein realer Ort, ließ ihr ganz übel werden. Sie wusste nicht, ob dieser Ort in der Nähe ihrer Heimat lag oder doch sehr weit weg. Eine Windböe ergriff sie und sie unterdrückte den Schmerzensschrei, als sie sich in ihre Haut fraß. Sie krümmte sich zusammen und zwang sich, nicht an ihre Familie zu denken. Wichtig war in diesem Moment nur, zu überleben.

Sie gab ihre gekrümmte Position auf und vergrub ihre Hände im Schnee, damit sie sich herausziehen konnte. Mit einem kleinen Aufschrei zog sie sich ruckartig aus dem Loch und fiel auf die Seite, ehe sie sich erneut aufrichtete. Plötzlich ertönte vor ihr ein knirschendes Geräusch und ihr Kopf fuhr nach oben, bevor sie in ihrer Bewegung innehielt. Trotz eisiger Kälte weiteten sich ihre Augen und ihr Herz raste, als sie sehen konnte, was das Geräusch verursacht hatte. Einen Steinwurf weit weg von ihr hatte sich etwas durch die Bäume geschoben. Angst kroch in jedes ihrer Glieder. Das Wesen war so hoch wie ein ausgewachsener Mann, sein weißes Fell war lang und zottelig. Die vier Beine waren seltsam gestreckt und seine flachen Pranken doppelt so groß wie ein Pferdeschädel, bestückt mit scharfen Krallen. Der Kopf saß auf keinem erkennbaren Hals und war überdimensional, beinahe so lang wie sein Rumpf. Augen und Mund konnte sie nicht ausmachen, nur zwei handtellergroße Nüstern. Vorsichtig versuchte Selene nach hinten zu kriechen, als sie abermals im Schnee einsank und das Monstrum zusammenzuckte. Erneut erstarrte sie und sah angstvoll, wie sich die großen Nüstern blähten und die Kreatur schauderte. Vermutlich roch das Ungetüm das Blut an ihrer Kleidung. Zögerlich ging das Monstrum einen Schritt auf sie zu und Selene schob sich wieder nach hinten, ohne es aus den Augen zu lassen. Ihr Herz dröhnte in ihren Ohren. Ihre ganze Konzentration galt dem Ungetüm vor ihr. Sie musste von dieser Kreatur weg. Ganz langsam, um sie nicht zu erschrecken, zog sie sich aus dem Loch und kauerte sich in den Schnee. Wie in Zeitlupe schob sie sich einen Schritt nach hinten. Das Ungeheuer schien seinen Kopf schief zu legen, als ob es überlegen

würde, was genau sich da vor ihm befand. Angespannt kroch Selene erneut ein Stück nach hinten und brach in den Schnee ein. Erschrocken entwich ihr ein kleiner Schrei, als sie rücklings in den Schnee einsank. Abrupt senkte das Monstrum sein Haupt und sie sah entsetzt zu, wie sich sein Kopf längs zu spalten schien und dabei armlange Zähne entblößte. Mit einem wilden Knurren sprang es nach vorne. Instinktiv drehte sich Selene auf den Bauch, stemmte sich nach oben und rannte um ihr Leben. Sie konnte das rhythmische Knirschen des Schnees unter den Pranken des Ungetüms hinter sich hören und versuchte, noch schneller zu laufen. Der Schnee gab schlagartig unter ihren Füßen nach und erneut brach sie bis zur Hüfte ein. Blitzschnell drehte sie sich um, als das Ungeheuer keine zwei Mannslängen von ihr entfernt weit das Maul aufriss. Panisch schrie sie auf und riss ihre Arme schützend nach oben, als ein surrendes Geräusch und ein dumpfer Aufprall ertönten. Das Knirschen brach abrupt ab. Selene nahm die zitternden Arme wieder herunter. Das Monstrum lag zwei Fuß weit von ihr entfernt, zusammengebrochen in einem Teich aus blutrotem Schnee. Ein Speer ragte aus dem Rachen des Scheusals. Sie wirbelte herum und entdeckte, nicht weit von ihr, ein zweites seltsames Wesen. Es hatte dasselbe Fell wie das Monstrum, doch stand es auf zwei Beinen und besaß ungefähr dieselben Proportionen wie ein Mensch. Anstelle des Gesichts konnte sie nur zwei pupillenlose Augen ausmachen, glatt und undurchsichtig. Dieses Wesen näherte sich ihr erstaunlich schnell und da bemerkte sie, dass es keine Pranken besaß, sondern sich auf zwei langen Brettern fortbewegte. Auch wenn die seltsame Kreatur vor ihr ungewöhnlich aussah, hatte sie Selene dennoch gerettet. Es konnte somit kein böses Lebewesen sein und sie hoffte, es könne ihr vielleicht helfen. Trotzdem gelang es ihr nicht, sich zu rühren. Vor Kälte waren ihre Glieder steif und ihr Gesicht war unbeweglich geworden wie eine Maske. Auch Hände und Füße konnte sie nicht mehr bewegen. Mit zusammengekniffenen Augen beobachtete sie das Wesen, das ihr anmutig gleitend entgegenkam und direkt neben ihr innehielt. Fürchterlich schlotternd sah sie auf, hoffend, dass es ihr nichts tun würde. Langsam ging die Kreatur in die Knie, packte Selene unter ihren Armen und zog sie, scheinbar mühelos, aus dem Schneeloch. Verblüfft sah sie in die unbeweglichen, blinden Augen, als es sie neben dem Loch wieder in den Schnee stellte, doch ihre steif gefrorenen Beine gaben unter ihrem Gewicht nach. Sie wäre erneut in den Schnee gefallen, wenn die beiden Arme der Kreatur nicht nach vorne geschossen wären und sie aufgefangen hätten. Einen kurzen Moment lang hielt es sie fest und, beeindruckt von der Stärke dieses Wesens, sah sie neugierig in die toten Augen. Völlig unerwartet zog die Kreatur sie zu sich heran und stellte sie hinter sich auf die Bretter. Es packte Selenes Arme und legte sie sich um den Körper. Selene begriff, dass sie sich festhalten sollte und versuchte, auf ihren Beinen zu bleiben. Sie zitterten vor Anstrengung und die Kraft war beinahe aus ihren Armen gewichen. Das Wesen schien es zu merken, denn von irgendwoher hielt es ein langes, rotes Band in den unförmigen Händen und schnürte sie sich geschickt an den Rücken. Dann setzten sie sich gemeinsam in Bewegung und Selene vergrub eine Seite ihres Gesichts in dem behaarten Rücken.

Hoffentlich war sie nicht seine Mahlzeit, dachte sie und betete inständig zum Mond, dass er sie beschützen möge. Zusammen glitten sie durch den Schnee und hin und wieder hielt das Wesen inne, um ein rotes Band um einen Baum zu binden. Nach einiger Zeit kam Selene zu dem Schluss, dass es den Weg markierte, um womöglich später das Monstrum wieder zufinden. Hoffnung wuchs in ihr, dass die Kreatur schlau genug war, um sich mit ihr zu verständigen, und sie nicht nur als nächste Mahlzeit sah. Immer weiter glitten sie voran und inzwischen war Selene so durchgefroren, dass sie befürchtete, bei jeder Bewegung zu zerbrechen. Der Wald wurde stets lichter und ab und an erhaschte sie einen Blick auf den Berg, der langsam näherkam. Je weiter sie gingen, desto weniger Bäume gab es, als sie mit einem Mal die Waldgrenze durchbrachen und die ersten Ausläufer des Berges erreichten. Aus dem Schnee ragte ab und an grauer Fels, der teilweise mit einer dicken Schicht Eis bedeckt war. Das Wesen fand jedoch sicher seinen Weg hindurch. Sie kamen dem Berg immer näher und als sie etwas über seine Schulter lugte, erhob sich auf einmal vor ihnen der Berg in seiner ganzen Größe. Selten hatte sie so einen mächtigen und hohen Berg gesehen, dessen Spitze sich ihrer Sicht völlig entzog. Ihr zusammengekniffener Blick wanderte zum Fuße und sie stellte fest, dass sie auf einen breiten, hohen Spalt zuhielten, der den Berg in zwei Hälften teilte. Womöglich war im Berg das Zuhause des Wesens. Angst, gepaart

mit Nervosität, breitete sich in ihr aus. Erneut sandte sie Stoßgebete zum Mond und flehte um seinen Beistand. Das Blut rauschte in ihren Ohren, als sie eine kleine Rampe erklommen und der Spalt sich vor ihnen öffnete wie ein riesiges Maul, bereit sie zu verschlucken. Am liebsten wollte sie so schnell wie möglich wegrennen, doch konnte sie weder Zehen noch Finger bewegen. Ihre Glieder schmerzten bei jeder kleinsten Bewegung. Das Wesen ging in den breiten Riss hinein und der Fels schloss sich über ihren Köpfen. Der schneidende Wind wurde weniger und Selene konnte ihre Augen etwas weiter öffnen. Sie lugte über die Schulter nach vorne und erkannte eine Wand am Ende des kurzen Tunnels. Zuerst dachte sie, sie wären in eine Sackgasse gelaufen, als sie bemerkte, dass diese Wand nicht aus Felsen war, sondern kurioserweise durchsichtig. Sie schien sich sanft zu bewegen wie Wasser und es sah aus, als würde sich dahinter etwas befinden. Das Wesen zögerte keinen Moment, sondern glitt ungerührt weiter darauf zu. Innerlich wappnete sie sich gegen den Aufprall, als sie mit einem Mal zusammen durch die Wand glitten. Es war, als würde sie durch angenehmes, kühles Wasser gehen, ohne nass zu werden. Sie passierten die eigenartige Wasserwand und der eiskalte Wind wurde durch Wärme abgelöst. Für Selene fühlte die Wärme sich an wie kochendes Wasser, doch kam kein Schmerzenslaut über ihre Lippen. Das Wesen hielt inne und löste das Band um sie beide. Bevor sie auch nur etwas sagen konnte, knickte sie durch die ungewohnte Last ein. Fast wäre sie gestürzt, hätte die Kreatur sie nicht rechtzeitig gepackt und sicher zu Boden geleitet. Ihre Glieder waren steif und sie konnte nicht einmal mehr ihre Lippen bewegen. Ihr Blick glitt zum Wesen hoch, welches die hölzernen Bretter losschnürte. Da erst bemerkte sie, dass der Tunnel vor ihnen schneelos war und es nun die Bretter nicht mehr brauchte. Ihr Blick glitt wieder zurück zum Wesen und beobachtete, wie die unförmigen Hände im Fell unter dem Hals verschwanden. Irgendetwas schien es dort zu suchen und Selene frage sich, was es nun als Nächstes mit ihr vorhatte. Während sie es nicht aus den Augen ließ, versuchte sie das schmerzhafte Auftauen ihres Körpers und das immer stärkere Pochen in ihrem Kopf zu ignorieren. Schon oft hatte sie in ihrem Leben Schmerzen erfahren müssen und sie war geübt darin, diese zu ertragen, trotzdem fiel es ihr schwer, keinen Laut von sich zu geben. Sie hatte Schwierigkeiten, ihre Augen offenzulassen, und ihr Sichtfeld wurde merklich kleiner. Aber sie durfte jetzt nicht das Bewusstsein verlieren. Mit aller Kraft richtete sie ihre Aufmerksamkeit auf das Wesen, als dieses mit einem Mal die Hände aus dem Fell herausnahm und sie seitlich auf den Kopf legte. Dann zog es das Fell herunter und entblößte darunter den Körper eines Menschen. Überrascht starrte sie ihn an, als der Mensch ihren Blick erwiderte. Vor ihr befand sich ein junger Mann. Seine braunen, langen Haare waren verstrubbelt und fielen ihm in sein schmales, bartloses Gesicht. Seine leuchtenden blauen Augen sahen sie freundlich an, während er vor ihr in die Hocke ging. Er sprach sanft in einer fremden Sprache, die sie im ersten Moment nicht verstand. Doch dann schnappte sie vertraute Wörter auf, die sie aber nicht richtig greifen konnte und die verschwanden, ehe sie den Sinn dahinter erfasste. Das Pochen wurde immer intensiver und Selene wurde es davon beinahe übel. Ehe sie aber etwas erwidern konnte, trat er näher und packte sie unter den Knien und dem Rücken. Ruckartig stand er mit ihr auf und sie keuchte vor Schmerzen, als er mit ihr den Tunnel entlangging. Dennoch zwang sie sich, bei Sinnen zu bleiben, als der Tunnel in einer riesigen Höhle mündete. Sie war so lang und so hoch, dass sie nicht sagen konnte, wo die Höhle endete. Die Wände waren eisbedeckt und es war, als würde das Eis leuchten, denn Selene konnte keine Fackeln ausmachen und dennoch war es in der Höhle tageshell. Mittig befanden sich Häuser, gebaut aus großen Eisblöcken und aus den kuppelartigen Dächern drang Rauch hervor. Selbst in die Wände der Höhle waren Häuser gehauen worden. Überall wuselten Menschen umher und gingen ihrem Tagesgeschäft nach. Wegen den vielen Menschen war es in der Eishöhle noch wärmer und Selene spürte wie sie langsam, aber sicher davon glitt. Ihr Sichtfeld war nun nicht mehr größer als ihr Fingernagel. Sie hörte, wie eine Tür geöffnet wurde und spürte Hitze aus dem Inneren des Hauses vor ihr herausquellen. Ihr entwich ein qualvolles Stöhnen mit dem sie in die Dunkelheit fiel.

3. Kapitel

Kaum hatte sie ihre Augen geöffnet, wurde sie überwältigt von Schmerzen. Ihr Kopf dröhnte und entfernt vernahm sie Stimmen, die weiterhin in einer unbekannten Sprache miteinander kommunizierten. War sie nun doch gestorben? Aber wie konnte das Leben nach dem Tod so qualvoll sein? Schmerzen waberten durch ihren Körper und rissen sie wieder in die Tiefe.

Kaum kam sie erneut zu Bewusstsein, spürte sie ihren glühenden Körper und die Stimmen schienen abwechselnd ihre Sprache zu sprechen, dann wieder eine fremde. Einen klaren Gedanken zu fassen war unmöglich, sie versank und erwachte so oft, dass sie jegliches Zeitgefühl verlor. Doch spürte sie irgendwann, wie die Hitze und die Schmerzen verschwanden und sie seufzend in einen heilenden Schlaf glitt.

Nach einer gefühlten Ewigkeit legte sich langsam die Dunkelheit und mit einem sanften, tiefen Atemzug öffnete sie ihre Augen. Zuerst sah sie nur verschwommene Schemen, doch dann fiel der Schleier und sie erblickte über und neben sich eine helle Eisdecke. Leicht wunderte sie sich bei dem Anblick des glatten Eises, denn obwohl sie direkt an der Wand lag und es beinahe berührte, spürte sie keine Kälte. Auch schien es ihr, dass das Eis ein Licht ausstrahlte, wie bereits in der Höhle zuvor. Ein Haus, gebaut aus Eisklötzen, stellte sie sich dunkel vor, doch dies war nicht so. Sie drehte langsam ihren Kopf und erkannte, dass sie in einem großen Raum lag. Es war, als würde das Eis selbst den Raum erhellen. Unweit von ihrem breiten Bett stand ein schlichter Holztisch, mit einer Handvoll Stühlen. Etwas weiter hinten konnte sie eine Holztür ausmachen, die vermutlich nach draußen führte. Daneben befand sich eine Stelle, die gefüllt war mit Sitzkissen in unterschiedlichen Größen und Materialien. Manche waren ledern, während andere aus Stoff waren und teilweise bunte Muster trugen. An die vielen Sitzkissen schloss sich ein Regal an, das mit verschiedenen Werkzeugen vollgestopft war. Es erinnerte sie an jene, die zur Herstellung von lederner Kleidung verwendet wurden. Wie zur Bestätigung

lag vor dem Regal ein Bündel Leder und daneben mehrere Stapel Hosen. Selenes Blick glitt über eine Öffnung in der Wand weiter zur Feuerstelle, die sich gegenüber dem Tisch befand und im Gegenzug zu den Wänden aus grauem Stein war. Die Feuerstelle war in die Eiswand dahinter eingelassen worden und ragte nur zur Hälfte in den Raum hinein. Ein kleines Feuer brannte darin und warf seinen Schein auf die Frau davor. Neugierig beobachtete sie diese, die leicht nach vorne gebeugt auf einem simplen Holzstuhl saß und auf ihre Hände herabsah. Ihre braunen Haare hatte sie mit hölzernen Stäbchen zu einem Knoten an ihrem Hinterkopf gebändigt. Ein paar graue Haarsträhnen fielen ihr in das rundliche Gesicht mit den rosigen Wangen. Sie trug ein weites, weißes Kleid ohne Verzierungen, auf ihrem Schoß lagen Sticksachen.

»Ihr seid erwacht«, sprach eine sanfte Frauenstimme und Selene zuckte kurz erschrocken zusammen, als die Frau ihren Blick erwiderte.

Sie legte ihre Sticksachen beiseite, stand langsam auf und trat freundlich lächelnd zu ihr. Selene richtete sich auf, um sie angemessen zu begrüßen, doch die Frau drückte sie nur sanft zurück auf das Bett.

»Ihr müsst noch geschwächt sein, ruht Euch noch ein wenig aus«, sprach sie und setzte sich auf die Bettkante.

»Wie lange habe ich geschlafen?«, fragte Selene, als sie mit einem Mal einen überwältigenden Durst und Hunger verspürte.

»Mit der Mittagssonne seid Ihr eingetroffen, habt die Nacht überstanden und fast den ganzen Tag ruhig geschlafen. Nun ist die Abendsonne noch nicht ganz vom Himmel verschwunden«, antwortete sie, goss Wasser in einen großen Becher und warf Selene einen seltsamen Blick zu, ehe sie weitersprach: »Als Ihr ankamt, war ich ohne Hoffnung, Euch retten zu können. Selbst der Graue konnte nicht viel für Euch tun und doch seid Ihr nun vollends genesen.«

Sie reichte ihr den Becher, den Selene gierig annahm und dabei dem fragenden Blick auswich. Es war offensichtlich, dass die Frau nicht wusste, was sie war.

»Ohne Schutz bei der Kälte durch den Stillen Wald zu laufen, ist normalerweise ein Todesurteil.«

Selene schwieg, doch konnte sie den bohrenden Blick der Frau auf ihrer Haut spüren. Sie trank den Becher schnell leer und bemerkte, wie

ihr Körper aufzuatmen schien. Die Frau füllte den Becher erneut und Selene stürzte auch diesen hinunter. Plötzlich flog die Tür auf und ein junger, schlanker Mann trat ein, der sein wirres Haar in einem niedrigen Pferdeschwanz zusammengebunden hatte. Selene erkannte ihn als ihren Retter. Als er bemerkte, dass sie seinen Blick erwiderte, blieb er überrascht stehen. Schnell schloss er die Tür hinter sich und trat an die Seite der Frau.

»Ich habe nicht erwartet, dass Ihr so früh erwacht«, sprach er erstaunt und betrachtete sie für einen Moment.

Selene schwieg erneut und sah dann zur älteren Frau, die sie noch immer neugierig musterte. Ihr Blick glitt über die graubraunen Haare der Frau und ihre blauen Augen. Für Selene war das ein seltsamer Anblick. Noch nie hatte sie Menschen außerhalb ihres Clans gesehen.

»Wo bin ich und wer seid ihr?«, fragte Selene schließlich leise.

»Man nennt mich Wine, Tochter von Kuran und dies ist mein Sohn Plinndin, Sohn von Ceorl. Dies ist das Zuhause meines Sohnes und mir. Ihr befindet Euch in der Verborgenen Stadt«, antwortete die Frau ruhig.

»Und in welchem Land befinde ich mich?«, fragte Selene weiter worauf Mutter und Sohn sich einen flüchtigen Blick zu warfen.

»Eisland wird die Region nördlich der Pforten genannt, doch… warum wisst Ihr nicht, wo Ihr Euch befindet?«, hakte die Frau mit zusammen gezogenen Augenbrauen nach, aber Selene antwortete nicht.

Ihr Herz pochte angstvoll schneller, denn sie hatte in ihrem Leben noch nie diese Namen gehört. Dabei war sie schon weit gereist und hatte alle Bücher, die sie in die Hände bekam, aufmerksam gelesen. Innerlich rasten ihre Gedanken, denn sie befand sich anscheinend sehr weit entfernt von den Ländern, die sie kannte. Um nicht in Panik zu verfallen, zwang sie sich, langsam tief ein und auszuatmen. Um Fassung ringend richtete sich Selene auf, zog ihre Beine an und umschlang sie mit ihren Armen. Sie spürte, wie sie leicht zitterte.

»Wie ist Euer Name und woher kommt Ihr?«, fragte die Frau erneut und als Selene aufsah, sahen Mutter und Sohn sie aus blauen Augen abwartend an.

»Ich heiße Selene, Tochter der Ilteri und… ich komme von sehr weit her«, antwortete Selene zögernd und sah die beiden erneut abschätzend an.

Die Mutter schien zu merken, dass sie darüber nicht reden wollte, denn sie lächelte mit einem Mal freundlich.

»Ihr müsst nicht jetzt sprechen, wenn Eure Worte schwer wie Steine im Munde liegen«, sagte sie. »Ihr werdet Euch sicherlich mit etwas Essbarem stärker fühlen.«

Dann wandte sie sich zu ihrem Sohn.

»Geh und benachrichtige Aethelmaer, dass sie erwacht ist. Als Dank für seine Hilfe soll er heute mit uns zu Abend speisen«, trug sie ihm auf und ihr Sohn nickte, ehe er Selene einen letzten kurzen Blick zuwarf, sich dann auf den Fersen umdrehte und das Haus verließ. Selene sah ihm kurz hinterher, ehe ihre Aufmerksamkeit zu Wine zurückkehrte. Diese zog einen großen Topf aus einem Regal in der Eiswand, goss Wasser aus einem hohen Zuber hinein und stellte ihn direkt in das Feuer. Dann zog sie eine rote, kugelförmige Frucht aus einem Loch im Boden und etwas, das stark nach Kartoffeln aussah, bloß, dass sie eine tiefblaue Farbe besaßen. Anschließend nahm sie kleinere, ebenso runde, braune Nahrung heraus, gefolgt von einem mächtigen Stück Fleisch. Dann setzte Wine sich an den Holztisch und fing an, auf einem Holzbrett alles klein zu schneiden.

»Wer ist Aethelmaer?«, fragte Selene, als Wine anfing, die blauen Kartoffeln zu schälen.

»Er ist ein Grauer«, antwortete sie und Selene spürte, dass dies anscheinend für Wine Erklärung genug sei, doch konnte sie mit diesem Begriff nichts anfangen.

»Und was ist ein Grauer?«, fragte Selene vorsichtig weiter.

Wine hielt in ihrer Bewegung inne und sah mit großen Augen auf.

»Ihr wisst nicht, was ein Grauer ist?«, fragte Wine verblüfft und sah Selene einen kurzen Moment an.

»Ich lebte sehr abgeschieden und meine Eltern erzählten mir nichts über die Welt«, gab Selene schnell als Erklärung ab und Wine schien es zu akzeptieren.

»Ihr müsst von wirklich sehr weit herkommen, dass Ihr nichts von Ihnen wisst. Dabei gibt es sie fast seit Anbeginn der Zeit.«

»Seit Beginn der Zeit?«

Wine nickte bestätigend und fuhr nach kurzem Zögern wieder fort, die blauen Kartoffeln zu schälen.

»Die Grauen sind ein weises Volk und wurden mit der Gabe der Magie von der Großen Mutter gesegnet. Sie stehen für alle und für niemanden. Aethelmaer hat sich hier niedergelassen und hilft uns seit mehreren Jahrzehnten, das Eis zu verzaubern.«

»Deswegen ist das Eis nicht kalt und schmilzt nicht«, meinte Selene fasziniert und fasste an die Eiswand, an der sie lehnte.

»Dank seiner Gabe lebt diese Stadt in Wohlstand, denn selbst im warmen Süden bleibt das Eis erhalten«, erklärte Wine und Selene nickte leicht.

Selbst in ihrer Heimat wurde gemunkelt, dass es Menschen gab, die Magie verwendeten. Sie wusste auch, dass die anderen dachten, die Mondmenschen wären Magier, was ein Irrtum war. Ihr Volk war, wie kein anderes in ihrem Land, gesegnet. Das war nichts, was man erlernen konnte, sondern einfach seit Geburt besaß. Sie vermutete, dass dies bei diesem »Grauen« auch der Fall sein könnte. Neugierde stieg in ihr hoch. Vielleicht konnte dieser Aethelmaer ihr weiterhelfen, wenn er wirklich so weise war, wie Wine meinte. Selene lagen noch unendlich viele Fragen auf der Zunge, doch wusste sie schon jetzt, dass sie zu viel gesagt hatte. Ihr ganzes Leben lang hatte man ihr eingebläut, vorsichtig gegenüber Fremden zu sein. Jegliche Informationen oder seltsame Fragen könnten die Aufmerksamkeit von jemandem erregen, der ihr Böses wollte. Noch nie hatte Selene mit einem Menschen gesprochen, der kein Mondmensch war und sie spürte, wie hilflos und verloren sie war. Ihre Kehle schnürte sich zu und all die schlechten Erinnerungen versuchten sich in ihren Kopf zu drücken. Ihre Finger krallten sich in die Bettdecke und sie bemühte sich krampfhaft, bei klarem Verstand zu bleiben. Schnell wandte sie ihren Kopf und beobachtete Wine, die eine rote Frucht in dicke Scheiben schnitt, die innen erstaunlicherweise grün war. Danach entfernte sie die schwarzen Kerne und fing sie in einer zusätzlichen Holzschüssel auf. Erneut ging die Haustüre auf und Plinndin trat ein. Sein Blick glitt zu ihr, eher er beiseitetrat und einen seltsam aussehenden Menschen einließ. Selene konnte nicht sagen, ob der Mensch eine Frau oder ein Mann war. Von seinem Namen her vermutete sie, dass er als Mann geboren sein musste. Sie konnte auch nicht einschätzen, wie alt er war, denn obwohl sein Gesicht keine Falten aufwies, konnte sie dennoch ein gewisses Alter

darin erkennen. Der Graue schloss die Tür hinter sich und verbeugte sich vor Wine.

»Ich danke Euch für die Einladung, mit Euch zu Abend zu speisen«, sprach er mit seltsam weicher und hoher Stimme, ehe er seinen glatzköpfigen Kopf drehte und seine dunkelgrauen Augen auf ihre trafen.

Auch vor ihr verbeugte er sich und trat dann geschmeidig an Selenes Bett, ohne dass sein langes, graues Gewand Geräusche von sich gab. In einer flüssigen Bewegung nahm er sich einen Holzstuhl und setzte sich vor sie. Seine Gesichtszüge waren zart, mit hohen Wangenknochen und markanten Augenbrauen. Obwohl seine Statur dürr war, beinahe knochig, wirkte er voller Kraft und strahlte eine gewisse Ruhe aus. Selenes Blick wanderte an seinem grauen Gewand herunter und wunderte sich leicht, dass er darin nicht fror. Sie erstarrte, als sie seine Hände sah. Sie waren lang, knöchern und doch kraftvoll. Was Selene aber am meisten überraschte, war, dass er an jeder Hand nur drei Finger besaß. Jedoch schienen sie nicht abgeschnitten, sondern von Geburt an so zu sein. Seine Handteller waren schmaler als bei normalen Menschen und die drei Finger etwas dicker. Er bemerkte ihren Blick, denn er streckte seine Hände aus und bewegte seine sechs Finger langsam. Fasziniert betrachtete Selene sie und sah dann mit großen Augen zu ihm auf.

»Ich grüße Euch, Menschenfrau. Mein Name lautet Aethelmaer und ich bin der Graue dieser Stadt. Wie lautet Euer Name?«, fragte er mit sanfter Stimme und Selene ließ ihre Knie seitlich sinken, bis sie im Schneidersitz saß.

Sie spürte, dass von ihm eine gewisse Macht ausging, und beinahe hätte sie ihn nach dem Brauch ihres Volkes begrüßt.

»Ich heiße Selene, Tochter der Ilteri«, sprach sie und der Graue neigte zur Begrüßung seinen Kopf.

»Seid gegrüßt Selene, Tochter der Ilteri«, dann hielt er für einen kurzen Moment inne.

Er wandte sich leicht nach hinten um, hob seinen Arm und vollführte eine wischende Geste mit den Worten: »Wand die Stimmen schluckt.«

Selene machte ein kurzes Flimmern in der Luft aus und stellte erstaunt fest, dass sie zwar sah, wie Wine und Plinndin sich unterhielten, sie aber nichts mehr hören konnte. »Nun können wir uns in Ruhe unterhalten«,

sprach er, während er sich zu ihr wandte.

»Was hast du gemacht?«, fragte Selene neugierig, denn es war das erste Mal in ihrem Leben, dass sie Magie mit ihren eigenen Augen gesehen hatte.

»Ich habe eine Wand zwischen ihnen und uns heraufbeschworen. Kein Laut vermag sie zu passieren«, erklärte er ruhig und Selene nickte begeistert.

Zu gerne hätte sie ihre Hand ausgestreckt und versucht, diese Wand zu berühren.

»Gestern erzählte mir Plinndin, dass er Euch im Stillen Wald fand und hier in Sicherheit brachte. Er führte mich zu Euch, in der Hoffnung, Eure Schmerzen und Leiden vermindern zu können, vielleicht sogar Euer Leben zu retten. Doch ich konnte spüren, dass Ihr Euch selbst schneller heiltet, als ich es je zu träumen wagte. Auch jetzt, nach dieser kurzen Zeit, sehe ich keine Wunden, die nach solch Erfrierungen zu erwarten wären«, sprach er sanft. »Selbst ein Grauer würde noch immer unter den Folgen leiden und Jahre würden vergehen bis die letzten Narben verheilen würden. Erlaubt mir bitte Euch zu berühren, um festzustellen, ob Ihr wahrlich genesen seid«, bat er.

Selene zögerte einen Moment. Angst kroch in ihrem Inneren empor, dennoch streckte sie ihm ihren rechten Arm entgegen und betete innerlich zum Mond, dass sie die richtige Entscheidung getroffen hatte. Aethelmaer lächelte leicht und legte seine Finger sanft auf ihren Unterarm. Bei seiner Berührung breitete sich von seinen Fingern eine angenehme Wärme aus, die durch ihren Körper wallte. Die Wärme nahm jegliche Zweifel von ihr und sie wusste, dass sie ihm vertrauen konnte. Er würde ihr zuhören, ohne ein Urteil zu fällen. Sie spürte, dass ihr Herz leichter und der Schmerz darin erträglicher wurde. Dann nahm er seine Finger von ihrem Arm und die Wärme verblasste. Er hob seinen Kopf und sie sah in seine tiefen, dunkelgrauen Augen.

»Es war mir schon bei unserer ersten Begegnung aufgefallen, dass Ihr nicht von hier seid«, sprach er langsam. »Wer oder was seid Ihr?«

Sie wunderte sich ein wenig, wie schnell er erkannt hatte, dass sie anders war. Er musste es gespürt haben, als er sie berührte und Selene zögerte einen Moment. Es war für sie riskant, ihm zu verraten, wer sie war und woher sie kam. Andererseits war er ein Magier und wenn er

ihr nicht helfen konnte, dann vermutlich niemand. Die Warnungen ihrer Mutter und Großmutter hielten sie davon ab, ihm zu sagen, was sie war, aber wenn sie von ihm Hilfe wollte, musste sie wenigstens etwas von sich preisgeben.

»Ich weiß nicht, woher ich komme und wo ich jetzt bin«, begann sie langsam zu sprechen.

»Zu Hause bin ich durch eine Art Tor gelaufen und habe mich in dem Wald wiedergefunden, den ihr Stillen Wald nennt. Als ich mich umdrehte, war das Tor nicht mehr da und wenn Plinndin nicht gewesen wäre, wäre ich vermutlich gestorben.«

»Ein Tor, sagtet Ihr?«.

Selene nickte.

»Es war auf der Innenseite des Mantels einer riesigen Statue, die am Rande eines großen Sees stand.«

»Wie sah diese Statue aus?«

Selene legte den Kopf nachdenklich schief.

»Unheimlich. Sie war aus Stein und hatte keinen Körper, nur einen Kopf mit langen Haaren. Das Gesicht war männlich und die Augenhöhlen schwarze Löcher. Er trug einen langen Mantel mit betenden Händen darunter. Das Seltsame war, dass die Hände zu schweben schienen. Am unheimlichsten war das Gefühl, dass er verbreitete.«

»Ein Gefühl?«

»Ja, als würde mir Eiswasser den Nacken hinunterlaufen.«

Sie konnte ihm nicht von dem Bild auf der Innenseite des Mantels erzählen. Es hörte sich einfach zu absurd an, in ein Bild verschwunden zu sein. Aethelmaer runzelte leicht seine Augenbrauen. Etwas schien ihn zu verwirren.

»Kennst du so etwas?«, fragte Selene nach, doch Aethelmaer schüttelte leicht den Kopf.

»In meinen bisherigen wenigen Lebensjahren hörte ich noch nie von solch einem Tor im Inneren einer Statue. Ich selbst kann Euch nicht helfen, aber vielleicht vermögen es die Ältesten. Doch beantwortet mir noch eine Frage, was seid Ihr?«

»Was meinst du?«, fragte Selene, wusste hingegen schon, was er meinte.

»Ihr seid anders als jene der drei Völker dieses Kontinents. Ihr heilt

Euch selbst in solch einer Geschwindigkeit, dass man dabei zusehen kann. Zudem fließt durch Euren Körper die Energie anders und kräftiger, als ich es je gespürt habe.«

Selene nickte sacht, hielt aber dann inne.

»Du hast Recht, ich bin anders. Wenn ich dir jedoch sage, was ich bin, bringt dich das in Gefahr.«

Sie konnte sehen, dass er kurz überrascht schien. Aethelmaer schwieg einen Augenblick und sah sie aus nachdenklichen dunkelgrauen Augen an.

»Ich fürchte die Gefahr nicht, doch wenn es Eure Seele belastet, mir dies zu offenbaren, so schweigt lieber.«

Selene nickte erleichtert.

»Und wo finde ich die Ältesten?«

»Einen Tagesmarsch weiter im Süden befindet sich die Festung der Grauen. Doch ruht noch zwei Nächte, ehe Ihr Euch im Morgengrauen nach der zweiten Nacht auf den Weg begebt. Plinndin wird Euch sicherlich geleiten und für Eure Sicherheit sorgen«, sprach Aethelmaer weiter.

Leicht niedergeschlagen sackte Selene etwas in sich zusammen, denn es war tatsächlich ihr Plan gewesen, am nächsten Morgen so früh wie möglich aufzustehen und loszulaufen. Als Aethelmaer ihre enttäuschte Miene sah, musste er unweigerlich lächeln.

»Obwohl Ihr voller Kraft strotzt, benötigt Ihr dennoch etwas Vorbereitungszeit«, erklärte er und Selene musste ihm zwangsläufig Recht geben.

Nur zu gut konnte sie sich an diese grausame Kälte erinnern, die ihr die Haut von ihrem Fleisch abzuziehen schien.

»In Ordnung, ich warte noch bis übermorgen«, stimmte sie ihm schließlich schweren Herzens zu.

»Gut, dann lasst uns nun zu den anderen beiden stoßen«, sprach er, hob seinen Arm und vollzog abermals eine wischende Geste mit den Worten: »Verblasse.«

Erneut konnte sie ein leichtes Flimmern in der Luft ausmachen und die Geräusche des Feuers und das Blubbern des Kochtopfes drangen zu ihnen hindurch. Aethelmaer stand elegant auf und verbeugte sich vor Wine und Plinndin, die beide neugierig aufsahen.

»Verzeiht meine Unhöflichkeit, allein mit ihr gesprochen zu haben«, sagte er sanft, während er sich verbeugte.

»Es sei Euch verziehen«, erwiderte Wine und verbeugte sich ebenso vor Aethelmaer.

Plinndins Blick glitt von dem Grauen zu Selene und sie konnte in seinen blauen Augen eindeutig Neugierde ausmachen.

»Das Essen ist sogleich fertig«, sprach Wine und Plinndin ging zu einem Regal, holte Holzschalen und Holzbecher heraus, ehe er anfing, den Tisch zu decken.

»Setzt Euch, Aethelmaer«, sprach Plinndin und sah dann Selene an.

»Könnt Ihr bereits am Tisch sitzen oder zieht Ihr das Bett vor?«, fragte er und Selene stand bei seinen Worten schnell auf.

»Ich esse am Tisch, danke«, sprach sie schnell und ließ sich neben Aethelmaer nieder, der an einem Ende des Tisches saß.

Plinndin ließ sich gegenüber von Selene nieder, Wine begann in die Schalen ihren Eintopf zu füllen und goss Wasser aus einer großen Kanne in ihre Becher.

»Ich hoffe, Ihr konntet alles bereden«, sprach Wine, während sie die Wasserkanne auf den Tisch stellte und sich setzte.

»Um jegliche Fragen zu klären, wären wohl viele Sonnenauf- und -untergänge von Nöten«, sprach Aethelmaer und bedankte sich mit einem kleinen Nicken für das Essen.

Alle griffen zum Löffel und Selene sah fasziniert zu, wie geschickt Aethelmaer den Holzlöffel mit seinen drei Fingern hielt und elegant damit aß.

»Was meintet Ihr damit?«, fragte Plinndin geradeheraus, der hastig einen Bissen herunterschluckte.

Selene überließ das Antworten Aethelmaer und sah auf ihre Holzschale herab. Darin schwamm in einer grünlich braunen Brühe das Essen. Neugierig nahm sie einen Bissen. Es schmeckte köstlich und brachte ein kleines Lächeln auf ihre Lippen.

»Herrin Selene entstammt einem Ort weit jenseits meines Wissens. Durch mehrere Verkettungen unglücklicher Umstände ist sie im Stillen Wald gestrandet und hat nun viele Fragen, deren Antwort ich nicht zu geben vermag. Vielleicht können es die Ältesten. In zwei Tagen, wenn die ersten Sonnenstrahlen noch nicht einmal die Berge berühren, wird sie sich auf den Weg zur Grauen Festung begeben. Ich hatte gehofft, Ihr

würdet sie begleiten, Plinndin«, sprach Aethelmaer und als Selene kauend aufsah, konnte sie ein freudiges Funkeln in Plinndins Augen ausmachen.

»Wenn Mutter dies erlaubt, werde ich ihr den Weg zeigen«, sprach Plinndin schnell und sah seine Mutter an, die jedoch nur in ihrem Essen stocherte.

»Wenn Aethelmaer es für nötig hält, sie zur Festung zu schicken, so sehe ich keinen Grund daran, dich aufzuhalten. In dieser Stadt bist du der beste Jäger und wirst sie auf der Tagesreise dorthin gewiss angemessen beschützen können«, sprach sie mit fester Stimme und auch wenn Selene heraushören konnte, dass es Wine nicht besonders gefiel, ließ sie ihren Sohn dennoch gehen.

Plinndins Gesicht fing an zu strahlen und ein glückliches Lächeln legte sich auf seine Lippen.

»Was ist die Graue Festung für ein Ort?«, fragte Selene vorsichtig und schaufelte sich einen großen Löffel des köstlichen Eintopfes in den Mund.

»Dort leben die Grauen die ersten hundert Jahre ihres Lebens und können dann entscheiden, ob sie die Festung verlassen oder Studien der Magie nachgehen«, erklärte Plinndin voller Begeisterung und Selene hätte sich beinahe an dem Essen verschluckt.

»Die ersten hundert Jahre?«, fragte sie mit erstickter Stimme und sah mit großen Augen zu Aethelmaer, der hingegen nur nickte.

»Wie alt bist du denn dann?«

»Dies ist mein 248. Sommer«, antwortete er und Selene fiel der Löffel aus der Hand.

»Meintest du vorhin nicht, dass du noch jung bist?«

»Für einen Grauen ist dies auch noch ein junges Alter. Die Ältesten sind mehrere tausend Jahre alt«, erklärte Aethelmaer sanft und Selene konnte ihn nur mit großen Augen ansehen.

»Wie ist das möglich, nicht zu altern?«, fragte sie zutiefst verwundert und brachte Aethelmaer damit zum Lächeln.

»Wir altern, jedoch langsamer als alle anderen Völker. Uns wurde das Geschenk gegeben, selbst zu entscheiden, wann wir diesen Körper der großen Mutter zurückgeben.«

»Das heißt, du kannst einfach entscheiden, wann du stirbst?«

»Wenn ich der Welt überdrüssig bin und spüre, dass meine Seele müde

ist, kann ich den Tod selbst wählen«, erklärte Aethelmaer ruhig.

Selene ließ sich mit einem erstaunten Schnaufen gegen die Stuhllehne sinken und bestaunte Aethelmaer nur noch mehr. Sie hielt es für eine unglaubliche Gabe, den Tod selbst wählen zu können.

»Und die Ältesten leben in der Festung?«, fragte sie weiter, während sie sich von dem kleinen Schock erholte.

»In der Festung leben die Ältesten, die Jüngsten, jene, die zur Studie bleiben und deren Familien«, antwortete Aethelmaer.

»Ein Ort voller Magie«, fügte Plinndin hinzu und Selene konnte ihm die Vorfreude, dorthin zu gehen, förmlich am Gesicht ablesen. »Nicht viele haben die Ehre, die Festung von innen zu sehen.«

Selene schmunzelte über Plinndins freudigen Gesichtsausdruck. Ihr Blick glitt zu Aethelmaer, während sie den letzten Rest Eintopf aus ihrer Schale kratzte. Sie versuchte, in seinen ebenmäßigen und feinen Gesichtszügen sein tatsächliches Alter zu erkennen, doch konnte sie im Stillen nur sein hübsches Gesicht bewundern. Auf der einen Seite fand sie dieses Land, in dem sie sich befand, faszinierend und wollte so viel wie möglich darüber erfahren, auf der anderen Seite schmerzte ihr Herz, so weit entfernt von ihrer Familie zu sein. Bisher war sie nie auch nur eine Nacht von ihrer Mutter getrennt gewesen und es ängstigte sie tief in ihrem Herzen, nun plötzlich in der Fremde zu sein, völlig auf sich allein gestellt.

»Möchte noch jemand etwas von dem Eintopf?«, fragte Wine und riss Selene aus ihren Gedanken.

»Ja, das wäre sehr freundlich. Es schmeckt ganz hervorragend«, lobte Selene und reichte ihr die Schale.

Wine nahm zufrieden lächelnd die Schale entgegen und füllte sie erneut bis zum Rand, während Aethelmaers Schale noch halb gefüllt war.

»Schmeckt es dir nicht?«, fragte Selene verblüfft, doch Aethelmaer lächelte sanft.

»Wie Ihr bereits sagtet, schmeckt es ganz hervorragend. Als Grauer verspüre ich kaum Hunger und brauche nicht viel zu essen.«

»Das heißt, wenn du wolltest, müsstest du so gut wie nie etwas essen?«, fragte Selene verblüfft.

»Das ist richtig.«

»Wieso tust du es dann?«

»Gemeinsames Essen verbindet und es ist eine Zeit des geistigen Austausches«, erklärte Aethelmaer mit ruhiger Stimme.

Selene konnte nur zustimmend nicken und dachte über seine Worte nach. Unweigerlich dachte sie an ihre Familie zurück und erinnerte sich daran, dass sie die besten Gespräche beim Essen und danach abgehalten hatten. Es war eine Zeit, in der alle Familienmitglieder beisammen waren und von ihrem Tag erzählten. Selbst unter Fremden schuf das gemeinsame Essen eine Art Verbindung. Sie hatte es bei den Treffen der Clans nur allzu oft miterlebt. Der Gedanke an ihre Familie schnürte ihr die Kehle zu und schnell vergrub sie ihre Gefühle tief in ihrem Herzen. Nachdem alle ihre Schale gelehrt hatten, erhob sich Aethelmaer elegant und verbeugte sich tief vor Wine.

»Ich danke für das warme Mahl in Eurem Haus«, sprach er, worauf sich Wine erhob und sich ebenfalls verbeugte.

»Es war mir eine Freude«, erwiderte sie und auch Plinndin neigte sein Haupt.

Selene machte es Plinndin nach und als sie wieder Aethelmaer ansah, erwiderte er ihren Blick voller Wärme.

»Ich wünsche Euch alles Gute auf Eurem Wege. Auf dass Ihr die Antworten finden werdet, nach denen Ihr sucht«, sprach er und Selene verneigte sich dankend für seine Worte.

Dann drehte sich Aethelmaer elegant um und ging gleitenden Schrittes aus dem Haus. Selene wollte Wine beim Abwasch helfen, doch diese bestand darauf, dass sich Selene wieder hinlegen möge, und so gab sie nach. Vom Bett aus sah sie zu, wie Wine und Plinndin sich um den Abwasch kümmerten und sich dann mit ledernen Decken auf den Stapel Sitzkissen niederließen. Da wurde Selene klar, dass die beiden sich das große Bett, in dem nun Selene lag, unter normalen Umständen teilten. Beinahe wäre sie aufgesprungen und hätte Wine versucht zu überreden, mit ihnen das Schlaflager zu tauschen, als Wine ihre Gedanken zu erraten schien und ihr einen strengen Blick zuwarf. So legte sich Selene mit einem schlechten Gewissen hin und zog die Decke etwas höher. Ihr Blick glitt zu der leicht leuchtenden Eiswand und sie war sich nicht sicher, ob sie bei der Helligkeit würde schlafen können, als auf einmal Wines Stimme ertönte:

»Das Eis ist dunkel in der Nacht.«

Kaum waren die Worte gesprochen, verschwand das Glimmen des Eises und das Haus wurde nur noch vom Feuer im Kamin erhellt. Selene beobachtete, wie die beiden auf dem Boden einschliefen. Ihr Blick war auf den breiten Rücken von Plinndin geheftet, dessen zerzauste Haare selbst noch im Liegen abstanden. Sie war beiden so unglaublich dankbar, dass sie Selene aufgenommen hatten, und dennoch durfte sie zu ihnen nicht offen sein. Es schmerzte, sich nicht dankbar zeigen zu können und die eigene Identität zu verheimlichen. Besonders Plinndin gegenüber hatte sie ein schlechtes Gewissen. Er war derjenige, der sie gerettet hatte, und dennoch konnte sie nichts sagen. Wenn sie von ihr wüssten, würde sie alle in Gefahr bringen.

In ihrem Land waren die Mondmenschen so begehrt, dass manche Familien sich gegenseitig auslöschten, nur um eine Frau zu besitzen. Unbehaglich drehte sie sich auf die Seite und schloss langsam die Augen. Sie versuchte sich ganz auf ihre Atmung zu konzentrieren. Vor ihrem geistigen Auge stiegen die Bilder ihrer Familie empor. Die Schreie aus ihrem Dorf traten in ihre Erinnerung und ehe sie sich versah, brach ihr Herz auf. Angst, Trauer und Sehnsucht überrollten sie und brachten sie zum Zittern. Tränen rannen wie Sturzbäche über ihr Gesicht und sie biss sich in die Faust, damit kein Ton ihren Mund verließ. In aller Stille weinte sie bitterlich in sich hinein. Sie hätte nach ihrer Familie geschrien, wenn sie jene damit nur wieder zu sich zurückholen konnte. Sie weinte bis keine Träne mehr in ihr war und ihre Faust blutete, doch war ihr das egal. Sie wollte nur zu ihrer Familie zurück und betete inständig zum Mond, dass dies ein Traum sein möge. Tief in ihrem Herzen wusste sie es jedoch besser.

Bald war ihr Körper so ausgelaugt vor Schmerzen und Leid, dass sie schließlich in die schwarze Dunkelheit der Ohnmacht glitt.

4. Kapitel

Erneut steckte sie hüfttief im Schnee und versuchte, sich herauszuziehen, doch es war, als würde jemand sie immer wieder tiefer ziehen. Panisch vergrub sie ihre Hände im Schnee, während sich der Wind in ihre Haut grub und ihr Blut an den Armen hinunter in den Schnee tropfte. Ein Grollen erklang und als sie aufsah, stand erneut das Monster vor ihr und riss sein riesiges Maul auf, um sie endlich zu verschlingen. Sie schrie auf, riss ihre Arme schützend nach oben. Plötzlich ertönte ein Schrei, der ihr durch Mark und Bein ging. Langsam lugte sie durch ihre Finger und sah, wie ihr Bruder zwischen den Zähnen der Bestie zerrissen wurde. Selenes Herz zerbrach. Schreiend versuchte sie Sulis zu erreichen, doch sie konnte sich noch immer nicht aus dem Loch befreien.

Irgendwann schien sich alles in Nebel aufzulösen. Zitternd und mit tränenüberströmtem Gesicht sah sie sich um. Sie lag auf einem hellen Untergrund, mit knöcheltiefem, dichtem Nebel überzogen. Schniefend richtete sie sich auf und wischte sich die Tränen von ihrem Gesicht. Aus der Dunkelheit um sie herum begann sich allmählich eine Gestalt herauszuschälen. Sie war seltsam diffus und die Ränder nicht klar abgegrenzt. Langsam kam sie näher und Selene hatte das Gefühl, die Silhouette zu kennen. Erst als sie vor Selene in die Hocke ging, wusste sie, dass es ihre Großmutter war. Heiße Tränen tropften über ihre Wangen und ihr Kinn zitterte, brachte jedoch kein Wort über ihre Lippen. Annit versuchte, etwas zu sagen, aber ihre Stimme war gedämpft und unverständlich. Selene streckte ihre Hände nach ihrer Großmutter aus, konnte sie aber nicht berühren. Aus vollem Herzen wollte sie verstehen, was sie sagte. Ganz kurz klärte sich ihr Bild.

»Am Leben… schwarze… Hilfe… wo bist…«, waren die einzigen Worte, die sie heraushörte, ehe sie wieder an Schärfe verlor. Ihre Großmutter verschwand im Nebel. Selene blieb in der Dunkelheit zurück und rief bitterlich weinend nach ihr.

Die Finsternis wich und sie sah in das besorgte Gesicht von Wine. Selene fuhr hoch und bemerkte, dass sie heftig zitterte und ihr kalter Schweiß auf der Stirn stand. Sie kniff sich fest in den Arm und als sie den Schmerz

verspürte, stellte sie fest, dass dies nur ein Traum gewesen war. Mit klammen Fingern wischte sie sich den Schweiß von der Stirn und spürte, dass ihr jemand sanft über den Rücken strich. Selene sah zur Seite und bemerkte, dass Wine mit besorgtem Gesicht neben ihr auf dem Bett saß.

»Es war nur ein Traum«, sprach Wine achtsam und tätschelte ihr den Rücken, bis das bitterliche Zittern allmählich verebbte.

Selene konnte nur nicken, denn die Bilder von ihrem Traum schoben sich vor ihr geistiges Auge. Sie war sich sehr sicher, dass die erste Hälfte ein Albtraum gewesen war, doch wenn sie an ihre Großmutter und an deren Gesicht dachte, war sie sich sicher, dass sie Annit wirklich getroffen hatte. Der besorgte Gesichtsausdruck mit dem wirren Haar, das zu allen Seiten abstand, war ihr neu. Auch wusste Selene, dass sie als Schamanin die Fähigkeit besaß, in andere Träume einzudringen.

»Hier, esst etwas. Es wird Euch danach bestimmt wohler ergehen«, sprach Wine und drückte ihr sanft einen Teller mit Brot und Speck in die Hand. Mit einem kurzen Nicken nahm sie den Teller entgegen und aß, doch auch wenn es gut schmeckte, so nahm sie es kaum wahr. Ihre Gedanken waren bei den Worten, die ihr ihre Großmutter gesandt hatte. Sie vermutete, dass sie mit »am Leben« vermutlich sich selbst oder vielleicht sogar ihre Mutter gemeint hatte. Das Wort »schwarze« bezog sich womöglich auf die Männer, die sie gefangen genommen hatten. Nur zu gut konnte sich Selene an die schwarz gerüsteten Reiter erinnern, die sie verfolgt und ihren Bruder getötet hatten. Allerdings wusste sie nicht, ob mit dem Wort »Hilfe« gemeint war, dass Selene Hilfe bräuchte oder sie zur Hilfe kommen sollte. Es war ihr hingegen klar, dass Annit nicht wusste, wo sie war, und dass ihre Großmutter sehr weit weg sein musste.

Die Nachricht brachte ihr zugleich Hoffnung und Verzweiflung. Einerseits war ihr Herz ungemein erleichtert, dass Annit noch am Leben war, andererseits war sie vielleicht unerreichbar. Auch ohne den Traumbesuch wollte sie zurück. Sie hatte noch zwei Schwestern, bei denen sie bleiben konnte. Zwar wusste sie, dass es beinahe unmöglich war, sie zu finden, aber sie waren ihre Familie und der einzige Ort, an den sie gehen konnte. Und nun hatte sie noch den Beweis, dass ihre Großmutter lebte. Sie könnte sie finden, zur Not befreien, und dann mit ihrer Hilfe die Schwestern ausfindig machen. Vielleicht hatte sogar ihre Mutter oder noch andere aus ihrem

Clan überlebt. Je länger sie darüber nachdachte, desto entschlossener wurde sie. Sie würde, wenn nötig, die ganze Welt nach ihrer Großmutter absuchen und zu ihrer Familie zurückkehren. Selbst wenn der Weg lang und gefährlich war, würde sie alles versuchen und immer weitergehen. Bei dem Gedanken nickte sie leicht und verschlang die restlichen Bissen auf ihrem Teller. Dann bedankte sie sich bei Wine, die Selene anschließend zeigte, wo sie sich frisch machen konnte, da deren Kleider ramponiert, blutverschmiert und nun auch durchgeschwitzt waren. Hinter der rechteckigen Aussparung neben dem Feuer war ein weiterer, kleinerer Raum, der sich als Badezimmer entpuppte. Darin befand sich eine große Steinschale, die auf einer hölzernen, hüfthohen Halterung ruhte. In diese goss Wine etwas Wasser und gab ihr dann einen Schwamm zum Waschen und eine seltsame, schwarze Wurzel.

»Was ist das?«, fragte Selene neugierig und drehte die fingerdicke, handlange Wurzel in ihrer Hand.

»Sie ist für Eure Zähne gedacht. Die Zahnputzwurzel ist noch frisch, deswegen müsst Ihr zu Beginn auf ein Ende beißen, bis sie weich wird und Fasern davon abstehen. Mit diesen könnt Ihr Eure Zähne putzen«, erklärte Wine.

»Zuerst solltet Ihr Euch waschen, dann mit frischem Wasser die Zähne putzen und schließlich das Wasser in das Loch dort hinten kippen, zusammen mit Euren Ausscheidungen.«

»Ausscheidungen?«, fragte Selene, doch wurde ihr in dem Moment klar, was das tellergroße Loch mit dem Holzbrett darüber sein sollte.

»Ah, in Ordnung. Ich hab's verstanden«, meinte Selene schnell, bevor sie Wine in Verlegenheit bringen konnte.

»Gut, ich werde für Euch frische Kleidung zurechtlegen«, meinte Wine und ließ sie allein.

Selene legte den Schwamm in die Schale mit dem kühlen Wasser, zögerte kurz, ehe sie sich vor der kommenden Kälte wappnete. Zuerst erleichterte sie sich im Loch, ehe sie ihre Kleider ablegte und sich dann ausgiebig wusch. Noch immer fand sie Stellen, an denen ihr getrocknetes Blut klebte. Anschließend zog sie ihr kurzes Lederkorsett aus Fischknochen an, welches ihr nur bis zu den Rippen ging und an der Vorderseite mit ledernen Bändern zugebunden wurde. Dabei merkte sie, dass sie abgenommen hat-

te, und seufzte leise. Sie war dem Tod wohl wirklich nahe gewesen.

Als sie die Kleidung begutachtete, die ihr Wine zurechtgelegt hatte, stellte sie erfreut fest, dass auch eine frische Unterhose aus Stoff dabei war, die sie glücklich anzog. Dann folgte eine lederne, enganliegende Hose, welche vorne ebenfalls mit Bändern zugebunden wurde. Die langärmlige Wickelbluse war auch aus Leder, fühlte sich angenehm auf ihrer Haut an und konnte hoch bis zum Hals verschlossen werden. Ehe sie das letzte Kleidungsstück darüber zog, wusch sie ihre schneeweißen Haare mit etwas Seife und wrang diese gut aus, bevor Selene sie mit dem Handtuch halbwegs trocknete. Dann streifte sie ein weißes Kleid über, welches ab der Hüfte stark ausgestellt war und ihr genügend Beinfreiheit verlieh. Die Säume des dicken Kleides waren pelzbesetzt und ein farbiges Band mit verschnörkelten, kantigen Mustern zierte ihre Hüfte. Anschließend goss sie das dreckige Wasser das Loch hinunter, putzte sich die Zähne mit der schwarzen Wurzel, schlüpfte in ihre hohen Stiefel und trat nach draußen. Wine saß auf einem der Sitzkissen und schien etwas zu nähen. Bei Selenes Eintreten sah sie auf und lächelte breit.

»Ich freue mich, dass Euch mein altes Kleid passt«, sprach sie und Selene verneigte sich tief.

»Vielen Dank dafür«, sagte sie und Wine stand mit einem Ruck auf.

»Was wird mit meinen alten Kleidern geschehen?«, fragte Selene, denn jene waren blutverschmiert und fingen schon an zu riechen.

»Ich werde sie waschen und trocknen, bevor Ihr uns morgen verlasst«, meinte Wine. »Darf ich Euch die Haare legen?«

Selene nickte und ließ sich auf ein Sitzkissen gegenüber von Wine nieder.

Wine nahm aus dem Regal einen hölzernen Kamm und kämmte Selenes hüftlange Haare. Während sie Selenes Haar an den Kopf flocht, säuselte sie leise ein Lied. Am Hinterkopf band sie die Strähnen mit einem roten Band zusammen und betrachtete abschließend ihr Werk.

»Ihr habt wirklich wunderschöne Haare. Weiß wie unberührter Schnee«, sprach Wine mehr zu sich selbst und ließ eine noch feuchte Strähne durch ihre Hände gleiten.

»Doch sagt, was sind das für silberne Zeichen in Eurem Gesicht?«, fragte Wine neugierig und brachte Selene kurz zum Lächeln.

»Ach das«, erwiderte sie und fuhr sich mit den Fingerspitzen über die

silbernen Punkte unter ihren Augen und auf ihrer Stirn.

Bevor sie jedoch antworten konnte, ging mit einem Mal die Tür auf und Plinndin eintrat. Auf seinem Rücken trug er einen großen, ledernen Rucksack, der prall gefüllt war. Er hievte ihn zu Boden und als sein Blick auf Selene fiel, stockte er kurz, ehe sich ein schüchternes Lächeln auf seinem Gesicht ausbreitete.

»Euch stehen die alten Kleider meiner Mutter sehr«, sprach er und brachte Selene in Verlegenheit.

Sie war es nicht gewohnt, von Männern Komplimente zu bekommen.

»Danke«, konnte sie nur erwidern und beobachtete ihn einen Moment lang, wie er scheinbar nervös an seinem ledernen Wams herum zupfte.

»Da Ihr noch nicht viel von der Stadt gesehen habt, erlaubt Ihr es mir, Euch herumzuführen?«, fragte er plötzlich und ließ Selene zögern.

Sie war noch nie in einer Stadt gewesen, geschweige denn umzingelt von normalen Menschen, von denen sie sich äußerlich so sehr unterschied. Plinndin bemerkte ihr Zögern und hielt dann eine braune Strickmütze und einen Schal hoch.

»Ihr könnt Euch damit verbergen. Viele in der Stadt tragen dies und somit werdet Ihr nicht auffallen. Zudem kann meine Mutter Eure Male mit Schminke abdecken. Was sagt Ihr?«

Erneut zögerte Selene. Dies war eine Gelegenheit, ihre Umgebung genauer zu begutachten und einen Eindruck der hiesigen Menschen zu erhalten. Auf der anderen Seite fürchtete sie sich vor den vielen Menschen, die nicht zu den Clans gehörten. Doch dann gab sie sich einen Ruck.

»Wenn Wine nichts dagegen einzuwenden hat«, sagte sie, worauf Wine mit einem beruhigenden Lächeln antwortete: »Nein, natürlich nicht.«

Bei den Worten zog sie eine kleine Schatulle aus dem Regal, in der sich verschiedene Holztiegel befanden.

Sie öffnete nach und nach die Tiegel und Selene erkannte, dass sich darin unterschiedliche Farben befanden. Wine wählte eine weiße Farbe, mischte sie ein klein wenig mit rot und betupfte damit dann ihre Male. Selene hielt still und beobachtete Wines Gesicht, deren Augenbrauen sich immer mehr zusammenzogen.

»Alles in Ordnung?«

Wine seufzte und ließ ihren Arm sinken.

»Es deckt schlechter ab, als ich dachte. Doch wenigstens hilft es ein wenig. Es wird vor flüchtigen Blicken schützen. Dennoch solltet Ihr sie mit Schal und Mütze verbergen. So, ich bin fertig.«

Selene dankte ihr, stand auf, und Plinndin trat nahe an sie heran. Vorsichtig setzte er ihr die Mütze auf ihre Haare, ohne ihre Frisur zu ruinieren. Achtsam zog er sie so weit herunter, dass sie Selenes weiße Haare verbarg und den silbernen Sichelmond auf ihrer Stirn halb verdeckte. Sie hob ihren Blick und sah in seine blauen Augen, die vor Aufregung nur so zu sprühen schienen. Dann wickelte er langsam den Schal um ihren Hals und vergewisserte sich, dass die silbernen Punkte, die sich von ihrer Nase zu ihren Schläfen zogen, kaum zu sehen waren. Selene war seltsam berührt von seiner Nähe und der Behutsamkeit, mit der er sie behandelte. Als er fertig war, trat er zurück und nickte zufrieden.

»So werdet Ihr niemandem auffallen. Bleibt einfach an meiner Seite, so wird Euch nichts geschehen.«

Selene nickte und warf dann einen Seitenblick zu Wine, die inzwischen den Rucksack an sich genommen hatte und gerade am Auspacken war.

»Plinndin, du weißt, wann es Abendessen gibt«, sprach sie nur und Plinndins Lächeln wurde für einen kurzen Moment breiter.

»Ja, Mutter«, antwortete er, ehe er galant die Tür für Selene öffnete und sie zuerst nach draußen treten ließ.

Schmunzelnd hob sie ihren Kopf und spürte die frische, angenehm kühle Luft auf ihrer Haut. An Plinndins Haus reihten sich bis zur Wand des Bergs unterschiedlich große Häuser, von denen Plinndins eins der größten war. Fasziniert betrachtete sie die Häuser, gehauen in das Eis des Berges, welche über viele breite Treppen zu erreichen waren.

»Wohnen dort auch Menschen?«, fragte sie ihn, als er an ihre Seite trat.

Dabei stellte sie unweigerlich fest, dass er beinahe einen Kopf größer war als sie. Er strich durch seine braunen, zerzausten Haare und nickte.

»Fast jedes Haus in dieser Stadt ist bewohnt.«

»Und hat es einen bestimmten Grund, dass eures größer ist als manch andere?«, fragte Selene und Plinndin nickte sachte.

Er ging langsam vorwärts und Selene passte sich schnell seinem Schritt an.

»Mein Vater verstarb vor einigen Jahren und so wurde das Haus, wel-

ches ich bis dahin mein Zuhause nannte, an jene gegeben, die mehr Platz benötigten. Als ich jedoch den Platz meines Vaters einnahm und zu einem der talentiertesten Jäger erklärt wurde, bekamen wir mein Geburtshaus als Zeichen der Anerkennung zurück«, erklärte er.

»Das heißt, wenn eine Familie größer wird, bekommen die auch ein größeres Haus wegen des Platzmangels?«, fragte Selene sicherheitshalber noch einmal nach und Plinndin nickte.

Für einen kurzen Moment gingen sie schweigend nebeneinanderher.

»Darf ich fragen, wie dein Vater gestorben ist?«, fragte Selene vorsichtig.

Er schien zu merken, dass sie ihm nicht allzu nahetreten wollte, und lächelte kurz.

»Ihr dürft«, antwortete er. »Mein Vater starb bei der Jagd im Stillen Wald.«

»Ah, wie mein Vater«, meinte Selene und Plinndin sah erstaunt auf.

»Auch Euer Vater war Jäger?«

»Ja, so wie fast alle Männer in unserem Clan. Ich war zu der Zeit noch sehr jung und habe deswegen so gut wie keine Erinnerungen mehr an ihn. Mein kleiner Bruder war damals noch im Bauch meiner Mutter als es passierte«, erzählte Selene und der Gedanke an Sulis ließ ihr Herz für einen Moment schmerzen, ehe sie ihn wieder tief in ihr Herz verbannte.

Selene brauchte einen Moment, um sich die passenden Worte zurechtzulegen.

»Plinndin«, begann Selene und blieb stehen.

Er blieb ebenso stehen und sah sie fragend an.

»Danke. Ich danke dir aus tiefstem Herzen, dass du mich gerettet hast. Ohne dich wäre ich gestorben«, sprach sie endlich ihren Dank aus und brachte Plinndin zum Lächeln.

»Es war wohl Schicksal, dass ich Euch fand. Dankt der Großen Mutter, dass ich in Eurer Nähe war.«

Selene nickte nur und nahm an, dass die Große Mutter hier wohl eine Art Gott war. Sie setzen ihren Weg fort und Selene betrachtete wieder ihre Umgebung. Alle Häuser bestanden aus großen Eiswürfeln mit einem kugelförmigen Dach, aber manche besaßen ihr unbekannte Runen über der Eingangstür. Inzwischen waren sie auf einer breiten Straße, gepflastert mit grauen Steinen, angelangt, auf der zahlreiche Menschen

sorglos auf- und abgingen. Selene beobachtete die Menschen und war fasziniert von den vielen unterschiedlichen Augen- und Haarfarben. Sie unterschieden sich nicht besonders von den Mondmännern, abgesehen von den silbernen Tattoos in ihrem Gesicht. Doch die schiere Masse, und dass auch Frauen andere Haarfarben besaßen, war für Selene etwas Neues. Zuerst war sie bei jedem Blick, der ihr zugeworfen worden war, zusammengezuckt und ihre Instinkte rieten ihr dazu, sich schnell zu verstecken. Jedoch schien sie niemand weiter zu beachten und je länger sie der Straße folgten, desto entspannter wurde sie.

»Die Zeichen in Eurem Gesicht, stehen sie für etwas Bestimmtes?«, fragte Plinndin und Selene warf ihm einen Seitenblick zu.

Er jedoch erwiderte nur kurz ihren Blick, ehe er wieder auf die Straße sah. Da wurde ihr bewusst, dass er jeden Menschen in ihrer Nähe beobachtete und nach Bedrohungen Ausschau hielt.

»Die Tattoos werden uns verliehen, wenn wir ins heiratsfähige Alter kommen. Die Mondsichel ist mein Familienzeichen. Alle in meiner Familie tragen dieses Symbol auf der Stirn. Die Punkte suchte ihr mir selbst aus.«

»Bekommt Ihr im Laufe Eures Lebens neue hinzu?«

»Ja, zum Beispiel wenn wir heiraten oder Kinder bekommen.«

»Dann seid Ihr nicht verheiratet?«, fragte Plinndin weiter und als sie ihn ansah, waren seine Ohren seltsamerweise rot angelaufen.

»Nein.«

Sein Mundwinkel zuckte und Selene kniff leicht die Augen zusammen. Sie war etwas irritiert. Von was genau konnte sie jedoch nicht sagen. Je näher sie in das Zentrum gingen, desto mehr Menschen begegneten ihnen und desto unwohler fühlte sich Selene.

»Falle ich nicht auf?«, fragte Selene leise und Plinndin trat unmerklich näher zu ihr.

»Eure Augen fallen auf, denn nicht viele besitzen solch außergewöhnliche Augen. Doch wird Euch keiner danach fragen. Zudem ist bereits bekannt, dass eine Fremde in dieser Stadt ist und wir sie beherbergen. Wenn jemand fragt, sagt, dass Ihr von weit herkommt und unsere Familien sich seit langem kennen. Bleibt einfach an meiner Seite«, meinte Plinndin mit leicht gesenkter Stimme und Selene nickte schnell.

»Wohin gehen wir?«, fragte sie schließlich und sah Plinndin fragend an.

»Wir befinden uns auf der Hauptstraße Richtung Marktplatz. Ich dachte, ich zeige Euch die Eisschneiderei und die Werkstätten, wenn es Euch beliebt«, antwortete Plinndin und Selene stimmte mit einem Lächeln zu. Je weiter sie vorangingen, desto größer wurden die Häuser und mehr Menschen kamen ihnen entgegen.

»Kannst du mir etwas zu den Zeichen über den Türen erzählen?«

»Es sind alte Wörter, die heute nur noch für die Symbole über den Türen verwendet werden. Sie sagen, wer in dem Haus wohnt und dass Freunde willkommen sind«, antwortete Plinndin bereitwillig.

»Es haben aber nicht alle Häuser diese Zeichen«, stellte Selene fest.

»Nein, gewisse Menschen widersetzen sich den Traditionen oder haben den alten Zeichen abgeschworen. Schaut, wir haben den Marktplatz erreicht«, sprach Plinndin und Selenes Augen weiteten sich etwas.

Vor ihnen eröffnete sich ein gigantischer Platz, dessen Ende Selene nur anhand der Häuserdächer erahnen konnte. Rund herum befanden sich Stände, an denen Händler ihre Waren anboten. Selene hatte noch nie einen Markt mit eigenen Augen gesehen und ging mit Plinndin fasziniert jeden einzelnen Stand ab. Viele boten Haushaltsgegenstände an, während andere Fleisch, Fisch oder Gemüse verkauften. Manche boten Spielsachen für Kinder, Kleider in verschiedenen Farben und Dinge, die Selene noch nie gesehen hatte. Wie ein kleines Kind betrachtete sie alles und sog jede neue Erfahrung wissbegierig auf. Plinndin schien nicht müde zu werden, ihr alles zu erklären und lachte stets über ihren Wissensdurst und ihre kindliche Neugierde. Bald fielen Selene die seltsamen Blicke nicht mehr auf. Sie blieb stetig bei derselben Geschichte, die Plinndin ihr gesagt hatte, wenn man fragte, wer sie sei. Sie waren beinahe den ganzen Markt abgelaufen, als sie zu den Eiskunstwerken kamen, die ihr Plinndin zeigen wollte. Selene konnte ihre Begeisterung nicht verbergen, als sie vorsichtig eine Scheibe Eis in die Hand nahm, die so dünn war, dass man hindurchsehen konnte. Es gab auch welche, die farbig waren, jedoch verkniff sich Selene jede einzelne in die Hand zu nehmen, da sie, laut Plinndin, sehr teuer waren. Da sie verzaubert waren und auch in der Sonne nicht schmolzen, wurden sie hauptsächlich in den Süden geliefert. Es gab aber auch verzauberte Vasen und allerlei Kunstwerke. Selbst

Schmuck wurde hergestellt, der Selene besonders gefiel. Von Halsketten über Ringe und Armreife gab es alles, was ein Frauenherz begehrt. Da Selene nur Schmuck aus Holz und Stein kannte, war sie davon sehr angetan. Am liebsten hätte sie sich etwas gekauft, doch sie besaß kein Geld und Plinndin konnte sie nicht danach fragen. Also wendete sie sich schweren Herzens ab, was er mit einem schiefen Lächeln kommentierte.

Sie waren nun den ganzen Marktplatz abgelaufen und ließen sich auf einer der vielen steinernen Bänke nieder, die es am Rand des Platzes gab. Dabei wählten sie eine, die etwas versteckter lag.

»Habt Ihr Euch nicht gefragt, warum gerade dieser Ort das Zentrum der Stadt ist?«, fragte Plinndin leicht verschmitzt und als sie sich ihm zuwendete, konnte sie ein kleines Lächeln auf seinen Lippen erkennen.

»Ich dachte, das wäre einfach so entstanden?«, meinte Selene, doch er schüttelte nur den Kopf.

»Seht nach oben«, sprach er und sie folgte seinem Blick.

Sie legte ihren Kopf in den Nacken, konnte jedoch keine Decke ausmachen, sondern nur einen dunklen Fleck weit in der Ferne.

»Wir befinden uns direkt unter dem Gipfel des Berges«, erklärte Plinndin sanft neben ihr und überrascht klappte Selene der Mund leicht auf.

»Wie hoch ist denn der Berg?«

»Es braucht mehrere Wochen, um in seine Nähe zu gelangen, denn der Berg ist steil und kann nicht erklommen werden. Seine Spitze versinkt in den Wolken«, sprach er und ihr wurde etwas schwindelig bei der Vorstellung, den großen Berg von unten zu betrachten.

»Habt ihr keine Angst, dass er eines Tages einstürzt?«, fragte Selene, als sie beinahe das Gewicht des Bergs über ihrem Kopf spüren konnte.

»Seit vielen Generationen leben und sterben die Menschen hier unter dem Schutz des Berges. Noch nicht einen Tag lang ließ er uns im Stich.«

Selene ließ ihren Kopf sinken, denn ihr wurde es allmählich wirklich schwindelig. Sie zupfte ihren Schal zurecht, während sie darüber nachdachte, wie schön das Leben sein musste, wenn man einen Ort sein Zuhause nennen konnte.

»Sollen wir etwas speisen? Ihr müsst gewiss Hunger haben«, fragte Plinndin und gerade, als sie verneinen wollte, spürte sie den Hunger in ihrem Bauch.

»Gerne«, erwiderte sie daraufhin mit einem Lächeln und beide standen auf.

Er führte sie in eine breite Seitenstraße, die hervorragend nach Essen roch und als sie eintrat, stellte sie fest, dass diese Menschen Geld damit verdienten, andere zu bekochen.

»Was möchtet Ihr essen?«, fragte Plinndin mit einem Blick auf die geschriebene Karte aus Eis direkt beim Eingang.

»Ich kenne keine Gerichte, die darauf stehen, deswegen esse ich einfach dasselbe wie du«, meinte Selene und sah sich um, während Plinndin die Bestellung hinter einem halbhohen Tresen aufgab.

Der Raum war, wie fast alle, rund und es standen mehrere Tische mit Stühlen im Raum verteilt, von denen die Hälfte besetzt waren. Viele hatten ihre Anwesenheit bemerkt und sie spürte, wie leise über sie getuschelt wurde. Ein unangenehmes Gefühl breitete sich in ihr aus und sie trat fast unweigerlich einen Schritt näher an Plinndin heran. Leicht senkte sie ihren Kopf und hoffte, dass die Menschen wenigstens etwas unauffälliger über sie reden würden.

»Kommt«, sagte er, schenkte ihr ein aufmunterndes Lächeln und schob sich durch die Tische, zu einem weit hinten im Raum.

Selene folgte ihm eilig und ließ sich auf den Stuhl gegenüber von ihm sinken. Er schien ihre Verlegenheit zu spüren, denn ein ernster Gesichtsausdruck legte sich auf sein Gesicht und er warf einen strengen Blick um sich. Aus dem Augenwinkel konnte sie erkennen, dass viele schnell den Kopf drehten und sich wieder ihrem Essen widmeten.

»Sorgt Euch nicht, es wird Euch niemand belästigen, solange ich an Eurer Seite bin«, sprach Plinndin gedämpft und als sie aufsah, konnte sie Entschlossenheit in seinem Blick sehen.

»Danke für deine Worte«, sprach sie und atmete tief ein.

Ihr Magen knurrte leise und brachte sie beschämt zum Lächeln.

»Lange müsst Ihr nicht warten, keine Sorge«, sprach Plinndin verschmitzt und stützte sich mit den Armen auf dem Tisch ab.

»Was gefiel Euch am besten auf dem Markt?«, fragte er neugierig.

»Es gab viele Dinge, die mir sehr gefallen haben. Es war interessant, neue Sachen zu bestaunen, doch am meisten haben mich die Eiskunstwerke und die farbigen Eisscheiben beeindruckt. Ich bin sehr erstaunt,

dass man Eis so dünn schneiden kann und wie manche das Eis so bearbeiten können, dass es fast aussieht wie ein Kristall«, sprach Selene voller Begeisterung und Plinndin hörte ihr lächelnd zu.

»Gibt es auch noch andere Städte, die Eis so schneiden können?«

»Weiter im Norden und hinter den ersten Bergen liegen zwei Städte, in denen ebenso Eisscheiben hergestellt werden. Es gibt jedoch nicht viele Menschen, die diese speziellen Fertigkeiten besitzen«, sprach Plinndin, »selbst hier ist nur wenigen das Wissen des Eisschneidens vergönnt. Daher genießen Lehrlinge und Lehrer einen besonderen Status.«

»Es gibt aber mehr, die Kunstwerke daraus herstellen können?«, fragte Selene und Plinndin nickte.

»Wie Ihr bereits gesehen habt, sind viele dazu in der Lage, da dies nur wenig handwerkliches Geschick und mehr geistige Vorstellungskraft benötigt.«

Dann sah Selene aus dem Augenwinkel eine Bewegung und als sie aufsah, kam ihnen eine Frau im braunen Lederkleid entgegen, die zwei Teller trug.

»Euer Essen mein Herr und meine Herrin«, sprach sie mit einem Lächeln und stellte die Teller vor die beiden.

Selene sah neugierig auf den Teller und sog den köstlichen Geruch des Essens in sich auf. Als sie hochsah, konnte sie gerade noch sehen, wie Plinndin ihr ein paar braune Münzen reichte. Die Frau nahm sie dankend an, schenkte Selene aber einen kurzen misstrauischen Blick und entfernte sich dann.

»Was ist das?«, fragte Selene mit einem Blick auf ihren Teller.

Darin befanden sich klein geschnittene rote und grüne Stücke, die sie schon bei Wine gesehen hatte. Sie waren knusprig gebraten worden und lagen neben etwas Großem, Braunem, Länglichem, mit einer weißen Soße bedeckt. Selene nahm die Gabel in die Hand und pikte damit in das braune Längliche, das weich nachgab.

»Ich denke, Euch sind Kartoffeln bekannt, und die rote Frucht heißt Granatica. Das Braune, Längliche wird Knollenfrucht genannt. Sie wächst an den Wurzeln gewisser Bäume«, erklärte Plinndin.

Selene setzte sich so hin, dass niemand ihr Gesicht sehen konnte, und zog dann den Schal bis zu ihrem Mund hinunter. Die Wurzel war saftig,

nussig und schmeckte leicht nach Honig. Begeistert aß sie noch einen Bissen davon, dieses Mal mit der weißen Soße. Diese intensivierte den Geschmack und Selene konnte Knoblauch und etwas fremdartig Würziges schmecken. Sie hob ihren Blick und bemerkte, dass Plinndin sie amüsiert beobachtete.

»Danke, das schmeckt wirklich hervorragend«, sagte sie mit vollem Mund und sein Grinsen wurde breiter.

»Ich habe mich, ehrlicherweise, schon die ganze Zeit gefragt, warum wir mit Herr und Herrin angesprochen werden«, meinte Selene, »dabei sind wir doch ganz normale Menschen, oder?«

»Es ist normalerweise üblich sich mit Herrin und Herr anzusprechen. Da ich Euch aus dem Schnee zog, hielt ich es nicht für richtig Euch so zu adressieren und habe schon zu Beginn mit Euch vertraulich gesprochen. Ebenso Wine und Aethelmaer«, erklärte Plinndin und Selene hielt erstaunt inne.

Sie hatte bisher immer gedacht, dass er sie besonders höflich ansprach und nicht, dass er schon die Höflichkeiten fallen gelassen hatte. Bei Selene daheim wurden solche Höflichkeiten kaum verwendet, da sie sich nur sehr selten mit Fremden unterhielt und wenn, dann waren es jene aus einem anderen Clan.

»Ach so«, gab Selene von sich.

Selene spürte, dass ihm viele Fragen auf der Zunge lagen. Er wusste aber, dass viele neugierige Ohren sie belauschten, und schwieg, was Selene ihm hoch anrechnete. Langsam aber sicher hatte sie gegenüber Plinndin ein schlechtes Gewissen. Zu gerne wollte sie ihm von ihrer Identität erzählen, doch die Angst, er könnte sich selbst mit dem Wissen in Gefahr bringen, ließ sie schweigen.

»Das war wirklich sehr lecker. Vielen Dank nochmal«, bedankte sich Selene.

»Gerne«, erwiderte Plinndin und stand mit den Worten »kommt, ich möchte Euch noch etwas zeigen«, auf.

Sie erhob sich, zog ihren Schal wieder über ihre Nase und folgte Plinndin hinaus ins Freie. Sie konnte die Blicke in ihrem Rücken spüren, doch folgte sie ihm dicht auf den Fersen und im Freien fiel die Anspannung von ihren Schultern. Dann folgte sie Plinndin, der den Marktplatz über-

querte und sich Richtung Süden wandte.

»Wohin gehen wir?«, fragte sie ihn.

»Zu einem besonderen Ort, möchte ich meinen«, entgegnete er geheimnisvoll.

»Und was ist an dem so besonders?«, versuchte sie nachzuhaken, doch Plinndin lachte nur vergnügt.

»Das werdet Ihr sehen, wenn Ihr ihn betretet.«

Selene folgte ihm gespannt und zusammen durchquerten sie die halbe Stadt, bis sie zu einer breiten Treppe in der Eiswand kamen. Die Treppenstufen waren recht niedrig, so fiel es ihr leichter, Plinndin zu folgen. Sie gingen immer weiter hoch und ab und an blieb Selene stehen und besah voller Staunen die Stadt zu ihren Füßen. Er wartete stets auf sie und in Selene kam langsam das Gefühl herauf, dass er seine Schritte den ihren anpasste. Bald kam sie ins Schwitzen, als mit einem Mal die Treppe endete und sich vor ihnen ein Tunnel in der Wand offenbarte. Plinndin ging als Erster hinein und Selene folgte ihm leicht zögernd. Der Tunnel war schmal und sie konnte die gegenüberliegenden Eiswände berühren, als sie ihre Arme zur Seite ausstreckte.

»Was ist das für ein Ort?«, fragte Selene und hörte, wie ihre Stimme im Tunnel widerhallte.

»Wenn der Tag lang und anstrengend war, so finde ich hier zur Ruhe, so wie viele andere auch«, meinte er mit hallender Stimme und zusammen gingen sie immer tiefer in den Tunnel, bis sie den Eingang nur noch als kleinen hellen Fleck sehen konnte.

Gerade als sie fragen wollte, wie tief sie noch gehen mussten, öffnete sich der Tunnel und sie befanden sich in einem runden Raum, in dem mehrere Bänke aus Stein und Holz standen. Die Wand gegenüber zog ihre Aufmerksamkeit auf sich. Es schien, als wären sie auf einer Aussichtsplattform an der Bergflanke angelangt. Sie waren aber nicht draußen. Es war, als wäre ein Teil der Außenwand des Berges durchsichtig und sie hatten freie Sicht auf das Tal dahinter.

»Ooooh«, gab Selene begeistert von sich, als sie langsam auf die Wand zuging.

Vor ihr befand sich ein kleines Tal, mit ein paar vereinzelten, schneebedeckten Bäumen, hinter dem sich viele schroffe Berge erhoben. Die

Aussicht war wunderschön und fasziniert beobachtete Selene, wie sich die Wolken an die Flanken schmiegten, um dann weiterzuziehen. Ihr Blick glitt über diese raue und eisige Schönheit. Weit zu ihrer Rechten erstreckte sich eine flache Landschaft mit einem Wald, der bis zum Horizont reichte.

»Dies ist der Stille Wald, in dem ich Euch fand und zu Eurer Linken befinden sich die Eisenberge, die sich weit in den Süden und noch weiter in den Osten und Norden erstrecken«, sprach Plinndin, der an ihre Seite getreten war und ebenso hinaussah.

»Was ist hinter dem Stillen Wald und den Eisenbergen?«

»Ich kann Euch nicht sagen, was weit im Westen liegt, denn der Stille Wald ist voller Gefahren und keiner, der je den Westen erkundete, kam wieder. Im Norden und Osten enden die Eisenberge im Meer, während sie im Süden an den Irrwald grenzen«, antwortete er und Selenes Blick richtete sich weit gegen Süden.

»Wo ist die Festung der Grauen?«, fragte sie leise und Plinndin deutete nach Süden.

»Entlang der Eisenberge verläuft ein alter Weg. Einen Tagesmarsch entfernt befindet sich die Festung in einer alten und tiefen Bergkette. Man sagt, aus Löchern im Gestein würde Rauch wie Säulen emporsteigen.«

Selene kniff ihre Augen zusammen und versuchte Rauchsäulen in der Ferne zu erkennen, doch sah sie keine.

»Hast du die Säulen hier schon einmal gesehen?«

»Wenn der Tag klar ist, sehe ich sie manchmal«, gab Plinndin zurück, schüttelte aber seinen Kopf, als auch er sie nicht entdeckte.

Dann setzte sich Selene auf eine der naheliegenden Holzbänke. Sie waren allein in dem Raum und Selene spürte, wie sich ihre innerliche Anspannung legte.

»Die Aussicht ist wirklich atemberaubend«, gab sie zu und konnte ihren Blick von der Schönheit nicht abwenden.

Plinndin setzte sich neben sie und folgte ihrem Blick hinaus. Eine Weile saßen sie so da und genossen den Ausblick. Sie war fasziniert von den dichten Wolken und dem Spiel mit den schroffen Bergen. Plötzlich brach die Wolkendecke für einen Moment auseinander und Selene sah am blauen Nachmittagshimmel die vagen Formen zweier Monde. Ihr klapp-

te der Kiefer herunter und sie schüttelte kurz den Kopf, um die Illusionen hinfortzujagen. Doch als sie erneut hinsah, konnte sie einen Mond erkennen, der schneeweiß war und den Großteil des Himmels bedeckte, während ein wesentlich kleinerer, gräulicher direkt neben ihm stand. Die Wolken zogen wieder zu und verbargen die beiden Monde, während Selene geschockt zum Himmel starrte.

»Habt Ihr etwas Ungewöhnliches gesehen?«, fragte Plinndin besorgt.

»Seit wann... seit wann gibt es zwei Monde?«, flüsterte sie.

5. Kapitel

Selene saß am Tisch mit Plinndin und Wine, die sich über etwas unterhielten, doch sie hörte ihnen nicht zu. Seit sie die zwei Monde gesehen hatte, kam kein Wort mehr über ihre Lippen, egal wie sehr Plinndin versucht hatte sie auszufragen. Abwesend nahm sie einen Bissen von dem Eintopf, doch sie schmeckte nichts. Zu sehr kreisten ihre Gedanken um die zwei Monde, die es nicht geben sollte. Dort wo sie aufgewachsen war, hatte es immer nur einen Mond gegeben. Erneut stieg Angst in ihr hoch. Ständig fragte sie sich, wo sie nur gestrandet war. In dem Moment fühlte sie sich so verloren, dass sie gegen die Tränen ankämpfen musste, die in ihr hochstiegen. Ihre Gedanken rasten und sie versuchte verzweifelt, eine logische Erklärung für die zwei Monde zu finden. Viele Ideen schossen ihr durch den Kopf, doch die eine war wahnwitziger als die andere. Das Einzige, was ihr unter diesen vernünftig erschien, war, dass es mehr Götter gab, als die ihrigen. Womöglich herrschten verschiedene Götter über ein Land, wie die Könige unter den Menschen. Nur waren die Grenzen unsichtbar und man konnte sie nicht so einfach überwinden. Die Statue hatte sie in eine andere Gegend geschickt, die anderen Göttern unterstand. Ansonsten konnte sie sich nicht erklären, wie all diese wundersamen Geschöpfe, wie die Grauen, existieren konnten oder weshalb es zwei Monde gab. Selenes Blick wanderte zögerlich von ihrer Schüssel nach oben zu Plinndin, der sich noch immer mit seiner Mutter unterhielt. Sie konnte ihn nicht fragen, wie die Götter hier hießen, denn das würde sie nur noch seltsamer erscheinen lassen. Je weniger er wusste, desto weniger konnte sie ihn in Gefahr bringen. Deswegen entschloss sie sich, die brennenden Fragen auf ihrer Zunge den Grauen in ihrer Festung zu stellen. Inständig hoffte sie, dass sie ihre Fragen beantworten und ihr weiterhelfen konnten.

»Herrin Selene?«, hörte sie plötzlich jemanden sagen und sah blitzschnell auf.

Wine blickte sie freundlich an und Selene hatte das Gefühl, als hätte sie gerade etwas Wichtiges verpasst.

»Verzeihung, ich war gerade in Gedanken«, entschuldigte sie sich schnell, doch Wine lächelte unbeirrt weiter.

»Ich fragte Euch, ob Ihr fertig gespeist habt und Ihr Euch schon zu Bett begeben wollt? Denn der morgige Tag wird anstrengend und bereits im Morgengrauen müsst Ihr aufbrechen, wenn Ihr die Festung vor dem Einbruch der Nacht erreichen wollt«, meinte Wine und Selene nickte schnell.

»Vielen Dank für das Essen«, bedankte sie sich mit einem schwachen Lächeln und reichte Wine die leere Schüssel.

Sie hatte nicht einmal bemerkt, dass sie ihr Essen bereits aufgegessen hatte. Dann stand sie mit einem Kopfnicken auf, zog das weiße Überkleid und ihre Schuhe aus und schlüpfte unter die warme Decke. Sie richtete ihren Blick gegen die Eiswand, denn sie wollte nicht sehen, wie Wine mit ihrem Sohn über sie flüsterte. Ihr war sehr wohl bewusst, dass sie Plinndins Neugierde nur gesteigert hatte und falls er Wine nicht schon über den Vorfall unterrichtet hatte, würde er das gewiss nachholen. Mit einem leisen Seufzen schob sie die Bettdecke über die Ohren und zog ihre Beine bis hoch zur Brust. Ihre Gedanken kamen nicht zur Ruhe, doch mit der Zeit spürte sie die Anstrengung des Tages und wie sehr ihr Geist ausgelaugt war. Ihre Augenlider wurden schwer wie Steine und ehe sie sich versah, war sie eingeschlafen.

»Wacht auf«, sprach jemand sanft und rüttelte Selene zaghaft an ihrer Schulter.

Müde öffnete sie ihre Augen und drehte sich auf den Rücken. Wine lächelte sie strahlend an und als sie sich umblickte, bemerkte sie, dass Plinndin noch tief und fest in der Ecke schlief. Fragend sah sie zu Wine auf, die sie nur herauswinkte.

»Ihr könnt Euch vor Plinndin waschen«, flüsterte Wine und Selene nickte verschlafen.

Noch im Halbschlaf schlüpfte sie in ihre Stiefel und schlich mit kleinen Augen in den Nebenraum. Dort richtete sie sich her und bemerkte erst dann, dass Wine ihr keine frischen Kleider bereitgelegt hatte, die sie über ihre Lederkleidung hätte anziehen können. Leise ging Selene aus dem Nebenraum zu Wine, die am Tisch saß und Brote schmierte.

»Soll ich nichts darüber ziehen?«, fragte Selene im Flüsterton und Wine schüttelte den Kopf.

»Ihr werdet besondere Kleidung für den Weg zur Festung tragen«, erklärte Wine im normalen Ton, stand dann auf und weckte Plinndin, der dann ebenso verschlafen und mit sehr wuscheligen Haaren in den Nebenraum schlurfte.

»Kommt, esst etwas, ehe ich Euch beim Ankleiden helfe«, meinte Wine und schob ihr den Teller mit Broten zu.

Hungrig biss Selene in die erste Scheibe Brot, die sie in wenigen Bissen hinuntergeschluckt hatte. Bei der zweiten Scheibe Brot sah sie auf und beobachtete Wine dabei, wie sie bei den Sitzkissen eine große, schlichte Holztruhe öffnete und etwas Zotteliges, Weißes herauszog. Erst beim zweiten Blick erkannten Selene den Anzug wieder, den Plinndin bei ihrer ersten Begegnung im Stillen Wald getragen hatte. Wine legte das Fell beiseite und beförderte ein weiteres aus der Truhe. Selene aß eine dritte Scheibe Brot, ehe sie sich zu Wine gesellte und die Kleidung aus dem weißen, zotteligen Fell begutachtete. Die Zotteln waren länger als ihre Hand und fühlten sich seltsam rau und zugleich weich an. Sie waren so dicht, dass sie das Leder darunter nicht erkennen konnte.

»Eure persönlichen Kleider habe ich zusammen mit Proviant in einen Rucksack verstaut, den Plinndin später für Euch tragen wird«, erklärte Wine, als Selene sie unterbrach.

»Ich kann den Rucksack auch tragen. Er muss ja nicht meine Sachen schleppen«, versuchte sie einzuwenden, doch Wine schüttelte nur schnell den Kopf.

»Ihr seid ungeübt im Umgang mit der Kleidung und dem Weg, der Euch erwartet. Plinndin ist stark genug, um Eure und seine Sachen zu tragen«, meinte Wine und Selene konnte aus ihrer Stimme deutlich heraushören, dass Einwände zwecklos waren.

»Kommt, ich helfe Euch beim Ankleiden«, sprach Wine weiter.

Selene rührte sich nicht, während Wine einen Gürtel um sie herumschlang und auf Hüfthöhe festschnallte. An dem Gürtel hingen je zwei Lederriemen, die ihr fast bis zu den Knien gingen. Dann reichte Wine ihr ein zotteliges, kleines Bündel; Überzüge für ihre Beine. Sie schlüpfte mit ihren Schuhen in die Überzüge, welche ihr bis über die Knie gingen. Bei dem Anblick schmunzelte Selene leicht, denn durch die weißen Zotteln wirkten ihre Beine beinahe doppelt so dick. An den Überzügen befanden

sich eingenähte Lederriemen, die mit den Riemen am Gürtel befestigt wurden, damit sie beim Laufen nicht nach unten rutschten. Das nächste kleine Bündel entpuppte sich als lange Handschuhe. Selene schlüpfte hinein. Sie reichten ihr bis zu den Oberarmen und wurden dort mit ledernen Schnüren festgebunden. Schon jetzt spürte Selene, wie warm ihr in den Schneeüberzügen wurde. Ein Geräusch ließ sie aufsehen und sie erblickte Plinndin, der aus dem Nebenraum trat, gekleidet in lederner Hose und langärmligem Wams. Mit einem kleinen Lächeln zu Selene kleidete er sich ebenso an. Das Wams, das Wine ihr als nächstes reichte, war kurzärmlig und wurde an der Seite mit Schnallen verschlossen. Es folgte ein Einteiler, in den sie mit Beinen und Armen hineinschlüpfte und der ihren ganzen Körper bedeckte. Nun verstand Selene auch, warum sie ein Wams darunter trug, denn der Einteiler wurde vorne an der Brust durch lederne Riemen an den Innenseiten verschlossen und das Wams verhinderte, dass der Wind durch die Schlitze an ihre Haut kam. Schließlich reichte Wine ihr eine Maske für den Kopf, die Selene schon bei Plinndin gesehen hatte.

»Zieht die Maske erst vor der Windwand an«, wies Wine sie an und musterte ihr Werk zufrieden.

Zu Selenes Überraschung war Plinndin schon vollkommen angekleidet. Er hatte sogar bereits den ledernen Rucksack auf dem Rücken und die hölzernen Bretter in den Händen.

»Seid Ihr bereit?«, fragte Plinndin und Selene nickte.

Nervosität kroch in ihr hoch und der Drang, die Stadt auf der Suche nach Antworten zu verlassen, wurde beinahe unerträglich.

»Ich bin bereit«, antwortete sie entschlossen und wandte sich dann Wine zu.

»Ich kann dir gar nicht genug danken für all das, was du für mich getan hast«, sagte Selene und spürte erneut ihr schlechtes Gewissen, »dabei weißt du weder, wer ich bin, noch woher ich komme und dennoch hast du mich voller Wärme aufgenommen.«

»Ich half Euch sehr gerne und ich hoffe, dass die Grauen Eure Fragen beantworten können«, meinte sie und verbeugte sich zum Abschied leicht.

Selene tat es ihr schnell nach, ehe sie kurz zögerte und sich dann ehrenvoll nach Brauch ihres Clans verabschiedete. Sie führte die Fingerspitzen

ihrer rechten Hand an ihre Stirn und dann mit der geöffneten Hand nach vorne mit den Worten:»Möge der Mond Euren Weg stets erhellen.«

Einen kurzen Moment sah Wine sie überrascht an und lächelte schließlich breit. Selene wandte sich an Plinndin, der bereits an der Tür stand und auf sie wartete.

»Gehen wir«, sprach Selene und er öffnete den Eingang.

Mit einem flüchtigen Blick zu Wine drehte sich Selene um und ging mit Plinndin durch die Tür. Zusammen liefen sie Seite an Seite entlang der Stadt, in der noch alle zu schlafen schienen. Immer wieder sah sie sich um, doch konnte sie weit und breit keinen Menschen entdecken.

»Ist es noch vor der Dämmerung?«, fragte Selene ihn leise und Plinndin nickte.

»Noch schlafen alle«, sprach er und gähnte hinter vorgehaltener Hand herzhaft.

Selene schmunzelte leicht bei dem Anblick und war sich sicher, dass er gestern wenig Schlaf bekommen hatte. Zusammen liefen sie die Rampe hoch zum Tunnel und Selene blieb für einen kurzen Moment stehen. Langsam drehte sie sich um und warf einen Blick über die ruhige Stadt.

»Stimmt etwas nicht?«, fragte Plinndin, doch Selene schüttelte den Kopf.

»Ich möchte mir den Anblick einprägen. Vielleicht ist es der letzte«, erklärte Selene und Ihre Augen glitten über das leicht leuchtende Eis des Berges, welches sich in den runden Dächern der Eishäuser spiegelte. Über die Decke der Stadt, die man nicht ausmachen konnte und die vielen breiten Treppen, die sich entlang der Wände zu den Häusern zogen. Alles versuchte sie sich einzuprägen, ehe sie sich zu Plinndin umdrehte und ihn anlächelte.

»Werdet Ihr nicht mehr hierherkommen?«, fragte er sie auf einmal und überrascht sah sie in seinen blauen Augen einen gewissen Unmut.

»Ich weiß es nicht. Zu viel ist im Unklaren und nur der Mond weiß, wohin ich gehen werde«, antwortete sie wahrheitsgemäß und wandte ihren Blick von Plinndins Gesicht ab. Sie wusste nicht warum, aber sein Gesichtsausdruck war bei ihren Worten versteinert. Nicht wissend, wie sie darauf reagieren sollte, ging sie an ihm vorbei. Sie betrat den Tunnel und hörte, wie er sie schnell einholte. Er sagte nichts, jedoch konnte sie

spüren, dass ihm etwas missfiel. Es tat ihr im Herzen leid, dass sie seine Fragen nicht beantworten konnte, doch musste sie daran glauben, dass es so für ihn am besten war. Schweigend erreichten sie nach einer Weile die seltsame, magische Wand, die Wine als »Windwand« bezeichnet hatte. Sie blieben vor ihr stehen und Selene betrachtete fasziniert, wie sie sich wie Wasser bewegte. Langsam streckte Selene die Hand danach aus und tippte sie mit ihren Fingerspitzen an. Überrascht zuckte ihre Hand zurück, als sie das Gefühl hatte, tatsächlich Wasser zu berühren, denn von ihrer Berührung aus war das Äußere wellengleich aufgewirbelt. Verblüfft berührte sie erneut die Oberfläche. Es fühlte sich seltsam an, eine halb durchsichtige Wand zu berühren und mutig streckte sie ihre Hand tiefer hinein. Fasziniert betrachtete sie ihren Arm, den sie nur noch verschwommen sehen konnte. Langsam zog sie ihn wieder heraus, aber die langen Zotteln waren trocken geblieben.

»Stellt Euch bitte hier drauf«, sprach mit einem Mal Plinndin und als sie zur Seite sah, hatte er zwei Bretter neben ihre Füße gelegt und sah sie auffordernd an.

Da erkannte sie jene wieder, die er bei ihrer ersten Begegnung getragen hatte und die ihm die Fortbewegung so leicht machten. Sie stellte den Fuß auf eines der Bretter und Plinndin befestigte es geschickt mit ledernen Riemen, ehe er mit ihrem anderen ebenso verfuhr. Erst dann band er seine Bretter an seine Füße und gesellte sich neben sie.

»Bleibt an meiner Seite, dann wird Euch nichts geschehen«, sprach er eindringlich und sah ihr fest in die Augen.

»Plinndin«, sprach sie schnell, »ich möchte zuerst zu der Stelle zurück, wo du mich gefunden hast.«

Er blinzelt überrascht ein paar Mal.

»Wenn Ihr unterwegs etwas verloren habt, so werdet Ihr es nicht finden. Ich war selbst noch einmal dort und habe nichts Außergewöhnliches gesehen.«

»Das mag sein, aber ich muss diese Stelle unbedingt mit meinen eigenen Augen sehen«, bettelte sie, bis Plinndin schließlich seufzend den Kopf senkte.

»Wenn es Euch so viel bedeutet, werden wir dorthin zurückkehren. Doch dadurch wird unser Tag länger. Wir werden weniger rasten kön-

nen, wenn wir die Festung vor Mitternacht erreichen wollen.«

»Ich bin damit einverstanden«, sagte sie schnell und er seufzte erneut.

»Bleibt dicht hinter mir.«

Selene nickte und mit klopfendem Herzen nahm sie den Kopfüberzug in beide Hände und zog ihn, wie Plinndin, über ihren Kopf. Sie zupfte den Überzug so zurecht, dass sie durch die zwei Eisscheiben nach draußen sehen konnte. Erstaunlicherweise beeinflussten die Eisscheiben, die im Kopfüberzug eingelassen waren, kaum ihre Sicht und als sie einen Seitenblick zu Plinndin warf, musste sie beinahe lachen. Er sah genauso aus wie bei ihrer ersten Begegnung und sie war sich sicher, dass sie exakt so aussah wie er. Innerlich konnte sie gar nicht glauben, dass sie ihn damals für etwas anderes als einen Menschen gehalten hatte. Er nickte ihr zu und als sie die Geste mit aufgeregtem Herzen erwiderte, sahen beide nach vorne und traten hinaus in die kalte Eiswelt.

Sie folgte ihm dicht, doch fiel es ihr schwer, ihm zu folgen. Noch musste sie sich an die ungewohnten Bewegungen der Füße gewöhnen und die Maske erschwerte das Atmen. Zwar fraß sich der Wind nicht durch ihre Kleider, aber dadurch wurde ihr schnell warm und bald rannen schon die ersten Schweißperlen an ihrem Gesicht hinunter. Dennoch bat sie um keine Pause und glitt ihm stur hinterher. Sie musste mit eigenen Augen sehen, dass sie von diesem Ort nicht zurückkonnte. Selene wusste nicht, ob der Weg in beide Richtungen oder nur in eine Richtung offen war. So schoben sie sich durch den Stillen Wald, während sie in Plinndins Spuren glitt. Nachdem die Sonne am Himmel stand, hielten sie plötzlich so abrupt an, dass sie fast in Plinndin hineingelaufen wäre. Überrascht sah sie ihn an und er deutete auf eine Lichtung im Wald. Selenes Herz sprang in die Höhe und schnell schlitterte sie durch den Schnee auf die Lichtung. Dies war der Ort, an dem Plinndin sie gefunden hatte. Sie versuchte, sich zu erinnern, wo sie gelandet war, und suchte beinahe die gesamte Lichtung ab. Aber sie konnte weder einen Eingang finden, noch verspürte sie dieses Gefühl, welches die Statue ausgestrahlt hatte. Je länger sie suchte, desto mehr starb die Hoffnung, dass sie von hier aus nach Hause konnte. Schließlich gab sie auf und blieb einen Moment lang unbewegt in der Mitte der Lichtung stehen. Vehement blinzelte sie ihre aufsteigenden Tränen

weg und umschlang sich selbst mit ihren Armen, um sich nicht selbst zu verlieren. Plötzlich war Plinndin neben ihr und strich ihr behutsam über den Rücken. Sie sah ihn an, konnte durch die Scheiben jedoch seine Augen nicht sehen. Eine Weile standen sie so da, bis sie ihre Gefühle wieder im Griff hatte. Sie nickte ihm dankbar zu. Sie erwiderte seinen Blick und fragte sich, was er wohl nun gerade dachte. Schließlich nickte er zurück, drehte sich um und bedeutete ihr, ihm zu folgen. Selene atmete tief ein und wandte sich dann schweren Herzens ab.

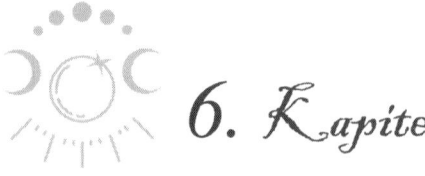

6. Kapitel

Schweiß rann Selene den Nacken hinunter und ihre Kleider waren komplett durchgeschwitzt. Die Anstrengung des gesamten Tages machte sich langsam bei ihr bemerkbar und sie war Plinndin mehr als dankbar, dass er ihre Sachen trug. Sie liefen seit der Lichtung leicht schräg durch den Wald und erreichten bei Abenddämmerung schließlich den alten Weg. Dort konnten sie zum ersten Mal kurz rasten, da eine schützende, tiefe Höhle ihnen die Gelegenheit bot. Dann folgten sie dem mit großen Steinen markierten Weg weiter. Die Steine waren doppelt so hoch wie Menschen, schlank und wiesen mittig ein kopfgroßes, kreisrundes Loch auf. Darin schwebten seltsame weiße Kristalle, von denen sie anfangs nicht wusste, wozu sie gut waren. Als es jedoch anfing dunkler zu werden, war sie sehr froh, dass es diese gab. Denn sobald man in ihre Nähe gelangte, fingen sie an zu leuchten, sodass man immer sah, wohin der Weg einen führte. Jede Bewegung tat ihr inzwischen weh. Der Schweiß rann ihr in Strömen den Rücken hinunter und auch wenn sie dankbar um den Anzug war, wollte sie ihn doch so schnell wie möglich loswerden. Keuchend kämpfte sie sich durch den tiefen Schnee, wie hypnotisiert, Plinndins Spuren zu folgen. Es wurde stets dunkler und schon bald war der Wald wie eine schwarze Wand, die sich in der Nacht verlor. Sie liefen weiter und immer weiter an den Flanken der Berge entlang, bis Plinndin plötzlich stehen blieb und sie fast abermals in ihn hineingelaufen wäre. Verwundert sah sie auf und stellte überrascht fest, dass er sich zu ihr umgedreht hatte. Er hob seinen Arm und schien auf etwas zu deuten. Selenes Blick folgte der Richtung, in die er zeigte, als mit einem Mal ihr Herz einen großen Sprung machte. Nicht weit entfernt von ihnen konnte sie sehen, dass ein breiter Weg in die Berge abging. Erleichtert lächelte sie und neue Energie durchfloss sie, denn sie wusste, dass sie gleich ihr Ziel erreicht hatten. Er setzte sich erneut in Bewegung und dieses Mal ließ sie ihren Blick fest auf die Abzweigung gerichtet. Mit aufgeregtem Herzen kamen sie immer näher. Plinndin blieb stehen und Selene gesellte sich schwer atmend zu ihm. Ein breiter Weg bahnte sich durch zwei hohe Felswände und entschwand in einer Biegung ihrem

Blick. Flankiert wurde der Eingang von zwei maskenartigen Gesichtern, die aus dem grauen Stein herausgehauen worden waren. Sie sahen aus toten Augen auf sie herab und Selene war voller Hoffnung, dass sie hier richtig waren. Denn die Statue aus ihrer Heimat ähnelte ihnen. Unter den Gesichtern ragten aus der Felsenwand je zwei ineinander gelegte Hände, in deren Handflächen weiße Blumen wuchsen. Ihre Blütenblätter waren wie geschnittenes Eis und sonderten ein kühles Licht ab, welches sich tausendfach in den Blütenblättern zu brechen schien.

Selene riss sich von dem wunderschönen Lichterspiel los und folgte Plinndin, der seinen Weg fortsetzte. Kaum hatte sich Selene abgewandt, konnte sie beinahe den toten Blick der Gesichter in ihrem Nacken spüren. Dennoch wagte sie es nicht, sich umzudrehen, sondern folgte dem breiten, schneebedeckten Weg. Als Selene einen Blick hochwarf, verloren sich die Enden der Felswände in der Dunkelheit. Plötzlich wich die linke Felswand zur Seite und gab den Blick auf ein tiefes, schneebedecktes Tal und schroffe Berge frei. Erstaunt blieb Selene stehen und bestaunte den kargen, aber dennoch beeindruckenden Anblick. Sie selbst schienen sich auf halber Höhe eines mächtigen Berges zu befinden, der sich über sie lehnte. Unweigerlich rückte sie etwas näher an die schützende Bergflanke, an der sich der Weg entlang schlängelte. Erneut setzten sie sich in Bewegung, wobei sie achtgaben, dem Weg zu folgen, um nicht die Klippe hinunter ins Tal zu stürzen. Sie gingen ein kurzes Stück, bogen um eine Kurve und etwas Seltsames schob sich in ihr Blickfeld. Es sah aus wie ein säulenartiger Kristall, der mit großen, weißen Pflanzen bewachsen war, genauso wie die Blumen am Eingang des Weges. Sobald sie sich ihnen näherten, öffneten sich deren Blütenblätter und erhellten den Weg mit ihrem Licht. Der Schnee schmolz und gab den Felsen darunter frei. Sie banden sich die Bretter von den Füßen und gingen zu Fuß weiter. Sobald sie den nächsten Kristall erreicht hatten, schlossen sich die Blütenblätter hinter ihnen wieder und der Weg begann erneut zuzufrieren. Fasziniert beobachtete Selene das Spiel der Blüten, während sie dem Weg weiter folgten. Dieser bahnte sich über teils steile Treppen und Tunnel immer tiefer in die Eisenberge und Selene wurde bewusst, dass dieser Pfad in zugefrorenem Zustand unpassierbar war. Manchmal öffnete sich die Wolkendecke und die zwei Monde beschienen zusätzlich den Weg

vor ihnen. Noch immer jagte der Anblick Selene einen Schauer über den Rücken und so versuchte sie, nicht allzu sehr auf die beiden leuchtenden Himmelskörper zu achten.

Sie liefen immer weiter in die Nacht hinein und der Weg schien endlos, als sie mit einem Mal um eine Biegung gingen und endlich die Festung erblickten. Staunend blieb Selene stehen und auch Plinndin hielt inne. Vor ihnen erhob sich ein gewaltiger Berg, der alle anderen in den Schatten stellte. Seine Spitze verschwand in den Wolken und es machte den Anschein, er habe eine menschengebaute Festung verschlungen. An manchen Stellen konnte Selene große Fenster ausmachen und Balkone mit hohen Säulen ragten aus dem grauen Stein. Runde und spitze Bögen zogen sich über lange Geländer und hier und da strebten schlanke Türmchen aus dem Berg, die sich hoch in den Himmel wanden. Auf den steilen Dächern lag Schnee, große Eiszapfen hingen an deren Enden. Dünne Rauchsäulen strömten aus schmalen Schlitzen im Fels und umspielten die rauen Strukturen des Berges wie tänzelnde weiße Schlangen. Sie erhoben sich in den Himmel und verschmolzen mit den grauen Wolken. Für einen kurzen Moment hielt Selene den Rauch für Säulen, die den Himmel stützten. Verwirrt schüttelte sie schnell den Kopf, um die Illusion aus dem Kopf zu bekommen. Sie sah, wie Plinndin langsam weiterlief, den Blick auf die Festung gerichtet und so setzte sich auch Selene erneut in Bewegung. Über Treppen und kleine Brücken gelangten sie schließlich zum Ende des Weges und zum Eingang der Festung, mitten im Berg.

Der Eingang war ein breiter, hoher Tunnel, der aus vielen nebeneinanderstehenden Säulen bestand. Zahlreiche überlappende Spitzbögen kreierten ein kompliziertes Muster und stützen die hohe Decke. Staunend betraten beide den Tunnel und der kalte Wind hörte auf, an ihrer Kleidung zu zerren. Überrascht sah sie Plinndin an. Auch er schien es bemerkt zu haben, denn er hatte innegehalten und schien kurz nachzudenken. Ihr Herz setzte für einen Moment aus, als er plötzlich seinen Kopfüberzug abzog, innehielt und sie breit anlächelte. Mit einer Handbewegung bedeutete er ihr, es ihm gleichzutun und erst nach kurzem Zögern zog sie ihren Kopfüberzug herunter. Kühle, erfrischende Luft schlug ihr entgegen, doch war sie eher angenehm als beißend.

»Es ist gar nicht so kalt«, stellte Selene erstaunt fest und Plinndin nickte, ehe er einen Blick auf die Säulen und die Decke warf.

»Vermutlich schützt uns die Magie der Grauen bereits«, vermutete er und beeindruckt musterte sie die glatten, grauen Säulen.

»Ist dies der Eingang?«, fragte er und Selene folgte seinem Blick.

Ihr Herz setzte für einen Augenblick aus. Am Ende des Tunnels stand eine riesige Statue mit leicht geneigtem Kopf, als müsse sie die Last des Bergs auf ihren Schultern tragen. Sie trug einen langen Mantel, der ihren Körper komplett verhüllte und mit kleinen Sternen verziert war. Langsam traten sie näher und konnten nach wenigen Schritten das Gesicht ausmachen. Es war androgyn, kleine eingehauene Ranken zogen sich darüber. Die Lippen waren voll und geschwungen, die Augen schwarze Löcher. Eine Gänsehaut lief ihr den Rücken hinunter, als sie in die leeren Höhlen blickte.

»Und jetzt?«, flüsterte Selene Plinndin zu, ohne den Blick abzuwenden.

Doch ehe er antworten konnte, öffneten sich plötzlich die Lippen der Statue und sie sprach mit durchdringender, tiefer Stimme: »Ich Grüße Euch, Fremde von weit her. Weshalb steht Ihr an dieser Pforte und wünscht Einlass in das Reich der Grauen?«

Heftig zuckten beide zusammen und Selenes Herz raste. Unwillkürlich war sie näher zu Plinndin gerückt. Sie konnte die Augen nicht von dem maskengleichen Gesicht nehmen, Furcht schlich sich in ihre Glieder. Sie hatte Angst, dass die Statue sie womöglich zerquetschen würde wie lästige Fliegen, wenn sie die falsche Antwort gaben. Ein Schauer rann ihr den Rücken hinunter, aber Plinndin straffte sich in dem Moment, in der Selene am liebsten zurückgegangen wäre.

»Wir sind gekommen in der Hoffnung auf Antworten«, sprach er laut und deutlich, doch konnte sie spüren, wie er zitterte.

Kaum hatte er zu Ende gesprochen, schien sich der Blick der Statue zu intensivieren und Selene konnte den Blick von den leeren Höhlen nicht abwenden. Diese Augen schienen sich in ihre zu bohren. Drangen kalt und unbarmherzig immer tiefer, bis auf den Grund ihrer Seele. Sie konnte nicht sagen, wie lang sie in die Augen der Statue sah, als mit einem Mal die Intensität verschwand und sie völlig außer Atem

war. Erst jetzt viel ihr auf, dass sie ihren Atem angehalten hatte. Selbst Plinndin atmete schwer und war ganz blass.

»Möget Ihr die Antworten finden, die Ihr sucht. So tretet ein in guter Hoffnung«, sprach die tiefe durchdringende Stimme und ein knirschendes Geräusch ertönte.

Der Mantel der Statue teilte sich und offenbarte dahinter einen langen Gang. Neugierig und leicht ängstlich traten Selene und Plinndin näher. Der Gang besaß hohe vereiste Wände, die in eine Kuppel übergingen. Auf halber Höhe zwischen Decke und Boden schwebten körperlange, weiße Kerzen, welche beinahe so dick waren wie ein Menschenkopf und mit vier blauen Flammen brannten. Zögernd betraten sie den langen Gang und kaum waren sie wenige Schritte hineingegangen, schloss sich der Eingang leise. Für einen kurzen Moment fühlte sie sich gefangen, doch sprach sie sich Mut zu, weiterzugehen. Immerhin hatte sie es geschafft, zur Festung zu kommen und durfte jetzt nicht die Nerven verlieren.

Mit einem nervösen Schnaufen wandte sie sich wieder nach vorne, gab sich selbst einen Ruck und folgte Plinndin. Langsam liefen sie den Gang entlang und Selene besah sich die Wände genauer. In das Eis waren großflächige Ornamente und Runen eingehauen worden. Obwohl die Wände vereist waren, wurde es mit jedem Schritt wärmer. Selene richtete ihren Blick weiter geradeaus und sah am Ende eine große Eisenflügeltür, die bis unter die Decke reichte. Da fiel ihr auch zum ersten Mal auf, dass der Gang schmaler war als zuvor. Direkt beim Eingang hätten mehrere Menschen nebeneinander Platz gehabt und nun hätte sie eine Hand ausstrecken können, um die Wand zu berühren.

»Ist der Gang schmaler geworden?«, fragte Selene leise und Plinndin nickte.

»Schon von Anfang an. Ich frage mich, inwieweit er sich noch verjüngt«, meinte er und als sie endlich vor der Tür standen, war diese gerade einmal dreieinhalb Fuß breit, dafür mehrere Fuß hoch.

Die eiserne Tür war verziert mit floralen Ornamenten, jedoch gab es weder einen Türknauf noch etwas, mit dem sie dagegen klopfen konnten. Gerade wollte Selene die Hand danach ausstrecken, als sie sich knarzend nach innen öffnete. Selene zuckte erschrocken zusammen und ihr Herz pochte vor Aufregung. Hinter der Tür stand ein Grauer, der in einen

grauen, bodenlagen Mantel gekleidet war. Der Graue besaß feine Gesichtszüge, zartgeschwungene Augenbrauen und volle Lippen wie eine Frau, doch die Kieferknochen waren kantig und die Wangenknochen ausgeprägt. Ihr Blick glitt zu den dunklen, grauen Augen, die sie weich und voller Freundlichkeit ansahen.

»Seid gegrüßt, Fremde, in der Festung der Grauen. Mein Name lautet Chiron. So tretet ein.«

Er trat beiseite und Plinndin und Selene konnten endlich einen Blick hineinwerfen. Ihr klappte der Kiefer herunter, als sie das Reich der Grauen erblickte. Sie standen auf einer kleinen Erhöhung, von der sie nach wenigen Stufen hinunter auf einen breiten Weg gelangten, der direkt zu einer Art überdachtem Platz führte. Rechts und links des Weges konnte man über viele Stufen hinunter eine gewaltige Bibliothek erreichen. Die steinernen Bücherregale reichten vom Boden bis zur hohen, hallenartigen Decke und bildeten verwinkelte Wege, so dass es unmöglich war, die ganzen Ausmaße der Bibliothek zu erfassen. Ein leises Knirschen ertönte hinter Selene. Als sie einen Blick über die Schulter warf, konnte sie gerade noch sehen, wie die steinernen Blumen auf der Innenseite der Tür sich ineinander wanden und so die Tür verriegelten. Ein maskenartiges Gesicht ragte über der hohen Tür aus dem Felsen und schien sie aus dem Zwielicht heraus zu begutachten.

»Folgt mir bitte«, sprach Chiron und hielt auf den überdachten Platz zu. Plinndin setzte sich in Bewegung und Selene folgte ihm, noch immer staunend über das, was sie sah. Entlang der runden Steinsäulen, welche das kuppelartige Dach trugen, wuchsen Blumen in allen erdenklichen Farben und der Blütenstaub strahlte wie kleine Sonnen. Er spendete Licht und erhellte den großen, rechteckigen Platz. Auf dem Platz tummelten sich rote Sessel und Sofas, die mal einzeln, dann wieder in Gruppen um niedrige Tische herumstanden. Sie luden förmlich dazu ein, sich hinzusetzen und zu rasten. Gegenüber von ihr erhob sich eine breite, steinerne Wendeltreppe, die sich sowohl nach oben als auch nach unten schraubte. Selene konnte nur erahnen, wie groß die Festung der Grauen wohl sein mochte.

»Meine Herrin und mein Herr, Eure Reise war sicherlich anstrengend. So legt ab Eure warme Kleidung, ehe Ihr mir erzählen könnt, weshalb

Ihr Euch auf den Weg zur Festung begeben habt«, sprach der Graue sanft und deutete mit freundlicher Geste seiner dreifingrigen Hand auf eine Sesselgruppe, die ihnen am nächsten war. Selene folgte Plinndin, der direkt darauf zusteuerte und begann seine Überzugkleider abzulegen. Schnell folgte sie seinen Handbewegungen und ab und an half er ihr, die Riemen zu öffnen, bis beide ihre zottligen Überzüge abgelegt hatten und sich in die bequem aussehenden Sessel setzten. Selene ließ sich erleichtert in den Sessel sinken und auch Plinndin wirkte entspannter, als er sich neben ihr niederließ. Der Graue stellte zwei Eisgläser, gefüllt mit einer purpurnen Flüssigkeit, auf den niedrigen Holztisch vor ihnen und nahm elegant gegenüber von ihnen Platz.

»Dies wird Euch stärken und Erholung schenken von dem langen Weg«, sprach der Graue.

Selene zögerte kurz, ehe sie das Eisglas in die Hände nahm und einen großen Schluck trank. Sie spürte, wie das süße Getränk ihr den Rachen hinunterlief und im Magen eine angenehme Wärme auslöste. Diese Wärme breitete sich in ihrem ganzen Körper aus und sie fühlte sich sogleich besser. In einem Zug leerte sie das Glas.

»Danke«, meinte Selene schnell und verbeugte sich nach einem kurzen Zögern.

Sie vermutete, dass dieses Verbeugen wohl die übliche Begrüßung und Höflichkeit in diesem Land sei.

»Auch ich danke Euch«, sprach Plinndin und tat es ihr nach.

»Mein Name ist Plinndin, Sohn von Ceorl, aus der Verborgenen Stadt. Wir haben uns auf den Weg hierher gemacht, da meine Begleitung dringend Antworten auf ihre Fragen benötigt«, erklärte Plinndin und der Blick des Grauen mit Namen Chiron schwenkte interessiert zu Selene.

»Mein Name ist Selene, Tochter der Ilteri und...«, Selene stockte für einen Moment.

Sie wusste, dass sie vor dem Grauen und Plinndin nicht unbedacht sprechen durfte.

»Ich muss mit den Ältesten der Feste sprechen.«

Chiron hob überrascht seine Augenbrauen.

»Aethelmaer sagte mir, dass ich mit ihnen sprechen soll, da vermutlich nur sie mir helfen können.«

Chiron schwieg einen Moment und Selenes Blick glitt zu Plinndin. Dieser sah leicht missmutig aus und erneut befiel sie das schlechte Gewissen, ihm nicht die Wahrheit sagen zu können.

»Aethelmaer schickt Euch?«, sprach Chiron langsam, woraufhin Selene heftig nickte.

Der Graue schien sie zu mustern und sie versuchte, ihre ganze Entschlossenheit in ihren Blick zu legen. Ihr war bewusst, dass es vermutlich ziemlich unhöflich von ihr war, die Ältesten sprechen zu wollen, ohne vorher mit einem anderen Grauen gesprochen zu haben. Dennoch versuchte sie es.

»Wenn dies Aethelmaers Wunsch ist, so werde ich dem nicht widersprechen. Bitte folgt mir,« sprach mit einem Mal Chiron und stand in einer grazilen Bewegung auf.

Selene atmete erleichtert aus und folgte seinem Beispiel. Als jedoch auch Plinndin aufstehen wollte, legte sie ihm schnell die Hand auf seiner Schulter und hasste sich im selben Moment dafür.

»Bleib bitte hier«, meinte sie leise und Plinndin sah sie aus großen Augen an. »Ich bitte dich... warte hier auf mich.«

»Aber...«, versuchte er zu widersprechen, doch Selene schüttelte den Kopf.

»Ich werde es dir später erklären. In Ordnung?«

Plinndin erwiderte ihren Blick und sie konnte sehen, dass es ihn ärgerte, dennoch ließ er sich in den Sessel zurückfallen und wich ihrem Blick aus.

»Danke«, hauchte sie und folgte dann Chiron die Treppen hinunter in die Bibliothek.

Vor ihr erhoben sich die steinernen Regale der Bibliothek und ehrfürchtig betraten sie einen Gang dazwischen. Staunend beäugte Selene die Bücher im Vorbeigehen und stellte fest, dass manche so alt waren, dass der Buchrücken bereits abblätterte, während neuere danebenstanden. Große Schriftrollen stapelten sich dazwischen und ab und an wurde das Bücherregal von einem Torbogen unterbrochen, sodass man zwischen den Bücherregalen hin und her gehen konnte. Hier und da erblickte sie andere Graue, die an schmalen Tischen über dicke Bücher gebeugt waren oder nachdenklich die Regale musterten. Immer tiefer liefen sie

in die Bibliothek und als sich Selene umdrehte, konnte sie den Platz nur noch als kleinen, hellen Fleck ausmachen. Chiron führte sie durch mehrere Bücherregale hindurch, sodass Selene irgendwann die Orientierung verlor. Sie wusste nicht, wie weit sie schon gelaufen waren, geschweige denn in welche Richtung. Plötzlich öffneten sich die Bücherregale und offenbarten eine große freie Stelle, in der ein paar bequeme Sessel um einen gewaltigen Steintisch herumstanden. In einem von ihnen saß ein Grauer, den Selene unweigerlich als einen der Ältesten erkannte. Im Gegensatz zu Chiron sah man ihm an, dass er sehr alt war. Seine Haut wirkte beinahe wie Papier und schien mehrere Nummern zu groß. Die buschigen, grauen Augenbrauen hingen etwas über die Augen und selbst sein nackter Schädel wirkte runzelig.

»Seid gegrüßt, Meister Aldor«, sprach Chiron voller Respekt und verbeugte sich leicht vor ihm.

Selene tat es ihm schnell gleich und Aldors Blick glitt langsam zu ihr hoch. Seine hellgrauen Augen sahen sie neugierig an, ehe sein Blick zu Chiron schweifte.

»Wie ich sehe, haben wir Besucher«, sprach Aldor und richtete sich etwas auf.

Dann schloss er den dicken Wälzer vor sich auf dem Tisch geräuschvoll und schob ihn beiseite.

»Verzeiht die Störung, Meister. Jedoch wollte Herrin Selene Ihr Anliegen, auf Rat Aethelmaers, nur den Ältesten offenbaren«, sprach Chiron erneut respektvoll, doch der Alte hob nur seine knöchrige Hand.

»Es gibt nichts zu verzeihen, Chiron«, sagte der Älteste, als seine Augen abermals zu Selene schwenkten.

Chiron verbeugte sich abermals, bevor er sich umdrehte und die beiden allein ließ. Ihre Augen trafen auf seine und obwohl er so alt war, waren seine Augen klar.

»Wie ist Euer Name, Kind von weit her?«, fragte plötzlich Aldor.

»Selene werde ich genannt. Tochter der Ilteri«, antwortete Selene schnell und verbeugte sich vor ihm.

»Setzt Euch, Selene, Tochter der Ilteri«, sprach er und sie setzte sich zögerlich in den Sessel, der ihm am nächsten war.

»Nun, was ist Euer Anliegen, das Ihr nur mir offenbaren könnt?«

Selene atmete tief durch und konnte endlich ihre Geschichte erzählen.

»Ich komme nicht von hier«, sprach Selene schließlich die Wahrheit aus, »mein Land, aus dem ich komme, muss sehr weit weg sein. Denn dort gibt es nur einen Mond und so etwas wie die Grauen gibt es dort nicht.«

Sie hielt kurz inne, doch konnte sie nur Interesse in seinen Augen sehen.

»Wie seid Ihr von dort hierher gelangt?«, fragte er ruhig.

»Durch eine steinerne Statue, die so ähnlich aussieht wie die am Eingang. An der Innenseite des Mantels war eine Art schwarze Öffnung, durch die ich geflohen bin und ehe ich mich versah, bin ich im Stillen Wald gelandet. Wäre in dem Moment nicht Plinndin aufgetaucht, wäre ich von einem Ungeheuer zerrissen worden«, beendete Selene ihre kleine Geschichte, »und ich bin auf der Suche nach einem Weg nach Hause.«

»Weswegen seid Ihr geflohen?«

Seine grauen Augen schienen durch sie hindurchzusehen und jegliche Lügen oder Geheimnisse zu erahnen.

»Ich bin vor schwarzen Reitern geflohen. Sie wollten mich gefangen nehmen und versklaven, weil…«, einen kurzen Moment zögerte sie, »weil ich eine Mondfrau bin«, beendete Selene ihren Satz und spürte, wie schwer ihr das gefallen war.

Plötzlich schienen die Augen des Ältesten aufzuleuchten.

»Ah ja, natürlich«, murmelte er leise und ein Lächeln legte sich auf seine Lippen.

»Du, du weißt, was das bedeutet?«, fragte Selene und ihr Herz schlug schneller voller Hoffnung.

Aldor ließ sich in den Sessel zurücksinken und schloss für einen Moment die Augen.

»Schon bei Eurem ungewöhnlichen Anblick wurde ich an eine Geschichte erinnert, die mir vor sehr, sehr langer Zeit erzählt worden war.«

Selene lehnte sich aufgeregt nach vorne.

»Sie handelte von einer Welt neben der unsrigen, aber weit entfernt, die durch unsichtbare Tore mit der unseren verbunden sein soll. Dort sollen Menschen leben, die völlig anders sind als hier.«

»Tore? Es gibt also einen Weg zurück?«

Langsam öffnete Aldor seine Augen und nickte sachte. Ihr Herz schien ihr aus der Brust springen zu wollen.

»Ja, doch kann ich Euch nicht sagen wo, denn das Erlebte wurde weder niedergeschrieben, noch weitererzählt, zum Schutze aller.«

»Dann weißt du, was ich bin?«

»Ja, das weiß ich.«

Selene nickte und Erleichterung durchströmte sie, dass ihr beinahe die Tränen kamen.

»Du weißt wirklich nicht, wo das Tor zurück ist?«

Erneut schwieg Aldor und wog sachte seinen Kopf hin und her.

»Nein, das weiß ich wirklich nicht«, sprach er schließlich, »dennoch weiß ich, wer es weiß. Dieser Graue ist noch älter als ich und, wenn man den Erzählungen Glauben schenken mag, war er derjenige, welcher die Statuen um die Tore errichtete.«

Freude rann durch Selenes ganzen Körper.

»Doch er befindet sich nicht auf diesem Kontinent, sondern auf dem anderen. Die Reise dorthin ist sehr gefährlich und nur wenige sind bisher so weit vorgedrungen. Allein werdet Ihr es nicht schaffen.«

Kurz zögerte Selene, aber als sie an das Gesicht ihrer Großmutter dachte, wurde ihre Entschlossenheit noch fester.

»Meine Familie oder zumindest ein Teil davon ist noch am Leben. Ich weiß nicht, wie lange sie noch am Leben sein werden und selbst wenn die Chance gering ist, sie zu retten, will ich es dennoch versuchen. Selbst wenn ich allein losziehen muss und womöglich scheitern werde, werde ich es dennoch versuchen.«

Ein kleines Lächeln legte sich auf seine Lippen.

»Ihr werdet nicht allein reisen. Ein Grauer wird Euch begleiten.«

»Aber, ich kann den Grauen im Gegenzug nichts bieten. Ich bin weder reich noch kenne ich einflussreiche Menschen.«

»Dies ist wohl wahr, doch unterschätzt Ihr den Wert des Wissens. Der Graue, der Euch begleiten wird, wird Dinge erleben, die vermutlich nur ein einziger Grauer vor ihm erlebt hat. Auch wenn das Wissen geheim gehalten werden muss, ist es dennoch notwendig, dass es nicht verloren geht.«

»Ihr Grauen wollt mich also aus Eigennutz begleiten?«

Aldor lachte plötzlich leise und sah sie belustigt an.

»So könnte man es auch nennen. Fällt es Euch so leichter, Begleitung und Hilfe von uns anzunehmen?«

Kurz dachte Selene darüber nach und nickte letztendlich.

»Das hilft tatsächlich. Wenigstens schulde ich den Grauen dann nichts.«

Erneut lachte Aldor und nickte ebenso.

»Was ist mit Plinndin? Ich werde ihm vermutlich nichts davon erzählen können.«

»Euer Begleiter? Nein, Ihr werdet Eure Identität für Euch behalten müssen.«

Selene nickte und senkte traurig den Kopf. Sie fühlte sich ihm gegenüber immer schlechter.

»Es ist zu seinem eigenen Wohl«, sprach Aldor sanft und unterbrach ihre düsteren Gedanken.

»Ich weiß, es ist nur... er und seine Mutter haben mir das Leben gerettet, mich aufgenommen und schließlich hierhergebracht. Ich weiß nicht, wie ich mich je dafür bedanken kann.«

Aldor musterte sie eine Weile, während Selene mit schlechtem Gewissen zu Boden sah.

»Ihr werdet einen Weg finden. Denkt daran, persönliche Geschenke wiegen schwerer als alles, was mit Gold gekauft werden kann«, sprach Aldor leise und als Selene verwirrt aufsah, sahen seine Augen voller Wärmer in ihre.

»Euer Tag war lang und beschwerlich. Ruht Euch nun etwas aus.«

»Aber ich habe noch so viele Fragen!«, meinte Selene und richtete sich abrupt auf.

Am liebsten wäre sie die ganze Nacht lang auf gewesen und hätte nach dieser Welt gefragt, die so anders war als alles, was sie kannte.

»Die Fragen können auch morgen noch beantwortet werden. Euer Körper benötigt Schlaf und nur der Trank lässt Euch noch aufrecht in diesem Sessel sitzen.«

Eine plötzliche Bewegung in ihrem Augenwinkel ließ sie Chiron erblicken, der aus den dunklen Gängen trat.

»Bitte zeigt der Dame, wo sie heute Abend nächtigen kann«, sprach Aldor und als sie erneut protestieren wollte, ließ sein strenger Blick sie verstummen.

»Sehe ich dich, äh Euch morgen?«, fragte Selene leise und Aldor lächelte sanft.

»Das liegt im Bereich des Möglichen«, antwortete er schleierhaft und Selene wertete das als ein Nein.

»Ihr solltet noch wissen, dass Euch in diesen Gemäuern nichts passieren wird und Ihr Euer Äußeres nicht verbergen müsst.«

Einen Moment lang sahen sie sich in die Augen, bis Selene sein Lächeln erwiderte.

»Danke.«

Langsam stand sie auf, verbeugte sich nach kurzem Zögern und führte die Fingerspitzen ihrer rechten Hand an ihre Stirn.

»Möge der Mond Euren Weg stets erhellen«, sprach sie in der Tradition ihres Volkes und führte die Hand nach vorne.

Aldor verneigte sich leicht mit funkelnden, grauen Augen und zusammen mit Chiron betraten sie das Zwielicht der Bibliothek.

7. Kapitel

Langsam erwachte sie aus ihrem Schlaf und drehte sich müde auf ihren Rücken. Sie fühlte sich nicht im Geringsten erholt, sondern vielmehr ausgelaugt von der gestrigen Nacht. Albträume hatten ihr den Schlaf geraubt und nachdem sie sich die Seele ausgeweint hatte, war sie erneut eingeschlafen, nur um den nächsten Albtraum zu durchleben. Müde rieb sie sich ihre Augen und sah an die dunkle Zimmerdecke.

»Ich bin jetzt wach«, sprach sie träge in den Raum hinein und so als würden die Blumen sie verstehen, fing das Blumengeflecht an der Decke an zu leuchten und tauchte alles in angenehm helles Licht.

»Danke«, murmelte sie und richtete sich auf.

Für einen Moment lang sah sie starr auf ihre Bettdecke hinab, ehe ihr Blick durch den Raum wanderte. An den Säulen wanden sich Blumen empor, die sich an der Decke ineinander verschlangen und Licht spendeten. Ihr Zimmer war geräumig und die steinernen Wände waren mit farbigen Wandteppichen behangen. Ihr Blick glitt von den komplizierten Mustern der Teppiche, über die kunstvoll geschnitzten Stühle und den Tisch und verweilte kurz auf dem zotteligen Haufen, der auf einer eisenbeschlagenen Truhe lag und ihren Klamottenüberzug darstellte. Dann glitt ihr Blick zu ihrem massiven Bett, in dem ihre ganze Familie Platz gehabt hätte. Ihre Hände strichen behutsam über den weichen, roten Überzug, bis sie sich schließlich einen Ruck gab und die beindicke Decke von ihren Füßen streifte. Sie eilte durch eine schmale Tür in ihr Bad und machte sich frisch. Doch während sie ihren Mund mit dem klaren Quellwasser, welches aus der Wand in ein Becken sprudelte, auswusch, überlegte sie sich, ein Bad zu nehmen. Chiron hatte ihr gestern Nacht erklärt, wo es sich befand und die Verlockung, sich richtig zu waschen, war sehr groß. Sie hatte es gestern Abend nicht mehr geschafft, ihren verschwitzten Körper zu reinigen, und vermutete, dass sie stank. Also nahm sie den flauschigen Mantel von dem Haken an der Wand und hüllte ihren nackten Körper darin ein. Langsam öffnete sie ihre Zimmertür und lugte vorsichtig in den dahinterliegenden Gang. Durch die Krümmung des hohen Ganges konnte sie nur wenig erkennen, dabei aber weder jemanden

sehen noch hören. Und so schob sie sich auf den Gang und schloss ihre Tür leise hinter sich. Ihr Blick glitt kurz zu den leuchtenden Blumen an den Säulen und sie stellte erfreut fest, dass es wirklich Tag sein musste. Gestern Nacht waren die Blumen meist geschlossen gewesen und hatten nur wenig Licht gespendet. Selene nahm an, dass sie sich dem Sonnenstand anpassten. Sie wandte sich nach rechts und betrat den dicken, roten Teppich, der ihre Schritte schluckte. Rechts und links des Ganges reihten sich kunstvoll geschnitzte Türen, die Selene als Zimmer der Bewohner vermutete, bis sie schließlich erblickte, was Chiron ihr gestern beschrieben hatte. Zu ihrer Linken befand sich eine große Doppeltür, an deren Seiten zwei Brunnen aus der Wand ragten. Über der Tür saß links auf einem kleinen Vorsprung eine steinerne Frau, gekleidet in ein langes, fließendes Gewand. Ihr regungsloses Gesicht war wunderschön und ihre welligen Haare reichten ihr bis zur Hüfte. In ihrer Hand hielt sie einen filigranen Krug, aus dem endloses Wasser in den Brunnen unter ihr strömte. Auf der anderen Seite saß ein muskulöser Mann mit seidigem, schulterlangem Haar, der ihr freundlich entgegenblickte. Auch er hielt einen filigranen Krug in den Händen, aus dem Wasser in einen Brunnen floss. In die dunklen Holzflügeltüren zu seiner rechten waren Meerestiere hinein geschnitzt worden, die so lebensecht aussahen, dass Selene für einen Moment dachte, die hölzernen Fische würden sich auf den Türen bewegen. Sie vermutete, dass links das Frauenbad war, und öffnete die Tür langsam nach innen. Mollige Wärme schlug ihr sogleich entgegen und brachte sie zum Lächeln. Sie trat ein und fand sich in einem breiten, kurzen Gang wieder. In ihm befanden sich zu ihrer Linken steinerne Regale, in denen sich in der oberen Hälfte flauschig aussehende, weiße Handtücher stapelten. In der unteren Hälfte befanden sich Bündel von Stoffen, die sich als lange Mäntel entpuppten. Wie auch schon zuvor, wuchsen leuchtende Blüten an den grauen Wänden entlang und vereinigten sich in der Kuppel zu einem hellen Geflecht. Rechts, entlang der Wand, standen kleine hölzerne Hocker und lebensgroße, steinerne Frauenstatuen, die allesamt große, geflochtene Körbe in ihren Händen hielten. Sie besaßen feine Gesichtszüge und ihre zierlichen Körper waren in fließende Gewänder gehüllt, die beinahe mit den langen Haaren im Nacken verschwammen. Selene betrachtete fasziniert den Detailreichtum

der Figuren, die so echt aussahen. Dann wandte sie sich ab und lauschte in die Stille, ob noch jemand im Bad war, doch konnte sie nur das leise Plätschern von Wasser hören. Etwas entspannter nahm sie zwei Handtücher aus dem Regal, die tatsächlich so flauschig waren wie sie aussahen, und zog einen Mantel hervor, ehe sie langsam den Gang entlanglief.

»Wollt Ihr Euch nicht entkleiden?«, fragte mit einem Mal eine helle Frauenstimme.

Selene zuckte so heftig zusammen, dass ihr die Handtücher aus den Händen fielen, und drehte sich mit pochendem Herzen nach der Besitzerin der Stimme um, konnte jedoch niemand sehen.

»Wer spricht da?«, fragte sie leise in die Stille hinein und umklammerte ängstlich den Mantel in ihren Händen.

»Neben Euch, Herrin«, sprach die Stimme erneut.

Selenes Kopf fuhr herum, als eine der mittleren Statuen sie direkt ansah.

Sie starrte die Statue entgeistert an, die hingegen nur amüsiert das Gesicht verzog.

»Du... du bist lebendig?«, fragte Selene vorsichtig und wich einen Schritt vor ihr zurück.

»Nein, nicht lebendig, Herrin. Zumindest nicht so lebendig, wie Ihr es vielleicht meint. Ich bin eine der vielen Wächter der Festung, die Euch helfen, wenn Ihr Hilfe benötigt«, erklärte die Frauenstatue.

Langsam hob sie die heruntergefallenen Handtücher auf, ohne jedoch die Statue aus den Augen zu lassen.

»Und weswegen brauche ich Hilfe?«, fragte Selene beim Aufstehen und erneut schien die Statue zu schmunzeln.

»Ihr seid an den Körben vorbeigelaufen, die für Eure ungewaschene Wäsche gedacht sind«, erklärte sie geduldig.

»Den Mantel habe ich erst ganz frisch angezogen«, entgegnete Selene.

»Ihr könnt ihn gegen einen von den unsrigen eintauschen«, beharrte die Statue und Selene zögerte für einen Moment.

»In Ordnung«, gab sie nach und stopfte ihren Mantel in den Korb, welchen die Frau in ihren Händen trug.

»Wars das?«, fragte sie die Statue, die leicht nickte und wieder in ihre regungslose Position zurückkehrte.

Selene wandte sich von ihr ab und ging den Gang entlang. Am Ende

des Ganges eröffnete sich links ein Torbogen. Der Raum dahinter war ebenso hoch wie der Gang zuvor und konnte auf einen Blick nicht komplett eingesehen werden. Hier und da standen steinerne Bänke, hinter denen buschige, blühende Sträucher emporwuchsen, die höher waren als zwei Mannslängen. Sie gaben den Eindruck, sich draußen in der Natur zu befinden. Langsam schob sich Selene am Eingang zwischen zwei niedrigen Bäumen hindurch, an denen faustgroße, saftig aussehende rote Äpfel hingen. Sie wand sich zwischen den Bänken und buschigen Sträuchern hindurch, ehe sie den Hauptraum erblickte. Entlang der Wände reihten sich mehrere ausladende Becken, in die dampfendes Wasser aus großen, blütenähnlichen Wasserspeiern floss. Selene steuerte auf das größte Becken in der Mitte zu und legte ihre Sachen an den Rand. Dann setzte sie sich und ließ ihre Füße in das Wasser eintauchen. Ein wohliges Seufzen entwich ihrer Kehle, als das warme, weiche Wasser ihre Beine umspielte. Sie stand auf und lief die wenigen steinernen Stufen hinunter in das Becken. Ein breites Lächeln breitete sich auf ihrem Gesicht aus, denn sie liebte heißes Wasser und Badetage waren zuhause immer etwas Besonderes gewesen. Das Becken war gerade so tief, dass das Wasser ihr bis zum Hals ging, und mit einem kleinen Jauchzen schwamm sie drei Armzüge lang, ehe sie die andere Seite des Beckens erreichte. Dort stellte sie erfreut fest, dass am Rand entlang Bänke waren, auf die sie sich setzen konnte. Sie ließ den heißen Wasserstrahl des Wasserspeiers auf ihren Kopf prasseln und entspannte sich langsam etwas. Die Lichter oben in den Bäumen sahen den Sternen so ähnlich, dass sich Selene vorkam wie unter dem nackten Himmelszelt. Fasziniert lehnte sie sich zurück und ließ ihren Körper treiben, mit dem Blick zur Decke gerichtet. Ihre Gedanken wanderten und sie fragte sich innerlich, wie anders diese Welt wohl noch sein konnte. Sie schien, abgesehen von der ähnlichen Sprache und dem Aussehen, nichts mit ihrer Welt gemein zu haben. Zu gerne hätte sie sich mit Aldor über die Geschichten und Götter dieser Welt unterhalten, doch Selene war sich sicher, dass der Graue, welcher sie begleitete, ihr das auch alles erzählen konnte. Sie wiegte ihren Kopf leicht hin und her und spürte, wie ihre schneeweißen Haare ihren Rücken kitzelten. Unter dem Wasserspeier stand eine kleine Ansammlung von Trögen und Tiegeln, deren hölzerne Stopfen Selene nach und nach entfernte. Sie schnupperte daran und konnte mit einem Mal das Meer riechen. Fasziniert betrachtete sie den blauen Tontiegel und schnupperte dann an einem hellgrünen. Dieser roch nach einer Sommerwiese und ein anderer nach einem verregneten Wald. Tief sog sie den harzigen Duft ein und entschied sich dann für diesen, während sie die anderen beiden Tiegel verschloss. Langsam ließ sie das leicht zähe Öl aus dem tiefgrünen Tiegel in ihre Hand laufen und strich sich damit durch die Haare und über das Gesicht. Sie spürte, wie sich die Knoten in ihren Haaren lösten und der Schmutz von ihrer Haut herunter gewaschen wurde.

Innerlich ruhig schwelgte sie im vertrauten Duft des Waldes und bewunderte die Sterne über ihr. Sie wusste nicht, wie lange sie so dahintrieb, aber als sie ihre Hände begutachtete, waren sie schon komplett verschrumpelt. Es war Zeit zu gehen. Sie wickelte eins der Handtücher um ihre Haare, trocknete sich gründlich mit dem anderen ab und schlüpfte dann in den weichen Mantel. Erfrischt verließ sie dann das Bad und stellte im Vorbeigehen überrascht fest, dass ihre Kleidung nicht mehr im Korb war. Sie eilte wieder zurück in ihr Zimmer und kleidete sich an. Als sie das Kleiderbündel herauszog, fiel etwas Schweres geräuschvoll zu Boden und ließ sie innehalten. Es war der hölzerne Tiegel mit der Farbe, die Plinndin als Schminke bezeichnet hatte. Selene starrte auf die Schminke und schloss den Tiegel mit einem kleinen Lächeln. Anschließend zog sie ihre Kleider an und begutachtete dann kritisch ihren roten Filzmantel. Dort, wo er zerrissen worden war, hatte Wine ihn ordentlich geflickt und die Blutspuren waren ebenso entfernt worden. Innerlich dankte sie ihr von ganzem Herzen, denn dies war das einzige Kleidungsstück von zu Hause, abgesehen von ihrer Unterwäsche und den Stiefeln. Sie schlüpfte in den roten Mantel und verschloss ihn vorne bis zum Hals. Die kleinen Runen an den Säumen erinnerten sie an ihre Heimat. Dann nahm sie den Kamm in die Hand, kämmte ihre schneeweißen Haare und band anschließend das Deckhaar am Hinterkopf mit dem roten Band zusammen. Zuletzt schlüpfte sie in ihre hohen Pelzstiefel und begutachtete ihr Spiegelbild in dem blank polierten Spiegel. Mit kühlen Fingern strich sie sich über die silbernen Tattoos unter ihren Augen und auf ihrer Stirn. Ihr Blick glitt kurz zum Tiegel und dann wieder zurück zu ihrem Spiegelbild.

Sie würde mit diesen überall auffallen und obwohl der Älteste gesagt hatte, dass sie hier sicher sei, versuchte sie dennoch, die Tattoos mit der Schminke abzudecken. Aber egal wie dick sie die Schminke auftrug, die silberne Farbe schimmerte stets hindurch. Wine hatte Recht gehabt. Flüchtige Blicke von Fremden würden ihre Tattoos nicht aufdecken, doch wenn man ihr länger als einen Atemzug lang ins Gesicht sah, würde man sie erkennen. Seufzend schloss Selene den Tiegel und legte ihn zurück. Die Tattoos waren ein Problem, das sie nicht lösen und das sie womöglich in Schwierigkeiten bringen könnte. Für einen kurzen Moment überlegte sie sogar, ob sie ihre Tattoos rausschneiden sollte, musste sich bei dem Gedanken allerdings schütteln. Sie waren Teil ihrer Identität und definierten, was sie war und zu wem sie gehörte. Allein bei der Vorstellung, keine mehr zu besitzen, fühlte sie sich noch verlorener und einsamer, als sie es ohnehin schon war. Inständig hoffte sie, dass sie hier sicher war. Für einen kurzen Augenblick stand sie vor der Tür und wusste nicht recht, ob sie sich nach rechts in die Tiefe des Ganges oder links zum Aufenthaltsraum begeben sollte. Für einen kurzen Moment war sie versucht an Plinndins Zimmertür zu klopfen, doch sie wusste nicht, wie früh es war, und wollte ihn nicht wecken. Unschlüssig verlagerte sie ihr Gewicht von dem einen auf den anderen Fuß, als ihr unerwartet ein leckerer Geruch in die Nase stieg. Ihr Magen reagierte sofort mit einem Grummeln darauf und das Wasser lief ihr im Mund zusammen. Kurzerhand wandte sie sich nach rechts. Sie folgte dem leicht gebogenen Gang, der sich tiefer in das Gestein bohrte, als plötzlich schnelle Schritte hinter ihr ertönten und jemand in sie hineinlief, als sie sich umdrehte. Beinahe wäre sie durch den Aufprall gestürzt, konnte sich aber noch rechtzeitig fangen und sah sich nach dem Übeltäter um. Vor ihr auf dem Boden lag rücklings ein kleiner Junge, der gewiss noch keine zehn Jahre alt war.

»Entschuldigung!«, sprach dieser erschrocken, als er sich hochrappelte.

Überrascht weiteten sich seine braunen Augen, als sein Blick auf Selene fiel, die ihn neugierig musterte. Er trug, wie schon Chiron, einen grauen, bodenlangen Mantel.

»Schon in Ordnung. Ich hoffe, dir ist nichts passiert«, sagte Selene und riss ihn damit aus seiner Starre.

»Mir ist nichts geschehen, Herrin«, antworte er schnell mit einer knappen Verbeugung, wobei ihm seine dunklen, halblangen Haare ins Gesicht fielen.

»Sag, kannst du mir vielleicht den Weg zur Küche zeigen?«, fragte Selene nach kurzem Zögern und der Junge lächelte breit.

»Da wollte ich sowieso hin. Ich führe Euch, Herrin«, sprach er und sie folgte seinem langsamen Schritt.

»Wie ist dein Name?«, fragte Selene.

»Nennt mich Beag. Wie lautet Euer Name?«

»Selene«, antwortete sie, während sie weiter den Gang entlangliefen. Immer wieder drehte er sich zu ihr um und schien ihr Gesicht zu mustern.

»Ihr seid nicht von hier. Ihr seht anders aus als die anderen.«

»Das liegt daran, dass ich von weit herkomme und mein Volk nicht in diese Gegend kommt«, versuchte sie seine Frage so wahrheitsgemäß zu beantworten, wie sie konnte.

Sie reckte wieder leicht ihre Nase und hatte das Gefühl, dass der Geruch von frischem, warmem Brot immer stärker wurde.

»Sind wir bald da?«, fragte Selene ihn und Beag nickte heftig.

»Da drüben ist die Tür!«, sprach er und zeigte auf eine große, hölzerne Flügeltüre zu seiner Rechten.

In die Holztüren war ein Tisch hinein geschnitzt worden, der vor einem gigantischen Kamin stand und überquoll mit verschiedenen Brottypen, Früchten und Bergen voller Käse und getrockneten Fischen. Die Türen wurden von zwei großen Frauenstatuen flaniert, in deren Haare Blüten und Früchte eingeflochten waren. Sie hielten einen Korb in den Händen, der überfloss mit allerlei Köstlichkeiten. Mit freundlichen Gesichtern und einem Lächeln auf ihren geschwungenen Lippen sahen sie herunter und Selene fragte sich, ob alle Statuen in dieser Festung sprechen konnten. Ein geräuschvolles Knarzen ertönte und als Selene ihren Blick wieder senkte, hatte Beag eine Türe aufgezogen und winkte sie breit lächelnd hinein. Der Geruch von frisch gebackenem Brot und würzigem Käse waberte ihr entgegen und ließ ihren Magen erneut knurren. Der Raum war wie alle hoch und durch die Pflanzen beleuchtet. Gegenüber der Türe

befand sich eine enorm große Feuerstelle, in die sich Selene aufrecht hätte hineinstellen können. Überall im Raum reihten sich lange Holztische und Bänke aneinander, an denen schon einige saßen und ihr Frühstück verspeisten. Eine fröhliche Atmosphäre lag in der Luft und der Raum war erfüllt von Stimmen und Gelächter. Ihr Blick schweifte herum und fiel auf Beag, der sich nach links gewandt hatte. Entlang der Wand entdeckte Selene eine Tafel, beladen voller Köstlichkeiten. Brote in verschiedenen Größen und Formen stapelten sich auf einer Seite, gefolgt von gefüllten Backwaren, Aufstrichen, einer langen Käseplatte, hart gekochten Eiern und Rühreiern. Verschiedenste Früchte, die Selene teils noch nie gesehen hatte, frische Säfte in zahlreichen Farben und klares Wasser in Eiskaraffen. Schnell warf sie einen Blick auf die speisenden Menschen, doch keiner schenkte ihr besondere Beachtung. Dennoch musste Selene den Impuls unterdrücken, ihren Kopf zu senken und auf den Boden zu starren. Zügig folgte sie Beag zur Tafel und nahm sich einen Teller und Besteck von einem großen Stapel am Anfang der Tafel. Hungrig stand sie davor und entschied sich dazu, von allem etwas zu nehmen. Dann folgte sie Beag vorsichtig, um ihr Essen nicht zu verlieren, als sie merkte, dass er sich zu einer älteren Dame setzte. Erneut zögerte Selene, doch da hatte die Dame sie bereits entdeckt. Es wäre unhöflich gewesen, sich wegzusetzen und so gab sie sich einen Ruck.

»Darf ich mich dazusetzen?«, fragte Selene und die ältere Dame lächelte leicht.

Ihr feines Gesicht war faltendurchzogen und ihre grauen Haare in ihrem Nacken zu einem Dutt zusammengebunden. Obwohl sie recht schmal und zierlich war und ihr Rücken gekrümmt, waren ihre hellen Augen dennoch wach und voller Leben.

»Natürlich, Herrin. Setzt Euch«, sprach sie freundlich und deutete auf einen freien Platz ihr gegenüber.

Selene nickte dankbar und setzte sich.

»Seid Ihr hier neu?«, fragte die Frau und unterbrach Selene bei ihrem Frühstück.

Selene bemerkte, dass sie wohl recht unhöflich gewesen sein musste, und schlang einen großen Bissen in ihrem Mund schnell hinunter.

»Ich bin gestern mit einem Freund hier angekommen. Mein Name ist Selene, Tochter der Ilteri«, antwortete Selene mit einem Kopfnicken.

»Mein Name lautet Drottning und in diesen Mauern solltet Ihr nicht den Name Eurer Familie nennen, Herrin«, riet sie ihr.

»Wieso nicht?«, fragte Selene verwirrt und für einen Moment sah Drottning sie abschätzend an.

»Ihr seht aus, als wäret ihr nicht von hier. Demnach könnt Ihr es wohl nicht wissen, Herrin, aber sobald jemand diese Mauern betritt und hier lebt, verliert er jeglichen Stand, den er einst besaß. Ein König und ein Bettler sind hier auf Augenhöhe und der eine darf dem anderen keine Befehle erteilen«, erklärte Drottning und Selene sah überrascht von ihrem halb leeren Teller auf.

»Das ist ja interessant«, meinte sie und dachte für einen kurzen Moment über Drottnings Worte nach.

»Wart Ihr vorher jemand Höheres?«, fragte mit einem Mal Beag und sprach damit Selenes neugierige Frage aus, die ihr auf der Zunge lag.

Drottning nickte und strich Beag durch seine dunklen Haare.

»Bevor mein grauer Sohn geboren wurde, hatte ich viele unter mir«, gab sie mit einem schiefen Lächeln zu.

»Und fehlt es dir nicht, dieses Leben?«, fragte Selene und auch Beag sah interessiert auf.

»Nein, ich vermisse es nicht. Hier kann ich mehr sein als bloß ein Titel«, antwortete Drottning ohne zu zögern.

Selene war sich sicher, dass nicht jeder so leicht etwas aufgeben würde. Plötzlich zuckte Beag heftig zusammen und zog Selenes Aufmerksamkeit auf sich. Er hob seinen linken Arm und sah auf ein Armband hinab, das aus grauen, kugeligen Steinen zu bestehen schien. Schlagartig leuchtete es orange. Beag seufzte tief und schaufelte sich die letzten Reste von seinem Teller in den Mund.

»Du bist heute wieder spät dran. Hast du erneut verschlafen? Hat dich dein grauer Bruder nicht geweckt?«, fragte Drottning und Beag schüttelte schnell seinen Kopf.

»Ich habe noch in einem Buch gelesen«, gab er zu und nahm einen großen Schluck Wasser.

»Du wirst zu spät kommen«, warnte Drottning ihn, doch dieser zuckte

nur mit seinen Schultern.

»Mein Meister wird es verstehen«, gab er nur zur Antwort und Drottning schüttelte nachsichtig ihren Kopf.

»Warum leuchtet das Armband orange?«, fragte Selene interessiert.

»Das ist das Zeichen, dass mein Unterricht gleich beginnt. Wenn es rot leuchtet, werde ich zu spät kommen«, erklärte Beag und hielt seinen Arm hoch, sodass sie das Armband gut sehen konnte.

Fasziniert betrachtete sie es und strich über die leuchtenden Steinkugeln, die sich unter ihren Fingerkuppen kühl anfühlten. Plötzlich vibrierte es und die Farbe des Armbandes veränderte sich von orange in ein grelles Rot. Beag zuckte zusammen und sprang erschrocken von der Bank auf.

»Ich muss los!«, rief er und wollte er gerade losrennen, als er sich noch einmal umdrehte und sich vor Selene verbeugte.

»Es hat mich gefreut, Euch kennenzulernen, Herrin«, sprach er schnell und, ohne eine Antwort abzuwarten, rannte aus dem Essensraum eilig hinaus.

Amüsiert sah Selene ihm hinterher und verschlang dann die letzten Krümel auf ihrem Teller. Ihr brannten so viele Fragen auf der Zunge, die sie Drottning jedoch nicht zu stellen wagte, aus Angst, sie könnte ihre wahre Herkunft offenbaren. Sie konnte spüren, wie Drottning sie musterte, sobald sie den Blick senkte.

»Sag mal, wieso sehe ich hier eigentlich kein Fleisch?«, fragte Selene, denn es war ihr schon beim Beladen des Tellers aufgefallen, dass es weder Wurst noch Fleisch in jeglicher Form gab.

»Wenn es nicht sein muss, dann essen die Grauen kein Fleisch und der Fisch ist ein Kompromiss zwischen Besitzer und Bewohner«, antwortete Drottning und Selene nickte nachdenklich.

»Von woher kommt Ihr, Herrin?«, fragte Drottning plötzlich und Selene richtete sich leicht auf.

»Ich komme von sehr weit her. Ich bin vermutlich die erste meines Volkes, die hier gelandet ist. Meine Eltern erzählten mir nicht viel über die Welt und ich wuchs sehr behütet auf. Deswegen ist mir hier alles neu und fremd.«

Drottning nickte sachte und Selene konnte sehen, dass sie ihre Halb-

wahrheit akzeptiert hatte.

»Dann vermute ich, werdet Ihr in der Festung nicht lange verweilen?«

»Nein. Ich versuche, so schnell wie möglich, weiterzuziehen«, antwortete Selene wahrheitsgemäß und Drottning lehnte sich leicht zurück.

»Ihr werdet einiges verpassen, denn hier gibt es so viel zu entdecken, dass ein Tag nicht ausreicht. Selbst in meinem Alter entdecke ich stets neue Wege und Pfade, als würden sie aus dem Nichts heraus entstehen.«

»Es ist schon schade, aber ich kann leider nicht hierbleiben.«

Für einen Moment schien Drottning nachzudenken und lächelte dann leicht.

»Ich kann Euch zwar nicht herumführen, doch Euch wenigstens meine Arbeitsstelle für diese Woche zeigen«, schlug sie vor und Selene nickte begeistert.

»Lasst das Geschirr am Tischende stehen, jemand wird sich darum kümmern«, versprach Drottning, worauf beide sich erhoben und Selene ihr Geschirr und das von Beag an das Tischende schob.

»Hast du nicht jede Woche dieselbe Arbeit?«, fragte Selene neugierig und Drottning schüttelte ihren Kopf, als sie zusammen zum Ausgang liefen.

»Jede Woche wird gewechselt, sodass jeder jede Arbeit ausübt und es nicht langweilig wird«, erklärte sie und öffnete die Flügeltüre nach draußen.

Sie gingen den Gang zurück, aus dem Selene gekommen war und sie war neugierig, wohin Drottning sie wohl führen möchte. Hin und wieder begegneten sie einem Menschen, dem sie freundlich zunickten. Sie alle besaßen eine Ruhe und Zufriedenheit im Gesicht, welche Selene verwunderte. In diesem Berg eingesperrt zu sein schien ihnen nichts auszumachen, sondern sie eher zu beglücken.

»Weshalb sehen wir eigentlich nicht so viele Menschen?«, fragte Selene neugierig.

»Die meisten gehen ihrer Arbeit nach und haben bereits gespeist«, antwortete Drottning gelassen, als sie den leicht gekrümmten Gang weiterliefen.

»Wie viele Ebenen gibt es?«, fragte Selene, als sie die Wendeltreppe erreichten.

Drottning blieb stehen und deutete auf die Treppe.

»Seht doch einfach nach«, schlug sie ihr vor und Selene zögerte einen Moment.

Dann lehnte sie sich zögerlich über die steinerne Brüstung und sah nach oben. Die Wendeltreppe wand sich unaufhörlich höher und verschwand in einem schwarzen Loch. Dann sah Selene hinunter und auch hier endete die unendliche Wendeltreppe in Dunkelheit. Eine Gänsehaut lief Selene den Rücken hinunter, als sie überlegte, wie gewaltig lang diese Treppe wohl sein mochte. Drottning betrat die Stufen nach oben und winkte Selene mit einem Lächeln zu sich.

»In meinen jungen Jahren bin ich einst die Treppen hinaufgestiegen, da auch mich die Neugierde gepackt hatte. Stufen um Stufen wanderte ich hinauf, nur um wieder an meinen Ausgangspunkt zurückzukehren«, sprach Drottning und Selene legte verständnislos den Kopf schief.

»Wie kann man an der Stelle rauskommen, an der man begonnen hat?«, fragte sie und Drottning seufzte.

»Ich stellte diese Frage einst einem Grauen, doch der antwortete nur ‚ein Kreis hat keinen Anfang und kein Ende‘.«

»Ein Kreis hat keinen Anfang und kein Ende?«, wiederholte Selene verwirrt, aber Drottning nickte nur.

»Viele Dinge haben hier weder einen Anfang noch ein Ende«, sprach Drottning erneut und lachte dann hell, als sie den verwirrten Gesichtsausdruck von Selene erblickte.

»Ihr werdet es vielleicht irgendwann verstehen.«

Selene seufzte leicht und dachte darüber nach. Sie kam zu dem Schluss, dass ein Raum kein Kreis sein konnte. Verwirrt schüttelte sie den Kopf und hörte das amüsierte Lachen von Drottning.

»Im Übrigen verlassen wir gerade die Wohnquartiere, Lehrstuben und den Speiseraum und begeben uns in das Stockwerk, in dem die Werkstätten sind. Hier werden die Fäden gefärbt, Kleider gewoben, Bücher gedruckt und alles hergestellt, was alle anderen Bewohner als die Grauen benötigen. Nur das Leder müssen wir importieren«, erklärte Drottning, als sie am nächsten Stockwerk vorbeigingen und den vierten Stock ansteuerten.

»Weil es hier keine Tiere gibt?«

»Es gibt hier keine Tiere, deren Haut wir als Kleidung verwenden

könnten«, korrigierte Drottning sie und Selene kam deswegen zu dem Schluss, dass es hier sehr wohl andere Lebewesen gab als die Völker.

Sie erreichten den vierten Stock, der anders aussah als die anderen. Zwar wuchsen auch hier die lichtspendenden Pflanzen und Bäume, doch es gab keinen Gang, sondern nur einen Raum mit fünf sehr großen Flügeltüren.

»Dies sind die Räume der Ernte«, erklärte Drottning und deutete auf die Türen.

Fasziniert trat Selene an die nächste Tür zu ihrer Linken und betrachtete sie mit großen Augen. In die Flügeltür waren feine, komplizierte Runen hinein geschnitzt worden. Um die Tür herum befand sich ein mehrere fußlanger und -hoher, bis auf Kniehöhe reichender Rahmen mit einem beeindruckenden Gemälde dahinter. Es zeigte ein weites Feld voller goldener Ähren und in der Entfernung ragte eine große Mühle in den blauen Himmel. Für einen kurzen Moment dachte Selene, dass sich das Bild bewegen würde, doch so schnell wie die Illusion gekommen war, verschwand sie auch wieder. Am liebsten hätte sie alle Bilder nacheinander bestaunt, doch Drottning war neben sie getreten, um auf sie zu warten.

»Herrin, wir müssen hier hinein«, sprach sie und deutete auf die Tür neben der Ährentür.

Das Bild um die Tür zeigte einen großen, flachen See mitten in einer Waldlichtung. Selenes Herz schlug voller Spannung schneller, als Drottning ihre Hand auf die Türklinke legte und sie öffnete. Rasch betrat Selene mit ihr zusammen den Raum. Angenehmer Wind schlug ihr entgegen. Der Geruch von frischem Wasser drang in ihre Nase und sie hörte Wassergeplätscher. Ihr klappte der Mund auf, als die Türe hinter ihr ins Schloss fiel und sie direkt in einem Feld voller hoher Gräser stand. Vor ihr erstreckte sich ein großer, spiegelglatter See, dessen Oberfläche hier und da durch den Wind aufgewirbelt wurde. Er schmiegte sich gegenüber der Türe an eine hohe Felsenwand, die sich durch die vielen grünen Bäume ihrem Blick entzog. Etwas seitlich des Sees plätscherte ein Wasserfall in ein breites Becken, welches überlief, um dann in ein weiteres Becken hinabzufließen. Mehrere große Becken waren so aneinandergereiht und vereinten sich letztendlich in einen Fluss, der im Dickicht des Waldes verschwand. Selene sah hoch zur Decke, aber über ihr erstreckte

sich nur ein blauer Himmel und hier und da zogen Wolkenfetzen darüber. Sonnenlicht fiel durch das Blätterdach und spiegelte sich im Wasser. Selene streckte die Hand nach einem Blatt aus. Es fühlte sich echt unter ihren Fingern an. Sie ging in die Hocke und vergrub ihre Finger in dem weichen Waldboden. Erstaunt zog sie ihre Hände heraus und zerrieb die Erde zwischen ihren Fingerspitzen. Ihr war bewusst, dass sie sich in einem Raum befand und dennoch fühlte sie sich, als ob sie unter dem freien Himmel wäre. Sie drehte sich um und stellte überrascht fest, dass die Türe zwar noch da war, jedoch schien sie mitten im Wald zu stehen. Langsam, in der Angst jeden Augenblick gegen die Wand zu laufen, näherte sie sich der Tür und versuchte die Wand zu ertasten, doch war jene nicht da. Einen Moment lang zögerte sie und lief dann mutig eine Runde um die freistehende Tür herum, aber von nirgendwoher kam Widerstand. Sie konnte sich nicht ausmalen, wie groß die Macht der Grauen sein mochte, wenn sie solche Magie besaßen. Sie sah sich nach Drottning um, die jedoch nicht mehr an ihrer Seite war. Suchend blickte sich Selene um und entdeckte sie bei einem der unteren Becken. Dabei sah sie zwei weitere Frauen, die aber keine normalen Menschen sein konnten. Die eine war groß, schlank und so schön, dass Selene sich allein bei ihrem Anblick hässlich und unbedeutend fühlte. Ihr schmales Gesicht war weich und ihre roten Lippen so frisch wie Rosenblätter im Morgentau. Ihr Haar war ebenso rot wie ihre Lippen und schimmerten feurig im Schein der Sonne. Sie streute grazil Getreide aus einem flachen Korb in eines der höheren Becken und obwohl sie wie Drottning ein einfaches, schlichtes Kleid trug, schien es dennoch ihren schlanken Körper zu umfließen. Die andere Frau war beinahe so groß wie eineinhalb Mannslängen und besaß eine sehr robuste, fast bullige Körperform. Ihre Gesichtszüge waren gröber und die kleinen Augen etwas nach innen versetzt. Sie beugte sich über eines der Becken und fischte mit ihren massigen Pranken Algen heraus. Als Selene nähertrat, sah die hochgewachsene Frau zuerst auf und als sich ihre Augen trafen, stellte Selene fest, dass sie sanft und warm waren, wie die eines Rehs. Bei der Bewegung der großen Frau sah auch die wunderschöne auf und Selene war fasziniert von ihren goldenen Augen. Obwohl Selene abgelenkt war, bekam sie dennoch mit, wie sich der Gesichtsausdruck der Schönen auf einmal zu verfinstern schien.

»Eine Fremde?«, fragte die schöne Frau mit glockenheller Stimme, als Selene in Hörweite trat.

»Dies ist Herrin Selene, eine Durchreisende«, erklärte Drottning.

»Dann geht sie also bald wieder«, sprach die Schöne kalt und musterte Selene von Kopf bis Fuß.

»Sie ist hässlich«, sprach sie plötzlich abwertend und Selene blieb geschockt stehen.

Sie wusste, dass sie nicht die Hübscheste war, aber noch nie hatte es jemand gewagt, ihr das so direkt ins Gesicht zu sagen.

»Viel zu dick und plump«, fügte sie leise hinzu und ein hochmütiges Lächeln legte sich auf ihre perfekten Lippen, ehe sie sich abwandte und erneut Getreide ausstreute.

»Hüte deine Zunge, Nelladel«, zischte Drottning scharf und erntete von der schönen Frau einen giftigen Seitenblick.

»Kommt, Herrin!«, sprach Drottning freundlich und winkte Selene herbei.

Noch immer war Selene von den harten Worten der Frau gekränkt und versuchte, sich nichts anmerken zu lassen. Dennoch konnte sie den kalten Blick von Nelladel in ihrem Rücken spüren, als sie sich zu Drottning gesellte.

»Dies sind Nelladel vom Schönen Volk und Dadyr von den Bergmenschen«, stellte Drottning die beiden Frauen vor.

Selene hatte schon von Wine von den anderen Völkern gehört, aber dies war das erste Mal, dass sie Vertreter von allen drei Völkern vor sich sah.

»Nehmt Euch die Worte von Nelladel nicht zu Herzen. Sie ist nur neidisch auf Eure Schönheit, Herrin«, sprach Dadyr mit einem Mal in einer tiefen, warmen Stimme und beförderte geräuschvoll eine weitere Handvoll Algen ans Tageslicht.

»Das glaube ich nicht«, entgegnete Selene leise, »sie hat keinen Grund, auf mich neidisch zu sein. Ihre Schönheit übertrifft alles, was ich bisher gesehen habe.«

Dadyr hielt kurz in ihrer Tätigkeit inne und schien Selene einen kurzen Moment lang zu mustern.

»Sie mag die Schönheit einer Blume besitzen, jedoch ist sie eine von vielen unter ihrem Volk. Eure Einzigartigkeit übertrifft die ihre und das

hat selbst Nelladel anerkannt, sonst würde sie gewiss nicht mit gespaltener Zunge sprechen«, meinte Dadyr, dennoch vermochte sie es nicht, Selenes Stimmung zu heben.

»Was machst du hier eigentlich?«, fragte sie an Dadyr gewandt, doch Drottning antwortete statt ihrer.

»Ihr befindet Euch hier in der Fischerei. In diesem Becken und im See befinden sich verschiedene Fischarten um die wir uns kümmern. Dadyr reinigt die Becken, während Nelladel die Fische füttert.«

Selene beugte sich nach vorne, um in das Wasser zu blicken, und tatsächlich erhaschte sie einen Blick auf einen großen, dunkelblauen Fisch mit hellen Streifen auf dem Rücken.

»Und ihr fangt sie auch?«, fragte Selene neugierig und suchte nach weiteren Fischen.

»Heute ist solch ein Tag«, antwortete Drottning und deutete dann auf einen Baum, in dessen unteren Ast dicke Nägel zum Aufhängen von Netzen gehauen worden waren.

»Ihr könnt uns helfen, wenn Ihr möchtet.«

»Sie wird keine Hilfe sein, sondern eine Behinderung«, wandte Nelladel ein und Selene musste einen Moment schlucken.

»Ich sagte, du solltest deine Zunge hüten«, zischte Drottning sauer und warf Nelladel einen bösen Blick zu.

Es störte sie, wie Nelladel über sie sprach und dennoch war sie zu perplex, um direkt zu antworten. Noch nie hatte sie jemand so geradeaus angefeindet und sie wusste nicht, wie sie darauf reagieren sollte. Ursprünglich hätte sie gerne beim Fischen geholfen, doch wollte sie nicht weiterhin mit Nelladel zu tun haben. Sie hatte das Gefühl, dass sie früher oder später richtig sauer werden würde und da sie nicht sehr gut mit Worten umgehen konnte, würde sie vermutlich Nelladels feines Gesicht neu definieren.

»Ich weiß dein Angebot zu schätzen, dennoch denke ich, es ist besser, wenn ich gehe. Es gibt noch viel zu sehen, bevor ich morgen weiterziehen werde«, meinte Selene ablehnend.

»Wir Ihr wünscht, Herrin«, gab Drottning nach und warf erneut Nelladel einen vernichtenden Blick zu.

»Vielleicht mögen sich unsere Wege erneut kreuzen«, sprach Dadyr und sah Selene mit warmen Augen an.

»Vielleicht. Macht's gut«, sprach Selene schnell, verbeugte sich vor den drei knapp, drehte sich um und ging eiligen Schrittes nach draußen.

Erst als die Tür hinter ihr ins Schloss fiel, konnte sie den bösen Blick von Nelladel nicht mehr in ihrem Rücken spüren. Einen kurzen Augenblick lang stand sie gegen die Tür gelehnt da und musste sich einen Moment sammeln. Sie fragte sich innerlich, ob alle vom Schönen Volk so waren. Obwohl Dadyr versucht hatte, Nelladels Worte zu mildern, war Selene tief in ihrem Herzen dennoch gekränkt. Sie schüttelte ihren Kopf und versuchte die Last auf ihrem Herzen loszuwerden.

»Wie lächerlich«, flüsterte Selene zu sich selbst und konnte darüber nur müde lächeln.

Mit einem Seufzen wandte sie sich von der Tür ab und verdrängte das Geschehene. Sie wand sich der Tür zu, die sie schon zuvor bewundert hatte. Die Bilder um die Türen schienen womöglich eine Art Abbild zu sein, was sich dahinter befand und mit erneuter Neugierde riss Selene die Ährentür auf. Vor ihr erstreckte sich rechts und links eines breiten Weges Felder voller Gold leuchtender Ähren. Der Wind schlug ihr entgegen und fuhr in ihre Haare. Ihr Blick schweifte über die Ähren, die sich im Wind zu wiegen schienen und den Eindruck erweckten, vor einem goldenen Meer zu stehen. Die Felder reichten bis zum Horizont und der breite Weg schlängelte sich bis zu einer großen Mühle weit in der Ferne hindurch. Sie konnte bei der Mühle hier und da Gestalten sehen, die zu arbeiten schienen, doch hatte Selene wenig Lust, sich zu ihnen zu gesellen. Einen Moment warf sie einen Blick nach hinten zur Tür, doch wie schon zuvor, schien die Tür im Nichts zu stehen und keine Mauern waren zu entdecken. Einen kurzen Moment zögerte sie, doch dann siegte die Neugierde, wie weit das Feld wohl reichen mochte. Sie betrat das Feld und begann immer weiter zu laufen. Immer weiter lief sie und als sie sich umdrehte, war die Tür nur noch ein schmaler Streifen. Lächelnd lief sie immer weiter und hielt dann inne. Sie schloss die Augen und ließ sich rücklings in das Feld fallen. Die Ähren schienen sie aufzufangen, denn sie landete weich und nichts schien ihr in den Rücken zu piksen. Langsam öffnete sie ihre Augen und sah die wiegenden, goldenen Ähren und die warme, strahlende Sonne am weiten blauen Himmel. Nun verstand sie, warum die Bewohner nicht das Gefühl hatten, eingesperrt

zu sein. In der Ferne zwitscherten die Vögel und sie hörte das Brummen von Hummeln in ihrer Nähe. Sie wusste nicht, wie lange sie dalag und all das genoss, doch als sie sich erneut erhob, war die Sonne bereits aus ihrem Zenit gewichen. Müde streckte sie sich, rappelte sich dann auf und klopfte sich den Dreck von ihrer Kleidung. Danach begann sie, weiter zu laufen, als sie mit einem Mal einen schmalen Streifen am Horizont erblickte. Neugierig ging sie darauf zu, als sie erkannte, dass es eine Tür war, wie die durch die sie diesen Raum betreten hatte. Sie trat aus dem Feld und befand sich auf einem Weg vor der Tür. Verwirrt sah sie sich um und sah in der Ferne eine Mühle, die genauso aussah wie die zu Beginn. Selene öffnete eine der Flügeltüren und lugte hinaus, doch fand sich in dem Raum mit den fünf Türen wieder. Verwirrt schloss sie wieder die Tür, als ihr langsam klar wurde, dass sie wieder am Anfang war. Da fielen ihr die Worte von Drottning ein, die sie langsam zu verstehen begann.

»Ein Kreis hat keinen Anfang und kein Ende«, murmelte Selene und eine Gänsehaut lief ihr den Rücken hinunter.

Fasziniert grinste sie, warf noch einmal einen Blick umher, ehe sie erneut die Tür öffnete und diesen Raum verließ. Dann begutachtete sie ausgiebig die anderen Bilder um die Türen. Das eine zeigte ein weites, türkisfarbenes Meer mit weißem Sand und seltsamen Pflanzen, die sich in den Himmel wanden und Schatten auf den Strand warfen. Das andere zeigte eine weite Grasebene in weichen Wellen, auf denen vereinzelte Bäume standen.

»Selene!«, rief jemand und sie drehte sich erschrocken um.

Doch nur ein breit grinsender Plinndin lief die Treppen hoch auf sie zu.

»Plinndin!«, rief sie erfreut und er blieb vor ihr stehen.

»Endlich habe ich Euch gefunden.«

»Du hast nach mir gesucht?«, fragte sie verdutzt und er nickte.

»Ein Grauer sagte mir, dass Ihr Euch gegen Abend in die Bibliothek begeben solltet, um Euren Begleiter kennenzulernen. Morgen werdet Ihr dann aufbrechen.«

Selene nickte sachte und Plinndin deutete dann in Richtung der Türen.

»Was sind dies für Türen?«

»Dahinter sind seltsame Räume, die einem das Gefühl geben, draußen zu sein. Ich wollte mir gerade den nächsten ansehen. Magst du mit?«

Er nickte und sie öffnete die Tür mit der Graslandschaft. Erneut schlug ihnen ein angenehmer Wind entgegen. Die bereits sinkende Sonne brannte hell am leicht bewölkten Himmel und warf ihr Licht auf das saftige Grasland darunter.

»Bei der Großen Mutter!«, flüsterte Plinndin und selbst Selene kam aus dem Staunen nicht heraus.

Vor ihnen erstreckte sich eine weite Graslandschaft, die sich in leichten Wellen bis zum Horizont erstreckte. Hier und dort wuchsen hohe Bäume und sie konnte in der Ferne schaf- und kuhähnliche Kreaturen erblicken, die genüsslich das halbhohe Gras fraßen. Langsam liefen sie auf eine Baumgruppe zu und als Selene ein Blick zurück zur Tür warf, war diese, wie schon zuvor, freistehend. Sie ließen sich in den Schatten der Bäume sinken und erst da bemerkte sie, dass an den Bäumen verschiedene Früchte hingen.

»Ein seltsamer Ort«, murmelte Plinndin und Selene folgte seinem Blick.

An einem kleinen Hang, nicht weit von ihnen, wuchsen ungewöhnliche Büsche, die weiß gesprenkelt waren und so aussahen, als ob sie Wolle tragen würden.

»Ein wundersamer Ort«, fügte Selene hinzu.

»Ich werde morgen nicht mitkommen können«, meinte Plinndin plötzlich und Selene warf ihm einen schuldbewussten Seitenblick zu.

»Ich weiß. Der Weg ist lang und gefährlich. Wine würde es bestimmt nicht gut finden, wenn du mitkommen würdest.«

Plinndin seufzte und fuhr sich durch seine braunen Haare, die nun wieder in alle Richtungen abstanden.

»Wohl wahr. Sie würde mich nie ziehen lassen. Wir zwei sind alles, was von unserer Familie übrig ist.«

»Und die Familie ist das Wichtigste«, meinte Selene und schluckte schnell die Tränen hinunter, die drohten auszubrechen, »und deswegen muss ich mich beeilen. Sie vermissen mich bestimmt schon.«

Der Gedanke schmerzte und ließ sie ein paarmal schwer ein und ausatmen.

»Wie seid Ihr hierher gelangt?«, wollte Plinndin wissen.

»Wir wurden angegriffen und ich wurde… verschleppt. Als ich mich

befreien konnte, befand ich mich dort, wo du mich gefunden hattest. Aber wie genau ich dahin gekommen bin, weiß ich nicht. Während meiner Reise hier her konnte ich weder etwas sehen, noch hören. Ich weiß nicht wie weit mein zu Hause weg ist, noch in welcher Richtung es liegt. Aber ich muss zurück und sehen, wie es meiner Familie geht«, antwortete sie mit einer Halbwahrheit.

»Weswegen wurdet Ihr angegriffen?«

Belustigt schnaubte Selene.

»Sieh mich an«, meinte sie und er wandte seinen Kopf zu ihr.

Einen Moment lang sahen sie sich still in die Augen.

»Sie wollen uns haben, weil wir anders aussehen. Jeder in meinem Volk sieht so aus wie ich und deswegen sind wir immer unterwegs. Nun haben sie uns gefunden und uns in dieses Unglück gestürzt.« Sie wandte ihren Blick von ihm ab. »Deswegen ist es gefährlich, mit mir zu tun zu haben. Sie könnten nach mir suchen und dabei dich und alle, die mich gesehen haben, in Gefahr bringen.«

»Dann sorgt Ihr Euch um meine Sicherheit?«, fragte Plinndin und Selene ließ ihren Blick wieder zu ihm gleiten.

»Deine und die deiner Mutter«, antwortete sie und mit einem Mal lag etwas Warmes in seinen braunen Augen, dass sie ihren Blick senken ließ.

Sie sah wieder in die Ferne, konnte seinen Blick jedoch noch eine Weile auf ihrer Haut spüren. Die Sonne sank langsam Richtung Horizont und tauchte das Grasland in ein warmes Orange.

»Ihr solltet zu Eurem Grauen gehen«, meinte Plinndin sanft und als sie ihm einen Seitenblick zuwarf, war sein Blick auf die sinkende Sonne gerichtet.

»In Ordnung«, erwiderte sie und stand langsam auf, »sehe ich dich später noch einmal?«

Er lächelte ihr sanft zu und nickte.

»Ich werde mich später auf der Plattform befinden und auf Euch warten.«

»Dann bis später«, gab sie schnell zurück und ging, ohne zurückzublicken, zur Tür.

Wenn sie mit ihm allein war, entstand meist eine seltsame Atmosphäre, die sie verlegen machte. Jedoch wusste sie nicht, ob es wegen ihm oder

ihr so war. Sie seufzte schwer, als die Türe hinter ihr ins Schloss fiel und starrte kurz die Wendeltreppe an. Um zur Bibliothek zu gelangen, musste sie vier Stockwerke nach unten laufen, doch wenn die Wendeltreppe ein Kreis war, konnte sie demnach auch nach oben gehen. Belustigt über diesen Gedanken begann sie, die Stufen hinaufzulaufen, nur um dann festzustellen, dass ein weiteres Stockwerk darüber war. Es war ähnlich aufgebaut wie das darunter, doch war der Raum größer und anstelle von vier Türen gab es zehn. Auf allen war der Sternenhimmel dargestellt, mit einigen wenigen Unterschieden. Auf zweien konnte sie eigenartige Scheiben erkennen, die sich zwischen den Sternen drehten, während auf einer anderen Tür ein seltsames Sternennetz abgebildet war. Nur die Tür an der Treppe ließ sich öffnen. Selene vermutete, dass die anderen den Grauen vorbehalten waren.

Als sie eintrat, wurde sie von totaler Dunkelheit verschluckt. Fast hätte Selene panisch die Tür erneut geöffnet, hätten sich nicht die aufsteigenden Monde aus der Dunkelheit geschält. Ihre Augen gewöhnten sich nur langsam an die Schwärze der Nacht und da erkannte sie, dass sich über ihr ein klarer Sternenhimmel ausbreitete. Auf der Wiese darunter tummelten sich verschiedene Liegen und Selene vermutete, dass in diesem Raum der Sternenhimmel beobachtet werden konnte, so wie er tatsächlich über ihnen war, nur ohne Sonne. Trotz der wunderschönen Sterne konnte sie sich nicht entspannen. Keine der Konstellationen kam ihr bekannt vor, geschweige denn die zwei Monde am Himmel, an deren Stelle nur einer hätte sein sollen. Ein eiskalter Schauer lief ihr den Rücken hinunter und ehe sie sich versah, hatte sie den Raum wieder verlassen. Geblendet und mit pochendem Herzen stand sie in dem Vorraum. Sie fürchtete, dass sie womöglich nie wieder ohne Angst in den Nachthimmel blicken konnte. Mit klammen Fingern griff sie sich an die Stelle ihres schnell schlagenden Herzens und beruhigte sich nur langsam wieder. Dann lief sie die Stufen weiter hoch und verdrängte die Bilder des Nachthimmels. Still fragte sie sich, wie viel sie womöglich in sich vergraben konnte, bis sie daran zerbrechen würde.

Das nächste Stockwerk, das sie erreichte, riss sie aus ihren düsteren Gedanken. Sie befand sich wieder in der Bibliothek. Erstaunt riss sie ihre Augen auf und lief die Wendeltreppe wieder nach unten, an den Sterntüren

vorbei, weiter hinunter, passierte den Gang, in dem ihr Schlafzimmer lag und befand sich wieder in der Bibliothek.

»Ein Kreis hat kein Anfang und kein Ende«, murmelte sie leise und konnte sich ein Grinsen nicht verkneifen, »faszinierend.«

Sie versuchte sich vorzustellen, wie das sein konnte, bekam dabei Kopfschmerzen und kam zu dem Ergebnis, dass es einfach Dinge gab, die sich nicht logisch erklären ließen.

»Seid gegrüßt, Herrin Selene«, sprach jemand und riss sie aus ihren Gedanken.

Vor ihr stand Chiron und sie erwiderte sein Lächeln.

»Hallo Chiron! Dann nehme ich mal an, dass du mich begleiten wirst?«, fragte sie und lief die letzten Stufen zu ihm hinunter.

»Wohl wahr. Der Älteste hat mich in allem unterrichtet, was ich über Euch wissen muss. Ich werde Euch sicher zurückgeleiten. Und nun folgt mir. Ich möchte Euch etwas zeigen.«

Er drehte sich elegant um und Selene folgte ihm hinunter in die Bibliothek. Sie folgte ihm in Richtung Eingang, wo sie abbogen und zwischen den Bibliothekswänden abtauchten. Sie liefen eine Weile, ehe eine hohe Wand mit einem detaillierten Relief vor ihnen auftauchte.

»Diese Wand wurde geschaffen, um die großen Ereignisse der Welt festzuhalten. Wie die Welt entstand, sich veränderte und zu der wurde, die sie heute ist«, sprach er und Selene betrachtete neugierig die Wand. Zu sehen waren drei Graue, die zusammen denselben Traum zu haben schienen. In der Traumblase waren seltsame Linien abgebildet, die Selene nicht deuten konnte.

»Das ist nicht der Anfang«, stellte sie fest, denn die Wand zog sich in beide Richtungen weiter.

»Wohl war, doch dies dürfte für Euch wohl der wichtigste Teil sein, damit Ihr versteht, was Euch erwartet«, und mit den Worten drehte sich Chiron zu der Wand.

»Ich fasse die davorliegende Geschichte für Euch kurz zusammen: Als die Welt noch jung war, schuf die Große Mutter die drei Rassen, in dem sie fruchtbare Erde nahm, sie mit ihrem heißen Atem brannte und somit die ersten zum Leben erweckte. Zu Beginn war alles friedlich und sie schätzten, was die Große Mutter ihnen geschenkt hatte. Nach vielen

Jahrhunderten jedoch verloren sie die Wertschätzung und begannen die Natur zu verachten und sich gegenseitig zu bekriegen. Die Große Mutter nahm schließlich ein Paar von jeder Rasse und jene gebaren die ersten drei Grauen. Sie wurden geboren ohne Gier und Hass und ohne den Willen, geschweige denn die Fähigkeit, sich fortzupflanzen.«

»Das heißt, die Grauen können keine Kinder bekommen?«, unterbrach Selene seinen Redefluss.

»Diese Fähigkeit ist uns verwehrt worden, doch dies spielt keine Rolle, denn die Neigung uns mit jemandem zu paaren existiert bei uns ohnehin nicht. Wir haben kein solches Verlangen, daher trauern wir dem Verlust nicht hinterher.«

»Und wie werden dann die Grauen geboren?«

»Die Große Mutter verleiht jedem im Volke die Fähigkeit, Graue zu gebären. Je mehr Menschen geboren werden, desto mehr Graue kommen auf die Welt. Sie achtet auf das Gleichgewicht und daher ist es nicht von Nöten, dass wir uns selbst fortpflanzen«, erkläre Chiron geduldig und wandte sich dann wieder dem Relief zu, das die ersten drei Grauen darstellte.

»Die ersten Grauen wurden in ihren Tagträumen noch von der Großen Mutter unterwiesen. Doch als immer mehr Graue geboren wurden, unterrichteten jene alle anderen und die Große Mutter zog sich erneut aus den Geschehnissen der Welt zurück.«

Sie liefen etwas weiter und ein großer Grauer stach aus der Masse heraus.

»Als ein Grauer der dritten Generation wurde Method geboren. Er wanderte über das Antlitz der Erde und mit der Zeit wünschte er sich einen Ort, an dem er sein niedergeschriebenes Wissen in Sicherheit wusste. So rief er die Völker dazu auf, ihm zu helfen eine Festung zu errichten, die als Wiege des Wissens und Zuflucht der Grauen dienen sollte. So schuf er zusammen mit allen anderen diese Festung.«

»Du meinst genau diese?«

»Genau diese. Ein Großteil von ihr basiert auf seinen Fertigkeiten.«

Ein Schauer rann Selene den Rücken hinunter, als sie sich überlegte, wie alt sie wohl sein mochte.

»Er war der geschickteste, mächtigste und fähigste Graue, der je in diese Welt geboren worden ist. Nach einiger Zeit wurde er so eitel, wie es

nur ein Grauer sein konnte. Er verlängerte das Leben seiner Mutter ins Unnatürliche, aus Angst sie zu verlieren. Allerdings brachte das hohe Alter auch die Krankheiten mit sich und letztendlich erkrankte sie schwer. Somit reiste er über den großen Meeresarm zurück zu ihr und rettete ihr Leben im letzten Augenblick. Sie war so schwach, dass er sie nicht allein lassen konnte. Nach Jahrzehnten in Krankheit verstarb sie schließlich, als er einen Moment lang nicht bei ihr war.«

Chiron blieb vor einem Relief stehen, das einen schaurigen Anblick bot.

»In seiner Eitelkeit, alles nach seinem Willen verändern zu können, war er überzeugt davon auch den Tod verhindern zu können. Als er seine verstorbene Mutter sah, muss etwas in ihm zerbrochen sein.«

Chiron wandte sich Selene zu.

»Nun, dazu müsst Ihr wissen, dass der Körper eines Grauen als eine Art Tunnel fungiert. Um und in uns ist ein ständiger Strom von Energie, Leben, wie man es auch nennen mag. Die Grauen können diesen Strom kontrolliert verändern und so die Materie um uns herum formen.«

Erneut blickte er auf das Relief.

»Man weiß nicht genau, was mit ihm in jenem Moment geschah, doch muss er wohl die Kontrolle über den Strom verloren haben, sodass die Energie ungehindert und unkontrolliert fließen konnte. Auf jeden Fall waren die Konsequenzen fürchterlich. Der Boden riss unter ihm auf und der Himmel verdunkelte sich. Die Luft wurde so heiß, dass Berge in rote Flüsse dahinschmolzen. Gewaltige Stürme fegten über das Land und brachten Zerstörung und Tod. Schließlich zerbrach der Kontinent und ein riesiger Schlund verschlang Land und Meer. Es dauerte Jahrhunderte, bis sich der Strom des Lebens beruhigte, aber seitdem war nichts mehr wie vorher. Die vielen Grauen auf dieser Seite des Kontinents konnten den Sturm der Energien langsam bändigen und verhinderten das Schlimmste. Doch er konnte auf der dünn besiedelten anderen Seite weiter ungehindert wüten. An manchen Stellen war oben nun unten und die Lebewesen nahmen neue Formen an. Nur wenige der Völker hatten überlebt und schafften es, sich dort ein neues Leben aufzubauen, bis der Schatten kam.«

»Der Schatten?«, raunte Selene und sah starr auf das Relief vor ihr.

Der Schatten, der wie ein Skelett aus einem Abgrund kroch, zermalmte

mit seinen langen Krallen die Menschen unter sich. Das Relief zeigte, wie die Völker panisch vor ihm davonrannten, nur um im nächsten Moment von ihm zerrissen zu werden.

»Es wurde angenommen, dass Methed dabei verstarb. Der Fluss des Lebens hatte die Seele aus seinem Körper gerissen und die sterbliche Hülle verbrannt. Seines Verstandes beraubt, kroch er aus dem Schlund und ist nun auf der ewigwährenden Suche nach seiner verlorenen Seele. Menschliche Seelen ziehen ihn an. Er will sie aus den fremden Körpern befreien.«

»Und das bedeutet?«, flüsterte Selene furchtsam.

»Er greift jeden und alles an, was eine menschliche Seele besitzt und reißt den Besitzer in Stücke.«

Ihr lief ein Schauer über den Rücken.

»Die wenigen, die auf dem anderen Kontinent überlebt hatten, wurden von ihm gejagt. Und schließlich alle getötet.«

»Das heißt, kein Mensch ist mehr auf der anderen Seite?«

»Nein, keiner außer jenem Grauen, der die Pforten errichtet hatte.«

»Wie konnte er dort überleben?«

»Wir wissen nicht, mit welchen Methoden er Methed von sich fernhalten konnte. Doch die Ältesten können seine Anwesenheit fühlen. Er ist noch immer dort.«

Kurz schwieg Selene. Ihr wurde bewusst, dass sie auf die andere Seite musste, um den Grauen zu finden. Dies würde auch bedeuten, dass sie sehr wahrscheinlich auf Metheds Schatten treffen würde. Einen Moment lang zögerte sie, doch dann sah sie erneut die Gesichter ihrer Familie vor sich und ihr Schwanken verschwand. Sie sah Chiron an, der sie aufmerksam gemustert hatte.

»Und du willst mich freiwillig begleiten, obwohl du sterben könntest?«

Bei ihren Worten lächelte er schief.

»Ich bin ein wandernder Grauer. Ich kann nicht lange an einem Ort verweilen. Selbst wenn ich es wollte, so zieht es mich doch stets ins Unbekannte. Dies ist für mich die Gelegenheit, den anderen Kontinent zu betreten. Nur wenige waren dort, es gibt kaum Aufzeichnungen darüber. Selbst wenn ich dafür mein Leben geben müsste, würde ich gehen.«

»Fürchtest du nicht den Tod?«, fragte Selene und sein Lächeln wurde

breiter.

»Der Tod ist ein stetiger Begleiter durchs Leben. Wenn es für mich so weit ist zur Großen Mutter zurückzukehren, so werde ich dies akzeptieren. Doch ich könnte auch Euch fragen. Fürchtet Ihr nicht den Tod? Ihr wisst nun, was Euch erwartet.«

Selenes Blick glitt von ihm zum Relief des Schattens.

»Ich habe keine Angst vor dem Tod, sondern davor zu sterben. Natürlich möchte ich so lange wie möglich leben, aber wie könnte ich hier in Ruhe leben, wenn ich wüsste, dass meine Familie womöglich gefoltert oder versklavt wird? Wenn es einen Weg zurück gibt und ich ihn nehmen kann, wie kann ich es dann nicht versuchen?«

Sie sah aus dem Augenwinkel, wie Chiron nickte.

»Wenn der Kontinent zerrissen ist, gibt es überhaupt einen Weg hinüber?«

»Es gibt Wege, doch nicht jeder vermag sie zu betreten. Wir müssen in die Stadt der Fünf Wächter gehen. Dort, so hörte ich, gibt es jemanden, der in der Lage ist, uns hinüber zu geleiten.«

»Ist der Weg in die Stadt lang?«

»Nicht, wenn wir einen kürzeren, dafür unsichereren Weg nehmen. Doch fürchtet Euch nicht, ich bin bei Euch«, fügte Chiron schnell hinzu, nachdem er Selenes Gesicht gesehen hatte. »In wenigen Tagen werden wir die Stadt erreicht haben.«

Selene seufzte und ihr Blick glitt wieder zu dem Schatten.

»Und nun?«

»Ich werde mich um alles weitere kümmern. Für Euch werde ich geeignete Kleider besorgen, mich um den Proviant kümmern und genug Gold mitnehmen, dass es daran nicht scheitern sollte.«

»Die Grauen sehen nicht so aus, als würden sie viel Wert auf Gold legen.«

»Wohl war, dennoch können wir nicht stets erwarten, dass uns alles erstattet wird und somit muss uns ein gewisser Reichtum zur Verfügung stehen. Die Große Mutter war uns gnädig und so hat uns das Gestein mit genug Gold beschenkt. Möchtet Ihr es sehen?«

»Ich darf es sehen?«, fragte sie überrascht und Chiron nickte.

»Folgt mir«, und mit den Worten drehte er sich elegant um und betrat erneut das Bücherlabyrinth.

Schnell folgte Selene ihm durch die vielen Bücherregale. Dann betraten sie den Pavillon und schließlich die Wendeltreppe nach unten. Sie gingen eine Treppe hinunter und Selene blieb verblüfft stehen. Anstelle des Raumes mit den Himmelstüren stand sie nun in einer völlig anderen Ebene, die zuvor nicht da gewesen war. Selene lief die letzten Treppenstufen hinunter und betrachtete mit großen Augen den langen Gang. Dieser war beleuchtet mit weißen Kerzen und blauen Flammen, die sie auch schon im Eingangstunnel gesehen hatte. Sie folgte Chiron den schlichten Gang entlang und blieben dann vor einem kreisrunden Türrahmen stehen. Der Türrahmen wurde von einer Steinfigur in den Händen gehalten und sein maskenhaftes Gesicht, sowie fast sein kompletter Körper wurde von einem großen Mantel verhüllt. Selene beugte sich leicht zur Seite, um an Chiron vorbei in den Raum dahinter blicken zu können, und schnappte dann nach Luft. Darin türmten sich Berge voller Goldmünzen, farbigen Juwelen und kostbarem Schmuck aller Art. Unwillkürlich trat Selene näher, wurde jedoch an der Schulter von Chiron zurückgehalten.

»Tretet nicht näher, sonst erliegt Ihr der Verlockung des Goldes und werdet in den Raum hineingezogen. Dann könnt Ihr ihm nicht mehr entfliehen«, warnte er und Selene trat einen kleinen Schritt zurück.

»Das ist eine Falle«, realisierte sie und Chiron nickte.

»Nur eine weitere Sicherheitsmaßnahme«, meinte er, eher er nähertrat und dem runden Türrahmen einen Schubs gab.

Zu Selenes Überraschung rotierte der Türrahmen und das Bild des Raumes verschwand und gab dann den Blick auf eine steinerne Tür frei. Schon wie die Eingangstür über ihnen war auch diese mit ineinandergeschlungenen Steinranken verschlossen. Nachdem Chiron auch diese berührt hatte, entwanden sie sich und die große runde Tür schwang nach außen auf. Chiron betrat den Raum dahinter und Selene folgte ihm auf seinen Fersen. Der Raum war sehr groß und an den Wänden entlang befanden sich breite Becken, die gefüllt waren mit Körnern unterschiedlicher Farben. In manchen waren sie golden, dann wieder silbern und bronzefarben. In einem waren alle Körner bunt und außerdem anders geformt.

»Ist das Geld?«, wollte sie wissen und deutete auf die Körner.

»Geschrumpfte Münzen. Sieh«, meinte er und zeigte ihr ein goldenes Korn in seiner Handfläche.

Kaum hatte sie hingesehen, wurde es plötzlich immer größer, bis schließlich eine Münze in seiner Hand lag.

»Oh«, hauchte Selene und nahm sie vorsichtig in ihre Hand.

Dann sah sie auf und blickte zu den breiten Becken, die gefüllt waren mit verkleinerten Münzen. Da erst begriff sie, was für einen Reichtum die Grauen besaßen.

»Wieso ist es so winzig?«, fragte sie und sah wieder auf die Münze in ihrer Hand hinab. »Es lässt sich damit besser reisen«, antwortete Chiron und sie sah wieder auf.

Da erst bemerkte sie all die kleinen Lederbeutel, welche mit dem Boden an der Decke zu kleben schienen. Einer löste sich von der Decke und glitt langsam auf Chiron zu. Dieser vollführte dann zwei große Gesten mit seinen Armen und Selene sah fasziniert zu, wie aus jedem Becken ein Strom an Körnern in den Beutel schwebte. Dann schloss er diesen und hängte ihn sich an sein Handgelenk.

»Ist er nicht schwer?«, fragte sie und gab Chiron die Münze zurück, als er nähertrat.

»Der Beutel ist so verändert worden, dass er weniger schwer ist. Dennoch ist er nicht leicht.«

Dann ging er an ihr vorbei, direkt auf eine Truhe zu, die Selene bis jetzt übersehen hatte. Er zog daraus einen länglichen grauen Kieselstein hervor, der an einem Ende von zwei Lederbändern durchzogen war. Chiron flüsterte leise etwas und der Stein zerbrach längs in zwei Hälften. Geschickt verknotete er die Lederbänder und formte somit zwei Halsketten, von denen er eine Selene reichte.

»Was ist das?«, fragte sie, während sie die Kette über ihren Kopf zog.

»Ein Schutz für Euch. Jeder, der diese Kette an Euch sieht, wird wissen, dass Ihr unter dem persönlichen Schutz eines Grauen steht. Zudem kann ich Euch damit finden, falls wir getrennt werden«, erklärte er, während er auch die Kette über seinen kahlen Kopf zog.

»Danke«, murmelte Selene und strich behutsam über den weichen, glatten Stein.

Dann fiel ihr endlich ein, was sie für Plinndin tun konnte.

»Gibt es hier so etwas wie Werkstätten?«

»Werkstätten?«

»Ja, zum Beispiel um Schmuck zu machen.«

»Ihr wollt etwas für Herrn Plinndin kreieren?«, fragte Chiron und Selene nickte.

»Dann geht in den zweiten Stock. Dort werdet Ihr finden, was Ihr sucht.«

»Danke. Wann treffen wir uns morgen, falls ich dich heute nicht mehr sehe?«, fragte sie schnell, während sie den Raum mit den Münzen verließen.

»Wir werden früh aufbrechen müssen, doch sorgt Euch nicht, ich werde Euch wecken lassen«, meinte er und Selene nickte dankend.

»Dann bis morgen!«, rief sie, warf schnell einen Blick zur Tür und sah gerade noch, wie der Türrahmen rotierte und das Scheinbild auftauchte.

Dann betrat sie schnell die Treppe und eilte nach oben.

8. Kapitel

Viele Stunden später verließ sie zufrieden die Werkstatt und suchte Plinndin. Er befand sich weder im Speisesaal noch in seinem Zimmer. Ihr Blick wanderte hoch zur Decke des Ganges vor seinem Zimmer. Fast alle Blüten waren bereits geschlossen und tauchten den Gang in dämmriges Licht. Selene vermutete, dass es bereits spät sein musste, und seufzte leicht. Da fiel ihr ein, dass Plinndin beim Pavillon auf sie warten wollte, und sie betrat die Wendeltreppe nach unten. Mit schnellen Schritten ging sie auf den Pavillon zu und entdeckte Plinndins wuscheligen Schopf über eine Stuhllehne hinweg. Lächelnd ging sie auf ihn zu und ihr Lächeln wurde noch breiter, als sie sah, dass er schlief. Langsam kam sie näher und setzte sich ihm gegenüber auf einen der weichen Stühle. Ihr Blick wanderte über die wuscheligen Haare und sein friedliches Gesicht, das sich an die Lehne schmiegte. Plötzlich zuckten seine Lider und er öffnete die Augen. Verwirrt blinzelte er einige Male, ehe er Selene erblickte und dann scheu lächelte.

»Guten Morgen«, neckte sie ihn und sein Lächeln wurde breiter.

»Wie es mir scheint, habe ich Eurer Kommen verpasst«, meinte er mit einem schiefen Grinsen und rieb sich den Schlaf aus den Augen.

»Nicht wirklich. Ich bin gerade eben erst eingetroffen.«

»Ah, welch ein Glück. Doch sagt, wo wart Ihr? Ich habe nach Euch gesucht, doch keiner der Bewohner konnte mir sagen, wo ich Euch finden kann.«

»Entschuldige, ich war in der Werkstatt und habe nicht auf die Zeit geachtet.«

Verdutzt sah er sie an.

»Ihr wart in einer Werkstatt? Was habt Ihr dort gemacht?«, fragte er und Selene zog etwas aus ihrer Tasche hervor.

»Ich habe das hier gemacht.« Sie ließ es aus ihrer Hand gleiten.

An einer silbernen Halskette baumelte eine kleine Eisphiole. Plinndin beugte sich neugierig nach vorne. Die längliche Phiole war umschlungen mit silbernen Strängen, die sich deutlich von der roten Flüssigkeit darin abhoben.

»Das ist für dich«, meinte sie und reichte sie ihm. Dabei fiel ihr Blick auf ihre Handinnenfläche, an der noch Reste getrockneten Blutes klebte. Sie drehte ihre Hand, sodass er es nicht sehen konnte, als er die Halskette an sich nahm.

»Für mich?«, fragte er ungläubig und bestaunte das filigrane Werk in seinen Händen, »Ihr habt das für mich gemacht?«

»Ja, als Dankeschön für alles, was du für mich getan hast«, meinte sie lächelnd und rieb sich unauffällig das getrocknete Blut von den Händen.

»Welche Flüssigkeit ist darin?«, fragte er neugierig und hob die Phiole hoch, um sie sich anzusehen.

»Einer der Grauen war so freundlich und hat mir einen Trank gebraut, der heilend wirkt. Wenn du verletzt bist, wird dir das helfen«, erklärte sie und Plinndins Gesicht fing an zu strahlen.

»Erzähl jedoch niemandem davon, weil er sehr selten ist und ihn nur wenige Grauen brauen können.«

»Habt Dank! Aber solch ein Geschenk habe ich wahrlich nicht verdient«, meinte er und wollte es ihr zurückgeben, doch Selene schüttelte vehement ihren Kopf.

»Es ist ein seltenes Geschenk und genau das richtige für jemanden, der mir das Leben gerettet hat.«

»Jeder hätte dies an meiner Stelle getan.«

»Nicht jeder, sondern *du* hast das getan. Ich werde für immer in deiner Schuld stehen und das kleine Geschenk ist ein Zeichen meiner Dankbarkeit. Aber in Wahrheit gibt es kein Geschenk auf der Welt, dass aufwiegt, was du für mich getan hast.«

Einen Moment lang sahen sie sich in die Augen, bis Plinndin schließlich nickte und die Halskette über sein Haupt zog. Er drehte die Eisphiole zwischen seinen Fingern und sah dann bewegt auf.

»Ich danke Euch«, sprach er leise.

»Ich danke auch dir«, meinte sie und konnte seinem plötzlich intensiven Blick nicht mehr standhalten.

Sie sah auf ihre Hände hinab und brachte kein Wort über ihre Lippen.

»Ihr werdet morgen vor mir gehen?«, fragte er leise.

Leicht hob sie den Blick und war beinahe erleichtert, dass er wieder die Phiole zwischen seinen Fingern begutachtete.

»Ich denke, dass wir ungefähr zur selben Zeit losgehen werden. Wir müssen vor Morgengrauen aufbrechen, wie du vermutlich auch. Also werden wir uns morgen noch einmal sehen.«

Plinndin nickte und sah erneut auf, jedoch war sein Blick milder geworden und sie konnte ihm wieder standhalten. Plötzlich grummelte ihr Magen laut und brachte sie zum Erröten, während er nur breit grinste.

»Habt Ihr Hunger?«

»Ein wenig«, gab sie zu.

»Ich bin noch nicht dazu gekommen, etwas zu essen.«

»Dies dachte ich mir bereits«, meinte er und angelte neben seinem Stuhl nach einem flachen Weidenkorb, der gefüllt war mit Pasteten, Gebäck und Naschereien.

Ihr lief das Wasser im Mund zusammen und sie griff freudig nach dem Korb, den er ihr gab.

»Ist das alles für mich?«, fragte sie mit großen Augen und Plinndin lachte leise.

»Esst, so viel Ihr wollt«, meinte er nur und grinste, als Selene begann, sich das Essen undamenhaft in ihren Mund zu befördern.

Als sie seinen belustigen Blick bemerkte, grinste sie mit vollem Mund, was ihn zum Lachen brachte.

»Verschluckt Euch nicht«, meinte er, als Selene einen großen Bissen hinunterschluckte.

Dann reichte sie ihm eine Pastete, die er nach kurzem Zögern annahm. Gemeinsam aßen sie das restliche Essen und Plinndin erzählte von seiner Familie und spannenden Geschichten aus seinem Leben. Sie lachten zusammen und unterhielten sich bis spät in den Abend hinein, bis sie schließlich erschöpft zu Bett gingen.

Noch bevor der Sonnenaufgang den Tag einläutete, standen Plinndin, Selene und Chiron zusammen vor der Eingangstür, wobei sich Chiron im Hintergrund hielt. Plinndin hatte bereits seinen haarigen Pelzanzug an und den großen Rucksack geschultert, während Selene in ihrer Lederkluft vor ihm stand.

»Nun heißt es wohl Abschied nehmen«, sprach Plinndin leise und Selene nickte sachte, ohne die Augen von seinem traurigen Gesicht zu nehmen.

»Werden sich unsere Wege erneut kreuzen?«, fragte er leicht hoffnungsvoll, doch Selene sah ihn traurig an.

»Wenn ich dich wiedersehe, heißt das, dass ich meine Familie nicht mehr gefunden habe.«

»Ich verstehe«, sagte er leise und ließ kurz seinen Kopf sinken, ehe er ihn wieder anhob.

»Ich hoffe, dass Ihr Eure Familie finden und somit glücklich sein werdet. Falls Ihr jedoch keinen Ort habt, an den Ihr zurückkehren könnt, so denkt daran, dass an unserer Feuerstelle immer ein Platz für Euch sein wird.«

»Danke«, hauchte sie gerührt.

Dann trat sie nach vorne und verabschiedete sich von ihm, wie sie es nur bei vertrauten Personen machen würde. Langsam streckte sie ihre Hand aus und legte sie sachte auf seine warme Wange.

»Möge der Mond deinen Weg stets erhellen«, sprach sie und seine Wangen färbten sich rötlich.

»Passt auf Euch auf«, hauchte er und einen Moment lang sahen sie sich in die Augen, ehe Selene ihre Hand sinken ließ und zurücktrat.

Plinndin wendete sich an Chiron und verbeugte sich tief mit den Worten: »Ich danke für Eure Gastfreundschaft.«

Chiron verbeugte sich ebenfalls und als er sich wieder erhob, schwang die Eingangstür lautlos nach innen auf. Plinndin warf Selene noch einen kurzen Blick zu, ehe er die Schneebretter schulterte und durch die Eingangstür nach draußen verschwand. Einen Moment lang stand Selene noch vor der Tür und fühlte sich, als ob sie einen guten Freund für immer verloren hätte.

»Auch wir müssen uns auf den Weg machen«, sprach Chiron sanft hinter ihr.

Selene wandte sich zu ihm um, nickte und folgte ihm zur Wendeltreppe. Sie stiegen hinunter, aber statt in den Raum mit den Schätzen, befanden sie sich nun in einem mit steinernen Flügeltüren. In ihnen war ein Abbild von Bergen eingearbeitet worden und als Chiron eine der großen Türen öffnete, wehte Selene ein kühler Wind entgegen. Neugierig betrat sie den Raum dahinter und befand sich, wie schon in den Räumen zuvor, in einer anscheinend anderen Welt wieder. Sie standen auf einem Hoch-

plateau, umgeben von Bergen, kargen Wiesen und rauen Felswänden. Der kühle Wind fuhr in ihre Kleider und ließ sie frösteln. Schnell schlang sie ihre Arme um sich und folgte Chiron auf einen breiten ausgetretenen Weg um einen kleinen Hügel und blieb erstaunt stehen. Vor ihr befanden sich seltsame, haarige Tiere mit langen Hälsen, die dösend eng beisammenstanden. Chiron lief direkt auf sie zu, legte bei zwei von ihnen seine Hand auf ihre langen Hälse und brachte sie dann zu Selene. Faszinierend betrachtete sie die weiß gezottelten Wesen, die sie aus großen, braunen Augen neugierig betrachteten. Die Tiere senkten ihre Köpfe und schnupperten mit ihren hasenartigen Nasen an ihren Kleidern. Sacht streckte Selene ihre Hand aus und versenkte sie in dem dichten Fell, das so weich war, dass sie am liebsten ihr Gesicht darin vergraben hätte. Lächelnd streichelte sie die zwei seltsamen Wesen, die Chiron ihr als Mugin und Rumin vorstellte.

»Sie werden uns die nächsten Tage tragen und begleiten«, erklärte Chiron und streichelte ebenso leicht lächelnd Mugin, der kleiner war als Rumin.

»Sie werden Euch folgen, wenn Ihr Eure Hand auf ihren Hals legt«, meinte Chiron und sobald Selene ihre Hand wie befohlen auf den Hals von Mugin legte, sah dieser zu ihr auf.

Sie streichelte kurz seinen Hals und wagte dann ein paar Schritte in Richtung Tür, um zu sehen, ob er ihr folgen würde. Zu Selenes Überraschung gehorchte er ohne zu zögern und sie war beeindruckt, wie gut diese Wesen erzogen worden waren. Sie begab sich zum Ausgang und war erneut erstaunt von dem Tier, das ihr leichten Fußes folgte. Wieder in dem Raum angekommen, ging Chiron seitlich zu einer der Seitenwände und Selene fielen zum ersten Mal all die verschiedenen Bündel auf, die dort angelehnt an der Wand lagen.

»Ist das unser Reiseproviant und alles, was wir brauchen?«, fragte sie Chiron und gesellte sich zu ihm.

»Ja, das werden wir benötigen. Wenn auch nicht alles bis zum Ende«, meinte er und begann mit Riemen die Bündel an Rumin und Mugin zu befestigen. Schnell half ihm Selene, denn dies war etwas, was sie schon unzählige Male gemacht hatte, und so wusste sie, wie man Bündel sicher an Lastentiere schnüren konnte. Nachdem all die Bündel befestigt waren,

traten beide zufrieden zurück und die Lasttiere sahen sie neugierig an.

»Werden wir auf ihnen reiten oder zu Fuß gehen?«, fragte Selene.

»Wir werden auf ihnen reiten, denn obwohl sie nicht den Anschein erwecken, sind die beiden so schnell wie ein rennender Mensch«, erklärte er Selene.

»Ohh«, raunte sie bewundernd.

»Soll ich Euch hinaufhelfen?«

Abschätzend sah Selene die Rückenhöhe von Mugin an und schüttelte dann ihren Kopf.

»Ich versuche es mal allein«, meinte sie und mit den Worten trat sie wieder nahe an Mugin heran.

Er hielt still, während sie ihre Hände auf seinen Rücken legte, in die Knie ging und dann hochsprang. Beinahe hätte sie es nicht geschafft, doch es gelang ihr, sich an den Bündeln abzustützen und hinaufzuziehen. Durch sein dichtes Fell konnte sie sehr bequem sitzen.

Als sie aufblickte, sah sie gerade noch, wie Chiron zu der Seitenwand ging und seine Hand darauflegte. Er murmelte etwas und im nächsten Moment schien sich die Wand nach außen zu schälen. Dahinter lag ein langer, hoher Gang. Aus dem nichts holte Chiron plötzlich zwei Holzstöcke, die er mit einer Handbewegung mit bläulichen Flammen in Brand steckte. Er überreichte Selene eine der Fackeln und schwang sich dann elegant auf Rumin.

»Ihr müsst Mugin sagen, was er tun soll, ansonsten wird er auf der Stelle verweilen«, erklärte Chiron, ehe er Rumin etwas zumurmelte, dieser sich dann in Bewegung setzte und den dunklen Tunnel betrat. Selene beugte sich zögerlich nach vorne und sprach leise: »Folge bitte den beiden.«

Ohne zu zögern, setzte sich Mugin in Bewegung und folgte den beiden in den Tunnel. Überrascht, dass es tatsächlich funktioniert hatte, hielt sie sich an seinem Pelz fest, während sie die Fackel hochhielt. Nachdem sie den Tunnel betreten hatte, schloss sich der Eingang knirschend wieder und wären die Fackeln nicht gewesen, so hätte vollkommene Dunkelheit die beiden umgeben. Ein mulmiges Gefühl beschlich Selene, als sie den Tunnel begutachtete, der aus Stein gehauen war und genauso breit wie hoch schien. Hinter und vor ihnen war alles in Schwärze getaucht und

das Gefühl, unter den Bergen begraben zu sein, befiel sie. Es war schwer, Distanzen auszumachen, geschweige denn zu erraten, wie viel Zeit vergangen war. Der Tunnel änderte sich in seiner Richtung und Form nur geringfügig und allein Mugins Anwesenheit hielt sie davon ab, in ihre Gedanken abzudriften.

Nachdem sie einen gefühlten halben Tag dem Tunnel gefolgt waren, hatte Selene den seltsamen Eindruck, dass die Dunkelheit nicht mehr so undurchdringlich war. Konturen außerhalb des Lichtscheins wurden langsam erkennbar und bald konnte sie weiter sehen, als zuvor. Der Tunnel öffnete sich schlagartig und sie standen in einer hellen Eishalle. Selene riss staunend den Mund auf und begutachtete das glatte Eis der Hallendecke, die das blaue Licht unzählige Male zurückwarf.

»Ab diesem Zeitpunkt ist das Feuer nicht mehr notwendig«, sprach Chiron plötzlich an ihrer Seite und sie bemerkte, dass er neben Mugin stand und auf ihre Fackel deutete.

Schnell gab sie ihm diese und er löschte das Feuer mit einem Schwenker seiner Hand.

»Hier können wir kurz rasten«, sagte Chiron und ihre beiden Reittiere sanken zu Boden.

Selene rutschte von Mugins Rücken und stellte fest, wie steif ihre Beine waren. Sie rieb sich die Oberschenkel und bestaunte die Eishalle, während Chiron Essen aus einem der Bündel zog und sich zu Selene gesellte.

»Was ist das hier für eine Halle?«, fragte sie, während sie dankend ein Stück belegtes Brot annahm und hungrig hineinbiss.

»Ihr werdet es vielleicht nicht glauben, doch diese Halle entstand ohne die Hand von Menschen. Sie wurde entdeckt, als der Tunnel angelegt wurde.«

»Beeindruckend«, hauchte Selene und aß weiter ihr Brot, ohne die Augen von der wunderschönen Eisdecke zu nehmen.

»Wie lange werden wir noch brauchen, bis der Tunnel endet?«

»Morgen Mittag werden wir den Ausgang erreicht haben«, antwortete Chiron und Selene verzog ihr Gesicht.

Noch länger unter dem Stein zu verweilen, stimmte sie nicht besonders freudig. Es gab ihr das Gefühl von Gefangenheit, Enge und trieb sie in trübselige Gedanken. Doch wusste sie, dass es außerhalb des Gesteines

schwieriger sein würde voranzukommen, da der beißende Wind und der tiefe Schnee den Weg erschwerten. Die Anstrengungen des Weges hatten ihre Gedanken beschäftigt, aber nun war der Weg so monoton, dass es ihr schwerfiel, nicht an ihre Familie zu denken. Die Hoffnung, dass ihre Mutter und Großmutter überlebt hatten sowie einige andere Frauen in ihrem Dorf war wie eine kleine Flamme in ihrem Herzen. Sie fragte sich, ob es vielleicht doch mehr Überlebende gegeben hat, als sie zu hoffen wagte. Womöglich konnten welche in den Wald fliehen oder sich verstecken. Jeglichen Gedanken an ihren Bruder verbot sie sich jedoch. Sie konnte nicht hier und jetzt in Tränen ausbrechen.

»Seid unbesorgt, den eintönigsten Teil des Weges habt Ihr bereits hinter Euch gelassen. Nun werden wir dank der Tiere auch schneller vorankommen«, meinte Chiron und in seinen grauen Augen konnte sie sehen, dass er wusste, was sie beschäftigte.

»Dann lass uns lieber weitergehen«, sprach sie so fröhlich sie nur konnte und brachte Chiron damit zum Lächeln.

»Wie Ihr wünscht«, meinte er, gab ihr ein letztes Stück Brot, eher auch er wieder aufsaß und sie zusammen den nächsten Tunnel betraten.

Doch dieser war, wie die Halle, aus Eis und schien selbst sanftes Licht zu verbreiten. Auch begann Rumin sein Tempo zu erhöhen, bis er förmlich rannte, und Mugin glich sich seinem Tempo an. Selene verstand nun, warum sie zuvor nicht schneller unterwegs gewesen waren. Sie brauchte beide Hände, um sich an Mugin festzuhalten, und mit der Fackel in ihrer Hand wäre dies kaum möglich gewesen. Zuerst war der Tunnel gerade und eng, doch dann begann er sich zu winden. An manchen Stellen fiel er so stark ab, dass sich Selene an Mugin klammern musste, um nicht an seinem Hals vorbei nach vorne zu rutschen. Dann wiederum öffnete sich der Tunnel und sie überquerten dünne Felsgrade, unter denen sie nichts als einen schwarzen Abgrund erkennen konnte. An anderen Stellen wand sich der Tunnel, der so schmal war, dass sie nicht neben Mugin stehen konnte, ohne in den Abgrund zu fallen, an einer Felswand entlang. Auch wagte sie es nicht, einen Blick in die Tiefe zu werfen, aus Angst, ihren Halt zu verlieren. Mit der Zeit kam der Hunger erneut und einige Zeit danach, in einem schmalen Gang, wurde Rumin plötzlich langsamer und blieb stehen. Mugin tat es ihm gleich und als Selene sah, dass Chiron

abstieg, tat sie es ihm mit steifen Gliedern gleich.

»Ich denke, wir können hier die Nacht verbringen«, meinte Chiron und besah abschätzend den Gang.

Selene war inzwischen so müde, dass es ihr egal war, wo sie schliefen, und ließ sich ausgelaugt zu Boden sinken. Mit halb geschlossenen Augen sah sie zu, wie Chiron in einem Atemzug ein Lagerfeuer entfachte und Rumin und Mugin sich so zur Ruhe legten, dass die Tiere beide Seiten des Ganges blockierten und den kühlen Wind abschirmten. Die entstehende Lücke zwischen ihnen war sehr eng, doch dadurch und durch das Feuer wärmte sich der kleine, entstandene Raum auf. Chiron reichte ihr erneut ein Stück Brot mit einem komischen grünen Gemüse, das Selene jedoch anstandslos und ohne zu fragen in sich hineinstopfte. Inzwischen war sie so müde, dass sie es nicht einmal mehr schaffte, ein Gespräch zu beginnen. Die entstandene Wärme lullte sie ein und ohne nach einer Decke zu fragen, schmiegte sie sich an Mugins Seite, dessen Fell Kopfkissen und Decke zugleich bildete. Sie brauchte nicht einen Atemzug, um in einen komatösen Schlaf zu fallen.

Der nächste Tag verlief nicht sehr viel anders als der vorherige. Erneut passierten sie lichtdurchflutete Hallen, überquerten bodenlose Schluchten und folgten dem gewundenen Tunnel den halben Tag lang, bis er plötzlich ohne Vorwarnung endete. Die beiden Tiere stoppten abrupt und beinahe wäre Selene von Mugins Rücken gerutscht, hätte sie nicht ihre Finger in seinem Fell vergraben.

»Wir haben den Ausgang erreicht«, sagte Chiron und ließ sich zu Boden gleiten.

Selene besah sich die sehr hohe, glatte Eiswand, die sich vor ihnen erhob und rutschte ebenso von Mugins Rücken. Neugierig trat sie näher an die Wand und sah dann an ihr hoch, die nahtlos in die Decke überzugehen schien.

»Wie geht der Weg da draußen weiter?«, fragte sie und sah Chiron an, der aus einem der Beutel die zotteligen, weißen Schneeanzüge zog.

»Wir werden dem Lauf der Berge noch etwas folgen, ehe wir die Pforten erreichen und die Bergkette überqueren«, antwortete er ihr und reichte ihr einen der Anzüge.

»Die Pforten?«

»Drei riesige Durchgänge, die in alten Tagen von Bergmenschen und Grauen geschaffen wurden. Es ist schwer, über die Eisenpässe auf die andere Seite zu gelangen. Die Berge ziehen sich weit in den Süden, sodass es beinahe unmöglich ist, Handel zu treiben oder einfach nur ans Meer zu gelangen. Mit den Pforten wurde dies wesentlich erleichtert«, antwortete er und legte dann seinen grauen Mantel ab.

Darunter trug er enganliegende Kleidung aus dicht gewobenem Stoff und Selene war beinahe bestürzt, wie dünn und zerbrechlich er war. Er schien ihren Blick zu bemerken und lächelte sie breit an. Dann wandte sie ihren Blick ab und zog ihre Schneekleidung an, so wie Wine es ihr gezeigt hatte.

»Was ist nach den Pforten?«

»Wir werden unsere Schneekleidung ablegen und in ein Gasthaus einkehren können. Danach müssen wir unwegsames Gelände passieren und einen Wald durchqueren, ehe wir in die Stadt der Fünf Wächter gelangen«, antwortete Chiron bereitwillig, während er seinen Anzug anlegte.

Selene nickte und dabei fiel ihr Blick auf den Tunnel.

»Gibt es eigentlich viele solche Tunnel?«

»Es gibt nicht besonders viele, denn auch wenn sie praktisch erscheinen, muss sich jemand darum kümmern. Dieser Tunnel wird am häufigsten verwendet und ist daher am sichersten.«

Selene nickte erneut und nachdem sie ihre Anzüge angelegt hatten, nahmen sie noch einen Bissen zu sich, ehe sie wieder auf die beiden Tiere stiegen. Schon wie zuvor legte Chiron seine Hand auf die Eiswand und mit einem leisen Knarzen schien sich ein Stück der Wand nach innen zu biegen. Der eiskalte Wind schlug ihnen entgegen, den Selene selbst durch ihre zottlige Kleidung spüren konnte. Dann gab Chiron Rumin einen sachten Klaps auf die Seite und ohne zu zögern sprang Rumin in das wilde Schneetreiben. Mugin folgte Rumin ohne Aufforderung. Um sie herum wirbelten die Schneeflocken und Selene konnte gerade noch Chirons Rücken erblicken, alles andere war eingetaucht in dichtes Weiß. Doch mussten sie sich auf einem Weg befinden, denn in regelmäßigen Abständen passierten sie einen Wegstein, der sie mit seinem Licht durch das Schneegestöber lenkte. Mugin schien die verminderte Sicht nicht

allzu sehr zu stören, denn er rannte ohne zu zögern hinter Rumin her. Nun verstand Selene auch, warum die beiden Tiere überproportional breite Füße und lange Beine besaßen. Sie sanken trotz ihres Gewichts nicht tief ein und konnten sich schnell durch den Schnee bewegen.

Nachdem sie eine Weile durch das Schneegestöber geritten waren, wurden die Schneeflocken kleiner, sodass Selene ihre Umgebung besser erkennen konnte. Zu ihrer Linken erhoben sich die mächtigen Flanken der Eisenberge, während sich zu ihrer Rechten eine weite schneebedeckte Ebene erstreckte, die sich ins Graue verlor. Nun konnte sie auch endlich die Wegsteine erkennen, die schwach leuchtend den Weg markierten und Selene die Gewissheit gaben, auf dem richtigen Weg zu sein. Die Szenerie änderte sich lange nicht mehr, bis sich der Himmel allmählich wieder verdunkelte und sie nach einer weiteren Bergflanke plötzlich die Pforten erblickte. Selenes Kiefer klappte nach unten und sie konnte ihren Blick nicht von den beeindruckenden Pforten lösen. Sie fragte sich, wie es überhaupt möglich war, so etwas zu erschaffen, und war, je näher sie ihnen kamen, umso überwältigter von ihrer Größe. Sie ritten auf eine besonders hohe und steile Bergkette der Eisenberge zu. Durch den höchsten Berg, dessen Gipfel die Wolken streifte, waren drei Tunnel getrieben worden, die jedoch so hoch waren wie die Hälfte des Berges selbst. Je näher sie kamen, desto mehr erkannte Selene, dass es nicht nur drei Tunnel waren, sondern dass der ganze Berg mehr einer Halle glich, der getragen wurde von Säulen und Spitzbögen. Selbst die Eingänge waren geformt wie hohe Spitzbögen, verziert mit Doppelbögen und Reliefs. Ein breiter, gewundener Weg führte hinauf zu den Pforten, auf denen die beiden Tiere ihren Schritt verlangsamten. Selene konnte ihren Blick nicht von den Pforten lösen, die sich vor ihnen erhoben und als sie die Halle betraten, kam sie nicht umhin, beeindruckt zu raunen. Der Berg wurde nur von wenigen Säulen getragen, die jedoch so dick waren, wie ihr gesamtes Dorf an Fläche einnahm. Staunend legte sie ihren Kopf in den Nacken und starrte an die Decke, die in der Dunkelheit lag. Dann wanderte ihr Blick wieder zu den mächtigen Säulen, die mit dem Boden verschmolzen. Der Boden war zwischen Ein- und Ausgang so ausgetreten, dass er zwei Fuß tiefer war als der Rest der Halle. Selene fragte sich, wie alt diese Pforten wohl waren und wie viele Menschen diesen Weg

gelaufen sein mussten, dass er so ausgetreten worden war. Sie konnte auch erkennen, dass sich Rillen in den Boden eingegraben hatten, die vermutlich von Wagenrädern stammten. Keiner schien jedoch den Weg zu benutzen, denn sie begegneten niemandem.

So schnell wie sie die Halle betreten hatten, gelangten sie auch wieder zu ihrem Ausgang. Hinter den Pforten erstreckten sich die Eisenberge rechter Hand weit ins Land, während sich vor ihr eine weite, abfallende Ebene eröffnete, die sie wegen der zunehmenden Dunkelheit nur schlecht erkennen konnte. Doch was ihr besonders auffiel, war der immer weniger werdende Schnee. Der geschlängelte Weg entlang der Flanke des Berges war noch schneebedeckt, wurde aber hier und da von hohen Gräsern unterbrochen, bis schließlich das Grün überwiegte und der Schnee dann verschwand. Auch konnte sie viele Bäume ausmachen, die größer wurden, je länger sie dem Weg folgten. Der beißende Wind schien ebenso zu verschwinden, denn Selene begann in ihrem Anzug zu schwitzen.

Sie folgten dem Weg hinunter, bis sie schließlich die ersten Ausläufer eines Waldes erreichten und beide Tiere plötzlich langsamer wurden. Als die Tiere zum Stehen kamen, bog Rumin plötzlich ab und begann in den Wald hineinzulaufen. Mugin folgte ihnen und Selene wunderte sich, wohin sie wohl gehen mochten. Nach wenigen Atemzügen blieb Rumin stehen und Chiron rutschte von seinem Rücken, während er elegant die Maske von seinem Gesicht zog. Selene wollte es ihm gleichtun, doch er hob seine Hand zur abwartenden Geste und sie gefror in ihrer Bewegung. Er schien sich umzusehen und etwas leise zu murmeln. Selenes Herz begann schneller zu schlagen, denn sie befürchtete, dass sie sich in einer gefährlichen Situation befanden. Doch als er dann seine Hand senkte und ihr zunickte, atmete sie beruhigend ein. Schnell zog sie die Maske von ihrem Kopf und sog die frische und kühle Abendluft ein.

»Wieso halten wir hier an?«, fragte sie, während sie von Mugins Rücken rutschte.

»Wir würden zu viel Aufmerksamkeit erregen mit den beiden Tieren, wenn wir so in das Gasthaus einkehren würden. Wir wechseln hier unsere Kleidung und schicken die beiden zurück«, antwortete er und Selene sah betrübt zu Mugin, den sie schon in ihr Herz geschlossen hatte.

Sie tätschelte sachte seinen Hals und er erwiderte ihren Blick mit seinen großen, sanften Augen.

»Ich wünschte, du könntest mitkommen«, sprach sie zu ihm und er stupste sachte mit seiner Nase an ihren Arm.

»Ich weiß, ich sollte mich umziehen«, antwortete sie auf seine Bewegung und schälte sich aus ihrem verschwitzten Anzug, den sie Chiron dann zurückgab.

»Hier, dies ist für Euch«, meinte Chiron und überreichte ihr eine graue Hose und ein hochgeschlossenes, langärmliges graues Kleid aus dicht gewebtem Stoff, das Selene über ihre ledernen Unterkleider zog. Darüber einen Waffenrock aus stabilem Leder, der seitlich mit Schnallen verschlossen wurde. Dunkelbraune Lederschienen schützten ihre Schienbeine und Unterarme. Dazu erhielt sie passende Lederhandschuhe, die sie jedoch erst einmal beiseite steckte. An ihrer Hüfte führte sie einen langen Dolch und einen weiteren in einer ihrer wadenhohen Lederstiefel. Zu guter Letzt zog sie einen dicht gewobenen, grauen Umhang an und wandte sich dann Chiron zu, der sich wieder in sein graues Gewand gekleidet hatte und nun ebenso einen Umhang trug wie Selene.

»Gut so?«

»Beinah«, meinte er und trat näher an sie heran.

»Euer Erscheinungsbild ist recht auffällig. Wenn es Euch nicht stört, werde ich versuchen, es zu ändern.«

»Was willst du denn ändern?«

»Euer Haar werde ich braun werden lassen und die Markierungen in Eurem Gesicht verbergen«, erklärte er und obwohl sie wusste, dass es so besser war, zögerte sie ein wenig.

»Keine Sorge, ich werde sie nicht entfernen«, versuchte er ihre Bedenken zu zerstreuen und schließlich gab sich Selene einen Ruck.

Er trat näher und legte seine Finger an ihren Kopf. Leise begann er etwas zu murmeln und im nächsten Augenblick konnte Selene beobachten, wie sich ihr Haar braun färbte. Fasziniert beobachtete sie ihre Haarspitzen, die immer dunkler wurden und dann so braun waren, wie nasse Erde. Als er jedoch seine Finger von ihrem Kopf nahm, verblasste das braun aus ihrem Haar und wurde wieder weiß. Fragend sah sie Chiron an, der überrascht und fasziniert die Rückverwandlung mitangesehen hatte.

»Faszinierend«, murmelte er leise.

»Es ist, als würde Eurer Körper die Veränderung nicht akzeptieren.«

»Wine hat mir Schminke mitgegeben. Es deckt zwar nicht alles ab, aber zumindest hilft es vielleicht etwas.«

Sie kramte den Tiegel mit der Schminke hervor und zeigte den Inhalt Chiron.

Er schien kurz zu überlegen und trug dann die Schminke sanft auf ihrem Gesicht auf. Seufzend ließ er seine dreifingrige Hand sinken und besah sich das Ergebnis stirnrunzelnd.

»Es mag wohl etwas helfen, dennoch solltet Ihr Euch verbergen und nicht auf die Deckkraft der Schminke vertrauen«, meinte er und beförderte aus einem der vielen Beutel einen langen, dunkelgrauen Schal.

Selene verstaute den Tiegel sicher und flocht dann ihr Haar eng an ihren Kopf. Sie wickelte den Schal so darum, dass sowohl die Mondsichel auf ihrer Stirn als auch ihr Haar verbogen blieb. Danach schlang sie den Rest um ihren Hals und zog den Schal so weit über ihre Nase hoch, dass er auch die Punkte unter ihren Augen verbarg.

»Werde ich so nicht noch mehr auffallen?«, fragte sie verunsichert.

Doch Chiron schüttelte nur seinen Kopf, trat näher und zupfte hier und dort den Schal zurecht.

»Viele Wanderer verbergen ihr Gesicht auf ihrer Reise. So dürftet Ihr nicht mehr auffallen als jeder andere«, meinte er und zog ihre Kapuze über ihren Kopf.

Selene nickte und zupfte erneut den Schal auf ihrem Nasenrücken zurecht. Dann half sie, Chiron zwei Rucksäcke aus Stoff mit Essen und Utensilien zu füllen, die sie auf ihrer weiteren Reise benötigten. Auch packte sie das Kleid aus ihrer Welt in den Rucksack. Obwohl sie dieses vermutlich nie anziehen konnte, wollte sie es dennoch nicht zurücklassen. Dann schulterte jeder seinen Rucksack und es war Zeit, sich von Mugin zu verabschieden. Wehmütig streichelte sie sanft seinen langen, dicken Hals.

»Danke, dass du mich getragen hast. Du musst nun mit Rumin zurück«, sprach sie leise und er schien jedes ihrer Worte zu verstehen.

Langsam senkte er seinen Kopf und rieb ihn sanft gegen ihren, ehe er ihr erneut tief in die Augen sah und dann schnellen Schrittes mit Rumin durch das Gebüsch verschwand.

»Sie finden sicher zurück, oder?«, fragte sie Chiron, der an ihre Seite getreten war.

»Sie werden sicher nach Hause zurückkehren, macht Euch keine Sorgen.«

Eine kurze Zeit sahen die beiden den Tieren hinterher, ehe Chiron sich in Bewegung setzte und Selene ihm zurück auf den gepflasterten Weg folgte. Sie liefen noch eine Weile und sie wünschte sich bei jedem Schritt Mugin zurück, der sie leichten Fußes so schnell vorangebracht hatte. Der Wald zu ihrer Linken wurde immer dichter und die Monde stiegen stetig höher, als sie endlich das Gasthaus erreichten. Es war relativ groß und aus Holz gebaut. Das Strohdach wirkte etwas schief und die kleinen, verzogenen Fenster gaben ihm ein altes, verwegenes Aussehen. Über der breiten Eingangstüre hing ein großes, mit Kerzen beleuchtetes Schild, welches Selene neugierig las.

»*Zum Scheideweg*. Ist das der Name des Gasthauses?«

»Sowohl der Name als auch der Ort. Hier gabelt sich die Straße unweit des Gasthauses«, erklärte er ihr, eher er die Eingangstür öffnete und ihnen Hitze, Lärm und Essensgeruch entgegenschlug.

Ihr Herz pochte ihr im Hals und ihr Magen begann unangenehm zu knurren. Kurz zögerte sie, Chiron zu folgen, sprach sich dann aber selbst Mut zu und folgte ihm dicht auf den Fersen in das Gasthaus. Stickige Luft schlug ihr entgegen, so dass sie nach Luft schnappte. Der große, niedrige Raum war gefüllt mit Reisenden, die sich unterhielten, laut lachten, tranken und aßen. Selenes Anwesenheit ließ ihre Köpfe herumfahren und Selene vermied es, den Anwesenden ins Gesicht zu blicken. Eine Unruhe erfüllte sie und das Gefühl beobachtet zu werden, ließ ihr die Nackenhaare zu Berge stehen.

Sie folgte Chiron zu einem großen hölzernen Tresen, hinter dem ein bulliger Mann stand und einen Krug mit einem dreckigen Lumpen putzte. Als sein Blick auf Chiron fiel, wurde er sofort ernst und erneut war Selene froh, einen Begleiter an ihrer Seite zu haben. Seine bloße Anwesenheit flößte den umstehenden Respekt ein und sogleich fühlte sie sich etwas sicherer.

»Seid gegrüßt, Wirt. Wir wünschen, hier zu nächtigen, wenn dies denn möglich wäre?«, fragte Chiron mit einem charmanten Lächeln und im

Kerzenlicht wirkte sein Gesicht für einen Moment sehr weiblich.

»Seid auch Ihr gegrüßt, Grauer. Ihr habt Glück, noch ist ein Zimmer frei und steht Euch zur Verfügung«, sein Blick wanderte an Chiron vorbei und fiel auf Selene, die sich etwas hinter Chiron schob.

Sie spürte, dass er etwas sagen wollte, doch dann blieb sein Blick an dem grauen Kieselsteinanhänger um ihren Hals hängen. Zur Selenes Überraschung schloss er seinen Mund.

»Wenn Ihr hinaufgeht, so ist es das dritte Zimmer zu Eurer Rechten. Wünscht Ihr noch etwas zu essen, mein Herr?«, fragte der Wirt höflich, doch merklich kühl.

»Ja, bringt für mich und meine Begleitung bitte etwas auf unser Zimmer.«

Der Wirt nickte grummelnd und wandte sich wieder seinem Krug zu. Ohne noch etwas zu sagen, ging Chiron an dem Tresen vorbei zu einer dahinterliegenden steilen Treppe, die sie beide erklommen. Als Selene sich verstohlen umsah, konnte sie sehen, wie viele Augenpaare sie verfolgten. Eine Gänsehaut kroch ihr den Rücken hoch, und erst als die schwere Zimmertüre hinter ihr ins Schloss fiel, konnte sie sich etwas entspannen.

»Puh, das war unangenehm«, keuchte sie schon beinahe und ließ sich auf eines der strohgefüllten Betten fallen.

»Reisende sind von Natur aus neugierig und beobachten alles Ungewöhnliche. Da Ihr wie jeder andere Reisende ausseht, werden sie Euch nicht mehr Beachtung schenken als mir«, beruhigte Chiron sie und ließ sich elegant auf das Bett an der anderen Wandseite nieder.

»Wieso war der Wirt so schlecht auf dich zu sprechen?«

Chiron lächelte leicht und lehnte sich gegen die Wand.

»Die Grauen sind keine besonders guten Gäste.«

»Wieso das? Ich meine, genug Gold hast du doch.«

»Schon, aber wir essen nur wenig und trinken keinen Alkohol. Deswegen wird der Wirt an den Grauen kein Gold verdienen.«

»Wieso trinken die Grauen keinen Alkohol?«

»Weil er bei uns keine Wirkung hat.«

Verblüfft sah Selene ihn an.

»Also, so gar nicht?«

»Nein, egal, wie viel wir trinken.«

Einen Moment lang starrte sie ihn an. Was das betraf, war er wie Selene.

»Ich weiß gar nicht, ob das etwas Gutes oder Schlechtes ist.«

Daraufhin lachte Chiron und fasziniert beobachtete sie seine Mimik, die sowohl weich als auch gleichermaßen männlich wirkte. Er war auf jeden Fall attraktiv, aber auf eine seltsame Art und Weise. Dann klopfte es sacht an der Türe und schnell zupfte Selene Kapuze und Schal zurecht, ehe Chiron die Türe öffnete. Eine kräftige, offenherzige Kellnerin mit wirrem blondem Haar brachte ihnen auf einem Tablett Essen und Trinken, welches sie auf den kleinen Tisch hinter der Tür stellte.

»Guten Abend meine Herren! Wenn Ihr gespeist habt, so stellt das Tablett vor die Tür. Ich werde es später abholen«, erklärte sie und schenkte den beiden ein warmes Lächeln, ehe sie den Raum wieder verließ.

Schnell riss sich Selene den Schal und die Kapuze herunter und setzte sich an das reich gedeckte Tablett. Es quoll fast über mit Fleisch, Aufläufen und gebratenem Gemüse. Mit einem auffordernden Nicken von Chiron stürzte sie sich auf das Essen. Sie aß mehr als ihr guttat und spülte alles mit einem Krug herunter, dessen Inhalt sie an schales Bier erinnerte. Chiron aß, wie bereits angekündigt, nur wenig von dem Gemüse und trank noch weniger von dem seltsamen Bier. Danach wurde Selene von Müdigkeit überwältigt und ließ sich voll bekleidet auf ihr Bett fallen.

»Wenn wir in der Stadt sind, wie willst du jemanden finden, der uns hinüberbringen kann?«, fragte sie mit einem herzhaften Gähnen dazwischen.

»Auf meinen Reisen hörte ich von einem Mann, der dies vermag. Ich hoffe, ihn dort zu finden.«

»Und wenn wir ihn nicht finden?«, hakte Selene nach und rückte ihr raues Kopfkissen in eine bequemere Position.

»So werden wir einen anderen Weg finden müssen«, meinte Chiron gelassen und sah dann aus dem kleinen Fenster hinaus in die Nacht.

Selene folgte seinem Blick und sie konnte die zwei Monde erkennen, die ihr noch immer unheimlich erschienen, wenngleich es erträglicher wurde, sie anzusehen. Wenn sie ehrlich mit sich selbst war, waren sie schön, so anders als in ihrer eigenen Welt.

»Erzählst du mir eine Geschichte?«, bat sie Chiron leise, während sie ihre Augen schloss und die kratzige, dünne Decke über sich zog.

»Eine Geschichte?«, fragte Chiron leicht belustigt und sie hörte, wie er sich vorsichtig auf sein Bett setzte.

»Nun gut. Ich werde Euch eine Geschichte über die Entstehung der Monde erzählen.«

Er lehnte sich gegen die Wand, die leicht knarzte.

»Als die Menschen noch jung waren, gab es nur die Sonne, die stets am Himmel schien. Es fehlte den Menschen an etwas, nach dem sie sich richten konnten und sie stürzten in tiefen Kummer. Sie flehten die Große Mutter an, ihnen zu helfen und sie erhörte ihre Kinder. Eines Tages legte sie die Sonne zum Schlafen und große Dunkelheit schien alles zu verschlingen. Dann nahm sie zwei Kieselsteine vom Grund des Meeres und warf sie gen Himmel. Doch die Steine waren ungleich in Größe und Schwere. So ziehen sie versetzt von Horizont zu Horizont und treffen sich nur ab und an am Himmelszelt. Doch nicht nur die Kieselsteine wurden im Himmel verewigt, sondern auch die Wassertropfen des Meeres verfingen sich und bildeten die Sterne. Durch ihren heißen Atem begann alles zu leuchten und spendete selbst in der dunkelsten Nacht Licht.«

Selene spürte, wie sie langsam davondriftete und eingelullt wurde durch Träume über drei ungleiche Monde.

9. Kapitel

Chiron weckte sie, bevor alle anderen Reisenden erwachten. Sie stärkten sich mit den Essensresten der gestrigen Nacht, ehe sie sich erfrischten und dann das Gasthaus weit vor Morgengrauen verließen. Da sich kein Reisender auf dem Weg befand, hatte Selene ihren Schal hinuntergezogen und genoss den frischen Wind, der sie vollends erwachen ließ. Während sie auf Chiron wartete, der für das Zimmer und das Essen zahlte, sah sie hinauf zum wolkenlosen Himmel und betrachtete die beiden fahlen Monde. Durch Chirons gestrige Geschichte hatte sich ihre Angst gelegt und sie akzeptierte immer mehr, dass sie sich in einer Welt befand, die nicht die ihre war. Nun, da sie den Himmel in Ruhe betrachten konnte, sah sie, dass noch weitere Dinge anders waren. Die Himmelsstraße, die sich in ihrer Welt quer über den Himmel zog, war nicht zu erkennen. Stattdessen befand sich eine Art dünnes Netz an Ansammlungen von hellen Sternen am Himmel und eine Art dichter Nebel hing dazwischen, der in unterschiedlichen Farbtönen glomm. Selene kam nicht umhin, ihn zu bewundern.

»Bewundert Ihr den morgendlichen Himmel?«, fragte Chiron plötzlich neben ihr und Selene zuckte erschrocken zusammen, da sie ihn nicht hatte kommen hören.

»Ja, nach genauem Betrachten ist er wirklich schön. Doch was ist der seltsame Nebel dazwischen? Davon hast du gestern Abend nichts erzählt«, meinte sie und sah ihn fragend an.

Einen kurzen Moment lang musterte er ihr Gesicht und warf dann einen schnellen Blick zum Mond, eher er sie erneut ansah.

»Der Nebel ist das Einatmen der Großen Mutter. Sie wird für uns heute Abend singen«, erklärte er ihr schließlich, doch Selene hob nur fragend ihre Augenbrauen.

Chiron lächelte daraufhin und begann, dem gepflasterten Weg weiter zu folgen: »Ihr werdet heute Abend sehen, was ich meine.«

Selene seufzte leicht, ehe sie ihm folgte. Schnell warf sie einen Blick zurück zum Gasthaus, dessen Fenster noch immer im Dunkeln lagen. Sie liefen den Weg nur einen kurzen Augenblick entlang, ehe sie an eine Weggabelung gelangten. Der eine Weg führte weiter geradeaus, während

der andere nach links abbog. Doch schon hier konnte Selene erkennen, dass der Linke nicht oft genutzt wurde. Das Gras zwischen den Pflastersteinen war höher und die Steine halb versunken in der Erde.

»Lass mich raten, wir müssen diesen Weg nehmen«, meinte Selene und deutete auf den Verwahrlosten.

Chiron lächelte schief und betrat dann denselben.

»Dieser Weg wird *der Verlorene Weg* genannt.«

»Wieso das?«

»Bevor der Kontinent zerbrach, war dies der Weg in die Stadt der Fünf Wächter. Doch nach den Ereignissen veränderte sich das Land und der Weg ging verloren.«

Selene verstand nicht ganz, was er meinte, aber sie vertraute darauf, dass er den Weg nicht gehen würde, ohne sicher zu sein, ihn passieren zu können. Sie folgten ihm einen langgezogenen Hügel hinauf, bis sie bei Morgengrauen schließlich die Hügelkuppe erreichten. Selene sah hinab und eine Gänsehaut rann ihr den Rücken hinunter. Vor ihnen befand sich eine Senke, die mit dichtem Nebel gefüllt war, und sich in beide Richtungen wie ein breiter Fluss erstreckte. Hier und da konnte sie kahle Bäume ausmachen, welche aus dem Nebel wie knochige Finger herausragten. Dahinter erhob sich auf einem hohen Hügel ein gewaltiger Wald, der sich ewig zu erstrecken schien. Am Horizont, hinter dem Wald, konnte sie schemenhaft Berge erkennen. Die schrägen Sonnenstrahlen tauchten alles in Licht und Schatten und Selene seufzte bei dem Anblick tief.

»Es wird Tage, wenn nicht Wochen brauchen, den Wald zu durchqueren«, murmelte sie und Chiron nickte.

»Der Wald ist lang, allerdings nicht so breit wie er erscheint. Ihr habt jedoch Recht, dass wir einige Tage brauchen werden, um ihn zu durchqueren. Dennoch sollten wir zuerst durch das Nebelfeld gehen«, meinte er und begann den steilen Abstieg hinunter zu der Senke.

Selene zögerte einen Augenblick, da sie befürchtete, in dem Nebel könnten Monster aus alten Geschichten auf sie warten. Sie warf einen kurzen Blick über ihre Schulter und betrachtete ein letztes Mal die drei Pforten, die sich imposant in den Himmel erhoben. Dann seufzte sie erneut und folgte Chiron den Hügel hinunter in das Nebelfeld. Kaum hatten sie es betreten, wurde das Licht seltsam dämmrig und die stetig

steigende Sonne konnte Selene durch den dichten Nebel und die Äste der knochigen Bäume kaum ausmachen. Sie dachte ursprünglich, ein weites Feld mit nur wenigen Bäumen vorzufinden, stellte jedoch fest, dass sie sich geirrt hatte. Der gepflasterte Weg, der immer mehr im Morast versank, führte sie durch einen Wald, dessen Bäume wie tot erschienen und seltsam in sich verdreht den Himmel verdeckten. Zwischen ihnen befand sich ein verzweigtes Netz aus miefigem Wasser und fast weißes Moos bedeckte überall das grobe Gras. Der dichte Nebel waberte zwischen und über den Bäumen und schien jegliche Farben zu verschlingen.

»Bleibt nahe bei mir und nehmt Euch vor den Nebelwesen in Acht«, sprach Chiron eine kleine Warnung aus, welche Selene sofort in Alarmbereitschaft versetzte.

»Nebelwesen?«

Chiron verlangsamte seine Schritte und ging neben ihr weiter den Weg entlang.

»Sie versuchen die Stimmen von geliebten Menschen zu imitieren und Euch vom Weg abzubringen. Wenn Ihr ihnen folgt, werden sie Euch angreifen und verschlingen«, erklärte Chiron und Selene rückte unweigerlich näher zu ihm.

»Noch habe ich aber nichts gehört«, flüsterte sie und versuchte, etwas im Nebel zu entdecken.

»Früher oder später werden sie kommen. Lasst Euch also nicht von ihnen täuschen.«

Selene nickte und für eine ganze Weile liefen sie nebeneinanderher, bis der Weg so schmal wurde, dass sie hintereinander gehen mussten. Bald konnte sie nur noch einzelne Pflastersteine ausmachen und die Wegsteine, welche ihnen immer schiefer werdend den Weg markiert hatten, verschwanden im Morast. Der Weg hatte sich nun wirklich verloren und als die Sonne tiefer sank, wurde alles in dämmriges Zwielicht getaucht. Sie wollte diesen Ort so schnell wie möglich verlassen.

Dieser Wunsch wurde nur noch stärker, als die Nebelwesen sie fanden. Selene konnte sie zwar nicht sehen, aber umso besser hören. Es begann wie ein Flüstern, das rasch dringlicher wurde. Jemand schien sie von weit her zu rufen, doch sie konnte keine Worte verstehen, nur die Verzweiflung, die

darin lag. Unverständliche Sprachfetzen hallten zwischen den schwarzen Bäumen wider und schienen aus allen Richtungen zu kommen. Als sie die Stimme ihres Bruders hörte, stolperte sie über einen Stein und blieb nur für einen kurzen Moment stehen. Doch schienen die Nebelwesen das gesehen zu haben und begannen aus allen Richtungen nach ihr in Sulis Stimme zu rufen. Selene biss sich auf ihre Lippe, bis diese blutete. Tränen rannen ihr die Wange hinunter und obwohl sie wusste, dass dies nicht ihr Bruder war, fühlte es sich an, als würde sich ein Messer in ihr Herz bohren.

Irgendwann hielt sie sich an Chirons grauer Robe fest, folgte ihm beinahe blind vor Tränen durch das Nebelfeld. Selene wusste nicht, wie lange sie ihm gefolgt war, doch irgendwann war er stehen geblieben und hatte Selene neben ein Lagerfeuer gesetzt. Kurz darauf verschwanden die Stimmen. Als Selene mit tränennassem Gesicht aufsah, konnte sie Chiron erkennen, der einen großen Feuerring um sie gelegt hatte, der selbst auf dem Wasser brannte.

»Dies wird sie für eine Weile vertreiben«, erklärte Chiron, als er sich neben sie niederließ und ihr etwas zu essen gab.

Dankend nahm sie an und wischte sich ihr Gesicht trocken. Nun, nachdem Sulis Stimme verklungen war, konnte sie sich wieder zusammenreißen und den Schmerz unterdrücken.

»Danke«, flüsterte sie erneut und meinte damit nicht das Essen.

Chiron schien sie zu verstehen und lächelte schwach.

»Es ist nicht viel, dennoch wird es etwas helfen.«

»Wie lange brauchen wir, um das Feld zu durchqueren?«

»Normalerweise benötigen wir drei Tage. Doch wenn wir wenig schlafen und schneller laufen, werden wir morgen Nacht den Wald erreichen und dort rasten.«

»Dann lass uns das tun. Je eher wir hier rauskommen, desto besser.«

Chiron nickte und sah hoch zum Himmel, der durch dichten Nebel verdeckt war.

»Wollt Ihr den Gesang der Großen Mutter sehen?«, fragte Chiron plötzlich und da erinnerte sich Selene, dass er am Morgen noch davon gesprochen hatte.

»Gerne«, meinte sie, da Selene jegliche Ablenkung willkommen war.

Chiron legte seinen kahlen Kopf in den Nacken und sah hinauf.

»Nebel verblasse«, flüsterte Chiron und während er sprach, lichtete sich der Nebel, bis er verschwand und den Himmel preisgab.

»Oooh«, raunte Selene und betrachtete das bunte Himmelszelt.

Zwischen der Erde und den Sternen schienen farbige Bänder langsam miteinander zu tanzen. Sie zogen sich quer über den Himmel, verschmolzen teilweise, nur um sich wieder in andersfarbige Bänder aufzuteilen. Dies vollführten sie mit einer Eleganz, die Selene noch nie gesehen hatte.

»Wie wunderschön!«, hauchte sie und beobachtete mit großen Augen das Spiel der Bänder.

»Und das ist die Große Mutter?«, fragte sie Chiron beinahe ehrfürchtig.

»Die Große Mutter ist überall und nirgendwo.«

Verwirrt sah sie ihn an und als er ihren Blick bemerkte, lächelte er schief.

»Es ist eine alte Erklärung für etwas, das zu Beginn nicht verstanden wurde. Wenn die Große Mutter alles ist, so ist es auch ihr Atem, der über den Himmel zieht.«

Noch immer sah sie ihn verwirrt an und brachte ihn damit zum Lachen.

»Wenn es nicht sie ist, wer ist es dann?«

»Die Frage lautet nicht wer, sondern was.«

Er warf ihr einen erneuten Seitenblick zu und schüttelte dann leicht seinen Kopf, als er noch immer ihren Gesichtsausdruck sah.

»Macht Euch darüber keine Gedanken. Wenn Ihr mehr Zeit in dieser Welt hättet, so würde ich Euch zu den Zimmern der Sterne nehmen und all Eure Fragen beantworten.«

»Ich denke, ich habe diese Zimmer schon einmal gesehen. Aber nur eine Tür war offen.«

»Nur eine Türe war für Euch offen.«

»Sind Graue hinter den anderen Türen?«

»Richtig, hinter ihnen studieren Graue das Himmelszelt. Aus was es besteht und wohin wir wandern werden mit all unseren Nachbarn.«

Erneut war Selene verwirrt, entschloss aber, nicht weiter zu fragen. Sie wusste, dass diese Welt anders war und nur, wenn sie mehr Zeit hätte, würde sie vielleicht einen Bruchteil der Dinge verstehen. Auch begann sie zu ahnen, welches Wissen die Grauen über all das haben mussten. Sie selbst war in dieser Welt klein und unbedeutend. Langsam ließ sie sich

nach hinten sinken, drapierte ihre Kapuze und ihren Rucksack zu einem bequemen Kissen und sah hoch zum Gesang der Großen Mutter. Selene war es beinahe egal, warum oder woher diese Bänder am Himmel kamen, sie waren einfach voller Schönheit und dienten ihr als Wiegenlied in einen tiefen Schlaf, voller schreiender Stimmen und Wehklagen.

Am nächsten Tag weckte Chiron sie, als es noch dunkel war und Selene hatte das Gefühl, kaum geschlafen zu haben. Doch wollte sie nicht noch eine Nacht in diesem Nebelfeld verbringen. So frühstückten sie unterwegs und begannen dann schneller durch das Feld zu laufen. Beinahe rennend folgte sie Chiron und nur hin und wieder mussten sie eine Atempause einlegen. Den halben Tag lang waren die Nebelwesen verschwunden, nur um am Nachmittag wiederzukehren. Sobald Sulis Stimme erneut nach ihr rief, beschleunigte sie abermals ihr Tempo und obwohl ihre Füße bluteten und ihre Lunge nach einer Pause schrie, wurde sie nicht langsamer. Selbst Chiron schien diese Geschwindigkeit zuzusetzen, denn auch er begann schwer zu atmen und seine Trittsicherheit nahm ab. Beide sprangen über kleine Rinnsale, durchquerten schwierige, matschige Passagen und selbst als es dunkel wurde, stoppten sie nicht. Chiron benutzte einen Ast als Fackel und so stolperte sie ihm hinterher. Mehrmals hatte sie bereits ihren Halt verloren und war umgeknickt. Doch nach einer kurzen Atempause rannten beide bereits weiter, bis die Stimmen auf einmal erstarben. Selene und Chiron hielten abrupt inne und lauschten in die Stille der Nacht, doch die Stimmen kehrten nicht wieder. Erschöpft ließ sich Selene auf dem feuchten Boden nieder und Chiron setzte sich schwer atmend zu ihr.

»Haben… wir sie abgehängt?«, fragte Selene keuchend.

Chiron hob seinen Arm und richtete ihn in die Dunkelheit. Leise begann er zu murmeln und nach kurzer Zeit ließ er mit erleichtertem Gesichtsausdruck seinen Arm sinken.

»Wir sind beinahe am Ende des Nebelfeldes. Sie werden uns nicht mehr belästigen.«

»Dem Mond sei Dank!«, stöhnte Selene und ließ sich auf die Seite fallen.

Ihren Rucksack streifte sie umständlich von ihrem Rücken und blieb schwer atmend liegen. Aus halb geschlossenen Augen sah sie noch, wie Chiron ein Lagerfeuer entfachte, ehe sie erschöpft in einen tiefen Schlaf fiel.

Jemand rüttelte sanft an ihr und als Selene ihre Augenlider öffnete, glaubte sie, ihre Mutter zu sehen. Sie verblasste jedoch schnell und Chirons Gesicht schälte sich aus dem ihrer Mutter.

»Wir müssen weiter«, hauchte Chiron und half Selene, sich aufzusetzen. Müde rieb sie sich ihre Augen und nahm mit einem dankenden Lächeln Gemüse und Brot an, das Chiron ihr reichte. Noch im Halbschlaf kaute sie ihr Frühstück und sah sich dann ein wenig um. Sie saßen auf einer kleinen Lichtung, umringt von knochigen Bäumen und dichtem Nebel. Als sie gen Himmel blickte, stellte sie aber erfreut fest, das blaue Himmelszelt wage erkennen zu können.

»Wir sind bald am Wald, nicht wahr?«, fragte sie erleichtert und Chiron nickte.

»Gestern sind wir weitergekommen, als ich zu hoffen gewagt hatte und somit sind wir nun näher am Wald. Bald wird der Nebel verschwinden und dann werden wir die ersten Bäume des Irrwaldes erreichen.«

»Irrwald?«

»Irrwald oder Wald ohne Wiederkehr«, erklärte Chiron, der an einem wesentlich kleineren Stück Gemüse knabberte.

»Wieso ohne Wiederkehr?«

»Der Wald ist dicht und es ist sehr schwer, sich darin zu orientieren. Doch seid unbesorgt, es gibt einen sicheren Weg hindurch.«

»Den du vermutlich auch kennst?«

»Natürlich. Ich habe den Weg schon häufiger betreten und stets hinausgefunden«, versicherte er ihr und Selenes anfängliche Angst verschwand wieder.

Kaum hatten sie gefrühstückt, erfrischten sie sich und liefen erneut weiter. Nachdem sie eine Weile gelaufen waren, begann Selene die Veränderungen langsam zu bemerken. Die Wasserläufe wurden weniger und der weiche, unsichere Boden wurde leichter begehbar. Der Nebel lichtete sich immer mehr, bis nur noch vereinzelte Fetzen zwischen den Bäumen hingen. Am auffälligsten war jedoch die Veränderung der Bäume. Zuvor knochig und seltsam in sich verdreht, waren sie nun gesünder, gerader und freundlicher. Dann gingen sie leicht bergauf und mit einem Mal standen sie am Rand des Irrwaldes. Büsche und niedrige Bäume wuchsen am Waldesrand und dahinter immer höher werdende Bäume. Die

Blätter waren hellgrün und die Stämme fast schneeweiß, wenn nicht die seltsamen schwarz gefärbten, dicken Adern gewesen wären, die sich von den Wurzeln aus am Stamm hochzogen, um sich dann auf halber Höhe zu verlieren. Die beiden passierten die ersten niedrigen Büsche, ehe Chiron an einem kleinen Baum stehen blieb und sich ihm zuwandte.

»Gegrüßt seid Ihr, Seelen des Waldes«, sprach er deutlich und verbeugte sich vor dem Baum, »wir sind Reisende auf dem Weg in die Stadt der Fünf Wächter. Hiermit erbitten wir höflichst von Euch Durchlass durch Euer Heim und Leitung zu der Stadt, auf dass wir Euch nur kurz stören mögen.«

Selene wollte schon fragen, was er da tat, doch ihre Worte blieben ihr im Halse stecken, als sie sah, dass der Wald antwortete.

Vor Chiron, auf einem dünnen Ästchen, manifestierte sich ein winziges, schneeweißes Männchen. Es war nackt und beinahe geformt wie eine Puppe, mit großen grünen Augen und kleiner Nase. Dieses Wesen sah Chiron freundlich an und ein plötzlicher Windstoß fuhr in die Bäume, deren Blätter raschelten, als würden sie flüstern. Selene lief ein Schauer den Rücken hinunter, doch dann verbeugte sich das Männchen vor Chiron und deutete mit einer einladenden Geste seines Stummelärmchens auf den Wald. Chiron verbeugte sich dankend, ehe das Männchen sich wieder in Luft auflöste.

»Kommt, wir haben Einlass erhalten«, erklärte Chiron lächelnd und betrat den Wald.

»Was war das?«, flüsterte sie und holte Chiron zwischen den niedrigen Bäumen ein.

»Das war eine Baumseele. Wenn wir ohne die Erlaubnis der Baumseelen den Wald betreten, würden wir vermutlich nie wieder herausfinden.«

»Wieso das?«

»Ich habe es noch nie beobachten können, doch man munkelt, dass sich in der Nacht die Bäume bewegen. Unliebsame Reisende laufen so lange im Kreis, bis sie auf der Suche nach Nahrung schließlich verenden.«

Selene blickte furchtsam auf die weißen Bäume, doch Chiron lachte nur leise.

»Habt keine Angst, denkt nur daran den Wald nicht absichtlich zu be-

schädigen oder ein Feuer zu entfachen. Dies könnte ihn verärgern und dann ist Euer Tod gewiss.«

Leicht geschockt sah sie ihn an, ob er scherzte, doch konnte sie in seinen grauen Augen nur Ernsthaftigkeit sehen. Sie nahm sich vor, den Wald vorsichtig zu betreten und sich davor zu hüten, irgendetwas kaputt zu machen. So drangen sie immer tiefer in den Wald ein und irgendwann wich Selenes Furcht und machte Platz für die Ehrfurcht vor der Schönheit des Waldes. Zu Beginn waren es noch kleine, dünne Bäume mit niedrigen Büschen gewesen, doch je tiefer sie gingen, desto mehr wichen die Büsche und die Bäume wurden dicker und höher. Der Boden war bedeckt mit dichtem Moss, welches ihre Schritte dämpfte, und hier und da ragten flechtenbewachsene Steine aus dem Boden. In der Ferne konnte sie das Säuseln von Wasser ausmachen und ein würziger Geruch lag in der Luft. Bald waren die weißen Bäume so dick, wie ihre Jurte daheim breit gewesen war, und das hellgrüne Blätterdach ließ das Licht kaum hindurch. So herrschte stets eine dämmrige Sicht, die jedoch angenehm und einlullend war. Hier und da öffnete sich das Blätterdach und Lichtstreifen erhellten den Boden wie Säulen reinsten Lichtes. Der Weg hindurch stieg zuerst leicht an und hier und dort mussten sie über vermoderte Äste und Felsen steigen. Irgendwann wurde der Wald flacher und einfacher begehbar. Die Felsen wurden immer kleiner, bis sie schließlich komplett verschwanden.

»Sind wir auf dem richtigen Weg?«, fragte sie Chiron nach einiger Zeit des Laufens, woraufhin er amüsiert stehen blieb.

»Ihr habt sie wohl noch nicht erblickt«, sagte er.

»Wen erblickt?«, fragte Selene und Chiron deutete, nicht weit entfernt von ihnen, auf den niedrigsten Ast eines Baumes.

Selene folgte seinem Blick und keuchte überrascht. Dies musste eine Baumseele sein, doch sie wirkte ganz anders als das kleine Männchen zu Beginn des Waldes. Diese Baumseele sah mehr aus wie ein Mädchen, mit hellgrünen Haaren und weißem Gewand. Ihre Finger waren schwarz und verloren sich dann wie Adern in ihrem schneeweißen Arm.

»Sie sieht aus wie ein Mensch.«

»Baumseelen versuchen, so unschuldig auszusehen, wie sie es vermögen. Dabei werden sie umso schöner, je älter ihre Seelen sind. Ihr werdet

die ältesten gut von den jüngsten unterscheiden können«, erklärte Chiron und beide folgten der Richtung, in welche die Baumseele deutete.

Selenes Blick schweifte durch den Wald, der in der Entfernung schließlich im Dämmerlicht zu einer Einheit verschmolz. Plötzlich meinte sie etwas in der Entfernung zu erkennen, aber sie war sich nicht sicher, worum es sich handelte. So schnell wie die Erscheinung gekommen war, so schnell verschwand sie auch wieder. Noch ein paar Mal konnte sie den hellen Schemen erkennen, doch verschwand er stets wieder. Als sie schließlich rasteten, riss das Blätterdach auf und Selene konnte erneut den Schemen in der Entfernung erkennen, den ein Sonnenstrahl erhellte. Selenes Mittagsessen rutschte ihr aus der Hand und mit großen Augen starrte sie das riesige Monster an. Die Form war menschlich, doch die Beine waren zu kurz und die Arme zu lang. Die Hände waren breite Pranken und endeten in fürchterlichen Klauen. Der Kopf besaß kein Gesicht und sein kompletter Körper schien aus abgestorbenen Ästen der Bäume zu bestehen.

»Dies ist ein Wächter des Waldes«, sprach Chiron ruhig neben ihr und als sie ängstlich zu ihm sah, überraschte sie sein entspannter Gesichtsausdruck.

»Habt keine Angst, er wird uns nichts tun«, erklärte er.

»Wird er uns nicht angreifen?«

»Nicht solange wir den Wald nicht zerstören. Er ist der Beschützer der Bäume und sorgt sich um alles, was in diesem Wald heimisch ist. Jede Pflanze und jedes Wesen sind ihm wichtig.«

»Nur wir nicht.«

Chiron lächelte schief bei ihren Worten.

»Seht es einmal von seinem Standpunkt aus. Dieser Wald ist sein Zuhause und all die Bewohner seine Familie. Wir sind Besucher des Waldes, die ihn auf dessen Erlaubnis hin betreten haben. Dennoch sind wir Fremde und werden nur so lange geduldet, bis wir seiner Familie schaden.«

Selene konnte diese Sichtweise verstehen und die Furcht vor dem Waldwächter legte sich.

»Gibt es mehr von ihnen?«, fragte sie und betrachtete den Wächter kauend ausgiebiger.

Er sah noch immer unheimlich aus, was Selene jedoch auch darauf schob, dass die weißen Äste der abgestorbenen Bäume ihm ein skelettähnliches Aussehen verliehen.

»Es gibt mehr von ihnen, doch vermag ich nicht zu sagen wie viele.«

Sie aßen ihr Mittagessen auf und setzten dann ihren Weg, geleitet von den Baumseelen, fort. Der Baumwächter war ein stetiger Begleiter, doch kam er ihnen nie zu nahe, sondern beobachtete sie nur wachsam aus der Ferne.

»Würde er uns beschützen, wenn wir angegriffen werden?«, fragte Selene neugierig und ihr Blick fiel wieder auf den Schemen.

»Mir ist zu Ohren gekommen, dass er schon Reisende vor Angreifern beschützt hat.«

»Ooh«, murmelte Selene und fühlte sich sogleich etwas besser.

Sie versuchte, sich ihn als ihren Beschützer vorzustellen, und dass sie in Sicherheit waren solange er hier war. Das Dämmerlicht wurde immer dunkler und so fanden sie einen Baum, an dessen Fuß eine Mulde war, die ihnen als Bett dienlich sein konnte. Die Sonne verschwand, dennoch war es im Wald nicht vollständig finster. Die schwarzen Adern an den Bäumen wurden umso heller, je weniger Licht durch das Blätterdach drang, bis sie schließlich sanft in der Nacht glommen.

»Diese Welt ist voller schöner Dinge«, flüsterte Selene, als sie sich in die Mulde kuschelte und das Moos unter ihrem Rücken sich an sie schmiegte.

Ihr Blick glitt an den Bäumen über ihr empor, hoch zum dunklen Blätterdach.

»Jede Welt ist voller schöner Dinge. Doch ist man so sehr daran gewöhnt, dass es leicht ist, sie zu übersehen«, entgegnete Chiron und lehnte sich gegen den breiten Baumstamm.

Selene dachte über seine Worte nach und musste ihm unweigerlich zustimmen.

»Diese Dinge sehe ich hier alle zum ersten Mal. Alles ist neu und fremd, fast jedes Kleidungsstück, jede Behausung und jeder Mensch ist so anders als bei mir daheim.«

»Wie ist Euer Zuhause?«, fragte Chiron sanft und Selene atmete tief aus.

»Anders würde ich sagen. Allerdings habe ich noch nicht viel von den Menschen gesehen. Ich kenne nur das Umherziehen von Ort zu Ort. Weder habe ich Städte gesehen noch Menschen, die nicht zu den Mondmenschen gehören. All das, was ich über meine Welt weiß, ist aus Erzählungen, Beobachtungen aus der Natur und aus Büchern.«

»Habt Ihr viel gelesen?«

»So viel wie ich konnte. Die Männer sehen normal aus, nicht so wie die Mondfrauen, und gehen deswegen auch ab und an in die Dörfer und Städte. Mein Vater hat mir stets neue Bücher mitgebracht und wenn sich die Clans trafen, habe ich Bücher getauscht.«

Sie ließ sich tiefer in das Moos sinken und Müdigkeit lullte sie langsam ein.

»War Euer Leben anstrengend?«, fragte Chiron und riss Selene aus ihrem Dämmerschlaf.

»Es ist das einzige Leben, das ich kenne«, murmelte sie und fiel dann in einen tiefen, erholsamen Schlaf.

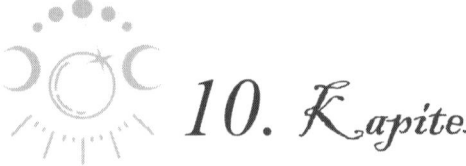

10. Kapitel

Erneut wurde sie von Chiron aus ihrem Schlaf gerissen. Nach ihrer morgendlichen Erfrischung begannen sie, tiefer in den Wald einzudringen. Der Waldwächter war ein stetiger Begleiter, doch nun fürchtete sich Selene nicht mehr vor seinem Schemen, sondern er beruhigte sie noch am ehesten. Je tiefer sie in den Wald gingen, desto öfter mussten sie schmale Bäche überspringen und Seen umrunden, in denen sich Unterwasserpflanzen sanft wiegten. Hier und da konnte sie kleine und große Fische erkennen, die unter einem Meer aus blühenden Wasserpflanzen farbenfroh schillerten. In der Ferne sah sie Vögel in unterschiedlichen Größen und lauschte ihren fremden Gesängen. Hier und dort hörte sie sanftes Geplätscher von Wasser und im hohen Blätterdach rauschten die Blätter im Wind. Das grüne Moos unter ihren Füßen war wie ein dicker Teppich, der sich bis zu den Bäumen und Rändern des Wassers erstreckte und hier und dort von vielfarbigen Blumen oder Gräsern unterbrochen wurde. Durch das fehlende Gestrüpp erschien ihr der Wald mit seinen massiven, hohen Bäumen und dem dichten Blätterdach wie eine einzige, riesige Halle. Das Laufen fiel ihnen deswegen sehr einfach und Selene konnte in aller Ruhe Chirons Geschichten über diese Welt lauschen. Er hatte anfangs sehr deutlich gemacht, dass dies Geschichten waren, die sich Menschen erzählten, aber nicht unbedingt der Wahrheit entsprachen. Wie so oft hatte Selene das Gefühl, dass die Grauen über ein Wissen verfügten, das gewöhnliche Menschen nur erahnen konnten.

»Wenn das alles gar nicht stimmt, weshalb verbreitet ihr denn die Wahrheit nicht?«

»Wir versuchten es einst vor langer Zeit. Doch für die Menschen ist die Wahrheit nur eine weitere Geschichte, die völlig fremd erscheint. Es ist einfacher, an alt Geglaubtem festzuhalten, als Neues anzunehmen. Eines Tages werden sie es vermutlich selbst herausfinden und dann offener für die Wahrheit des Lebens sein.«

»Ich verstehe nicht so ganz, was du meinst«, gestand Selene, »kannst du mir ein Beispiel geben?«

Chiron warf ihr einen Seitenblick zu und nickte. Schließlich begann er

von der Entstehung der Welt und der Menschen zu erzählen, während sie immer tiefer in den Wald eindrangen. Er erzählte ihr von der Großen Mutter und wie sie aus dem tobenden Feuersturm des Himmels geboren wurde. Sie war es, welche die Erde aus der Asche des Sturmes formte und darauf Leben schuf. Ihre Freudentränen über das Leben füllten Seen und Meere, doch ohne Sonne starb es rasch. So nahm sie einen Teil ihrer Haare und setzte sie in Brand. Dann befestigte sie die feurige Kugel am Himmel und das Leben blühte und gedieh im Lichte ihres Feuers. Jedoch gab es kein Lebewesen, welches die Schönheit des Lebens wahrlich wertschätzen konnte, und so formte sie die Menschen. Die Schönen Menschen wurden aus Erde und Blumen geformt, die Bergmenschen aus Erde und Stein, während die anderen Menschen aus Erde und Bäumen geschaffen worden waren. Die Menschen erfreuten sich an der Schönheit der Natur, doch begannen sie im stetigen Licht zu leiden, da es ihnen den tiefen Schlaf raubte. Somit legte die Große Mutter die Sonne zum Schlafen, nahm zwei Kieselsteine aus dem Meer und warf sie gegen das Himmelszelt. Sowohl die beiden Kieselsteine als auch die heraufspitzenden Wassertropfen blieben daran hängen und brachten den Menschen Freude und den Schlaf, den sie benötigten.

»Und was ist, wenn ich Euch erzählen würde, dass die Wassertropfen, unsere Sterne am Himmel, keine Wassertropfen sind, sondern Sonnen, die in weiter Ferne brennen?«, fragte Chiron.

Selene hielt inne auf ihrem Mittagessen zu kauen.

»Was ist, wenn ich Euch erzählen würde, dass die Große Mutter als denkendes und handelndes Wesen so nicht existiert?«

»Zugegebenermaßen hört sich das unglaubwürdig an«, gab Selene zu und sah dann unweigerlich hoch zum dichten Blätterdach, grübelnd über seine Worte.

»Was ist dann deine Erklärung, woher ich komme?«

»Was ist denn die Eure?«, stellte er ihr eine Gegenfrage.

»Hm… ich glaube, dass meine Welt neben dieser existiert. Wie zwei Königreiche, die nebeneinander existieren. In meiner Welt regieren unsere Götter und in dieser die Große Mutter. Was denkst du?«

»Meine Gedanken sind den Euren ähnlich. Eure Welt ist sehr weit entfernt, so dass ich es nicht vermag zu sagen, wie weit. Ich müsste in Eure

Welt gehen, um es vielleicht begreifen zu können. Doch denke ich, dass es dieselben Götter sind, die in beiden Welten herrschen. Wir benutzen nur unterschiedliche Namen für sie. Ich erhoffe mir Klarheit darüber, sobald wir dem Grauen auf der anderen Seite begegnen.«

Selene legte ihren Kopf leicht schief.

»Dieselben Götter, aber unterschiedliche Namen«, murmelte sie, während sie über einen schmalen Bach sprang.

Der Gedanke beschäftigte sie noch, als sie ihr Nachtlager an einer Mulde eines großen Baumes aufschlugen.

»Ich verstehe nicht, was du vorhin mit ‚dieselben Götter, aber unterschiedliche Namen‘ gemeint hast.«

»Nun«, begann Chiron und drehte ein abgestorbenes, kleines Ästchen zwischen seinen drei Fingern, »weit im Süden dieses Kontinents gib es Länder, die eine andere Sprache sprechen als wir. Sie würden dieses Ästchen *golv* nennen. Welches Wort für Ästchen ist nun wahr? Das Wort *golv* oder *Ästchen*?«

»Beide«, antworte Selene, ohne weiter darüber nachzudenken, und als sie daraufhin Chirons leichtes Lächeln auf seinen Lippen sah, begann sie zu verstehen.

»Ooh«, raunte sie.

Grinsend ließ sie sich in die Mulde rutschen und spürte, dass sie auf etwas gestoßen war, dass ihre Weltanschauung veränderte. Selbst in ihrer Welt gab es Menschen, die über ihre Götter blutige Kämpfe führten. Früher dachte sie, dass es nur ein richtig oder falsch gab, doch wenn alles ein und dasselbe war, erschienen ihr die Leben, die dadurch verloren gingen, umso unsinniger. Ihre Gedanken drehten sich um diesen einen Punkt, bis ihr schwindelig wurde. Noch lange dachte sie darüber nach, was das für sie bedeuten würde, bis sie schließlich in einen unruhigen, Albtraum behafteten Schlaf fiel.

Am nächsten Tag erwachte Selene und rieb sich müde ihre Augen. Einen kurzen Moment lang starrte sie in die Leere und schüttelte den Albtraum von ihrer Familie ab, den sie jede Nacht durchlebte. Sie warf einen Blick über ihre Schulter und bemerkte, dass Chiron schlafend am Baum lehnte. Es war ein ungewohnter Anblick. Sein markantes und dennoch

weiches Gesicht war völlig entspannt und so friedvoll, dass sie ihn nicht wecken wollte. Langsam schlug sie ihren Umhang beiseite, der ihr als Decke dienlich war und krabbelte aus der kleinen Mulde unter dem Baum. Sie warf ihm noch einen kurzen Blick zu und machte sich auf die Suche nach einem See zum Erfrischen. Zwar konnte sie keinen sehen, folgte jedoch dem frischen Geruch nach Wasser, bis sie schließlich an ein paar Bäumen vorbei einen großen, spiegelglatten See erblickte und staunend stehen blieb. Die Bäume am Rande des Sees streckten sich der kleinen Lücke Himmel über dem See entgegen und bildeten beinahe eine Kuppel aus hellgrünen Blättern. Die morgendlichen Lichtstrahlen fielen schräg durch die Blätterkuppel und erhellten das Wasser. Hier und dort wuchsen großblättrige Wasserpflanzen und deren große, rosafarbige Blüten öffneten sich grazil, sobald ein Lichtstrahl auf sie fiel. Kleine Schmetterlinge umkreisten die Blüten. Langsam trat Selene an das Ufer und bewunderte das klare Wasser, das sich eiskalt auf ihrer Haut anfühlte. Durstig trank sie und wusch ihr Gesicht. Ihre Gedanken glitten zu der Erkenntnis, die sie letzte Nacht erlangt hatte. Sie ließ sich in das weiche Moos sinken und beobachtete den Tanz der Schmetterlinge, ohne ihn wirklich zu sehen. Sie hatte angenommen, in einem anderen Gottesland zu sein, doch wenn alle Götter ein und derselbe waren, so war auch ihr Gott in dieser Welt. Er hatte sie nicht verlassen und sie war nicht allein. Ihre Familie war noch hier, verbunden mit dieser Welt. Neuer Mut durchfloss sie und ihr Blick richtete sich zum Himmel. Obwohl sie die Monde nicht sehen konnte, schöpfte sie allein durch den Gedanken neue Kraft.

Eine Bewegung aus dem Augenwinkel ließ sie zur Seite blicken und dann erstarren. Nicht weit von ihr kniete der Waldwächter und starrte auf den Boden. Er schien sie nicht bemerkt zu haben. Selene betrachtete den Wächter. Die Äste, aus denen er bestand, waren geschickt zusammengefügt worden, denn Löcher konnte sie in seinem schneeweißen Körper keine ausmachen. Sie waren ineinandergeschlungen und ragten nur hier und dort aus seinem Körper. Er war mehrere Mannslängen hoch und fast so groß wie ein normaler Baum. Als er sich geräuschlos erhob, erstarrte Selene erneut. Er ging beinah elegant zum Wasser und tauchte seine Pranken hinein. Dann formte er sie zu einer Art Schale und versuchte, Wasser aus dem See zu schöpfen, doch

das Wasser rann ihm zwischen den Klauen hindurch. Er ging wieder zurück und kniete sich erneut hin. Dieses Mal sah sie genauer hin, wovor er kniete und erblickte eine große Blume, die bereits am welken war. Der Wächter hob seine Pranke und, beinahe zärtlich, berührte er ein schlaffes Blütenblatt, welches wieder kraftlos nach unten sackte, sobald er seine Klaue zurückzog. Selene begriff, dass er die Blume wässern wollte, es aber nicht konnte. Sie begutachtete die Position der Blume und merkte, dass sie auch sterben würde, wenn er sie wässern könnte. Das Blätterdach war an dieser Stelle sehr dicht und somit würde weder lebenswichtige Sonne noch Regenwasser die Blume erreichen. Sie sah sich um und entdeckte nicht weit von ihr ein paar Blumen, die kräftig im Saft standen und sich zur Morgensonne streckten. Zögerlich richtete sie sich auf und versuchte, sich Mut zuzusprechen, für das, was sie gleich vorhatte. Durch Chiron wusste sie, dass er ihr nichts tun würde, solange sie dem Wald nicht schadete. Langsam trat sie näher an den Wächter heran, der sich jedoch noch immer nicht rührte. Mit klopfendem Herzen trat sie näher und sprach sich selbst Mut zu. Schließlich stand sie neben ihm und noch immer überragte er sie um mehrere Menschenlängen. Langsam hockte sie sich neben die Blume und hob mit achtsamen Bewegungen ein schlaffes Blütenblatt an. Er drehte seinen Kopf leicht zu ihr um und Selenes Herz schlug ihr bis zum Hals, obwohl er ihr nichts tat.

»Die Blume…«, begann sie mit zittriger Stimme, räusperte sich dann und sprach weiter, »die Blume wird hier sterben, wenn sie keine Sonne bekommt.«

Selene streichelte sachte die welken Blätter und sah dann zum Wächter auf. Er hatte ihr den Kopf zugewandt, ansonsten zeigte er keine Regung, ob er sie verstanden hatte.

»Ich werde die Blume retten, wenn das für dich in Ordnung ist«, sprach sie erneut zu ihm, doch noch immer regte er sich nicht.

»Ich werde sie ausgraben und dort wieder eingraben«, erklärte sie ihm und deutete auf das kleine Feld mit Blumen.

Mit einem leichten Knarzen drehte er seinen mächtigen Kopf und sah in die Richtung, in die sie gedeutet hatte. Dann sah er sie wieder an und regte sich erneut nicht.

»In Ordnung, dann fange ich an«, meinte sie und begann langsam die Blume behutsam auszugraben.

Von dem Wächter konnte sie ein tiefes Brummen ausmachen, welches ihr Herz schreckhaft zusammenzucken ließ. Dennoch stoppte er sie nicht und so begann Selene weiter zu graben, bis sie die Blume samt Wurzeln ausgegraben hatte. Vorsichtig richtete sie sich auf und beinahe simultan erhob sich auch der Wächter. Aus dem Augenwinkel registrierte sie, dass sie gerade einmal so groß war wie eine seiner Pranken. Langsam schritt sie zu dem kleinen Feld voller Blumen und kniete sich dort wieder hin. Der Wächter stand brummend neben ihr und verstummte erst, als sie die Blume neben all den anderen eingegraben hatte.

»Ich wässere sie noch schnell«, erklärte sie, ging schnell zu dem klaren See und schöpfte aus hohlen Händen Wasser.

Während sie vorsichtig die Blume wässerte, konnte sie spüren, wie er sie aufmerksam beobachtete, obwohl er offensichtlich keine Augen besaß.

»So wird sie vermutlich überleben«, sprach Selene zum Wächter und richtete sich auf.

Er wandte ihr den Kopf zu und verweilte einen Augenblick, ehe er sich geschmeidig neben die Blume hockte und sie anstarrte. Kurz zögerte Selene, entschloss sich jedoch, zurück zu Chiron zu gehen.

»Ich… ich geh dann mal wieder«, meinte sie, hielt noch einmal kurz inne und drehte sich dann um.

Nach nur wenigen Schritten warf sie einen Blick über ihre Schultern, doch noch immer beobachtete der Wächter die Blume zu seinen mächtigen Füßen. Sie richtete ihren Blick wieder nach vorne und bemerkte Chiron, der neben einem der großen Bäume stand und ihr leicht zulächelte.

»Dies war sehr mutig von Euch«, sprach Chiron, als sie ihn erreichte und beide sahen zu dem Wächter zurück.

Wie zu einer Statue versteinert hockte er vor der im Vergleich winzigen Blume.

»Ich habe darauf vertraut, dass er mir nichts tut, solange ich dem Wald nicht schade. Ich vermute mal, dass ich das geschafft habe«, erklärte sie Chiron, doch so ganz wollte sie auch nicht begreifen, warum sie das getan hatte.

»Vielleicht tat er mir auch einfach leid.«

»Ihr habt ihn bemitleidet?«, fragte Chiron und Selenes Blick glitt kurz zu ihm.

»Vielleicht«, meinte sie und wunderte sich, ob sie in dem Moment, als sie begriff, dass er sich um die Blume sorgte, Mitgefühl für ihn entwickelt hatte.

»Lasst uns weiterziehen«, sprach Chiron und begann zurückzulaufen, während Selene noch einen kurzen Moment innehielt.

Sie betrachtete noch einmal das kuriose Bild und war davon seltsam bewegt. Dann folgte sie Chiron zurück und nachdem sie gegessen hatten, hielt Selene nach einer Baumseele Ausschau, während Chiron alles zusammenpackte. Zuvor hatte immer er nach ihnen gesehen und Selene war nicht aufgefallen, zu welchen Schönheiten die Baumseelen geworden waren. Ihr gegenüber thronte eine erwachsene Frau, deren seidiges Haar sich in der Brise des Windes wiegte. Ihre Haare waren länger als sie selbst und flossen wie Wasser an dem Ast herunter, auf dem sie saß. Viele Hölzer und Blätter waren kunstvoll in ihr Haar geflochten und gaben ihr ein hoheitliches Aussehen. Ihre hellgrünen Augen glommen sanft und ihre zarten Gesichtszüge gaben ihr etwas Zerbrechliches. Ihr langes weißes Gewand umspielte ihre schmale Figur und wie auch schon zuvor waren ihre schlanken Finger schwarz und verloren sich dann in ihren Armen wie Adern. Selene hatte bereits einen Menschen vom Schönen Volk gesehen, doch diese Baumseele war einzigartig. Nicht unbedingt, weil sie äußerlich schöner war, sondern weil sie ein inneres Licht ausstrahlte, das Selene tief im Herzen bewegte. Die Baumseele zeigte mit ihrem schmalen Arm in eine Richtung und Selene kam nicht umher sich dankend leicht vor ihr zu verbeugen. Daraufhin lächelte die Baumseele bezaubernd und ein frischer Wind ließ die Blätter über ihr rauschen wie sanftes Geflüster. Dann begaben sich die beiden in die Richtung, in die die Baumseele gedeutet hatte. Eine Weile liefen sie, bis Selene auffiel, dass der Wächter sie nicht begleitete. Sie fragte sich, ob er womöglich noch bei der Blume war und sie weiterhin beobachtete. Als der Mittag kam und sie an einem kleinen See rasteten, erschien der Wächter erneut.

»Er hat uns eingeholt«, meinte Selene und als Chiron fragend aufblickte, deutete sie auf den Wächter, der nur einen Steinwurf weit weg zwi-

schen den Bäumen stand.

Obwohl er so nahe war, hatten beide sein Kommen nicht gehört und Selene war überrascht, wie solch eine große Kreatur fähig war sich lautlos zu bewegen. Plötzlich kam der Wächter langsam näher und Selene rutschte von der Wurzel herunter, auf der sie saß. Chiron gesellte sich neben sie und beide starrten den Wächter an, der kurz vor ihnen stehen geblieben war.

»Was will er?«, flüsterte sie zu Chiron, ohne den Wächter aus den Augen zu lassen.

»Ich weiß es nicht«, antwortete er ebenso flüsternd.

Plötzlich beugte der Wächter sich nach unten und streckte seinen langen Arm mit der Handfläche nach oben aus. Er hielt erst inne, als er kurz vor Selene war. Einen Moment lang starrten sie sich an und dann wusste sie, was er von ihr wollte. Die Angst vor ihm war komplett verschwunden und etwas Seltsames hing zwischen ihnen, das Selene zwar nicht begriff, mit dem Herzen aber dennoch verstand. Sie machte einen großen Schritt und stand dann auf der Handfläche des Wächters. Chiron zuckte neben ihr zusammen, hielt sie aber nicht auf. Der Wächter hob seine Pranke mit ihr darauf langsam und vorsichtig an und führte sie zu seinen breiten Schultern. Sie kletterte hinauf, ehe er erneut seinen Arm für Chiron ausstreckte und auch Chiron auf seine Schulter beförderte. Dann richtete sich der Wächter auf und Selene klammerte sich an ihn, da sie Angst hatte, hinunterzufallen. Dann begann er zu laufen und Selene war überrascht, wie sanft er dies tat. Erneut verschwand ihre Angst, denn sie war plötzlich überzeugt davon, dass er sie davor bewahren würde von seiner Schulter zu rutschen. Ihre Hände fuhren über das weiche, weiße Holz, von dem eine seltsame Wärme ausging.

»Ich vermute mal, der Blume geht es besser«, meinte Selene.

»Noch nie hörte ich, dass Wächter Menschen in dieser Art und Weise helfen«, sprach Chiron voller Begeisterung.

Sie schmiegte sich näher an den Wächter und flüsterte ein leises »Danke«, ehe sie wieder ihre Umgebung beobachtete. Sie kamen nun wesentlich schneller vorwärts, vor allem, da die großen Steine nun immer mehr wurden und das Gelände abzufallen begann. Mit seinen kurzen Beinen kam der Wächter unglaublich schnell vorwärts und überwand die größten

Hindernisse spielend. Zuvor hatte Selene nur Vögel zwitschern gehört, doch keine anderen Bewohner des Waldes gesehen. Nun, da sie vom Wächter getragen wurden, schienen sich auch die Waldbewohner nicht mehr zu verstecken. Bald konnte sie kleine Herden von sechsfüßigen Tieren mit grünem Fell und riesigen Geweihen erkennen. Farbenfrohe, schillernde Vögel begleiteten sie mit ihren schönen Gesängen und Kleingetier kroch aus seinen Ritzen. Die Baumseelen erschienen zahlreich auf den Ästen ihrer Bäume und winkten ihnen hier und dort elegant zu. Der Wächter verlangsamte nicht einmal seinen Schritt, als die Dämmerung anbrach und der Wald erneut zu leuchten begann. Selene vermutete, dass sie auf dem Wächter schlafen würden, doch obwohl sie es versuchte, gelang es ihr nicht wirklich. Die Szenerie war so wunderschön, dass Selene sie nicht aus den Augen lassen konnte. Von ihrer erhöhten Position aus konnte sie wesentlich weiter und besser sehen als zuvor. Die Adern der Bäume glommen in der Dunkelheit und wenn Selene sich nur darauf konzentrierte, erschienen sie wie Ranken, die sich tanzend in die Luft erhoben. Im Wasser und unter den Spiegelseen glommen farbenfrohe Fische und Wasserpflanzen wiegten sich sachte in ihren Farben.

Selenes Blick glitt zum dunklen Blätterdach, durch das sie ab und an den farbigen Himmel sehen konnte. Unweigerlich lächelte Selene bei dem atemraubenden Anblick und fühlte sich in dem Moment so glücklich, wie sie es nur vermochte. Irgendwann lullten die sanften Schritte des Wächters sie ein und zum ersten Mal waren ihre Träume nicht erfüllt von Horror und Angst, sondern von wunderschönen Baumseelen und farbenfrohen Fischen, die in der Nacht mit ihr tanzten.

Der nächste Morgen brach an und zum ersten Mal schlief Selene so lange, wie sie wollte. Der Wächter trug sie noch immer und so erwachte sie ausgeruht lange nach Sonnenaufgang. Selbst Chiron schien die Pause gutgetan zu haben, denn auch er erschien kraftvoller und voller Energie.

»Wir sind bald da«, meinte Chiron.

Er reichte ihr das Frühstück und als sich Selene kauend umsah, bemerkte sie auch, dass der Wald sich verändert hatte. Die Bäume waren dünner und etwas kleiner geworden. Das Gelände wurde dank Steinen und Gefälle immer unwegsamer, was für den Wächter jedoch kein Prob-

lem darstellte. Unverändert in seiner Geschwindigkeit stieg er über Stock und Stein, bis sie schließlich beinahe den Rand des Waldes erreicht hatten und er langsam stehen blieb. Behutsam kniete er sich nieder und ließ die beiden vorsichtig auf seinen Handflächen zu Boden. Selene sah den Wächter lächelnd an und verneigte sich dann dankend vor ihm. Chiron tat es ihr gleich und der Wächter erhob sich wieder mit einem Brummen, ehe er kehrtmachte und zwischen den Bäumen verschwand. Einen Moment lang sahen die beiden ihm hinterher, bis er mit dem Schatten der Bäume verschmolz. Selene war sich sicher, dass sie ohne ihn noch sehr viel länger gebraucht hätten, den Wald zu durchqueren und war ihm unendlich dankbar. Erneut verbeugten sie sich dem Wald gegenüber, ehe sie ihre Rucksäcke enger zogen und weitergingen.

Die Bäume wurden wieder kleiner und dünner, das Gebüsch dichter. Chiron drückte es mit Magie vorsichtig beiseite, da beiden nicht der Sinn danach stand, es zu verletzen. Schließlich durchbrachen sie den Waldrand und gelangten auf grasbewachsenes Gelände. Beeindruckt von dem, was sich ihr bot, blieb Selene stehen.

Das Gelände fiel steil ab und ging letztendlich in Geröll über, welches sich mit den Weiten des glitzernden Meeres vereinigte. Das Meer erstreckte sich bis zum Horizont und schien sich rechts von ihr weiterzuziehen, während es sich links von ihr an den Ausläufern der Eisberge brach.

»Sind das die fünf Wächter?«, fragte Selene beeindruckt und Chiron nickte.

Auf den Eisenbergen konnte sie die fünf gerüsteten Statuen erblicken, die auf fünf Berggipfeln standen und beinahe so groß waren wie die Berge selbst. Manche trugen Speere und Schwerter und alle waren in wallende Mäntel gekleidet. Selene fragte sich unweigerlich, wie Menschen so etwas erschaffen konnten. Unter den Wächtern, an die Flanken der Eisenberge, schmiegte sich eine große Stadt und selbst von hier konnte Selene ausmachen, wie gigantisch sie war. Sie begannen ihren Abstieg durch das hüfthohe Gras und Selene konnte nicht die Augen von der Stadt nehmen. Sie besaß einen hohen äußeren Ring und kleinere, weniger mächtige Ringe, die sich um das Zentrum zusammenzogen. Im Zentrum befanden sich die höchsten Türme, an deren Spitzen viele Fahnen in unterschiedlichen Farben wehten.

»Wozu dienen die Ringe?«, fragte Selene.

»In alter Zeit gab es Kriege unter den Menschen und dies diente dem Schutz vor Angreifern.«

»Dann muss die Stadt schon sehr alt sein.«

»Das ist sie«, bestätigte Chiron, als sie weiter bergab stiegen.

»Und wozu dient der hohe Turm?«

Sie deutete auf jenen, der sich im Meer, kurz vor der Stadt, weit in den Himmel erhob. Selbst bei Tag konnte Selene das helle Feuer auf dessen Spitze brennen sehen.

»Ein Leuchtturm. In der Nacht weist er die Schiffe in den sicheren Hafen.«

Bald kam eine große Straße in Sichtweite und sie machten eine kurze Pause, in der Selene die Schminke auftrug und sich erneut verbarg. Die breite, gepflasterte Straße war gut besucht und die beiden reihten sich nahtlos in die Zahl der Reisenden ein. Dank der Kapuze, die ihre Augen in Schatten hüllte, konnte sie all die Reisenden heimlich beobachten. Wie auch sie hatten viele ihre Gesichter verborgen, was vermutlich als Schutz vor Staub gedacht war. Sowohl welche vom Schönen Volk, die auf Karren oder Pferden saßen, als auch normale Menschen und Bergmenschen in unterschiedlicher Größe und Zahl waren auf dem Weg in die Stadt. Dort sah sie zum ersten Mal auch Menschen mit diversen Hautfarben. Die vom Schönen Volk hatten unterschiedlich helle Teints, von Rot über Blau und Weiß. Die Bergmenschen hatten meist gräuliche Haut, während die Menschen von hell- bis dunkelhäutig variierten, wobei sie mehr helle als dunkelhäutige Menschen sah. Sie verhielten sich aber nicht sehr viel anders als die Menschen in ihrem Clan. Auch sie lachten, sahen mürrisch drein oder starrten einfach nur in die Leere. Jedoch hatte Chiron recht damit behalten, dass keiner von ihnen Tattoos im Gesicht trug. Unwillkürlich zupfte Selene an ihrem Schal herum und zog ihn leicht höher. Die Anwesenheit von so vielen fremden Menschen bereitete ihr Unbehagen und stetig fühlte sie sich beobachtet, auch wenn ihr keiner Beachtung schenkte. Die Stadt kam unweigerlich näher und Selene betrachtete die hohe, braune Mauer, die sich immer imposanter vor ihnen erhob. Ein riesiges, metallenes Flügeltor ließ die Reisenden in die Stadt strömen und als ihr Blick über die filigranen Muster in den Toren wanderte, fiel ihr

Blick auf die Soldaten. Für einen kurzen Augenblick sah es aus, als wären sie komplett in schwarz gekleidet. Sie zuckte heftig zusammen, aber als sie genauer hinsah, konnte sie silberne Rüstungen und rote Waffengewänder erkennen. Dennoch beruhigte sich Selenes Herz nicht. Je näher sie kamen, desto bewusster wurde ihr deren Präsenz. Chiron schien etwas zu bemerken, doch als sie seinen fragenden Blick kopfschüttelnd abwehrte, ließ er sie in Ruhe. Selene konnte selbst nicht genau erklären warum, aber mit jedem Schritt wuchs ihre Angst vor den Soldaten. Schweiß begann ihr den Rücken und an den Schläfen hinunter zu rinnen und sie musste den Drang unterdrücken, zu flüchten. Ihr war eiskalt und das fröhliche Geschwätz der Menschen um sie herum wandelte sich in gehässiges Flüstern. Sie hatte das Gefühl, als würden die Menschen sie erkennen und Übelkeit stieg in ihr auf.

»Seid gegrüßt, Grauer«, sprach plötzlich einer der Soldaten und Selene zuckte erneut heftig zusammen.

Sie hatte nicht bemerkt, wie weit sie nun schon vorangekommen waren. Starr blickte sie zu Boden.

»Seid auch Ihr gegrüßt«, hörte sie Chiron antworten.

Selene konnte spüren, wie der Soldat sie begutachtete.

»Herrin, könntet Ihr mir Euer Gesicht zeigen?«, fragte der Soldat höflich, doch Selene reagierte nicht.

»Ich bin mit einer wichtigen Mission betraut, die unter anderem beinhaltet, dass kein Fremder ihr Gesicht zu sehen vermag. Somit kann sie Eurer Aufforderung nicht nachkommen«, sprach Chiron freundlich, aber bestimmt.

Eine kurze Stille entstand und als Selene sich zwang ihren Blick leicht anzuheben, starrten sich der Soldat und Chiron an. Sie konnte sehen, wie die Kiefermuskeln des Soldaten sich anspannten, aber er gab den Weg missmutig frei und Selene atmete zittrig ein. Chiron trat ruhigen Schrittes durch das Tor, während ihm Selene schnell folgte. Kaum hatten sie die Stadt betreten, fielen die Anspannung und die Angst von ihr und erst jetzt merkte sie, wie sehr sie sich verkrampft hatte. Tief atmete sie ein und als sie endlich aufsah, begegnete sie Chirons Blick, der zuerst ernst war und dann freundlicher wurde. Sie lächelte ihm leicht zu und folge ihm dann die gepflasterte, breite Hauptstraße entlang. Ihre Angst

und Benommenheit schüttelte sie von sich ab und lenkte ihren Fokus auf ihre Umgebung. Über der Hauptstraße hingen verschiedene Fahnen und Flaggen in unterschiedlichen Farben. Von Häuserdächern und -fenstern wuchsen Pflanzen mit bunten Blumen herunter und Käfige mit sechsflügeligen Tieren hingen an den schiefen Hauseingängen. Hier und da lief ein faltiges, vierbeiniges Wesen über die Straße, welches von lachenden Kindern verfolgt wurde.

»Hier entlang, Herrin«, sprach plötzlich Chiron und als sie schnell zu ihm sah, bog er in eine Seitengasse ab.

Zügig folgte sie ihm und merkte, wie eng die Gassen im Vergleich zur Hauptstraße waren. Auch die Häuser aus Stein und Holz waren schiefer, berührten sich beinahe über ihr und wirkten eng und duster. Die Luft wurde stickiger und der Geruch nach Schweiß und Schmutz wurde immer stärker. Haushaltsgegenstände ragten in die Gasse hinein und Selene hatte alle Mühe, den vielen Menschen und den Gegenständen auszuweichen. Sie hatte Schwierigkeiten, Chiron zu folgen, und hätte ihn sicher verloren, wenn er sich ihr nicht angepasst hätte. Erneut war sie dankbar, dass er sie begleitete, denn allein hätte sie es nicht geschafft, dessen war sie sich sicher. Die Seitengasse fiel bald ab und ehe sich Selene versah, war sie nach draußen gestolpert. Frischer Wind schlug ihr ins Gesicht und als sie ihren Blick hob, breitete sich unter ihr glitzerndes Wasser aus. Staunend blieb Selene stehen und betrachtete den Hafen zu ihren Füßen. Sie stand auf einer kleinen, befestigen Anhöhe. Unter ihr erstreckten sich Häuser, die nahe an einem steinernen, breiten Weg befestigt waren. Dahinter breitete sich das Hafenwasser mit den unterschiedlichen Schiffen aus. Gewaltige Mauern schlossen den Hafen ein. Zwei hohe Türme markierten die schmale Einfahrt. Selene musste ihren Kopf in den Nacken legen, um zu den Spitzen zu sehen und stellte erstaunt fest, dass auf den Türmen zwei mächtige Feuer brannten, das eine in grün, das andere in rot.

»Herrin«, sprach Chiron und Selene sah schnell zu ihm.

Er stieg eine steinige Treppe hinunter und sie folgte ihm zügig. Sie gelangten auf den breiten Weg und sie stellte fest, dass die meisten Häuser keine Wohnhäuser waren, sondern Gasthäuser, aus denen stetig Menschen aus- und einströmten. An ihnen hingen hölzerne Schilder, welche Selene sehr an *Zum Scheideweg* erinnerten.

»Und wo werden wir diese Person finden, die uns hinüber bringen kann?«, fragte sie und war bemüht, neben Chiron zu laufen.

Es war mitten am Tag und ein reges Treiben herrschte im Hafen. Menschen aller Völker tummelten sich auf dem Weg und Selene musste sich hier und da ducken, wenn Waren in Truhen und Fässern vorbei getragen wurden. Mehr als einmal mussten sie sich in eine Nische drücken und den Bergmenschen Platz machen, die gigantische Fässer den Weg entlang rollten.

»Wir werden es im *Anker* zuerst versuchen«, meinte er und deutete auf eins der ersten Gasthäuser.

Selene zog schnell die Kapuze tiefer in ihr Gesicht, als Chiron bereits durch die breite Eingangstür nach innen trat. Sie folgte ihm zügig und wäre fast in ihn hineingelaufen, als er auf sie wartete. Lärm schlug ihnen entgegen und Selene stellte fest, dass es hier etwas sauberer und heller wirkte. Der Tresen, direkt beim Eingang, war aus Stein und zog sich halbrund in den Raum hinein. Dahinter öffnete sich ein großer, lichtdurchfluteter Raum und Selene erkannte, dass die hohen Fenster mit Eisscheiben versehen waren. Die vielen Gäste machten einen gepflegten Eindruck und vermittelten eine lockere und entspannte Atmosphäre. Sie brauchten nicht lange am Tresen zu warten, bis ein glatzköpfiger junger Mann mit sauberen Kleidern hinter dem Tresen erschien und sie freundlich anlächelte.

»Seid gegrüßt, Grauer und Eure Begleitung«, sprach er und nickte Selene leicht zu.

»Was wünscht Ihr?«

»Wir wünschen Auskunft über einen Mann namens Charon. Kennt Ihr ihn?«, fragte Chiron direkt und der Mann legte seine Stirn in Falten.

»Charon… ich meine ihn schon einmal gehört zu haben.«

»Er war einst ein Kapitän, welcher hier häufig anlegte und seine Kundschaft traf«, versuchte Chiron dem Wirt auf die Sprünge zu helfen, aber dieser runzelte nur weiter die Stirn.

»Womöglich bin ich noch zu jung, um ihn zu kennen. Doch kenne ich jemanden, der hier seit seiner Geburt lebt und den Hafen noch nie verlassen hat. Wenn er es nicht weiß, dann niemand. Hey, Kvasir! Wacht auf!«, rief er und sah entlang des Tresens an dessen Ende.

Selene sah an Chiron vorbei und ihr Blick fiel auf einen grauhaarigen Mann, der mit dem Kopf auf dem Tresen schlief und einen Eiskrug umklammert hielt. Der Tresenmann ging auf ihn zu und rüttelte ihn sachte an seinen Schultern.

»Wacht auf, Kvasir.«

Grunzend bewegte sich der Mann und als er seinen Kopf hob, war sein Gesicht voller Falten und eines seiner Augen war milchig trüb.

»Wieso weckt Ihr mich?«, grummelte dieser und warf einen verschlafenen Blick um sich.

»Es ist ja noch hell! Gebt mir ein Neues!«

Er hob seinen leeren Eiskrug an, der vom Wirt sogleich gefüllt wurde.

»Kennt Ihr einen Mann namens Charon?«, fragte Chiron und trat etwas näher an Kvasir heran.

Kvasir sah Chiron einen Moment an, ehe er einen neuen Schluck zu sich nahm.

»Diesen Namen habe ich schon lange nicht mehr gehört«, brummte er und kratzte sich geräuschvoll an seinem stoppeligen Kinn.

» Ihr werdet ihn nicht finden. Er ist schon lange tot.«

»Heißt das, wir kommen nicht rüber?«, fragte Selene alarmiert und Chiron sah sie einen Moment lang warnend an, ehe er sich wieder Kvasir zuwendete.

»Gibt es jemanden, an den Charon seine Künste weitergegeben hat?«

Kvasir stellte seinen Krug ab und sah Chiron lange an.

»Wegen des Schattens traut sich keiner auf die andere Seite. Allerdings gab es noch jemanden, der drüben war und diese Dienste angeboten hat.«

Selene war überrascht, dass solch ein Trunkenbold ihre Absichten erahnt hatte.

»Lebt er noch?«, fragte Chiron unbeirrt weiter.

Kvasir verzog seinen Mund zu einem schiefen Lächeln.

»Wenn man es so nennen mag, dann ja.«

»Wer ist dieser Mann?«, fragte der Tresenmann interessiert, während Kvasir noch einen Schluck zu sich nahm.

»Sein Sohn, Glaukos.«

Der Wirt zog scharf die Luft ein.

»Wieso seid Ihr so überrascht?«

»Nun, wie ich hörte, war Glaukos eine lange Zeit ein recht erfolgreicher Kapitän und hatte viel Kundschaft. Doch man sagt, dass einer von seiner Mannschaft sich an einer Passagierin vergehen wollte. Daraufhin verlor er jegliche Kundschaft und nimmt momentan alle Aufträge an, die man ihm anbietet. Er transportiert nur noch Waren, keine Menschen mehr.«

»Wobei man hinzufügen muss, dass jene Passagierin die Tochter eines Adligen des Schönen Volkes war. Bei denen kann ich mir auch vorstellen, dass sie lügt«, fügte Kvasir hinzu, was Selenes Bedenken jedoch nicht milderte.

Ihr gefiel es nicht, an Bord mit jemanden zu sein, der zu so etwas fähig sein sollte. Dennoch war dieser Glaukos womöglich die einzige Gelegenheit, auf die andere Seite zu kommen. Sie musste darauf vertrauen, dass Chiron sie beschützte. Zur Not musste sie ihre Dolche singen lassen. Auch wenn sie jene noch nie gegen andere eingesetzt hatte.

»Wo können wir ihn finden?«

»Er befindet sich häufig in der *Spelunke*, ganz am Ende des Kais«, erklärte der Tresenmann.

»Habt Dank!«, sprach Chiron, verneigte sich und zusammen traten sie wieder hinaus.

»Das gefällt mir nicht«, teilte sie Chiron murmelnd mit, während sie den Kai weiter entlanggingen, »auch wenn es nicht stimmen mag.«

»Es ist unwahrscheinlich, dass es stimmt. Dennoch solltet Ihr wachsam sein.«

»Wieso ist es unwahrscheinlich?«

»Die Schiffsmannschaft ist auf Kundschaft angewiesen. Sie tun selten Dinge, die ihren Ruf schädigen könnten. Zumindest nicht mit Absicht«, erklärte ihr Chiron.

Selene nickte und unweigerlich glitt ihre Hand zu dem Dolch an ihrer Hüfte. Seine Anwesenheit beruhigte sie ein wenig.

Seite an Seite gingen sie den Kai entlang. Je weiter sie gingen, desto verfallener wirkten die Häuser und desto zwielichtiger die Menschen, die aus den Gasthäusern schwankten. Hier und da torkelten Betrunkene über den Kai, obwohl es noch nicht Abend war. Leicht bekleidete Frauen traf man immer häufiger an, die sie jedoch in Ruhe ließen. Selene

traute sich nicht, in die düsteren Seitengassen zu blicken, da aus ihnen allerhand Geräusche quollen, die ihr die Röte auf die Wangen trieben. Sie hielt sich nahe an Chiron und wich den Menschen so gut aus, wie sie konnte.

»Hier ist es«, sprach mit einem Mal Chiron und Selene blieb abrupt stehen.

Sie folgte seinem Blick und sah ihn dann leicht fragend an.

»Ist das wirklich der Ort?«, fragte sie sicherheitshalber noch einmal nach.

Vor ihnen befand sich ein schiefes Haus, welches den Anschein machte, sich zwischen zwei Häuser gequetscht zu haben. Es war aus dunklem Holz gebaut und die Steine, die sich unregelmäßig verteilt dazwischen befanden, wirkten schmutzig und alt. Der verwahrloste Mann mit wirrem Haar, der davor schlief, verbesserte den Eindruck nicht.

»Nun, zumindest ist dies der Name, den wir suchen«, meinte Chiron und deutete auf die dunkle Eingangstür.

Tatsächlich erkannte Selene eine zerbröckelte Schrift über der Türe mit dem Schriftzug *Spelunke*. Chiron ging ohne Zögern zur Tür, während Selene sich kurz Mut zusprach und ihm dann dicht folgte. Stickige Luft schlug ihnen entgegen und nachdem sich Selene an das dämmrige Licht gewöhnt hatte, konnte sie auch den hölzernen Tresen zu ihrer Rechten ausmachen. Während sie Chiron dorthin folgte, flitzen ihre Augen durch den schmalen, aber tiefen Raum. Diese Gaststätte wirkte düsterer und die vielen dunklen Holzbalken, welche das Gebäude wohl noch aufrecht hielten, erschufen zahlreiche geschützte Ecken und Nischen. Ihr fiel auch auf, dass die meisten Gäste vermummt waren oder eine Kapuze trugen.

»Seid gegrüßt«, sprach Chiron und Selenes Aufmerksamkeit richtete sich wieder auf das Geschehen vor ihr.

Hinter dem Tresen stand ein buckliger Bergmensch, dessen dichtes, kurzes Haar beinahe die hölzerne Decke berührte. Missmutig sah er einen Moment lang zu Chiron, ehe er gemächlich nähertrat.

»Seid auch Ihr gegrüßt, Grauer«, sprach dieser in einer überraschend hohen Stimme und verschränkte seine massiven Arme vor der Brust. »Was wünscht Ihr?«

»Wir sind auf der Suche nach einer bestimmten Person«, sagte Chiron

und der Gastwirt kniff seine Augen zusammen.

»Glaukos ist sein Name«, sprach Chiron ungerührt weiter und Selene bewunderte ihn dafür, nie seine Fassung zu verlieren.

»Weswegen sucht Ihr ihn?«, fragte der Bergmensch langsam und kniff misstrauisch seine Augen noch weiter zusammen.

»Womöglich würden wir ihn gerne in unsere Dienste nehmen. Uns wurde gesagt, dass er hier am wahrscheinlichsten anzutreffen sei.«

»Ihr wollt ihn anheuern?«

»Wenn er uns dorthin bringen kann, wo wir es wünschen, werden wir dies tun«, meinte Chiron ruhig.

»Werdet Ihr uns nun sagen, ob wir ihn hier antreffen können?«

Einen Moment lang starrte der Wirt Chiron an, ehe er langsam nickte und Selene erleichtert seufzte.

»Er ist hier. Folgt dem Tresen und an dessen Ende wendet Ihr Euch nach rechts. Er befindet sich in Gesellschaft von einem des Schönen Volkes und einem Gezeichneten«, antwortete er.

Dann warf Chiron Selene einen aufmunternden Blick zu, ehe er dem langen Tresen folgte. Selene warf beim Vorbeigehen einen unauffälligen Blick über die anderen Gäste, doch keiner schien ihnen Beachtung zu schenken. Dann wandte sich Chiron plötzlich nach rechts und als sie ihm folgte, wäre sie beinahe in ihn hineingelaufen, als er mitten im Schritt stehen blieb. Vorsichtig trat sie einen Schritt aus seinem Schatten und sah an ihm vorbei. Zwischen zwei querstehenden Balken saßen drei Männer an einem kleinen, runden Tisch, mit tönernen Krügen vor sich, und sahen die beiden misstrauisch an. Selene hatte sich schon gewundert, was die Bezeichnung »Gezeichneter« bedeutete, doch nun war es offensichtlich. Der rechte von ihnen, der helle, schulterlange Haare besaß, hatte wie Selene ein Tattoo im Gesicht. Seine waren schwarz und zogen sich von der rechten Gesichtshälfte in komplizierten Schnörkeln vom Haaransatz über sein Auge und Kinn den Hals hinunter und verschwanden unter seinem Gewand. Der linke von ihnen musste der aus dem Schönen Volk sein, denn sein kantiges Gesicht war beinahe perfekt geschnitten. Nur die lederne Augenklappe über seinem rechten Auge störte das makellose Erscheinungsbild. Demzufolge musste jener Mann zwischen ihnen Glaukos sein. Dieser wirkte mit seinem leicht zerzausten schulterlangen

Haar verwahrloster als die anderen, seine hellen Augen waren dennoch wachsam.

»Seid Ihr Glaukos, Sohn des Charon?«, fragte Chiron geradeheraus und die ihn flankierenden Männer drehten sich halb zu ihnen um.

»Weswegen sucht Ihr nach ihm?«, fragte jener mit den hellen Haaren und rauer Stimme.

Sein misstrauischer Blick glitt von Chiron zu Selene und blieb bei ihr hängen. Unweigerlich zog sich Selene tiefer in den Schatten ihrer Kapuze zurück.

»Es könnte sein, dass wir seine Dienste benötigen«, antwortete Chiron und die zwei sahen sofort zu dem in der Mitte.

»Was für Dienste sind dies?«, fragte er und sah Chiron abschätzend an.

»Wir brauchen jemanden, der uns an einen bestimmten Ort bringt.«

Der Mann in der Mitte seufzte und lehnte sich dabei leicht nach vorne.

»Diesen Dienst bieten wir schon seit geraumer Zeit nicht mehr an. Ihr solltet Euch an jemand anderen wenden«, entgegnete er und verschränkte die Arme vor seiner muskulösen Brust.

Selene warf einen Seitenblick zu Chiron, doch seine freundliche Miene hatte sich keinen Augenblick lang getrübt.

»Vielleicht werdet Ihr hierdurch eine Ausnahme machen«, sprach Chiron und legte zwei Goldmünzen auf den Tisch.

Alle starrten auf das funkelnde Gold in der Mitte. Einen Moment lang herrschte Stille. Dann hob der Mann in der Mitte seine Hand und der Gezeichnete reagierte sofort. Er erhob sich und brachte zwei Holzstühle an den Tisch, die er hinter die beiden stellte.

»Bitte, setzt Euch«, sprach der Mann in der Mitte und lächelte mit einer einladenden Handgeste.

Erleichtert setzte sich Selene, spürte jedoch die musternden Blicke der drei Männer. Kaum hatte sie sich gesetzt, bemerkte sie, dass die beiden Goldmünzen fehlten.

»Welche Dienste benötigt Ihr von mir, Glaukos, Sohn des Charon.«

»Freut mich, Euch kennen zu lernen. Man nennt mich Chiron und dies ist meine Begleiterin, Herrin Selene.« Schnell verbeugte sich Selene, ehe Chiron fortfuhr. »Als Nachfahre des verehrten Charon, erhoffe ich mir, dass er Euch auch sein Handwerk hinterlassen hat.«

Selene beobachtete, wie sich bei Chirons Worten Glaukos Augenbrauen zusammenzogen.

»Von welchem Handwerk sprecht Ihr?«

»Das, was zur Überfahrt auf die andere Seite nötig ist«, sprach Chiron es nun endlich aus und erneut legte sich Stille auf den Tisch.

Die Gesichter der drei Männer versteinerten.

»Wie ich hörte, war Euer Vater einer der Letzten, der dieses Handwerk beherrschte. Nun gibt es keinen mehr, der das Wagnis auf sich nimmt.«

»Aus gutem Grund«, mischte sich der Gezeichnete ein.

»Sollte der Schatten Euch bemerken, und das wird er, so wird er Euch jagen und zerreißen.«

»Als Grauer sehe ich mich in der Lage sowohl die Mannschaft als auch das Schiff vor ihm zu beschützen.«

Selene spürte, wie er sie kurz ansah.

»Wenn Ihr die Überfahrt nicht mehr vermögt, so werden wir nach jemandem suchen«, sagte Chiron und wollte sich gerade erheben, als Glaukos seine Hand hob.

»Ihr müsst nach niemand anderem suchen, denn es gib keinen außer mir, der die benötigten Fähigkeiten besitzt.«

Glaukos seufzte und warf einen schnellen Seitenblick zu den beiden Männern an seiner Seite.

»Mein Vater reiste etliche Male auf die andere Seite und oft genug begleitete ich ihn dabei. Nach seinem Ableben übernahm ich sein Schiff und die Fähigkeit, dorthin zu reisen. Doch der Dienst, den ihr beansprucht, wird Euch einiges kosten. Vermögt Ihr diesen hohen Preis zu zahlen?«

»An Geld mangelt es nicht. Nennt mir Euren Preis.«

Selene konnte sehen, wie die Mundwinkel von Glaukos kurz nach oben zuckten und er sich langsam nach vorne beugte.

»Nun«, begann er und fuhr sich durch seinen stoppeligen Bart, »dies ist ein gefährlicher Auftrag, somit wird der Preis höher sein, als Ihr womöglich erwartet.«

»Und wie hoch wäre das?«

»200 Goldmünzen«, antwortete Glaukos und anhand der erstarrten Bewegungen seiner zwei Begleiter nahm Selene an, dass dies ein sehr

hoher Betrag war. Selene meinte, in Chirons Gesicht Amüsement zu erkennen.

»Wann könnt Ihr frühestens auslaufen?«

»Frühestens in einer Woche.«

»Wenn Ihr morgen auslaufen könnt, so werde ich Euch 300 Goldmünzen zahlen und erneute 100, nachdem wir unser Ziel erreicht haben.«

Die drei Männer sahen Chiron mit versteinerten Gesichtern an. Selene konnte sehen, wie die zwei Begleiter unruhig wurden und Glaukos seine Augenbrauen zusammenzog.

»Es dürfte schwierig werden, bis morgen alles vorbereitet zu haben. Euer Ziel? Wo befindet sich das?«

»Ich weiß es nicht genau, jedoch gibt es auf der anderen Seite eine besondere Insel am Ende der Tausend Inseln, die uns einen Hinweis geben könnte.«

»Ich bringe Euch also zu dieser Insel und dann, wohin auch immer uns dieser Hinweis schickt?«

»Richtig«, bestätigte Chiron und die drei warfen sich kurz einen Blick zu.

Glaukos drehte seinen Tonkrug in seiner Hand und seine Haare fielen ihm leicht ins Gesicht.

»400 Goldmünzen und 200, nachdem der Auftrag erledigt ist«, sprach schließlich Glaukos und Chiron lächelte breit.

»So sei es.«

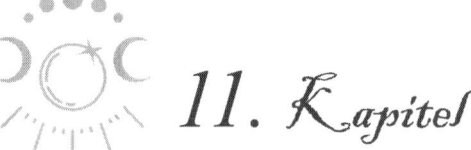

11. Kapitel

Selene schloss entspannt die Augen und ließ die Nachmittagssonne ihr Gesicht erwärmen. Der salzige Wind fuhr in ihre offenen Haare und sie strich sich die Strähnen von ihrer Wange. Genüsslich seufzte sie und sah dann wieder aus dem Fenster hinunter in den Hafen. Sie befand sich im *Anker*, in dem Chiron das Dachgiebelzimmer für sie gemietet hatte. Es bestand aus einem einzigen Raum, der jedoch die ganze Etage einnahm und Selene sowohl Hafen- als auch Stadtblick bot. Da das Gasthaus relativ groß und hoch war, konnte sie keiner sehen. Selene richtete die Kissen auf ihrem kleinen Diwan und ließ ihren Kopf und ihre Arme darauf sinken. Ihr Blick schweifte über die vielen Schiffe, die im Hafen lagen. Sie waren von unterschiedlichsten Größen, Formen und Farben. Selene fragte sich, welches Schiff sie wohl betreten würden, und unweigerlich wanderten Selenes Gedanken zu dem gestrigen Treffen zurück. Kaum nachdem sie sich auf einen Preis geeinigt hatten, waren sie auch schon getrennte Wege gegangen, da Glaukos die Reise vorbereiten musste. Selene fragte sich, wie er es wohl vermochte, eine Woche der Vorbereitung auf einen Tag zu verkürzen, vermutete dann aber, dass man mit genug Gold alles schnell genug besorgen konnte. Selene war aufgefallen, dass Chirons Geldbeutel nach Übergabe des Goldes nur kaum merklich geschrumpft war. Als sie an all das Gold in den Tiefen der grauen Festung dachte, musste sie nur innerlich ungläubig den Kopf schütteln. Ein plötzliches Klopfen an ihrer Türe ließ sie auffahren.

»Verzeiht die Störung, Herrin«, ertönte eine tiefe Stimme, die ihr zugleich fremd und bekannt vorkam

»Mein Name ist Ares und ich gehöre zur Schiffsmannschaft.«

Schnell stand Selene auf, allerdings gab es nichts, mit dem sie sich verbergen konnte. So oder so wollte sie niemandem öffnen, wenn Chiron nicht dabei war.

»Entschuldige, ich kann die Türe nicht öffnen. Ich bin nicht angemessen gekleidet«, sagte sie und biss sich dabei auf die Zunge.

»Schon gut, ich wollte nur fragen, ob es irgendetwas gibt, was wir

 155

tun können, um Euren Aufenthalt auf unserem Schiff so angenehm wie möglich zu gestalten?«

Kurz war Selene verwirrt und ging näher zur Tür.

»So angenehm wie möglich zu gestalten?«, wiederholte sie seinen Satz und wusste nicht recht, was er meinte.

»Wollt Ihr, dass man Eure Kabine besonders herrichtet oder braucht Ihr gewisse Dinge?«

»Äh, nein. Ich brauche nichts Besonderes«, begann sie langsam, bis ihr mitten im Satz etwas einfiel, »gibt es auf dem Schiff vielleicht ein paar Bücher?«

»Ja, die gibt es. Allerdings nicht sehr viele. Soll ich Euch welche kaufen? Welche Art von Büchern lest ihr gerne?«

»Solange es welche gibt, bin ich nicht wählerisch. Wegen mir musst du keine kaufen gehen.«

»Nun gut. Habt Ihr noch Fragen, Herrin?«

»Fragen?«

Selene ging näher zur Tür. Ihr Blick glitt zu dem Fenster in Richtung Hafen.

»Wo befindet sich das Schiff im Hafen? Vielleicht kann ich es von hier aus sehen.«

Eine kurze Stille war zu vernehmen, ehe er erneut sprach.

»Kennt Ihr Euch mit Schiffen aus?«

»Nein, leider gar nicht.«

»Dann wird es für Euch schwer werden, es zu entdecken. Es liegt etwas weiter draußen vor Anker, schräg links. Im Vergleich zu den anderen Schiffen ist es recht klein.«

Beinahe wäre Selene zum Fenster gerannt, um nachzusehen.

»Habt Ihr noch mehr Fragen?«

»Wie groß ist die Mannschaft?«

»Sie besteht aus sieben Personen.«

»Reicht das, um ein Schiff zu bewegen?«, fragte sie überrascht.

»Es reicht für dieses Schiff«, gab er als Antwort und beinahe konnte sie sein Lächeln darin hören.

»Wart ihr schon einmal auf der anderen Seite?«

»Ja, wir waren bereits drüben.«

»Wie ist es da?«, fragte sie neugierig und spürte an der Vibration der Tür, dass er sich ebenfalls dagegen gelehnt hatte.

»Ähnlich und doch anders. Definitiv gefährlicher, jedoch gibt es auch schöne Dinge.«

Sie mochte es, dass er nichts beschönigte und ihr die Wahrheit zu sagen schien. Langsam drehte sie sich um und lehnte sich mit dem Rücken gegen die Tür.

»Ist es denn für alle in Ordnung dieses Risiko einzugehen?«, fragte sie zögerlich.

Schon gestern Abend hatte sie verstanden, dass diese Menschen ihr Leben aufs Spiel setzten, um sie an ihr Ziel zu bringen. Hatten sie das Gold so sehr nötig? Geld war für sie ein seltsames Konzept. Auch in ihrer Welt gab es Münzen, mit denen man bezahlen konnte, doch innerhalb eines Clans brauchte man sie nicht.

»Wir alle folgen der Entscheidung des Kapitäns.«

Sie spürte die Vibration seiner Stimme durch die Tür hindurch in ihrem Brustkorb. Es war durchaus angenehm.

»Sehr loyal«, sagte sie beeindruckt und dann hing eine Stille zwischen ihnen.

»Habt Ihr noch eine Frage, Herrin?«, fragte er mit sanfterer Stimme.

Es lagen ihr noch unzählige Fragen auf der Zunge, aber Selene wollte auch nicht zu neugierig wirken.

»Ich will dich nicht weiter aufhalten. Du hast bestimmt viel zu tun. Wir haben euch allen nicht gerade viel Zeit gelassen, die Reise vorzubereiten.«

Erneut herrschte Stille auf der anderen Seite der Tür.

»Habt Ihr es wirklich so eilig?«

»Jeder Tag zählt«, antwortete Selene und unweigerlich musste sie wieder an ihren Clan denken.

Sie fragte sich, wo sie jetzt wohl waren und wie es ihnen wohl ging. Erneut wallte erstickende Sorge in ihr auf, leichte Panik, dass sie womöglich zu spät kommen würde. Schnell packte sie ihre Ängste und vergrub sie wieder tief.

»Dann werde ich die letzten Vorbereitungen abschließen. Gehabt Euch wohl, Herrin.«

»Bis später«, erwiderte sie und sie spürte, wie der Druck von der Türe verschwand und schwere Schritte sich zügig entfernten.

Rasch lief sie zu ihrem Fenster und lugte auf die Straße hinunter. Sie brauchte nicht lang zu warten, bis jemand aus dem Gasthaus trat. Er sah durchtrainiert aus, mit muskulösen Schultern und breitem Rücken. Sein blondes, halblanges Haar glänzte im Sonnenlicht. Sie fragte sich, ob er der Gezeichnete von gestern Abend war. Er schien ganz nett zu sein. Ihr Blick glitt zum Hafen und sie sah nach schräg links, doch alle Schiffe hatten unterschiedliche Größen und es war für sie unmöglich, das richtige zu erblicken. Langsam ließ sie sich sinken und legte ihren Kopf auf die Arme. Unweigerlich schwenkte ihr Blick in den Himmel. Zwischen den vielen bauschigen Wolken sah sie die zwei ungleichen Monde fahl am Himmel stehen. Aber dieses Mal löste der Anblick in ihr keine Panik aus, sondern seltsame Ruhe. Durch Chiron hatte sie nun Gewissheit, dass ihr Gott auch in dieser Welt anwesend war. Er mochte vielleicht anders aussehen und einen anderen Namen besitzen, wenn er denn überhaupt einen besaß. Aber er war hier, ein Teil der Großen Mutter, und würde somit auch in dieser fremden Welt über sie wachen und ihre Gebete und Bitten erhören. Selene schloss ihre Augen und sandte ein langes Gebet aus tiefstem Herzen zu ihrem Gott und Beschützer. Ein leises Klacken ließ sie herumfahren und sie konnte gerade noch sehen, wie sich der Schlüssel von selbst im Schlüsselloch drehte und dann die Türe aufschwang. Chiron trat freudig lächelnd ein.

»Du hast also was gefunden?«, fragte sie und ging ihm entgegen, während er die Tür hinter sich wieder verschloss.

»Ich denke schon, dass ich alles gefunden habe, was wir benötigen werden.«

Er ließ mit den Worten einen großen, prall gefüllten Sack von seiner Schulter auf den Boden gleiten.

Selene leerte den Sack aus und betrachtete nacheinander die unterschiedlichsten Kleidungstücke für Chiron und sie. Von leichter bis hin zu dicker Kleidung war alles dabei.

»Wird es kalt werden?«

»Viel ist nicht bekannt von der anderen Seite, doch gibt es eine Stelle, wo wir das definitiv brauchen werden.«

Selene nickte und packte dann all ihre neue Kleidung in ihren Rucksack. »Ich habe bei Gelegenheit auch Eure Kleidung abgeholt«, sprach Chiron und reichte ihr ein Päckchen mit ihrer Kleidung darin. Sie war so verschmutzt gewesen, dass Chiron sie zur Wäscherei gebracht hatte. Selene konnte die ganze Zeit nur ein dünnes Baumwollkleid tragen. Dies war einer der Gründe, warum sie ihn nicht hatte begleiten können. Der andere war, dass sie sich in der großen Stadt mit den vielen Menschen nicht wohl fühlte und Angst hatte, aufzufallen.

»Danke«, erwiderte sie und zog sich hinter einer Trennwand die frisch gewaschene Wäsche an.

Nachdem sie ihre Dolche umgeschnallt hatte, fühlte sie sich sogleich sicherer und strich beinahe behutsam über den Griff an ihrer Hüfte. Mit geübten Fingern und der Hilfe einer blank polierten Metallscheibe flocht sie ihre schneeweißen Haare an ihrem Kopf entlang und verbarg sie mit dem grauen Schal. Chiron half ihr, ihn zurecht zu zupfen, sodass nur noch ihre silbernen Augen zu erkennen waren. Beide schulterten ihre Rucksäcke und nachdem Selene die große Kapuze aufgesetzt hatte, verließen sie das Gasthaus.

Sie liefen die Kaimauer entlang zum vereinbarten Treffpunkt und bei jedem ihrer Schritte wuchs die Nervosität. Selene war zwar schon einmal auf einem kleinen Boot gewesen, aber noch nie auf einem Schiff, geschweige denn mit fremden Menschen für längere Zeit auf so engem Raum. Ihr war bewusst, dass sie sich nicht ewig verbergen konnte, aber sie hoffte, dass wenigstens ihre Geheimnisse nicht entdeckt werden würden.

Von weit her hörte sie drei Glockenschläge und sobald sie verklangen, trafen sie beim vereinbarten Treffpunkt vor der *Spelunke* ein, wo sie schon erwartet wurden. Den Gezeichneten erkannte Selene schon von Weitem. Er war größer als sie selbst und seine hellen Haare stachen zwischen den vielen dunkelhaarigen hervor. Ihr war es beim ersten Treffen nicht aufgefallen, doch besaß er gute Proportionen und unter dem Leinenhemd und den Lederhosen konnte sie erahnen, dass sein ganzer Körper nur aus Muskeln bestand. Mit dem breiten Schwert an seiner Seite sah er aus wie ein Krieger. Der Eindruck verstärkte sich nur noch, als er sich ihnen zuwandte und Selenes Blick wieder auf seine schwarzen Tattoos fiel.

»Seid gegrüßt«, sprach er und verneigte sich leicht.

»Mein Name lautet Ares und dies ist Gladim.«

Er deutete mit einer Handbewegung auf einen kleinen Jungen, der eiligst zu ihnen gerannt kam, und sich zwischen all den Menschen geschickt hindurchschlängelte.

Ares war es also gewesen, mit dem sie sich vorhin unterhalten hatte.

»Verzeiht!«, rief der Junge leicht außer Atem und verbeugte sich tief vor ihnen.

»Ich musste noch etwas Wichtiges kaufen gehen.«

Dabei hielt er ein schmales Paket hoch und lächelte die beiden aus strahlenden blauen Augen an. Er war sowohl kleiner als auch jünger als sie. Die kurzen, wuscheligen Haare und der goldene Ring an seinem Ohrläppchen gaben ihm ein freches Äußeres und standen etwas in Kontrast zu seinem ansonsten eher unschuldigen Erscheinungsbild. In seinem Hosenbund steckte eine große dunkle Steinschleuder.

»Auch ich grüße Euch, Herrin und Grauer«, sprach er schließlich mit heller Stimme und Selene fuhr ein kleiner Stich ins Herz. Auch wenn er ihm rein äußerlich nicht ähnlich war, erinnerte Gladim sie ein wenig an ihren kleinen Bruder.

»Wenn Ihr uns nun folgen möchtet«, sprach Ares und riss Selene zurück in die Realität.

Die zwei folgten beide dem Kai bis zum Ende, der dann in einen hölzernen Steg überging und aufs Wasser hinausreichte. Auf halber Höhe des Stegs blieben die beiden schließlich stehen und sie konnte vor ihnen ein kleines Boot erkennen. Die Ruder lagen darin und Selene entdeckte ein kleines Bündel in dessen Spitze. Von ihren Beobachtungen vom Fenster aus wusste sie, dass die meisten mit solchen Booten zwischen ihren Schiffen und dem Land hin und her ruderten. Ares stieg zuerst in das Boot hinunter, welches bedrohlich schwankte und Selene befürchtete, dass sie womöglich ins Wasser fallen würde. Sie hatte nicht den besten Gleichgewichtssinn. Chiron stieg als nächstes ein und ließ sich elegant auf einen der Sitze nieder. Langsam trat sie einen Schritt näher an die Kante des Stegs, als Ares ihr plötzlich seine Hand reichte. Für einen Augenblick starrte sie auf seine große Hand und sah dann in seine grauen Augen. Er nickte leicht auffordernd und nach kurzem Zögern ergriff sie

diese schließlich, während sie in das kippelige Boot stieg. Der Untergrund schwankte bedrohlich und sie spürte, wie sie ihr Gleichgewicht verlor. Schnell hielt sie sich an Ares Arm fest, der sie sanft, aber bestimmt auf den Sitz neben Chiron geleitete. Selenes Herz hämmerte vor Angst, ins Wasser zu fallen. Sie dankte Ares im Stillen für seine Hilfe. Dieser hatte sich gegenüber von ihnen gesetzt und die Ruder ergriffen, während Gladim das Boot loslöste. Sobald Gladim hineingesprungen war, begann Ares mit schnellen, stetigen Ruderschlägen das Boot vom Steg wegzubewegen. Er ruderte sie hinaus in den Hafen und Selene betrachtete staunend die teils riesigen Schiffe, die von Weitem weitaus weniger imposant ausgesehen hatten. Ihr Blick glitt über die hohen Schiffswände und blieb dann an Ares hängen. Sie war auch von ihm beeindruckt, wie er sie so scheinbar mühelos über das Wasser beförderte und nicht im Mindesten erschöpft wirkte. Sie studierte sein leicht ovales Gesicht mit dem markanten Kiefer und Kinn. Der dunkle Stoppelbart gab ihm noch kantigere Züge und sie musste zugeben, dass er nicht schlecht aussah. Sein Blick traf plötzlich ihren und ertappt sah sie schnell über seinen Kopf hinweg. Ihr Herz pochte schneller, diesmal aus Scham, und rasch lenkte sie ihre Aufmerksamkeit wieder auf die Umgebung. Sie konnte nur zu deutlich seinen Blick auf sich spüren. Sie hielten auf ein Schiff zu, dass im Vergleich zu den anderen recht klein war und Selene vermutete, dass es einst tief dunkelbraun gewesen sein musste. Nun war es durch Wind und Wetter an vielen Stellen ausgeblichen. Der vordere und hintere Teil war erhöht und hier und dort konnte Selene kleine Fenster im Rumpf ausmachen. In der Mitte ragte eine Art Baum ohne Äste weit in den Himmel. An ihm befand sich eine lange Querstange, die nach hinten reichte und über dem Schiff zu schweben schien. Darauf lag etwas Dunkelrotes, was mit vielen Seilen an die Querstange gebunden war. Kaum waren sie am Rumpf angelangt, wurde eine Strickleiter mit Sprossen aus Holz hinuntergelassen.

»Herrin, wenn Ihr so freundlich wärt und mir Euer Gepäck geben würdet«, bat Gladim hinter ihr und ehe sie sich versah, hatte er ihr ihren Rucksack abgenommen und kletterte damit flink die Strickleiter hoch.

Selene stand leicht schwankend auf und hielt sich an der Leiter fest. Besorgt amtete sie tief aus, da das Boot unter ihr bedrohlich schwankte.

Sie spürte eine starke Hand, die ihren Oberarm stützte. Überrascht sah sie auf und sah direkt in Ares' graue Augen.

»Fürchtet Euch nicht. Die Leiter mag zerbrechlich aussehen, aber selbst ein Bergmensch kann sie benutzen«, raunte er leise.

Eine angenehme Gänsehaut lief ihr den Rücken hinunter. Wortlos starrte sie ihn an, denn sie war des Schwankens besorgt gewesen und nicht, weil sie Angst hatte, die Leiter hinaufzusteigen.

»Und wenn Ihr fallen solltet, so werde ich Euch auffangen«, fügte er hinzu und für einen kurzen Moment sah sie, wie das Grau seiner Augen einem dunklen Blau wich.

Dann ließ er ihren Arm los und riss Selene aus ihrer Starre. Sie nickte ihm leicht verwirrt zu, ehe sie die Strickleiter hochkletterte. Der Wind, der immer wieder ihren Mantel um die Leiter wickelte, ließ sie auf andere Gedanken kommen. Schließlich erreichte sie den Rand und schwang ihre Beine hinüber. Sie sah sich um und der erste Blick fiel auf die Mannschaft, die sich vor ihr aufgereiht hatte. Überrascht von deren Anwesenheit verbeugte sie sich und vergewisserte sich dabei, dass man nicht mehr von ihr sah, als man sehen sollte. Glaukos und Gladim kannte sie bereits und den Dunkelrothaarigen vom Schönen Volk hatte sie zuvor in der *Spelunke* gesehen. In seine halblangen Haare, die von den Schnüren seiner ledernen Augenklappe hinten gehalten wurden, hatte er farbige Perlen geflochten. Sein sichtbares Auge war hellrot und stand im Kontrast zu seiner braun gebrannten Haut.

Selenes Blick fiel auf den Mann neben ihm, der ebenfalls vom Schönen Volk sein musste. Denn er war ebenso gutaussehend und sein Haar besaß die Farbe des Sonnenuntergangs. Seine Augenbrauen und Wimpern waren lila, während seine Augen von einem hellen Orangeton waren. Im Gegensatz zu dem anderen aus dem Schönen Volk war seine Haut jedoch heller, sein Gesicht wirkte weich, oval und auch etwas schmaler. Sie erkannte, dass er auf dem Rücken einen großen Bogen mit langen Pfeilen trug. Neben ihm verbeugte sich ein Greis, der gewiss ein Mensch sein musste. Er lächelte ihr freundlich zu, was sein braun gebranntes Gesicht in unzählige Falten legte. Unter seinem roten Kopftuch konnte sie kurzes, silbergraues Haar ausmachen. Obwohl er uralt schien, waren seine braunen Augen voller Klarheit und strotzten vor Lebenskraft. Ihr fiel auf,

dass sein Bein fehlte, das er durch einen hölzernen Stock ersetzt hatte. An seiner Seite befand sich ein Säbel, der schon bessere Tage gesehen hatte. Er war etwas kleiner als der Rest und wirkte neben dem letzten in der Mannschaft wie ein Kind. Denn neben ihm stand ein Mann, der ein Bergmensch sein musste. Er war bestimmt mehr als doppelt so groß wie sie und seine Schultern mussten so breit sein wie sie hoch. Seine behaarten Arme waren dick wie Baumstämme und sein nackter Oberkörper bestand nur aus Muskeln. Als sie ihren Kopf in den Nacken legte, konnte sie in sein grimmiges Gesicht blicken. Es war halb verborgen durch den mächtigen, dunkelbraunen Vollbart, der ihm bis an die Brust reichte und der an vielen Stellen geflochten und dessen Enden in Gold eingefasst waren. Unter seinen buschigen Augenbrauen sah sie jedoch freundliche, dunkle Augen, welche seinen einschüchternden Anblick abmilderten.

»Willkommen auf der Acheron«, sprach Glaukos mit einer kleinen Verbeugung, »Ares und Gladim habt Ihr bereits kennen gelernt. Lasst mich Euch den Rest meiner Mannschaft vorstellen. Dies ist Nathron«, sagte er und deutete auf den Mann mit dem dunkelroten Haar, »den Ihr schon in der *Spelunke*' antreffen durftet.«

Seine Hand wanderte weiter zum nächsten vom Schönen Volk.

»Dies ist Thoron, dann Fengel und schließlich Brian«, beendete er die Vorstellungsrunde und alle verbeugten sich nacheinander.

»Nachdem Nathron Euch Eure Unterkünfte gezeigt hat, werden wir auch bereits ablegen. Wenn ich bitten dürfte, Nathron«, bei den Worten trat der Dunkelrothaarige einen Schritt nach vorne.

»Wenn Ihr mir nun bitte folgen würdet«, sprach er mit tiefer Stimme und mit einem kleinen Nicken folgten Chiron und Selene ihm vorbei an dem seltsamen hohen Baum. Wie sie schon von Weitem gesehen hatte, waren Ende und Anfang des Schiffes erhöht und nun konnte sie sehen, dass in die Erhöhung eine Tür eingelassen worden war. Dahinter öffnete sich ein Gang, von dem je drei Türen auf beiden Seiten abgingen. Nathron führte sie bis an die letzten beiden Türen und blieb dann stehen.

»Für Herrin Selene haben wir diese Kajüte hergerichtet«, bei den Worten öffnete er die linke Tür, die leicht quietschend nach innen schwang, »und für Herr Chiron diese«, und er öffnete die gegenüberliegende Tür.

»Während der Reise sind dies Eure persönlichen Quartiere. Wenn Ihr

irgendetwas benötigt, so zögert nicht und lasst es mich wissen. Wenn es in meiner Macht steht, werde ich Euren Wunsch erfüllen, so gut es geht. Entschuldigt mich nun, wir legen in Kürze ab und ich werde an Deck gebraucht«, meinte er freundlich, nickte ihnen zu, ehe er den Gang zurücklief und die beiden allein ließ.

Selenes Blick wanderte zu Chiron, der sie freudig anlächelte und dann seine Kajüte betrat. Sie atmete einen Moment lang ein, ehe sie die ihre betrat und die Tür hinter sich schloss. Ihr fiel auf, dass Gladim ihr Hab und Gut bereits in die Kajüte gebracht hatte. Das Bett war in einen hölzernen Kasten eingelassen, der an der Wand befestigt war. Langsam ließ sie sich darauf nieder. Der Geruch von Lebensmitteln und Erde war hier genauso präsent wie bereits in dem Gang. Selene vermutete, dass sie noch am Tag zuvor hier Lebensmittel gelagert hatten. Ihre Hände strichen über den weichen Stoff ihrer Bettdecke und dann wanderte ihr Blick durch die Kajüte, die zwar nicht besonders groß war, aber genug Platz bot. Gegenüber der Tür stand ein schlichter Esstisch mit zwei Stühlen, darüber hing ein Bild in einem goldenen Rahmen, das ein Schiff im Sturm zeigte. Auf der entgegengesetzten Seite befand sich ein Fenster, das mit Riegeln verschlossen war, und darunter standen zwei Eimer, einer davon mit einem Seil versehen. Selene vermutete, dass sie mit dem einen Eimer Seewasser schöpfen konnte und dass der andere für Abfälle jeglicher Art gedacht war. An den Wänden hingen goldene Lampen, von der jedoch nur die am Bettende leuchtete. Sie stand auf und betrachtete die Buchrücken im Bücherregal, welches sich über ihrem Bett befand. Es waren nur eine Handvoll und sie schienen recht abgenutzt zu sein. Eine Querstrebe verhinderte, dass die Bücher herunterfielen und sie ihm Schlaf erschlugen. Ein plötzliches Klopfen ließ ihre Hand ruckartig sinken.

»Ja?«, sagte sie schnell und nahm an, dass es Chiron war.

Als jedoch die Tür geöffnet wurde, stand Ares im Türrahmen. Er schien den ganzen Rahmen auszufüllen.

»Verzeiht meine Störung, Herrin. Ich sah, dass wir nur wenige Bücher in schlechtem Zustand besitzen und habe diese hier für Euch besorgt«, sprach er und reichte ihr ein Bündel, das sie als jenes vom Boot wiedererkannte.

»Oh, das wäre nicht nötig gewesen«, erwiderte sie und nahm ihm schnell das Bündel ab.

Sie schlug den Stoff beiseite und stellte fest, dass er sehr unterschiedliche Bücher gekauft hatte. Nur anhand der Titel konnte sie erraten, dass darunter auch romantische waren.

»Ich habe nicht viel Ahnung von Büchern und so ließ ich die Verkäuferin eine Auswahl zusammenstellen. Ich hoffe, es ist vielleicht eines dabei, das Euch anspricht.«

»Das ist sehr nett. Vielen Dank!«, sagte sie und lächelte ihn breit an.

Obwohl er nur ihre Augen sehen konnte, schien er es dennoch zu bemerken. Seine Miene wurde etwas sanfter und sie sah den Ansatz eines Lächelns.

»Wenn Ihr mich nun entschuldigen würdet, Herrin«, sprach er mit einer leichten Verbeugung, wandte sich dann ab und verließ den Gang.

Selene schloss lächelnd ihre Tür und sortierte die Bücher in ihr kleines Bücherregal. Sie ließ ihren Blick über die neuen Buchrücken schweifen und kam nicht drum herum, sich darüber zu freuen.

Ein unerwartetes Rattern ließ sie erstarren. Schnell sah sie sich um, konnte die Quelle aber nicht ausfindig machen. Ein plötzlicher Ruck fuhr durch das Schiff und das Rattern verstummte. Sie konnte spüren, dass sich das Schiff bewegte, und unschlüssig stand sie mitten in ihrem Zimmer. Schließlich überwog ihre Neugierde und mit einem kurzen kontrollierenden Blick in den Spiegel trat sie in den Gang. Für einen Moment blieb sie vor Chirons Tür stehen, bereit anzuklopfen, doch dann ließ sie ihre Hand wieder sinken. Ohne ihn fühlte sie sich unsicher, jedoch wollte sie nicht wie ein Kind erscheinen, das ohne seine Mutter nicht allein zurechtkommen würde. Also schluckte sie ihre Nervosität und Angst hinunter und trat mit klopfenden Herzen an Deck.

Kaum war sie hinausgetreten, blieb sie auch schon überrascht stehen. Das Schiff bewegte sich tatsächlich, nur hatte Selene nicht damit gerechnet, dass Brian es eigenhändig hinaus rudern würde. Der Bergmensch hatte seine Füße in Vertiefungen im Schiffsdeck gesteckt und zwei überdimensionale Ruder reichten von ihm bis ins Wasser. Mit Einsatz seines ganzen Körpers bewegte er das Schiff vorwärts. Beeindruckt beobachtete sie ihn und lief dann langsam an den Schiffsrand. Sie sah hinunter in

das tiefe Wasser und verfolgte mit ihren Augen das Ruder, das in gleichmäßigen Schlägen auftauchte und dann kreisförmig wieder verschwand. Ihr Blick glitt über die rauen Felsen am Land, das immer kleiner wurde und dann zu Glaukos, der auf der hinteren Etage hinter einem seltsamen Rad stand. Sie vermutete, dass er es zum Steuern des Schiffes benötigte. Sie wollte jedoch auch sehen, wohin sie ruderten, und über eine Seitentreppe gelangte Selene auf die vordere Erhöhung. Sie ging bis ganz nach vorne in den Spitz und lehnte sich gegen den Rand. Vor ihnen befand sich die Öffnung des Hafens, die flankiert wurde von den hohen Türmen mit den Hafenfeuern. Je näher sie kamen, desto gigantischer wurde die Hafenmauer und Selene war beeindruckt von ihrem Ausmaß. Sie konnte auch erkennen, dass zwischen den Türmen eine dicke Eisenkette gespannt war, die mittig im Wasser verschwand. Selene vermutete, dass sie verhinderte, dass ungebetene Gäste hineinkamen oder niemand heraus. Ihr Blick glitt hinauf aufs Meer und ihr fiel auf, dass es hinter der Hafenmauer unruhiger wirkte. Auf den Spitzen der Wellen tanzte der Schaum und Selene konnte den Blick nicht vom Horizont lösen, der immer breiter wurde. Kaum hatten sie die Öffnung passiert, fuhr der Wind in ihr Gesicht und hätte beinahe die Kapuze von ihrem Kopf gerissen. Der Horizont wurde schlagartig größer und reichte zu ihrer Rechten ins Unendliche, während links die Ausläufer der Eisenberge in das Meer hineinragten. Je weiter sie hinaus ruderten, desto mehr wichen die Berge zurück und gaben das ganze Ausmaß des Horizonts preis. Die Sonne brach sich tausendfach in den Wellen und brannte in ihren Augen, aber Selene konnte ihren Blick nicht von der Schönheit des Meeres nehmen.

»Herrin«, sagte plötzlich jemand neben ihr und ließ sie zusammenfahren.

Es war jedoch nur Gladim, der sie vorsichtig anlächelte.

»Wir setzen gleich die Segel und es könnte für Euch gefährlich werden, solltet Ihr hier stehen bleiben. Wenn Ihr an Deck bleiben möchtet, so ist der sicherste Platz hinter Glaukos.«

Selene sah nach hinten und bemerkte erst jetzt, dass sie die Küste weit hinter sich gelassen hatten. Brian hatte die Ruder eingeholt und den Weg freigemacht. Sie nickte schnell und folgte dann Gladim hinunter. Ebenso wie die vordere Erhöhung, war auch die hintere durch Stufen betretbar.

Hinter einem großen Rad stand Glaukos, der ihr zunickte, als sie sich zu ihm gesellte und sich gegen den Rand lehnte. Kurz warf Selene einen Blick zurück über ihre Schulter und konnte von dieser Position aus die Szenerie der fünf Wächter und die Stadt zu deren Füßen begutachten. Glaukos' laute Befehle brachte Selenes Aufmerksamkeit wieder auf das Schiff zurück. Auf einmal ging alles ganz schnell. Jeder schien an einem Seil zu ziehen, an einem Rad zu drehen oder zwischen den kreuz und quer gespannten Seilen herumzuturnen. Von dem querliegenden Ast wurde ein blutrotes, geflicktes Segel zügig immer weiter nach oben gezogen, bis der Spitz des Dreiecks oben angelangt war. Plötzlich wendete sich das Schiff etwas ab und der Wind fuhr in das Segel. Zwei weitere, kleinere wurden nacheinander über der vorderen Erhöhung emporgezogen. Alle drei dreieckigen, blutroten Segel wölbten sich im Wind und die Seile begannen zu knarzen. Glaukos rief noch einige Befehle und Selene beobachtete, wie sich die Stellung der Segel durch Drehen an einigen Rädern änderte. Sofort merkte sie, wie das Schiff schneller wurde. Die Acheron schnitt durch die Wellen, die das Schiff leicht zum Schwanken brachten, was Selene jedoch als angenehm empfand.

Ihr Blick glitt hoch zum großen, blutroten Segel über sich, das mit vielen Seilwindungen neben ihr verankert war. Langsam strich sie mit den Fingern über die steifen, rauen Seile. Dann warf sie erneut einen Blick über ihre Schulter und die riesenhaften Wächter wirkten aus dieser Distanz wie Kinder. Selbst noch von dieser Entfernung aus konnte sie die Hafenfeuer der Stadt erkennen. Dann wanderte ihr Blick zu Glaukos, der breitbeinig am Steuerrad stand. Kurz zögerte sie, ob sie sich zu ihm gesellen sollte, bis ihr Blick auf einen seltsamen Tisch neben Glaukos fiel. Der Holztisch schien mit dem Schiff verschmolzen zu sein und direkt neben dem Steuerrad war in den Tisch eine silberne Kugel eingelassen.

»Ihr könnt sie öffnen, wenn Ihr mögt«, sprach Glaukos unerwartet.

Neugierig strich Selene über die filigranen Muster in der Kugel, als sie plötzlich aufglitt. Erschrocken zuckte ihre Hand zurück, doch dann beugte sie sich staunend darüber. Die silberne Kugel war so gut wie hohl und auf der Innenseite nachtblau. Am erstaunlichsten war allerdings, was sich darin befand: Mittig schwebten ein grünes, blaues, rotbraunes

und ein silbernes Dreieck, sowie eine goldene Nadel und darüber verharrte eine kleine gelbe Kugel.

»Was ist das?«, fragte Selene und stupste die gelbe Kugel an, die sofort wieder in ihre Position zurückglitt.

»Dies ist ein Wegweiser. Das grüne Dreieck deutet stets zum nächsten Festland. Das Silberne zeigt die Position des kleinen Mondes, während das Rotbraune die Position des großen Mondes anzeigt. Eins der wichtigsten jedoch ist das Blaue, welches mir verrät, woher der Wind kommt. Die goldene Nadel richtet sich stets zur grauen Festung, während die gelbe Kugel den Sonnenstand nachahmt.«

Nach einem kurzen Moment des Zögerns fuhren ihre Finger unter die Objekte, sie konnte jedoch weder einen Widerstand fühlen noch bewegten sie sich. Eine plötzliche Welle ließ das Schiff zur Seite kippen und erschrocken klammerte sich Selene an dem Geländer fest. Nach kurzem Überlegen schwang sie sich auf das breite Geländer und schlang ihren Arm um den Eckpfosten. So fühlte sie sich sicherer und das Schaukeln des Schiffes warf sie nicht mehr von den Füßen. Der Wind rüttelte an ihren Kleidern und nach kurzen Kontrollgriffen nach ihrem Schal wickelte sie ihren Umhang fest um ihren Körper.

So saß sie eine Weile da und ließ sich vom Wellenspiel des Meeres bezaubern. Obwohl sie eigentlich Angst haben müsste, jeden Moment entblößt zu werden, begann sie sich langsam zu entspannen. Das sanfte Wellenschaukeln und Rauschen des Meeres beruhigten sie. Die schiere unendliche Weite des Horizonts gaben ihr das Gefühl von Freiheit und Unbeschwertheit. Für einen kurzen Moment stellte sie sich vor, wie sie ohne Schal und ohne Gewicht des Schicksals vor allen Verfolgern der Welt davonsegelte. Ein Moment des flüchtigen Glücks wallte durch sie und ließ ihr ansonsten so schweres Herz leichter werden. In Tagträumen versunken und auf das Meer hinaus starrend, begann die Sonne bald sich dem Horizont entgegenzuneigen. Selenes Augen verfolgten sie, bis sie schließlich den Horizont berührte und Selene mit einem Mal das Gefühl hatte, direkt mit ihr auf Augenhöhe zu sein.

»Faszinierend, nicht wahr?«

Selene zuckte heftig zusammen und sah über ihre Schulter, doch war es nur Chiron.

»Was meinst du mit faszinierend?«, fragte sie und sah wieder zur sinkenden Sonne.

»Schon viele Male sah ich die Sonne im Meer versinken und daraus wiederauftauchen. Doch stets beeindruckt mich der Anblick aufs Neue. So unspektakulär und dennoch zutiefst rührend.«

Selene stimmte ihm stumm zu und beide sahen zu, bis der letzte Rest der Sonne im Meer versunken war.

»Wunderschön«, murmelte Chiron und sie hörte, wie er leicht seufzte, »aber die Sonne war eigentlich nicht der Grund, weshalb ich mich zu Euch gesellte.«

Selene drehte sich neugierig zu ihm um.

»Das Abendessen wurde uns auf unsere Zimmer gebracht.«

Selene nickte und merkte erst jetzt, wie hungrig sie war. Schnell warf sie einen Blick zu Glaukos, der unverändert am Steuer stand und weit gen Horizont blickte. Sie fragte sich, ob er wohl die ganze Nacht in dieser Position weiter segeln würde. In ihrem Zimmer angekommen warteten zwei Teller, gefüllt mit Fleisch und Gemüse in deftiger Bratensoße, und Selene konnte endlich den Schal von ihrem Gesicht ziehen.

»Im Übrigen wurde uns angeboten mit der Mannschaft zusammen im Unterdeck zu speisen. Aus offensichtlichen Gründen zog ich es jedoch vor, abzulehnen«, erzählte Chiron und Selene nickte kauend.

»Ich muss, so lange wie möglich, verborgen bleiben. Ich weiß das nur zu gut, dennoch bin ich etwas traurig.«

»Zu Eurem Schutz.«

»Zu meinem Schutz. Die Mannschaft scheint massive Geldprobleme zu haben. Sonst hätten sie sich auf diese selbstmörderische Fahrt nicht eingelassen. Mit meinem Verkauf wären sie ihre Probleme los. Dennoch denke ich nicht… hoffe ich nicht, dass die Mannschaft das tun würde. Aber das ist es, an was du denkst, nicht wahr?«

Chiron lächelte schief und aß etwas von seinem Gemüse.

»Wie ich sehe, scheint Ihr inzwischen meine Gedanken lesen zu können.«

»Nicht alle, nur manche«, erwiderte sie mit vollem Mund und verkniff sich ein Grinsen.

Noch eine Weile scherzten sie hin und her. Dann begann Selene Chiron über die Schifffahrt auszufragen. Es überraschte sie nicht, dass auch

er einiges darüber zu wissen schien. Wie das Schiff aufgebaut war und weshalb es in der Lage war, sich allein mit dem Wind vorwärts zu bewegen. Obwohl sie merkte, dass er versuchte, alles so einfach wie möglich zu erklären, verstand sie nicht einmal die Hälfte von dem, was er sagte. Was sie jedoch begriff, war, dass der Winkel zwischen Segel und Wind entscheidend war. Zudem erfuhr sie, wo die Mannschaft schlief, und dass Brian zu groß für das Unterdeck war. Somit schlief er hinter einem Vorhang unter dem Achterdeck, eingeengt zwischen der Treppe zum Unterdeck und Fässern.

Plötzlich klopfte es an der Tür und ehe Selene reagieren konnte, hatte Chiron sich umgewandt und mit einem Schwenk seiner Finger den Türriegel vorgeschoben. Mit klopfendem Herzen schob sie schnell ihren Schal und Kapuze über ihr Gesicht.

»Meine Herrin und mein Herr, darf ich eintreten und Euer Geschirr mitnehmen?«, ertönte hinter der Tür Gladims Stimme und nachdem sich Chiron vergewissert hatte, dass Selenes Gesicht verborgen war, ließ er den Türriegel wieder zurückfahren.

»Tretet ein!«, rief Chiron und Gladim trat mit einem breiten Lächeln ein.

»Ich hoffe, es hat Euch gemundet«, sprach er, als er einen Tonkrug mit Wasser auf den Tisch stellte und das leere Geschirr zusammenräumte.

»Es war vorzüglich. Habt Dank für das Essen«, bedankte sich Chiron und als Gladim ihr kurz einen Blick zuwarf, nickte sie zum Dank mit dem Kopf.

Er erwiderte etwas unsicher ihre Geste und ließ sie dann erneut allein. Erst als sich die Tür hinter ihm schloss, konnte Selene sich wieder entspannen.

»Danke«, murmelte sie, während sie ihr Gesicht enthüllte.

»Haltet die Türe stets geschlossen«, riet er ihr und stand dann auf.

»Und was wirst du jetzt machen?«

»Ich werde meditieren. Und Ihr?«

Selene lehnte sich zurück und sah in ihrem Zimmer umher.

»Vermutlich werde ich ein wenig lesen«, meinte sie mit dem Blick auf das Bücherregal gerichtet, »und dann etwas schlafen.«

»Dann werden wir uns wohl morgen wieder sehen. Erholt Euch gut«,

sprach Chiron, verneigte sich leicht und verließ ihre Kajüte.

Selene tat wie geheißen und verriegelte ihre Türe. Anschließend ließ sie sich auf ihr Bett fallen und starrte an die Decke. Eine Zeit lang lag sie so da, bis sie sich aufraffte, ein Buch griff und zu lesen begann. Es war jedoch etwas langweilig und ständig drifteten ihre Gedanken ab. Sie schaffte es, das Buch bis zur Hälfte zu lesen, und gab dann schließlich auf. Sie drehte sich auf die Seite und versuchte probehalber die Augen zu schließen, doch spürte sie kaum Müdigkeit. Sie wusste nicht, ob es einfach daran lag, dass sie heute Morgen lange geschlafen hatte, oder dass die Umgebung so seltsam fremd war. Das Schiff schaukelte in den Wellen und sie konnte das Rauschen des Meeres am Rumpf hören. Die Kerzenflammen tanzten im Takt der Wellen und das Holz knarzte bei jeder Bewegung des Schiffes. Irgendwann gab sie es schließlich auf und entschloss sich, an Deck zu gehen.

Kaum war sie draußen, fuhr der Wind in ihre Kleider und Selene musste ihre Kapuze festhalten. Sie warf einen Blick in den Himmel und zwischen den Wolken konnte sie ab und an die beiden Monde erblicken. Ihr Blick glitt zum Steuerrad und sie entdeckte, dass dahinter jemand stand, was nur natürlich war. Immerhin musste jemand das Schiff auch bei Nacht lenken. Kurz zögerte sie, entschloss sich dann aber, zu der Person zu gehen. Langsam ging sie die Stufen hinauf und erkannte, dass es Nathron war.

»Könnt Ihr nicht schlafen, Herrin?«, fragte er mit seiner tiefen Stimme und Selene nickte sachte.

Sie stellte sich hinter ihm an die Reling und verschränkte die Arme vor der Brust. Ihr Blick glitt über das Meer und ein Frösteln überkam sie. Durch das fehlende Licht der Monde konnte sie keinen Horizont erkennen. Das schwarze Meer und die Dunkelheit des Himmels verschmolzen, als würden sie ins Nichts fahren. Nur das sporadische Mondlicht zerstörte hier und da den Eindruck.

»Und du musst durch die Nacht fahren?«

»Ich muss nur darauf achtgeben, den Kurs nicht zu verlassen«, sprach er und lehnte sich mit dem Rücken gegen das Steuerrad.

»Musst du nicht steuern?«

»Nicht solange der Kurs gleich bleibt«, und deutete auf eine Leine, die um eine der Querstreben geschlungen war und das Steuer in seiner Position hielt.

»Ach so«, meinte Selene und eine unangenehme Stille legte sich über sie.

»Ist dir nicht langweilig so ganz allein?«

»Bis vor kurzem hat mir Gladim Gesellschaft geleistet und bald gebe ich das Steuer an Thoron weiter und nun seid Ihr hier.«

Selbst bei den mageren Lichtverhältnissen konnte sie ihn lächeln sehen.

»Darf ich Euch etwas fragen, Herrin?«

»Natürlich«, antwortete Selene.

»Weshalb verbergt Ihr Euer Gesicht?«

Eine Stille breitete sich zwischen ihnen aus.

»Es ist für alle besser, wenn man es nicht sieht«, antwortete Selene so ehrlich wie möglich.

»Ich denke nicht, dass ich das verstehe.«

»Musst du auch nicht. Aber glaube mir, es ist so besser.«

Nathron legte seinen Kopf leicht schief, schien jedoch ihre Antwort zu akzeptieren. Selene wich seinem Blick aus und sah hinaus aufs Meer.

»Darf ich dich im Gegenzug etwas Persönliches fragen?«

»In Ordnung.«

»Wieso verbirgst du dein Auge hinter einer Klappe?«

Sie hörte, wie er tief seufzte und sein Gewicht auf die andere Seite verlagerte.

»Ich verlor mein Augenlicht durch eine Messerschneide. Es war eine recht üble Angelegenheit, die eine tiefe Narbe und ein hohles Auge zurückließ. Die Menschen verstört der Anblick meines Auges mehr als die Augenklappe. Deswegen trage ich eine.«

»Du trägst also eine Augenklappe, damit keiner von deiner Narbe abgestoßen wird?«

»So könnte man es auch sagen.«

»Das ist sehr nett von dir.«

»Ihr seid zu gütig, Herrin.«

Ihr Blick glitt erneut über das dunkle Wasser und für eine längere Zeit standen sie einfach so da und lauschten dem Rauschen des Meeres. Hin und wieder warf Nathron ein Blick auf die Instrumente und das Segel, eher er sich abermals gegen das Steuerrad lehnte.

»Gleich werde ich Thoron wecken müssen. Seid Ihr noch immer nicht

müde genug, um schlafen zu gehen? Wir werden vor Morgengrauen die Berge der Morgenröte erreichen und bis dahin habt Ihr nicht mehr viel Zeit.«

Selene streckte sich, bis ihre Knochen knacksten und ließ ein Seufzen entweichen.

»Nicht wirklich, aber ich kann es ja mal versuchen.«

Sie drückte sich in dem Moment von der Reling ab, als erneut die Wolken aufbrachen und das Mondlicht das Deck erhellte. Hinter Nathron blitzte etwas Silbernes im Schein des Mondlichtes auf. Selene erkannte es sofort und reagierte, bevor sie auch nur einen Ton von sich geben konnte. Sie stürzte nach vorne, packte Nathron am Arm und zog ihn ruckartig zur Seite. Ein leises Surren ertönte und der Aufprall ließ sie nach hinten stolpern. Ihre ganze Kraft entwich und sie rutschte an der Reling entlang zu Boden.

»NEIN!«, schrie Nathron auf und Selenes Blick glitt langsam an sich herunter.

Aus ihrem Brustkorb ragte das Heft eines Dolches.

12. Kapitel

Schmerzen explodierten in ihrer Brust und für einen Moment schloss sie ihre Augen. Schnelle Schritte ertönten und sie hörte Nathron fluchen, ehe er laut um Hilfe rief. Sie sammelte ihre Kraft und sah dann wieder auf. Nathron kämpfte mit einer fremden Person auf dem Achterdeck. Auf einmal erhob sich ein gewaltiger Schatten. Selene wusste, dass es Brian war, und wandte sich dann wieder dem Dolch in ihrer Brust zu. Sie hatte schon schlimmere Schmerzen durchstanden. Langsam hob sie ihre Hände und versuchte, den Dolch aus ihrer Brust zu ziehen. Ein metallischer Geschmack legte sich auf ihre Zunge und ihr Blickfeld verengte sich. Der Dolch bewegte sich keinen Fingerbreit. Keuchend ließ sie ihre Hände sinken und sah wieder auf. Gerade noch erkannte sie ein erneutes Aufblitzen von Silber und der Fremde teilte sich in zwei. Nathron kniete sich zu ihr und fluchte aufs Neue, als er den Dolch erblickte.

»Licht, bring mir Licht! Holt den Grauen!«, rief Nathron über seine Schulter.

»Zieh… zieh ihn raus«, keuchte Selene und schmeckte das Blut in ihrem Mund.

»Was?!«

»Zieh… zieh den Dolch raus.«

»Wenn ich ihn rausziehe, werdet Ihr verbluten!«

»Werde … ich nicht«, erwiderte sie, doch Nathron schüttelte vehement seinen Kopf.

Über Nathrons Kopf erhob sich eine helle Laterne und er fluchte nur noch lauter. Erneut ließ sie ihren Blick hinunter wandern und stellte fest, dass der Dolch eher ein Kurzschwert sein musste. Es steckte genau in ihrem Brustbein und Selene erkannte an dem Stück Klinge, das noch erkennbar war, dass es Widerhaken besaß. Somit wunderte sie sich nicht, dass sie es nicht herausziehen hatte können. Schnelles Fußgetrappel ertönte und Selene blickte in die Gesichter der restlichen Schiffsmannschaft. Der Horror stand ihnen ins Gesicht geschrieben. Plötzlich tauchte Chirons Gesicht zwischen ihnen auf und schnell traten alle außer Nathron einen Schritt zurück. Chiron ließ sich auf der anderen Seite nieder

und Selenes Blick glitt für einen kurzen Moment zu Nathron. Dieser hatte sein Gesicht in Schmerz verzogen und sein Auge glitzerte verdächtig.

»Nathron… alles wird wieder gut werden.«

Bei der Erwähnung seines Namens zuckte er zusammen.

»Alles wird gut«, keuchte sie und wandte dann ihren Kopf schwerfällig zu Chiron.

Ihre Kräfte schienen langsam, aber sicher zu schwinden und der Kampf gegen die Schmerzen und die Bewusstlosigkeit schwächte sie zusätzlich.

»Der Moment kam früher als erwartet«, murmelte sie und zog mit ihrer blutverschmierten Hand ihren Schal zum Kinn herunter.

Sie sah aus dem Augenwinkel, wie die Mannschaft kurz zusammenzuckte, jedoch nicht wagte, etwas zu sagen.

»Wenn dies Eure Entscheidung ist, so werde ich Euch bis zum Ende beschützen.«

Einen Moment lang sahen sie sich in die Augen und Selene nickte entschlossen.

»Das Kurzschwert«, sie atmete flach ein, »hat Widerhaken. Zieh es schnell.«

Erneut nickte Chiron und sah auf das Heft des Schwertes.

»Das wird jetzt wehtun. Bereit?«

Selene wappnete sich gegen den Schmerz und nickte sachte.

»Greift nicht ein«, befahl Chiron Richtung Mannschaft und hob seine Hand.

Selene sah zum Himmel und ballte ihre Fäuste.

»Hinaus!«

Das Schwert wurde wie von Geisterhand aus ihrem Brustkorb gerissen und hinterließ ein klaffendes Loch. Selene schrie auf, wölbte sich unter den Schmerzen und Blut füllte ihren Mund. Ein heftiges Zittern befiel sie und sie focht gegen die Dunkelheit an, die sie hinunterziehen wollte. Durch das Blut, das ihr aus Mund und Nase lief, konnte sie nicht atmen. Stur kämpfte sie jedoch weiter, bis es vorbei war. Sie nahm ein paar tiefe, erlösende Atemzüge und der Wirbel in ihrem Kopf legte sich. Die schwarzen Ränder in ihrer Sicht verschwanden und der Schmerz wurde langsam, aber sicher weniger. Ihr Luftholen wurde regelmäßiger und sie wagte, einen Blick auf ihre Brust zu werfen. Noch immer konnte sie den

Knochen ihres Brustbeins sehen, doch schloss sich der Riss darin langsam und Muskelgewebe legte sich darüber. Die Wunde wurde stets kleiner, bis der letzte Riss in ihrer Haut verschwand und nur das viele Blut von der grausamen Wunde übrig war. Durst und Hunger meldeten sich bei ihr, so wie immer nach einer schrecklichen Wunde, doch wagte sie nicht, danach zu fragen. Langsam richtete sie sich auf und bedeckte ihren leicht entblößten Brustkorb mit ihrem Schal. Erneut riss die Wolkendecke etwas auf und das Mondlicht brachte die Tattoos auf ihrem Gesicht und ihre Haare zum Glimmen. Alle starrten sie aus großen Augen an.

»Ihr solltet Euch nun ausruhen«, sprach Chiron sanft und wollte ihr aufhelfen, als Glaukos dazwischenfuhr.

»Solltet Ihr nicht zuerst erklären, was gerade geschehen ist?«

Chirons Augenbrauen zuckten zusammen und zum ersten Mal konnte sie in seinen Zügen einen Anflug von Zorn erkennen.

»Ihr solltet vielleicht zuerst erklären, weshalb ein Assassine an Bord war und Herrin Selene attackierte.«

»Er griff nicht Herrin Selene an, sondern mich«, sprach plötzlich Nathron.

»Weshalb sollte Euch jemand töten wollen?«

»Ich war selbst einer von ihnen, bevor ich beschloss, sie zu verlassen. Niemand verlässt die Assassinen lebend. Sie müssen mich wohl gefunden und beschlossen haben, mich umzubringen. Diese Nacht war die letzte Möglichkeit, da wir bald den Kontinent verlassen und ich allein am Steuer war. Hätte mir Herrin Selene keine Gesellschaft geleistet und mich vor dem Kurzschwert bewahrt, hätten sie wohl damit Erfolg gehabt. Ich stehe tief in Eurer Schuld«, erklärte er.

Sie glaubte ihm jedes Wort.

»Und nun könnt Ihr mir erklären, was wir gerade gesehen haben«, forderte Glaukos mit fester Stimme und verschränkte die Arme vor seiner Brust.

»Herrin Selene ist mit einer außergewöhnlichen Gabe gesendet worden. Deren Wirkung konntet Ihr gerade mit Euren eigenen Augen bezeugen.«

Er nahm sie sanft am Unterarm und zog sie bestimmend auf ihre Beine.

»Braucht Ihr etwas, Herrin? Eine solche Wunde zu heilen benötigt viel Kraft.«

Bevor sie auch nur etwas sagen konnte, gluckerte ihr Magen laut.

»Ich habe ziemlichen Hunger und Durst«, antwortete sie zaghaft und wich den Blicken der Mannschaft aus.

»Ich werde mich darum kümmern«, sprach Chiron und legte ihr beinahe beschützend den Arm um die Schultern, »Ruht Euch nun etwas aus.«

Mit gesenktem Kopf ließ sie sich von Chiron vom Ort des Geschehens führen und konnte erst wieder entspannen, als er den Riegel ihrer Tür vorschob. Einen Moment lang sah er sie ausdruckslos an und seufzte dann geräuschvoll.

»Ich wünschte, das wäre erst auf dem anderen Kontinent geschehen«, murmelte er leise und fuhr sich mit seiner dreifingrigen Hand über seinen kahlen Kopf.

»Sie haben immerhin nicht alles gesehen«, versuche sie etwas Gutes daraus zu ziehen.

»Da habt ihr Recht.«

Selene warf einen Blick in den Spiegel und strich über das viele feuchte Blut an ihrer Kleidung und ihrem Gesicht.

»Obwohl ich von Eurer Gabe wusste, war es dennoch beeindruckend.«

»Ich kenne es nicht anders«, erwiderte Selene achselzuckend und stellte dann betrübt fest, dass ihre Kleider ruiniert waren.

»Was mich auch beeindruckt hat, war, dass Ihr die ganze Zeit bei Bewusstsein wart. Jeder andere wäre in die Dunkelheit geglitten. Spätestens dann, als ich die Klinge entfernte und sie das Loch in Eure Brust gerissen hat.«

Plötzlich klopfte es und Selene zuckte erschrocken zusammen. Chiron war kurz danach an der Tür und entriegelte sie. Nathron stand hinter der Tür und hielt ein Tablett mit Brot und kalten Aufstrichen sowie einen Tonkrug in den Händen.

»Euer Essen«, sprach er, doch er wich ihrem Blick aus und starrte auf den Boden.

Chiron nahm ihm die Sachen aus den Händen und schloss die Tür wieder, ohne auch nur etwas zu sagen.

»Das war ganz schön kalt von dir. Ihm tat es wirklich leid«, meinte sie, als sie sich setzte und begann, ihren Magen zu füllen.

Chiron verschränkte seine dünnen Arme vor seiner Brust und seufzte erneut laut.

»Ich kann verstehen, dass sie es vor uns verborgen haben, dennoch hätten wir dies wissen müssen. Ich hätte nach fremden Menschen an Bord suchen können und uns, beziehungsweise Euch, wäre dies erspart geblieben.«

Selene dachte kauend über seine Worte nach und musste ihm insgeheim recht geben. Er war ein Grauer und wäre mit solchen Informationen gewiss anders umgegangen als jemand anderes.

»Ich werde sogleich mit Glaukos darüber reden. Nicht, dass es erneut zu solchen Geschehnissen kommt.«

Selene konnte ihm nur mit vollem Mund zustimmen. Er beobachtete sie noch eine Weile und stand dann in einer fließenden Bewegung auf.

»Bald werden wir die Berge der Morgenröte und den Rand erreichen. Ihr solltet bis dahin noch etwas ruhen.« Mit diesen Worten ließ er sie allein.

Erneut stellte sie sich vor den Spiegel und strich über das noch immer feuchte Blut. Langsam entkleidete sie sich und musterte dann die neue Haut, die sich jedoch in keiner Weise von der anderen unterschied. Ihr Blick glitt hinunter zu der ruinierten, grauen Kleidung und begutachtete den Schlitz, den das Kurzschwert hineingerissen hatte. Dann wusch sie sich das Blut von ihrer Haut und ließ sich seufzend in ihr Bett fallen. Sie mummelte sich tief in die weiche Decke. Dann übermannte sie die Müdigkeit und sie fiel in einen tiefen, heilenden Schlaf.

»Herrin Selene, wacht auf!«

Selene riss ihre Augen auf und sah in Chirons, der den Kopf zu ihrer Tür hereingestreckt hatte.

»Wir erreichen gleich die Berge der Morgenröte. Wenn Ihr sie sehen wollt, so solltet Ihr Euch beeilen, an Deck zu kommen«, und bei den Worten schloss er die Tür wieder.

Selene rollte sich auf ihren Rücken und streckte sich, bis ihre Knochen knacksten. Für einen Moment lag sie so da und starrte an die Decke. Sie fürchtete sich ein wenig davor, der Mannschaft zu begegnen, doch ihr war bewusst, dass sie es nicht vermeiden konnte. So raffte sie sich

auf, wusch sich, zog sich Unterwäsche an und starrte erneut auf die blut-durchtränkten Kleider am Boden. Mit einem Seufzer schritt sie dann zu ihrem Rucksack und verstaute alles in der Truhe. Dabei zog sie das weiße Kleid von Plinndins Mutter hervor und entschloss sich, es heute zu tragen. Es war zwar etwas zu dick für die Temperaturen, doch Chiron hatte ihr erzählt, dass es am Ende des Kontinents kühler werden würde. So zog sie es über die Lederhose und verschloss es mit den Bändern. Dann griff sie zu ihrem Schal und wollte erneut ihr Haar darin verbergen, als ihr einfiel, dass dies nicht mehr notwendig war. So band sie ihr Deckhaar einfach nach hinten und ließ den Rest offen über ihre Schulter fallen. Ein letztes Mal sah sie in den Spiegel, atmete tief ein und trat dann schließlich hinaus. Mit nervös schlagendem Herzen ging sie den Flur entlang und öffnete die Tür zum Deck. Der Wind fuhr ihr in die Haare und erstaunt hielt sie inne. Sowohl die Segel als auch der Baum waren heruntergeholt worden und Brian bewegte das Schiff mit den riesigen Rudern vorwärts. Sein nackter Oberkörper glänzte vor Schweiß und sie konnte die mächtigen Muskelstränge sehen, die unter seiner Haut arbeiteten. Langsam trat sie auf das Deck und wusste nicht genau, was sie tun sollte.

»Hier ist es nicht sicher, Herrin«, krächzte plötzlich jemand über ihr und als sie erschrocken aufblickte, stand Fengel auf dem Vorderdeck und verschnürte Fässer am Geländer.

»Beim Kapitän ist es am sichersten.«

Er sah kurz von seiner Arbeit auf und als sich ihre Blicke trafen, waren seine braunen Augen voller Wärme. Sie dankte ihm mit einem Nicken, schlüpfte im rechten Moment an Brian vorbei und gesellte sich zu Glaukos. Dieser stand hinter dem Steuerrad und schenkte ihr kaum Beachtung. Anscheinend hatte Chiron ganze Überzeugungsarbeit geleistet. Sie atmete tief ein und entspannte sich dann ein wenig. Ihr Blick glitt über das Deck. Jeder schien beschäftigt zu sein. Brian ruderte und Fengel verschnürte alles mit dem Schiff, was ihm unter seine alten Hände kam. Ares verschwand immer wieder im geöffneten Fallgitter, was zu den unteren Ebenen führte, und brachte stets mehr Seile zum Vorschein und Nathron kämpfte mit den letzten, unverpackten Segeln. Wen sie jedoch nicht sehen konnte, waren Thoron, Gladim und Chiron. Dann sah sie hinaus und war für einen Moment von dem Meer um sie herum faszi-

niert. Die Sonne war noch hinter dem Horizont und tauchte das Wasser in seltsames Zwielicht. Schon wie in der Nacht verschmolz der Horizont mit dem Meer. Außer Wasser gab es nichts um sie herum und mit einem Mal fühlte sie sich klein und unbedeutend in der Welt.

»Die Berge sind in Sicht!«, rief plötzlich eine Stimme von oben und Selene sah auf.

Ganz oben im Spitz des Mastes hatte sich Thoron mit Riemen eingespannt und deutete mit ausgestrecktem Arm nach vorne. Sie konnte jedoch nichts erkennen.

»Genau zur richtigen Zeit«, murmelte Glaukos neben ihr und sie sah ihn verwundert an.

»Wo sind denn die Berge?«, fragte Selene und sah erneut nach vorne, konnte jedoch nur Wasser ausmachen.

»Stopp die Ruder!«, befahl Glaukos laut und Brian hielt sofort inne.

»Die Berge der Morgenröte sieht man nur in der Morgenröte«, erklärte er ihr und warf einen kurzen Blick zum immer heller werdenden Horizont.

»Wie konnte Thoron sie dann sehen?«

Glaukos lächelte schief und strich sich sein wirres, braunes Haar zurück.

»Die Wellen brechen sich an den Bergen, egal ob man sie sehen kann oder nicht. Seht, da sind sie.«

Die Sonne erhob sich langsam aus dem Meer und ihre Strahlen brachen sich sowohl in den Wellen als auch in den durchsichtigen Bergen vor ihnen. Hell und rotglühend erhoben sie sich vor ihnen und ragten weit nach rechts und links in den Horizont. Es war jedoch keine Bergkette, sondern einzelne, hohe Berge verteilt auf einer großen Fläche, die hier und da in den Himmel ragten.

»Weiterrudern!«, befahl Glaukos erneut und Brian begann abermals in gleichmäßigen Schlägen das Schiff voranzubringen.

Langsam befuhren sie das tückische Gebiet und Selene wusste, dass sie ohne die Morgensonne auf einen der tausend Felsen aufgelaufen wären. Fasziniert betrachtete Selene die rotglühenden Bergflanken, die hin und wieder das Licht in unzähligen Farben reflektierten. Es war auch interessant zu beobachten, wie die Mannschaft zusammenarbeitete. Thoron sah

von seiner erhöhten Position wesentlich weiter und besser als Glaukos. Deswegen rief er immer wieder hinunter, wo sich die nächste Gefahrenquelle befand. Glaukos lenkte dann das Schiff so, dass sie es umfahren konnten, und hier und da musste Brian die Ruder hochnehmen, weil die Stelle zu eng war. Je höher die Sonne stieg, desto weniger konnte man von den Bergen erkennen und gerade, als sie die Berge der Morgenröte hinter sich gelassen hatten, wurden sie wieder durchsichtig. Hinter ihnen schien sich nur noch Wasser zu befinden und es kam Selene beinahe vor wie ein seltsamer Traum. Es erschien so unwirklich, dass Berge im Schein des Lichtes auftauchten und wieder verschwanden. »Macht das Schiff bereit zum Fall!«, rief plötzlich Glaukos laut und alle antworteten mit einem:»Ay, Kapitän!«

Brian begann schneller zu rudern und Nathron half Fengel alles Lose an Bord festzubinden. Ares verschwand nach unten und Chiron kam endlich zu ihr an Deck.

»Wo bist du gewesen? Du hast die Berge verpasst«, fragte sie ihn sichtlich begeistert, doch Chiron sah keineswegs betrübt aus.

»Ich habe sie vom Vorderdeck aus gesehen. Ihr habt mich vielleicht nicht bemerkt, aber ich war dort. Danach habe ich sowohl mein als auch Euer Hab und Gut für den Fall gesichert.«

»Ist es noch weit bis dahin?«, fragte sie ihn und leichte Nervosität befiel sie.

Zwar hatte er ihr erzählt, dass es ungefährlich war, doch je länger sie darüber nachdachte, desto mehr beschlich sie die Angst. Es kam ihr immer mehr wie ein unmögliches Unterfangen vor, doch es blieb ihr nichts anderes übrig als auf die Mannschaft und Chiron zu vertrauen.

»Wenn Ihr mich nun entschuldigen würdet. Ein paar aus der Mannschaft bereiten im Unterdeck den Fall vor und die Maschinerie muss ich mit eigenen Augen sehen. Bleibt hier und hört auf Glaukos' Anweisungen, dann wird Euch nichts geschehen, ganz gleich, was passieren mag.«

Selenes Blick glitt kurz zu ihm und dann wieder zu Chiron zurück. Mit zusammengekniffenen Lippen nickte sie knapp und atmete tief ein, sobald Chiron das Hinterdeck verlassen hatte.

»Brian, hol die Ruder ein!«, rief Glaukos erneut und Selene beobachtete, wie Fengel und Ares ihm halfen, die sehr langen Ruder auf dem Deck zu verstauen.

Zuerst dachte Selene, dass sie ohne die Ruder stehen bleiben würden, doch stattdessen wurden sie stets schneller.

»Wieso nehmen wir Fahrt auf?«, fragte sie schließlich Glaukos, der seine Augen wachsam über den Horizont gleiten ließ.

»Das Ende des Kontinents ist nicht mehr fern und das Meer zieht uns hinunter. Wenn Ihr genau hinhört, so könnt Ihr das Fallen des Meeres hören.«

Selene lauschte angestrengt, konnte jedoch erst nach einer Weile etwas über dem Rauschen des Windes wahrnehmen. Es war wie ein dumpfes Grummeln, welches stetig lauter wurde und bald nicht mehr zu überhören war. Plötzlich kam Ares auf das Achterdeck und hielt Selene eine Weste zum Hineinschlüpfen hin. Da fiel ihr auf, dass er und der Rest der Mannschaft ebenso eine trugen.

»Dies ist Eure Lebensweste. Zu Eurem Schutz müsst Ihr sie anziehen.«

Ohne Widerrede schlüpfte sie hinein und verschnürte sie vorne mit Riemen. Da fielen ihr die beiden langen Leinen an ihr auf, deren Enden in metallene Ringe übergingen und an Ösen an ihrer Weste eingehakt waren.

»Was ist das?«, fragte sie ihn und fuhr mit den Händen über die dicken Riemen.

Bei einem genaueren Blick auf seine Weste, konnte sie auch an ihm die beiden langen Riemen erkennen.

»Sie werden Euch an Bord halten. Die Riemen enden in Ringen, die seitlich geöffnet werden können.«

Er löste einen der ovalen Ringe und zeigte ihr, wie man sie seitlich nach innen einklappen konnte.

»Somit könnt Ihr Euch sicher an Bord halten. Ich rate Euch, für Euer eigenes Wohl, stets mit einem Riemen am Schiff verbunden zu sein bis wir auf der anderen Seite sind«, sprach er eindringlich und er sah sie aus grauen Augen ernst an. »Wollt Ihr während des Falls an Deck bleiben?«

So etwas konnte sie sich nicht entgehen lassen und nickte entschlossen.

»Dann bleibt hier auf dem Hinterdeck und sichert Euch gut.«

Er nickte ihr zu, ging an ihr vorbei zu Glaukos und reichte auch ihm seine Lebensweste. Selene beobachtete wie sich Glaukos geschickt mit den beiden Ringen am Geländer sicherte und tat es ihm nach. Inzwi-

schen war das Schiff noch schneller geworden und der Wind pfiff ihr um die Ohren. Er vermochte jedoch nicht das stetig lauter werdende Tosen zu übertönen. Chiron sicherte sich direkt neben ihr. Er schenkte ihr ein zuversichtliches Lächeln, es gelang ihm aber nicht, Selenes immer größer werdende Nervosität und Angst zu beschwichtigen. Plötzlich kam Ares zu ihnen, überprüfte ihre Sicherungen, unternahm hier und da kleine Veränderungen und warf ihr einen Blick zu. Langsam beugte er sich vor und sie konnte ihre Augen nicht von seinem markanten Gesicht lösen.

»Fürchtet Euch nicht. Wir haben alles unter Kontrolle!«, rief er über den Wind.

Selene fragte sich, wie verängstigt sie wohl aussehen musste. Sie presste ihre Lippen aufeinander und nickte knapp. Da zuckten Ares' Mundwinkel kurz nach oben und auf sein ernstes Gesicht legten sich auf einmal weichere Züge.

»Der Fall ist in Sicht!«, brüllte Glaukos plötzlich laut.

Ares rannte nach unten, doch wohin konnte sie nicht sagen, denn ihr Blick war auf das Ende des Kontinents geheftet. Furcht befiel sie und voller Angst sah sie Chiron an, der jedoch nur seine Hand auf ihre Schulter legte und sie sanft drückte. Unweigerlich krallte sie ihre klammen Hände an das Geländer. Der Horizont war keine Linie mehr, sondern schien zu brodeln. Gischt spritzte in den Himmel. Sie kamen immer schneller an den Fall und Selenes Knie wollten sie nicht mehr halten. Hinter der schäumenden Gischt befand sich nichts als schwarze Leere. Die Acheron wurde hin und her geworden, tanzte auf dem Schaum und dann erreichten sie das Ende. Das Schiff neigte sich nach vorne und sie fielen. Selene schrie, doch ihre Worte wurden vom Wind davon gerissen. Unter ihnen war nichts als Schwärze. Die Dunkelheit brach über sie herein und das Tosen erschien wie ein Monster, das sie in seiner weißen Gischt verschlang.

Schlagartig fuhr ein Ruck durch das Schiff und Selene wurde flach zu Boden gedrückt. Einen Moment lang lag sie wie erstarrt da und wartete. Aber es geschah nichts. Sie lebte noch und das Tosen wurde sogar etwas leiser. Zwar schwankte das Schiff, doch wurde es stets weniger. Schließlich wagte sie es, aufzusehen. Über ihnen hatte sich ein riesiges, breites Segel ausgebreitet, welches sie an langen Stricken durch die Dunkelheit trug.

Diese kamen aus dem quadratischen Loch des geöffneten Fallgitters im Deck. Nathron kletterte geschwind aus dem Loch und führte zwei weitere Stricke über Rollen und Haken zum Steuerrad. Dort nahm Glaukos sie in die Hand, führte sie ebenso durch Haken und band dann das Steuerrad fest. Dann wickelte er beide Enden, die in Schlaufen gelegt waren, um seine Handgelenke und zog kräftig an dem rechten Strick. Das Schiff bewegte sich zur rechten Seite. Ihr war plötzlich klar, dass Glaukos das Schiff mit dem Segel ebenso gut unter Kontrolle hatte, wie wenn sie auf Wasser gewesen wären. Langsam zog sich Selene am Geländer auf die Beine und konnte nicht glauben, dass sie den Fall überlebt hatten und anscheinend alles unter Kontrolle war. Zögernd drehte sie sich um und konnte noch die weiße Gischt des Meeres ausmachen, wie es in die Dunkelheit hinabfiel. Ihr Blick wanderte nach oben und sie konnte sogar noch sehen, wie die Sonnenstrahlen über den Rand des Kontinents schienen. Ganz langsam ging sie an die Reling des Schiffes, erreichte sie jedoch erst, als sie eine Sicherung löste. Unter ihnen befand sich nichts als Schwärze. Selene wurde es bei dem Anblick übel und sie taumelte erneut zum Geländer, das ihr Halt bot. Ihr Blick glitt zu Chiron, der breit lächelnd das Segel anstarrte.

»Fantastisch, nicht wahr! Welch eine Kunst, das Segel zur rechten Zeit zu öffnen, um den passenden Wind abzufangen!«

Chiron war voller Begeisterung und Selene konnte noch immer nicht glauben, dass sie nicht tot waren.

»Das war… halsbrecherisch«, keuchte sie.

»Fürwahr, das war es. Dafür ist es umso beeindruckender, dass sie es geschafft haben. Trotz allem scheinen wir die richtige Mannschaft dafür gefunden zu haben.«

Selene warf ihm einen Seitenblick zu und beobachtete Chiron, wie er begeistert das Segel betrachtete und voller kindlicher Neugierde Glaukos beim Steuern zusah. Das Boot schwanke plötzlich erneut und sie ließ sich mit wackeligen Knien auf den Boden sinken.

»Nur eine Windböe«, hörte sie Chiron neben sich sagen, doch Selene war sich in dem Moment sicher, so lange an diesem Fleck zu bleiben, bis sie wieder Wasser unter dem Schiff hatten.

Chiron hingegen war vollends euphorisch und begann kurz darauf Glaukos über die Funktionsweise des Segels und auch die Mechanik aus-

zufragen. Selene seufzte nur und hielt sich an den Geländerstreben fest. Sie hoffte, dass es nicht lange dauern würde, bis sie die Insel der Umkehr erreichen würden.

Plötzlich meinte sie, etwas im pfeifenden Wind wahrzunehmen. Verwirrt hob sie ihren Kopf und lauschte.

»Ihr habt sie auch vernommen?«, ertönte eine tiefe Stimme unter ihr und als sie an den Streben vorbei blickte, hatte Ares seinen Kopf in den Nacken gelegt.

»Ist das Musik?«, fragte Selene ungläubig und zog sich langsam wieder auf die Beine.

»Das ist der Gesang der Singenden Inseln«, antwortete Ares und erneut legte sich ein sanfter Ausdruck auf seine sonst rauen Züge.

Selene sah nach vorne, doch noch konnte sie außer Schwärze nicht viel sehen. Der Gesang wurde jedoch immer deutlicher und fasziniert lauschte Selene den unterschiedlichen Tönen, als würden tausende Menschen ein langes Lied singen. Plötzlich wurde das Deck heller und Selene konnte endlich wieder die Sonne sehen, die den Rand des Kontinentes passiert hatte. Doch war die Leere nicht so leer, wie Selene gedacht hatte. Vor ihnen schwebten Gesteinsbrocken, die stets größer wurden. Sie wurden zu Felsen und kleinen Inseln, die immer mehr mit Gräsern und Moos bewachsen waren. Aus dem Gestein ragten weiße Röhren mit diversen Längen und Chiron erklärte ihr, dass dies Gehäuse von Muscheln seien. Es waren wohl die Überreste von dem Meeresarm, der hier einst existiert hatte. Der Wind strich um die Muscheln und erzeugte einen seltsamen, aber dennoch wunderschönen Gesang. Sie glitten um die Singenden Inseln herum. Alles schwang im Klang der Musik und selten hatte Selene so etwas Schönes erlebt. Thoron rief plötzlich von seinem Ausguck etwas und alle folgten seinem ausgestreckten Arm. Über den Singenden Inseln flogen riesige Vögel, die schnell näherkamen. Fasziniert beobachtete Selene diese beeindruckenden Vögel, deren lederne Schwingen das Sonnenlicht reflektierten. Ihr Schnabel war, ebenso wie der gefiederte Schwanz, lang und von einem dunklen Grau. Als sie über ihnen dahinflogen, warfen deren Schatten die Acheron für eine kurze Zeit in Dunkelheit. Selene konnte kaum glauben, dass solch große Vögel überhaupt in der Lage waren, zu fliegen. Gebannt sah sie ihnen hinter-

her, wie sie unbekümmert weiterflogen, um dann zwischen den Inseln zu verschwinden. Bald begann Nebel aufzuziehen und Selene konnte sich ein Lächeln nicht verkneifen. Der Nebel im Spiel mit Sonne und Schatten, dazu der wunderbare Gesang, war beinahe wie aus einem wunderschönen Traum. Darin versunken starrte sie in die Weite hinaus und nahm kaum etwas anderes wahr.

»Insel in Sicht!«, rief plötzlich Thoron und riss Selene aus ihrer Trance.

Schnell sah sie nach vorne und erneute Faszination erfasste sie. Aus dem Nebel schälte sich eine gigantische, schwebende Insel, die jedoch anders war als alle anderen. Zum einen beherbergte sie einen bewachsenen Berg und zum anderen einen großen See, der aus einem Fluss gespeist wurde, der unter ihnen empor floss. Wie ein silbernes Band wand sich der Fluss unter ihnen aus der Dunkelheit, strömte in den See, um dann wieder am Berg weiter hoch in den Himmel zu fließen.

»Der Silberstrom«, sprach Glaukos und Selene betrachtete ihn voller Faszination und auch Angst.

Denn diesen Fluss würden sie befahren müssen, um auf die andere Seite zu gelangen.

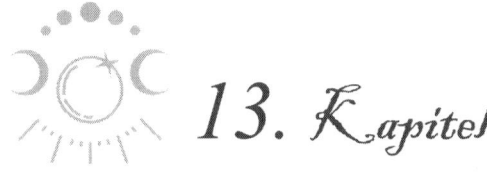

13. Kapitel

Selene ließ ihre Füße leicht hin und her baumeln, während ihr Blick über die Landschaft unter ihr strich. Sie saß hoch oben im Geäst auf einem der höchsten Bäume, nicht unweit des mächtigen Silberstroms. Was sie zuerst für einen Berg gehalten hatte, hatte sich als Wald entpuppt, dessen Bäume von unvorstellbarer Größe waren. Von ihrer Position aus konnte sie sowohl die komplette Schwebende Insel sehen als auch die kleineren Singenden Inseln, deren Musik mit im Wind schwang. Hin und wieder erblickte sie die gigantischen Vögel, die Thanatos genannt wurden, welche die starken Winde am Silberstrom nutzten, um sich in die Höhe zu katapultieren. Die Fische im See diente ihnen als Nahrungsquelle.

»Wir sollten bald zurückkehren«, ertönte Chirons Stimme unter ihr.

Selene beugte sich leicht nach vorne und sah Chiron an, der unter ihr auf einem dicken Ast stand. Er hatte seinen Blick in den Himmel gehoben, der allmählich immer dunkler wurde.

»Es wird nur unsere Rückkehr erschweren, wenn es bereits dämmert, und ich vermag nicht zu sagen, wie schnell es hier von Tag auf Nacht schwenkt.«

Selene blickte an den wagenradgroßen Blättern vorbei in den Himmel. Im fahlen Licht der Sonne konnte sie die beiden Monde schemenhaft erkennen und im Kopf zählte sie die Tage seit dem letzten Vollmond in ihrer Welt. Sie war sich ziemlich sicher, dass dort heute ein Vollmond war und sich die Clan-Oberhäupter im Geiste treffen würden. Hätte sie eine Mondblume, könnte sie versuchen an dem Treffen teilzunehmen, da ihre Großmutter ihr bereits alles darüber erzählt hatte. Vielleicht würde Annit teilnehmen und sie könnte ihr sagen, wo Selene anfangen konnte, nach ihnen zu suchen. Doch war dies eine leere Hoffnung.

»In Ordnung«, rief Selene und mit diesen Worten ließ sie sich vom Ast gleiten.

Sie fiel nicht so schnell, wie sie eigentlich sollte. Langsam schwebte sie nach unten, während ihre Haare um sie herumtanzen, als wäre sie unter Wasser. Auch Chiron trat einen Schritt nach vorne und ließ sich

fallen. Beide glitten zu Boden, was eine Weile dauerte, da der Baum so hoch war wie ein Berg. Sie sanken schließlich zu Boden und mussten kurz innehalten, um nicht gleich wieder nach oben zu schnellen. Laufen war in dieser Gegend nicht möglich. Selene stieß sich ganz leicht ab und schnellte mehrere Mannslängen hinauf. Sie konnte sich ein Lachen nicht verkneifen und so hüpfte sie in riesigen Sätzen von Wurzel zu Wurzel, die so hoch waren wie Häuser. Wie gigantische Wellen ragten sie aus dem Boden und überlappten sich hier und da.

Kaum hatten sie den Bereich der Wurzeln verlassen, begann der der riesigen Gräser. Zu Beginn konnte sie zwischen ihnen hüpfen, doch dann wurde das Gras so dicht, dass sie von Halm zu Halm, von Blume zu Blume springen konnte und sich fühlte, als wäre sie zu einer Ameise geschrumpft. Irgendwann wurde alles kleiner bis fast alles zur normalen Größe geschrumpft war. Die Bäume wurden niedriger und das Gras reichte ihr inzwischen nur noch bis zur Brust. Ihre Schritte waren aber immer noch leichter als sonst. Plötzlich wichen die Gräser beiseite und machten einem großen Teich Platz, an dem eine bekannte Gestalt kniete und leere Fässer mit Wasser füllte. Selene erstarrte für einen Moment, doch musste er sie gehört haben, denn Ares drehte sich alarmiert um, entspannte sich aber sofort, als sein Blick auf sie fiel.

»Habt Ihr die Insel erkundet, Herrin?«, fragte er und wandte sich wieder seinem Fass zu, das sich gluckernd füllte.

Selene zögerte einen Augenblick und hockte sich dann neben ihn an den Rand des Teiches.

»Wir sind auf einen der hohen Bäume geklettert oder, besser gesagt, gehüpft und haben die Gegend bestaunt«, antwortete sie und beobachtete, wie das Fass sich bis zum Rand füllte und Ares es dann mit einem leeren austauschte.

»Faszinierend, nicht wahr?«

»Die Bäume?«

»Nicht nur das, sondern auch dies hier.«

Er streckte seine Hand ins Wasser und warf es hinauf.

Selene wollte schon zurückschrecken, als sie dann staunend innehielt. Das Wasser spitzte nach oben und schien kurz stehen zu bleiben. Es waberte in der Luft, kugelte sich ab und sank dann langsam nach unten.

Selene stieß ganz sachte eine der Wasserkugeln an, die nach kurzem Abprallen von der Wasseroberfläche schließlich mit dem Teich verschmolz. Schnell spritzte auch sie Wasser in die Höhe und kicherte dabei, als es erneut in der Luft hing. Wie feine Regentropfen sanken die Wasserkugeln nieder und begeistert sah sie Ares an, der sie die ganze Zeit über beobachtet hatte.

»Was ist?«, fragte sie und für einen Moment war sie gefangen in seinen Augen.

Manchmal erschienen sie so grau wie ein Sturm und dann wieder wie der wolkenfreie Himmel. Sein Blick war voller Intensität, was ihr einen angenehmen Schauer über den Körper laufen ließ.

»Nichts«, wich er ihrer Frage aus, gab sie aus seinem Blick frei und zog dann das volle Fass aus dem Teich.

Er verschloss es mit einem großen Stöpsel und vertäute mehrere Fässer miteinander, während Selene immer noch von der seltsamen Empfindung, die sein Blick in ihr ausgelöst hatte, verwirrt war.

»Kann ich dir helfen?«, bot sie ihm ihre Hilfe an, denn ihr erschien es unmöglich, sechs volle Wasserfässer auf einmal zu tragen.

»Ich danke Euch für das Angebot, aber das schaffe ich allein.«

Dann setzte er sich hin, band sich an den Fässern fest und stand mit hochrotem Kopf langsam auf. Sie beobachtete ihn dabei und warf einen beeindruckten Blick zu Chiron, der am Rand des Ufers stehen geblieben war. Dieser hob jedoch nur seine Augenbrauen und bedeutete ihr mit einem Kopfnicken, Ares zu folgen. So schlossen sie sich Ares an, der sich mit der schweren Last durch das Gebüsch und das hohe Gras kämpfte. Er hielt nicht einmal inne, als die Welt wieder normal wurde und Selenes Haare blieben, wo sie sein sollten. Die Büsche wichen nach einer Weile und machten Platz für eine Wiese. Selene beschleunigte ihren Schritt, sodass sie neben Ares laufen konnte. Sein Kopf war hochrot angelaufen und eine Ader trat an seiner Schulter hervor. Seine Muskeln waren angespannt und hart wie Stein.

»Sicher, dass ich dir nicht helfen soll?«, fragte sie leicht besorgt, doch Ares schüttelte nur abgehackt seinen Kopf und sah starr geradeaus.

Selene runzelte ihre Stirn und sah dann nach vorne. Das Schiff war nun nicht mehr weit und tatsächlich schaffte es Ares, die Fässer bis zum

Beiboot zu bringen, wo er sie mit einem kleinen Ächzen an das Ufer legte. Da erst sah sie, dass sich die Seile in seine Haut gefressen und Schürfwunden verursacht hatten. Schon streckte sie ihre Hände danach aus, zog sie aber schnell wieder zurück.

»Alles in Ordnung? Das sieht schmerzhaft aus«, fragte sie stattdessen.

»Mir geht es gut, Herrin«, entgegnete Ares leicht außer Atem, wich ihrem Blick allerdings aus.

»Du hast das ganz allein getragen?«, ertönte plötzlich eine Stimme und als Selene sich umsah, trat Fengel aus dem dichten Gras hinter ihnen und starrte mit seinen braunen Augen auf die vielen Fässer.

Dann wanderte sein Blick zu ihr und ein belustigter Ausdruck legte sich auf sein faltiges Gesicht.

»Ah, Herrin«, begann Fengel und hielt humpelnd neben ihr inne.

»Ich möchte Euch etwas zeigen. Wollt Ihr es sehen?«

Zuerst zögerte sie, aber dann gewann ihre Neugierde die Oberhand. Sie nickte und folgte ihm mit einem letzten Blick auf Ares zurück ins Gebüsch. Zwar konnte sie Chiron nicht hören, doch wusste sie, dass er ihr folgen würde.

»Was willst du mir denn zeigen?«, fragte Selene.

»Etwas, das ich bisher nur hier gesehen habe«, erklärte Fengel und Selene folgte ihm auf einen grasbewachsenen Hügel, »Es ist nicht weit.«

Sie erklommen einen zweiten Hügel und Fengel blieb stehen.

»Seht«, sprach er und deutete mit seinem Arm auf ein Feld voller weißer Blumen, »das sind besondere Blumen, sie blühen nur bei Nacht.«

Doch Selene hörte ihm nicht mehr zu. Wie in Trance trat sie näher an die zierlichen Pflanzen, die in einer kleinen Senke zwischen mehreren Hügeln wuchsen. Sie ließ sich auf ihre Knie sinken und strich mit Tränen in den Augen über die silbrigen Blätter und die geschlossenen, schneeweißen Blütenblätter.

»Warum weint Ihr, Herrin?«, ertönte Fengels Stimme neben ihr, doch war sie zu gerührt von dem Anblick, der sich ihr bot.

»Sind das Mondblumen?«, fragte Chiron an ihrer anderen Seite und Selene nickte knapp, während ihr die Tränen über die Wangen rollten.

»Der Mond meint es gut mit mir«, sprach sie leicht schluchzend und musste sich zusammenreißen, damit ihre Stimme nicht zu sehr zitterte,

»er hat mich erhört und mir diese Blumen geschickt.«

Ihr Blick wanderte zu Chiron.

»Vielleicht werde ich meine Großmutter treffen«, meinte sie voller Hoffnung und ließ ihren Emotionen freien Lauf.

Schluchzend krümmte sie sich zusammen und konnte nicht aufhören zu weinen. Chiron tätschelte sanft ihren Rücken bis sie sich allmählich beruhigte und eine Weile die Blumen anstarrte. Dann bohrte sie ihre Hände in den Boden und grub eine der vielen Mondblumen aus. Langsam stand sie auf und wischte sich an ihren Schultern ihr Gesicht trocken.

»Danke«, hauchte sie aus tiefsten Herzen und sah Fengel an, der stumm die ganze Zeit neben ihr gestanden hatte, »Danke, dass du mir das gezeigt hast.«

Verwirrt nickte er ihr zu und zusammen gingen sie stumm zurück zum Beiboot. Fengel drehte sich ein paar Mal zu ihr um, doch wenn er etwas zu sagen hatte, so konnte er es nicht aussprechen. Selene war sich sicher, dass er ziemlich irritiert sein musste, und ihr war bewusst, dass sie mehr von sich preisgeben musste, wenn sie versuchen wollte, dem Treffen beizuwohnen. Ihr Blick glitt zu Chiron, der neben ihr lief. Ihre Blicke trafen sich und sie konnte darin sehen, dass es ihm nicht gefiel, was sie vorhatte. Doch nickte sie bestimmt und Chiron seufzte leise. Als sie am Beiboot ankamen, hatte Ares bereits die Wasserfässer zum Schiff gebracht und wartete mit verschränkten Armen am Ufer auf sie. Er zog überrascht seine dichten Augenbrauen nach oben, als er sie mit der Blume in der Hand erblickte und war sogar noch überraschter, als sein Blick auf ihr tränennasses Gesicht fiel. Fragend sah er Fengel an, der jedoch nur mit seinen Schultern zuckte.

»Alles in Ordnung?«, fragte Ares besorgt und trat ihr entgegen.

»Alles gut«, entgegnete sie mit leicht gebrochener Stimme.

»Ich werde später alles erklären«, meinte sie nur abweisend und Ares' Kiefer verspannten sich augenblicklich.

Er half ihr, in das Beiboot zu steigen, und auf dem ganzen Weg zum Schiff sprachen sie kein einziges Wort. Selene war sich sicher, dass sie alle verwirrt waren. Chiron ließ ihr die Wahl, wie viel sie tatsächlich von sich preisgeben wollte, und sie war sich sicher, dass die Mannschaft Fragen über Fragen an sie hatte. Umständlich kletterte sie an der Leiter nach

oben und verschwand an Bord sofort in ihrer Kabine. Dort ließ sie sich auf den Boden sinken und legte die Blume in den Wasserzuber. Vorsichtig reinigte Selene sie dann von Erde und Schmutz bis sie komplett sauber war. Behutsam legte sie danach die Mondblume auf den Boden und starrte sie eine Weile an. Sie hatte schon einmal von Mondfrauen gehört, die keine Clanoberhäupter gewesen waren und die der Versuch umgebracht hatte. Selene war sich jedoch relativ sicher, die göttliche Zustimmung zu haben und auch das nötige Wissen, um die Blume verwenden zu können. Es war kein Zufall, dass Selene sie am Tag des Vollmonds gefunden hatte und je länger sie die Blume anstarrte, desto sicherer war sie sich, dass sie das Richtige tat. Plötzlich klopfte es und Chiron trat kurz darauf ein.

»Wird es funktionieren?«

»Ich denke schon, du musst mir allerdings einen Gefallen tun.«

»Der wäre?«

»Manche Mondfrauen, die keine Oberhäupter sind«, begann Selene zögerlich, »sind bei dem Versuch gestorben.«

Chiron sah sie ernst an und obwohl seine Miene unbeweglich war, konnte sie in seinen Augen die Sorge lesen.

»Es ist sehr unwahrscheinlich, dass ich dabei sterben werde, aber nur falls, falls etwas schiefläuft, musst du meinen Tod so lange verzögern, bis ich mich selbst heilen kann. Kannst du das für mich tun?«, bat sie ihn und Chiron atmete geräuschvoll ein.

»Ich werde tun, was in meiner Macht steht, um Euch vor dem Tod und allem, was Euch ein Leid zufügen möchte, zu beschützen. Jetzt und auch in Zukunft«, versprach er ihr.

»Danke«, hauchte sie erleichtert und strich über die samtenen Blätter der silbernen Pflanze.

»Ich bin eigentlich zu Euch gekommen, um Euch zum Abendessen abzuholen. Gladim hat für alle gekocht. Wollt Ihr hier essen, oder mit ihnen an Deck?«

Selene wiegte sich für einen Augenblick leicht hin und her.

»Ich möchte oben essen. Danach werde ich ihnen alles erzählen. Zumindestens fast alles, .«

Chiron nickte und zusammen begaben sie sich nach oben aufs Deck.

Die Mannschaft saß bereits in einem Kreis auf dem Boden, jeder mit einem Teller in der Hand, auf dem ein großer Berg Fischfleisch und Beilagen lag. Kaum waren sie an Deck getreten, verstummte deren Unterhaltung und Selene war sich sicher, dass Ares und Fengel den anderen von der Blume erzählt hatten.

»Ist es in Ordnung, wenn wir uns zu euch gesellen?«, fragte Selene plötzlich von seltsamer Schüchternheit ergriffen.

Es war das erste Mal, dass sie gemeinsam zu Abend aßen und die vielen Blicke, die auf ihr lagen, waren ihr unangenehm.

»Ja natürlich!«, rief Gladim fröhlich und sprang sofort auf die Beine.

»Ich hole Euch einen Teller. Setzt Euch doch schon einmal.«

Dann lief er eilig in den Bauch des Schiffes und Selene stand noch immer unsicher auf der Stelle. Schließlich rutschte die Mannschaft ein wenig auseinander und Nathron stand auf. Er bedeutete lächelnd, dass sie sich neben ihm setzen konnte, was Selene sofort annahm. Erleichtert setzten sich beide und Selene warf Nathron ein dankbares Lächeln zu. Sie konnte die Blicke der anderen auf sich spüren und starrte deswegen zu Boden. Gladim kam wieder heraus und reichte ihr und Chiron Teller voll mit Essen. Sie dankte ihm und er ließ sich wieder auf seinen Platz sinken. Sie unterhielten sich über den Zustand des Schiffes, während Selene einfach nur stumm aß und hier und da den anderen einen unauffälligen Blick zuwarf. Für sie war es am beeindruckendsten, Brian beim Essen zuzusehen, da er keinen Teller, sondern eine Platte vor sich hatte, auf der sich zwei riesige, gebratene Fische befanden, die er zügig verschlang. Fengel und Gladim waren wohl die Spaßvögel, denn sie unterbrachen die erste Unterhaltung mit trockenen Kommentaren, die Selene zum Schmunzeln brachten. Glaukos schien sich daran nicht zu stören und konterte stets mit demselben Humor. Wenn sie doch einmal zu weit gingen, wies Ares die beiden in die Schranken. Er schien wohl einen großen Respekt zu genießen, denn keiner wagte es, ihm zu widersprechen. Ihre Augen wanderten über die schwarzen Tattoos in seinem Gesicht, die an seinem Hals hinunterliefen und dann unter seinem Hemd verschwanden. Für einen kurzen Moment fragte sie sich, wohin jene wohl reichen mochten. Doch bei dem Gedanken lief Selenes Kopf hochrot an und verlegen senkte sie schnell ihr Gesicht. Zügig aß sie ihren Teller leer und als

sie wieder ihre normale Gesichtsfarbe hatte, sah sie langsam auf. Dann begegnete sie Nathrons Blick, der sie die ganze Zeit über gemustert zu haben schien, denn er wich ihrem Blick aus. Schließlich war der Moment gekommen, an dem sie alle gegessen hatten und Selene endlich den Mut fand, das Wort zu erheben.

»Ähm… ich würde gerne etwas sagen«, sprach Selene leise, doch schien es jeder gehört zu haben, denn alle verstummten sofort.

Da erst registrierte sie, wie sehr die Aufmerksamkeit der anderen die ganze Zeit auf ihr gelegen hatte. Nervös knetete sie die Hände in ihrem Schoß und räusperte sich kurz.

»Ich weiß nicht, was Chiron euch bereits über mich erzählt hat, aber ich denke, dass es an der Zeit ist, dass ich euch alles über mich erzähle. In den letzten Tagen ist viel passiert und ihr habt bestimmt unzählige Fragen, die ich hoffentlich alle beantworten kann. Aber vielleicht sollte ich einfach mal mit dem Anfang starten.« Und mit einem letzten Seufzer begann Selene.

Sie erzählte von ihrer Familie, wie sie lebten und wie sie von den schwarzen Reitern überrascht worden waren. Mit stockender Stimme berichtete sie von dem Tod ihres Bruders und wie sie in diese Welt gelangt war. Sie teilte mit ihnen ihre Vermutung, was ihre und diese Welt betraf und offenbarte ihnen alles, was sie bisher erlebt hatte, bis hin zum heutigen Tag. Selbst wohin sie gingen, teilte sie ihnen mit. Mit jedem Wort, das sie sprach, wurden ihr Herz und ihre Seele leichter.

»Und dann zeigte mir Fengel die Mondblumen. In meiner Heimat sind sie ein Geschenk des Mondes. Denn wenn ein Clan zu groß wird, wird er geteilt und jeder geht seinen eigenen Weg. Einmal im Monat, wenn der Mond voll ist, helfen die Pflanzen den Oberhäuptern dabei, sich an einem Ort jenseits der Welt zu treffen. Dort werden Informationen ausgetauscht und wichtige Dinge besprochen. Es gibt nicht viele Orte, an denen die Mondblumen wachsen und jedes Mal, wenn sie gefunden werden, ist es ein Zeichen, dass der Mond den Clan gesegnet hat. Ich dachte nicht, dass mir sein Segen in dieser Welt erteilt wird.« Selene verstummte und war erneut erfüllt von tiefster Dankbarkeit gegenüber dem Mond.

»Ich vermute, dass sich heute die Oberhäupter treffen werden, und ich werde versuchen, mit der Mondblume an diesen Ort zu gelangen. Viel-

leicht sehe ich dort meine Großmutter.« Tränen traten ihr erneut in die Augen und sie musste sich kurz zusammenreißen, ehe sie weitersprach. »Ich denke, ihr habt ziemlich viele Fragen. Fragt ruhig, ich werde versuchen sie so gut es geht zu beantworten.«

Für einen Moment herrschte Stille, doch dann ergriff Gladim das Wort. »Wir haben gesehen, dass Euch ein Messer nicht töten kann. Gibt es etwas, das diese Fähigkeit besitzt?«

»Nun,«, Selene legte ihren Kopf schief und dachte nach, »es gibt nicht viel, was Mondfrauen töten kann. Aber auf der anderen Seite gibt es genug Wege. Ich kann mich nicht mehr heilen, wenn mein Kopf von meinem Körper getrennt wird. Auch dann nicht, wenn sich mein Herz außerhalb meines Körpers befindet. Es gibt zudem sehr starke Gifte, die so schnell wirken, dass ich mich nicht mehr heilen kann«, beantwortete sie seine Frage.

»Ihr spracht von Mondfrauen. Gibt es keine Mondmänner?«, fragte Nathron.

»In dem Sinne, nicht wirklich. Die Männer, die von Mondfrauen geboren werden, sehen ganz normal aus und sind ansonsten in jeglicher Hinsicht normal. Nur Mondfrauen können die Gabe, oder den Fluch, wie man es sehen möchte, direkt an die Tochter weitervererben. Kein Mondmann kann mit einer Menschenfrau eine Mondtochter bekommen. Sie können sich nicht schnell heilen und können auch krank werden. Allerdings sind sie auch die Einzigen, die in die normalen Dörfer gehen können, da sie unter vielen Menschen nicht auffallen. Mondfrauen fallen durch ihr Aussehen zu sehr auf.«

»Das heißt, jede Mondfrau sieht so aus wie ihr?«, fragte plötzlich Thoron.

»Ja. Jede hat silbergraue Augen, weißes Haar und helle Haut, so wie ich.«

»Und Eure Markierungen?«, fragte nur auch Ares.

Selenes Mundwinkel zuckten kurz nach oben.

»Sobald eine Mondfrau ins heiratsfähige Alter kommt, darf sie sich die Tattoos selber aussuchen. Das Tattoo auf meiner Stirn zeigt allerdings, zu welcher Familie ich gehöre. Wenn ich geheiratet hätte, dann wäre das Tattoo der Heirat dazu gekommen und auch wenn ich eines Tages Kinder habe, würden immer weitere hinzukommen«, erklärte sie bereitwillig,

musste jedoch die Frage unterdrücken, woher seine stammten. Sie würde dafür gewiss noch Gelegenheit bekommen.

»Gibt es noch mehr außergewöhnliche Menschen in Eurer Welt?«, fragte Gladim weiter.

»Nein, nicht, dass ich wüsste«, antwortete Selene nach kurzem Überlegen, »auch gibt es keine komischen Wesen, Magier oder verwunschene Orte.«

Die Männer warfen sich überraschte Blicke zu.

»Wisst Ihr, woher Eure Gabe stammt?«, fragte Chiron.

»Von unserem Mondgott«, antwortete Selene wie selbstverständlich, erntete aber nur fragende Blicke.

Da fiel ihr ein, dass niemand die Legenden aus ihrer Heimat kennen konnte. Wie denn auch, wo sich ihre Welten doch nie kreuzten.

»Die erste Mondfrau hat ihre Fähigkeiten vom Mond bekommen und hat sie an ihre Töchter weitergegeben.«

»Weswegen hat sie die Fähigkeiten bekommen?«

»Nun«, begann Selene langsam und überlegte kurz, wie sie es erzählen sollte, ohne ausschweifend zu werden.

»Vor langer Zeit, als es nur den Mond am Himmel gab, existierte ein Liebespaar, das keine Kinder bekommen konnte. Sie wandten sich an den Mond, der ihre Bitte erfüllte, und bald darauf gebar die Frau ein Mädchen. Allerdings sah das Kind nicht so aus wie die Eltern und da offenbarte sich, dass der Mond einen Teil seiner Macht auf den Mann übertragen hatte. Das Mädchen hatte seine heilenden Fähigkeiten und auch das Äußere vom Mond geerbt.«

Eine kurze Stille legte sich über alle.

»Was geschah mit der Familie?«, fragte Fengel.

»Das ist leider etwas traurig«, gab Selene zu und erzählte dann die Legende zu Ende. »Der Mann konnte das Mädchen nicht vollends akzeptieren und verbannte Frau und Kind. Er selbst war voller Hass gegenüber dem Mond. Das sah auch der Allvater, doch war er erzürnt darüber, was der Mann getan hatte und auch enttäuscht von dem unüberlegten Handeln des Mondes. Der Allvater kehrte den glühenden Hass des Mannes nach außen und hängte ihn an den Himmel. Er nahm den Großteil der Macht vom Mond und verurteilte beide, sich über den Himmel zu jagen.«

»Die Sonne«, raunte Gladim und Selene nickte lächelnd.

Das ganze Gerede hatte ihr unendlich gutgetan und sie fühlte sich besser. Auch, wenn sie noch ein Geheimnis für sich behielt. Es war das größte und der wahre Grund, warum ihre Existenz ein Segen und Fluch für die Frauen gleichermaßen war. Der wahre Grund, warum sie dazu gezwungen waren, stetig umher zu ziehen.

»Ich hätte noch eine Frage«, sprach Chiron erneut. »Als das Loch in Eure Brust gerissen wurde, wie konntet Ihr bei Bewusstsein bleiben? Jeder normale Mensch wäre ohnmächtig geworden. Empfindet Ihr keinen Schmerz?«

Selene sah ihn für einen kurzen Moment stumm an und überwand sich dann, die Frage zu beantworten. Man hatte ihr früher erzählt, dass die anderen Menschen so etwas nicht durchmachen mussten, also wusste sie nicht genau, wie sie darauf reagieren würden.

»Ich empfinde Schmerzen genauso wie jeder andere«, sprach sie mit gesenkter Stimme und war sehr auf ihre Wortwahl bedacht, »allerdings werden Mondmenschen im jungen Alter darauf trainiert, Schmerzen widerstehen zu können.«

»Wie meint Ihr das?«

Selene schluckte. »Als die Mondmenschen noch nicht lang existierten, kam es vor, dass ein Clan von Menschen gefunden und die Frauen versklavt wurden. Natürlich wollten die Menschen wissen, wo sich die restlichen Clans befanden, und haben das Wissen aus den Frauen herausgefoltert. Sie wurden gebrochen und daraufhin wurde mehr als die Hälfte aller Clans versklavt. Damit so etwas nicht erneut geschieht, werden die Mondmenschen auf Schmerzen hintrainiert.« Selene hielt kurz inne und schloss für einen Moment die Augen. »Ich wurde vergiftet und verbrannt, gehäutet und aufgeschlitzt. Man nahm mir Finger, Zehen, Hände und Füße … meine Augen wurden ausgebrannt, mein Ohr zerstört und meine Zunge herausgerissen. Mein Innerstes nach außen gekehrt. Es wurde so lange wiederholt, bis ich alles überstehen konnte, ohne in Ohnmacht zu fallen.«

Selene sah langsam auf und blickte in die geschockten Gesichter der Mannschaft. Selbst Chiron konnte seine Bestürzung hinter seinem unbeweglichen Gesicht nicht verbergen.

»Also ist ein Loch in der Brust nicht besonders schlimm.«

Plötzlich sprang Gladim auf, rannte zur Reling und übergab sich lautstark. Selene konnte ein amüsiertes Schmunzeln nicht verhindern, während alle anderen sie noch immer bestürzt ansahen.

»Wie alt wart Ihr?«, fragte Ares.

»Als ich zum ersten Mal trainiert wurde?«, hakte Selene nach und Ares nickte.

Sie wippte leicht vor und zurück und dachte kurz darüber nach.

»Ich denke, ich war vielleicht sieben Jahre alt«, antwortete sie wahrheitsgemäß und erneut hörte sie, wie sich Gladim übergab.

»Wenn ihr keine Fragen mehr habt, so würde ich mich langsam vorbereiten.«

Keiner schien noch etwas fragen zu wollen und somit stand Selene ungelenk auf, wobei sie die Blicke der anderen auf sich spüren konnte. Sie ging in ihre Kabine, gefolgt von Chiron, und atmete dann schwer ein.

»Dann wollen wir mal«, raunte Selene und sah auf die Blume hinunter, die noch immer auf dem Boden lag.

Selene saß auf dem Boden und begutachtete die Farbe, die Chiron aus den Blättern und dem Stängel der Blume gepresst hatte. Sie war silbern und von der Konsistenz genau richtig. Weder war sie zu flüssig noch zu fest und ließ sich vermutlich problemlos auftragen. Sie gesellte sich dann zu Chiron, der am Tisch stand, und sowohl die Samen, Stängel und Blätter als auch vier der sechs weißen Blütenblätter trocknete. Er murmelte leise mit geschlossenen Augen vor sich hin und Selene konnte förmlich sehen wie alles zusammenschrumpelte und trocknete. Vorsichtig verwahrte sie die getrockneten Teile in einer hölzernen Schatulle, die ihr Nathron gegeben hatte. Die Samen ließ sie in einen ledernen Beutel fallen. Wie schon daheim bewahrte sie ihn zwischen ihren Brüsten auf und fühlte sich augenblicklich sicherer.

»Fast sind wir fertig«, meinte Selene und zog dann ihre Kleidung bis auf ihre Unterwäsche aus.

Anschließend wickelte sie sich in ein weißes Laken, sodass ihre Schultern, Arme und Schlüsselbein frei waren. Ihre Haare band sie mit einem ledernen Band an ihren Kopf und begutachtete schließlich ihr Spiegelbild.

»Ich denke, das wird so gehen«, meinte sie und atmete nervös ein.

»Die Monde haben den Rand überschritten«, informierte Chiron sie mit einem Blick aus dem Fenster und Selene nickte mit flatterndem Herzen.

Sie sandte ein Stoßgebet zum Mond, ergriff dann die Schale und die beiden Blütenblätter und sah Chiron fest an.

»Es wird schon alles gut werden«, versuchte sie Chiron zu beruhigen, dabei waren die Worte mehr an sie selbst als an ihn gerichtet.

»Wie versprochen, werde ich auf Euch Acht geben.«

Er legte seine dreifingrige Hand auf ihre Schulter und drückte sie sachte.

»Danke«, hauchte sie.

Er lächelte ihr warm zu und mit einem tiefen Einatmen drehte sie sich um und ging zusammen mit Chiron hinauf. Die Mannschaft war bereits an Deck und die Männer saßen hier und dort auf den Fässern oder auf den anderen beiden Decks. Keiner wollte das jedoch verpassen. Ohne auf sie zu achten, ließ Selene sich in der Mitte des Decks nieder und auf einen Wink von Chiron erloschen alle Kerzenlichter wie von Geisterhand. Selene sah hoch in den Himmel und bemerkte, dass die beiden Monde direkt über ihr waren. Die Mutter sang bereits das Nachtlied und ihr Atem färbte den Himmel in unterschiedliche Rottöne. Die Musik der Singenden Inseln schwang im Wind mit und langsam stimmte sie das Gebet an den Mond an, welches immer wieder von vorne begann, gleich eines ewig währenden Gesangs. Dabei tauchte sie beide Zeigefinger in die Farbe und begann auf ihren Körper die Symbole zu malen, so wie sie es bei ihrer Großmutter gesehen hatte. Manche waren wie Kreise ineinander verschlungen, dann wieder kantige und verschnörkelte Symbole darüber. Sie startete bei ihren Armen, arbeitete sich zu ihren Schlüsselbeinen hoch und nutzte die Reste der Farbe, um sich ihr Gesicht zu bemalen. Nicht ein einziges Mal unterbrach sie dabei ihr Gebet. Sie wiegte sich behäbig vor und zurück und wusste, auch ohne hinzusehen, wie das Licht der beiden Monde sowohl ihr Haar als auch die Farbe auf ihrem Körper zum Glimmen brachte.

Irgendwann merkte sie, dass sich etwas veränderte. Der Gesang der Mutter senkte sich auf das Land hinab und tauchte alles in einen Fluss in sich verschmelzender Farben. Die Sterne verließen den Himmel und

 199

schwebten um sie herum wie kleine Laternen. Der Gesang der Inseln schien sichtbar zu werden und zog sich wie Strähnen von glimmendem Haar durch die Luft. Selbst ihr Gebet wurde zu hellen Strängen, die sich im Rhythmus mit dem der Natur wogen. Sie konnte spüren, dass der Zeitpunkt gekommen war und steckte dann langsam die beiden Blütenblätter in ihren Mund. Sie dachte, sie würden bitter schmecken, doch sie waren so süß wie Honig und schmolzen förmlich auf ihrer Zunge. Zuversicht durchströmte sie und allmählich hatte sie das Gefühl, ihren Körper nicht mehr bewusst unter Kontrolle zu haben. Sie sang und bewegte sich als wäre sie jemand anderes, jedoch verspürte sie dabei keine Angst, sondern nur tiefe Ruhe. Ihre Gedanken richteten sich auf ihre Großmutter und ihr ganzer Wille richtete sich darauf, sie zu treffen. Die Farben um sie herum wurden nur noch intensiver. Sie konnte sehen, wie von den Menschen ein goldenes Licht abstrahlte, welches mit dem Gesang der Mutter verschmolz. Plötzlich spürte sie, wie etwas an ihrem Rücken zog, und als sie dem Gefühl nachgab, wurde sie aus ihrem Körper gerissen. Es fühlte sich an, als würde sie durch einen engen Tunnel gezogen werden, was ihren Körper so sehr in die Länge streckte, dass sie befürchtete zu zerreißen. Doch ehe das geschah, hörte es abrupt auf und Selene befand sich nicht mehr auf dem Deck. Sie saß am Rande eines großen, hellen Kreises, den sie schließlich als Mond erkannte. Um sie herum befanden sich nur unzählige Sterne, die in den Gesang der Mutter getaucht waren. Noch war sie allein, doch mit der Zeit schälten sich Gestalten aus dem Nebel, von denen Selene ein paar als Clanälteste erkannte. Sie wollte nach ihrer Großmutter rufen, aber sie hatte hier keine Stimme, geschweige denn, dass sie sich bewegen konnte. Immer mehr Gestalten nahmen Form an und bald darauf war fast jeder Platz am Rand des Mondes besetzt. Selene begutachtete jedes Gesicht, bis sie schließlich Annit erkannte – ihre Großmutter. Jede Faser ihres Geistes wollte zu ihr und plötzlich saßen sie sich gegenüber. Selene saß auf der Mondscheibe, während Annit ihren Platz nicht verlassen hatte. Ihre Augen trafen sich und Selene sah wie überrascht sie war, als Annit ihre Enkelin erblickte.

»Selene.«

Sie benötigte hier keine Stimme. Ihre Gedanken reichten.

»Großmutter! Du lebst! Was ist mit Mutter?«

»Wir sind beide am leben. Was für ein Segen, dass es dir gut geht!«

Wenn sie gekonnt hätte, wäre Selene in Tränen ausgebrochen.

»Wo seid ihr?«

»Die Reiter brachten uns in eine schwarze Festung. Wo bist du? Wir hatten gehofft, du konntest rechtzeitig mit Sulis verschwinden.«

Der Gedanke an ihren Bruder stach wie ein Dolch in ihrem Herzen.

»Sie haben ihn getötet, aber ich konnte entkommen und bin nun sehr weit weg von Daheim. Ich werde zu euch kommen und euch holen!«

»Nein! Komm nicht! Dort, wo du bist, bist du sicherer als hier!«

Selene schüttelte ihren Kopf. Plötzlich merkte sie erneut den leichten Zug an ihrem Rücken. Ihr war bewusst, dass sie gleich gehen musste.

»Ich kann euch nicht allein lassen. Ihr seid meine Familie und ich kann nicht hierbleiben, in dem Gewissen, dass ihr gefangen seid.«

Ihre Großmutter schüttelte erneut den Kopf, doch Selene lächelte nur leicht.

»Ich bin so glücklich, dass ihr beide noch am Leben seid. Wartet auf mich. Ich werde einen Weg finden, zu euch zukommen.«

»Komm nicht!«, flehte Annit, aber Selene konnte nur lächeln.

»Ich liebe euch beide! Bis bald!«, sprach Selene, und ohne auf Annits Antwort zu warten, gab sie sich dem Zug ein weiteres Mal hin.

Erneut wurde sie durch den Tunnel gezogen und als sie dachte, zerreißen zu müssen, sank sie in ihren Körper zurück. Ruckartig riss sie ihren Mund auf und schnappte nach Luft. Sie kippte auf die Seite, doch bevor sie aufschlug, wurde sie von starken Armen aufgefangen. Leicht verwirrt von dem, was gerade geschehen war, sah sie hoch in Ares' Gesicht. Ihr Blick glitt zur Seite und da waren auch Nathrons und Chirons besorgte Gesichter.

»Sie leben«, keuchte Selene und die Tränen liefen über ihre Wangen.

»Meine Großmutter und meine Mutter leben beide noch«, schluchzte sie leise und sah Chiron fest in die Augen, »und ich weiß auch, wo sie sind.«

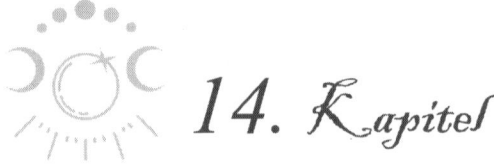

14. Kapitel

Selene ließ ihre Beine über die Reling auf dem Vorderdeck baumeln und sah in das finstere Wasser darunter. Gedankenverloren wanderte ihr Blick zu dem Silberstrom, der sich aus dem See emporreckte. Die Monde waren bereits vom Himmelszelt verschwunden und in der Ferne erhellte sich der Himmel. Dennoch konnte man das feine Netz der Sterne und den Gesang der Mutter noch immer sehen. Ihre Gedanken hafteten die ganze Zeit bei ihrer Familie, die irgendwo in weiter Ferne noch lebte und die Selene um jeden Preis befreien musste. Erneut kullerten Tränen über ihre Wangen, die sie mit einer kleinen Bewegung ihrer Hände wegwischte. Eigentlich hätte sie im Bett liegen müssen, um sich von der Kontaktaufnahme zu erholen, doch sie konnte keinen Schlaf finden, ganz gleich wie ausgelaugt sie sich fühlte. Plötzlich ertönte ein leises Knarzen hinter ihr und als sie sich erschrocken umsah, hielt Nathron in seiner Bewegung inne.

»Verzeiht, Herrin, wenn ich Euch erschreckt habe.«

Dann wanderte sein Auge wachsam über ihr Gesicht.

»Soll ich Euch allein lassen oder darf ich Euch Gesellschaft leisten?«

Schon wollte sie ihn wegschicken, doch dann entschied sie sich um.

»Komm ruhig«, gab sie ihm die Erlaubnis und er trat mit einem kleinen Lächeln zu ihr.

Er stütze sich mit den Unterarmen auf der Reling ab und sah hoch zum Silberstrom. Trotz der Narbe, die unter der ledernen Augenklappe hervorlugte, sah er dennoch sehr gut aus.

»Geht es Euch besser? Ihr saht ... erschöpft aus.«

Er sah sie an und sein sonst hellrotes Auge wirkte beinahe schwarz.

»Mir geht es ... den Umständen entsprechend gut. Es wäre vermutlich besser, wenn ich schlafen würde, aber ich kann nicht«, murmelte sie leise und wich seinem besorgten Blick aus.

»Sind es die nagenden Gedanken, die Euch nicht schlafen lassen oder die Furcht vor den Träumen, die Euch heimsuchen?«, wollte er wissen.

»Beides«, antwortete sie nach kurzem Überlegen.

»Ist das auch der Grund, warum du wach bist? Ich meine, Chiron hat uns versichert, dass wir diese Nacht ohne Wache sicher schlafen können.«

Erneut lächelte Nathron und dieses Mal wich er ihrem Blick aus. Er seufzte tief und ließ seinen Blick über die Wasseroberfläche schweifen.

»Nur Assassinen ohne Herz können eine ruhige Nacht verbringen.«

»Das heißt, du hast lange nicht mehr gut geschlafen?«

»Nicht mehr seit dem Tag, an dem ich ausgetreten bin.«

»Davor schon?«

Nathron atmete tief ein und Selene fragte sich, ob sie eine unsichtbare Grenze überschritten hatte.

»Ich kannte nichts anderes in meinem Leben. Ich wurde dort großgezogen, lebte unter ihnen und ihren Lehren. Dort wurde ich ausgebildet und ich tötete, ohne zu widersprechen. Zu Beginn verfolgten mich die Toten im Schlaf, doch irgendwann vermischten sich alle Gesichter und Schreie und mein Herz wurde hart, so dass meine Träume voller Leere waren.«

»Und dennoch bist du ausgetreten.«

Er nickte leicht und schwieg für einen kurzen Moment.

»So hart mein Herz auch war, ich konnte den Säugling nicht töten, wie es mein Auftrag war.«

»Ein Säugling? Warum sollte jemand einen Säugling töten wollen?«

Nathron zuckte mit den Schultern.

»Vermutlich wegen Macht oder Erbfolge. Ein Assassine hinterfragt den Auftrag nicht, sondern führt ihn durch. Das *Warum* spielt keine Rolle. Ich konnte es nicht, also floh ich. Seitdem bin ich auf der Flucht vor ihnen und mein Leben schwebt ständig in Gefahr. Wie Ihr es bereits erleben musstet.«

Selene nickte.

»Jeder auf diesem Schiff flieht vor etwas. Sei es vor Familie, Erinnerungen oder Verpflichtungen«, sein Kopf wandte sich ihr zu, »selbst Ihr flieht.«

Ein schiefes Lächeln schlich sich auf ihr Gesicht.

»Ja, das tue ich. Momentan aber bin ich auf der Suche, nicht auf der Flucht.«

»Auf der Suche nach einem Weg zurück?«

Selene nickte und beobachtete, wie der Himmel immer heller wurde. Der Wind fuhr in ihre offenen, schneeweißen Haare und Traurigkeit befiel sie.

»Ich hoffe, dass es einen gibt. Wenn nicht, dann habe ich meiner Familie zu viel versprochen.«

Allein der Gedanke, nicht zurückzukönnen und ihre Mutter und Großmutter ihrem Schicksal zu überlassen, schnürte ihre Kehle zu.

»Grämt Euch nicht über Dinge, die vielleicht sind oder nicht sind. Die Antwort werdet Ihr erhalten und dann wird alles Weitere entschieden.«

»Wie wahr«, stimmte sie ihm zu.

Ein plötzliches Knarzen hinter ihnen ließ beide herumfahren und sie erblicke Ares, der auf der Mitte der Treppe stehen geblieben war. Sein Gesicht verhärtete sich, als sein Blick auf die beiden fiel.

»Wir werden bald aufbrechen. Gladim hat das Frühstück aufgetischt. Ihr solltet noch etwas essen, Herrin«, erklärte er etwas steif, drehte sich dann auf den Fersen um und ging die Treppe wieder hinunter.

»Ist Ares immer so?«, fragte sie Nathron leise, der sich mit dem Rücken gegen die Reling gelehnt hatte.

»Wie meint Ihr?«

»Na ja, in einem Moment ist er distanziert und kalt. Dann wieder freundlich.«

»Ah, das meint Ihr. Nun, es ist für ihn normal, Frauen gegenüber kühl und abweisend zu sein«, meinte er und hielt kurz inne, »allerdings ist er selten freundlich. Kommt, lasst uns etwas essen!« Und mit den Worten folgte Selene ihm die Treppe hinunter aufs Hauptdeck.

Dort half Brian gerade Gladim dabei, ein großes Tablett mit kleinen, getrockneten Würstchen auf zwei Fässer zu heben und reichte den beiden dann freudestrahlend Brötchen aus einem Korb. Selene fragte sich, wie jemand von Natur aus so fröhlich sein konnte. Sie lehnte sich gegen den Mast und aß ihr Frühstück, das zwar karg war, aber dennoch vorzüglich schmeckte. Nach und nach kamen alle an Deck und aßen, während Glaukos mit der Mannschaft noch einmal die nächsten Schritte durchging. Selene hörte aufmerksam zu, verstand jedoch nur die Hälfte. Nervosität beschlich sie, je mehr die Mannschaft mit dem Frühstück voranschritt. Dann, nachdem alle gegessen hatten, ließen sie eine dunkelbraune Flasche herumgehen, aus der jeder einen großen Schluck nahm.

»Der Silberstrom wird uns hoch hinausbringen. Die Flüssigkeit hilft uns dabei, all das unbeschadet zu überleben«, erklärte Gladim, als Selene die Flasche in ihrer Hand beäugte.

Die Flüssigkeit schmeckte genauso bitter wie sie roch. Obwohl sie nur daran genippt hatte, breitete sich eine angenehme Wärme in ihrem Magen aus und drang in jedes ihrer Glieder. Dann verschwanden alle in ihre Kabinen und zogen sich um. Der Silberstrom würde sie weit in den Himmel bringen und dort würde es kälter sein als auf der Insel. So zog Selene mehrere Schichten an Kleidern an, flocht ihr Haar eng an ihren Kopf und zog sowohl dicke Handschuhe an als auch eine dicke Mütze auf. Nach einem letzten Blick in den Spiegel eilte sie auf das Hinterdeck und bekam gerade noch mit, wie Glaukos das Kommando gab: »Alle auf eure Posten! Bereitmachen zum Ablegen!«

Fasziniert beobachtete Selene, wie die Mannschaft sofort handelte und jeder genau zu wissen schien, was seine Aufgabe war. Keiner kam den anderen in die Quere und ehe sie sich versah, hatten sie den Anker hochgeholt, das Beiboot festgezurrt und Brian ruderte mit kräftigen Schlägen in Richtung Silberstrom. Wie alle anderen auch, hatte sie die Lebensweste angezogen und sich am Geländer auf dem Hinterdeck gesichert. Chiron hatte sich erneut neben sie gesellt und beide sahen gespannt zu, wie Glaukos Befehle brüllte und alle sie sofort befolgten. Bald war das Schiff wieder ordentlich vertäut und einen kurzen Moment herrschte Stille an Bord. Alle sahen zum immer näherkommenden Silberstrom und als Selene dem aufsteigenden Wasser folgte, verlor er sich am Himmel. Ihr wurde ganz schlecht bei dem Gedanken, dort hinauf zu segeln. Sie wusste nicht einmal, wie Glaukos das bewerkstelligen sollte, doch wie auch schon beim Fall, hatte er alles unter Kontrolle. Also musste sie ihm weiterhin vertrauen. Etwas anderes blieb ihr auch nicht übrig. Dann wurden die Ruder eingeholt und fest ans Deck gebunden. Auf Glaukos Befehl hin verschwanden Nathron, Thoron und Ares im Schiffsrumpf und Brian zog seine riesige Lebensweste an, mit der er sich am Mast sicherte. Selene war sich jedoch nicht sicher, ob der Mast Brians Gewicht halten konnte. Der Rest der Mannschaft sicherte sich ebenso und da merkte Selene, wie das Schiff allmählich schneller wurde. Sie hatten bereits im See den Strom erreicht und wurden nun mitgezogen. Vor ihnen erhob sich der mächtige Silberstrom und das Getöse des Wassers ließ ihre Ohren klingeln. Angst beschlich sie und mit beiden Händen krallte sie sich an das Geländer. Selbst Chiron sah leicht nervös aus.

Sie wurden immer schneller und der Wind stets stärker. Mit einem Mal schoss aus der Schiffspitze ein großes Segel, das mit mehreren Seilen am Boot verbunden war. Mehrere Schiffslängen vor ihnen entfaltete es sich schlagartig und ein heftiger Ruck fuhr durch das Schiff. Die Acheron wurde angehoben und befuhr den Silberstrom. Zuerst war der Anstieg nur leicht, dann wurde er immer steiler und sie stetig schneller. Selene konnte sich nicht mehr halten und vertraute den Seilen ihr Gewicht an. Auf dem Boden liegend sah sie voller Angst zu, wie die Acheron sich immer mehr drehte, bis sie senkrecht, auf dem Silberstrom, in den Himmel schnellte. Ein Schatten zuckte über sie hinweg. Plötzlich kippte das Schiff nach hinten. Selenes Schrei blieb ihr im Hals stecken. Sie hing freischwebend in den Seilen und das Schiff drohte sie zu erschlagen. Ruckartig prallte sie hart auf das Deck auf. Sie sah verwirrt zur Seite. Chiron stand aufrecht auf dem Deck, als wären seine Füße mit dem Schiff verwachsen, und hatte seine Arme weit ausgebreitet. Sie konnte sehen, wie er etwas murmelte und vor Anstrengung sein Gesicht verzog. Ihr Blick wanderte nach vorne und sah voller Horror, dass das Segel entzweit worden war. Es wurde wie von Geisterhand zusammengehalten. Sie konnte förmlich sehen, wie sich der Riss allmählich schloss und das Segel langsam, aber sicher wieder ganz wurde. Chiron hatte ihnen allen das Leben gerettet. Sie sah, wie sehr es ihn auslaugen musste, denn je länger er brauchte, desto aschfahler wurde sein Gesicht. Ihr Blick wanderte wieder nach vorne und der Riss wurde immer kleiner, bis er schließlich verschwand. Sofort zuckte ihr Blick zurück zu Chiron, der schweißüberströmt am Deck kauerte und schwer atmete. Sie rief seinen Namen, doch er konnte sie durch das Getöse des Wassers nicht hören. Selene probierte, sich zu ihm zu schwingen, aber er war zu weit weg und sie zu schwach, um sich zu ihm zu ziehen.

Plötzlich kippte das Schiff nach vorne und das Getöse des Wassers wurde leiser. Sofort kroch sie zu ihm und packte ihn an seinen eingefallenen Schultern.

»Chiron!«, rief sie besorgt und versuchte, in seine grauen Augen zu sehen, die ins Leere starrten.

»Chiron!«, rief sie erneut und rüttelte ihn sachte.

Da sah er endlich auf und brachte ein schwaches Lächeln zustande. Er richtete sich ein wenig auf, nur um dann wieder zusammenzusacken.

»Ich helfe dir«, flüsterte Selene, doch bevor sie ihre Hand auf seinen Kopf legen konnte, fing er sie mit seiner ab.

»Mir geht es gut. Ich bin nur etwas erschöpft. Spart Euch Eure Kraft, wer weiß, wann Ihr sie selbst braucht«, entgegnete er und ließ ihre Hand langsam sinken.

Auf einmal war Fengel an ihrer Seite und zog Chiron bestimmt auf seine Füße. Schnell stützte er ihn, als seine dünnen Beine einknickten. Selene wollte helfen, doch Chiron winkte nur mit einem müden Lächeln ab. So konnte sie nur voller Sorge zusehen, wie Fengel ihn die Treppe hinunter in seine Kajüte brachte.

»Sorgt Euch nicht. Er muss sich nur etwas ausruhen, um wieder zu Kräften zu kommen«, hörte sie Glaukos hinter sich sprechen. Dabei musste er mehr brüllen als reden, da der Wind so um ihre Ohren pfiff, dass es schwer war, einander zu verstehen. Selene konnte nur nicken und ihre Besorgnis hinunterschlucken.

»Was ist eigentlich passiert? Warum ist das Segel gerissen?«, fragte sie Glaukos, der wieder dabei war verschiedene Seile am Steuerrad zu befestigen.

»Es war ein Thanatos, der mit seinen Schwingen das Segel zerteilt hat, als er sich selbst nach oben katapultiert hat.«

»Das war also der Schatten.«

Glaukos nickte und sah wieder nach vorne zum Segel.

»Ohne Chiron wären wir gewiss hinabgestürzt und wären gestorben. Zumindest einige von uns«, fügte er mit einem scherzenden Seitenblick auf Selene hinzu.

Sie schmunzelte ein wenig und musste ihm dann zustimmen. Womöglich hätte sie überlebt und wäre dann auf der Insel gefangen gewesen. Erneut war sie Chiron so dankbar, dass er sie den ganzen Weg über geleitet und begleitet hatte.

»Meinst du, es geht ihm wirklich gut?«, fragte sie ihn besorgt und Glaukos nickte.

»Sorgt Euch nicht. Bald wird er wieder bei Kräften sein. In der Zwischenzeit solltet ihr die Zeit hier oben genießen. Wir werden hier nicht sehr lange verweilen.«

Für einen Augenblick vergaß sie Chiron komplett. Der Silberstrom hatte

sich wieder in die Horizontale gelegt und floss schnurgerade durch den Himmel. Um sie herum gab es nichts als tiefstes Himmelsblau. Die Sonne strahlte ungehindert und der kalte Wind fuhr ihr in die Kleidung, aber das störte sie nicht. Selene arbeitete sich zur Reling vor und sah hinunter. Der Strom war breit, doch konnte sie die Schwärze unter ihnen erkennen. Ihr wurde es ganz schlecht bei dem Gedanken, wie viel Leere tatsächlich unter ihnen war. Langsam ließ sie sich an der Reling auf den Boden gleiten und versuchte, nicht allzu viel darüber nachzudenken, was passieren würde, wenn der Strom einbrechen würde. Sie kroch zur Treppe und setzte sich dann darauf und versuchte, den aufsteigenden Schwindel zu bekämpfen. Ihre Augen wanderten aufs Deck zur Mannschaft und obwohl sie durch den Wind nichts hören konnte, verstand sie dennoch, dass Brian die anderen darüber informierte, was gerade geschehen war. Danach schienen alle wieder ihren Tätigkeiten nachzugehen und Selene sah entgeistert zu, wie Thoron sich nach oben in den Ausguck hangelte, um sich dort erneut zu sichern. Ihr wurde es hier unten schon schlecht, doch es musste kein Vergleich zu dem sein, was Thoron dort oben erblickte. Sie bemerkte auch, wie Ares ihr immer wieder einen Blick zuwarf, dann jedoch mit den anderen nach unten verschwand. Selenes Schwindel legte sich nach einer Weile und Gladim gesellte sich zu ihr und reichte ihr ein großes Stück Brot mit getrockneter Wurst. Er sicherte sich erneut, sobald er sich neben sie gesetzt hatte, und aß ebenso sein Essen.

»Alles in Ordnung?«, fragte er mit vollem Mund.

Er schien immer gute Laune zu haben, die ansteckend war. Selbst jetzt strahlten seine blauen Augen und versprühten Freude.

»Die Höhe macht mir etwas zu schaffen, aber es ist jetzt ein wenig besser«, antwortete sie.

»Wie lange bleiben wir hier?«

»Übermorgen, zum späten Nachmittag hin, kommen wir auf die andere Seite.«

Die Übelkeit kehrte zurück bei dem Gedanken, wie lange sie hier oben bleiben musste.

»Gibt es eigentlich keinen anderen Weg als diesen?«

Gladim wiegte kauend seinen Kopf hin und her.

»Glaukos sprach einmal von einer anderen Möglichkeit. Es gäbe wohl

noch einen Weg weiter durch die Leere, hinter der schwebenden Insel. Allerdings sollen die Winde dort sehr tückisch sein und man bräuchte mehrere Tage auf die andere Seite. Der Silberstrom ist im Vergleich ungefährlicher und sehr viel schneller«, antwortete er auf ihre Frage und Selene nickte verstehend.

»Und was macht ihr eigentlich immer unter Deck? Ich sehe euch kaum hier oben.«

Gladim lachte und wischte sich seine fettigen Hände an seiner Hose ab.

»Unter Deck gib es stets etwas zu erledigen. Jeder von uns an Bord hat mehrere Aufgaben, die es zu erfüllen gilt. Momentan sind die anderen unten, weil sich einiges beim nach hinten Kippen gelöst hat und etliches dabei zerbrochen ist. Normalerweise helfen dann alle, außer jene, die hier oben gebraucht werden. Glaukos, Brian und Thoron bleiben meist auf ihren Plätzen, es sei denn, sie werden dringend woanders gebraucht.«

»Und du bist der Koch, wenn ich das richtig beobachtet habe.«

Erneut lachte Gladim und strich sich durch seine strubbeligen, braunen Haare.

»Genau, ich kümmere mich unter anderem um die Verpflegung.«

»Aber so alt bist du doch noch gar nicht, oder? Ich hätte dich unter zwanzig geschätzt.«

Er nickte und grinste dann leicht schüchtern.

»Ich vermute das auch.«

»Du vermutest?«, fragte Selene verwundert, aber dann erinnerte sie sich an das Gespräch mit Nathron zurück und wollte am liebsten ihre Frage zurückziehen.

Doch Gladim schien an ihrem Gesicht abzulesen, was sie dachte und winkte nur ab.

»Es ist in Ordnung«, versicherte er ihr, bevor er weitersprach, »ich wurde von einem Freudenmädchen in irgendeiner Gasse geboren, welche die Geburt nicht überlebte. Die Gassenmenschen zogen mich schließlich auf, so gut es eben ging. Deswegen weiß ich nicht genau, wie alt ich bin.«

»Und wie bist du dann Koch geworden?«, fragte sie zögerlich weiter, doch schien es Gladim nicht zu stören von sich zu erzählen.

»Durch Zufall würde ich sagen. Ich war äußerst schlecht im Stehlen

und wurde immer erwischt. Als ich vor einem Gasthaus schlief, heuerte mich der Koch an, für ihn zu schnippeln, da sein Gehilfe nicht zur Arbeit gekommen war. Ich stellte mich nicht schlecht an, also durfte ich die Reste von den Gästen essen. Obwohl ich noch sehr jung war, konnte ich bald so gut schneiden wie die Älteren und lernte nebenbei, wie man kocht und wie man die Zutaten miteinander kombiniert.«

»Und wie kamst du dann hier an Bord?«

»Erneut durch Zufall«, meinte er und lachte, »der Koch verlor eines Tages das Bewusstsein und wurde ins Krankenhaus gebracht. Daraufhin übernahm ich an dem Tag das Kochen.«

»Und das fiel nicht auf?«

»Oh doch, aber nur, weil die Stammgäste das Essen lobten. Ich hatte wohl die Arbeit zu gut gemacht«, erneut lachte er.

»Als mich der Besitzer in der Küche kochen sah, prügelte er mich aus der Küche und warf mich in die Gasse. Zufälligerweise war in der Gasse einer der Stammkunden anwesend und schloss aus den Worten, die der Besitzer mir an den Kopf warf, dass ich es war, der sein Essen gekocht hatte. Dieser Mann war Glaukos. Er nahm mich mit, pflegte meine Wunden und bot mir einen Platz in seiner Mannschaft an. Seitdem bin ich hier.«

Gladims Blick schien in der Vergangenheit zu schwelgen, während Selenes Blick zu Glaukos am Steuerrad schwenkte. Ihr erster Eindruck von ihm war nicht der beste, doch schien er im Herzen ein guter Mensch zu sein.

»Würdest du woanders hingehen, wenn du könntest?«, fragte sie ihn, immer noch mit dem Blick auf Glaukos.

»Die Mannschaft ist meine Familie, es gibt keinen anderen Ort auf der Welt, wohin ich ohne sie gehen könnte.«

Selene nickte, denn sie verstand sehr gut, wie sich so etwas anfühlte. Plötzlich schallte ein greller Pfiff durch die Luft und beide sahen hoch zu Thoron, der ihn ausgestoßen hatte. Dieser deutete nach vorne und sie waren augenblicklich auf ihren Füßen. Weit in der Ferne konnte Selene eine helle Linie erkennen, die schnell größer wurde.

»Was ist das?«, fragte sie Gladim, der ganz aufgeregt zu sein schien.

»Turmwolken«, antwortete er, allerdings konnte sie noch immer seine

freudige Aufregung nicht ganz nachvollziehen, »ich berichte das schnell den anderen«, und mit den Worten hatte er sich abgesichert und war blitzschnell unter Deck verschwunden.

Selene sah erneut nach vorne und war überrascht, wie rasch die Wolken nähergekommen waren. Sie waren bauschig und erschienen wie riesige Berge, durch die der Silberstrom schnitt. Selene gesellte sich wieder zu Glaukos und betrachtete mit großen Augen das weiße Meer. Da kam der Rest der Mannschaft ebenfalls an Deck und bestaunte die Wolken. Sie waren wie dichter Nebel und nässten alles ein, mit dem sie in Kontakt kamen. Selene konnte der Versuchung nicht widerstehen und versuchte, ein paar Wolkenfetzen zu berühren, doch hinterließen sie nichts anderes als Nässe und Kälte. Die Sonne verschwand hin und wieder und es wurde teilweise so kühl, dass sie zitterte. Sie wollte sich schon absichern und etwas noch Dickeres anziehen, als mit einem Mal ein tiefer, durchdringender Ton ertönte. Alle erstarrten und plötzlich brach über ihnen ein Wal durch die Wolken. Selene atmete überrascht ein und starrte auf den Wal, der elegant durch die Wolke flog und so groß war, dass er gewiss das Schiff verschlucken könnte. Die Flosse und Finnen gingen in riesige Federn über und sie waren heller als ihre Verwandten im Meer. Weitere tiefe Töne erklangen und plötzlich brachen noch mehr Wale durch die Wolken. Sie flogen über ihnen, unter ihnen und an ihrer Seite. Manche waren größer als andere und manche so klein wie ihr Schiff. Ein Gesang aus unterschiedlichen langen und hohen Tönen wechselte sich ab und da begriff Selene, dass die Wale so miteinander sprachen. Ergriffen von dem Anblick schien sie selbst die Kälte zu vergessen. Sie sah zur Seite und direkt in das riesige, graue Auge eines Wals, der das Schiff zu mustern schien. Obwohl der Wal so groß war und sie mit einem Schlag zerschmettern konnte, konnte sie nichts als freundliche Neugierde in seinem Auge erkennen. Auf einmal schien er sie direkt anzusehen und Selene verlor sich in dem Blick des grauen Riesen. Dann stieg der Wal wieder auf und gab sie frei. Immer noch ergriffen von der seltsamen Begegnung beobachtete sie den Wal, der in einer Wolke eintauchte und dann aus ihrer Sicht verschwand. Seltsam berührt sah sie zu den anderen Walen, die sie alle zu umtanzen schienen. Bald wurden die bauschigen Wolken weniger und somit verschwanden auch die Wale. Etwas

wehmütig sah sie den Wolken hinterher. Zu gerne hätte sie ihre Hand nach ihnen ausgestreckt und sie berührt.

»Das waren Wolkenwale«, ertönte plötzlich Glaukos Stimme neben ihr.

Ihr Blick wanderte zu ihm, der ihrem Blick gefolgt war.

»Wir hatten großes Glück, sie zu sehen.«

Sie sah wieder zu den Wolken, die jedoch schnell kleiner geworden waren. Ihre Gedanken wanderten zu Chiron, der das leider nicht hatte mit ansehen können. Dann entschloss sie sich dazu, nach ihm zu sehen und hangelte sich, stets gesichert, zum Vorderdeck zu Chirons Kajüte. Er saß mit untereinandergeschlagenen Beinen auf seinem Bett und seine Hände ruhten mit den Handflächen nach oben auf seinen Knien. Sein Gesicht war entspannt und Selene war froh, dass er nicht mehr so fahl aussah wie zuvor.

»Chiron«, flüsterte sie und trat vorsichtig näher, bemüht ihn nicht zu erschrecken.

Er öffnete seine Augen und richtete dann seinen Blick auf sie.

»Wie geht es dir?«

»Sehr viel besser, danke der Nachfrage.«

Sie ließ sie neben ihm aufs Bett sinken und musterte ihn kurz.

»Du siehst auch viel besser aus als zuvor.«

»Das freut mich zu hören«, er musterte sie ebenso, »ist während meiner Abwesenheit an Deck etwas vorgefallen?«

»Du hast die Wolkenwale verpasst.«

Chirons Augen wurden groß und ein überraschter Ausdruck legte sich auf sein Gesicht.

»Erzählt mir von ihnen«, bat er sie und Selene tat nichts lieber.

Sie wusste, dass er irgendwann alles niederschreiben würde, und versuchte ihm auch die Dinge, die er nicht gesehen hatte, so gut es ging zu beschreiben.

»Ich wünschte, ich hätte sie mit meinen eigenen Augen gesehen«, sagte Chiron mit Bedauern in seiner Stimme und sofort bekam Selene ein schlechtes Gewissen.

»Warum hat du dann meine Hilfe ausgeschlagen? Ich hätte dir helfen können.«

Erneut schüttelte Chiron sacht seinen Kopf.

»Es hätte nur unerwünschte Aufmerksamkeit auf Euch gezogen und vor allem bin ich in der Lage mich selbst wieder zu regenerieren. Es sollte wohl einfach nicht sein, dass ich die Wolkenwale mit meinen eigenen Augen sehe«, bei seinen Worten lächelte er sanft.

»Im Übrigen, Chiron, wollte ich dir danken«.

»Danken? Wofür?«

»Dafür, dass du uns allen das Leben gerettet hast«, ernst sah sie ihm in die Augen. »Danke.«

Chirons Lächeln wurde breiter und er tätschelte ihren Kopf, als wäre sie ein kleines Kind.

»Immer wieder gerne. Doch lasst uns hinaufgehen. Nicht viele können diesen Anblick genießen.«

In einer eleganten Bewegung stand er auf und sah dann abwartend zu Selene, die bei seinen Worten nur tief geseufzt hatte.

»Was ist mit Euch?«

Erneut seufzte Selene tief und sah schließlich zu ihm auf.

»Um ehrlich zu sein, ängstigt mich dieser Silberstrom etwas. Wir sind viel zu weit weg von der Oberfläche«, gab Selene zu und presste ihre Lippen aufeinander.

»Dann bleibt in der Kajüte und lest etwas.«

»Darauf habe ich aber auch keine Lust.«

Chiron legte seinen Kopf leicht schief und schien sich über ihr Verhalten zu amüsieren.

»Nun, ich werde hinausgehen. Entscheidet Euch, was Ihr tun möchtet.«

Erneut warf er ihr einen amüsierten Blick zu und verließ dann geräuschlos seine Kajüte. Selene ließ sich auf sein Bett sinken und starrte die gewölbte Decke über ihr an. Wie schon Chiron vorgeschlagen hatte, könnte sie lesen oder irgendetwas anderes machen. Sie spürte, wie ihr schwindelig wurde, und sie schloss schnell ihre Augen. Eine plötzliche Schwäche befiel sie und ehe sie es sich versah, war sie eingeschlafen.

»Herrin?«, ertönte eine bekannte Stimme in ihrer Nähe und als sie ihre Augen öffnete, blickte sie in Chirons freundliches Gesicht.

Sie sah sich schlaftrunken um und stellte fest, dass sie auf seinem Bett eingeschlafen war.

»Oh, entschuldige«, murmelte sie.

Sie richtete sich auf und wischte sich den Schlaf aus den Augen.

»Wie lange habe ich denn geschlafen?«

»Es ist bereits dunkel.«

Selene hielt in ihrer Bewegung inne und sah ihn mit großen Augen an.

»Ich habe so lange geschlafen! Wieso hast du mich denn nicht früher geweckt?«

»Nun, ich dachte, Ihr habt Euch in Eurer Kajüte befunden und würdet nicht hochkommen wollen. Ich bemerkte es gerade eben, als ich Euch Euer Abendessen brachte.«

»Ach so«, murmelte sie und stand dann langsam von seinem Bett auf.

»Wieso essen wir nicht an Deck?«

»Der Wind hat aufgefrischt und von einem gemütlichen Beisammensein kann nun nicht mehr die Rede sein.«

Verstehend nickte Selene und beide verließen seine Kajüte. Chiron aß mehr als sonst und Selene war ein wenig besorgt, dass ihn die Rettungsaktion mehr ausgelaugt hatte, als er zugeben wollte.

»Du kannst ruhig nach Hilfe fragen, wenn du welche brauchst«, sagte sie zwischen zwei Bissen.

Chiron schmunzelte.

»Wenn es so weit sein sollte, werde ich Euch fragen. Doch momentan brauche ich nur etwas zu essen und Schlaf.«

»Sicher?«

Chirons Mundwinkel zuckten nach oben und er nickte elegant. Dann schob er sich die letzte Nuss in den Mund und stand in einer fließenden Bewegung auf.

»Ich werde mich dann etwas hinlegen«, meinte er und verabschiedete sich.

»Gute Nacht!«, rief sie ihm gerade noch hinterher, ehe er seine Kajütentür schloss.

Selene vertilgte das restliche Essen, räumte alles in den Weidenkorb zurück und ließ sich dann auf ihr Bett sinken. Sie starrte aus dem kleinen Fenster hinaus, konnte aber nichts sehen außer Dunkelheit. Probehalber schloss sie ihre Augen, aber sie war viel zu wach, um zu dösen, geschweige denn schlafen zu können.

Mit einem Seufzer zog sie ein Buch aus dem Bücherregal und versuchte etwas zu lesen. Doch die Schnulze war nicht spannend genug und so drifteten ihre Gedanken stets ab, bis sie es schließlich aufgab und das Buch zurückstellte. Letztendlich gab sie es komplett auf und beschloss, nach draußen zu gehen. Sie öffnete die Türe zum Deck und wurde von ihr beinahe nach hinten geschleudert. Der Wind pfiff ihr eiskalt und stark ins Gesicht, sodass sie alle Mühe hatte, die Tür wieder zu schließen. Keuchend lehnte sie sich dagegen und überlegte kurz sich wieder aufs Bett zu legen, als sie sich dann doch überwand. Sie ging zurück in ihre Kajüte und zog so viele Kleider in Schichten übereinander, wie sie nur konnte. Zu guter Letzt schlüpfte sie in ihre Lebensweste, band ihre Kapuze am Kopf fest und stand dann vor der Tür zum Deck. Mit einem tiefen Atemzug öffnete sie die Türe, die sich schlagartig auftat. Selene kämpfte gegen den Wind an und zog mit großer Kraftanstrengung die Tür hinter sich wieder zu. Sie lehnte sich dagegen und sah sich auf dem Deck um. Keine Laterne brannte, doch konnte sie einen kleinen Berg auf dem Deck erkennen, der sich gegen das Achterdeck lehnte. Selene wusste, dass es nur Brian sein konnte. Sie stieß sich von der Türe ab und kämpfte sich, Schritt für Schritt, zu ihm. Dieser reichte ihr auf dem letzten Stück die Hand und zog sie mühelos zu sich an die Wand.

»In Eurer Kabine wäre es gewiss sicherer«, brummte er. Seine tiefe Stimme konnte sie über den peitschenden Wind hinweg gut hören.

»Ich weiß«, rief zu ihm hinauf und setzte sich zu ihm an die Wand, »aber ich bin nicht müde.«

Sie hörte von ihm ein tiefes, rhythmisches Grollen, das sie schließlich als Lachen identifizierte.

»Wenn Ihr schon hier seid, so genießt wenigstens die Aussicht«, meinte er und deutete hinter sich auf das Achterdeck.

Selene kroch dann auf allen Vieren zur Treppe und sicherte sich, bevor sie hochkrabbelte. Sie hatte zwar Angst, doch die Neugierde überwiegte. Er würde das nicht zu ihr sagen, wenn er es nicht auch meinte. Stück für Stück arbeitete sie sich Sicherung für Sicherung auf das Achterdeck und sicherte sich dann am Geländer. Langsam zog sie sich auf die Beine und sah dabei, dass Brians Blick ihr die ganze Zeit gefolgt war. Wenn er wollte, konnte er ihr die Hand reichen. Sie lächelte

ihm dankend zu und hob dann ihren Blick. Fast hätte sie das Geländer losgelassen. Das Schiff befand sich im Gesang der Großen Mutter. Um und unter ihnen tanzten Bänder aus grünem Licht, während neben und über ihnen Streifen aus rotem und blauem Licht langsam dahin wogten. Zwischen ihnen konnte sie das feine Netz an Sternen sehen und die beiden Monde, die hell vom Himmel leuchteten. Das Wasser des Silberstroms reflektierte die Farben, brach sie und warf sie zurück. Es erweckte den Eindruck, dass der Silberstrom ebenfalls aus Farbe bestand. Tränen traten ihr in die Augen, so sehr berührte sie diese atemberaubende Schönheit. Die beißende Kälte hatte sie vollkommen vergessen. Mit einem seligen Lächeln auf den Lippen konnte sie nicht den Blick von den wogenden Bewegungen der vielen Bänder nehmen. Und so stand sie da, ignorierte den Wind, der an ihr zerrte und war gefangen in dem Spiel an Farben. Selbst, als es langsam dämmerte, konnte Selene nicht den Anblick vom Himmel nehmen. Zwar verdrängte die Sonne das Farbenspiel, tauchte diesen jedoch in unterschiedliche Farbtöne und brachte den Silberstrom zum Glänzen. So furchterregend dieser Ort auch war, er war dennoch wunderschön.

»Ihr habt den Nachthimmel bewundert?«, ertönte eine Stimme hinter ihr.

Erschrocken zuckte Selene zusammen und drehte sich um. Glaukos ging Stück für Stück zu ihr und sicherte sich am Steuerrad.

»Das habe ich«, antwortete sie ihm und sah erneut zum Himmel, dessen Farbe sich abermals geändert hatte.

»Zuerst wollte ich die Kajüte nicht verlassen. Ich bin allerdings froh, dass ich es getan habe.«

Sie schlang ihre Arme um ihren Oberkörper, da die Kälte sie zum Zittern brachte. Zudem war sie die ganze Nacht lang wach gewesen und so tat die Müdigkeit ihr Übriges.

»Der Himmel ist hier oben wunderschön, wenn auch sehr kalt und gefährlich.«

Sie sah aus dem Augenwinkel, wie er die Seile am Steuerrad überprüfte und sich dann ihr zuwendete.

»Legt Euch noch etwas zur Ruhe. Sobald es Frühstück gibt, werde ich Euch wecken lassen.«

Selene wandte sich ihm zu und musterte ihn für einen Augenblick. Auch er hatte sich mehrere Lagen Kleidung übereinander gezogen und sah seltsam unförmig aus. Dann nickte sie ihm zu und sah ein letztes Mal zum Himmel. Die farbigen Bänder waren nun gänzlich verschwunden und Selene riss sich vom Glitzern des Silberstroms los. Sie ging Stück für Stück hinunter und kämpfte sich dann über das Deck zur Tür. Kaum hatte sie die Tür hinter sich zugedrückt, wurde es ihr schlagartig wärmer. Ein wohliges Lächeln legte sich auf ihre Lippen und sie ging in ihre Kajüte. Schon kam sie ins Schwitzen und entledigte sich aller unnötigen Kleidungsstücke, ehe sie müde ins Bett schlüpfte. Sie ließ das Gesehene noch einen Moment vor ihrem geistigen Auge vorbeiziehen, ehe sie mit einem kleinen Lächeln einschlief.

Selene wurde von Gladim geweckt, der ihr das Frühstück brachte. Nach dem Frühstück wusch sie sich ausgiebig, flocht ihr Haar an ihren Kopf und zog sich erneut dick an. Allerdings verzichtete sie auf die unzähligen Lagen, da sie hoffte, dass der Wind nun nicht mehr so kalt war. Sie packte ihr Frühstückszeug zusammen und entschloss sich dann, es Gladim zurückzubringen. Sicher band sie den Deckel auf dem Weidenkorb fest und begab sich dann auf Deck. Der Wind schlug ihr ins Gesicht, jedoch war er nicht mehr so beißend und kalt wie in der Nacht. Sie ließ ihren Blick über das Deck gleiten, konnte jedoch nur Chiron und Glaukos auf dem Achterdeck ausmachen. Da sie Gladim nicht auf Deck erblickte, ging sie zur Treppe unter dem Achterdeck und zögerte dann. Sie setzte sich auf die oberste Stufe und klopfte laut gegen die hölzernen Wände.

»Gladim?«, rief sie in die Schatten hinein.

»Ja?«, kam die Antwort prompt und er streckte seinen Kopf keinen Atemzug später in ihr Blickfeld.

»Ich habe dir das Geschirr zurückgebracht«, und bei den Worten reichte sie ihm den Korb hinunter.

»Das wäre nicht nötig gewesen, doch habt Dank!«, nahm er ihr den Weidenkorb breit lächelnd ab und hielt dann inne.

Selene hatte sich nicht von der Stufe fortbewegt und fragend sah er sie an.

»Brauchst du vielleicht Hilfe beim Kochen?«, fragte sie leicht schüchtern und erneut lächelte er sie breit an.

»Wenn Euch langweilig ist, so könnt Ihr mir gerne helfen. Kommt, ich zeige Euch die Küche.«

Selene lächelte erleichtert und ging dann vorsichtig die steilen Stufen hinunter in das Unterdeck. Neugierig sah sie sich um und stellte fest, dass das Unterdeck aus nur zwei Räumen zu bestehen schien. Direkt neben der Treppe und unter dem Achterdeck befand sich die Küche und der Rest bestand aus einem großen Frachtraum. Zwischen den unzähligen Kisten, Truhen und Fässern konnte Selene Ares und Nathron erkennen, welche die Waren sortierten. An der Seite erkannte sie Fengel, der auf dem Boden saß und mit zusammengekniffenen Augen über einer auseinandergebauten Truhe hantierte. Dann wandte sich Selene wieder Gladim zu, der sich in die Küche zurückgezogen hatte. Die Küche war mit grauem Stein ausgekleidet und zahlreiche Küchenutensilien waren an den Wänden mit Bändern eingespannt. Überall hingen Hängeschränke und unter der langen Arbeitsplatte stapelten sich Töpfe und Pfannen jeglicher Größe. Gladim hatte in hohen Weidenkörben unzähliges Gemüse gestapelt. »Muss das alles geschält werden?«, fragte Selene und Gladim nickte bestätigend.

»Allerdings werden wir uns zuerst um die Fische kümmern müssen.«

»Die Fische?«

»Auf der Insel haben wir zwei Fische gefangen, die wir verarbeiten müssen«, und bei den Worten ging er tiefer in die Küche hinein.

Sie folgte ihm und sah, dass im steinernen Boden eine Falltür eingelassen war. Er hielt eine Kerze in das Loch und Selene war überrascht zu sehen, dass dort zwei riesige, dunkelblaue Fische lagen, deren Schuppen im Schein der Kerze rot schimmerten. Gladim ließ sich in die schmale Öffnung gleiten und Selene kauerte sich an den Rand. Erst da erkannte sie, wie gigantisch sie waren. Beide waren mindestens so groß wie sie selbst.

Gladim befestigte einen massiven Eisenhaken mit einer Kette an den Kiemen eines der beiden Fische und reichte dann Selene das Ende. Zusammen versuchten sie, den Fisch herauszuziehen, doch sie bekamen ihn nicht aus dem Loch. Selene fluchte leise und wischte sich den Schweiß von der Stirn. Eine Bewegung aus dem Augenwinkel ließ sie aufsehen.

Ares kam zu ihnen in die Küche und sah in das Loch hinunter.

»Darf ich?«, fragte er sie und deutete mit einer Kopfbewegung auf die Kette in ihrer Hand.

Selene übergab ihm die Kette und er ging in die Hocke.

»Gladim, befestige noch den anderen Haken am Fisch. Soll ich die Fische an Deck bringen?«

»Ja, danke!«, rief Gladim nach oben, während er den zweiten Haken an dem anderen Fisch befestigte und Ares die Kette reichte.

Er stand auf und mit großen Augen sah Selene zu, wie er die beiden Fische scheinbar mühelos aus dem Loch in die Küche zog. Dann schulterte er die Fische und trug sie an Deck. Selene sah ihm beeindruckt hinterher. Zwar wusste sie, wie stark er war, doch jedes Mal überraschte es sie aufs Neue. Gladim kletterte aus dem Loch, schloss die Luke, schnappte sich mehrere Messer und sie folgte ihm ans Deck. Ares hatte die Fische mittig aufs Deck gelegt und wartete geduldig auf die beiden.

»Danke«, meinte sie nun auch zu ihm, als er ihr die Ketten übergab.

Ihre Blicke trafen sich und für einen Moment waren seine Augen so blau wie ein wolkenloser Himmel, ehe das Sturmgrau Einzug hielt.

»Keine Ursache«, entgegnete er, trat einen Schritt beiseite und ging zurück ins Unterdeck.

Selene sah seinem breiten Rücken hinterher, ehe sie sich zu Gladim aufs Deck setzte. Beide entschuppten die Fische und Gladim filetierte sie dann. Bei der Gelegenheit zeigte er Selene sein neues Messer, das er am Tag des Ablegens gekauft hatte. Sie musste zugeben, dass es sehr scharf war und durch den Fisch glitt wie Butter. Nun wusste sie auch, warum sie das an Deck taten. Sie konnte das Blut und den Schmutz einfach davon spülen. Sie mussten ein paar Mal hoch und runter laufen, ehe sie die Filets und die Knochen mit den Köpfen wieder zurück in die Küche gebracht hatten. Gladim schmiss die Fischreste in einen gigantischen Topf und zog sich dann einen kleinen Schemel heran. Auch Selene gab er einen und ein großes Messer, das sie dankend annahm. Beide setzten sich an den riesigen Berg an Gemüse und begannen zu schälen. Während die Schalen zu den Fischresten wanderten, erzählte Gladim von der Stadt der Fünf Wächter und von den alten Legenden und Sagen, die sich darum rankten. Er war ein guter Erzähler, der hier und da mit Witzen die Geschichten auflockerte.

Er brachte sie oft zum Lachen und so verflog die Zeit.

Während die Suppe mit den Resten köchelte, half sie ihm, den Fisch zuzubereiten. So buken sie einen Fisch in einem riesigen Ofen, der wohl magisch verändert worden war, während der andere für die abendliche Suppe gedacht war. Selene war froh, behilflich sein zu können und genoss es mit Gladim Zeit zu verbringen, auch wenn sie manchmal traurig wurde, wenn sie in sein Gesicht blickte. Er erinnerte sie zu sehr an ihren kleinen Bruder.

Selene half ihm, das Mittagessen zu verteilen, und brachte das Essen zu den Vier aufs Deck. Sie wagte es nicht, zu Thoron auf den Ausguck zu klettern und so stellte sie seinen Topf an den Mast. Dann ging sie zu Brian, der im Achterdeck schlief. Mit einem Brummen bedankte er sich dafür und dann brachte sie Glaukos und Chiron ihre Töpfe. Sie sicherte sich wieder am Geländer und aß schließlich auch ihre Portion. Es schmeckte so vorzüglich, dass Selene aus dem Lächeln nicht wieder herauskam. Auch half sie beim Abwasch und gesellte sich dann erneut zu den beiden auf das Achterdeck. Zwar wagte sie es nicht, nahe an die Reling zu kommen, doch hatte sich ihre Angst seit der Nacht etwas gelegt. Sie war sogar fasziniert, dass die Wolken sowohl über als auch unter ihr waren. Teilweise waren sie so zahlreich, dass es einem weißen Meer glich, durch das sich der Silberstrom zog. Die Sonne stand hoch über ihnen und wärmte sie, sodass der kalte Wind erträglicher war. Hin und wieder hörten sie den Gesang der Wolkenwale. Allerdings kamen sie ihnen nicht wieder so nahe wie zuvor. Man konnte nur vage ihre mächtigen Leiber in den Wolken erahnen.

Gegen Nachmittag wurde der Wind frischer und die Wolken wurden mehr, bis sie einen Großteil der Sonnenstrahlen verschluckten. Es wurde sehr viel kälter und die Wolken, die Nässe brachten, legten sich eiskalt auf ihre Kleider und Wangen. Selene begann bald darauf erbärmlich zu frieren und selbst Chiron zog sich in seine Kajüte zurück, um zu meditieren. Sie hingegen hangelte sich zurück zur Küche. Ohne Wind und nässende Wolken wurde es sogleich wärmer und auch das kleine Herdfeuer, auf dem der riesige Topf stand, tat sein Übriges. Sie wollte gerade einen Blick hinein werfen, als sie ihren Namen hörte. Überrascht sah sie in den Frachtraum rein und entdeckte Gladim, der ihr zuwinkte.

»Wollt Ihr Euch zu uns setzen?«, rief er durch den Frachtraum und Selene nickte.

Sie nahm den schmalen Gang durch den Frachtraum und bemerkte, dass Ares und Nathron noch immer mit der Fracht beschäftigt waren. Als sie fast bei Gladim angekommen war, öffnete sich eine kleine freie Stelle. Dort hatten er und Fengel es sich gemütlich gemacht. Selene bemerkte den Weinschlauch neben und das Kartenspiel zwischen ihnen. Da das Fallgitter über ihnen mit Holzbrettern verschlossen war, hingen Laternen an der niedrigen Decke und spendeten genug Licht, um die Spielkarten erkennen zu können.

»Ihr spielt Karten?«, fragte sie das Offensichtliche und ließ sich neben die beiden nieder.

»Genau und ich bin am gewinnen!«, meinte Gladim mit einem breiten Grinsen und erntete von Fengel nur ein spöttisches Schnauben.

»Wer´s glaubt, wird selig«, knurrte er und zog eine Karte von dem Stapel.

Selene lehnte sich gegen eine Kiste und bemerkte erst dann die kleine, seltsame Maschinerie, die unter dem Fallgitter angebracht war. Schon wollte sie fragen, doch dann wurde es ihr klar, dass dies die Anlage sein musste, die das Segel nach dem Fall herausgeschossen hatte.

»Ha!«, hörte sie Fengel triumphierend rufen.

Schnell blickte sie wieder zu den beiden und sah gerade noch, wie Gladim enttäuscht den Kopf hängen ließ und Fengel breit grinsend auf die Karten auf dem Boden starrte.

»Du hast gewonnen?«, fragte sie an Fengel gerichtet, der zufrieden zustimmte.

Gladim ließ seine Karten auf den Boden gleiten und lehnte sich quengelnd zur Seite.

»Noch eine Partie!«, rief er und brachte beide zum Lachen.

»Gern, wenn du nochmal verlieren möchtest!«, meinte Fengel mit einem fiesen Grinsen und sammelte die Karten ein.

»Möchtet Ihr mitspielen?«

»Ich kenn die Regeln nicht. Lass mich noch eine Runde zugucken und dann mitspielen.«

Beide nickten, während Fengel gekonnt die Karten mischte und sie austeilte.

»Was machen eigentlich Ares und Nathron die ganze Zeit?«, fragte sie, als sie die beiden kurz zwischen der Fracht erblickt hatte.

»Sie räumen die leeren Behälter zusammen und überprüfen, was da ist und was fehlt«, antwortete Gladim abwesend, wobei er seine Karten auf der Hand musterte.

»Kommt, ich bringe Euch die Regeln bei«, meinte Fengel und deutete ihr, mit in seine Karten zu sehen.

Schnell rutschte sie zu ihm und sah über seine Schulter in seine Karten. Diese bestanden aus verschiedenen Farben und Zahlen. Flüsternd erklärte er ihr die Regeln und sie begann während des Spiels langsam zu verstehen. Nachdem Gladim erneut verloren hatte, spielte sie mit und obwohl sie anfangs noch viele Fehler machte, hatte sie Spaß dabei. Der Weinschlauch wurde immer leerer und die Flüche der beiden immer lauter. Selene kam aus dem Lachen fast nicht mehr heraus und gewann auch ein paar Partien. Nach dem Abendessen spielten sie weiter und selbst Ares und Nathron gesellten sich, nach Gladims Bitten, dazu. Zwar wurde es mit den beiden zusätzlichen Spielern etwas eng, doch beide waren gute Spieler, weswegen es lebhafte Partien wurden. Der zweite Weinschlauch wurde geöffnet und sie konnte sehen, wie alle gelöster wurden. Selbst im mageren Schein der Laternen konnte Selene die Röte in den Gesichtern der Männer sehen und wie Fengels und Gladims Augen immer mehr glänzten. Selbst auf Ares' Wangen konnte sie irgendwann eine Röte ausmachen. Gerade, als sie schmunzelnd seine gefärbten Wangen betrachtete, trafen sich ihre Blicke. Fast wäre sie zusammengezuckt und eine seltsame Hitze wallte durch ihren Körper. Sein Blick wurde so intensiv, dass ihr das Blut in die Wangen schoss und sie ihre Augen niederschlug. Mit hämmerndem Herzen starrte sie in ihre Karten und war so irritiert, dass sie viele Fehler machte und die Partie als erste verlor. Leise schimpfend lehnte sie sich gegen die Fracht hinter sich und beobachtete dann amüsiert, wie Fengel und Gladim sich gegenseitig verbal fertigmachten und eine Karte nach der anderen auf den Boden schmetterten, bis Ares gewann. Fluchend schmiss Gladim die Karten auf seiner Hand in die Mitte, kippte dann nach hinten um und begann laut zu schnarchen. Selene krümmte sich vor Lachen, als auch Fengel seine Karten in die Mitte pfefferte und versuchte aufzustehen, was ihm allerdings nicht gelang.

»Ich glaube, es ist Zeit zum Schlafen«, meinte Nathron, packte Gladim und warf sich ihn über die Schulter.

Gladim schnarchte laut auf, wachte jedoch nicht auf, was Selene erneut prusten ließ. Nathron half auch Fengel auf und packte ihn unter den Armen.

»Gute Nacht!«, rief er in die Runde, ehe er die beiden tiefer in den Frachtraum brachte.

»Gute Nacht!«, erwiderte sie und sammelte die Karten ein, die noch überall auf dem Boden verteilt waren.

»Wo schlaft ihr eigentlich alle?«, fragte Selene, als sie die letzte fehlende Karte unter einer Kiste hervorzog.

»Hinter der Fracht befindet sich noch einmal ein Raum. Dort schlafen wir«, antwortete Ares.

»Es sieht nicht so aus, als gäbe es dort sehr viel Platz.«

Ares lächelte schief, als sie ihm die Karten gab.

»Nein, es ist nicht viel Platz und kaum Privatsphäre, aber es reicht.«

Selene nickte verstehend, denn auch in ihrer Jurte hatte es keine Privatsphäre gegeben.

»Ich bringe Euch nach oben«, meinte er, doch Selene winkte schnell ab.

»Das brauchst du nicht, es ist ja nicht weit.«

»Aber Ihr habt Wein getrunken und solltet nicht allein auf Deck sein.«

»Wein hat bei mir keine Wirkung«, entgegnete sie und Ares sah sie überrascht an.

»Gar keine?«

»Nein, leider nicht«, gab sie zu und stand langsam auf.

Ares tat es ihr gleich. Da bemerkte sie, dass er mit dem Kopf beinahe die Decke berührte.

»Leider?«

Selene nickte und richtete ein wenig ihre Kleider.

»Es würde mich schon interessieren, wie es sich anfühlt, betrunken zu sein«, erklärte sie mit einem kleinen Lächeln und sah, wie er amüsiert den Mund verzog.

»Das ist wahrlich schwer zu erklären.«

»Dachte ich mir schon«, meinte sie mit einem Seufzen und lächelte ihn dann leicht verunsichert an.

»Gute Nacht, Ares«, hauchte sie und wunderte sich im nächsten Moment über die seltsame Schüchternheit, die sie ergriffen hatte.

Irgendwas an seiner Anwesenheit berührte sie, doch sie konnte einfach nicht greifen, was es war.

»Gute Nacht, Selene«, raunte er und seine blauen Augen strahlten selbst in der Dunkelheit.

Eine angenehme Gänsehaut lief ihr den Rücken hinunter. Dann wandte sie sich ab und ging den Gang zurück zur Treppe. Kurz bevor sie die erste Treppenstufe betrat, blickte sie sich noch einmal um. Ares war nicht mehr zu sehen. Für einen kurzen Augenblick war sie enttäuscht, schüttelte dann aber den Moment ab und trat aufs Deck.

Wind und Kälte wirkten auf sie wie eine Ohrfeige. Selene atmete tief die frische Luft ein und lehnte sich an die Wand des Achterdecks. Noch immer hüllten die Wolken sie ein wie dichter Nebel. Sie hob ihren Blick und sah zu den Sternen, die sie durch die Lücken der Wolken sehen konnte. Doch die Müdigkeit und die Kälte drangen durch ihren Körper und so hangelte sie sich über das Deck zurück in ihre Kajüte. Müde machte sie sich bettfertig und sobald ihr Kopf das Kopfkissen berührte, fiel sie in einen tiefen Schlaf.

Sie erwachte erst später am Tag und aß in ihrer Kajüte ihr Frühstück. Die dunkelbraune Flasche, von der sie einen Schluck genommen hatte, bevor sie den Silberstrom befuhren, war ebenso dabei. Sie wusste, dass der Trank bei ihr keine Wirkung zeigen würde, und so legte sie ihn zurück in den Korb. Ein Blick aus ihrem Fenster reichte, um zu erkennen, dass sich die Wolken gelichtet hatten.

Selene begab sich aufs Achterdeck. Die Sonne schien warm vom Himmel, die hohen Wolken waren fast komplett gewichen. Selene bot sich wieder der wunderschöne Anblick des weißen Meeres und der Wolkenberge, durch die sich der Silberstrom zog. Genüsslich streckte sie ihr Gesicht in die Sonnenstrahlen und unweigerlich wanderten ihre Gedanken zum letzten Abend zurück. Ein kleines Lächeln stahl sich auf ihr Gesicht und ihr Innerstes wurde warm. Für eine Weile hatte sie alles vergessen können und hatte sich als Teil der Gruppe gefühlt. Sie hatte schon lange nicht mehr so gelacht und war so glücklich gewesen. Nicht einmal, als sie noch daheim

gewesen war. Der Gedanke an Zuhause ließ sie wieder traurig werden und erstickte die Wärme in ihrem Herzen. Auf einmal fühlte sie sich schuldig. Wie konnte sie glücklich sein, während ihre Familie litt?

»Ist alles in Ordnung?«, hörte sie Chiron fragen.

»Ja, was soll sonst sein?«, fragte sie ausweichend, doch er schien ihre streitenden Gefühle gesehen zu haben.

Schnell wandte sie sich ab und lehnte sich gegen das Geländer, als ein gellender Pfiff vom Ausguck ertönte.

Alle Köpfe fuhren nach oben und sie sah Thoron im Spitz des Masts, wie er nach vorne deutete. Sie folgte seiner Richtung, konnte aber nichts sehen. Erst, als die nächste Wolkenschwade über das Schiff rollte, erkannte sie in der Ferne eine hohe Wolke. Selene runzelte fragend die Stirn und sah zu Glaukos. Sein Gesicht war sorgenvoll und selbst Chirons Ausdruck war voller Ernst.

»Was ist?«, fragte sie mit belegter Stimme und Chiron warf ihr einen kurzen Blick zu.

»Das ist eine Ambosswolke. Eine gewaltige Gewitterwolke.«

Glaukos pfiff ein paar grelle Töne und keinen Augenblick später war die Mannschaft an Deck versammelt. Glaukos brauchte nichts zu sagen, denn alle Gesichter wurden mit einem Schlag finster, als sie die Wolke erblickten. Selenes Blick schnellte zurück zu der immer größer werdenden Wolke. Sie erhob sich turmgleich in den Himmel, um in ferner Höhe dann schlagartig breiter zu werden. Ihr Schatten tauchte alles in ein tiefes Grau und Selene konnte sehen, wie darin hin und wieder Lichter aufblitzten. Eine Gänsehaut rann ihr den Rücken hinunter, denn der Silberstrom hielt direkt auf diese Wolke zu.

»Werden wir da hineinfahren?«, fragte Selene Glaukos, der zu ihrer Überraschung den Kopf schüttelte.

»Der Silberstrom wird uns vor der Wolke hinunterbringen. Allerdings werden wir dann direkt unter ihr herauskommen.«

»Das bedeutet, dass wir womöglich in den Mahlstrom gedrückt werden?«, fragte Chiron, woraufhin Glaukos nickte.

Selene sah zwischen den beiden Männern ratlos hin und her.

»Was ist der Mahlstrom?«

»Ein gigantischer Strudel, dessen Anfang und Ende den Horizont aus-

füllt«, antwortete Glaukos und sein Gesicht verdüsterte sich noch mehr.

»Kommt man der Mitte zu nahe, wird man vom Sog erfasst und dann auf den Grund des Meeres gezogen. Ohne die Gewitterwolke ist es möglich, den äußeren Rand unbeschadet zu passieren, doch die Winde, die nun auf der anderen Seite toben, werden uns in die Mitte drücken.«

»Man könnte die Meermenschen um Hilfe fragen«, schlug Chiron vor und für einen Moment lang sahen sich Glaukos und Chiron stumm in die Augen.

»Daran hatte ich auch schon gedacht«, dann trat er an das Geländer, »Gladim!«

»Ja!«

»Geh unter Deck und mache ein Floß klar. Die anderen werden dir helfen. Wir werden die Meermenschen um Hilfe bitten.«

Gladim nickte knapp und rannte dann mit den anderen unter Deck.

»Meermenschen?«, fragte Selene erneut.

»Sie leben im Meer des anderen Kontinents, direkt in der Nähe des Mahlstromes und können die Lebewesen des Meeres dazu bringen, ihnen zu gehorchen. Wenn wir sie mit genug Geschenken überhäufen, werden sie uns womöglich helfen«, erklärte Chiron und Selene bemerkte, wie er mit seiner Hand über seinen Geldbeutel strich.

»Habt Ihr denn genug, um sie zufrieden zu stellen?«, fragte Chiron an Glaukos gerichtet.

»Es wird reichen«, antwortete dieser knapp.

Selene sah zwischen den beiden hin und her, die besorgt aussahen und schürte damit ihre Angst nur umso mehr. Ihr Blick glitt wieder nach vorne zur Wolke, deren Schatten sie beinahe schon erreicht hatten. Plötzlich ertönte von weit oben ein lauter Pfiff. Als Selene aufsah, saß noch immer Thoron am obersten Ende des Masts und machte mit seinen Armen eine seltsame Bewegung, ehe er elegant den Mast hinunter schwang und unter Deck verschwand.

»Der Silberstrom neigt sich dem Ende zu«, raunte Glaukos und sie sah angstvoll nach vorne.

Der Schatten der Wolke fiel auf sie und Selene bemerkte, dass der Wind auch manchmal von der Seite wehte. Glaukos stieß einen lauten, durchringenden Pfiff aus und wenig später eilte der Rest der Mannschaft

wieder an Deck. Sie rissen das Fallgitter auf und verschwanden erneut unter Deck. Ein Ruck fuhr abermals durch das Schiff. Selene sah, wie das vordere Segel eingeholt wurde, während Gladim und Fengel Körbe voller goldenem Schmuck Brian in die Hände drückten, der diesen in eine Kiste kippte, die auf ein kleines Floß gebunden war. Chiron trat an Brians Seite und öffnete seinen Geldbeutel. Mit einer Bewegung seines Handgelenks sah sie, wie ein Strom an Körnern den Beutel verließ, um dann in ihre ursprüngliche Größe zurückzukehren. Goldener und silberner Schmuck, besetzt mit funkelnden Steinen nahm in der Kiste Platz und füllte diese bis zum Rand aus. Selene hatte keine Ahnung, wie viel der Schmuck wert war, doch von der prachtvollen Schönheit und den Reaktionen von Gladim und Fengel schloss sie, dass es ein kleines Vermögen war. Brian nickte Chiron knapp zu, ehe er das Floß in seine Hand nahm und es mit Stricken vorsichtig auf den Silberstrom hinabließ. Flink bewegte Chiron seine Hand und Selene beobachtete, wie das Floß das Schiff überholte und schnell aus ihrer Sicht verschwand. Abermals pfiff Glaukos laut und eine plötzliche Hektik befiel die Mannschaft. Chiron eilte zu Selene und vergewisserte sich, dass sie gut gesichert war, ehe er sich neben sie gesellte. Brian sicherte sich erneut am Mast, während der Rest der Mannschaft sich möglichst entweder an der Reling oder mittig am Schiff fest machte. Kaum hatten sie alle ihren Platz gefunden, wurde das Rauschen des Wassers immer lauter und der Wind frischte schlagartig auf. Von dem Getöse dröhnten Selenes Ohren und sie konnte spüren, was für eine Anspannung auf dem Schiff und in der Umgebung lag.

Ein ohrenbetäubender Donner ließ ihr die Ohren klingeln und Selene konnte die Blitze im Inneren der Wolke sehen. Leichter Regen fiel herab, der die Kälte in sie trieb wie scharfe Hagelkörner. Obwohl ihr die Augen von der kalten Nässe schmerzten, nahm Selene sie nicht von dem Silberstrom, der sich jetzt nicht länger in die Ewigkeit zu erstrecken schien. Selene klammerte sich mit beiden Armen an das Geländer und lehnte sich gegen die dicken Sprossen. Der Silberstrom neigte sich nach vorne und das Schiff kippte. Ihr Körper wurde gegen die Sprossen gedrückt und Selenes Schrei blieb ihr in der Kehle stecken, während sie steil nach vorne, ins Nichts, fuhren. Mit einmal Mal schien sich der Himmel zu öffnen und der Regen wurde heftiger. Beinahe blind klammerte sie sich mit

aller Macht an das Geländer. Die Acheron kippte schlagartig zur Seite und vollzog viele, enge Kurven, so dass ihr schwindelig wurde. Donner und Blitze zuckten über ihre Köpfe und der Wind schien sie von allen Seiten zerreißen zu wollen.

Der Aufprall kam schnell und unerwartet. Sie wurde zu Boden geschleudert und die Luft entwich aus ihrer Lunge. Etwas Hartes traf sie am Rücken und rammte sie erneut zu Boden. Salzwasser füllte ihren Mund. Sie waren auf der anderen Seite, jedoch geradewegs in ihren Untergang gefahren. Das Schiff war ein Spielball der tosenden See, deren Wellen höher waren als ihr Mast. Wiederholt schlug ihr eine Welle in den Rücken und warf sie schmerzhaft gegen die Streben. Hustend schnappte sie nach Luft, was der strömende Regen nur erschwerte. Unaufhörlich zuckten Blitz und Donner über den schwarzen Himmel. Ihr Blick glitt zu Glaukos, der sich gerade am Steuer auf die Beine zog und sah dann zu Chiron, der ebenfalls zu Boden gegangen war und sich nun umsah. Noch nie hatten sie ihn so verängstigt gesehen wie in diesem Moment. Selene hielt sich leise wimmernd an den Streben fest, während das Schiff von der aufbrausenden See hin und her geworfen wurde. Chiron zog sich neben sie und erneut sah sie dabei zu, wie ein Strom an Körnern aus seinem Geldbeutel direkt in die brausende See strömte. Sie sahen sich in die Augen und noch immer konnte sie Hoffnung in seinen Augen erkennen, also versuchte auch sie, so gut es ging, daran zu glauben, dass sie das hier überleben würden. Wellen brachen stetig über die Reling und dennoch schaffte es die Mannschaft, die Ruder auf die Position zu bringen. Brian ruderte mit aller Kraft, während die anderen ihn unterstützten. Glaukos stand gleich einer Statue am Steuerrad und versuchte, das Schiff zu lenken. Selene wusste jedoch nicht, wohin er überhaupt wollte, da die Wellen sie fest im Griff hatten und der Wind sein Übriges tat. Selene sah hoch in den Himmel, über dessen schwarze Wolken Blitze zuckten und der Donner schmerzhaft in ihren Ohren nachhallte.

Unter den Lärm des Gewitters mischte sich eine tiefe Melodie, die sie mehr spürte, als hörte. Verwundert sah sie zu Chiron, der es ebenfalls zu bemerken schien. Die Melodie wogte wie eine sanfte Meeresbrandung, begleitete sie, während die Mannschaft um ihr Leben ruderte. Plötzlich fuhr ein Ruck durch das Schiff und alle wurden erneut zu Boden ge-

worfen. Selene wurde abermals schmerzhaft an die Sprossen gedrückt, realisierte jedoch schnell, dass sich etwas geändert hatte. Alles um sie herum bewegte sich, außer das Schiff. Jählings hob sich die Acheron an und schien über den Wellen zu schweben. Dann bewegten sie sich vorwärts, als würde sie von einer anderen Macht getrieben. Die Ruder des Schiffs blieben still und weder die Wellen noch der Wind schienen ihren Weg zu beeinflussen. Die Mannschaft war als erstes an der Reling und brach in lauten Jubel aus. Selene, Chiron und Glaukos eilten zu ihnen und sahen hinab. Sie thronten auf dem Haupt einer riesigen Echse. Man konnte nur die lange Schnauze und den breiten Kopf erkennen und der Rest des Körpers war verborgen vom dunklen Wasser. Dennoch konnte Selene erahnen, was für ein gigantisches Lebewesen es wohl sein mochte, wenn es sie auf ihrem Kopf tragen konnte.

»Die Meermenschen haben uns erhört«, raunte Glaukos und ein breites, erleichtertes Lächeln breitete sich auf seinem Gesicht aus.

»Sind wir nun in Sicherheit?«

Glaukos blickte sich um und Selene folgte seinem Blick. Weit in der Ferne sah sie, dass der Horizont sich an einer Stelle tatsächlich nach unten neigte und Selene vermutete, dass dort der Mahlstrom sein musste. Doch bewegten sie sich stetig davon weg.

»Vorerst sind wir in Sicherheit«, bestätigte er ihre Frage und Selene konnte sich nur mit Müh und Not auf den Beinen halten, da sie zitterte wie Espenlaub.

Ihr Blick glitt zur brausenden See und sie meinte, darin sich windende Leiber zu sehen. Hier und da erkannte sie riesige, graue Flossen am Ende von menschenähnlichen Körpern.

»Das sind die Meermenschen«, bestätigte Chiron ihre Vermutung, der ebenfalls die Köper betrachtete.

»Sie werden dafür sorgen, dass wir sicher ankommen.«

Selene nickte und klammerte sich weiterhin an die Reling. Sie befürchtete, dass sie sich ohne die Reling nicht mehr auf den Beinen halten könnte. So stand sie starr wie eine Steinsäule und beobachtete, wie das Wetter und das Meer sich langsam beruhigten. Die schwarze Wolkendecke verschwand mit dem Blitz und Donner und die Wellen wurden immer ruhiger, während das stetige Lied der Meermenschen sie beglei-

tete. Dann sank das Schiff sanft zurück in die See. Sofort begann Brian erneut zu rudern und die Echse verschwand spurlos im Meer. Kurz darauf verstummte das Lied und sie waren wieder auf sich allein gestellt. Selene spürte, dass sie keine Kraft mehr besaß und sich dringend hinlegen musste, bevor ihre Beine unter ihr nachgaben. So wagte sie ein paar wackelige Schritte, die ihr jedoch gelangen, ohne dass es jemanden auffiel. Langsam und im Bemühen, sich nichts anmerken zu lassen, ging sie über das Deck und schaffte es in den Gang hinein. Der Gang begann sich plötzlich unter ihren Füßen zu winden und haltsuchend lehnte sie sich an die Wand. Ihr Herzschlag pochte in ihren Ohren und sie spürte, wie sie schneller atmete.

»Herrin?«, ertönte auf einmal eine raue Stimme hinter ihr, die sich allerdings dumpf und weit weg anhörte.

Selene konnte sich aber weder umdrehen noch antworten. Große Hände packten sie an den Schultern und sie spürte, wie jemand sie an sich zog. Er wagte mit ihr einen Schritt zu gehen, doch Selenes Beine gaben nach. Bevor sie zu Boden ging, wurde sie an eine muskulöse Brust gedrückt und kurzerhand von ihm in seinen Armen getragen. Ein angenehmer Geruch stieg in ihre Nase, sie konnte ihn jedoch nicht deuten. Ehe sie sich versah, hatte er sie auf ihrem Bett abgesetzt und half ihr die triefend nassen Oberkleider abzulegen. Schließlich half er ihr, sich hinzulegen und deckte sie sogar noch zu. Selene hatte die ganze Zeit versucht zu erkennen, wer ihr half, aber stets war ihr Blick unscharf geworden oder verengte sich zu einem kleinen Tunnel. Doch bevor er das Licht in ihrem Zimmer löschen konnte, fiel der Lichtstrahl auf sein blondes, zerzaustes Haar. Ihr Zimmer verdunkelte sich und sie sank in einen tiefen, heilenden Schlaf.

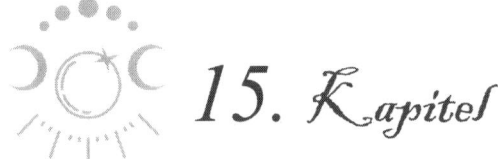

15. Kapitel

Als Selene am nächsten Morgen erwachte, erinnerte sie sich an den vergangenen Tag und überlegte, wie sie es in ihr Bett geschafft hatte. Langsam kamen die Erinnerungen zurück und beschämt vergrub sie ihr Gesicht in ihrer Bettdecke. Es war für sie äußerst unangenehm, dass Ares sie in einem sehr schwachen Moment gesehen hatte. Bei dem Gedanken, dass er ihr sogar geholfen hatte, die nassen Kleider abzulegen, entfuhr ihr ein tiefer Seufzer.

Nachdem sie sich einige Zeit hin und her geworfen hatte, überwand sie ihre Scham und begann sich zu waschen. Sie hatte ihr Fenster geöffnet und stellte erfreut fest, dass es sehr viel wärmer geworden war und der Himmel sich wolkenlos über dem Schiff ausbreitete. Ihre dicken, noch nassen Wintersachen hängte sie auf und entschied sich dann für etwas Leichteres über ihrer Unterwäsche. So zog sie ein helles Leinenhemd an, welches ihr bis über den Hintern ging. Der Gürtel mit dem Dolch hinderte es daran hochzurutschen. Kurz überlegte sie, ob sie vielleicht doch ein Kleid anziehen sollte, verwarf aber den Gedanken und schlüpfte in ihre lederne Hose und Schuhe. Geschickt flocht sie ihr Deckhaar nach hinten zusammen und warf einen prüfenden Blick in den Spiegel. Ermutigend nickte sie sich zu und verließ dann ihre Kabine. Draußen war es wahrlich angenehm und die Sonne schien ungetrübt vom Himmel. Der Wind war noch nicht erwacht und so ruderte Brian mit glänzendem Oberkörper stur vor sich hin.

Selene ließ ihren Blick über das Deck und die Mannschaft schweifen. Nathron hatte ihr erzählt, dass jeder auf diesem Schiff vor etwas fliehen würde und Selene musste sich eingestehen, dass auch sie ihr ganzes Leben damit verbracht hatte, vor etwas davon zu laufen. Je länger sie auf diesem Schiff verweilte, desto mehr verspürte sie den Drang, mehr über die Mannschaft und das Leben auf See zu wissen. So begab sie sich zu Glaukos, der am Steuerrad stand und seine grauen Augen über die Landschaft um sie herum wandern ließ. Da fiel Selene ein, dass sie sich nun im Gebiet des Schattens befanden. Die Anspannung und die Angst kehrten schlagartig zurück.

»Was ist mit dem Schatten?«, fragte sie zögerlich und ließ ihren Blick unruhig über das blaue Wasser gleiten.

»Solange wir genug Abstand zwischen uns und den Inseln haben, wird er uns nicht angreifen«, antwortete Glaukos mit einem beruhigenden Lächeln auf seinen Lippen. »Der Schatten scheut das Wasser. Zudem befinden wir uns auf einem Kurs, der uns zwischen kleinen Inseln hindurchführt, mit tiefem Wasser dazwischen. Weiter nördlich werden die Inseln sehr viel größer und die Gefahr ihm zu begegnen ebenso.«

Erleichtert nickte Selene und als sie in sein entspanntes Gesicht sah, beruhigte sie sich. Er war schon einmal hier drüben gewesen und war heil wieder zurückgekehrt. Also konnte sie seinen Worten wohl vertrauen. Selene setzte sich in seiner Nähe auf die breite Reling und genoss den warmen Wind und die Sonnenstrahlen. Sie fuhren durch tiefblaues Wasser und hier und da erblickte sie kleine Inseln, die rasch immer größer und zahlreicher wurden. Gegen Mittag frischte der Wind auf und es konnten die Segel gesetzt werden. Schließlich überwand Selene ihre Scheu und fragte Glaukos, wie das Segeln funktionierte. Sie hatte erwartet, dass er ihr nicht wirklich antworten würde, doch zu ihrer Überraschung beantwortete er all ihre Fragen geduldig und ausführlich. Er erkläre ihr, worauf er beim Segeln achten musste und was man tun konnte, um schneller voranzukommen. Da er den Weg wohl zu kennen schien, musste er nur hin und wieder einen Blick in die Seekarte werfen, die zusammengerollt in der Säule des Steuerrads steckte. Er schien jede Untiefe zu kennen und welche Insel sie wann passierten. Chiron kam bald dazu und erzählte, dass es einst viele Städte diesseits des Kontinents gegeben hatte, deren Ruinen noch immer sichtbar waren. Bald darauf entdeckte Selene die Ruinen, die jedoch stark zugewachsen waren. Selbst aus dem Wasser ragten riesige Steinsäulen, wie abgebrochene Zähne, heraus.

In den nächsten drei Tagen änderte sich die Szenerie nur wenig. Es war für Selene dennoch spannend, die Ruinen zu betrachten, in denen einst Menschen aller Völker wohnten. In der Zeit versuchte sie auch, die anderen besser kennenzulernen, und begleitete sie teilweise bei ihren täglichen Aufgaben. Thoron schien sie nicht wirklich zu mögen, trotzdem nahm er sie mit in den Ausguck. Selenes Beine waren beim Aufstieg zittrig gewesen, doch sie wollte unbedingt hinauf und so biss sie fest die

Zähne zusammen. Er schien es zu merken, dennoch machte er sich nicht über sie lustig. Oben angekommen half er ihr sogar mit flinken Fingern, sich zu sichern und Selene brach in kalten Schweiß aus, als sie nach unten sah. Erst nach einiger Zeit gewöhnte sie sich an die schwindelerregende Höhe und genoss die Aussicht.

Die Ruinen, die zuerst willkürlich verstreut schienen, konzentrierten sich hier und da und Selene konnte Strukturen vergangener Städte zwischen den natürlichen Inseln erkennen. Erst von soweit oben entdeckte sie die Unterwasserruinen, die das ganze Ausmaß der Pracht der verlorenen Städte offenbarte.

Thoron taute etwas auf und beantwortete ihre Fragen nicht mehr nur einsilbig. Letztendlich half er ihr, verborgene Strukturen auszumachen, und Selene beschlich eine seltsame Melancholie bei den Gedanken, wie viele Menschen wohl hier den Tod gefunden hatten. Sie konnte die zerstörerische Kraft des Unheils nur zu deutlich erkennen, dennoch wirkte nun alles friedlich. Die Sonne schickte wärmende Strahlen und die Vögel sangen ihre schönen Melodien. Das Meer glitzerte wie tausend Eiskristalle und der lauwarme Wind spielte mit ihren Kleidern und Haaren. Das Schiff schaukelte auf den Wellen und das Segel knarzte leicht unter ihr. Für einen kurzen Moment fühlte sie sich so unbekümmert und unbeschwert wie schon lange nicht mehr. Ein kleines Lächeln legte sich auf ihre Lippen und ihre Augen wanderten über das wunderschöne Meer. Während ihre Familie eingesperrt und die Clanmitglieder versklavt waren, saß sie hier mit leichtem Herzen. Schnell kletterte sie wieder hinunter und versuchte, ihre Gedanken auf etwas anderes zu lenken. Sie wusste, dass sie momentan nichts für ihre Familie tun konnte, und dennoch fühlte sie sich schlecht, da sie als Einzige hatte fliehen können.

Selene seufzte tief und warf sich abermals in die Ablenkung. Sie half Nathron das kaputte Ersatzsegel zu reparieren und unterstützte Gladim beim Kochen, indem sie Gemüse schnippelte. Sobald er ihre Hilfe nicht mehr brauchte, ging sie wieder an Deck und gesellte sich zu Fengel, der einen Stuhl reparierte. Hin und wieder reichte sie ihm eine helfende Hand, die er nur zu gerne annahm. Selene versuchte, sich mehr bei den Mahlzeiten einzubringen und Fragen zu stellen. Die Mannschaft, besonders Gladim, schien sich darüber zu freuen und Selene fühlte sich ihnen

immer mehr verbunden. Nur Ares schien ihr aus dem Weg zu gehen. Sie wusste auch nicht, wie sie sich ihm nähern sollte, da sie sich noch immer etwas schämte. Dennoch wollte sie sich für seine Hilfe und Diskretion bedanken, fand aber nie den richtigen Moment dafür.

So verstrichen drei Tage und sie hatte ihm noch immer nicht gedankt. Grübelnd saß Selene auf den Rudern, die seitlich entlang der Reling festgebunden waren, und ging verschiedene Szenarien in ihrem Kopf durch, wie sie ein Gespräch mit ihm beginnen könnte.

Das Schiff begann plötzlich zu vibrieren und riss Selene aus ihren Gedanken. Verwundert starrte sie die Bordwand an, doch erneut vibrierte das Schiff, noch stärker als zuvor. Fragend sah sie zu Glaukos, der aus seiner Kajüte im Achterdeck gekommen war und sich ebenso umsah.

»Was war das?«, fragte Selene. »Haben wir etwas gestreift?«

»In diesem Gebiet sollte es keine Untiefen geben.«

Plötzlich waren mehrere dumpfe und scharrende Geräusche zu hören. Die Tür zu den Gästekabinen flog auf und Chiron stürzte heraus.

»Da ist etwas unter uns!«, rief er und augenblicklich sprang Selene auf und sah hinab ins Wasser.

»Schiff in den Wind, öffnet die Schoten!«, rief Glaukos und Brian riss das Steuer herum, bis die Segel über ihnen unkontrolliert flatterten.

Selene starrte ins Wasser und meinte, etwas darin zu sehen. Etwas Helles erschien in der Tiefe und plötzlich explodierte die Oberfläche. Selene wurde nach hinten gerissen und etwas Weißes schloss sich direkt dort, wo ihr Kopf gewesen war.

»Totenkrabben!«, schrie Glaukos und zog sein Schwert.

Die schneeweiße Krabbe kletterte, trotz ihrer enormen Größe, flink über die Reling und griff mit einer ihrer vier großen Scheren nach Selene.

»Hinfort!«, schrie Chiron und die Krabbe wurde vom Schiff gestoßen.

Doch da kamen auch schon die nächsten. Die nächsten vier konnte Chiron von ihnen fernhalten, dann griffen sie von beiden Seiten an und er konnte sie nicht mehr aufhalten. Immerhin gab er der Mannschaft genügend Zeit, die Waffen zu ziehen.

Selene fühlte sich hilflos und zückte ihren Dolch, der lächerlich schien im Vergleich zu den pferdegroßen Gegnern. Unbarmherzig griffen die Krabben mit ihren großen Scheren an und Selene sah, wie die Klingen

der anderen an den Panzern abprallten, ohne Schaden zu hinterlassen. Einzig Brian mit seinem riesigen, gezackten Säbel konnte die Krabben mit einem Schlag halbieren.

»Am Bauch sind sie verwundbar!«, rief Glaukos ins Getümmel hinein und sogleich änderte die Mannschaft ihre Taktik.

Kaum entblößten die Krabben ihren Bauch, fanden Thorons Pfeile ihre Ziele. Gladim feuerte schwarze Steine mit seiner Steinschleuder, die beim Aufprall explodierten, und Nathron bearbeitete sie von allen Seiten, bis er sie schließlich von unten aufschlitze. Selbst Fengel kämpfe tapfer mit seinem Säbel und war erstaunlich flink für sein hohes Alter. Selene stand zitternd in der Mitte des Schiffs, mit erhobenem Dolch, als eine Krabbe auf sie zu steuerte. Sie zuckte erschrocken zusammen, schmiss sich dann gerade noch rechtzeitig zur Seite und entging der schnappenden Schere. Sofort fuhr die Krabbe herum und versuchte, sie aufzuspießen. Selene rollte sich augenblicklich auf die Seite, war jedoch nicht schnell genug und wurde von der Schere gestreift. Dabei wurde ihr Hemd unter ihr eingeklemmt und sie konnte nicht mehr wegrollen. Schnell schnitt sie sich los, doch die nächste Schere sauste auf sie hinunter. Ein knirschendes Geräusch ertönte und die Schere war weg. Grünes Blut bespritzte sie und kreischend wich die Krabbe von ihr zurück. Da wurde Selene am Arm gepackt und in einer Bewegung auf ihre Beine gezogen. Vor sie schob sich eine breite Silhouette und kaum, dass die verwundete Krabbe, wütender als je zuvor, angegriffen hatte, war sie auch schon mit zwei Schwertschwüngen zerteilt. Ares drehte sich zu Selene um und musterte sie kurz.

»Bleibt hinter mir«, raunte er ihr zu und tötete die nächste Krabbe im Handumdrehen, darauf bedacht, sich nicht zu weit von ihr zu entfernen.

Sie wusste nicht, was sie mehr verwunderte. War es, dass er ihr so schnell zur Seite stand? Dass er und Brian die Einzigen waren, die mit ihren Schwertern durch den dicken Panzer dringen konnten? Oder Ares' Tattoo, das sich blutrot auf seinem Gesicht und Oberkörper ausgebreitet hatte? Gleich der Gründe war sie tief beeindruckt als sie sah, wie er immer wieder seinen Kampf anpasste, damit sie sicher war und er sich nicht zu weit von ihr entfernte.

So schnell wie der Kampf begonnen hatte, so schnell war er auch beendet. Die Totenkrabben hatten wohl realisiert, dass sie nicht gewinnen

konnten, und die wenigen Überlebenden sprangen zurück ins Meer. Abgesehen von dem Flattern der Segel und der schweren Atmung der Mannschaft war nichts mehr zu hören.

»Sie sind weg«, murmelte Chiron und mit einer großen Armbewegung ließ er die Überreste der Totenkrabben von Bord in die See fallen.

»Mistviecher«, raunte Fengel und steckte seinen Säbel zurück in die Schwertscheide.

Die anderen taten es ihm gleich und Glaukos ließ seinen Blick über alle schweifen, bis er an Ares hängen blieb.

»Würde es Euch etwas ausmachen, Euch um Ares zu kümmern?«, fragte er Chiron.

»Es ist nichts Ernsthaftes«, grummelte Ares, doch Selene war zu ihm getreten und hatte bereits die klaffende Wunde an seiner Seite entdeckt, die er versuchte unter seinem Leinenhemd zu verbergen.

Blut lief an seiner Seite herunter und so war jegliche Tarnung dahin.

»Ist das wegen mir passiert?«, fragte Selene leise und sah Ares fest in die Augen, der ihrem Blick kurz standhielt und dann seinen Blick senkte.

»Es war meine Schuld, nicht die Eure. Ich bin nicht schnell genug ausgewichen.«

Doch Selene war sich sicher, dass er nur wegen ihrer Unfähigkeit verletzt worden war. Sie bemerkte am Rande, dass sich seine Gesichtstattoo zurückgezogen und wieder schwarz gefärbt hatte.

»Setzt Euch«, meinte Chiron ruhig und drückte Ares mit sanfter Gewalt auf eines der Fässer.

»Ich brauche Eure Hilfe nicht«, versuchte es Ares, aber Chiron drückte ihn bestimmt zurück auf das Fass.

»Falls wir erneut in Not geraten, brauchen wir Euch. Ich bin nicht sehr geschickt im Heilen, doch ich kann wenigstens die Blutung stoppen. Also lasst mich helfen.«

Streng sah Chiron ihn an und nach einer kurzen Pause nickte Ares schließlich. So legte er seine Hände auf Ares' Seite und begann leise vor sich hin zu murmeln. Selene sah sich kurz verstohlen um und ließ ihren Blick über jeden Einzelnen schweifen. Viele hatten kleinere Wunden davongetragen und begannen sie zu verbinden, ehe sie das grüne Blut vom Deck schrubbten. Erneut bekam sie ein schlechtes Gewissen und

sie wandte sich wieder Ares zu, dessen Wunde nun nicht mehr blutete. Chiron hingegen standen die Schweißperlen auf der Stirn. Er hatte sich wohl verausgabt, was Selenes schlechtes Gewissen nur intensivierte. Ihre Augen wanderten zu Ares, der schnell seinen Blick von ihr abwandte. Sie hörte Chiron neben sich schwer atmen und traf dann eine Entscheidung. Langsam legte sie ihre Hand auf Chirons Arm und drückte ihn sachte hinunter.

»Es ist genug«, murmelte sie und Chiron stoppte.

Warnend sah er sie an und schüttelte ganz sachte seinen Kopf. Sie hingegen lächelte nur leicht und nickte.

»Es ist Zeit«, entgegnete sie und für einen Moment lang schien es, als wolle er ihr widersprechen, hielt jedoch dann inne und richtete sich geschlagen auf.

»Wenn dies Eure Entscheidung ist, so werde ich Euch nicht mehr aufhalten.«

Selene lächelte Chiron an und wandte sich schließlich Ares zu, der sie fragend ansah.

»Keine Angst, ich helfe dir«, meinte sie ruhig und berührte mit beiden Händen seinen Arm.

Sie konzentrierte sich und konnte dann jede Faser seines Körpers fühlen. Sofort merkte sie, dass er anders war als alle anderen Menschen. Etwas lungerte in ihm, wie ein schlafendes Ungeheuer, doch sie fokussierte sich auf die Wunde, die sich anfühlte wie ein klagender Schrei seines Körpers. Wie schon die tausend Male davor begann sie den Körper daran zu erinnern, wie er vor der Wunde ausgesehen hatte. Sie spürte und sah gleichzeitig, wie die Wunde heilte, bis nichts mehr davon übrigblieb. Einzig allein das noch nasse Blut zeugte von der klaffenden Wunde. Selene nahm ihre Hände von seinem Arm und nickte Ares leicht zu. Dann wandte sie sich an Chiron, der mit großen Augen die Stelle betrachtete. Ares sah zu seiner Seite hinunter und betastete die makellose Haut unter dem Blut.

»Wie… wie ist das möglich?«, fragte er bestürzt und sah sie überrascht an.

Selene konnte jedoch nur Lächeln in dem Wissen, dass sie sich nun verraten hatte und es kein Weg mehr zurückgab.

»Was ist geschehen?«, fragte Glaukos und als er zu Ares trat, erstarrte dieser.

Wie auch schon Ares begutachtete er nun die geheilte Haut und sah dann abwechselnd zu Chiron und Selene.

»Wie habt Ihr das gemacht?«, fragte Ares und stand langsam auf, »nicht einmal ein Grauer, der im Umgang mit der Heilung vertraut ist, schafft es, solch eine Wunde in einem Atemzug zu heilen.«

»Herrin Selene hat dich geheilt?«, fragte Glaukos und sah dann Selene sprachlos an.

»Ich habe nur deinen Körper daran erinnert, wie er vorher ausgesehen hat«, versuchte Selene zu erklären, wich aber Ares' Blick aus.

»Wenn ihr wollt, kann ich eure Wunden auch heilen«, sprach sie an die Mannschaft gerichtet, die sie mit großen Augen anstarrten.

Zuerst bewegte sich niemand, doch dann trat Gladim nah vorne und reichte ihr seinen Arm, der mit Schnittwunden übersät war. Selene lächelte ihm beinahe dankbar zu und in wenigen Herzschlägen war er wieder unversehrt. Die anderen gesellten sich stumm zu ihr und selbst Glaukos ließ sich wortlos von ihr heilen, obwohl er nur einen kleinen Kratzer hatte. Es schien, als wollten alle dieses Wunder am eigenen Körper spüren.

»Warum jetzt?«, fragte Glaukos, nachdem sein Kratzer am Finger verschwunden war.

Selene zögerte ein wenig.

»Ich denke wohl, dass ich euch vertraue… ich vertraue darauf, dass ihr mir nichts antun werdet.«

»Wieso sollten wir das tun?«

Langsam sah Selene von seinem geheilten Finger auf und fest in seine hellen Augen.

»Weil die Menschen nun mal so sind.«

»Ich denke, ich verstehe nicht recht?«

Selenes Mundwinkel zuckten.

»Was denkst du, tun Männer Frauen an, mit denen man alles machen kann, was man will, weil alles an ihnen wieder heilt? Und was denkst du, tun Männer, wenn sie entdecken, dass sie mit solch einer Frau an ihrer Seite nie krank werden? Dass sie jede Wunde an ihnen heilen und ihr Alter auf ein Höchstmaß erweitern können?«

Glaukos Augen weiteten sich.

»Solche Frauen sind kostbarer als alle Schätze dieser Welt und jeder Mann würde solch eine Frau an seiner Seite wissen wollen«, antwortete Ares.

»Wüsste ein Mann von Eurer Anwesenheit, so würde man Euch jagen und Ihr wärt gezwungen zu fliehen, so wie es Euer Clan seit Generationen tut.«

Selene sah in seine blauen Augen, in denen so viel Verständnis lag.

»Es war mutig von Euch, uns Euer Geheimnis preiszugeben, und wir werden es für Euch hüten. Sorgt Euch also nicht darum«, raunte er und sie zweifelte keinen Herzschlag daran.

Dann ging er an ihr vorbei und Selene sah seinem breiten Rücken hinterher, bis er unter Deck verschwand.

»Ares sprach die Wahrheit. Wir werden niemandem Euer Geheimnis verraten, noch Euch etwas antun. Wir werden Euch beschützen, so gut wie wir es vermögen und Euch an Euer Ziel bringen«, meinte nun auch Glaukos, warf einen Blick in die Mannschaft, die jedoch alle ohne zu zögern nickten und lächelte dann Selene freundlich an.

Selene erwiderte sein Lächeln und fast hätte sie vor Erleichterung angefangen zu weinen.

»Danke«, hauchte sie.

Glaukos drückte noch sachte ihre Schulter, ehe er sich wieder der Mannschaft zuwandte, und gab dann Befehle, das Schiff zu reinigen. Selene half Gladim, das Deck zu schrubben, denn das getrocknete grüne Blut der Todeskrabben ließ sich nur schwer entfernen und sie brauchte beinahe bis zum Sonnenuntergang, um das Deck komplett davon zu befreien. Es war eine anstrengende Arbeit, aber Selene war froh, von Nutzen zu sein. Erneut half sie Gladim beim Kochen und schälte zusammen mit Fengel auf dem Deck das Gemüse. Unentwegt witzelte er und brachte Selene mit seinen lustigen Geschichten zum Lachen.

Während sie auf dem Deck zu Abend aßen und sie den rauen Liedern von Gladim und Fengel lauschten, fühlte sich Selene unendlich wohl. Sie fragte sich, ob es nun daran lag, dass ihr Geheimnis keines mehr war. Hatte es vielleicht eine unsichtbare Wand geschaffen, welche die anderen unbewusst wahrnahmen? Oder lag es daran, dass sie sich verändert hatte? Selene wusste es nicht, war jedoch froh, es endlich erzählt zu haben.

Als sie sich abends in ihre Kajüte begab, starrte sie eine Weile gedankenverloren aus ihrem Fenster, bis es leise an ihrer Tür klopfte. Verwundert drehte sie sich um.

»Herein!«, sprach sie laut und als die Tür geöffnet wurde, stand zu ihrer Überraschung Nathron davor.

»Darf ich eintreten?«, fragte er ungewohnt schüchtern und als Selene nickte, schloss er schnell die Tür hinter sich.

»Was gibt es?«, fragte Selene und trat etwas näher.

Nathron atmete tief ein und Selene merkte, dass er seltsam nervös wirkte.

»Kann ich dir helfen?«, fragte sie erneut und endlich sah er sie aus seinem einen Auge an.

»Vielleicht könnt Ihr das«, sprach er ungewohnt unsicher. »Darf ich mich setzen?«

»Sicher«, antwortete sie und beide setzten sich gegenüber an den kleinen Tisch.

Selene sah ihn geradeaus an, während sein Blick auf der Tischplatte haftete. Nathron rutschte auf seinem Stuhl unruhig hin und her. Sie sah, wie er ein paar Mal zum Sprechen ansetzte, und plötzlich ahnte sie, warum er bei ihr war und warum er so sehr zögerte, es auszusprechen. Ein breites Lächeln legte sich auf ihre Lippen.

»Du bist wegen deines Auges hier, nicht wahr?«, fragte sie und Nathron erstarrte in seiner Bewegung. »Du willst mich fragen, ob ich es heilen kann, hast aber ein schlechtes Gewissen zu fragen, oder?«

Nathron sah sie aus seinem roten Auge an und Selenes Lächeln wurde breiter.

»Darf ich dein Auge heilen?«, fragte sie schließlich.

Plötzlich begann er breit zu grinsen und lachte leise. Seine ganze Anspannung legte sich und dann sah er sie dankbar an.

»Ist es denn möglich?«

»Kommt drauf an. Du bist nicht einäugig geboren worden, wenn ich mich recht entsinne?«

»Nein, ich verlor es, als ich mit einem der Assassine kämpfte.«

»Dann ist es möglich«, meinte sie und Nathron lächelte freudig.

»Darf ich es sehen?«

Einen kurzen Moment zögerte er, doch dann nahm er die lederne Augenklappe langsam ab. Beinahe zuckte er zurück, als sich Selene nach vorne beugte, um es besser sehen zu können. Eine tiefe Narbe, vermutlich von einem scharfen Dolch, zog sich durch seine Augenbraue und sie konnte sehen, dass sich unter seinem gespaltenen Augenlid ein leeres Loch befand.

»Das muss sehr weh getan haben«, murmelte sie und strich behutsam über die tiefe Narbe, die wahrscheinlich auch seinen Knochen beschädigt hatte.

»Das hat es.«

»Soll ich dir nur dein Auge zurückholen oder gleich die Narbe mit heilen?«

Einen Moment lang schwieg er und sie sah, wie er gut darüber nachdachte.

»Wenn es möglich wäre, dann lasst mir meine Narbe bei meiner Augenbraue. Es ist eine gute Erinnerung daran, dass ich noch immer Feinde da draußen habe.«

Sein Blick schwenkte zu ihr.

»Vor allem darf eigentlich keiner auf der anderen Seite des Kontinents wissen, dass mein Auge geheilt wurde.«

»Und wie willst du das dann erklären?«

Er rutschte auf seinem Stuhl hin und her.

»Ich werde erzählen, dass ein Grauer, der auf dieser Seite des Kontinents noch lebt, mir das Auge eines Tieres gegeben hat. Ich werde morgen sogleich Chiron danach fragen, ob so etwas theoretisch möglich wäre. Wenn nicht, so werde ich an Land stets meine Augenklappe tragen. Vielleicht kann Chiron sie so verzaubern, dass ich hindurchsehen kann.«

Selene dachte eine Weile darüber nach.

»In Ordnung, ich werde dein Auge heilen. Lehn dich bitte nach vorne.«

Nathron sah sie verwirrt an, während Selene ihre Arme auf den Tisch aufstützte und die Hände abwartend nach ihm ausstreckte. Bei seinem Gesichtsausdruck musste sie beinahe lachen.

»Je näher ich an der Wunde bin, desto einfacher ist es für mich. Vor allem wird es ein wenig länger dauern. Alte Wunden sind schwieriger zu heilen als neue«, erklärte sie geduldig.

Nathron beugte sich nach vorne und legte sein Gesicht in ihre Hände. Sofort schloss sie ihre Augen und konzentrierte sich. Sie konnte die Wunde förmlich spüren und wie sein Körper sie bereits akzeptiert hatte. Tief atmete sie ein und kanalisierte die Energie in ihr und um sie herum, leitete sie durch ihren Körper in seinen. Nur langsam regte sein Körper sich, begann sich aber dann zu erinnern und begann Altes abzustoßen und Neues aufzubauen. Sein Körper sprudelte nur so vor Energie in dem Versuch, das wiederherzustellen, was er eigentlich noch immer besitzen sollte. Als hätte er einen Bauplan gefunden, den er schon vor langer Zeit verloren hatte.

Als alles wieder so war, wie es sein sollte, ließ Selene den Strom an Energie verebben und öffnete ihre Augen. Nathron hatte seine beiden Augen geschlossen und Selene betrachtete das neue Auge. Langsam strich sie darüber und entfernte die letzten abgestorbenen Überreste seiner Wunde, die noch an seinen langen Wimpern hingen. Dann erst ließ sie ihre Hände sinken.

»Es wird womöglich noch etwas empfindlich auf Licht reagieren. Probiere, es vorsichtig zu öffnen.«

Nathron tat wie ihm geheißen. Selene konnte sehen, wie nervös er war. Ganz langsam versuchte er, das neue Auge zu öffnen, und dann sah er sie aus zwei roten Pupillen an, ehe er es reflexartig wieder schloss. Ein leichtes Lachen überkam ihn und er hielt sich mit der Hand sein neues Auge zu.

»Es ist wirklich noch sehr empfindlich, aber es ist wieder da!«

Erneut lachte er erleichtert und sie konnte das Glitzern in seinen Augen sehen.

»Danke!«, sprach er aus tiefstem Herzen und zog sich dann breit lächelnd wieder seine Augenklappe an.

»Es kann sein, dass du noch ein wenig Kopfschmerzen haben wirst. Immerhin ist dein Körper das neue Auge nicht gewohnt.«

Er nickte und stand dann langsam auf. Selene begleitete ihn zur Tür, vor der er sich noch einmal zu ihr umdrehte.

»Ich stehe tief in Eurer Schuld«, sprach er voller Ernst, doch Selene schüttelte nur den Kopf.

»Du und die Mannschaft setzt euer Leben für mich aufs Spiel. Ich weiß, dass ihr das wegen des Geldes gemacht habt, aber dennoch bin ich dankbar. Wenn überhaupt, dann stehe ich in eurer Schuld.«

Er wollte zum Sprechen ansetzten, doch Selene hob warnend die Hand und er verstummte mit einem kleinen Grinsen.

»Wie Ihr meint«, gab er mit einem schiefen Grinsen nach und nickte ihr leicht zu.

»Ich wünsche Euch eine angenehme Nacht.«

»Die wünsche ich dir auch.«

Mit einem belustigten Lächeln öffnete sie die Tür und Nathron trat nach draußen. In dem Augenblick fiel eine Tür zu und als Selene an ihm vorbei sah, erblickte sie Ares, der vor einer Vorratskabine stand, und die beiden aus dunklen Augen ansah. Ohne ein Wort zu sagen, drehte er sich mit versteinerter Miene auf den Fersen um und verschwand nach draußen.

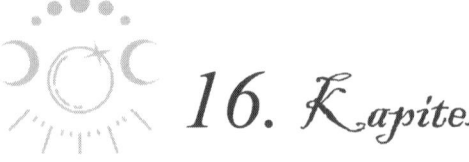

16. Kapitel

Selene saß auf einem flachen Stein am Strand und rutschte immer weiter in den Schatten, da es ohne die stetige Seebrise recht warm war. Kaum saß sie wieder ruhig, konnte sie den Wellengang des Meeres spüren, obwohl sie an Land war. Das war nicht der einzige Grund, warum sie sich inzwischen auf dem Wasser wohler fühlte. Das Schiff und der unendliche Horizont gaben ihr eine Freiheit, die sie bisher nicht gekannt hatte. Unweigerlich wanderten ihre Gedanken zu ihrer Familie zurück und mit schwerem Herzen lehnte sie sich nach vorne. Sie zwang sich, den Fokus auf die Gegenwart zu richten. Ihr Blick glitt hoch zu den merkwürdigen Bäumen, die mehr wie Pinsel aussahen, und an denen komisch geformte Früchte wuchsen. Für einen Moment war sie irritiert, doch dann verstand sie, warum ihr die Szenerie nicht unbekannt vorkam. Sie hatte solche Pflanzen, den weißen Sandstrand und das türkisfarbene Meer schon einmal gesehen, und zwar im Raum der Ernte, in der Festung der Grauen. Selene fragte sich, ob es auch auf der anderen Seite, weiter südlich, solche Orte wie diesen gab. Ihr Blick glitt von dem grünen Blätterdach hinunter zu dem weißen Strand mit dem pulverfeinen Sand und beobachtete die Mannschaft, die eifrig beschäftigt war. Sie befanden sich auf der letzten bekannten Insel, auf der sie Süßwasser und Früchte aufladen konnten. Während Fengel und Thoron kistenweise Früchte aus dem dichten Wald auf die Acheron brachten, füllten Ares und Nathron die vielen Süßwasserfässer auf. Brian belud das Beiboot und ruderte alles zum Schiff, ehe die Kisten und Fässer von Glaukos und Gladim im Schiffsrumpf verladen wurden. Chiron unterstütze Brian beim Beladen des Beibootes, während Selene nichts mehr zu tun hatte. Sie hatte beim Ausladen geholfen und danach die Taue entwirrt und neu gelegt. Die Kisten waren ihr zu schwer zum Tragen und so beobachtete sie das ganze Geschehen, während sie mit dem heißen Sand zu ihren Füßen spielte. Gerade kamen Ares und Nathron wieder aus dem Wald heraus und stellten die schweren Fässer in den Sand.

»Ich werde die letzten Fässer holen gehen«, sprach Ares zu Nathron, der nickte und am Strand blieb, während Ares sich umdrehte und Anstalten machte, wieder in den Wald zu laufen.

Da witterte Selene ihre Möglichkeit, mit Ares allein zu sprechen. Schnell erhob sie sich und ging zügigen Schrittes zu Chiron, der beobachtete, wie das Beiboot wieder auf den Strand zusteuerte, um die letzten Kisten und Fässer aufzuladen.

»Ich muss dringend mit Ares reden«, flüsterte sie ihm zu und sah Ares hinterher, der den Rand des Waldes erreicht hatte.

»Ich begleite Euch«, sprach Chiron sofort, doch Selene schüttelte den Kopf.

»Ich muss mit ihm allein sprechen.«

»Allein ist es zu gefährlich. Lasst mich Euch begleiten, aber in einigem Abstand, so dass ich Euch nicht hören werde, aber nahe genug bin, falls etwas passiert.«

Selene zögerte, nickte schließlich, in der Angst, Ares im dichten Wald zu verlieren. Sie fühlte sich sicherer, wenn sie wusste, dass Chiron in der Nähe war. Blitzschnell drehte sie sich um und eilte über den Sandstrand Ares hinterher. Sie schob sich durch die vielen hohen Sträucher und sobald sie ihn in der Entfernung sehen konnte, drosselte sie ihre Geschwindigkeit. Nervosität überkam sie. Sie wusste nicht recht, was sie sagen sollte, und so lief sie grübelnd eine Weile hinter ihm her. Sie umliefen große großblättrige Büsche, graue Felsen und rötliche Dornenbüsche und ein dichtes, grünes Dach aus Palmen war über ihnen. Ares blieb plötzlich stehen und Selene gefror in ihrem Schritt. Er drehte sich auf den Fersen zu ihr um und sah sie aus dunklen Augen aus an.

»Weshalb verfolgt Ihr mich, Herrin?«, fragte er kühl mit seiner tiefen Stimme, die rau über ihre Haut strich.

Selene sah ihn mit großen Augen an und schluckte schließlich ihre Nervosität hinunter.

»Weil ich mit dir reden möchte.«

»Worüber?«

Selene atmete tief ein und überbrückte die letzte Distanz zwischen ihnen.

»Ich möchte dir danken.«

Ares dunkle Augenbrauen hoben sich ein wenig.

»Weswegen?«

Selene biss sich nervös auf ihre Lippe.

»Als wir auf diesen Kontinent ankamen, da war ich irgendwie nicht ganz bei mir und du hast mir geholfen.«

Seltsam schüchtern sah sie ihn an, doch erkannte sie an seinem verwirrten Gesichtsausdruck, dass er nicht wusste, worüber sie sprach.

»Mir war seltsam schwindelig und du hast mir in meine Kajüte geholfen … und mir geholfen meine nassen Sachen abzulegen.«

Selene konnte spüren, wie ihr das Blut in die Wangen schoss und sie wusste, dass dies bei ihrer hellen Haut gut sichtbar sein würde. Ares harte Gesichtszüge wurden etwas weicher.

»Ich tat nur, was richtig war«, meinte er und begann weiter zu laufen, doch Selenes Hand schnellte nach vorne und berührte ihn am Unterarm.

Ares blieb sofort stehen, sah auf ihre Hand herunter, die auf seinem Unterarm lag, und dann zu ihr.

»Nicht nur dafür wollte ich dir danken, sondern auch, dass du mich vor den Totenkrabben beschützt hast. Es tut mir leid, dass du wegen mir verletzt wurdest.«

Ares sah ihr eine Weile stumm in die Augen und Selene versuchte all die Dankbarkeit in ihren Blick zu legen. Sie konnte förmlich sehen, wie sich die Sturmwolken in seinen Augen verzogen und das unendliche Meer dahinter freigaben. Plötzlich wandte er den Blick ab und gab sie frei. Selenes Herz hämmerte und ihr wurde erst jetzt bewusst, dass sie aufgehört hatte zu atmen. Er nahm ihre Hand auf seinem Unterarm sacht in seine und hielt sie einen kurzen Moment lang fest, ehe er sie losließ.

»Ihr müsst Euch dafür weder bedanken, noch entschuldigen. Ich tat, was richtig war. Doch sollte ich mich bei Euch bedanken, dafür, dass Ihr mich geheilt habt.«

Seine ungewohnt sanfte Stimme ließ ihr eine Gänsehaut den Rücken hinunterlaufen.

»Wie hätte ich dich nicht heilen können? Ich meine, du hast mich beschützt und wurdest deswegen verletzt, und zwar nicht gerade wenig.«

Ares lächelte plötzlich und brachte Selene aus dem Konzept. Sein hartes, kantiges Gesicht war auf einmal sanft und weich zugleich.

»Also sind wir uns gegenseitig dankbar?«

Nun lächelte auch Selene breit.

»So sieht es wohl aus«, stimmte sie ihm zu und brachte ihn leicht zum

Lachen, was Selene komplett faszinierte.

Sie hatte ihn zwar auf dem Schiff schon mit den anderen scherzen und lachen sehen, doch noch nie war diese Ungezwungenheit nur für sie bestimmt gewesen. Erneut wandte er sich zum Gehen und Selene gesellte sich an seine Seite. Obwohl es im Wald wärmer und schwüler war als am Strand, konnte sie dennoch seine Körperwärme an ihrer Seite spüren.

»Darf ich dich was fragen?«

»Was wünscht Ihr zu wissen?«

»Als ich deine Wunde geheilt habe, ist mir etwas an dir aufgefallen, das ich bei keinem anderen gespürt habe. Als würde noch etwas anderes in deinem Körper wohnen.«

Sie sah ihn von der Seite aus an, doch wirkte er nicht im Mindesten überrascht.

»Was Ihr gespürt habt, ist wohl der Fluch meiner Familie, auferlegt vom Schatten.«

Er warf ihr einen kurzen Seitenblick zu. »Wenn ich ihn verwende, gibt er mir die zusätzliche Kraft, die ich benötige.«

»Ist es das, was ich gesehen habe? Dass deine Tattoos sich auf deinem Körper ausbreiten?«

»Richtig. Der Fluch breitet sich immer mehr aus, je öfter ich ihn verwende.«

»Und was passiert, wenn er sich komplett ausgebreitet hat?«

»Dann werde ich sterben.«

Eine kurze Stille legte sich über die beiden.

»Ich weiß nicht, ob das geht, aber vielleicht kann ich versuchen ihn zu entfernen.«

Ares atmete tief ein und antwortete eine Zeit lang nicht, als die Büsche vor ihnen zurückwichen und eine Lichtung offenbarten, in der mittig ein kleiner Wasserfall sprudelte. Zwei voll befüllte Fässer standen am Rand des plätschernden Baches, auf die Ares zuging und dann kurz innehielt.

»Wie Ihr über Eure Gabe als Fluch und Segen gleichermaßen spracht, so ist auch mein Fluch ein Segen zugleich. Ich werde darüber nachdenken, doch danke ich Euch für das Angebot.«

Sein intensiver Blick verschlug ihr kurz die Sprache.

»Nichts zu danken«, brachte sie gerade noch so hervor und sah zu, wie

er ein Fass mit Leichtigkeit schulterte und das andere unter seinen Arm klemmte.

Selene wusste, wie schwer solche Fässer waren, und sie bewunderte erneut seine Stärke, die er auch ohne die zusätzliche Kraft besaß. Gerade machten sie sich auf den Rückweg, als beide innehielten. Etwas hatte sich verändert. Simultan sahen sie sich gegenseitig an und Selene wussten instinktiv, dass Ares es ebenfalls spürte. Die Tiere des Waldes waren verstummt. Alles, was man hören konnte, war das leise Plätschern des Wasserfalls und das Rauschen des Windes. Ihre Nackenhaare stellen sich langsam auf. Unwillkürlich drehte sie sich um und starrte in das dichte Blätterdach. Plötzlich schien das Grün zu explodieren. Etwas Dunkles, Kaltes sprang ihr mit einem ohrenbetäubenden Kreischen entgegen. Selene wurde nach hinten gerissen. Ein schneidendes Geräusch ertönte, gefolgt von einem Schrei. Plötzlich war das schwarze Etwas weg und Selene konnte sehen, wie Teile Ares' linken Arms in blutigen Fetzen hingen.

»RENNT!«, schrie Chiron hinter ihnen und ohne zu zögern, folgten beide seinem Befehl.

Selene rannte voraus, konnte hinter sich Ares und Chiron hören und dahinter das laute unmenschliche Kreischen, das schnell immer näherkam. Unweigerlich beschleunigte sie ihre Schritte und sprintete ungebremst den Hang hinunter. Sie sprang in kalter Panik über Felsen, kämpfte sich durch das dichte Buschwerk und achtete weder auf die Dornenbüsche, die ihr die Kleider zerrissen und tiefe Schnitte zufügten, noch auf die Ranken, die ihr ins Gesicht schlugen. Es zählte einzig allein so schnell zum Strand zu kommen, wie es ihnen nur möglich war. Das Kreischen kam immer näher und die Panik schien Selene komplett übermannen zu wollen. Plötzlich öffnete sich der Wald und sie erreichten den Sandstrand. Fast hätte Selene vor Erleichterung geweint. Die anderen saßen bereits im Beiboot und schienen auf sie zu warten.

»RUDERT!«, schrie Ares hinter ihr, als auch er den Strand erreichte.

Selene rannte auf das Beiboot zu und schmiss sich ungebremst hinein. Brian begann zu rudern, als die beiden anderen sich ebenfalls in das Boot warfen.

»SCHNELLER!«, rief Ares außer Atem und endlich sahen sie zurück zum Strand.

Das schwarze Etwas brach aus dem Wald und Selene wusste, was es war, bevor Nathron bestürzt seinen Namen flüsterte. Es war der Letzte Schatten.

Er glitt in ungeheuerlicher Geschwindigkeit auf sie zu und Brians Ruderschläge waren zwar schnell, aber nicht schnell genug. Chiron brüllte auf und wie schon die Totenkrabben, so wurde auch der Letzte Schatten nach hinten gestoßen. Kreischend schrie er auf und zischte unmenschlich. Erneut glitt er auf sie zu, hielt vor dem Wasser inne und schrie abermals vor Wut auf. Selene verstand, weswegen man mit solcher Furcht über ihn sprach. Es war als hätte man einem großgewachsenen Menschen jegliche Muskelmasse genommen und die verbrannte, schwarze Haut straff über die Knochen gespannt. Lippen oder Augenlider existierten nicht, man konnte nur seine leeren Augenhöhlen erkennen, in denen ein rotes Feuer glühte. Er hatte Zähne wie ein Raubtier und an jedem seiner sechs knochigen Finger befanden sich lange Klauen, die wie Sicheln gebogen waren. Um ihn herum waberte eine Art schwarzer, zerfetzter Umhang, der sich bei jeder seiner Bewegungen unnatürlich bauschte. Er hinterließ keine Spuren im Sand. Plötzlich stöhnte Ares leise auf und riss sie aus ihrer Starre. Schnell sah sie zu ihm und ein eiskalter Schauer lief ihr über den Rücken. Ares war nur einen Atemzug lang mit dem Letzten Schatten konfrontiert gewesen und das schien zu reichen, um seine linke Seite zu zerfetzen. Sein kompletter Arm und Brustkorb hing in Fetzen und das Weiß seiner Knochen schimmerte hier und da durch das zerschnittene Fleisch durch. Blutüberströmt sank er in dem Beiboot in sich zusammen und Selene kroch sofort zu ihm. Schnell legte sie ihre Hände auf seinen gesunden Brustkorb und schloss all seine Wunden in wenigen Herzschlägen. Er hatte bereits die Augen geschlossen gehabt, öffnete sie aber verwirrt, sobald er wieder hergestellt war. Langsam rappelte er sich hoch, sah zum Letzten Schatten, der noch immer am Strand war und wütend kreischte. Dann wanderte sein Blick zu ihr und einen kurzen Moment lang drückte er sie an sich. Bei der unerwarteten Berührung konnte sie ihre Tränen nicht mehr zurückhalten. Er löste sich von ihr und strich ihr die wenigen Tränen von den Wangen. Sie konnte fast nicht glauben, dass er es mit diesen Wunden geschafft hatte, den Hang hinunter zu rennen, ohne in Ohnmacht zu fallen. Er hatte viel Blut verloren und das konnte

man ihm noch ansehen. Dann sah sie zurück zum Strand, wo der Letzte Schatten immer noch versuchte, ihnen zu folgen. Doch er konnte das Wasser nicht überqueren und so ließ Chiron sich in das Beiboot sinken. Auf seinem aschfahlen Gesicht standen Schweißperlen.

»Er hat uns schneller gefunden als ich dachte. Noch wird das Wasser ihn zurückhalten. Doch er wird einen Weg finden, uns zu folgen«, murmelte er leise und sah sie dann an.

Zum ersten Mal konnte Selene so etwas wie tiefe Angst in seinem Blick erkennen.

»Dann werden wir schneller sein müssen«, meinte Nathron hinter ihnen.

Auch in seinem Gesicht war die Furcht zu sehen. Selbst als sie zu Brian sah, konnte sie die Unruhe bei ihm erkennen. Selenes Sorge und Furcht stieg bei dem Anblick der Männer, die so viel mehr gesehen und so viel Schlimmeres überlebt hatten als sie. Ihre Hände verkrampfen sich an ihrem Sitzbrett und sie konnte sie erst lösen, als sie das Schiff erreicht und die Leiter erklommen hatten. Erst an Deck spürte sie ihren Fehler. Ihre Knie zitterten zuerst, dann wurde ihr kalt und schließlich gaben ihre Beine nach einem Schritt nach.

»Selene!«, rief jemand und fing sie auf, ehe sie mit dem Kopf auf dem Deck aufschlug.

Dann sackte sie in die Dunkelheit.

Langsam öffnete sie ihre Augen und ein paar Mal schlug sie mit ihren schweren Augenlidern, ehe sie ihren Kopf drehte und sich umsah. Sie lag voll bekleidet in ihrem Bett und jemand hatte das Licht angemacht. Ihr Blick wanderte zum Fenster und sie sah, dass es draußen dunkel war. Sie fragte sich, wie lange sie wohl geschlafen hatte und richtete sich langsam auf. Ihr Körper fühlte sich noch immer schwer an und sie spürte den großen Hunger allmählich aufkommen. Mühselig stand sie auf und hielt sich an einem der Griffe an der Wand fest. Alles schien sich ein wenig zu drehen und sie wusste, dass es ihr besser gehen würde, sobald sie etwas gegessen hatte. Sie schnürte mit klammen Händen ihre Hose enger und warf einen kurzen Blick in den Spiegel. Noch immer sah sie müde aus und ihre Wangen waren nicht mehr so voll wie zuvor. Tief seufzte sie

und öffnete dann ihre Tür. Mit zittrigen Beinen schob sie sich langsam an der Wand entlang und die Bewegungen des Schiffes erleichterten es ihr nicht gerade, vorwärtszukommen. Dennoch gelang es ihr, das Deck zu erreichen. Da fiel ihr auf, dass die Kapitänskajüte offen war und verschiedene Stimmen daraus hervordrangen. Torkelnd überwand sie die kurze Distanz auf Deck und lehnte sich haltsuchend an den Türrahmend der Kajüte. Glaukos, zusammen mit Nathron und Ares, beugten sich über eine Seekarte und sie schienen sich über etwas Wichtiges zu unterhalten. Dann sah Glaukos auf und bemerkte sie in der Tür.

»Selene«, raunte er überrascht und sofort sahen die anderen beiden sie an.

Nathron brauchte nur wenige Schritte durch den Raum und hielt sie an ihrem Oberarm fest.

»Setzt Euch«, murmelte er und führte sie mit sanftem Druck in die Kajüte.

Ares zog schnell den Stuhl zurück und Selene ließ sich von Nathron auf den Stuhl geleiten.

»Danke«, murmelte sie schwach und ein lautes Grummeln kam aus ihrem Magen.

»Ich bringe Euch etwas zu essen«, meinte Nathron daraufhin und verschwand schnellen Schrittes nach draußen.

»Wie geht es Euch?«, fragte Glaukos besorgt und musterte ihr Gesicht. Es war allen aufgefallen, wie viel Gewicht sie verloren hatte.

»Ich fühle mich noch ziemlich schwach, aber wenn ich etwas esse, wird es mir schnell wieder besser gehen«, antworte sie wahrheitsgemäß und versuchte zu lächeln, was jedoch nicht den besorgten Gesichtsausdruck von den beiden Gesichtern wischen konnte.

»Passiert das jedes Mal, wenn Ihr jemanden heilt?«, fragte Ares und Selene schüttelte sacht ihren Kopf.

»Ich habe beim Heilen nur nicht richtig aufgepasst.«

»Aufgepasst?«, hakte Glaukos nach, worauf Selene bestätigend nickte.

»Um Wunden zu heilen, benötige ich Kraft. Je größer die Wunde, desto mehr. Normalerweise ziehe ich sie aus meiner Umgebung, aber ich muss wohl so schockiert gewesen sein, dass ich einen sehr großen Teil meiner eigenen Energie verwendet habe. Daher meine Schwäche.«

Geräusche von draußen ertönten und Nathron kam zurück mit einem großen Korb. Glaukos verschob schnell die Seekarte und Nathron stellte alle Köstlichkeiten auf die freien Stellen auf dem Tisch. Ohne zu zögern griff Selene zu allem, was sie in die Finger bekam. Bei jedem Bissen, der in ihrem Magen gelangte, spürte sie, wie ihre Kraft langsam zurückkehrte und sich der Schwindel in ihrem Kopf legte. Da bemerkte sie auch, dass Nathron nicht länger seine Augenklappe trug.

»Hast du dich inzwischen an dein Auge gewöhnt?«, fragte sie mit vollem Mund.

»Es fühlt sich an, als wäre es nie weg gewesen.«

»Das ist schön zu hören«, meinte sie mit einem erleichterten Grinsen und sah dann zu Ares, der schräg neben ihr stand, und seine Arme vor seiner breiten Brust verschränkt hatte.

Sein dunkler Blick bohrte sich in ihre silbernen Augen.

»Wie geht es dir? Du hast ziemlich viel Blut verloren.«

»Mir geht es gut. Es war nichts, das sich nicht durch ein paar ruhige Stunden beheben ließe.«

Erleichtert nickte sie und sah dann zu Glaukos.

»Wie lange habe ich geschlafen? Was habe ich verpasst?«, fragte sie.

»Der Tag dämmert bald und somit habt Ihr mehr als einen halben Tag geschlafen. Der Letzte Schatten verfolgt uns, doch dank Chiron kam er uns nie gefährlich nahe. Er schaffte es jedes Mal, ihn zurückzustoßen. Es wird auch nicht mehr lange dauern, die Insel zu erreichen«, und er zeigte auf die Seekarte.

Auf dieser waren die Tausend Inseln verzeichnet und Glaukos deutete mit einem Finger auf eine größere Insel am Rande der Karte.

»Und wo sind wir?«, fragte Selene und biss in die nächste saftige Frucht.

Glaukos Finger wanderte etwas vom Kartenrand weg.

»Sobald die Sonne sich vom Horizont löst, werden wir die Insel erreicht haben.«

»Und dort wird wahrscheinlich der Graue sein, der uns weiterhelfen kann. Nicht wahr?«

»So ist die Vermutung«, bestätigte Glaukos und sah dann für einen Moment starr auf die Karte herab.

»Was liegt hinter den Tausend Inseln?«

»Bisher ist noch niemand so weit gekommen. Es wird vermutet, dass hinter den Inseln eine Zeit lang nichts sein wird und dann ein goldenes Band am Horizont auftaucht.«

»Ein goldenes Band?«

»Ja, doch Genaueres wissen wir darüber nicht. Geschweige denn, was sich darin befindet oder dahinter.«

Selene starrte auf den Kartenrand und biss nebenbei in das letzte Stück Brot. Ohne es zu merken, hatte sie die Tagesration eines Mannes in kürzester Zeit verzehrt. Falls sich die anderen wunderten, so sagten sie nichts darüber. Ein scharfer Schrei durchschnitt die Dunkelheit und Selene zuckte heftig zusammen. Dann erneut ein Schrei, der aber schnell leiser wurde.

»Was war das?«, hauchte sie.

»Das war der Schatten. Chiron muss ihn wohl wieder vertrieben haben«, antwortete Nathron mit angespanntem Gesicht.

»Ohne ihn wären wir bereits zerfetzt worden«, grummelte Ares und sie konnte sehen, dass ihm das nicht gefiel.

Dies war kein Gegner, dem man mit einem Schwertstreich niederstrecken konnte. Er hatte es probiert und wäre beinahe gestorben.

»Die Sonne geht bald auf«, sprach Nathron und sah dann Selene an, »geht es Euch nun besser?«

»Viel besser«, antwortete sie.

Das Essen hatte ihr neue Kraft gegeben und sie fühlte sich beinahe wie immer. Sie half noch schnell Nathron, das Geschirr zusammen zu räumen, und gemeinsam gingen sie hinaus aufs Deck. Sie segelten noch immer zwischen den Tausend Inseln, die teils sehr nah waren. Brian steuerte im Sitzen das Schiff, während sich Gladim und Fengel um die Segel kümmerten, und Thoron hoch im Ausguck das Weite absuchte. Chiron stand aufrecht an der Reling und als sich Selene ihm näherte, sah sie die Anstrengung in seinem Gesicht. Ein dünner Schweißfilm hatte sich auf seiner Haut gebildet und lief an seiner Schläfe hinunter. Unter seinen geschlossenen Augen zuckte es und er wirkte blass. Zu gerne hätte sie ihm zusätzlich Kraft gegeben, doch hätte er gewiss abgelehnt, und sie wagte es nicht, ihn in seiner Konzentration zu stören.

»Achterlicher als querab an Backbord!«, ertönte auf einmal Thorons Stimme vom Mast.

Selenes Kopf schnellte herum. Das Dickicht auf einer kleinen Insel bewegte sich plötzlich heftig und etwas Schwarzes schoss hervor, direkt auf sie zu. Sie wurde am Arm gepackt und nach hinten gezogen, während zur selben Zeit der Schatten mit einem lauten Schrei weit über die Insel weggeschleudert wurde. Mit hämmerndem Herzen sah sie zu Ares hoch, der mit gezücktem Schwert dem Schatten hinterher sah. Als er ihren Blick bemerkte, steckte er das Schwert weg und ließ sie los. Mit einem letzten düsteren Blick auf die Umgebung ging er dann auf das Achterdeck. Selene zitterte noch immer und sie trat wieder vorsichtig zu Chiron, der sie erneut gerettet hatte.

»Danke«, hauchte sie und mit einem letzten Blick auf sein angespanntes Gesicht, ging sie ebenso auf das Achterdeck hoch.

Glaukos übernahm gerade das Ruder und breitete die Seekarte neben sich auf dem Kartentisch aus. Die seltsamen Instrumente, mit denen man navigieren konnte, hatten sich nur wenig verändert. Es fiel Selene jedoch auf, dass die goldene Kugel in der Mitte schwarz war. Sie wurde langsam heller, bis Selene verstand, dass die Kugel die Sonne nachahmte. Ihr Blick glitt wieder über die vielen Inseln, die so verschieden in ihren Größen waren. Je weiter sie sich vom Rand des Kontinents entfernten, desto weniger Ruinen waren zu erkennen.

»Dort ist die Insel«, unterbrach Glaukos plötzlich die Stille und zeigte mit ausgestrecktem Arm nach vorne.

Selene eilte zum Geländer und folgte seinem Blick. Hinter einer bewaldeten Insel tauchte eine auf, die sich von den anderen deutlich unterschied. Es schien als bestände die Insel nur aus hohen Klippen, die sich weit in den Himmel erhoben. Je näher sie kamen, desto mehr verfestigte sich der Eindruck, dass man die Insel nicht betreten konnte.

»Holt die Segel ein! Setzt die Ruder!«, befahl Glaukos und alle bewegten sich in einem eingespielten Rhythmus.

In Windeseile waren die Segel eingeholt und die Ruder zu Wasser gelassen. Brian ruderte in gleichmäßigem Tempo um die Insel herum, doch keiner konnte auch nur eine Gelegenheit ausmachen, um an Land zu kommen. Plötzlich bewegte sich Chiron und lief hoch aufs Achterdeck.

»Es gibt dort einen Eingang, jedoch kann man ihn nicht sehen«, er-

klärte er und Selene konnte seine Erschöpfung deutlich aus seiner Stimme heraushören.

Als sich ihre Blicke trafen, schüttelte er nur leicht den Kopf und so unterließ sie es, ihm zu helfen.

»Wo ist dieser Eingang?«, fragte Glaukos und Chiron deutete auf eine Stelle, an der die Felswand besonders rau war.

»Haltet darauf zu und haltet nicht an«, sprach er mit fester Stimme und Glaukos sah ihn einen Moment lang still an, ehe er befahl, in Richtung Wand zu fahren.

Chiron beobachtete das Ganze und Selene konnte sich nicht vorstellen, dass es dort einen Eingang gab. Das Meer brach sich an den spitzen und schroffen Felsen. Sie vertraute Chiron und so brachte sie keinerlei Einwände hervor. Je näher sie kamen, desto unruhiger wurde das Schiff und desto angespannter wurde Selene. Noch immer konnte sie keinen Eingang erkennen und stetig wanderte ihr Blick nervös zu Chiron, der hingegen komplett ruhig war. Sie kamen näher und selbst Glaukos wirkte beunruhigt. Die ganze Mannschaft wich Schritt für Schritt nach hinten und Selenes Hände verkrampften sich, als sie mit der nächsten Welle gegen die Felswand gedrückt wurden. Doch anstatt daran zu zerschellen, glitten sie einfach hindurch. Selene keuchte laut auf und wischte sich die Schweißperlen von der Stirn.

»Eine Illusion?«, fragte Glaukos mit hochgezogenen Augenbrauen und Chiron nickte nur.

Sie befanden sich nun im Inneren der Insel, umgeben von hohen Felswänden. Als Selene zum Eingang zurücksah, konnte sie in den großen Tunnel blicken, durch den sie gerudert waren. An einer der Felswände befand sich ein schmaler, schwarzer Sandstrand mit einer dahinterliegenden Öffnung im Fels. Glaukos ließ den Anker ab und da keiner auf dem Schiff zurückbleiben wollte, wurden alle zum Strand gerudert. Sie alle passten gerade so auf den schmalen Streifen und nachdem das Beiboot gesichert war, gingen Nathron und Thoron voraus, während die anderen folgten. Sie betraten die Öffnung in der Wand und gelangten nach einem kurzen Stück in eine kleine Halle, bei deren Anblick Selenes Kiefer leicht herunterklappte. Obwohl sie noch nie einen Palast von innen gesehen hatte, wusste sie, dass sie sich nun in einem befand.

Die hellen Wände waren kunstvoll behauen und auf Podesten standen wunderschöne Steinkreaturen, die Geschichten nachstellten, an die sich keiner mehr erinnern konnte. Die Risse in den kunstvoll bearbeitenden Wänden schufen ein mysteriöses Schattenspiel und ließen die Mimik der Statuen lebendig wirken. Aus dem schwarzen Sand erhob sich eine breite, geschwungene Treppe, die weiter nach oben führte. Als sie die helle Treppe betraten und langsam nach oben gingen, kam Selene aus dem Staunen nicht mehr heraus. Oberhalb der Treppe befand sich ein hoher Eingang, der in einen Spitzbogen überging. Dahinter befand sich ein großer, viereckiger Raum, dessen Streben sich an der hellen Decke wieder und wieder kreuzten und ein wunderschönes Geflecht bildeten. Verblichene Bilder an den Wänden ließen noch erahnen, wie schön der Palast einst gewesen war. Inzwischen hatte die Natur sich ein Teil davon zurückgeholt. Ranken wuchsen durch die Spalten und blühende Rasenteppiche bedeckten hier und da Wände und Böden. Schillernde Insekten flogen und reflektierten das einfallende Sonnenlicht. Kleine Singvögel hüpften auf die Fensterrahmen, die bereits mit Hängemoos fast zugewachsen waren. Sie passierten den eckigen Raum und betraten durch einen noch höheren Spitzbogen einen langen, hohen Saal.

Fürchtet Euch nicht, mein Kind.

Eine klare Stimme sprach in ihrem Kopf. Selene blieb wie angewurzelt stehen und beinahe wäre Ares in sie hineingelaufen.

Ihr seid momentan die Einzige, die mich zu hören vermag. Ich bin der Graue, nach dem Ihr sucht, namens Sedah. Wenn Ihr mit mir sprechen möchtet, könnt Ihr dies mit Euren Gedanken tun.

»Alles in Ordnung?«, fragte Ares leise und Selene zögerte kurz, ehe sie nickte und den anderen weiter folgte.

Sedah, wieso sprichst du nur mit mir? Bemüht ihre Frage zu denken und nicht laut auszusprechen, während sie den langen Saal weiter entlanglief und hartnäckig den unzähligen, erblindeten Spiegeln an den Wänden keine Beachtung schenkte.

Weil ich denke, dass Ihr der Grund seid, warum mich die Große Mutter noch nicht zu sich gelassen hat.

Das verstehe ich nicht.

Ich habe es all die Jahrtausende auch nicht verstanden, doch nun seid Ihr hier. Eine Mondfrau von der anderen Seite. Oder besser gesagt, von sehr weit her. Ihr werdet Fragen haben, die ich Euch vermutlich beantworten kann.

»Ist dies der Graue nachdem wir suchen?« Thorons volle Stimme riss die Stille mit seiner Frage auf und seine scharfen, orangenen Augen hatten etwas entdeckt, das den anderen noch verborgen blieb.

Er deutete auf das Ende der Halle.

Bist du das, Sedah? Fragte Selene ihn, was er bestätigte.

Doch was wollt Ihr wirklich wissen?

Selene schluckte hart und ließ das Ende der Halle nicht aus den Augen.

Gibt es einen Weg zurück?

Ja, den gibt es.

Beinahe wären Selene die Tränen in die Augen gestiegen, so erleichtert war sie das zu hören.

Wo?

Es ist noch ein Stück, doch er ist nicht mehr fern.

Inzwischen konnte sie erkennen, was Thoron bereits sehr viel früher wahrgenommen hatte. Am Ende des Saals stand ein großer, hölzerner Stuhl, auf dem ein abgemagerter Grauer saß. Sein graues Gewand schien nur noch in Fetzen an ihm zu hängen und sein nackter Kopf war auf seine Brust gesunken. Die Wand hinter dem Stuhl war bedeckt durch Wurzeln und Ranken, die sich ebenso über den Grauen zogen.

Komm näher, mein Kind, sprach er erneut in ihrem Kopf und Selene trat noch näher.

Unerwartet packte sie jemand am Arm und als sie aufsah, blickte sie in Chirons Gesicht. Jedoch lächelte sie ihn nur sachte an und strich behutsam seine Hand von ihrem Arm. Während alle anderen in einem gewissen Abstand stehen geblieben waren, trat Selene nach vorne, bis sie nur noch eine Armlänge weit von ihm entfernt war. Nun konnte sie auch erkennen, dass die Ranken und Wurzeln nicht nur über, sondern auch durch ihn hindurch gewachsen waren.

Hast du es so geschafft, all die Jahre zu überleben? Genährt durch die Wurzeln der Pflanzen?

Sie nähren mich, seitdem ich es nicht mehr kann.

Selenes Blick wanderte über die Gestalt des Grauen, der nur noch aus Haut und Knochen bestand.

Ich habe so viele Fragen, aber der Letzte Schatten verfolgt uns und wir müssen bald von hier fort.

Der Schatten kann hier nicht herkommen. Er konnte es nie und solange ich es will, wird er es auch nicht können. Obwohl meine Macht geschwunden ist, so bin ich trotz allem noch mächtig.

Selene nickte und warf einen kurzen Blick zu den anderen, die sie aufmerksam beobachteten.

»Er spricht mit mir in meinem Kopf. Sein Name ist Sedah«, verriet sie kurz.

Dann drehte sie sich wieder zu ihm um.

Ich weiß, dass Ihr neugierig seid auf das, was mir widerfahren ist. Aber es würde zu lange dauern, Euch das zu erklären. Wenn Ihr möchtet, so kann ich Euch das Wesentliche zeigen.

Einen kurzen Moment zögerte Selene, dann nickte sie schließlich.

Zeige es mir.

Gut, dann berührt meinen Arm.

Selene trat noch etwas näher und nach einem letzten tiefen Durchatmen legte sie ihre Hand auf seinen Arm. Eine Welle an Erinnerungen, die nicht ihre waren, fluteten in Bruchteilen eines Herzschlags ihren Kopf. Die Flut an Informationen war so heftig, dass sie nach hinten gerissen wurde und ihr keuchend die Beine wegsackten. Sie hörte, wie jemand ihren Namen rief und atmete schwer. Alles schien so viel langsamer zu sein als sonst. Vor ihrem inneren Auge zogen Sedahs Erinnerungen vorbei, die vor Jahrhunderten gelebt worden waren. Er war, zusammen mit einem anderen Grauen, zufällig auf das Tor in ihre Welt gestoßen. Es war wie ein Loch im Raum, in dem es kein Loch hätte geben dürfen. Sie waren hindurchgegangen und in Selenes Welt gelangt. Kaum waren sie dort angekommen, wurden sie krank und konnten nur dank ihrer Fähigkeiten am Leben bleiben, bis sie schließlich die Mondmenschen trafen. Diese heilten sie immer und immer wieder, bis sie den Weg zurückfanden. Sie hatten verstanden, dass keiner außer den Mondfrauen in der Lage dazu war, in beiden Welten zu existieren. So errichteten sie die

Statue mithilfe der Mondfrauen, um die Menschen und Tiere daran zu hindern das Tor zu betreten, um dann einen qualvollen Tod zu finden. Sie kehrten in ihre Welt zurück und erschufen auch dort eine. Seine Erinnerungen wichen langsam zurück und alles schien wieder normal zu werden. Selene sah auf und direkt in Chirons besorgtes Gesicht.

»Keine Sorge, mir geht es gut. Er hat mir nur gerade etwas Wichtiges gezeigt, auf das ich nicht vorbereitet war«, erklärte sie und stand mir Chirons Hilfe auf.

Eine Bewegung im Augenwinkel ließ sie hinter sich blicken. Ares stand hinter ihr, mit verschlossenem Blick.

Danke für die Erinnerungen, dachte sie und konnte seltsamerweise spüren, wie zufrieden er war.

»Er hat Euch etwas gezeigt?«, fragte Chiron ungläubig und sah auf den Grauen im Stuhl herab.

Ich habe bald nicht mehr die nötige Kraft, um Euch allen zu zeigen, wohin ihr gehen müsst. Deswegen soll mich nur noch der Graue berühren.

Selene nickte und übertrug die Nachricht an Chiron, der sogleich nach vorne trat, und ohne zu zögern seinen Arm berührte. Einen Moment lang geschah nichts, dann brach Chiron zusammen. Ares fing ihn gerade noch rechtzeitig auf und Selene tätschelte sachte seine Wangen.

Macht Euch keine Sorgen, es wird ihm bald wieder gut gehen.

»Was hast du mit ihm gemacht?«, fragte sie laut und sah ihn vorwurfsvoll an.

Ich habe ihm mein ganzes Leben gezeigt. Er soll es niederschreiben. Es ist viel Wissen in kurzer Zeit geflossen, so dass er ruhen muss, um all das verarbeiten zu können. Ich weiß, du sorgst dich nicht nur um ihn, sondern auch darüber, was ihr ohne ihn tun sollt. Doch fürchte dich nicht. Ich werde den Letzten Schatten lange genug aufhalten.

»Und wohin sollen wir nun segeln? Wie geht es weiter?«, fragte sie Sedah dieses Mal absichtlich laut.

Er gab ihr eine lange Navigationsangabe, die Selene wortwörtlich weiterleitete, obwohl sie nichts davon verstand.

Und nun geht. Ich wünsche Euch alles Gute für Eure Zukunft.

Habt Dank und lebt wohl, Sedah, dachte sie ein letztes Mal und richtete sich dann an die Mannschaft.

»Chiron wird eine Weile so bleiben, da er die Erinnerungen verarbeiten muss. Der Graue wird so lange den Schatten aufhalten, wie es nötig ist. Wir müssen uns auf den Weg machen und dorthin segeln, wohin die Koordinaten weisen.«

»Dann werden wir dies auch tun, lasst uns gehen«, meinte Glaukos und bei den Worten nahm Ares Chiron in seine Arme, um ihn zurückzutragen.

Sie alle eilten den Weg entlang, den sie gekommen waren, und Selene blieb an Chirons und Ares' Seite, bis sie sich wieder auf dem Schiff befanden. Ares brachte Chiron in seine Kajüte und Selene wachte bei ihm, während Ares hinauseilte und den anderen half abzulegen. Sie deckte Chiron etwas zu und bereitete eine Schale mit kühlem Wasser zu, in die sie ein Stück Stoff tränkte und sein verschwitztes Gesicht säuberte. Sie konnte spüren, wie das Schiff sich allmählich wieder fortbewegte und dann erneut heftig schwankte, als die Segel gesetzt wurden. Sie zog einen der Stühle zu sich und nahm seine dreifingrige Hand in die ihre.

»Ich weiß, dass du das nicht möchtest, aber ohne dich an unserer Seite fühlen sich alle unsicher. Also gebe ich dir die Kraft, die du brauchen wirst.«

Dann konzentrierte sie sich und ließ langsam die Energie um sie herum in sich und anschließend in Chiron fließen. Sie spürte, wie ausgelaugt Chiron war und sie war beeindruckt, wie er all das in seiner Verfassung geschafft hatte. Solange wie er es nötig hatte, ließ sie die Energie fließen und heilte all die kleinen Wunden, die er vor ihr verborgen hatte. Als sie fertig war, ließ sie seine Hand los und betrachtete sein Gesicht, das nun nicht mehr gräulich war. Seine Augen zuckten wild unter seinen Augenlidern und sie war sich sicher, dass er noch immer in den Erinnerungen von Sedah schwelgte und von ihm lernte.

Ein letztes Mal wischte sie sein Gesicht ab, seufzte tief und vergewisserte sich nochmals, dass er gut zugedeckt war, ehe sie auf Deck ging. Wind schlug ihr entgegen und wirbelte Strähnen aus ihrem geflochtenen Haar. Die Insel lag bereits hinter ihnen und sie konnte erkennen, dass es die letzte Insel war. Sie gesellte sich zu Glaukos und Ares, die am Steuer standen, und die Augen auf die Navigation und auf die Seekarte geheftet hatten. Sie lugte an ihnen vorbei auf die Karte und da erst bemerkten die beiden sie.

»Wir befinden uns gleich außerhalb der Seekarte«, erklärte Glaukos Selene und wandte sich dann an Ares: »Bringe mir bitte den Käfer und den Vogel.«

Ares nickte und eilte nach unten, während Selene ihn irritiert ansah.

»Den Käfer und den Vogel?«

»Ein sehr hilfreiches Mittel, wenn man keine Seekarte mehr hat«, erklärte Glaukos und grinste leicht, als er ihren fragenden Gesichtsausdruck sah.

»Ihr werdet es verstehen, wenn Ihr es seht.«

Selene zog ihre Augenbrauen hoch, doch Glaukos ging nicht näher darauf ein und wartete, bis Ares wieder zurückkkam. Dieser reichte ihm zwei silberne Gegenstände, die Glaukos Selene zeigte. Das eine sah aus wie ein metallischer, handtellergroßer Käfer, während der andere Gegenstand einem silbernen Vogel mit leicht eingeklappten Flügeln ähnelte.

»Man kann entweder beide einzeln benutzen oder sie miteinander kombinieren, so wie wir es tun werden«, erklärte er und schob den Vogel über den Käfer.

Die Flügel schienen sich perfekt an den Käfer zu schmiegen und ein leises Klicken ertönte. Plötzlich wurden beide Gegenstände golden. Ares legte den Anfang einer dicken Schriftrolle an den Seekartentisch und Glaukos stellte die Käfer-Vogel-Kombination mittig darauf. Dann drückte er gleichzeitig den Kopf des Vogels und des Käfers nach unten und beide erwachten zum Leben. Der Vogel hob sachte ab und stieg gerade nach oben. Weit über dem Mast blieb er stehen und verfolgte sie wie ein kleiner Schatten. Die Beine des Käfers wurden immer länger, bis sie die Ränder der Schriftrolle erreichten. Dann stemmte er sich weit nach oben und spreizte die Flügel. Der Käfer hob ohne die Beine ab, flog eine enge Schlaufe und verschwand geräuschvoll im Meer. Fragend sah sie Glaukos an, doch der deutete nur auf die Schriftrolle. Unter dem Käfer formte sich ein seltsames Bild, das Selene zuerst nicht verstand, doch nachdem die Beine des Käfers das Papier immer wieder nachzogen, fiel es ihr wie Schuppen von den Augen.

»Der Käfer und der Vogel zeichnen auf, was um und unter uns passiert, richtig?«

Glaukos nickte lächelnd.

»Der Käfer hat sich unter das Schiff geheftet und zeigt uns, wie nahe der Grund ist. Der Vogel zeichnet alles auf, was über der Wasseroberfläche ist.«

»Faszinierend«, murmelte Selene und betrachtete den goldenen Käfer genauer.

Er war filigran gebaut und aus nächster Nähe besaß er eine gewisse Schönheit. An der Unterseite saßen mehrere weiße, glitzernde Steine und Selene vermutete, dass die Steine die Umgebung in das Papier brannten. Beeindruckt ging Selene zurück, zog sich auf eins der Fässer hinter Glaukos und lehnte sich gegen die Reling. Für einen Moment beobachtete sie den Käfer, der unentwegt alles in die Schriftrolle brannte, und hob dann ihren Blick. Vor ihnen war nichts außer dem unendlichen Horizont und als Selene nach hinten blickte, waren die Inseln schon in weite Ferne gerückt. Der Schatten hatte sie noch nicht eingeholt und sie konnte sich ein wenig entspannen. Sie genoss für einen Moment die warmen Sonnenstrahlen in ihrem Gesicht und wie der Wind über ihre Haut strich. Die Begegnung mit dem Grauen hatte sie erneut mit Zuversicht gefüllt. Chiron war womöglich in der Lage, Informationen aus den Erinnerungen zu ziehen, was Selene nicht möglich war. Sie wusste, dass sie bereits viele wichtige Details vergessen hatte, doch ein paar Dinge waren hängen geblieben. Ihre Gedanken glitten wieder zu ihrer Familie und sie war voller Hoffnung, dass es nicht mehr lang dauern würde. Ein zufriedenes Lächeln stahl sich auf ihre Lippen und so genoss sie den Moment auf dem Schiff, um in absoluter Freiheit zu schwelgen. Die Sonne wanderte in den Zenit und das Schiff nahm immer mehr Fahrt auf. Glaukos meinte, dass ihnen die Winde hold seien, und so kamen sie schneller voran, als sie sich erhofft hatten. Gegen Nachmittag wurden die Winde sogar so stark, dass die Segel verkleinert werden mussten, und gegen Abend flauten sie wieder etwas ab.

Am nächsten Tag half sie Gladim erneut beim Kochen und fischte zusammen mit Brian und Fengel nach Meerestieren. Dann überwand sie ihre Scham und bat Nathron, mit ihr den Dolchkampf zu üben. Sie hatte in ihrer Heimat mit ihren Clanmitgliedern üben können, doch der Kampf mit den Totenkrabben hatte ihr gezeigt, dass sie noch viel zu lernen hatte. Es war zwar das erste Mal, dass sie gegen einen richtigen Gegner gekämpft hatte, dennoch wäre sie gern nützlicher gewesen.

Nathron willigte ein und so trainierten sie von nun an vor den Mahlzeiten. Selene erhielt stumpfe Dolche, während Nathron ein stumpfes Schwert und einen Dolch verwendete. Zu Beginn hatte Selene Schwierigkeiten damit, Halt auf dem schwankenden Schiff zu finden und mehr als einmal verlor sie ihr Gleichgewicht. Zudem war Nathron ein ausgezeichneter Kämpfer mit viel Erfahrung. Vielleicht war er nicht so gut wie Ares, aber dennoch sehr viel geschickter und schneller als sie. Doch Tag für Tag wurde sie besser und am vierten Tag schaffte sie es sogar, ihn mit ihrem Dolch zu treffen. Die ganze Mannschaft schien sich mit ihr zu freuen, denn an dem Abend wurde ein neuer Weinschlauch geöffnet und sie wurde mit Lob überhäuft. Obwohl Selene versuchte, ihren kleinen Erfolg runterzuspielen, freute es sie von Herzen. Motiviert und mit der stetigen Gefahr im Nacken trainierte sie selbst am fünften Tag zusätzlich allein und begann sogar einen Wettkampf im Dolchwerfen. Wie es sich herausstellte, war sie darin genauso gut wie Ares. Es freute sie zutiefst, dass sie anscheinend doch in etwas gut war. Wären der Letzte Schatten in ihrem Nacken und Chirons tiefer Schlaf nicht, wäre sie beinahe glücklich gewesen. Jeden Morgen und Abend kümmerte sie sich um ihn, aber noch immer lag er unbewegt in seinem Bett. Stets berichtete sie ihm von ihren Trainingsfortschritten und was den Tag über passiert war, auch wenn sie nicht wusste, ob er sie überhaupt hören konnte.

Am Morgen des sechsten Tages konnten sie endlich das goldene Band erblicken. Thoron sah es in seinem Ausguck natürlich als Erster und alle waren beeindruckt von dem Bild, das sich ihnen bot. Ein goldenes Band, so weit das Auge reichte, zog sich quer über den Horizont. Beim Näherkommen nahm es stets mehr Konturen an und entpuppte sich als Wald mit goldenen Blättern. Als die Segel eingeholt wurden, konnte Selene die ganze Schönheit des Waldes bestaunen. Aus dem Meer schienen hohe, fast schwarze Bäume zu wachsen, deren Blätter von einem hellen Gold waren. Zwischen den Bäumen hatten sich kleine Wiesen mit schwarzen Gräsern und goldenen Blüten gebildet. Brian ruderte sie in den Wald hinein und jeder war ergriffen von der goldenen Schönheit über und neben ihnen. Unwillkürlich musste Selene an den Irrwald denken, den sie erst betreten hatten, nachdem sie die Erlaubnis der Baumseelen erhalten hatten.

»Sollten wir nicht um Erlaubnis fragen?«, fragte sie Glaukos, als sie gerade die Waldgrenze passierten.

»Wen sollten wir um Erlaubnis fragen?«

»Na, die Baumseelen«, antwortete Selene und Glaukos sah sie überrascht an.

»Sind sie nicht nur ein Mythos?«, fragte Ares, doch Selene schüttelte den Kopf.

»Nein, ich habe sie gesehen. Sie haben uns den Weg durch den Irrwald gezeigt.«

Glaukos ließ seinen Blick zu den mächtigen Bäumen hochwandern.

»Es ist wohl zu spät sie zu fragen. Wir haben den Wald bereits betreten. Wir können nur hoffen, dass sie uns nicht böse gesinnt sind.«

Leicht beunruhigt sah Selene ebenfalls zu den Bäumen empor und seufzte leise. Sie führten ihren Weg durch die Bäume fort. Zwischen ihnen bildete sich ein verzweigtes Netz an Wasserwegen, von denen sie viele durch das Wurzelwerk nicht befahren konnten. Schließlich beschlossen sie, das Schiff zwischen den Bäumen zu sichern, da es zu gefährlich war, nachts weiter zu rudern. Seile wurden von den Bäumen zum Schiff gespannt, um es zu befestigen. Da Selene gerne die Bäume von Nahem begutachten wollte, begleitete sie die anderen auf dem Beiboot und ließ sich dann in sichtbarer Nähe auf einem Fleck Rasen nieder. Sie strich über das schwarze Gras, das sich nicht anders anfühle als das herkömmliche, und lehnte sich gegen den Baumstamm.

»Falls ihr mich hören könnt, so tut es mir leid, dass wir ungefragt hier eingedrungen sind. Wir haben keine bösen Absichten, sondern möchten nur den Wald durchqueren und auf die andere Seite gelangen. Entschuldigung«, murmelte sie leise und beobachtete Ares und Nathron, die ein letztes Mal die Seile an den Bäumen begutachteten.

Ares wandte sich um und winkte sie zu sich, damit sie wieder zurück zum Schiff rudern konnten. Selene nickte und stand auf, klopfte sich den Dreck von der Hose und umrundete den Baum. Dabei stolperte sie über eine Wurzel, verfing sich mit dem Fuß in einem kleinen Gebüsch und verlor das Gleichgewicht. Sie stützte hin, rollte einen niedrigen Hang hinunter und blieb dann einen Moment lang auf den Bauch liegen. Innerlich schollt sie sich über ihre Unachtsamkeit als sie etwas schmerzhaft in

die Seite pikte. Selene zuckte zusammen und sah an sich herunter. An ihrer Seite stand ein menschenähnliches Wesen, das jedoch nicht größer war als eine Elle. Langsam richtete sich Selene auf und das Wesen hüpfte ein paar Schritte zurück. Seine Haut war dunkel, beinahe ledrig und sah aus wie die Rinde eines Baumes. Die Haare und Augen waren golden und es besaß eine flache Nase und zugespitzte Zähne. Die Hände und Füße endeten in spitzen Nägeln.

»Hallo«, versuchte es Selene, doch das Wesen zuckte heftig zusammen und kletterte in Windeseile den Baum hinauf.

Selene sah ihm hinterher und konnte zwischen den hellgoldenen Blättern weitere Bewegungen ausmachen. Viele goldene Augenpaare sahen auf sie herab und ein Flüstern, wie das Rascheln der Blätter, rann durch den Baum und griff auf den nächsten über. Etwas traf sie hart am Kopf. Jemand hatte eine Nuss nach ihr geworfen.

»Ich will euch nichts Böses«, meinte sie schnell und hob ihre Hände nach oben, doch da flog auch schon die nächste Nuss.

»Ihr braucht vor mir keine Angst zu haben«, versuchte sie es erneut, doch immer mehr Nüsse flogen ihr entgegen.

Mit erhobenen Händen rappelte sie sich auf und versuchte langsam zurückzugehen, was aufgrund der Senke, in der sie stand, nicht so einfach war.

»Selene!«, hörte sie plötzlich Ares rufen.

»Ich bin hier!«, rief sie zurück und Ares erschien keinen Atemzug später am Rand der Senke.

Die Nüsse hörten auf zu fliegen und das Flüstern der Wesen verbreitete sich erneut. Selene nutze die Gelegenheit und kletterte aus der Senke.

»Geht es Euch gut?«, fragte Ares und sein Blick wanderte über ihre verschmutzten Kleider.

»Es geht. Ich habe die Bewohner des Waldes getroffen.«

Fragend sah er sie an, doch sie hob ihren Blick und deutete in die Baumkrone, aus denen viele Augenpaare sie anstarrten. Erneut flogen die kleinen Nüsse, diesmal auch auf Ares. Er zog sein durchscheinendes Schwert und daraufhin flogen größere Nüsse nach unten.

»Du machst sie nur wütend«, sagte Selene und bei ihren Worten steckte er die Waffe wieder weg und stellte sich schützend vor sie.

Selene befürchtete, dass die Wesen sie auch auf dem Schiff nicht in Ruhe lassen würden.

»Lasst uns gehen«, murmelte Ares und war ihr dabei so nah, dass es sie kurz aus dem Konzept brachte.

Zusammen umrundeten sie den Baum und sahen, dass es auch die anderen getroffen hatte. Stöcke und harte Nüsse hagelten auf das Schiff nieder und Selene fluchte leise. Sie beeilten sich, auf die Acheron zu kommen, und wurden mit einem Hagel aus Stöcken begrüßt. Ares teilte ihnen mit, wer oder was dafür verantwortlich war und sie waren bereits am Überlegen doch die Nacht zu nutzen, als der Hagel stoppte. Verwundert sahen sie sich um, aber Selene sah sie als Erstes.

»Ich glaube, die Baumseelen haben meine Entschuldigung akzeptiert«, rief sie mit einem breiten Grinsen, als sie die Baumseele erblickte.

Sie saß elegant auf einem der gespannten Seile und sah sie freundlich an. Schon wie die Baumseele im Irrwald war sie wunderschön und hatte die Gestalt einer menschlichen Frau. Ihre schwarze Haut war makellos und in ihren ebenso schwarzen, ewig langen Haaren waren hellgoldene Blätter und Blüten kunstvoll eingeflochten. Um ihren zarten Körper wallte ein goldenes Kleid. Am atemberaubendsten war das filigrane Gesicht, mit den feinen Zügen und den großen Augen, in denen das flüssige Gold schwamm. Selene verbeugte sich tief und lächelte die Baumseele dann an.

»Ich danke dir«, sprach sie aus tiefsten Herzen.

Die Baumseele schien das zu spüren, denn sie lächelte herzerweichend und neigte sachte ihren Kopf, ehe sie verblasste und schließlich verschwand.

»War das eine Baumseele?«, hörte sie Fengel hinter sich fragen und als sie sich umdrehte, glitzerten seine Augen.

»Ja, das war eine. Chiron meinte, je älter die Baumseelen sind, desto schöner sind sie.«

»Dann ist dieser Wald wohl uralt«, meinte Fengel, sichtlich ergriffen.

Vermutlich hatte Selene genauso ausgesehen, als sie die Baumseele im Irrwald zum ersten Mal betrachtet hatte.

»Da überlegt man es sich zweimal, welchen Baum man fällt«, murmelte Selene und sah auf die Stelle zurück, an der die Baumseele gerade noch gesessen hatte.

Die Sonne war bald verschwunden und Selene half Fengel gerade dabei, die Laternen am Schiff zu entzünden, als sie es hörten. Zuerst war es nur ein Rauschen des Windes in den Blättern, dann ein Flüstern, und melodische Töne erklangen zwischen den Bäumen. Ein süßliches Lied, das aus vielen Richtungen kam, tanzte durch die Bäume. Ihr war klar, dass die kleinen Wesen dafür verantwortlich waren. Schnellen Schrittes ging sie zum Eingang zum Unterdeck.

»Gladim?!«, rief sie hinunter und wenig später streckte er seinen Kopf um die Ecke.

»Haben wir irgendwelche Früchte oder Kräuter, die du entbehren kannst?«

»Äh, einen Moment«, dann zog er seinen Kopf zurück und sie hörte es im Schiffsinneren rumoren.

Dann erschien er erneut und gab ihr eine Hand voll Beeren.

»Super, danke!«, und mit den Worten ging sie wieder an die Reling.

Die Melodie war inzwischen lauter geworden und lullte sie in ihren süßen Bann. Sie brauchte nicht lange zu warten, da war das erste neugierige Wesen an Bord gekommen. Es saß am Bug auf der Reling im Schatten der Laternen und beobachtete sie interessiert aus goldenen Augen. Selene hoffte, dass sie nichts Falsches tat und legte vorsichtig eine Beere auf die Reling. Das Wesen starrte die Beere an und dann sie. Selene hob eine andere hoch und aß sie sichtlich genüsslich. Das Wesen nahm die Beere neugierig zwischen seine spitzen Finger, roch daran und biss zaghaft ab. Belustig beobachtete Selene das Wesen, das erst etwas darauf herum kaute und dann den Rest aß. Selene gab ihm immer neue Beeren, bis er irgendwann seine Scheu überwunden hatte und die Beeren aus ihrer Hand aß. Als sie keine mehr bei sich hatte, sahen sie sich einen Moment lang stumm an. Inzwischen waren mehrere der Wesen an Bord gekommen oder saßen auf den gespannten Seilen. Jedoch hielten sie sich im Hintergrund und beobachteten die beiden aus ihren goldenen Augen, in denen sich das Licht brach.

»Entschuldige, ich glaube nicht, dass ich dir mehr Beeren geben kann«, sprach sie sanft zu ihm, als das Wesen auf ihre ausgestreckten, leeren Handflächen starrte.

Überraschend nahm es ihre Hand zaghaft in seine und fing an, ihre Hand zu untersuchen. Es schien dabei aber stets auf ihre Zustimmung zu

warten, die Selene großzügig gewährte. Selene vermutete, dass es noch nie einen Menschen gesehen hatte. Dann starrte das Wesen sie erneut aus großen Augen an und Selene sah, wie es ihre Haare betrachtete. Also öffnete sie diese langsam und nach kurzem Zögern streichelte es ihr angebotenes Haar. Fast hätte Selene gelacht, als sie den faszinierten Gesichtsausdruck beobachtete. Nach den ausführlichen Streicheleinheiten versuchte Selene, sein goldenes Haar zu berühren, was das Wesen ebenso zuließ. Es war genauso weich, wie es aussah. Die anderen waren neugierig nähergekommen und starrten ebenso ihr weißes Haar an. Kurz zögerte Selene, doch dann wollte sie es ausprobieren. Mit flinken Fingern flocht sie eine kleine Strähne ihres Haars zusammen und zog langsam ihren Dolch. Als sie die Schneide sahen, wichen alle Wesen ein Stück zurück, doch Selene führte den Dolch an die geflochtene Strähne und schnitt diese ab. Vorsichtig steckte sie den Dolch zurück und wartete, bis sie wieder näherkamen. Dann legte sie ihre Strähne auf die Reling und wartete ab. Das Wesen nahm die Strähne in seine kleinen Hände und starrte sie danach für einen Moment lang an. Ein Flüstern und Rauschen ging durch die Wesen und die Haarsträhne wurde weitergereicht, bis sie schließlich aus Selenes Sicht verschwand. Dann ging es ein paar Schritte zurück und neigte den Kopf etwas. Wie auf Kommando neigten alle den Kopf im selben Winkel und Selene kopierte die Bewegung. Alle wuselten zurück auf ihre Bäume und nahmen die Strähne ihres Haares mit. Sie sah ihnen noch etwas hinterher, ehe sie sich umdrehte und Ares entdeckte, der an der gegenüberseitigen Reling mit verschränkten Armen lehnte und sie offensichtlich beobachtet hatte. Langsam ging sie auf ihn zu und flocht ihr langes Haar in einen einfachen Zopf.

»Das war mutig«, raunte er und als sie zu ihm aufsah, lag darin nur Aufrichtigkeit.

Seine Züge waren weicher und in seinen Augen lag etwas Undeutbares, das sie zum Schmelzen brachte.

»Ich habe nur versucht, freundlich zu sein und auf sie zuzugehen. Wenn sie so sind, wie die meisten Lebewesen, dann sind sie voller Neugier auf etwas Neues. Ich nehme mal an, dass sie nicht jeden Tag Menschen sehen, geschweige denn ein Schiff und alles, was darauf ist«, erklärte sie, vermied es aber, in seine Augen zu sehen.

Sein Blick machte sie seltsam nervös. Da bemerkte sie, dass sich die Melodie etwas geändert hatte. Leiser Gesang mischte sich nun darunter und brachte Selene freudig zum Lächeln. Das Lied schien sie zu durchdringen und eine angenehme Wärme breitete sich in ihrem Inneren aus. Sie fühlte sich seltsamerweise geborgen und sicher.

»Ich nehme mal an, dass sie es sind, die für uns singen.«

Fröhlich sah sie ihn an, doch sein Blick zog sie erneut in seinen Bann.

»Vielleicht sollten wir wieder zu den anderen zurückgehen. Es wird bestimmt bald Abendessen geben«, schlug Selene nervös vor und machte Anstalten zu gehen, als Ares sie sanft am Arm berührte.

Selene blieb sofort stehen und sah ihn mit hämmerndem Herzen an.

»Kann ich Euch etwas fragen?«, fragte er leise und mit so rauer Stimme, dass sie kein Wort hervorbrachte und nur nicken konnte.

»An dem Abend, als Nathron aus Eurer Kajüte kam, war das der Abend, an dem Ihr sein Auge zurückgeholt habt?«

Der Ernst, mit dem er sie fragte, verwunderte sie ein wenig.

»Ja, das war der Abend. Aus welchen Gründen hätte er ansonsten in meiner Kajüte sein sollen?«, meinte sie nur leicht verwirrt und über sein Gesicht zuckte etwas, das so schnell vorbei war, dass sie es nicht zu deuten wusste.

Er starrte sie nur aus seinen unergründlichen Augen aus an und Selene schien darin zu versinken. Den Drang ihm näherzukommen war beinahe unerträglich. Ares war einen Schritt auf sie zugekommen und stand keine Fußlänge mehr von ihr entfernt. Sie hatten sich nicht einen Augenblick aus den Augen verloren. Plötzlich veränderte sich etwas in seinen Augen und er senkte schnell seinen Blick, während er einen Schritt zurückging.

»Verzeiht, Herrin«, murmelte er und eilte davon, ohne einen Blick zurückzuwerfen.

Selene sah ihm hinterher und verstand nicht, was gerade geschehen war. Sie legte ihre Hand aufs Herz, das aus ihrer Brust springen wollte, und lehnte sich an die Reling. Weder wusste sie, was mit ihr nicht stimmte, noch, was das zwischen ihnen war. Einzig war sie sich sicher, dass zwischen ihnen etwas hing, das sie so noch nicht erfahren hatte. Sie atmete ein paar Mal tief ein und versuchte, ihr pochendes Herz unter

Kontrolle zu bekommen. Immer, wenn sie an Ares dachte, und wie nah er ihr gewesen war, schnellte ihr Puls erneut nach oben. Schließlich gab sie es auf und ging zur Mitte des Schiffs, wo ihr Gladim entgegenkam.

»Ah, ich habe Euch schon gesucht. Das Essen ist fertig«, meinte er nur freudestrahlend und brachte Selene zum Lächeln.

»Das ist großartig und genau richtig, danke«, erwiderte sie nur und sein Grinsen wurde nur breiter.

Sie ging mit ihm und er setzte sie zwischen sich und Fengel. In der Mitte der großen Runde waren mehrere gebratene Fische, die er über Nacht gefangen hatte und Berge von gekochtem Gemüse und Früchten. Eine Flasche mit Hochprozentigem wurde herumgereicht, von dem sich Selene gerne bediente. Doch die Wirkung von Alkohol wirkte bei ihr nicht und so gab sie es auf, ihre Gedanken darin ertränken zu wollen. Sie vermied es auch, nach rechts zu sehen, wo Ares saß, der bei jedem Blick ihren Puls nach oben schnellen ließ.

Mit einem Mal ging die Tür zu den Kajüten auf und Chiron trat nach draußen.

»Chiron!«, rief Selene und wollte aufspringen, doch er lächelte nur und hielt sie mit einer Geste davon ab.

Elegant wie immer ließ er sich gegenüber von ihr nieder und Selene stellte freudig fest, dass er erholt aussah.

»Geht es dir wieder besser?«, fragte Selene und ihre Blicke kreuzten sich.

»Mir geht es ganz wunderbar«, antwortete er und für einen Moment sah er ihr in die Augen.

Leicht nickte er und schüttelte dann sachte den Kopf, ehe einer seiner geschwungenen Mundwinkel kurz nach oben zuckten. Er senkte den Blick und Selene musste ein wenig schmunzeln. Sie kannte ihn wohl schon so gut, dass sie den Dank, den Tadel und die Belustigung darüber, dass sie ihn geheilt hatte, von seinem Gesicht ablesen konnte. Gladim reichte ihm ein wenig von dem gekochten Gemüse, das Chiron dankend zu sich nahm.

»Konnte der Graue Euch zeigen, wohin die Reise uns führen wird?«, fragte nun Glaukos und Chiron nickte.

»Im Morgengrauen werde ich Euch alles Relevante erzählen.«

»Wird es denn noch lange dauern, bis wir das Tor erreichen?«

»Nein, es wird nicht mehr sehr lange dauern. Sorgt Euch nicht.«

Selene atmete tief ein und lächelte zaghaft. Bald würde sie ihre Familie befreien können. Doch im selben Moment befiel sie erneut Traurigkeit. Sie würde dann die Mannschaft verlassen müssen und nie wiedersehen.

»Ich bin überrascht, dass die Baumwesen für euch singen«, riss Chiron sie aus ihren Gedanken.

»Wieso das?«

»Es hält den Letzten Schatten davon ab, den Wald zu betreten. Der Gesang beschützt euch. Ihr müsst wohl irgendetwas getan haben, um die Baumwesen zu erfreuen.«

»Ich denke, das haben wir Herrin Selene zu verdanken«, sprach Ares und ihre Augen schnellten zu ihm.

Kurz trafen sich ihre Blicke, ehe er Chiron ansah.

»Ich glaube, sie hat sich beim Wald für unser Eindringen entschuldigt und uns damit vor den Angriffen der Baumwesen gerettet. Zudem gab sie den Baumwesen eine Strähne ihres Haars.«

»Für die Baumwesen wird die Strähne wohl etwas sehr Kostbares sein«, meinte er und richtete seinen freundlichen Blick auf Selene.

»Habt Dank.«

»Nichts zu danken«, murmelte sie und ihr Blick glitt zu Boden, als sie spürte, wie die anderen sie ebenso ansahen.

»Das heißt, wir können in Ruhe schlafen?«, fragte Gladim und zog die Aufmerksamkeit auf sich.

Sie atmete erleichtert aus und hob ihren Blick.

»Richtig. Ihr werdet hier so sicher sein, wie auf dem Heimatmeer.«

Selene konnte sichtlich sehen, wie die Anspannung von allen abfiel. Ein weiterer Weinschlauch wurde aus dem Bauch des Schiffes geholt und munter herumgereicht, während alle ihr Essen mit einem entspannten Gesicht verzehrten.

Kaum hatten sie zu Ende gegessen, zückte Gladim das Kartendeck und sah breit grinsend in die Runde. Chiron zog sich etwas zurück und sah ihnen zu, während alle anderen näher in die Mitte rutschten. Der Wein wurde gegen etwas sehr viel Stärkeres ersetzt, das selbst Selene angenehm im Rachen brannte und eine süße Note auf ihrer Zunge hinterließ. Da sie

gut genug spielen konnte, einigten sie sich alle auf eine Strafe für den Verlierer. Jeder, der verlor, musste etwas Witziges oder Verrücktes tun. Die erste Runde verlor Gladim, der einen Handstand machte und dabei mit den Füßen klatschte. Alle kugelten sich vor Lachen, als er über Fengels Holzbein stolperte und in sich zusammenklappte wie ein Kartenhaus. Zu Selenes Erleichterung verletzte er sich nicht, sondern lachte mit allen anderen mit. Glaukos verlor die nächste Runde, nachdem Nathron und Thoron sich heimlich gegen ihn verbündet hatten. Unter lautem Grölen tanzte er einen witzigen Tanz, der viele Sprünge und Spagate beinhaltete, der sonst so gar nicht zu ihm passte. Die beiden vom Schönen Volk kringelten sich vor Lachen und dann bekam Glaukos mit, dass sie zusammengearbeitet hatten. Spielerisch versohlte er ihre Hintern und Selene vergoss vor Lachen Tränen. Schon wurde die nächste Flasche geöffnet und die Röte auf den Gesichtern der Männer intensivierte sich, während Gladim und Fengel anfingen zu lallen. Fengel verlor die nächste Runde, pfefferte dann seine Karten in die Mitte und übergab sich über die Reling. Kichernd glitt Selenes Blick über die Runde. Brian war die ganze Zeit still gewesen, fiel dann plötzlich nach hinten um, sodass das ganze Schiff erzitterte, und begann zu schnarchen. Obwohl er so groß war, vertrug er wohl nicht viel. Nathron und Thoron tranken abwechselnd und kicherten mit hochrotem Kopf und glasigen Augen. Gladim war im Sitzen eingeschlafen und Glaukos versuchte, die Karten einzusammeln, doch fielen sie ihm immer wieder aus seinen Händen. Ihr Blick blieb bei Ares hängen, der Glaukos half, die Karten zusammenzusuchen. Auch auf seinem Gesicht sah sie die Röte. Selene musste zugeben, dass sie ihm stand. Dann hob er plötzlich den Kopf und sah zu ihr. Überrascht zuckte sie zusammen, konnte jedoch nicht den Blick von seinen blauen Augen nehmen. Sie waren voller Wärme und schienen direkt in ihre Seele zu sehen. Selene fragte sich, ob sie nicht doch betrunken war. Ihr Puls verdoppelte sich und flatterte in ihrer Brust, während Hitze durch ihren Körper wallte.

»Kann ich für einen Moment mit Euch allein sprechen?«, fragte Chiron sie und riss Selene aus ihrer Trance.

»Natürlich«, sagte sie leicht außer Atem und rappelte sich schnell nach oben.

Erneut glitt ihr Blick zu Ares, der jedoch Glaukos am Arm packte und

ihn in seine Kajüte bugsierte. Sie wandte sich von ihnen ab und folgte Chiron in ihre eigene Unterkunft.

»Verzeiht, dass ich Euch in diesem entspannten Moment störe.«

»Schon ok«, sagte Selene schnell, denn sie wusste, dass er sie nicht ärgern wollte.

»Weshalb möchtest du mit mir sprechen?«

Chiron faltete seine sechs langgliedrigen Finger ineinander und sah sie für einen Moment lang stumm an. Sie setzte sich an den Tisch und die Euphorie des Spiels verschwand augenblicklich. Abwartend sah sie in sein androgynes, schönes Gesicht, bis er tief einatmete und zu sprechen anfing.

»Ich habe in Sedahs Erinnerungen sehr viel gesehen und viele Dinge erfahren, unter anderem habe ich auch Eure Welt gesehen. Zwar vor einer sehr langen Zeit, aber an der Grausamkeit der Menschen hat sich nichts geändert.«

»Worauf möchtest du hinaus?«

Chiron pausierte für einen kurzen Augenblick.

»Werdet Ihr allein zurechtkommen? Ohne Hilfe und ohne jemanden, der kein Mondmensch ist?«

Selene atmete lange ein und sie sah in seine ernsten grauen Augen. Sie wusste, dass er ihre Fähigkeiten nicht in Frage stellte, sondern sich einfach nur um sie sorgte. Die Gefühle, die sie stets tief in sich begraben hatte, drohten auszubrechen.

»Ich werde zurechtkommen, weil ich es muss«, antwortete sie ehrlich und sie spürte den Knoten in ihrer Brust.

»Es wird einen Weg geben, es muss einen geben.«

»Jemand könnte Euch begleiten.«

Der Knoten rutschte ihr in den Hals und nur mit Mühe konnte sie die Tränen unterdrücken. Sie hatte immer verdrängt, was danach kommen würde. Dann wäre sie allein in einer Welt, die ihr nicht freundlich gesinnt war. Sie wäre auf sich allein gestellt.

»Ich muss allein gehen«, brachte Selene hervor und die erste Träne rollte ihr über die Wange, aber sie war fest entschlossen.

»Keiner kann mich begleiten. Wenn du seine Erinnerungen hast, dann verstehst du auch, warum.«

Chiron nickte sachte.

»Aber dennoch…« Selene schüttelte heftig den Kopf.

»Nein, ich werde niemanden mitnehmen«, sprach sie bestimmt und Chiron presste seine Lippen zusammen, so dass sie eine dünne Linie bildeten.

Dann nickte er und lehnte sich in seinem Stuhl ein wenig zurück.

»Ihr habt Recht. Ich werde Euch nicht durch das Tor folgen können. Ohne mich ist die Mannschaft verloren.«

Selene sah ihn verwirrt an.

»Wieso verloren?«

Chiron sah sie leicht überrascht an.

»Wegen des Letzten Schattens. Das Lied, das die Baumwesen singen, wird uns vor ihm schützen. Doch sobald wir den Goldenen Wald verlassen haben, wird er uns erneut folgen und irgendwann wird er uns einholen. Vielleicht erst, wenn Ihr wieder in Eurer Welt seid oder auch schon davor. Sicher ist nur, dass er kommen wird und dass die Mannschaft ohne einen Grauen an ihrer Seite sterben wird.«

Selene saß starr auf ihrem Stuhl und starrte Chiron an. Sie hatte gewusst, dass sie mit der Reise die Mannschaft in Gefahr bringen würde. Chiron hatte sie dafür bezahlt. Geld gegen Leben. Weil sie nach Hause gehen wollte und noch immer musste. Noch nie hatte sie auch nur einen Gedanken daran verschwendet, was mit der Mannschaft danach passieren würde. Stets hatte sie nur an sich gedacht. Bei der Erkenntnis wurde ihr übel.

»Gibt es keinen Weg, ihn zu töten?«, hauchte Selene.

Chiron seufzte schwer.

»Man müsste sein Herz aus seinem Körper reißen, um ihn zu vernichten. Aber das habe ich bereits probiert und schlug fehl. Auch wenn er keine direkte Kontrolle mehr über seine Fähigkeiten hat, kann er sie doch in bestimmten Situationen unbewusst einsetzen und sich vor mir schützen. Zu nahe kann man ihm auch nicht kommen, so bleibt keine Möglichkeit mehr, außer zu fliehen. Ich hatte gehofft, dass es leichter wäre. Aber das ist es nicht.«

Selene dachte an Ares zurück, der beinahe von dem Letzten Schatten zerfetzt worden wäre, hätte Chiron ihn nicht gerettet. Ihr Herz wurde nur noch schwerer, bis die Schuld es fast zerquetschte.

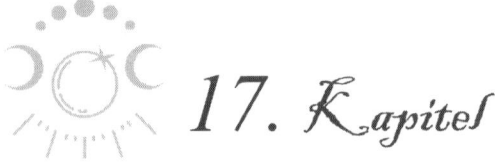

17. Kapitel

Das süße Lied der Baumwesen tanzte noch immer durch die Schwärze der Nacht und nur dank der wenigen Laternen an Bord konnte sie überhaupt etwas erkennen. Alles verlor sich in tiefste Finsternis. Selene hatte keine Angst. Wie Chiron schon meinte, waren sie dank der Baumwesen hier in Sicherheit vor dem Schatten. Sie alle konnten in Ruhe schlafen, dennoch fand Selene keinen Frieden. In der Spitze des Vorderdecks, gelehnt an die Reling, starrte sie in die Dunkelheit und ließ sich von dem wunderschönen Lied einlullen, bis sie sich darin auflöste und ihren Tränen freien Lauf gab. Sie wusste, dass sie ihre Familie nicht aufgeben konnte, aber ihr schlechtes Gewissen nagte an ihr. Wenn auch nur einer der Mannschaft sterben würde, so hatte sie ihn auf dem Gewissen. Nur wegen ihr waren sie hier. Nur wegen ihr brachten sich alle in Lebensgefahr. Ihre Gedanken wanderten zu Ares und ihr Herz schlug für einen Moment höher. Sie hatte lange über ihre Gefühle für ihn nachgedacht und war zu dem Schluss gekommen, dass sie ihn mochte. Nicht so, wie sie die anderen mochte. Es war etwas viel Stärkeres, dass sie so noch nie empfunden hatte. Vermutlich war dieses fremde Gefühl jenes, über das alle Liebenden sprachen, das Selene aber noch nie verstanden hatte. Sie legte ihr Gesicht in ihre Hände und stütze sich auf die Ellenbogen auf der Reling ab. Es war für sie klar, dass sie zurückmusste, doch Was-wäre-wenn-Gedanken kreuzten ihren Kopf und für einen Moment lang gab sie sich dem Spiel hin. Was wäre, wenn sie blieb? Was wäre, wenn er sie genauso mochte wie sie ihn? Konnte sie dann auf dem Schiff bleiben?

Das Gesicht ihres Bruders tauchte aus den Tiefen ihrer Erinnerungen auf und wie sein Blut in den Himmel spritzte. Alles in Selene zog sich zusammen und sie hasste sich selbst für ihren Egoismus. Wie konnte sie nur etwas anderes wollen, als zurückzukehren und ihre Familie zu retten?

»Was tut Ihr hier draußen?«, ertönte hinter ihr eine Stimme und Selene zuckte überrascht zusammen.

Schnell wischte sie sich die Tränen aus dem Gesicht und drehte sich dann um. Ares stand nicht weit entfernt von ihr und als sein Blick auf sie fiel, zogen sich seine Augenbrauen zu einer Linie zusammen.

»Ich konnte nicht schlafen, also habe ich etwas frische Luft geschnappt und dem Lied gelauscht. Und du? Was machst du hier draußen«, fragte sie betont fröhlich, konnte aber nicht über das Zittern in ihrer Stimme hinwegtäuschen.

»Die Sonne wird bald aufgehen. Ich wollte noch einmal die Taue überprüfen, bevor wir ablegen.«

»Dafür, dass bald die Sonne aufgeht, ist es aber noch ganz schön dunkel«, meinte Selene und hob ihren Kopf zum Blätterdach.

»Die Sonne wird schnell aufgehen, deshalb ist die Dämmerung ungewohnt kurz«, erklärte er langsam.

Einen Moment lang standen sie sich schweigend gegenüber und nur das Lied und das Rauschen der Blätter hallte durch den Wald.

»Dann… werde ich mich noch ein wenig hinlegen«, sprach Selene und wollte eilig an ihm vorbeigehen, als er seine Hand auf ihren Arm legte.

Sie gefror in ihrem Schritt und ihr Herz hämmerte in ihrer Brust.

»Nicht…«, hauchte sie mit zittriger Stimme und strich behutsam seine Hand von ihrem Arm, obwohl sie ihn am liebsten festgehalten hätte.

»Wieso?«, raunte er und eine angenehme Gänsehaut kroch ihr den Rücken hinunter.

Für einen Moment zögerte sie und sah ihm dann ins Gesicht, das ihrem so nah war. Sie konnte sogar den Wein in seinem Atem riechen und die leichte Röte auf seinen Wangen in der Dunkelheit erahnen.

»Wenn du mich berührst und mir so nahekommst, will ich dir nur noch näherkommen. Und das darf nicht sein«, antwortete sie ehrlich und ohne auf eine Erwiderung von ihm zu warten, eilte sie hinunter und flüchtete in ihre Kajüte.

Mit wild schlagendem Herzen lehnte sie sich gegen ihre verschlossene Tür und fluchte über sich selbst, dass sie ihm die Wahrheit gesagt hatte. Sie raufte ihre Haare und warf dann einen Blick in ihren Spiegel. Ihre Haare hatten sich teils aus ihrem Zopf gelöst und standen in jegliche Richtungen ab und auf ihrer hellen Haut glitzerten noch immer die feuchten Überreste ihrer Tränen. An der Tür ließ sie sich langsam nach unten gleiten und vergrub ihren Kopf zwischen ihre Beine. Erneut ließ sie ihren Tränen freien Lauf und biss sich dabei in ihren Arm, damit kein Laut über ihre Lippen kam. Lange weinte sie, bis keine Tränen mehr flossen.

Eine leichte Bewegung des Schiffs riss Selene aus ihrer Trauer. Sie hob ihren Kopf und spürte, wie es sich langsam fortbewegte. Mit einem Seufzer schloss sie für einen kurzen Moment ihre Augen und leckte sich dann die Blutreste von ihrem Arm. Mit einem weiteren aufgebenden Seufzer raffte sie sich auf, wusch sich ausgiebig und flocht ihre Haare in einem kompliziert aussehenden Muster an ihren Kopf, während sie ihre Gefühle Strähne für Strähne tief in sich begrub. Es spielte keine Rolle, was sie fühlte. Sie musste zurück, ohne Frage, und doch schmerzte ihr Inneres bei dem Gedanken. Also verbot sie sich, daran zu denken und nahm sich vor, einfach zu ihrer Familie zurückzukehren. Mit dem letzten Knoten des farbigen Haarbandes fühlte sie sich stark genug, um aus ihrer Kajüte zu kommen. Mit finalen Handgriffen zupfte sie ihre Leinenbluse und Lederhose zurecht, ehe sie ihre Schnürstiefel schnürte und entschlossen an Deck ging.

Es war bereits hell geworden und Brian ruderte das Schiff mit gleichmäßigen Schlägen voran. Selene schlüpfte unter den Rudern hindurch und gesellte sich zu Glaukos und Chiron, die auf dem Achterdeck standen und das Schiff lenkten. Thoron war schon im Ausguck und der Rest hatte es sich auf dem Vorderdeck gemütlich gemacht, wobei Selene darauf achtete, nicht zu Ares zu sehen, der neben Fengel auf einem Fass saß und stur geradeaus starrte.

»Dafür, dass alle sehr viel getrunken haben, seht ihr recht fit aus«, sagte sie zu Glaukos, der sie nur verschmitzt anlächelte.

»Es gibt etwas, das man trinken kann, damit der Kater verschwindet und man sich nicht allzu elend fühlt.«

»Wie praktisch«, meinte sie und die beiden warfen sich einen amüsierten Blick zu, ehe Selene wieder nach vorne sah.

Vor ihnen befand sich ein Labyrinth aus dunkelblauen Wasserwegen, in die teils dicke, schwarze Wurzeln hineinragten und sich dann in einer Kurve verloren. Selene wollte schon fragen, woher sie wusste, welchen Weg sie nehmen sollten, doch schließlich sah sie die Baumseele. Sie saß in ihrem wallenden, goldenen Gewand und in ihrer übernatürlichen Schönheit auf einem der niedrigsten Äste des Baumes über einem der Wasserwege. Auf diesen steuerte Glaukos hin und sobald sie ihn befahren hatten, verschwand die Baumseele, um nur auf den dahinterliegen-

den Ast wieder aufzutauchen. Die Baumseele lächelte ihnen breit zu und selbst Selene konnte fast nicht den Blick von ihrem wunderschönen Anblick nehmen. Manchmal saßen die Baumwesen bei ihr und sahen ihnen zu, wie sie langsam aber sicher tiefer in den immer verwinkelteren Wald eindrangen.

Dann erreichten sie die Grenze und vor ihnen eröffnete sich das weite Meer. Frischer Wind schlug ihnen ins Gesicht und Selene schmeckte das Salz auf ihrer Zunge. Sie ruderten hinaus, doch sie konnte sich nicht vom Anblick der Baumseele lösen, die auf dem Ast des letzten goldenen Baumes saß und ihnen fröhlich hinterhersah, ehe sie verschwand. Erst dann wandte sie sich von dem goldenen Wald ab und sah auf den unendlich scheinenden Horizont. Seit sie den Wald verlassen hatten, hatte der Wind aufgefrischt und nun waren alle beschäftigt, das Segel zu setzen und die Ruder einzuholen. Ein Ruck ging durch das Schiff, als der Wind in das Segel fuhr und sie immer schneller wurden. Die Acheron neigte sich leicht und abgesehen vom Rauschen des Windes und des Meeres hörte Selene nichts. Sie reckte ihr Gesicht in die wenigen Sonnenstrahlen, die durch die Wolken hindurch drangen. Für einen Moment genoss sie das Gefühl der Freiheit, ehe ihr einfiel, dass sie den Schutz des Waldes verlassen hatten und der Letzte Schatten sie wieder verfolgen könnte. Angst beschlich sie und ihre Augen wanderten über die goldene Linie, die sich hinter ihnen gebildet hatte, in Erwartung, ihn sehen zu können. Doch konnte sie nichts ausmachen. Ihr Blick glitt zu Chiron, der sich ebenfalls umblickte, und dessen schön geschnittenes Gesicht voller Ernst war. Ihre Blicke kreuzten sich und sie konnte die Sorge auch in seinen grauen Augen erkennen. Dann richtete sie ihren Blick nach vorne und seufzte leise.

»Was wird als Nächstes kommen?«, fragte Selene Glaukos, der am Steuer stand und angestrengt nach vorne sah.

»Wenn uns die Winde hold sind, werden wir in zwei Tagen Land erreichen. Laut Chiron wird es dort einen Fluss geben, den wir befahren können.«

»Doch dies basiert auf alten Erinnerungen. Von daher habe ich nur eine ungenaue Vorstellung von dem, was noch kommen mag«, warf Chiron ein und sah sich immer wieder suchend um.

Selene nickte und sah erneut Richtung Horizont. Dann wanderte ihr Blick zu Ares, der die Taue durch das Fallgitter nach unten reichte. Sie beobachtete, wie seine starken Muskeln unter dem Leinenhemd arbeiteten. Als ihr bewusst wurde, was sie tat, biss sie sich auf ihre Lippen und sah stur geradeaus. Wie schon die Tage zuvor trainierte sie mit Nathron, ehe sie zu Thoron hoch in den Ausguck floh und ihm etwas Gesellschaft leistete. Zwar redete er immer noch nicht viel mit ihr und war so arrogant wie immer, dennoch schlich sich unterschwellige Wärme in seine Stimme. Selene war jedoch ganz froh darüber, nicht reden zu müssen und irgendwann begann sie zu verstehen, warum er es hier oben mochte. Niemand störte und alles schien so weit weg zu sein. Sie lehnte sich gegen den Mast und gewöhnte sich langsam an das Schaukeln des Schiffes, das so hoch oben noch stärker zu spüren war als an Deck. Da sie aber gesichert war, hatte sie keine Angst herunterzufallen. Von hier oben hatte man eine exzellente Sicht. Das Meer war voller Leben, oft konnte man Fischschwärme und große Wasserwesen erkennen, die sich dicht unter der Oberfläche tummelten. Thorons orangefarbene Augen sahen diese Dinge zuerst und er wies Selene stets darauf hin. Hin und wieder sprangen die Wasserwesen aus den Fluten und entblößten ihre einzigartige Schönheit. Gladim und Fengel waren eifrig mit Angeln beschäftigt und schafften es sogar, regenbogenartige Fische an Bord zu ziehen, die doppelt so lang waren wie Selene. Zum mittäglichen Training kam sie wieder runter und aß anschließend ihr Mittagessen. Dabei achtete sie darauf, so weit wie möglich von Ares weg zu sitzen und ihn so gut es ging zu ignorieren. Manchmal hatte sie das Gefühl, dass er es spürte und ihr nahekommen wollte, doch Selene fand immer einen Weg, sich so schnell wie möglich von ihm zu entfernen. Selbst am nächsten Tag versuchte sie seine Nähe zu meiden. Allerdings sollte Nathron ihr ein Strich durch die Rechnung machen. Mitten im Mittagstraining ging er plötzlich einen Schritt zurück und senkte seine Waffen. Verblüffte senkte sie auch ihre und sah ihn fragend an.

»Ich denke, Ihr solltet mal mit jemand anderem als mir trainieren. Ansonsten werdet Ihr Euch zu sehr auf meinen Kampfstil einstellen.«

Er sah sich kurz im Kreis der Schaulustigen um und winkte dann jemand auffordernd zu.

Selenes Herz setzte einen Schlag aus, als sich Ares von der Reling löste und das stumpfe Schwert von Nathron entgegennahm. Jedoch konnte sie sich nicht beschweren, denn es gab keinen logischen Grund, die Idee in den Wind zu schlagen. So standen sie sich gegenüber und Selene versuchte, ihr flatterndes Herz zu beruhigen, während sich ihre Blicke trafen. Plötzlich schnellte er nach vorne und Selene hatte kaum Zeit zu reagieren, da war auch schon die Klinke an ihrer Kehle. Sie atmete geräuschvoll aus und sah zu Ares, der direkt an ihrer Seite stand.

»Konzentriert Euch auf meine Bewegungen«, raunte er ihr zu und ließ sein Schwert sinken.

Selene nickte nur und ärgerte sich im nächsten Moment, dass er so einfach zu ihr durchdringen konnte. Im Stillen musste sie Nathron recht geben. Ares kämpfte und bewegte sich vollkommen anders als er und so war sie gezwungen, sich auf einen neuen Gegner einzustellen. Noch einmal atmete sie tief ein, bevor sie sich ihm gegenüber stellte. Dieses Mal griff sie an und immerhin kreuzten sich ihre Klingen drei Mal, ehe sie seine dicht an ihrem Körper spürte. Sie fühlte sich wie an ihrem ersten Trainingstag.

»Bewegt Euch nur so viel, wie Ihr es müsst. Ansonsten kostet Euch das unnötige Kraft und Schnelligkeit«, sprach er zu ihr und nahm seine Waffe von ihrem Bauch.

»Macht keine Umwege, stecht dorthin, wo Ihr wirklich hinwollt.«

Selene nickte und Ehrgeiz packte sie.

Immer wieder schnellte sie nach vorne und mit der Zeit passte sie sich an seine Bewegungen an. Seine Ratschläge waren eine große Hilfe und sie musste zugeben, dass er ein ausgezeichneter Lehrmeister war. Weder wurde er ungeduldig, noch wütend über ihre Fehler. Nie wurde er müde sie zu korrigieren und hin und wieder zu loben. Bald verlängerten sich ihre Schlagabtausche und sie trainierten so lange, bis Selene außer Atem war. Lächelnd nahm Nathron ihr die stumpfen Dolche ab und sie ließ sich schwerfällig an der Reling nieder. Gladim reichte ihr einen Wasserschlauch, den sie dankend annahm. Ihr Blick glitt wieder zu Ares, der nicht zu schwitzen schien und nicht einmal außer Atem war. Er trank zwar auch aus einem Wasserschlauch, aber ansonsten konnte sie nicht erkennen, dass ihm das in irgendeiner Weise zugesetzt

hatte. Er wandte seinen Blick und seine grauen Augen trafen die ihren. Eine Hitzewelle schoss durch ihren Körper und sie senkte schnell den Blick. Beinahe hastig stand sie auf und gesellte sich zu Glaukos, der am Steuerrad stand und seine Augen wachsam über die Wasseroberfläche wandern ließ. Selene setzte sich in seiner Nähe auf ein Fass und sie sah ihm eine Weile zu, ehe sie ihn weiter zur Schifffahrt ausfragte. Geduldig beantwortete er jegliche Fragen und dann ließ er sie sogar eine Weile selbst das Schiff steuern. Er nannte ihr die Befehle, die sie geben musste, damit die Richtung geändert wurde. Für Selene war es ein aufregender Moment, der sie für einen Moment ihre Probleme vergessen ließ. Sie konzentrierte sich ganz auf das Schiff und bekam nach einer Weile ein Gefühl dafür, wie es sich steuerte. Eine völlig neue Empfindung keimte in ihr auf und ließ sie breit lächeln, während sie breitbeinig hinter dem Steuer stand und der Wind ihr an der Kleidung rüttelte. Unter ihren Händen konnte sie die Kraft des Wassers und des Windes spüren, die das Schiff vorantrieben. Das Holz reckte und streckte sich, knarzte hier und da. Bäumte sich auf und zog sich erneut zusammen. Nur eine kleine Bewegung des Steuerrads ließ das Schiff einen anderen Kurs nehmen, was sie faszinierte, ihr aber auch Respekt vor der rauen Kraft der Natur einflößte. Dann übergab sie das Steuer wieder, aß ihre Mittagsration und gesellte sich schnell zu Thoron, der ihr nach einem kurzen abfälligen Blick Platz machte und sie mit flinken Fingern sicherte. Dann saßen sie eine Weile still nebeneinander, bis Thoron nach unten stieg, sich dünne, aber schützende Kleidung überwarf und Selene einen Schal brachte, den sie sich um den Kopf schlang. Seit sie den Wald verlassen hatten, war es merklich wärmer geworden und die Sonne brannte regelrecht von Himmel. Zwar konnte Selene keinen Sonnenbrand bekommen, doch selbst sie bemerkte das Brennen auf ihrer hellen Haut.

»Gibt es eigentlich viele vom Schönen Volk, die auf die Seefahrt gehen?«, fragte sie ihn neugierig und er warf ihr kurz einen Blick zu, ehe seine orangefarbenen Augen weiter den Horizont nach Land absuchten.

»Nein, das Schöne Volk zieht es vor, sich den schönen Künsten zu widmen«, antwortete er, doch als er Selenes fragenden Blick sah, zuckte sein Mundwinkel kurz nach oben.

»Singen, Tanzen, Musizieren, Kunsthandwerk, Schneiderei und dergleichen. Nichts, was mit körperlicher oder anstrengender Arbeit zu tun hat.«

»Das heißt, du und Nathron seid eine Ausnahme?«

»So könnte man es auch formulieren. Sonderlinge oder Ausgestoßene
aus der Gesellschaft wäre treffender.«

Selene biss sich auf ihre Lippen und hörte dann Thorons leises Lachen,
dass wie ein helles Glockenspiel klang. Überrascht sah sie ihn an und er
erwiderte amüsiert ihren Blick.

»Ihr müsst deswegen kein schlechtes Gewissen haben. Wir haben uns
schon lange an die Bezeichnung gewöhnt.«

Sein Blick ging wieder weit in die Ferne. Selene lehnte sich an den
Mast und studierte für einen Moment Thorons schmales Gesicht und
die fein geschwungene Nase, seine violetten, dichten Wimpern, die seine
orangefarbenen Augen einrahmten, und einen Kontrast zu seiner leicht
gebräunten Haut bildeten. Im Gegensatz zu Nathron war er wesentlich
schlanker, beinahe sehnig, doch konnte man die Kraft in seinem dünnen
Körper deutlich erkennen. Er bemerkte ihren Blick und hob fragend seine linke Augenbraue, die ebenso lila war.

»Weswegen bist du hier?«, fragte sie ihn ganz direkt und Thoron verzog
missmutig für einen Moment seine fein geschwungenen, vollen Lippen.

Sein Blick glitt in weite Ferne und für eine Weile sagte er nichts, ehe er
ihr antwortete.

»Sagen wir einfach, dass ich die Erwartungen meiner Familie nicht erfüllt und ich sie deswegen verlassen habe.«

Selenes Blick glitt zu seinem großen Bogen und dem kunstvoll verzierten Köcher, in dem viele Pfeile steckten. Seit sie hier auf der anderen Seite
waren, hatte er sie stets mit hoch in den Ausguck genommen.

»Die Erwartung muss ziemlich groß gewesen sein.«

Sie hörte, wie Thoron neben ihr leise seufzte. Er hatte ihren Blick auf
seine Waffen bemerkt.

»Bist du deswegen hier auf dem Schiff? Fliehst du vor deiner Familie?«

»Nein. Seitdem ich mich für das Militär entschieden habe, hat meine
Familie mich aufgegeben.«

Er stockte für einen Augenblick und seine Miene wurde verbitterter.

Dann schüttelte er schnell seinen Kopf und seine Züge erhellten sich.

»Ich denke, dass alle aus demselben Grund hier sind. Sie haben Freiheit gesucht und gefunden. Wir alle sind auf diesem Schiff zu Hause.«

»Zu Hause«, murmelte Selene und spürte, wie die Traurigkeit sie übermannte.

Ihre Familie war ihr Zuhause, ansonsten gab es keinen Ort, den sie so nennen konnte. Womöglich ein Fluch des ewigen Umherziehens.

»Was ist Leben?«, murmelte Selene leise und sah Richtung Horizont.

»Zu leben ist einfach. Dein Leben zu leben wiederum nicht«, antwortete Thoron auf ihre ungewollte Frage und ließ Selene überrascht zusammenzucken.

»Wie meinst du das?«

»Ich hätte der Lebensweise folgen können, die mir meine Familie vorgegeben hat. Aber es wäre ihr Leben gewesen. Den eigenen Weg zu finden, das, was man wirklich möchte, und diesen Weg auch zu gehen, ist sehr viel schwieriger«, er warf ihr einen kurzen Blick zu, »vor allem wenn der Weg voller Schmerz ist.«

Sie seufzte betrübt und folgte Thorons Blick gen Horizont. Gedanken wirbelten in Selenes Kopf herum, die sie erneut ins Wanken brachte. Doch als sie es bemerkte, packte sie jene und vergrub sie in ihrem Inneren, zu den anderen gefährlichen Gedanken.

»Wie kommt es eigentlich, dass ihr alle solch einen Respekt gegenüber Ares habt?«, platze es Selene neugierig heraus.

»Ich kann verstehen, dass ihr Glaukos folgt. Immerhin ist er euer Kapitän, aber was ist mit Ares?«

»Wir folgen Glaukos nicht, weil er unser Kapitän ist, sondern weil er uns aufgenommen hat und uns dieses Zuhause gab«, korrigierte Thoron sie.

»Und was Ares betrifft«, er seufzte leise und seine Mundwinkel zuckten kurz nach oben, »zum einen ist er der beste und fähigste Kämpfer, den ich je kennenlernen durfte. Zum anderen würde er sich, ohne zu zögern, in eine Klinge stürzen, nur um uns davor zu bewahren. Er hat uns allen schon mehr als einmal das Leben gerettet.«

Er wendete sich ihr kurz zu.

»Das durftet Ihr bereits erleben.«

Selenes Gedanken schnellten zu dem Kampf mit den Totenkrabben zurück. Er hatte sie beschützt und wurde deswegen verletzt.

284

»Weswegen fragt Ihr?«, wollte Thoron wissen und als sie ihn wieder ansah, lag etwas Belustigtes in seinen orangefarbenen Augen.

»Es ist mir nur aufgefallen«, antwortete sie schnell.

Thoron lächelte verschmitzt und wandte sich erneut dem Horizont zu.

Ihre Gedanken kreisten noch eine Weile um Ares, ehe sie es bemerkte und dann zwanghaft versuchte, nicht mehr an ihn zu denken. Langsam neigte sich die Sonne aus dem Zenit gen Horizont und Selene bemerkte, wie der Wind plötzlich drehte und sehr trockene Luft brachte, die sich seltsam rau auf der Zunge anfühlte. Wenig später erblickte Thoron Land. Es dauerte noch eine Weile, bis auch Selene am Horizont etwas anderes sah als das Meer. Zuerst war es nur ein heller Streifen, der schnell immer breiter wurde. Zügig kletterte Selene vom Ausguck herunter und ging zu Glaukos und Chiron, die sich zusammen mit Ares über eine handgezeichnete Karte von Chiron gebeugt hatten.

»Wir müssen etwas abfallen. Ansonsten werden wir den Flusslauf nicht erreichen können«, meinte Glaukos gerade und drehte ein wenig das Steuerrad, während Ares Befehle brüllte und Gladim und Brian die Segel neu einstellten.

»Wir wollen den Fluss befahren?«, fragte Selene Chiron und sah aus dem Augenwinkel, wie Ares sich neben sie stellte.

Seine breiten Armmuskeln wölbten sich unter seinem Hemd und sie konnte seine Anwesenheit mit jeder Faser ihres Körpers spüren.

»Vor uns müsste sich ein breiter Fluss befinden, der sich befahren lässt. Wenn wir seinem Lauf folgen, werden wir einen Seitenarm erreichen, der uns zu einer Quelle bringt. Dort werden wir das Schiff verlassen müssen.«

»Und dann?«

»Dann werden wir ein Stück Wüste durchqueren und zu den Bergen gelangen. In den Bergen befindet sich eine Höhle mit dem Tor darin.«

»Dann sind wir bald da«, meinte Selene tonlos und mit hämmernden Herzen.

»Ja, wir haben es bald geschafft. Dann werdet Ihr nach Hause kommen.«

Es fühlte sich beinahe an, als würde ihr jemand die Luft abdrücken. Unwillkürlich wanderte ihr Blick zu Ares. In dem Moment saugte sie seine ganze Erscheinung auf. Wie er mit verschränkten Armen aufrecht neben

ihr stand und sich sein helles Hemd über seine breite Brust und Schultern spannte. Der Ansatz seiner muskulösen Brust war erkennbar und sie sah, wie sich sein Tattoo darunter verlor. Ihr Blick glitt über seinen Hals hoch zu seinem leicht ovalen Gesicht mit markantem Kiefer und Kinn und dem Dreitagebart. Obwohl seine zerzausten, halblangen Haare blond waren, waren seine Augenbrauen dunkler und prominent. Darunter sahen seine blauen Augen direkt in ihre. Sie ging einen Schritt zurück, drehte sich dann um und floh hoch in den Ausguck. Ihr ganzer Körper zitterte und sie brauchte lange, bis sie sich einigermaßen wieder im Griff hatte. Währenddessen hatte der Wind so sehr gedreht, dass Brian unterstützend rudern musste und auf die große Flussmündung zusteuerte, die Thoron entdeckt hatte. Innerlich war Selene froh, dass sie wegen Brian nicht mehr üben konnten. Auch, wenn sie sich bei dem Gedanken schlecht fühlte. Immer wieder hatte Thoron Korrekturen hinuntergerufen, die Glaukos sofort umsetzte, und die sie stetig näherbrachten. Das Segel hatten sie runtergenommen und mit der sinkenden Sonne kamen sie dem Fluss näher, bis sie ihn schließlich erreichten. Es war ein sehr breiter Fluss, an dessen Ufern reichlich Grün wuchs und sich fremde Pflanzen mit unbekannten Früchten hoch in den Himmel reckten. Gesänge von Tieren waren hörbar, doch versteckten sie sich, sobald sie näherkamen. Nur hier und da konnte Selene weiße Vögel und kleinere, buntere zwischen den Bäumen ausmachen. Allerdings musste Brian gegen den Strom rudern, begann bald zu schwitzen und so half ihm Ares dabei. Als die Sonne den Horizont berührte, drehte die Strömung des Flusses und mit dem Steigen der beiden Monde, kamen sie in der Abenddämmerung schneller voran. Sobald die Sonne jedoch verschwunden war, wurde es plötzlich kühler. Sie mummelte sich in ihre leichte Bluse und verwendete den Schal als Decke. Dann erreichten sie den schmäleren Seitenarm des Flusses, den sie umgehend befuhren. Schon bald merkte Selene, dass hier etwas anders war. Die Vegetation war hier nicht so dicht und die Bäume nicht so hoch. Deswegen konnte sie auch erkennen, was hinter dem Grün war. Zuerst konnte sie es nicht ausmachen, doch dann bestätigte Thoron ihre Erkenntnis. Alles dahinter bestand aus Sand und Geröll. Hier und da wuchsen Grasbüschel und mal ein verkümmerter Baum, ansonsten totes Brachland. Am Horizont erkannte Selene dunkle Schemen und sie vermutete, dass es die Berge sein mussten,

zu denen sie wollten. Der Fluss wand sich auch in deren Richtung und ihre Nervosität stieg mit jedem Atemzug.

Es herrschte eilige Aufbruchsstimmung, als sich alle bereit machten, von Bord zu gehen. Selene beriet sich mit Chiron, der ihr beim Packen half, da sie auf alles gefasst sein musste. Nachdem sie das Tor passieren würde, konnte sie irgendwo in ihrer Welt landen. Also musste sie auch dickere Kleider mitnehmen. Ihr Herz wurde seltsam schwer, als sie ihren ledernen Rucksack packte. Anschließend wusch sie sich gründlich und band ihre Haare in ihrem Nacken zusammen. Als sie fertig war, starrte sie sich einen Moment lang im Spiegel an. Ihre Fingerspitzen strichen über die silbernen Tattoos auf ihrem Gesicht und fuhren dann sanft über ihre schneeweiße Mähne.

Ihr Blick löste sich von ihrem Spiegelbild und glitt über ihre Kajüte. Sie sah beinahe wieder so aus, wie Selene sie zu Beginn ihrer Reise betreten hatte. Erneut überkam sie Traurigkeit, die sie erfolglos abzuschütteln versuchte.

Mit einem resignierten Seufzen schulterte sie ihren schweren Rucksack und verließ dann ihre Kajüte, die nun nicht mehr die ihre war. Auf Deck ließ sie sich von Gladim einen Schlauch Wasser und Proviant reichen. Die meisten Vorräte würde Brian schleppen, doch jeder einzelne würde so viel wie möglich tragen müssen. Selene lehnte sich über die Reling und sah gerade noch, wie sie eine Bucht erreichten, die gleichzeitig die Flussquelle war. Glaukos ließ den Anker ab und nachdem dieser sicher saß, wurde das Beiboot abgelassen. Ares und Chiron kletterten als erstes die Leiter hinunter, und Selene folgte ihnen. Ohne zu Zögern ergriff sie am Ende der Leiter Ares' Hand und ließ sich von ihm auf ihren Platz führen. Ihr Herz hämmerte und ihre Hand brannte immer noch, als er sie schon längst losgelassen hatte. Äußerlich ruhig, aber innerlich völlig hibbelig saß sie im Heck des Beiboots und wartete, bis Gladim, Thoron und Fengel Platz genommen hatten. Dann ruderte Ares sie in gleichmäßigen Schlägen Richtung Land. Während alle nach vorne sahen, konnte Selene nicht die Augen von ihm nehmen. Sie war gefangen und er ruderte immer weiter, ohne dass sich ihre Blicke voneinander lösten. Erst als der Rumpf den Sandstrand streifte, lösten sich ihre Blicke voneinander und Selene stieg so schnell wie sie konnte und

ohne Hilfe aus. Wenn er sie noch einmal berührte, wusste sie nicht, ob sie ihn wieder loslassen konnte.

Ares ruderte zurück, um den Rest der Mannschaft zu holen und Chiron und Thoron überwachten die Umgebung.

»Er wird uns einholen. Nicht wahr?«, fragte Gladim leise und voller Furcht.

»Irgendwann wird er das. Deswegen müssen wir wachsam sein«, antwortete Chiron und alle sahen beunruhigt in das schwarze Dickicht.

Der Himmel war bewölkt und so vermochte das Mondlicht nicht, ihren Weg zu erhellen. Die dichte Vegetation erschien wie ein dunkler Schlund, bereit, sie zu verschlingen. Sobald alle an Land waren, schlugen sie sich einen Weg durch das Dickicht. Glaukos und Chiron bildeten die Spitze, Brian mit Nathron das Ende und Ares sicherte die Mitte. Selene lief zwischen Chiron und Ares und sie konnte seine Präsenz nur zu deutlich spüren. Doch ging sie stur geradeaus und konzentrierte sich darauf, weder zu stolpern noch Chiron zu verlieren. Jedes Knacken, das aus der Entfernung drang, ließ alle zusammenzucken, aber es war stets ein Tier gewesen, das alle aufgeschreckt hatte. Ihre Nerven waren zum Zerreißen gespannt und keiner sprach mehr als notwendig.

Das Dickicht wich einer weiten Sandebene. Beim Betreten des Sandes sank sie zwei Finger breit ein und sie realisierte, dass dies sehr anstrengend werden würde. Die unendliche Sandebene lag vor ihnen wie leichte Meereswellen, auf denen hier und da knorrige Bäume und Grasbüschel wuchsen. Selene zurrte ihren Rucksack fester und ohne zu murren, folgte sie Chiron weiter. Es dauerte nicht lange, bis alle außer Atem waren, doch es beschwerte sich keiner. Ihr Blick glitt wieder zu den Bergen am Horizont und sie hatte das Gefühl, als wären sie noch unendlich weit weg. Stoisch setzten sie einen Fuß vor den anderen, bis die Dämmerung einsetzte und bald darauf die Sonne emporstieg. Zu Beginn war Selene noch fasziniert von dem Spiel der rötlichen Sanddünen im Licht der Morgenstrahlen, doch je höher sie stieg, desto brennender wurden sie. Der Horizont begann bald darauf zu flirren und der Sand wurde immer heißer. Die Luft brannte in der Kehle und sie hatte das Gefühl, von innen heraus zu vertrocknen. Selbst das Wasser, das sie trank, minderte ihren Durst keineswegs. Sie alle wickelten sich in lange Gewänder und ban-

den sich Tücher um ihre Köpfe, doch es schien nichts gegen die Hitze zu helfen. Sie keuchten und der Schweiß tropfte von ihren Gesichtern. Als die Sonne am höchsten stand, beschlossen sie, zu rasten und in der Abenddämmerung weiterzuziehen. Sie hielten unter einem knorrigen Baum, hängten Kleidung in seine kahlen, mit Dornen gespickten Äste und kreierten so ein schattiges Plätzchen für alle. Sie waren ausgelaugt und müde und obwohl die Angst immer über ihnen hing, schlief Selene sofort ein, als ihr Kopf den Boden berührte.

»Wacht auf, Herrin«, sprach jemand zu ihr und rüttelte sie sachte an der Schulter.

Verschlafen öffnete Selene ihre Augen und sah, wie Chiron die anderen sanft weckte. Selene raffte sich mit steifen Gliedern auf und sah sich um. Alle außer Chiron schienen geschlafen zu haben und Selene registrierte, dass Chiron selbst die Kleider im Baum umgehängt hatte, sodass sie stets im Schatten geschlafen hatten. Sie rieb sich die Augen und bemerkte den feinen Staub auf ihrer Haut, der sich überall zu befinden schien. Die anderen regten sich ebenso und auch ihre Haut war bedeckt mit rötlichem Staub. Ihr Blick glitt über die weiten Sanddünen und blieb dann bei den Bergen hängen. Sie waren ihnen bereits etwas nähergekommen.

»Der Schatten hat uns noch nicht eingeholt, oder?«, fragte Gladim sichtlich nervös und händigte trockenes Brot und geräucherte Wurst aus.

Brian ließ einen großen Wasserschlauch rumgehen, aus dem alle gierig tranken.

»Nein, noch hat er uns nicht gefunden«, bestätigte Chiron und alle atmeten erleichtert aus.

»Wie lange brauchen wir noch?«, fragte Selene.

»Das ist schwer zu sagen«, antwortete Chiron und sah dann ebenfalls zu den Bergen, »das kommt drauf an, wie schnell wir den Weg zurücklegen. Vermutlich werden wir noch zwei oder drei Tage brauchen, ehe wir die Höhle erreichen werden.«

Selene seufzte hörbar und auch die anderen waren nicht erfreut über die Nachricht. Schon die kurze Zeit in der Wüste hatte alle ausgelaugt. So rafften sie sich zusammen und führten ihren Weg in der Abenddämmerung fort. Der Marsch durch den Sand war anstrengend und erst als

die Sonne hinter dem Horizont verschwunden war, konnten alle ein wenig aufatmen. Die Nächte in der Sandebene waren vergleichsweise kalt und brachten jedem sichtliche Erleichterung. Auch hatten sich die Wolken gelichtet und die beiden Monde erhellten ihnen den Weg. Hin und wieder glitt Selenes Blick hoch zu den Monden und Sternen, die so anders waren als die ihr bekannten. Thoron hatte ihr ein paar Sternbilder gezeigt, die ihr aber nichts sagten. So gingen sie die Nacht hindurch und rasteten wieder um die Mittagszeit. Inzwischen mussten sie ein Auge auf ihre Vorräte haben, da sich laut Chiron die nächste Quelle erst in der Höhle befand. Selbst das Essen mussten sie rationieren, da sie nicht wussten, wann sie wieder etwas Essbares finden würden. Gleichzeitig wuchs die Anspannung, je länger sie unterwegs waren. Alle erwarteten, dass der Schatten sie bald einholen würde und je länger er damit wartete, desto nervöser wurden sie. Unweigerlich hatten sie ihre Geschwindigkeit angezogen und waren nun schneller unterwegs. Die Berge kamen stetig näher. In der Hitze der Abendsonne konnten sie sogar irgendwann das Ende der Sandwüste erkennen. Am Horizont wuchsen viele Gräser und weckten in ihnen die Hoffnung, bald keinen Sand mehr unter ihren Füßen zu spüren. Sie schleppten sich die nächste Sanddüne nach oben und dort angekommen fluchte Fengel, als der Sand nachgab und er den Halt verlor. Er stürzte und rollte sich überschlagend die Düne hinunter.

»Fengel!«, riefen alle durcheinander und eilten die Düne hinunter.

Fengel erreichte die breite Senke und blieb reglos liegend. Schnell waren alle bei ihm und wollten ihn umdrehen, als er sich lautstark fluchend aufrichtete.

»Jetzt habe ich sogar Sand zwischen den Zähnen!«, beschwerte er sich und spuckte im hohen Bogen aus.

»Bist du verletzt?«, fragte Selene, als sie ihn schließlich ebenfalls erreichte.

Fengel rieb sich den Sand aus dem Gesicht und sah sie aus braunen Augen an.

»Nein. Der verfluchte Sand hat mich gut gebremst.«

»Was ist das hier?«, ertönte die Stimme von Thoron und alle sahen zu ihm auf.

Er hatte sich von ihnen abgewandt und betrachtete die Senke vor ihnen. Selene sah an Nathron vorbei, um erkennen zu können, was er meinte und erblickte seltsame weiße Äste, die aus dem Sandboden herausragten. Neugierig stand Selene auf und gesellte sich zu Nathron, der in die Hocke ging und einen Ast aus dem Sand zog. Er drehte diesen zwischen seinen Fingern und gleichzeitig schienen sie zu realisieren, was es war.

»Das ist ein Knochen«, murmelte Selene und ihr Blick glitt zur Senke.

Unzählige Knochen ragten aus dem Sand und schienen die Senke auszufüllen. Eine kalte Gänsehaut zog sich über Selenes Rücken.

»Dies ist ein Friedhof«, sagte Nathron und in einer Bewegung war er wieder aufgerichtet.

»Wir sollten hier verschwinden.«

Glaukos zog Fengel schnell wieder nach oben und sie alle wendeten sich zum Gehen. Plötzlich schrie Thoron schrill auf. Blitzschnell drehten sie sich alle um. Thoron stand am Rand der Knochen und starrte voller Entsetzen hinunter zu seinen Füßen. Selenes Blick folgte dem seinen und fiel auf einen Skelettarm, der seinen Knöchel umklammert hielt. Ein Zittern fuhr durch ihren Körper, während Nathron schon an Thorons Seite war und mit einem Hieb seines Schwertes die Hand vom Arm abtrennte. Thoron rannte zu ihnen, noch immer mit der Hand an seinem Bein, und Glaukos versuchte ihn abzureißen. Sie ließ sich jedoch nicht lösen. Selbst Brian probierte es, aber auch er konnte die umschlungenen Finger nicht aufbiegen. Je länger sie brauchten, desto nervöser wurde Thoron und sie konnte die aufkommende Panik in seinem Gesicht sehen.

»Sie lässt sich einfach nicht lösen«, murmelte Glaukos und Chiron ließ sich dann neben ihm nieder.

Ruhig betrachtete er die Hand von allen Seiten und runzelte dann die Stirn. Die einzelnen Knochen waren mit etwas Weißem verbunden, das sie zusammenhielt und bewegte.

»Vielleicht ist es … ich möchte etwas ausprobieren«, sprach er an Thoron gewandt, doch dieser nickte nur heftig.

»Es ist mir gleich, was Ihr tut, aber entfernt diese Hand von meinem Fuß!«

Chiron nickte und begann dann leise zu murmeln, während er seine Finger auf die Knochen legte. Sein Gemurmel wurde immer intensiver und auf einmal bewegte sich die Hand. Sie zitterte, wand sich und ließ dann plötzlich von ihm ab. Thoron zog seinen Fuß blitzschnell zurück, während die Hand auf ihren Fingern zwischen ihnen hindurch wuselte und dann inmitten von den Knochen im Sand verschwand.

»Was war das?«, flüsterte Selene voller Grauen und starrte noch auf den Fleck, an dem die Hand sich eingebuddelt hatte.

Doch Chiron antwortete nicht und als sie zu ihm sah, lag seine Stirn in Falten und er schien intensiv nachzudenken. Dann riss er plötzlich seine Augen auf und war mit einem Satz auf den Beinen.

»Wir müssen hier verschwinden!«

Überrascht sahen ihn alle an.

»LAUFT!«, rief er und ohne zu zögern, rannten sie die Düne hoch.

Doch es war zu spät. Die Senke hatte sich bereits in ein brodelndes Meer verwandelt. Aus dem Sand krochen in einer unheimlichen Geschwindigkeit Knochen von Tieren und Menschen und griffen sie an. Synchron zogen alle ihre Waffen mit einem schneidenden Geräusch und gingen in den Angriff über. Selbst Selene zückte ihren Dolch und rammte ihn einem echsenähnlichen Wesen zwischen die Schulterblätter. Doch es erzitterte nur kurz, schüttelte sich und sprang sie frontal an. Die Wucht des Aufpralls riss sie nach hinten und sie riss schützend ihre Arme nach oben. Das Gebiss schnappte kurz über ihrem Gesicht zusammen und Selene hatte alle Mühe, ihn von ihr abzuhalten. Dann rammte sie in einem günstigen Moment das Messer zwischen seine Rippen, doch nun zuckte es nicht einmal. Immer wieder stieß sie zu, aber weder fand sie groß Angriffsfläche noch schwächten ihn die Stiche in irgendeiner Art und Weise. Plötzlich wurde das Monster von ihr heruntergerissen und der Kopf flog in hohem Bogen von seinem Hals. Sie wurde gepackt und auf ihre Beine gezogen. Ein vertrauter Geruch stieg ihr in die Nase und ließ ihr Herz für einen Moment aus dem Takt schlagen. Doch bevor sie sich bedanken konnte, hatte sich Ares erneut ins Kampfgetümmel geschmissen. Sie wollte ihm folgen, besann sich jedoch schnell wieder. Blitzschnell sah sie sich um und stellte fest, dass jeder ein Problem mit den Knochenmonstern hatte. Viele Gerippe

waren kleiner und schwächer als sie, doch ihre bloße Überzahl und Unverwundbarkeit ließ alle verzweifelt kämpfen. Neben ihr lieferte sich Nathron mit einem menschlichen Skelett einen heftigen Schlagabtausch und Selene konnte sehen, dass Nathron dafür nicht mehr die Kraft hatte. Nicht mit einem Gegner, der nie müde wurde und dem keine Verletzung etwas anhaben konnte. Ohne zu zögern sprintete Selene los, wich kleineren Knochengerüsten aus und schlug einen Bogen, so dass sie hinter das menschliche Skelett gelangte. Dann rannte sie direkt darauf zu und rempelte es so hart an, dass es stolperte. Nathron nutze die kurze Gelegenheit und hackte in einer Bewegung den Schwertarm ab, um ihn mit dem nächsten Schwung zu köpfen. Nathron lächelte ihr kurz dankbar zu und beide sahen voller Grauen dabei zu, wie das kopflose Skelett seinen Kopf suchte. Aus dem Affekt heraus zerschlug Selene seine Wirbelsäule und es brach im Sand zusammen. Als wäre nichts gewesen, setzte es sich selbst wieder zusammen und fuhr anschließend mit der Suche nach seinem Kopf fort.

»Wie kann man sie denn töten?«, fragte Selene halb verzweifelt, als sie erneut einem kleinen, tierischen Skelett den Kopf abschlug, was dieses jedoch auch nicht störte.

Sie sah hilfesuchend zu Chiron, der mit geschlossenen Augen vor einem Zuber stand und angestrengt vor sich hinmurmelte. Dabei hielt er seine Hände über den Zuber und Selene fragte sich, woher er ihn hatte und was genau er da gerade tat. Doch hatte sie keine Zweifel daran, dass er versuchte, ihnen zu helfen. Ohne groß darüber nachzudenken, rannte sie zu ihm und hielt zusammen mit Glaukos und Ares die Skelette davon ab, zu Chiron zu gelangen. Sie warf einen Blick zu ihm und konnte sehen, dass der Wein in dem Zuber seltsam brodelte und die Luft darüber flirrte. Selene fragte sich unweigerlich, was Chiron noch so alles in seinem Beutel verstaut hatte. Ihr Blick schnellte zu seinem schweißnassen Gesicht und die Anstrengung konnte sie deutlich darin ablesen. Sofort legte sie ihre Hand auf seine Schulter und spürte, wie seine Kraft immer schneller schwand, bis seine Reserven fast vollständig aufgebraucht waren. So konzentrierte sie sich und ließ die Energie um sich, durch sich, in Chiron fließen. Sie konnte hören, wie sein Murmeln kräftiger und seine Gesichtsfarbe wieder normal wurde.

»Ich brauche Feuer«, keuchte er.

Glaukos drehte sich im Schwung um, griff in seine Manteltasche und zog zwei Feuersteine daraus hervor. Mit einer Handbewegung setzte er einen dünnen Knochen in Brand und hielt ihn Chiron hin.

»Haltet ihn über den Zuber«, wies Chiron ihn an und Glaukos tat wie ihm geheißen.

Chiron setzte das Murmeln fort und Selene musste den Energiefluss stoppen, um eine Echse daran zu hindern, an Chiron hinaufzuklettern.

Plötzlich fuhr eine riesige Stichflamme von Chiron aus zwischen die Knochen in die Senke. Selene zuckte überrascht zusammen und wäre beinahe nach hinten gestolpert. Die getroffenen Knochenmonster fingen an zu brennen, zu zittern und brachen dann schließlich als lodernder Haufen in sich zusammen. Selenes Blick wanderte zu Chiron, der schwer atmend und mit einem triumphierenden Blick auf die brennenden Überreste der Monster hinabsah.

»Was würden wir nur ohne dich tun?«, rief sie ihm zu, der ihre Worte mit einem kleinen Schmunzeln kommentierte.

Die anderen begannen die übrigen Gerippe in die noch brennenden Überreste zu drängen. Selene sah Hoffnung, dass sie so die Skelette vernichten konnten. Plötzlich erfüllte ein lautes Kreischen die Abenddämmerung und eine eiskalte Gänsehaut überzog Selenes Rücken, die jegliche Hoffnung und Erleichterung erstickte. Ihr Blick schnellte zu Chiron, der mit weit aufgerissenen Augen in Richtung Berge sah. Sie folgte seinem Blick und in den letzten Sonnenstrahlen konnte sie einen dunkeln Fleck erkennen, der rasch näherkam. Er hatte sie eingeholt. Angst schnürte ihr die Luft ab. Ihre Glieder gefroren. Selenes Blick glitt zu der brennenden Senke vor ihr und dem Kampf darin. Obwohl Chiron einige Monster vernichten konnte, waren es immer noch so viele. Jeder kämpfte um sein Leben, doch konnte sie sehen, dass auch sie das Kreischen gehört hatten. Immer wieder warfen sie Blicke über ihre Schulter und riskierten es, dabei verletzt zu werden. Selenes Blick glitt erneut zum Letzten Schatten, der rasch näherkam. Sie konnte beinahe den glühenden Blick auf ihrer Haut spüren. Hilfesuchend sah sie zu Chiron. Aber auch in seinem Gesicht konnte sie die Angst und die Verzweiflung sehen. Da wurde ihr bewusst, dass Chiron ihn womöglich nicht aufhalten

konnte. An Land war es gewiss schwieriger, ihn zurückzuhalten, als auf dem Meer mit dem Wasser als natürliches Hindernis. Ihr Blick glitt zwischen dem Schatten und den wild kämpfenden Männern hin und her, danach erneut zu Chirons schweißnassem Gesicht. Dann blieb ihr Blick bei Ares hängen, der die Skelette davon abhielt, ihr und Chiron zu nahe zu kommen. Plötzlich wallte das Bedürfnis in ihr auf, sie alle beschützen zu wollen. Sie wollte die Menschen beschützen, die ihr inzwischen so sehr ans Herz gewachsen waren. Im Bruchteil eines Herzschlags war ihre Entscheidung gefallen und eine seltsame Ruhe erfüllte sie.

»Wenn das Herz herausgerissen wird, stirbt er, nicht wahr?«, fragte sie schnell Chiron, der sie mit weit aufgerissenen Augen ansah und dann nickte.

Plötzliche Erkenntnis zuckte durch seinen Blick.

»Tut das nicht!«, flüsterte er eindringlich, doch Selene schüttelte schnell den Kopf.

»Beschütze sie«, bat sie und ohne auf seine Antwort zu warten, wandte sie sich ab und rannte los.

Sie sprintete zuerst die Düne ein Stück hoch, umrundete dann die Senke und erreichte so die letzte kleine Düne, ehe sie festeren Boden unter den Füßen hatte. Hinter ihr hörte sie jemanden nach ihr rufen, doch ihr Entschluss war gefasst. Sie hatte unbändige Angst, aber das war etwas, was nur sie versuchen konnte. Selene rannte so schnell wie sie konnte auf den Schatten zu. Dieser hatte seine rotglühenden Augen auf sie gerichtet. Das verzehrende Feuer darin ließ sie beinahe stehen bleiben. Ihre Beine wollten nachgeben, doch ein Schrei entwich aus den Tiefen ihres Körpers. Der Wille, weiterzurennen, ließ sie erstarken. Die beiden Arme des Schattens hoben sich und seine langen Klauen schillerten in den letzten Strahlen der Abendsonne blutrot. Ein Kreischen entwich seiner grausigen Kehle und fuhr wie ein Messer in sie. Unweigerlich schrie Selene auf. Sie sammelte all ihre Willenskraft und lief ungebremst in seine Arme. Wabernde Schwärze erfüllte ihre Sicht. Asche füllte ihre Nase und ihr linker Arm umschlang das kalte Gerippe. Schmerzen explodierten in ihrer Halsbeuge, als er mit einem lauten Kreischen seine Zähne in ihre Schulter versenkte. Schreiend bohrte sie ihre Hand in seinen Bauch, durchbrach seine poröse Haut und rammte sie nach oben in seinen Brustkorb.

Die Klauen fuhren in ihren Rücken und ließen sie qualvoll erbeben. Weiße, schmerzerfüllte Blitze zuckten durch sie hindurch. Nahmen ihr den Atem. Sie bekam etwas Verschrumpeltes, Pochendes zu fassen. Ihre Beine waren plötzlich weg. Heiße Schmerzen zuckten durch ihren Körper. Sie spürte dumpf, wie die Klauen immer wieder aus und in ihren Rumpf fuhren, unfähig einen klaren Gedanken zu fassen. Ihre rechte Hand hielt sich an dem pochenden Etwas fest. Ihre Linke klammerte sich an seine Rippen. Plötzlich fiel sie zu Boden. Sie konnte den Sand auf ihrer Zunge fühlen. Ihr starrer Blick war auf ihn gerichtet. Der Schatten wand sich und schrie bestialisch aus Leibeskräften. Etwas Feuchtes lief ihr aus Mund und Nase. Seltsamerweise spürte sie nichts mehr. Weder Schmerzen noch Angst. Eine seltsame Taubheit befiel sie. In ihrem Blickfeld lag ihre rechte Hand im Sand, die etwas Schwarzes, Verschrumpeltes umklammert hielt. Dahinter lagen ihre Beine. Tief in ihr wusste sie, dass ihre Beine dort nicht liegen sollten. Überall lagen Dinge in ihrem Blickfeld, die dort nicht liegen sollten. Doch konnte Selene sie nicht zuordnen. Ihre Gedanken waren wie schweres, trübes Wasser. Jemand rief ihren Namen und sie glitt in die Dunkelheit.

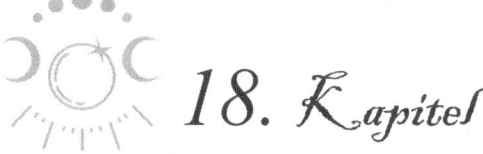

18. Kapitel

Langsam tauchte sie aus den Tiefen der Dunkelheit auf, nur um wieder hinabgedrückt zu werden. Es war verlockend, auf ewig eingelullt in der Schwärze zu schwelgen, dennoch spürte Selene den Drang an die Oberfläche zu schwimmen. Etwas rief nach ihr, was es ihr unmöglich machte, in Frieden zu ruhen. So kämpfte sie sich durch das dickflüssige Wasser immer weiter nach oben, bis sie schließlich das Licht sah, das durch ihre geschlossenen Augenlider fiel. Langsam versuchte sie, ihre schweren Lider zu öffnen, was sie nach einer gewissen Zeit auch schaffte. Verwirrt wo sie war und was sie sah, brauchte sie einen Moment, um alles zu ordnen. Sie wurde getragen, konnte aber nicht erkennen von wem. Jemand hatte ihr zudem etwas über ihr Gesicht gelegt, so dass sie nichts sehen konnte. Hören konnte sie nur schwere Schritte und das Knirschen von Gestein. Doch da war etwas Bekanntes. Ein vertrauter Geruch oder etwas anderes, das sie nicht bestimmen konnte. Sie wusste nur, dass sie in den starken Armen in Sicherheit war. Zu gerne wollte sie sich bemerkbar machen. Aber noch waren ihre Glieder schwer wie Stein und unweigerlich entglitt ihr wieder das Bewusstsein.

Das nächste Mal, als sie erwachte, war etwas anders. Noch immer wurde sie getragen, doch dieses Mal lag sie auf Armen, die so breit waren wie ein Bett. Ihre Gedanken waren wie ein Haufen ungeordneter Fäden, die sie langsam entwirren musste. Ein Name lag ihr auf der Zungenspitze, den sie jedoch nicht zu fassen bekam. Es dauerte eine Weile, bis sie es schaffte, all die losen Fäden aneinanderzufügen. Dann war sie sich sicher, dass sie in Brians Armen lag. Keiner der Mannschaft hatte solch breite Arme wie er. Zuerst probierte sie, ihre Finger zu bewegen, was ihr auch gelang, auch wenn es mühevoll war. Sie blinzelte noch ein paar Mal und spürte plötzlich den Durst, der wie eine riesige Woge über sie einbrach. Sie versuchte, ein paar Mal zu sprechen, doch ihre trockene Zunge klebte ihr am Gaumen. Mit großer Anstrengung schaffte sie nach dem vierten Anlauf.

»Brian«, krächzte sie leise.

Sofort blieb er wie angewurzelt stehen und sie spürte, wie er seine Arme anders positionierte. Dann strich er sanft den Schal zurück und beide sahen sich gegenseitig in die Augen.

»Herrin«, murmelte er überrascht und sie merkte, wie er in die Knie ging, »Ihr seid erwacht.«

Sie konnte schnelle Schritte um sich herum hören, dann schoben sich die Gesichter der anderen in ihr Blickfeld.

»Wie geht es Euch?«, fragte Gladim schnell und Selenes Blick glitt zu ihm.

»Durst«, keuchte sie und sofort war zwischen ihnen eine Unruhe, bis Gladim einen Wasserschlauch in der Hand hatte und ihr reichte.

Selene war zu schwach, um ihre Hand zu heben, und so legte er ihr den Schlauch an die Lippen und sie trank, bis er leer war. Sie war noch immer durstig. Ein anderer Schlauch wurde ihr an die Lippen gesetzt und sie trank, bis es ihr beinahe übel wurde. Müdigkeit überrannte sie und sie schaffte es noch, dankend zu lächeln, ehe sie wieder in die Dunkelheit glitt.

Als sie erneut wach wurde, fühlte sie sich stärker als zuvor. Noch immer lag sie in Brians breiten Armen und das sanfte Schaukeln hätte sie beinahe wieder einschlafen lassen, wenn sie nicht erneut so durstig gewesen wäre.

»Brian«, hauchte sie abermals.

Sie spürte, wie er stehen blieb, ihr den Schal vom Gesicht zog und in die Knie ging.

»Wasser.«

Schon wurde ihr ein Wasserschlauch an die Lippen gesetzt und sie trank, bis der Durst gelöscht war. Es war kein Wasser eher Traubensaft? Der Wirbel in ihrem Kopf legte sich und die Kraft kehrte ein wenig zurück. Ihr Blick klärte sich und sie konnte die anderen nun deutlich sehen. Sie alle waren staubig, dreckig und teils bandagiert. Langsam richtete sie sich auf, wobei ihr Brian half. Der Hunger nagte bereits an ihr, doch versuchte sie, ihn vorerst zu ignorieren. Neugierig sah sie sich um und sie bemerkte, dass sie inzwischen die Berge erreicht hatten. Sie befanden sich zwischen zwei hohen, schroffen Bergflanken, in denen kleine schattenspendende Bäume wuchsen und dichteres Gras den Boden zwischen

den Felsen bedeckte. Langsam stand sie mit zittrigen Beinen auf und ließ sich von Gladim auf einen Felsen unter einem schattenspendenden Baum geleiten. Noch immer war sie schwach und sie spürte an ihren lose hängenden Kleidern, dass sie viel Gewicht verloren hatte. Jede Bewegung strengte sie an und erleichtert seufzte sie, als sie wieder saß und sich gegen den knorrigen Baum lehnen konnte. Selenes Blick glitt an ihr herunter und sie bemerkte, dass ihre Kleidung blutverkrustet und hier und da provisorisch zusammengenäht worden war.

»Was ... was ist passiert? Ist der Letzte Schatten tot?«, fragte sie mit schleppender Stimme und sah in die Gesichter der anderen.

Dabei fiel ihr auf, dass drei fehlten. Unruhe befiel sie.

»Wo sind Chiron, Thoron und Ares?«

»Sie sind auf der Suche nach Nahrung. Hier in der Nähe haben wir kleine Nagetiere erblickt, die man wohl verzehren kann«, erklärte Nathron und Selene atmete erleichtert aus.

»Aber um wieder auf Eure Frage zurückzukommen. Der Schatten wurde dank Euch vernichtet«, antwortete Nathron und ließ sich neben ihr auf einem niedrigen Felsen nieder.

Seine dunkelroten Augen studierten ihr Gesicht und sie bemerkte die vielen kleinen Kratzer auf seiner braunen Haut.

»Geht es Euch gut?«

»Ich fühle mich noch ziemlich schwach und ... ich habe großen Hunger«, gab sie zu und sah dann in die ernsten Gesichter der anderen.

»Wieso seht ihr mich alle so ernst an?«, fragte Selene, doch zuerst antwortete keiner.

»Wir können nur nicht glauben, dass Ihr wahrlich am Leben seid«, antwortete schließlich Fengel und trat humpelnd einen Schritt näher.

»Nicht nachdem, was mit Euch geschehen ist.«

»Erinnert Ihr Euch daran?«, warf Nathron ein.

Selene überlegte eine Weile und sah beinahe beiläufig an ihrer Kleidung runter. Die provisorischen Nähte zogen sich hier und da quer über ihre Kleider. Unweigerlich stiegen die letzten Erinnerungen in ihr auf. Damals konnte sie jene nicht zuordnen, doch nachdem sie ihre Kleidung gesehen hatte, hatte sie eine Vermutung. Bei dem Gedanken wurde es ihr übel.

»Ich wurde wohl zerrissen«, antwortete sie und ihr Blick wanderte zu Nathron.

»Ich hatte sein Herz in meiner Hand, oder?«

Nathron nickte und seufzte dann schwer.

»Was ist danach passiert?«, wollte Selene wissen und erneut antwortete ihr Fengel.

»In dem Moment, in dem der Letzte Schatten starb, vernichteten wir die übrigen Skelette. Wir halfen Chiron alle Teile von Euch zusammen zu tragen und setzten Euch Stück für Stück zusammen.«

Für einen Moment brach seine Stimme.

»Es glich einem Wunder. Man konnte sehen, wie sich die zerrissenen Teile von Euch wieder zusammenfügten und jene, die wir nicht wiederfinden konnten, hörten auf zu bluten und begannen, sich neu zu bilden«, führte Nathron fort.

Ein Schluchzen ertönte und sie sah gerade noch, wie Gladim mit dem Ärmel über seine Augen wischte.

Brian legte seine riesige Pranke auf seinen Kopf und tätschelte ihn sachte. Selene konnte sich gut vorstellen, was dies für ein Anblick gewesen sein musste. Selbst sie ließ es erschaudern, als sie an all die Schmerzen und Erinnerungen zurückdachte.

»Entschuldigt«, hauchte sie, »für den Anblick.«

»Ihr müsst Euch nicht entschuldigen. Euer Opfer hat uns alle gerettet. Wir hätten gegen den Letzten Schatten keine Chance gehabt und nun muss sich nie wieder jemand vor ihm fürchten«, sprach Glaukos aufrichtig und das konnte sie auch in seinem Gesicht sehen.

Selene wollte lächeln, aber sie konnte dafür die Kraft nicht aufbringen. Selbst aufrecht zu sitzen fiel ihr schwer.

»Herrin?«, hörte sie Gladim undeutlich fragen, doch ihre Sicht kippte.

Sie spürte, wie sie aufgefangen wurde, ehe sie erneut in die Dunkelheit sank.

Etwas kitzelte sie in der Nase und der Geruch nach gebratenem Fleisch lockte sie aus dem Schlaf. Als sie ihre Augen langsam öffnete, breitete sich über ihr der Sternenhimmel aus und aus dem Augenwinkel nahm sie etwas Flackerndes wahr. Gemach drehte sie ihren Kopf und konnte das

Lagerfeuer erblicken, das in der Mitte einer kleinen Lichtung, eingerahmt zwischen hohem Gestein, brannte. Die anderen saßen drum herum und aßen etwas, das Selene nicht erkennen konnte, aber vorzüglich roch. Sie lag flach auf dem Boden und konnte sich von selbst nicht aufrichten. Hilfesuchend sah sie erneut zum Feuer, als sich ihr Blick mit Ares' kreuzte. Er hielt in seiner Bewegung inne und starrte sie für einen Moment nur an. Dann sprang er auf und war in wenigen Schritten bei ihr.

»Selene«, raunte er und kniete sich neben sie.

»Hunger«, hauchte sie und im nächsten Moment tauchte Chirons besorgtes Gesicht neben Ares auf.

»Ihr braucht vor allem Kraft, deswegen habe ich Euch welche am Leben gelassen«, erklärte er, doch Selene verstand nicht, was er meinte.

»Helft Ihr, sich aufzusetzen«, sprach Chiron zu Ares, der sofort seinen Arm vorsichtig unter ihren Rücken schob und ihren Oberkörper aufrichtete.

Er spürte jedoch, dass sie ihn nicht selbst halten konnte. So rutschte er hinter sie und lehnte sie gegen seinen breiten Brustkorb. Sie konnte sein schnell schlagendes Herz unter ihrem Kopf spüren und seine Wärme hüllte sie ein. Sein Kopf schwebte über ihrem und sie fühlte sich so geborgen, dass ihr beinahe die Tränen kamen. Zu gerne hätte sie sich umgedreht und sich an ihn geschmiegt. Doch Chiron zog ihre Aufmerksamkeit auf sich. Er hantierte mit etwas im Schatten des Feuers und als Selene ein Blick zum Lagerfeuer warf, waren all die Blicke auf sie gerichtet. Neugierig sah sie wieder zu Chiron, der sich zu ihr umdrehte. In seiner Hand liefen mehrere Lederleinen zusammen, an denen beinlange, pelzige Tiere hingen. Er ging zu ihr und legte die Tiere mit seltsam spitzen Schnäbeln und großen Krallen an ihre Seite. Fragend sah sie Chiron an, der sich elegant neben ihr niederließ.

»Ich habe sie in einen tiefen Schlaf gelegt, so dass sie uns nichts anhaben können«, erklärte er und schob die Tiere etwas näher zu Selene.

»Warum?«, hauchte Selene, die nicht fähig war, lauter zu sprechen.

»Wir werden sie so oder so verspeisen. Daher dachte ich, dass Ihr die Energie der Tiere aufnehmen könnt, um Euch schneller zu heilen.«

Sie sahen sich für einen Moment lang still in die Augen.

»Woher weißt du das?«, fragte sie flüsternd und fühlte sich ertappt.

»Sedahs Erinnerungen zeigten es mir.«

»Dann weißt du auch, dass es verboten ist.«

Selenes Blick wanderte zu den Tieren herunter. Es war eine grausame und endgültige Fähigkeit, die einem den eigenen Tod bringen konnte. Es war so gefährlich, dass nur wenige Mondfrauen davon wussten. Ihre Großmutter Annit hatte ihr einst davon erzählt, in der Hoffnung, dass sie eines Tages ihre Nachfolge als Schamanin antreten würde.

»Wir alle wurden im Kampf verwundet und brauchen Eure Hilfe«, raunte plötzlich Ares leise in ihr Ohr, als hätte er ihre Gedanken gelesen.

Selene hätte beinahe geseufzt. Sein Atem auf ihrer Haut hinterließ ein angenehmes Prickeln. Dann hob sie ihren Blick und sah die anderen an. Hier und da lugten unter ihrer Kleidung Verbände hervor und Thorons Kopf war verbunden. Fengels gesunder Fuß wies zahlreiche Striemen auf und Brians Rücken war voller verkrusteter Wunden. Sie senkte ihren Blick auf die Tiere, streckte ihre Hand aus und berührte das raue Fell. Sie konnte das schwach und gleichmäßig schlagende Herz der Tiere spüren. Obwohl es verboten war, war sie sich sicher, dass der Mond ihr das in dieser Situation verzeihen würde. Wie es bei ihnen Brauch war, sandte sie ein Gebet an den Mondgott und nahm dann die Energie der Tiere in sich auf. Es fühlte sich an wie ein warmer Luftstrom im Frühling, der durch ihren Körper floss, und jeden Winkel ausfüllte. Die Herzen wurden immer schleppender, bis sie schließlich stoppten und die Tiere erkalteten. Es war, als hätte sie eine kleine Sonne geschluckt, die nun in ihr brannte und sie beinahe vor Energie platzen ließ. Langsam hob sie ihre Hand ein wenig an und berührte Ares nackten Unterarm. Sie spürte, dass er einige Verletzungen davongetragen hatte, und ohne zu zögern ließ sie die Energie in ihr und um sich herum durch ihren Körper in Ares' leiten. Er atmete plötzlich tief, da auch er es spüren musste, wie die Energie in ihn strömte und ihn in wenigen Herzschlägen heilte.

»Danke«, murmelte Selene an Chiron gerichtet und setzte sich eigenständig auf.

Schüchtern wandte sie sich zu Ares um, der noch hinter ihr saß, und sie aus seinen blauen Augen unergründlich ansah.

Selene stand auf und ging zu jedem einzelnen der Männer und heilte all ihre kleinen und großen Blessuren. Der Einzige, der nur wenige

Kratzer davongetragen hatte, war Chiron. Der Rest hatte leichte bis mittelschwere Wunden und sie alle hatten vom langen Marsch blutige Füße und waren ausgelaugt. Selene versorgte alle und gab ihnen so viel Kraft, wie sie selbst hergeben konnte.

»Wir sind alle froh, dass es Euch wieder gut geht«, raunte Glaukos, dessen Wunden Selene auf seinen Wunsch hin als letztes heilte.

»Nicht, weil ihr uns heilen könnt, sondern weil wir dank Eures Opfers nun endlich in Ruhe schlafen können«, gestand er mit einem schiefen Lächeln und seine grauen Augen sahen sie gerade aus an.

»Ich vermag es mir nicht vorzustellen, was das für Schmerzen gewesen sein müssen.«

Selene lächelte ihn leicht an und ließ sich dann neben ihm nieder. Sie hatte ihnen mehr gegeben, als sie womöglich sollte, und spürte die Anstrengung in ihren Gliedern. Gladim reichte ihr einen gebratenen Fleischspieß, den sie dankend annahm und sofort in sich hineinstopfte. Mit jedem Bissen ging es ihr besser, auch wenn die heilende Müdigkeit dadurch ebenso zurückkehrte.

»Es waren die schlimmsten Schmerzen, die ich je erfahren durfte. Verstörender war es allerdings, Teile von mir selbst neben mir liegen zu sehen.«

»Ihr könnt Euch daran noch erinnern?«, fragte Thoron.

»Vage, aber ja«, bestätigte Selene und sah in die geschockten Gesichter der Mannschaft.

»Macht euch wegen mir keine Sorgen.«

»Es ist schwer, dies nicht zu tun, wenn Ihr solch schreckliche Dinge erlebt habt«, entgegnete Chiron, der sich in einer fließenden Bewegung gegenüber von ihr niederließ.

Ares hatte sich ebenfalls aufgesetzt, saß jedoch auf dem Stein unter dem Baum. Selene nahm den nächsten Spieß von Gladim entgegen und winkte dann nur ab.

»Erzählt mir lieber, was danach geschehen ist.«

So berichtete ihr Chiron, dass sie nach ihrer Heilung einen Tag in der Nähe der Kampfesstelle geblieben waren, bis man Selene tragen konnte, ohne dass sie einem im Arm erneut zerfiel. Dann liefen sie in die Richtung der Berge und Brian hatte sie die ganze Zeit über in seinen Armen getragen.

Als Selene das hörte, bedankte sie sich bei Brian so gut, wie sie konnte, doch er schien nur froh zu sein, dass sie wieder wohlauf war. Sie wunderte sich im Stillen, ob Brian sie wirklich die ganze Zeit getragen hatte. In ihren Erinnerungen war da noch jemand gewesen, doch wusste sie nicht, ob sie es sich nur eingebildet hatte oder ob es der Wahrheit entsprach.

»Und nun sind wir hier«, beendete Nathron die Erzählung.

»Wir werden morgen vermutlich den Eingang zur Höhle erreichen.«

Selene nickte und zog das letzte Fleischstückchen von ihrem neunten Spieß. Inzwischen fiel es ihr immer schwerer, die Augen offen zu haben. So legte sie sich kurzerhand am Rande des Feuers hin und lauschte den anderen, wie sie anfingen, leise Lieder zu singen, die wohl aufmunternd sein sollten, sie aber direkt in den Schlaf sangen.

Erneut träumte sie von ihrer Familie und wie das Blut ihres Bruders in den Himmel spritzte. Der Schmerz, den sie bei dem Anblick empfand, raubte ihr beinahe den Atem. Die Kälte kroch in ihre Glieder, als sie taub vor Seelenschmerz in den Schnee sackte und wie in Trance beobachte, wie der schwarz gekleidete Reiter auf sie zugeritten kam und erneut sein Schwert hob. Doch sie rannte nicht und das Schwert fuhr nach unten. Schmerzen explodierten und sie fiel zur Seite. Sandige Luft füllte ihre Lunge und als sie zur Seite sah, konnte sie ihre ausgerissenen Glieder neben sich liegen sehen. Ihr Blut versickerte im Sand und der Himmel verfärbte sich in ein abgrundtiefes Schwarz. Die zwei Monde drehten sich und wurden blutrot. Sie sahen glühend auf sie herab und sie spürte, wie etwas näherkam und dann seine kalten Klauen nach ihrem Herz ausstreckte, bereit es aus ihrem Brustkorb zu reißen. Die spitzen Krallen fuhren an ihrem Gesicht entlang und hinterließen tiefe Kratzer, doch plötzlich ging von ihnen eine angenehme Wärme aus. Die Klauen wurden zu sanften Fingern, die ihr Gesicht liebkosten. Ihr Blick wanderte hinauf und Ares blaue Augen sahen liebevoll auf sie herab. Ein kleines Lächeln legte sich auf seine Lippen und behutsam nahm er sie in seinen Arm. Er trug sie fort und der Himmel nahm wieder seine natürliche Farbe an. Die Sterne strahlten hell und sammelten sich in seinen Augen. Selene lächelte und schmiegte ihren Kopf an seine Halsbeuge. Seine gleichmäßigen Schritte und seine Hand, die ihr Gesicht liebkoste, ließen sie alles Schlechte vergessen und sie fühlte sich beschützt und behütet.

Als sie am nächsten Tag die Augen öffnete, war sie zusammen mit Gladim die Letzte, die erwachte, und langsam richtete sie sich auf. Sie war etwas verwirrt, da ihr der Traum noch so deutlich in Erinnerung war. Ihre Augen suchten ihn von selbst und fanden Ares, wie er auf einem Felsen saß und den Griff seines durchscheinenden Schwertes säuberte. Als hätte sie ihn gerufen, hob er seinen Blick und seine grauen Augen bohrten sich in ihre. Für einen Moment war sie gefangen in dem tobenden Sturm, der darin wütete, und wurde erst befreit, als er die Augen niederschlug. Ihr Herz hämmerte und in ihrem Kopf wirbelten die Gedanken. Mit einem Kopfschütteln stand sie auf und war erfreut, dass sie sich erfrischt und voller Kräften fühlte. Dankend nahm sie ein Stück getrocknetes Fleisch von Gladim entgegen und kaute es, während sie dabei zusah, wie die anderen ihre Habseligkeiten zusammenpackten. Dann schulterte sie erneut ihren Rucksack und sie führten ihre Reise fort. Die Morgensonne war noch angenehm und der stetige, kühle Wind machte die Reise wesentlich angenehmer als in der Wüste. Doch je höher die Sonne stieg, desto heißer wurde es und bald lief Selene der Schweiß in Strömen über das Gesicht. Sie passierten die zwei Berge und hangelten sich an einem Hang entlang, der voller scharfkantigem, dunklem Geröll war. Jeder von ihnen verlor mindestens einmal den Halt und nur Chirons Fähigkeiten und die schnellen Reaktionen der anderen bewahrten sie davor, ins Tal abzurutschen. Sie folgten einem schmalen Berggrat, ehe sie langsam wieder abstiegen und mit der brennenden Nachmittagssonne ein enges Tal erreichten. Sie rasteten einen kurzen Moment im Schatten der grauen Berge und fanden danach endlich, wonach sie suchten. Der Boden des Tals war an einer Stelle eingebrochen und entblößte ein großes Loch. Von diesem zog sich ein breiter Riss durch das Tal.

»Da müssen wir runter?«, fragte Gladim schwer atmend und besah sich den Riss, der sich unendlich tief in den Boden zu graben schien.

»Richtig. Der Eingang zur Höhle liegt dort unten«, bestätigte Chiron und sah vorsichtig hinunter.

»Die Rucksäcke müssen wir später hinunterlassen.«

Bei seinen Worten ließ jeder seinen Rucksack vom Rücken gleiten und Selene war froh, das zusätzliche Gewicht wenigstens für einen Moment los zu sein. Dann winkte er und Ares zog wie auf Kommando ein

langes Tau aus seinem Rucksack. Selene war verblüfft, dass er es darin hatte. Denn die Schiffstaue waren sehr schwer und damit war er freiwillig durch die Wüste gelaufen, ohne auch nur einen Moment zu murren. Ares knotete daraus geschickt eine Schlinge und legte sie Chiron quer um den Brustkorb. Dann band er das andere Ende des Taus um einen Felsen und zurrte es dort fest.

»Auf Euer Kommando«, sprach er und nahm das Tau in seine Hände.

Brian stellte sich hinter ihn und Chiron positionierte sich rücklings an den Rand. Dann nickte er und lehnte sich langsam nach hinten, während er einen Schritt in das Loch machte, bis er horizontal an der Wand hing. Schließlich lief er rückwärts hinein und Selene verlor ihn aus den Augen. Sie ging in die Hocke, kroch auf allen Vieren vorsichtig zum Rand des Lochs und sah hinunter. Die Wände fielen fast schnurgerade ab und endeten in einem mit Geröll übersäten Boden. Zwischen den Steinen wuchs hier und da dunkles Gras und entlang der Wand kleine Büsche. Der Riss zog sich auch unter dem Boden fort und verlor sich in der nächsten Biegung. Selenes Blick wanderte gerade nach unten und schon bei dem Gedanken, da hinunter zu müssen, wurde ihr übel. Chiron hatte bereits die Hälfte überwunden und lief selbstbewusst an der Höhlenwand herunter, während Ares und Brian immer mehr Tau nachgaben, bis er unten ankam. Ares und Brian zogen die Schlinge wieder nach oben und ließen als nächstes Nathron und Thoron hinunter, die ebenfalls zügig und ohne offensichtliche Nervosität den Boden erreichten. Selene fragte sich, ob sie wirklich nicht nervös waren oder es einfach nur sehr gut verbargen. Fengel war blasser als sonst, aber obwohl er ruhelos erschien, zögerte er keinen Augenblick. Gladim dagegen war gebadet in Schweiß und brauchte lange, ehe auch er hinab lief. Dann war Selene an der Reihe und das Herz schlug ihr bis zum Hals.

Nervös streifte sie sich das Tau über und Ares zog die Schlinge so eng, dass es sich um ihren Oberkörper straffte.

»Bewahrt Eure Körperspannung und lauft selbstbewusst«, dann stockte er kurz und kam ein klein wenig näher.

Sie sah zu ihm hoch und seine blauen Augen waren so voller Zuversicht, dass es sie ein wenig beruhigte. Doch darin war da noch etwas anderes, das sie nicht deuten konnte.

»Fürchtet Euch nicht, ich werde Euch nicht loslassen«, raunte er ihr zu. Dann trat er zurück und sofort vermisste sie seine Nähe. Selene stellte sich, wie schon die anderen, an den Rand des Risses und sah zu Ares, der ihr ermutigend zunickte. Sie atmete noch einmal tief ein, ehe sie sich nach hinten lehnte, bis sie horizontal lag und begann, an der Wand herunter zu laufen. Das Tau schnitt ihr unangenehm in den Rücken und es beunruhigte sie, dass dieses Tau das Einzige war, was sie festhielt. Sie konzentrierte sich darauf, gleichmäßig nach unten zu gehen, und der Schweiß lief ihr vor Anstrengung in die Haare. Weder versuchte sie an die Leere unter ihr noch an das Tau zu denken, sondern setzte stur einen Fuß nach dem anderen an die Wand. Nach einer gefühlten Ewigkeit erreichte sie den Boden und wurde von Nathron und Thoron in Empfang genommen. Sie befreiten sie von dem Tau und ließen es wieder nach oben. Mit zittrigen Beinen gesellte sie sich zu Gladim, der mit bleichem Gesicht auf dem Boden saß. Glaukos kam als Nächstes runter, gefolgt von Brian und sie war erstaunt, dass Ares Brians Gewicht halten konnte. Dann ließ Ares die Rucksäcke hinunter und ließ anschließend das Tau hängen. Beeindruckt sah Selene zu, wie er geschickt herabkletterte und dabei aussah, als würde es ihn nicht im Mindesten anstrengen. Erst als er unten angekommen war, konnte sie sich etwas entspannen und stand dann auf, wobei sie Gladim mit auf die Beine zog. Es dauerte kurz, bis er sich wieder gefangen hatte, doch schließlich setzten sie ihren Weg weiter fort. Sie durchquerten das Loch, kletterten über Geröll und Gestein und gelangten endlich zu dem Riss, der sich zu einem unterirdischen Gang entpuppte. Was zu Beginn wie eine Fortsetzung der oberen Welt begann, änderte sich schlagartig bei der nächsten Kurve. Das Gestein wurde stetig rötlicher, war durchzogen mit horizontalen, gelblichen und tiefroten Gesteinsschichten und dem Geröll wich feiner Sand. Die Ränder wurden immer weicher, als hätte Wasser den Riss ausgehöhlt und die Strömung ihren Abdruck hinterlassen. Das schräg einfallende Licht ließ die gelben Linien schimmern und Selene kam nicht drum herum, diesen Ort zu bewundern. Auch war es hier wesentlich kühler und alles in allem zauberte es ein Lächeln auf ihr Gesicht. Es war wie eine zweite Welt unter der Oberfläche. Der obige Riss wurde stets schmaler und ließ immer weniger Sonnenlicht hindurch, doch unter der Oberfläche zog er sich in

all seiner Breite weiter. Sie folgten dem welligen Gestein, das sich unter ihren Fingerkuppen anfühlte wie weiches Leder. Bald fiel nur noch Licht durch große Löcher und kreierte ein wunderschönes Lichtspiel auf den unterschiedlichen Gesteinsschichten.

»Dies ist der Eingang zur Höhle«, sprach plötzlich Chiron und riss Selene aus ihrem Tagtraum.

Sie ging schnell zu ihm und sah in die Richtung, in die er blickte. Ein Seitenarm zweigte ab, der sich bald in komplette Dunkelheit verlor.

»Da müssen wir rein?«, sprach Gladim ihre Frage aus und Chiron nickte.

»Dahinter befindet sich die Höhle.«

»Dann werden wir Licht brauchen«, meinte Glaukos und aus seinem Rucksack zog er drei kleine Laternen, die er in wenigen Handgriffen entzündet hatte.

Eine reichte er Chiron, der vorausging. Die andere händigte er Brian aus und die dritte behielt er selbst.

»Wissen wir etwas über die Höhle?«, fragte Thoron, der genauso nervös zu sein schien wie alle anderen.

»Ich kann mich leider nur an Bruchstücke erinnern. Doch wenn ich mich recht entsinne, dann sollten dort nur große Insekten hausen, die uns allerdings nichts anhaben können. Aber ob diese Information noch seine Gültigkeit hat, ist fraglich.«

»Also sollten wir uns auf alles Mögliche vorbereiten«, brummte Nathron und kniff seine Augen wachsam zusammen.

Der Seitenarm entpuppte sich als breiter Tunnel, dessen Gestein sich nicht von dem Riss unterschied. Der schimmernde Fels warf das Licht der drei Laternen zurück und erhellte ihn in seiner ganzen Pracht. Je tiefer sie gingen, desto kühler wurde es und schnell begann Selene ein wenig zu frösteln. Der weiche Sand unter ihren Füßen schluckte jegliche Geräusche und keiner wagte, etwas zu sagen. Dann wurde Chiron plötzlich langsamer und bog in einen schmaleren Seitentunnel ab. Sie alle folgten ihm und kurz darauf begann der Tunnel anzusteigen. Das Gestein wurde wieder grau und scharfkantiger. Bald darauf fiel er leicht ab und sie hörten leises Rauschen, das stets lauter wurde, je länger sie dem Tunnel folgten. Schließlich öffnete sich der Tunnel und sie befanden

sich in einer Höhle, in der ein brausender Wasserfall aus einem riesigen Loch in der Wand rauschte. Schäumend sammelte sich das Wasser in einem breiten Bach, der eine kurze Strecke floss und dann im Boden verschwand. Alle lachten freudig auf und nachdem Chiron es als trinkbar abgesegnet hatte, eilten alle zum Wasser. Selene tauchte ihre Hände in den Bach und keuchte, weil er so kalt war. Unweigerlich musste sie lächeln und bewegte ihre Hände in dem eisigen Wasser, die schon beinahe taub waren vor Kälte. Trotzdem füllten sie all ihre Wasservorräte wieder auf und erfrischten sich. Sie alle waren verschmutzt und blutverkrustet. Wasser war in der Wüste kostbar und sie hatten zu wenig, um sich waschen zu können. Selene war sich sicher, dass sie alle bestialisch stanken. Nachdem alle fertig waren, schoben sie sich unter dem Wasserfall auf die andere Seite. Nur Brian war zu groß dafür und musste über den Bach springen. In der gegenüberliegenden Wand befand sich ein Loch, das in den nächsten Tunnel mündete. Dieser stieg wieder an und nach einer Weile wurde es merklich wärmer, doch der Tunnel wurde auch immer niedriger, bis irgendwann Brian gezwungen war, auf allen Vieren weiter zu gehen und Ares das Schlusslicht bildete. Dunkles Moos wuchs zwischen den Rissen und kleidete schließlich den ganzen Tunnel aus. Hier und da schien er seltsame, knubbelige Blüten zu bilden und gestreifte Farne mischten sich dazwischen. Auf einmal hielt Chiron inne und Selene lugte an Thoron vorbei nach vorne. Chiron hatte seinen Kopf schief gelegt und schien angestrengt nachzudenken.

»Löscht die Lampen«, befahl er plötzlich und sie alle sahen sich fragend an.

»Aber dann sehen wir nichts mehr«, warf Fengel knurrig ein.

»Vertraut mir einfach.«

Dann pustete er seine aus und wenig später folgten die anderen beiden. Absolute Schwärze schlug über sie herein und für einen Moment keimte Panik in Selene auf.

»Und jetzt?«, fragte Gladim und seine Stimme zitterte hörbar.

»Abwarten«, antwortete Chiron und so warteten sie.

Es dauerte nicht lange, bis Selene merkte, dass sich etwas veränderte. Die Dunkelheit war nicht mehr undurchdringlich. Sie konnte die Umrisse der anderen erkennen und mit einem Mal erkannte sie warum.

»Das ist beeindruckend«, murmelte sie und beugte sich zu dem blühenden Moos herunter.

»Und wunderschön.«

Das Moos glomm in einem angenehmen Dunkelgrün, während die Blüten weißlich glühten. Erst jetzt, wo das helle Licht erloschen war, konnten sie das Schimmern der Pflanzen sehen. Sie alle zusammen spendeten genug Licht, um ohne Lampen auszukommen. Vor allem war es bezaubernd anzusehen. Die Farne schimmerten ebenfalls in einem Hellgrün, während die Streifen ins Gelbliche gingen. Verzückt nahm Selene eins der Farnblätter zwischen die Finger und wendete es hin und her. Die anderen waren ebenso fasziniert. Dann rafften sie sich wieder auf und setzten ihren Weg fort, doch alle berührten hier und da die schimmernden Moose. Plötzlich öffnete sich der Tunnel und vor ihnen befand sich eine gigantische Höhle. Für einen Moment dachte sie, dass sie wieder draußen waren. Über ihren Köpfen funkelten Sterne, die jedoch keine waren, sondern nur glitzernde Steine, welche das Licht der Pflanzen darunter reflektierten. Vor ihnen eröffnete sich ein Wald, der überraschender nicht sein konnte. Bäume, deren Blätter und Blüten in unterschiedlichsten Grüntönen glommen und so hoch wuchsen, dass sie beinahe die Decke berührten. Gestreifte Farne, so groß wie Menschen, und unzählige schwach blau leuchtende Büsche, die teils überwuchert wurden von lilanen Ranken mit ihren gelb glimmenden Blüten. Plötzlich schob sich eine rot schimmernde Ameise durch die Bäume und alle erstarrten. Die Ameise war so groß wie ein Pferd. Sie klickerte mit ihren mächtigen Greifern, schien sie einen Moment lang zu mustern und verschwand dann wieder zwischen den grünen Bäumen. Glaukos fluchte leise und mit weit aufgerissenen Augen sah sie zu Chiron, der selbst überrascht schien.

»Das… könnte problematisch werden«, meinte Fengel trocken.

»Wenn schon eine Ameise so groß war, will ich gar nicht erst wissen, wie groß die anderen Insekten sind«, murmelte Thoron und wie auf Kommando kroch ein dunkelblauer Tausendfüßler, der so dick war wie ein Oberschenkel, von einem Busch in den anderen.

Selene schüttelte sich unweigerlich.

»Stehen bleiben ist keine Option«, entgegnete Glaukos und Chiron

nickte bestätigend.

»Ich suche nach der Statue«, erklärte er und streckte seine Arme nach vorne aus.

Chiron schloss seine Augen und man konnte von ihm leises Gemurmel hören, während die anderen sich nervös umsahen.

Eine Bewegung hinter ihr ließ Selene über ihre Schulter sehen. Sie erblickte Ares, dessen Blick kurz ihren streifte, ehe er sich weiter wachsam umschaute. Selene musste sich ein kleines Lächeln verkneifen, fühlte sich aber sogleich etwas sicherer.

»Gefunden«, murmelte Chiron und deutete mit einem Arm quer durch die Höhle, »sie befindet sich fast am anderen Ende der Höhle.«

»Gut. Brian, du wirst den Schluss bilden«, wies Glaukos Brian an, der wie ein dunkler Berg nur nickte und daraufhin sein gigantisches Schwert vom Rücken zog.

Die anderen zogen ebenfalls ihre Waffen und selbst Selene griff nach ihrem Dolch.

»Dann werde ich Euch den Weg weisen. Seid wachsam, denn ich spüre sowohl kleine als auch sehr große Lebewesen. Ich vermag nicht zu sagen, ob sie uns angreifen werden, doch wir sollten bereit sein.«

Alle nickten und atmeten tief ein, ehe Chiron mutig als Erster den Wald betrat. Glaukos, gefolgt von Fengel und Gladim, tat es ihm sogleich, woraufhin sich Thoron mit Nathron anschlossen. Selene reihte sich nach Nathron ein und Ares und Brian waren dicht hinter ihr. Sie alle liefen eng hintereinander, um sich nicht zu verlieren, denn obwohl die Pflanzen genug Licht abgaben, um etwas zu sehen, war trotzdem alles in ein seltsames Dämmerlicht gehüllt. Die Schatten waren in ein tiefes Schwarz getaucht und verstärkten die Kontraste zwischen hell und dunkel. Teils konnte man den Boden nur ertasten und hoffen, auf keine Insekten zu treten. Die Undurchdringlichkeit des Waldes war ein weiteres Hindernis, so dass sie nur langsam vorwärtskamen. Es half auch nicht, dass die gigantischen Insekten sich beinahe lautlos bewegten und Chiron sie nur bemerkte, wenn sie schon sehr nahe waren. Jedes Mal gab er ein stummes Handsignal und alle versteckten sich in den Schatten der mannshohen Pflanzen, darauf achtend, dass man stets in Reichweite der anderen war. Sie waren sich nicht sicher, ob die monströsen Insekten

sie wirklich nicht registrierten oder sie einfach zu uninteressant für sie waren. So kamen sie unbehelligt weiter voran, bis sie unter einem der riesigen Pilze rasteten, die immer öfter und in gigantischen Ausmaßen aus dem Boden sprossen. Sie teilten sich still getrocknetes Fleisch und ließen einen Wasserbeutel herumgehen, ohne sich für einen Moment zu entspannen. Es fiel Selene auf, dass Ares ihr nicht einen Augenblick von der Seite wich und stets in Armesweite von ihr entfernt stand. Sie musste an die Nacht im goldenen Wald zurückdenken, als er ihr so nahe gewesen war, und bereute es insgeheim, ihn stehen gelassen zu haben. Natürlich war es richtig gewesen. Aber dennoch bedauerte sie es ein bisschen. Was-wäre-wenn-Gedanken kreuzten ihren Kopf und sie biss sich schmerzhaft auf ihre Lippen. Dies war weder der Moment, in gefährlichen und verführerischen Gedanken zu schwelgen, noch der richtige Ort. Selene sah auf und bemerkte, dass Ares sie fragend ansah. Schnell wandte sie ihren Blick ab und nahm dankbar den Wasserbeutel von Nathron entgegen. Nachdem sie ihren Durst gestillt hatte, vermied sie es, in Ares' Richtung zu sehen, spürte seine Präsenz aber nur zu deutlich. Dann gingen sie tiefer durch den dichten Wald, der sich langsam, aber sicher zu einem Pilzwald wandelte. Immer mehr Pilze in unterschiedlichen Größen, Formen und Farben wuchsen empor und lösten bald die Bäume ab. Hier und da sprossen Gräser und Farne zwischen ihnen hervor und es wurde etwas einfacher, den Wald zu durchqueren. Selene kam sich vor wie in einem Traumland, da sie noch nie solch verschiedene Pilze gesehen hatte, die vor sich hin glommen. Es gab eine dunkelblaue Sorte von Pilzen, die leicht zu tanzen schien, sobald man sie berührte. Dann gab es orangefarbene Pilze mit grotesken Tentakeln, die einen langsam umwickelten, sobald man sie anfasste. Gladim wäre beinahe Opfer ihres Wickelangriffs geworden, wenn Fengel sie nicht rechtzeitig durchtrennt hätte. Seitdem versuchten sie alle, es zu vermeiden, die Pilze zu berühren. Es gab rot gestreifte Pilze, die spitz aussehende Zähne besaßen, und um welche alle einen großen Bogen machten. Keiner war erpicht darauf herauszufinden, was diese Pilze wohl zu tun vermochten. Nachdem sie eine Weile den Pilzwald durchquert hatten, blieb Chiron plötzlich stehen. Selene sah an den anderen vorbei nach vorne, um zu sehen, weshalb sie stehenblieben, und für einen Moment bekam sie keine Luft mehr. Ihr Herz raste und

ohne auf die anderen zu achten, ging sie langsam an ihnen vorbei und gesellte sich zu Chiron.

»Dies ist sie, nicht wahr?«, fragte er leise und Selene konnte nur nicken. Der Pilzwald wich einer freien Fläche, auf der nur Gras wuchs und am Rande der Fläche stand sie. Das wunderschöne Gesicht, das sie aus toten Augen zu beobachten schien, ließ ihr eine kalte Gänsehaut den Rücken hinunterlaufen. In der Öffnung des Umhangs schwebten die beiden betenden Hände und an der Innenseite befand sich eine riesige, schwarze Öffnung; das Tor zurück in ihre Welt. Vor lauter Dunkelheit konnte sie jedoch das Bild auf der Innenseite des Mantels nicht sehen. Dennoch war sie sicher, dass es eins gab. Die Statue war genauso, wie Selene es in Erinnerung hatte, nur noch furchterregender. Das diffuse Licht der Pilze und Pflanzen um sie herum ließ die Statue in einem gespenstischen grünlichen Licht glimmen.

»Ist Euch plötzlich auch so kalt?«, fragte Gladim auf einmal und als sich Selene umsah, hatten sie sich alle zu den beiden gesellt.

Gladim rieb sich die Arme, auf der Selene eine Gänsehaut erkennen konnte.

»Ich habe das starke Bedürfnis nicht noch näher an sie heranzugehen«, meinte nun auch Nathron.

»Das verursacht die Statue«, erklärte sie.

»Es ist eine Art Schutzmechanismus. Die andere war genauso.«

»Obwohl Ihr das gespürt habt, seid Ihr dennoch nähergekommen?«, fragte Thoron ungläubig und Selene nickte.

»Ist dies das Tor?«, fragte nun auch Glaukos und deutete auf das schwarze Nichts hinter dem Spitzbogen.

»Ja, das ist es«, bestätigte sie und ging dann langsam näher.

Die anderen folgten ihr und wie auch Selene, konnte niemand die Augen von der wunderschönen, aber furchteinflößenden Statue nehmen. Ein seltsamer süßlicher Duft stieg ihr in die Nase, der sie einzulullen schien. Jedoch konnte sie die Augen nicht von der Statue nehmen, um die Quelle des Geruches ausfindig zu machen.

»Die Augen«, murmelte Fengel und Selene wusste auf Anhieb, was er meinte.

Diese schienen sich in die Seele zu brennen. Sie fühlte sich nackt und

der Drang wegzurennen war beinahe unerträglich, aber der süßliche Geruch minderte das Verlangen ab.

»Wartet«, murmelte plötzlich Fengel und alle sahen ihn an, doch er starrte nur auf den Boden.

Sie folgten seinem Blick und blieben an seinem hölzernen Bein hängen, das er angehoben hatte und an dem etwas Bläuliches, Glimmendes hing. Da konnte Selene erkennen, dass es an all ihren Füßen klebte.

Fengel hob den Holzfuß weiter an und Glaukos inspizierte es genauer, ehe er es anfasste und zwischen seinen Fingern zerrieb.

»Das fühlt sich seltsam klebrig an.«

Zaghaft roch er daran.

»Riecht süßlich.«

Auf einmal stellten sich Selenes Nackenhaare auf und sie wusste augenblicklich, dass sie hier wegmussten.

»LAUFT!«, schrie sie und rannte sofort los.

Der Boden bebte plötzlich und hob sich an. Selene fluchte, als sie sah, dass sie es nicht schaffen würde. Rasch warf sie einen Blick über ihre Schulter und sah, dass sich die Ebene zusammenfaltete, wie eine Muschel. Die anderen schrien und fluchten ebenfalls, doch keiner von ihnen war schnell genug. Selene hatte fast den Rand erreicht, als er sich immer rasanter einklappte und Selene begann nach unten zu rutschen. Blitzschnell rammte sie ihren Dolch in den vermeintlichen Boden und das muschelähnliche Wesen schnappte zu. Sie hing mit beiden Armen an ihrem Dolch und sah zu den anderen hinunter, jedoch konnte sie in der Dunkelheit nur Schemen erkennen. Sie war sich aber sicher, dass die anderen versuchten, das Wesen aufzuhalten, da es noch nicht ganz geschlossen war.

»Geht es euch da unten gut?«, rief Selene hinunter und erntete lautes Gestöhne.

»Chiron muss sich den Kopf gestoßen haben«, antwortete Nathron gepresst und Selene versuchte, in dem Knäuel aus Füßen und Armen in der Dunkelheit Chiron zu erkennen. »Er ist nicht bei Bewusstsein.«

»Soll ich runterkommen und mich um ihn kümmern?«, rief sie besorgt nach unten.

»Nein, dies ist nicht nötig! Er regt sich gerade wieder.«

»Geht!«, rief Chiron leicht lallend und Sorge um ihn wallte in ihr hoch.

»Bist du sicher?«

»Ja, geht! Es wird mir sogleich besser gehen. Ihr seid hingegen so weit oben, dass Ihr von außen mehr helfen könnt als von hier drin!«, rief er mit zittriger Stimme zu ihr nach oben.

Selene zögerte noch für einen Moment. Sie sah hinab in die Dunkelheit der Falle und musste zugeben, dass sie sich nicht einfach fallen lassen konnte. Jemand war gewiss unter ihr und wenn sie Pech hatte, würde ihr Fall jemanden tödlich treffen. Sie konnte zwar viel heilen, aber nicht die Toten zurückbringen. Schnell sah sie nach oben und vermutete, dass sie eine Manneslänge vom Rand entfernt war.

»In Ordnung!«, rief sie nach unten und sah zur Öffnung.

Sie meinte plötzlich am Rand eine Bewegung ausgemacht zu haben, war sich aber nicht sicher, ob es nicht einfach die Bewegungen des Grases gewesen waren. Langsam ließ sie eine Hand los und musste ihre ganze Kraft aufbringen, nicht loszulassen. Dann zog sie ihren Dolch aus ihrem Stiefel und hackte mit ihm ein Stück aus der Wand. Schnell stieß sie ihren Fuß hinein und versenkte den zweiten Dolch ebenso in der Wand. Nun hatte sie etwas Halt und Zeit, kurz Atem zu schöpfen. So machte sie weiter und damit kam sie relativ schnell voran, bis sie den Rand erreichte. Sie rammte den Dolch in die Außenwand, zog dann ihren Oberkörper heraus und hievte ihre Füße raus. Sie ließ ihren Rucksack an der Außenwand hinunterrutschen und sah schließlich hinab. Der Boden bestand nur aus einem schwarzen Loch, doch konnte sie anhand der Bäume schätzen, dass sie sich mehrere Mannslängen darüber befand. Sie steckte ihre Dolche wieder ein und rutschte an der erstaunlich glatten Außenseite der Wand hinunter. Sobald sie die Wölbung hinuntergerutscht war, fiel Selene die restlichen Längen im freien Fall und kam hart auf. Die Luft wurde ihr aus den Lungen gequetscht und ihre Knöchel brachen unter der Wucht des Aufpralls. Nachdem sie wieder Luft bekam, rollte sie sich auf den Bauch und setzte sich hin. Das Wesen selbst glomm nicht, doch anhand des Schattens konnte Selene erkennen, dass es geformt war wie eine flache Knospe, die auf einem breiten Stiel saß, der sich dann im Gestein verlor. Sie zückte ihren Dolch und humpelte schnell zum Stiel. Dort ließ sie sich auf ihre Knie fallen und berührte kurz die Oberfläche.

Sie fühlte sich nachgiebig und pflanzlich an und ohne darüber nachzudenken, versenkte sie den Dolch in das weiche Material. Ihr Dolch hatte kaum Widerstand. Sie schnitt und stach auf das Wesen ein und spürte unter ihrer Hand, wie es zu zittern begann. Es war wie ein Schaudern, das aus der Tiefe der Pflanze kam. Ermutigt nahm sie beide Hände an den Dolch und zog mit aller Kraft. Dabei fügte sie ihr einen tiefen Schnitt zu, der schnell größer wurde. Sie spürte das klebrige Blut an ihren Fingern und verstärkte nur den Griff um ihren Dolch, damit dieser ihr nicht aus den Händen flutschte. Kontinuierlich stieß sie zu und vergrößerte die Wunde immer mehr. Dann merkte sie, wie die Kraft der Pflanze langsam nachließ, und hörte den Jubel der Männer aus dem Inneren der Knospe. Selene lachte erleichtert, rammte mit Schwung den Dolch erneut in den Stiel und schnitt so tief wie sie konnte. Ein seltsames hohes Kreischen ertönte von der Pflanze und sie konnte sehen, wie die beiden Blätter sich langsam, aber sicher öffneten. Breit grinsend hob sie den Dolch zum nächsten Schnitt an, als eine schnelle Bewegung aus dem Augenwinkel sie ihre Arme schützend vor ihr Gesicht heben ließ. Etwas traf sie mit großer Wucht und ließ sie durch die Luft wirbeln. Hart kam sie auf dem Boden auf und drehte sich einige Male um sich selbst, ehe sie schmerzerfüllt liegen blieb. Dann rappelte sie sich mühselig hoch und stellte fest, dass sie aus der Mulde geschmissen worden war. Eine kalte Gänsehaut lief ihr den Rücken hinunter und sie wusste auch ohne, dass sie sich umdrehte, dass die Statue hinter ihr war. Doch momentan war das unwichtig. Ihr Blick glitt zur Mulde, aus der ein großes, spinnenähnliches Wesen krabbelte. Es hatte im Verhältnis einen zu kleinen Körper und viel zu lange Beine, sowie zwei dünne Scheren, die aus seinem Hinterkopf zu wachsen schienen. Die Flecken auf dem Rücken ähnelten jenen an der Decke und Selene war sich sicher, dass es schon die ganze Zeit da gewesen war. Sie zückte auch ihren zweiten Dolch und stellte sich der Kreatur. Ihre Scheren schnellten nach vorne, aber Selene konnte sie mit ihren Dolchhieben parieren. Sie stieß nach vorne, doch das Wesen war schnell und wich all ihren Schlägen geschickt aus. Nur mit Mühe konnte sie den Angriffen ausweichen und irgendwann musste sie sich eingestehen, dass es keinen Sinn hatte, auf die Hilfe der anderen zu hoffen. Die Pflanze öffnete sich zu langsam und jeder Dolchhieb laugte sie nur noch mehr aus. Schon jetzt war sie schweißgebadet und wurde immer öfter von den scharfen Scheren gestreift. Also entschloss sie sich für etwas anderes.

Sie warf zur Ablenkung einen Dolch unter das Untier, schnellte dann nach vorne und packte mit der freien Hand die Stelle hinter der Schere. Die Kreatur zog erschrocken ihre Scheren ein und zog dabei Selene mit sich. Diese klammerte sich an die Schere und nutzte die Überraschung des Wesens aus. Sie ließ sich auf dessen Hinterkopf fallen. Blitzschnell stieß Selene ihren Dolch in den Schädel des Untiers. Es gab ein lautes Kreischen und warmes Blut ergoss sich über ihre Hände. Wie von Sinnen drehte es sich wild im Kreis und Selene hielt sich verzweifelt an den Scherenarmen fest. Doch dann begann die Kreatur mit den Scheren nach ihr zu schnappen. Selene zog ihren Dolch heraus, was das Wesen noch mehr erzürnte und sie letztendlich von dem Rücken geworfen wurde. Selene segelte durch die Luft und plötzlich traf sie etwas hart an ihrem Arm. Dann rollte sie über den Boden und fiel in einen Abgrund. Eine tiefschwarze Dunkelheit verschlang sie. Stille drückte auf ihre Ohren und sie verlor jegliches Gefühl von oben und unten. Sie konnte nicht atmen, als ob jemand ihr die Kehle zuschnüren würde. Panik kam über sie, denn sie kannte das Gefühl. Sie hatte es schon einmal erlebt. Gerade, als sie dachte, ersticken zu müssen, flutete Luft ihre Lungen. Sie schnappte ein paar Male tief nach Luft, ehe sich der Wirbel in ihrem Kopf legte und sie ihre Umgebung wahrnahm. Sie lag auf dem Boden eines Laubwaldes und zwischen den Gipfeln konnte sie die Himmelsstraße erkennen, die sich über den nächtlichen Himmel zog.

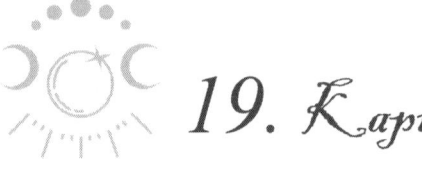

19. Kapitel

Selene blinzelte ein paar Mal, doch die Himmelsstraße verschwand nicht. Blitzschnell richtete sie sich auf und sah sich panisch um. Aber da war niemand. Nur der stille, dunkle Wald um sie herum. Mit einem Sprung war sie auf ihren Beinen und ging ein paar unsichere Schritte nach vorne. Ihr Blick glitt erneut zu der Himmelstraße über ihrem Kopf und die Erkenntnis traf sie so hart, dass sie wieder zurück auf den Waldboden glitt. Sie biss so fest wie sie konnte in ihren Unterarm und erstickte damit die Schreie der Verzweiflung. Sie war wieder zu Hause. Doch konnte sie den anderen nicht mehr helfen. Weder wusste sie, ob sie der Falle entkommen, noch ob sie verletzt waren und womöglich ihre Hilfe brauchten. Selbst wenn sie durch das Tor zurückgelangen würde, wäre es zu spät. Sie würde erneut in der tödlichen Kälte enden und eine Ewigkeit brauchen, um zu ihnen zu gelangen. Der Gedanke, nichts mehr für sie tun zu können, bohrte sich wie ein Messer in ihr Herz und Tränen rannen ihre Wangen hinunter. Bis sie versiegten und durch eine seltsame Taubheit ersetzt wurden. Kraftlos ließ sie sich nach hinten fallen und starrte in den wolkenlosen Himmel. Sie dachte an die Mannschaft zurück und an Chiron, und daran wie sie ihr alle inzwischen ans Herz gewachsen waren. Doch sie würde keinen von ihnen je wiedersehen. Ares' Gesicht tauchte vor ihrem geistigen Auge auf und es war, als würde sie keine Luft mehr bekommen. Ihr Innerstes schien sich nach außen zu drehen und der Schmerz blendete ihren Kopf. Schwer atmend drehte sie sich auf die Seite, krümmte sich zusammen und krallte ihre Nägel in die Beine, bis Blut den Waldboden benetzte. Allerdings war das nicht halb so schmerzhaft wie der Schmerz in ihrer Seele. Es dauerte eine Weile, bis sie den Schmerz so unterdrücken konnte, dass sie wieder klare Gedanken fassen konnte. Selene drehte sich auf den Rücken und sah hoch zum Himmelszelt, dessen Sterne funkelnd auf sie herabsahen. Sie war wieder in ihrer Welt, so wie sie es gewollt hatte, denn sie musste ihre Familie finden. Der Gedanke an ihre Mutter und Großmutter war wie ein Anker, der sie bei Besinnung hielt, und sie zwang sich, der Situation ins Auge zu sehen. So gut es ging packte sie all ihren Schmerz und vergrub ihn so tief, wie sie konnte. Sie zwang sich, an ihre Familie zu denken, und an ihren Weg, der noch nicht zu Ende war. Nun hatte sie niemanden mehr, der ihr helfen konnte und sie musste mit dem, was ihr seit ihrer Geburt gelehrt worden war, auskommen. Langsam atmete sie tief ein und verdrängte die Einsamkeit, die über sie schwappen wollte, wie eine riesige, kalte Welle. Dann schüttelte sie ihren Kopf und sah erneut zum Sternenhimmel. Dieser war inzwischen etwas heller geworden und Selene vermutete, dass es nicht mehr sehr lange dauern würde, bis es dämmerte. Aufmerksam studierte sie die Sterne und erkannte, dass der Himmel voller bekannter Sternenbilder war. Da die Clans oft nachts unterwegs waren und die Sterne zur Orientierung nutzten, war sich Selene immer bewusst, welche Sternenbilder gerade wichtig waren, um ihre jetzige Position zu bestimmen. Daher war ihr bekannt, welche Sternbilder beim Übergang wo gestanden hatten und sie konnte daraus schließen, dass sie viel zu weit südöstlich war. Eine kalte Brise ließ die Blätter der Bäume knistern und fuhr in Selenes dünne Leinenkleider. Sofort fröstelte es sie und mit einem Ruck setzte sie sich auf. Sie rieb sich die nackten Unterarme und stellte fest, dass sie bereits etwas fror. Aufmerksam sah sie sich im Wald um, doch abgesehen von dichten Laubbäumen konnte sie nur noch erkennen, dass sie sich am Hang eines Berges befand. Dann sah sie an sich hinab und stellte fest, dass ihre Leinenkleider durchtränkt waren von ihrem roten Blut und dem bräunlichen des Spinnenwesens. Hier und da war der Stoff aufgerissen und mit einem Seufzer bemerkte sie, dass sie einen Dolch verloren hatte. Vage erinnerte sie sich, dass ihre Hand gegen etwas Hartes geknallt war und sie dabei wohl den Dolch losgelassen hatte.

Selene zog ihre zweite Waffe aus dem Stiefel und steckte ihn an ihre Seite. Abgesehen von dem Dolch und der Kleidung, die sie an ihrem Körper trug, besaß sie nichts. Starr sah sie in den dunklen Wald und bewegte sich nicht, doch ihre Gedanken rasten. Schließlich erhob sie sich und lief zügigen Schrittes den abfallenden Hang hinunter. Sie brauchte in erster Linie Wasser und Kleidung und vermutlich würde sie dies in Tälern finden oder zu mindestens in der Nähe von Bächen. Sie lief, bis die Dunkelheit dem Zwielicht wich und konnte ihr Glück kaum fassen, als sie tatsächlich ein hölzernes Blockhaus erblickte. Schnell versteckte sie sich hinter einem dicken Baum und beobachtete das Haus. Es war recht

groß und war umgeben von einem Weidenzaun, der mehr die Hühner in Schach halten sollte als Einbrecher. Selene konnte keinen Hund erkennen und hoffte, dass dieser im Haus war. Ihre Augen wanderten über das Haus und blieb im Hinterhof an einer Wäscheleine hängen. An mehreren Leinen hingen einige Kleidungsgegenstände, die Selene bei den Lichtverhältnissen nicht gut ausmachen konnte. Aber gleich, was es war, sie brauchte neue Kleidung. Jene, die sie trug, war für die Temperaturen zu dünn und zudem viel zu auffällig.

Sie beobachtete das Haus noch ein wenig, doch alle darin schienen zu schlafen. Ein letztes Mal atmete sie tief ein und schlich dann los. In einem großen Bogen lief sie um das Haus herum, bis sie in direkter Linie zur Wäscheleine war. Vorsichtig kam sie immer näher und stieg über den Weidenzaun. In gebückter Haltung huschte sie zur Leine und zog langsam eine Hose herunter. Plötzlich ertönte aus dem Inneren des Hauses lautes Hundegekläff und Selene fluchte stumm. Schnell riss sie ein paar Sachen von der Leine, drehte sich auf dem Absatz um und rannte. Sie sprang gerade über den Weidenzaun, als irgendwo eine Tür aufgerissen wurde.

»Wer ist da!«, rief ein Mann laut.

Erneut fluchte Selene in ihrem Kopf und sprintete mit dem Arm voller Kleider los.

»DIEB!«, schrie der Mann hinter ihr und Selene hörte, wie er noch etwas sagte, das sie aber nicht mehr verstehen konnte.

Geräusche ertönten hinter ihr und als sie einen Blick über die Schulter warf, rannte ihr ein großer, zotteliger Hund hinterher, der schnell näherkam. Selene fluchte, denn sie wollte ihn nicht umbringen. Dieser Hund tat nur seine Pflicht und für einen Moment erinnerte sie sich an ihren eigenen zurück, der vor wenigen Jahren verstorben war. Die Geräusche hinter ihr wurden immer lauter und Selene wusste, dass er sie gleich eingeholt hatte. Sie warf die Kleider von ihrem Arm auf die Seite, blieb stehen und drehte sich um. Der überraschte Hund lief ungebremst in sie hinein und riss sie von den Füßen. Selene stürzte hart, setzte sich dann blitzschnell auf, gerade noch rechtzeitig. Der Hund warf sich mit einem Knurren auf sie und Selene riss ihren Arm hoch. Er biss hinein und hielt sie knurrend an Ort und Stelle. Der Hund war nicht ausgebildet, um zu

töten, sondern festzuhalten.

»Braver Hund«, raunte sie mit einem kleinen Lächeln und rammte ihren Dolch in seinen Hals.

Der Hund winselte und ließ erst los, nachdem Selene ihn erneut in den dicken Hals stach. Leise jaulend ließ er von ihr ab und ging zitternd zu Boden. Schnell legte sie ihre freie Hand auf ihn und konzentrierte sich. Langsam entzog sie ihm jegliche Kraft und heilte gleichzeitig seine Wunden. Der Hund glitt in die Bewusstlosigkeit und würde für einige Zeit außer Gefecht sein. Eilig sammelte sie die Kleidung ein und warf einen Blick zurück zu dem Haus. Schon konnte sie in der Entfernung Licht von Fackeln erkennen. Sie rannte weiter den Hang hinunter, bis sie endlich das Tal erreichte. Doch sie hielt nicht inne, sondern folgte dem Lauf eines kleinen Baches, bis sie sicher war, weit genug von dem Haus entfernt zu sein. Schwer atmend ließ sie die Kleider fallen und brauchte einen Moment, bis sich ihre Atmung wieder normalisierte. Sie lauschte in den Wald hinein, konnte jedoch weder Stimmen hören noch den Schein von Fackeln sehen. Dann beugte sie sich über den Bach und stillte ihren brennenden Durst. Keuchend wischte sie sich ihren Mund ab und starrte in das verzerrte Spiegelbild im Bach. Inzwischen hatte es gedämmert und Selene strich sich über ihre Tattoos im Gesicht. Einen kurzen Moment lang verharrten ihre Augen auf ihnen und dann zückte sie ihren Dolch. Ohne zu zögern, setzte sie die Spitze an ihre Tattoos und schnitt sie aus dem Gesicht. Ihre Hände zitterten vor Schmerzen und ihr wurde übel. Aber sie musste stillhalten, dabei tief genug schneiden, um die silbernen Markierungen dauerhaft zu entfernen. Schließlich ließ sie ihren blutigen Dolch sinken und vergrub die Hautstücke im klammen Waldboden. Erneut sah sie in den Bach und es war für sie seltsam ihr blutüberströmtes Gesicht ohne Tattoos zu sehen. Ihrer Fingerspitzen strichen über die neue, noch feuchte Haut. Mit dem Ärmel wische sie sich das Blut aus dem Gesicht und starrte für einen weiteren Moment in den Bach, ehe sie sich davon abwandte. Mit dem breiten Schal verbarg sie ihre Haare, so dass keiner diese sehen konnte. Auch ohne Tattoos war ihr Aussehen unter den Menschen auffällig und so musste sie es gut verbergen. Dann sah sie, welche Kleidungsstücke sie mitgenommen hatte, und war erfreut unter ihnen eine lange Lederhose und ein grob gewebtes Wams

mit langen Ärmeln vorzufinden. Selbst ein lederner Umhang mit großer Kapuze war darunter. So zog sie ihre leinene Kleidung aus und schlüpfte in die neuen. Dann rieb sie sich die freien Hautstellen mit Erde ein, um sie dunkler zu färben, und zerschnitt die Leinenkleidung in lange Streifen. Damit wickelte sie ihre Hände und Gesicht ein, so dass man die Haut darunter kaum mehr sehen konnte. Sie fand es sogar von Vorteil, dass ihre Leinenkleidung dreckig und blutig war. So würde es noch authentischer erscheinen. Sie schlug die Kapuze nach oben und begutachtete ihr verzerrtes Spiegelbild. Eine unbekannte Person, eingewickelt in schmutzige und blutverkrustete Bandagen sah ihr aus dem Schatten der Kapuze entgegen. Langsam atmete sie tief ein, riss sich von ihrem Spiegelbild los und setzte dann ihren Weg abwärts fort. Sie rutschte mehr den Hang hinunter, als dass sie lief, bis dieser irgendwann abflachte und sie schließlich das Tal erreichte. Dem Bach folgend lief sie ununterbrochen quer durch den Wald, bis sie endlich eine kleine Steinbrücke erblickte, die sich über den Bach spannte. Sie kletterte hoch auf den Weg und schätzte anhand vom Sonnenstand, welchem Weg sie eher folgen sollte. Dann betrat sie jenen, der sich in den Norden wand.

Selene lief und lief und hatte mit der Zeit das seltsame Gefühl, als würde die Zeit langsamer verlaufen als sonst. Die Sonne zog sich nur zäh über den Himmel und Selene war verwirrt, ob es wirklich anders war, oder nur an der Monotonie des Weges lag. Der Wald veränderte sich nicht und der Weg war wie eine breite Schlange, die sich gemächlich durch das Unterholz zog. Sie lief und lief, bis die Sonne sich doch letzten Endes wieder gen Horizont neigte. Auf dem Weg kamen nur wenige Menschen auf ihren Pferden vorbei. Sie alle blieben weder stehen noch sprachen sie Selene an, sondern hielten zu ihr den größtmöglichen Abstand, sobald sie ihre bandagierten Hände und ihr verunstaltetes Gesicht sahen. Sie war somit sehr zufrieden, dass sie genau den Effekt herbeiführte, den sie sich wünschte.

Allmählich sank die Sonne immer weiter und Selene überlegte, wo sie am besten schlafen konnte, als sie Pferdehufe von hinten hörte. Wie schon die letzten Male, stellte sie sich an den Rand des Weges und machte mit gesenktem Haupt Platz. Aus dem Augenwinkel sah sie, wie zwei Pferde angetrabt kamen und sie passierten. Sie wartete, bis sie ein wenig weiter

geritten waren, um ihren Weg fortzusetzen, als die Schritte der Rösser plötzlich verstummten. Überrascht sah Selene auf und erblickte die zwei Reiter, die ihre Pferde umgedreht hatten und sie aus der Ferne begutachteten. Der eine war in eine silberne Rüstung und einen dicken, braunen Mantel gehüllt, während der andere eindeutig von höherem Stand war. Seine Kleidung war farbenfroh und aus fein gewobenem Stoff. Ein dicker, roter Mantel fiel wallend von seinen Schultern und seine blonden Haare schimmerten im Licht. Selbst die Pferde waren wohlgenährt, mit glänzendem Fell und kostbarem Zaumzeug.

»Was führt dich des Weges?«, rief der Adlige und ließ sein hellbraunes Ross etwas näher traben.

»Ich bin auf der Suche nach meinem Ehemann«, antwortete Selene und blieb argwöhnisch stehen.

»Der dir das angetan hat?«, fragte er weiter und seine Augen wanderten über die Bandagen.

»Richtig. Der Bastard hat mir die Frauenkrankheit angehängt und sich dann aus dem Staub gemacht«, kurz zögerte Selene.

»Er ist mit einem Fremden in schwarzer Rüstung gen Norden abgehauen. Du weißt nicht zufällig, wo ich Soldaten in schwarzer Rüstung finde, oder?«

»Du wagst es, meinen Herrn so direkt anzusprechen?«, schnarrte der Mann in Rüstung und Selene zuckte innerlich zusammen.

Außerhalb der Clans sprach man also tatsächlich förmlich.

»Verzeiht, das war unhöflich von mir«, entschuldigte sie sich schnell und versuchte, sich zu erinnern, wie die anderen gesprochen hatten.

Ein Stich fuhr in ihr Herz, als sie an sie dachte.

»Das ist es«, sprach der Adlige abfällig und erneut wanderten seine hellen Augen über ihre Erscheinung.

Dann wandte er seinen Kopf zu seinem Begleiter, von dem Selene vermutete, dass es der Leibwächter war.

»Hab Mitleid mit ihr«, sprach er langsam und Selene konnte auf einmal ein kleines, böses Lächeln auf seinem Gesicht ausmachen.

»Die gute Dame wurde betrogen und auf Lebzeiten entstellt. Meinst du nicht, dass wir ihr helfen sollten?«

Das Lächeln wandelte sich zu einem kalten Grinsen. Selene hatte

plötzlich ein sehr ungutes Gefühl. Ihre Hand wanderte langsam zu ihrem hinteren Rücken, an dem ihr versteckter Dolch saß. Die zwei Reiter sahen sich an und unversehens lächelte auch der Leibwächter.

»Natürlich, mein Herr, wir sollten sie von ihrem Leid erlösen.«

Und bei seinen Worten zog er mit einem schneidenden Geräusch sein Schwert.

»Habt doch Mitleid mit mir!«, rief Selene und wich ein paar Schritte zurück. »Weder bin ich ansteckend, noch tue ich jemandem weh!«

»Allein dein Antlitz genügt, um meine Augen schmerzen zu lassen. Außerdem kann ich es nicht zulassen, dass du deinen Ehemann tötest. Er wird bestimmt seine Gründe gehabt haben, sich von jemand anderem befriedigen zu lassen.«

Dann wandte er sich an seinen Leibwächter und nickte ihm zu. Dieser grinste breit und Selene fluchte innerlich. Sie konnte jetzt noch nicht sterben. Nicht, nachdem sie eine fremde Welt durchquert und die anderen zurückgelassen hatte. Sie hatte eine Aufgabe, die sie erfüllen musste. Der Leibwächter trieb sein braunes Pferd an, das laut wieherte und dann auf sie zu galoppierte. Panik erfasste sie und der Wille zu überleben übernahm ihr Handeln. Sein gezücktes Schwert schimmerte hell im Schein des Lichts und Selene zog ihren Dolch, hielt ihn aber noch hinter ihrem Rücken versteckt. Das Schwert wurde erhoben und sauste auf sie herab. Selene ließ sich fallen und schnellte nach vorne. Ihr Dolch zerschnitt den Hinterlauf des Pferdes. Das Pferd schrie, knickte ein und Reiter und Ross gingen zusammen zu Boden. Selene richtete sich im Umdrehen auf und war blitzschnell bei dem Leibwächter, dessen halber Körper unter dem Pferd vergraben war. Sein Schwert hatte er verloren und orientierungslos und mit schmerzverzerrtem Gesicht sah er zu ihr auf. Ohne, dass er überhaupt verstand, was gerade vor sich gegangen war, versenkte Selene den blutverschmierten Dolch zwischen seinen Helm und dem Brustpanzer. Eine kleine Blutfontäne kam ihr entgegen, als sie den Dolch mit einem Schmatzen wieder herauszog. Mit unkontrollierten Armbewegungen ruderte der Leibwächter in der Luft herum, ehe er sich röchelnd seinem Tod ergab.

Selenes Blick glitt kurz zu dem Pferd, das panisch versuchte, wieder auf die Beine zu kommen, doch hatte es sich beim Sturz einen Vorderlauf gebrochen, was es ihm unmöglich machte, aufzustehen. Mitleid regte sich

in Selene, aber zuerst musste sie sich um den Adligen kümmern. Er hatte wohl aus dem Fehler seines Leibwächters gelernt, denn er war abgestiegen und kam mit gezücktem Schwert und wutverzerrtem Gesicht näher. Selene ging ihm ruhig entgegen und mit einem Aufschrei schwang er seine Waffe. Geschickt wich sie ihm aus, merkte jedoch sogleich, dass er geübt war im Umgang mit dem Schwert und es ihr nicht einfach machen würde. Seine Hiebe waren präzise und sein Schwert sang, während Selene schnell ins Schwitzen kam und hier und da kleine Kratzer davontrug. Ihr wurde klar, dass sie keine Chance gegen ihn hatte, also entschied sie sich für etwas anderes. Sie musste nur auf den richtigen Moment warten. Auch er wurde ungeduldig und als er erneut versuchte, sie aufzuspießen, wich Selene absichtlich zu langsam aus. Seine Klinge durchbohrte ihren Bauch und kam auf der anderen Seite wieder raus. Schmerzen explodierten in ihrem Körper und Selene keuchte schwer auf, während der Adlige schadenfroh auflachte. Langsam sah Selene von dem Schwert in ihrem Bauch auf und in das schöne Gesicht des Mannes, das sie triumphierend anstrahlte. Selenes freie Hand schoss nach vorne und umgriff den Unterarm des Mannes fest, ohne ihn für einen Augenblick aus den Augen zu lassen. Dann ging sie langsam auf ihn zu. Das Schwert fuhr immer tiefer in ihren Körper und bei jedem Schritt, den sie ging, wich die Freude aus seinem Gesicht. Als das Heft des Schwerts ihren Bauch berührte, rammte sie in einer fließenden Bewegung ihren Dolch unterhalb seiner Rippen schräg nach oben in seinen Körper. Beide waren erstarrt in ihren Bewegungen und sahen sich nur stumm in die Augen. In seinen hellblauen Augen konnte sie die Erkenntnis sehen, dass er nun sterben würde.

»Du hättest mich einfach in Ruhe lassen können«, flüsterte sie ihm zu und mit einem Ruck zog sie ihren Dolch aus seinem Körper.

Er hustete und Blut lief ihm aus dem Mundwinkel. Dann brach er in sich zusammen und seine starren Augen sahen in den Himmel. Er regte sich nicht mehr. Selene wankte nach hinten, ließ dabei ihren Dolch fallen und zog das Schwert Stück für Stück aus ihrem Körper, bis es dumpf zu Boden fiel. Sie keuchte schwer und musste kurz warten, bis sich die Bauchwunde und ihre zerschnittenen Hände geheilt hatten. Dann glitt ihr Blick über das kleine Schlachtfeld und ihr war klar, dass sie schnell handeln musste. Sie packte den Adligen unter den Armen und zog ihn

mühselig von der Straße hinunter in ein kleines Stück Wald hinein. Dann ging sie langsam auf das hellbraune Pferd des Adligen zu, das grasend am Waldrand stand und nahm seine Zügel in die Hand. Erstaunlicherweise schien es völlig unbeeindruckt von dem Szenario zu sein und so vermutete Selene, dass es nicht das erste Mal war, dass das Pferd so etwas miterlebt hatte. Völlig unproblematisch ließ es sich in den Wald führen, in dem Selene es an einem Baum festband. Dann wandte sie sich dem verletzten Ross und dem Toten darunter zu. Noch immer lag das Pferd am Boden, wo es erfolglos versuchte, aufzustehen. Kaum das es Selene erblickte, wieherte es angsterfüllt und sah sie mit weit aufgerissenen Augen an. Es versuchte sie mit den gesunden Beinen zu treten und machte sogar Anstalten, nach ihr zu schnappen. Egal wie sehr sie beruhigend auf das Pferd einsprach, es wehrte sich mit allen Kräften. Also näherte sie sich dem Pferd von der verletzen Seite, von wo aus es sie nicht treten konnte, und legte ihre Hände auf das schweißnasse, seidige Fell. Das Ross wieherte protestierend und im nächsten Moment hatte es sich gesund und munter auf seine Beine gestellt. Sie nutze die Verwunderung des Pferdes und nahm langsam die Zügel in ihre Hand. Es war sogar so perplex, dass es sich ohne Proteste in den Wald führen ließ, wo sie es bei dem anderen Pferd festband. Dann ging Selene zurück und zog den toten Leibwächter ebenso in den Wald. Unterwegs fand sie sein Schwert, das im Unterholz steckte. Unter großen Kraftanstrengungen schaffte sie es, den Leibwächter in seiner schweren Rüstung zum Adligen zu ziehen, und lehnte sich dann keuchend an den Stamm eines Nadelbaumes, die Augen auf die beiden Leichen vor ihr gerichtet. Langsam ließ sie sich zu Boden sinken und als sich ihr Atmen allmählich beruhigte, wurde ihr klar, was sie gerade getan hatte. Ihr wurde kalt und ihr Magen drehte sich um. Sie wandte sich ab und übergab sich. Zitternd wischte sie sich den Mund ab und sah wieder zu den beiden Leichen. Tränen stiegen ihr in die Augen und sie versuchte krampfhaft, das Weinen zu unterdrücken. Sie hatte Angst, dass der Damm, der tief in ihrem Innern all die Gefühle zurückhielt, brechen würde, sobald sie ihren Tränen nachgab. Sie redete sich ein, dass es keinen anderen Weg gegeben hatte und sie überleben musste. Immer wieder wiederholte sie diese Worte in ihrem Kopf, bis sie sich allmählich nicht mehr ganz so schlecht fühlte und sich zwang,

pragmatisch und logisch nachzudenken. Im Stillen betete sie für die beiden Männer und stand dann mit noch leicht zittrigen Knien auf. Sie stolperte zu den Pferden und löste die Satteltaschen von ihnen. Mit den Taschen ging sie zu den Leichen und räumte alles aus. Es war viel Unnützes und einiges Nützliches dabei. Das, was sie nicht gebrauchen konnte, packte sie in zwei Bündel und legte sie unter einen Baum. Dann scharrte sie etwas Erde und Äste darüber. Die Münzen und Kleider behielt sie. Die letzten beiden Taschen waren noch halb gefüllt mit trockenem Brot, Dörrfleisch, Obst und Nüssen. Sie inspizierte die beiden Trinkschläuche, von dem einer voller Wasser und der anderer noch halb gefüllt war mit Wein. Anschließend drehte sie sich den Leichen zu und zögerte einen Moment.

»Entschuldigt«, murmelte sie leise, ehe sie beide nach brauchbaren Gegenständen absuchte.

Sie fand einen kleinen Geldbeutel bei dem Adligen und jede Menge Schmuck, doch wagte sie es nicht, ihn ihm abzunehmen. So nahm sie nur das Geld heraus, sandte ein weiteres Gebet an den Mondgott und bedeckte danach die Leichen mit Ästen, Laub und etwas Erde. Schließlich entkleidete sie sich bis auf ihre Unterwäsche und die lederne Hose. Sie schlüpfte in den schweren Waffenrock und zog die lange Weste darüber. Dann streifte sie die dicken Wollsocken über und glitt in ihre Stiefel. Sogleich wurde es ihr wärmer und ein wohliger Seufzer entwich ihren Lippen. Sie säuberte ihren Dolch und steckte ihn zurück an seinen Platz an ihrem unteren Rücken. Anschließend richtete sie ihre schmutzigen Bandagen neu und schnitt die noch feuchten blutbesudelten Stellen heraus. Zuletzt zog sie ihren Umhang wieder an und vergrub den Rest ihrer blutverschmierten Kleidung. Sie packte die Satteltaschen und die Trinkbeutel und ging zu den Pferden zurück. Als Bestechung gab sie ihnen je einen Apfel, die sie schnell annahmen, und band dann alles auf das dunkelbraune Pferd. Zügig inspizierte sie auch die eingerollten Decken an den Sätteln und war erfreut, wie dick und wärmespendend sie waren. Zuletzt führte sie die Rösser zurück auf den Weg und sah unweigerlich auf die Stelle, an der die beiden Männer den Tod gefunden hatten. Auf dem Weg waren noch die Blutspuren zu erkennen und auch der Sturz des Pferdes hatte Spuren auf der festgetretenen Erde hinterlassen. Aber

Selene hoffte, dass mit dem nächsten Regen alles fortgeschwemmt werden würde. Das hellbraune Pferd des Adligen wurde wieder etwas nervös, doch bevor es realisierte, wo es war, war Selene auch schon auf seinen Rücken geschwungen. Zwar war sie schon lang nicht mehr auf einem Pferd geritten, jedoch war ihr das Gefühl vertraut. Sie band die Zügel des dunkelbraunen Rosses an ihrem Sattel fest und drückte dann die Fersen zusammen. Zuerst schien das Pferd sich nicht bewegen zu wollen, doch schließlich beugte es sich dem neuen Reiter und trabte los. So verging eine Weile, bis sie sich wieder an das Reiten gewöhnt hatte. Dann jagte sie mit den beiden im Galopp den Weg entlang, bis der Mond hell am Himmel stand und auch Selene eine Pause brauchte. Sie führte die Pferde in den Wald, band sie dort fest und schlief eingewickelt in zwei Decken unter einem Baum ein.

Die nächsten vier Tage wich Selene Menschen aus und kam dank der schnellen und ausdauernden Pferde zügig voran. Immer wieder kontrollierte sie die Himmelsrichtung und ritt so gut es ging gen Nordwesten. Je weiter sie kam, desto kühler wurde es und selbst die dicken Decken konnten die Kälte nachts irgendwann nicht mehr fernhalten. Ein Feuer wollte sie nicht entzünden, aus Angst, entdeckt zu werden. In der Kälte konnte sie nicht schlafen und die Albträume quälten sie jede Nacht, bis sie sich dazu entschloss, das Schlafen aufzugeben. Nach dem vierten Tag gingen ihr schließlich auch die Vorräte zur Neige. Wasser konnte sie glücklicherweise an den vielen Flüssen auffüllen, doch etwas zu essen fand sie kaum. Manchmal fand sie ein paar Nüsse, von denen sie zehren konnte, doch nach weiteren zwei Tagen ohne Schlaf und Essen kam sie an eine Weggabelung, an der sie sich entscheiden musste. Sie konnte ihrem Weg weiter folgen oder abbiegen und im nächsten Dorf die Vorräte auffüllen. Unschlüssig stand sie vor dem Schild, als ihr Magen anfing laut zu knurren und sie erneut ein Zittern befiel. Ohne Nahrung und Schlaf gab es keinen Moment, in dem sie nicht fror. Das hellbraune Pferd schnaubte unter ihr und Selene streichelte beruhigend seine fast schwarze Mähne. Glücklicherweise hatten sie unterwegs Gras essen können und sobald die Pferde müde wurden, versorge Selene sie mit der nötigen Energie. Die Pferde hatten wohl gemerkt, dass es ihnen mit ihr als Herrin besser

erging und blieben selbst ungebunden an ihrer Seite. Schließlich lenkte Selene sie Richtung Dorf und erblickte den Eingang gegen Mittag. Sie stellte sicher, dass ihre Bandagen richtig saßen, und betrachtete das Dorf genauer. Sie konnte hinter der hohen Stadtmauer strohgedeckte Häuser und hier und da Häuser mit Ziegeldächern erblicken. Es waren mehr, als sie angenommen hatte, und das Dorf hatte wohl eher die Ausmaße einer kleinen Stadt, was dann auch die steinerne Stadtmauer erklärte. Zwei Stadtwächter am Eingang des Stadttores waren in silberne Schuppenpanzer gekleidet und beäugten sie schon von Weitem misstrauisch. Vor der Kälte schützend hatten sie dicke Umhänge und Felle um die Schultern, die leicht wippten, als sie zur Seite traten und ihr so den Zugang zur Stadt verwehrten. Selene zügelte ihr Pferd.

»Weswegen blockiert ihr mir den Weg?«, fragte Selene und die Wachen warfen sich einen kurzen Blick zu, eher der größere von ihnen nach vorne trat.

»Weil Ihr nicht die Stadt betreten könnt, Herrin«, antwortete er und ihr fiel auf, dass er sie förmlich ansprach.

Die Wächter mussten wohl der Meinung sein, dass sie adlig war, was man anhand der Pferde gut hätte schlussfolgern können. Nur wusste Selene nicht, ob das gut oder schlecht war.

»Wieso könnt ihr mich nicht einlassen?«

Die Wächter wechselten einen schnellen Blick.

»Ist es wegen meines Äußeren?«, fragte sie und der Blick der beiden reichte als Bestätigung.

Sie seufzte kurz und stieg schließlich von ihrem Pferd ab. Langsam ging sie einen Schritt auf den Wächter zu, aber als dieser ebenso einen Schritt zurückging, blieb sie stehen.

»Ich bin schon lange unterwegs und mein Proviant ist nun verbraucht. Ich will nur meine Vorräte auffüllen und dann weiterziehen«, versuchte sie die beiden zu überzeugen, aber die schüttelten nur ihren Kopf.

»Wir können jemanden, der offensichtlich krank ist, nicht in die Stadt einlassen. Wenn etwas geschieht, wird man die Schuld auf uns schieben«, erklärte der Mann freundlich, doch auch bestimmend.

»Bitte versteht uns, Herrin.«

Selene konnte sehen, dass sie die beiden nicht überzeugen konnte.

Aber womöglich gab es einen anderen Weg. Sie sah an den Wachen vorbei durch das Stadttor und konnte dahinter eine belebte Kleinstadt mit mehreren geöffneten Schenken und Wirtshäuser erkennen.

»Nun gut. Wie wäre es damit?«, sie kramte in der gestohlenen Geldbörse und zog vier Goldmünzen hervor.

Die beiden Wachen bekamen Stielaugen und gingen sogar einen halben Schritt auf sie zu.

»Ich gebe Euch die Münzen und ihr kauft für mich Proviant ein und etwas für meine Pferde. Wenn ihr mir alles Nötige kauft, gebe ich Euch nochmals so viele Goldmünzen.«

Selenes Magen knurrte laut.

»Und ich habe gesehen, dass es hinter dem Stadttor ein Wirtshaus gibt. Bringt mir etwas Warmes zu essen und zu trinken, dann werde ich eine weitere Münze darauflegen.«

Mit ausgestreckter Hand zeigte sie ihnen die schimmernden Münzen und sie konnte die Gier in den dunkelgrauen Augen der beiden Männer sehen.

»Was sagt ihr?«

Die zwei wechselten einen schnellen Blick und nickten.

»Gut, dies können wir für Euch tun. Doch werft die Münzen bitte auf den Boden. Dann werden wir Eure Wünsche erfüllen.«

Innerlich verdrehte Selene die Augen darüber, dass die beiden sie nicht einmal berühren wollten, und so warf sie die vier Münzen den beiden zu Füßen. Mit einem Tuch nahmen sie die Münzen in die Hand, putzten sie und anschließend folgte eine kurze Diskussion darüber, wer losginge und wer zurückbleibe und das Tor weiter bewachte. Der größere von ihnen verlor die Diskussion und blieb beim Tor, während der andere schnell loslief. Selene setzte sich auf einen Stein und wickelte sich in eine der großen Decken ein, in der Hoffnung nicht mehr allzu sehr zu frieren. Es dauerte auch nicht lange, bis der andere mit einer Schale Eintopf und aufgewärmtem Wein zurückkam und das Essen in einigem Abstand auf den Boden stellte. Dann eilte er erneut davon, um den Proviant zu besorgen. Selene stand schnell auf, nahm den Eintopf und den warmen Wein, setzte sich wieder und begann, das Essen zu verzehren. Die Wärme tat unendlich gut und die Kälte wurde langsam aus ihrem Körper vertrieben.

Der Wein fuhr in jedes ihrer Glieder und wärmte auch den noch so entlegensten Ort. Sie kam nicht drum herum, zufrieden zu lächeln und am Ende die Schale mit dem Löffel auszukratzen.

»Danke«, murmelte sie gesättigt und stellte Becher und Schale bei sich ab.

»Es ist schon etwas her, dass ich etwas Warmes gegessen habe.«

»Ihr seid also schon länger unterwegs?«

Selene nickte und sie brauchte einen kurzen Moment um sich die förmlichen Wörter in ihr Gedächtnis zu rufen. Sie sah, wie er die Pferde begutachtete und dann sein Blick über sie glitt.

»Das sind sehr schöne Rösser«, meinte er und Selene horchte auf.

Sie wusste nicht, wie bedeutend der Adlige gewesen war oder wie bekannt seine Reittiere waren.

»Das sind sie. Es sind treue Seelen, die mich auf meinem Weg begleiten.«

»Und wohin wird Euer Weg Euch führen?«

Selene seufzte gespielt und stütze sich mit den Armen auf dem Felsen ab. Nicht weit entfernt von ihrer Hand war der Dolch, der ihr Sicherheit gab.

»Ich bin auf der Suche nach meinem untreuen Ehemann, dem ich das zu verdanken habe.«

Der Mann nickte verständnisvoll und murmelte: »So ein Bastard!«

»Richtig. Mein besagter Ehemann ist Richtung Nord-Westen abgehauen, zusammen mit einem unbekannten Soldaten, der schwarze Rüstung trug. Ihr wisst nicht zufällig, wo ich so jemand auffinden könnte?«

Der Mann überlegte kurz, schüttelte dann aber seinen Kopf.

»Nein, Herrin. Ich bin erst seit ein paar Jahren in dieser Stadt, daher kenne ich die umliegenden Städte und Dörfer nicht. Doch könntet Ihr die Frage dem anderen Wächter stellen. Er ist hier geboren und aufgewachsen.«

Schnelle Schritte ließen beide sich umsehen und da kam auch schon der andere Wächter mit einem großen Sack über seinen Schultern herbeigeeilt.

»Ah, gerade haben wir über dich gesprochen, Netsroth«, meinte der Wächter, als der Mann mit dem Namen Netsroth den Sack ein paar Schritte entfernt von Selene abstellte und sich den Schweiß vom Gesicht wischte.

»Über mich?«, fragte er verwundert und ging etwas zurück, während Selene den Inhalt des Beutels ausräumte.

»Die Herrin ist auf der Suche nach ihrem Ehemann, der ihr das angetan und sie dann verlassen hat. Er war wohl in Begleitung eines Soldaten mit schwarzer Rüstung. Weißt du vielleicht, woher der Soldat gekommen sein könnte?«

Selene sah hoffnungsvoll auf und beobachtete Netsroth, der sich nachdenklich den braunen Stoppelbart kratzte.

»Die einzigen Soldaten, die ich kenne und die auf die Beschreibung passen, sind die von Fürst Schwarzhand.«

Selenes Herz setzte einen kurzen Schlag aus.

»Ihr kennt sie?«, fragte Selene und stand langsam auf.

»Die Rüstungen der Soldaten des Fürsten sind mit schwarzgefärbtem Leder bezogen. Man könnte also schon sagen, dass es schwarze Rüstungen sind.«

»Wo finde ich diesen Fürsten?«

Netsroth streckte seine Hand aus und zeigte gen Norden.

»Ungefähr drei bis vier Tage zu Pferd in diese Richtung. Der Fürst wohnt in der Schwarzburg. Zu ihren Füßen werdet Ihr das Dorf Schwarzdorf finden«, erklärte er und Selene hätte vor Dankbarkeit fast geweint.

Ihr war klar, dass es womöglich nicht die Soldaten waren, die sie suchte, allerdings war das zumindest ein Anfang.

»Danke«, hauchte sie mit einem kleinen Lächeln und packte dann zügig die Brote, Dörrfleisch und -fisch und Obst in die Satteltaschen der Pferde. Er hatte ihr sogar einen Beutel mit Wein besorgt und Gemüse für die Pferde.

Abermals nahm sie vier Goldmünzen aus ihrer Börse und legte sie auf den Boden mit den Worten: »Hier die versprochenen Münzen.«

Sie schwang sich auf das hellbraune Ross und sah gerade noch, wie die beiden freudestrahlend die Münzen putzten.

»Gehabt Euch wohl, Herrin«, sprach der Wächter und beide verbeugten sich leicht vor ihr.

Selene nickte ihnen zu, wendete die Pferde und galoppierte eilig gen Norden. Sie konnte es kaum fassen, dass sie endlich einen Hinweis hatte, dem sie nachgehen konnte, und so ritt sie weiter, mit Hoffnung in ihrem

Herzen. Die Wege begannen anzusteigen und die Berge wurden stetig schroffer, während die Kälte immer mehr zunahm. Bald konnte sie nicht nur nachts ihren Atem sehen und nach drei Tagen zu Pferd fing es sogar an zu schneien. Die dicken Schneeflocken bedeckten den Boden und das letzte Grün der Nadelbäume.

Selene versorgte die Rösser unterwegs mit Energie, damit sie nicht rasten mussten, aber sie selbst gönnte sich auch keine Pause. Oft war sie bereits auf dem Rücken der Pferde eingedöst und mehr als einmal war sie dabei abgerutscht. Sie konnte froh sein, dass sie sich heilen konnte, sonst hätte sie ernsthaften Schaden davongetragen. Doch spürte sie jeden Tag mehr, dass der Schlafmangel an ihr nagte und sie mit offenen Augen manchmal abdriftete. Hin und wieder sah sie ihren Bruder auf sich zu rennen, der dann beim nächsten Blinzeln verschwand. Auch schienen die zwei getöteten Männer sie aus der Ferne zu beobachten, doch im nächsten Atemzug waren sie schon nicht mehr da.

Selene konnte sich nicht dazu bringen, zu schlafen. Egal ob sie wach war oder schlief, sie konnte keine Ruhe finden. Also hielt sie daran fest, die Zeit zu nutzen und weiter zu reiten. Nach einem weiteren Tag auf dem Rücken des hellbraunen Pferdes erreichten sie eine kleine Anhöhe und vor ihr erstreckte sich ein Tal. Sie zügelte das Pferd und sah auf das große Dorf mit den vielen dunklen Dächern hinab, aus dessen dunklen Schornsteinen weißer Rauch quoll. Hinter dem Dorf erhob sich auf düsterem Felsen eine Burg aus schwarzem Gestein, die sich solide und uneinnehmbar in den grauen Himmel reckte und auf den ersten Blick nur über eine breite Brücke begehbar war.

»Das ist wohl die Schwarzburg«, raunte Selene und das hellbraune Pferd unter ihr schnaubte laut.

»Dann werde ich wohl herausfinden, ob ich hier richtig bin.«

Sie ließ die Rösser die Anhöhe Richtung Dorf hinunterschreiten und tauchte wieder in den schneebedeckten Wald ein. Kurz danach erreichte sie eine Weggabelung, die ihr Gewissheit verschaffte, dass sie richtig war. Das Schild wies das Dorf als Schwarzdorf aus und so lenkte sie die Pferde ab vom Weg, weg vom Dorf. Nachdem sie etwas weiter geritten war, stieg Selene ab und führte die Pferde in den Wald hinein, bis sie den Weg nicht mehr sehen konnte. Sie hatte viel Zeit gehabt, darüber nachzudenken,

was sie als Nächstes tun sollte, und sie war sich sicher, dass sie mit ihrem bandagierten Körper Probleme bekommen könnte. Sie musste hoffen, dass es auch anders funktionierte.

Mit klammen Fingern schaffte sie es, ein winziges Feuer zu entfachen, das sie aber schnell wieder auspustete. Dann entfernte sie ihre Bandagen von Händen, Füßen und Gesicht und wickelte die saubersten von ihnen um ihr halbes Gesicht, so dass ein Auge und eine Augenbraue verborgen waren. Mit der Kohle vom Feuer zog sie vorsichtig ihre sichtbare Braue nach und färbte auch ihre schneeweißen Wimpern schwarz. Aus der Nähe würde man sehen, dass diese weiß und nicht blond waren. Anschließend band sie ihren Schal erneut gründlich um ihre Haare und schlug die Kapuze tief in ihr Gesicht. Sie betrachtete ihr Spiegelbild in dem kleinen Handspiegel und war zufrieden. Selene packte die Überreste in ein Tuch und verstaute es tief in ihrer Tasche. Dann führte sie die Pferde wieder auf den Weg zurück und ritt Richtung Dorf. Ohne die Bandagen fühlte sie sich seltsam nackt und als sie das Dorf betrat, waren ihr die vielen Blicke unangenehm. Unweigerlich zog sie ihre Schultern nach oben und wagte es nicht, die Menschen direkt anzusehen.

Unter dem Rand der Kapuze lugte sie hervor und betrachtete das Dorf, das sie auf der breitesten Straße durchritt. Die Häuser waren aus einer Mischung aus dunklem Gestein und Holz gebaut. Die halbdunklen Dächer schienen aus dünnen Steinplatten zu bestehen und wären nicht die vielen hellen Laternen gewesen, welche die Straße beleuchteten, wäre es ihr sehr bedrückend vorgekommen. Sie folgte der breiten Straße immer weiter, bis sie merkte, dass sie direkt zur Burg führte. Gerade wollte sie die Pferde zügeln, als ihr Soldaten entgegenkamen, die munter miteinander diskutierten und lachten. Es war, als wären die Soldaten aus ihren Albträumen gestiegen. Unzählige Male hatte sie immer wieder mit ansehen müssen, wie sie ihren Bruder getötet hatten, und nun waren sie direkt vor ihr. Selene erstarrte. Ihr Herz schlug panisch in ihrer Brust und der Drang, sie für Sulis büßen zu lassen, so wie für all ihre Clanmitglieder, war unerträglich. Doch sie passierten Selene, ohne sie eines Blickes zu würdigen. Sie atmete tief ein und der Wirbel in ihrem Kopf legte sich ein wenig. Langsam löste sie ihre verkrampften Finger von den Zügeln und zwang sich ruhig ein- und auszuatmen. Leicht schüttelte sie ihren Kopf und ignorierte den

Drang, sich umzudrehen und die Soldaten noch an dieser Stelle zu töten. Stattdessen konzentrierte sie sich auf das Wesentliche.

Selene hob ihren Blick und suchte nach einer Bleibe, die sie relativ schnell fand. Ein großes Schild mit der Aufschrift »Zum Schwarzhof« ragte in die Straße hinein, auf der auch ein Trinkglas und Lebensmittel abgebildet waren. Selene zügelte die Pferde und begutachtete die Herberge, die komplett aus schwarzem Stein gebaut war und sich über zwei Stockwerke erhob. Hinter den kleinen Fenstern brannten hier und da Lichter und im Erdgeschoss befand sich eine große Eingangstür. Es gab auch ein Tor, das durch das Haus ging und als Selene hinein lugte, konnte sie einen Innenhof erkennen, in dem Stallungen für Pferde waren. Sie lenkte ihre Rösser durch das Tor und wurde sogleich von einem Stalljungen in Empfang genommen.

»Seid gegrüßt, Herrin«, sprach er, als Selene die Pferde zügelte und dann abstieg.

»Sei auch du gegrüßt!«

Sie überreichte ihm die Zügel.

»Seid Ihr auf der Durchreise oder werdet Ihr hier die Nacht verbringen, Herrin?«

»Voraussichtlich werde ich die Nacht hierbleiben«, antwortete sie dem schmächtigen Jungen, der sich erneut verneigte.

Der Junge band die Pferde an einem Pfosten fest, während Selene sich unter dem Rand der Kapuze unauffällig umsah. Im unteren Bereich waren Stallungen für die Pferde angebracht worden, während sich darüber vermutlich die Gästezimmer befanden, die alle ein oder mehrere Fenster besaßen. Hinter den Vorhängen brannte teils Licht, obwohl es gerade erst einmal Vormittag war. Doch der Himmel war wolkenverhangen und die dicken Schneeflocken fielen unaufhörlich.

»Wenn Ihr mir bitte folgen würdet, Herrin«, sagte der Junge mit seiner dünnen Stimme und Selenes Mundwinkel zuckten nach oben.

Wie auch schon die Stadtwächter nahm der Junge an, dass sie wohlhabend war. Das hatte sie wohl alles den wunderschönen Pferden zu verdanken. Sie folgte dem Jungen zurück zum Tor und durch eine Hintertür traten sie in die Gaststätte ein. Warme, abgestandene Luft schlug ihr entgegen, die geschwängert war von dem Geruch von Fleisch und

Alkohol. Selene zog die Kapuze tiefer ins Gesicht, als sie dem Jungen weiter in den geräumigen Raum aus dunklem Holz folgte. Seitlich befand sich der Tresen, hinter dem ein Mann im mittleren Alter mit erheblicher Leibesfülle stand und sein Gespräch mit einem Gast unterbrach, als sich der Junge näherte. Er nickte ihr freundlich zu, wobei sie sah, wie seine Augen sie wachsam musterten.

»Seid gegrüßt, Herrin«, sprach er freundlich und mit heller Stimme, die gut zu seinem glatten Gesicht passte.

»Seid gegrüßt«, antwortete Selene und kam etwas näher.

»Wollt Ihr die Nacht bei uns bleiben?«

Sie nickte und trat gänzlich an den Tresen.

»Vielleicht auch mehr als nur eine Nacht. Ist das möglich?«

»Natürlich! Wir haben noch Zimmer frei. Soll ich für Euch ein Bad einlassen?«

Bei seinen Worten musste Selene schmunzeln. Sie hatte sich seit Ewigkeiten nicht mehr gewaschen und vermutlich konnte er das riechen.

»Das wäre nett. Ich bin seit langer Zeit unterwegs und würde mich über heißes Wasser freuen.«

»Möchtet Ihr auch etwas speisen, Herrin?«

Schon allein bei seinen Worten knurrte ihr Magen.

»Ja, das möchte ich. Könnt Ihr es auf mein Zimmer bringen lassen?«

»Selbstverständlich«, meinte er mit einem gewinnbringendem Lächeln und gab dem Jungen ein Handsignal, der sogleich davoneilte.

»Ich nehme an, dass Ihr zu Pferd unterwegs seid?«

»Ja, um die beiden Pferde muss sich auch gekümmert werden.«

Sie legte vier Silbermünzen auf den Tisch.

Anhand der runden Augen, die der Wirt bekam, nahm sie an, dass es reichte.

»Sagt mir Bescheid, wenn Ihr mehr Münzen benötigt«, sprach sie und er nickte eilig, während er die Münzen schnell verschwinden ließ.

»Ich lasse Euch auch etwas zu trinken hinaufbringen.«

Der kleine Junge kam außer Atem zurück und nickte dem Wirt zu, bevor er wieder nach draußen verschwand.

»Und nun zeige ich Euch Euer Zimmer, Herrin. Wenn Ihr mir bitte folgen wollt.«

Er zog einen Schlüssel unter dem Tresen hervor und bedeute ihr, ihm zu folgen.

So folgte sie ihm am Tresen vorbei, zwei Treppen nach oben und steuerte dann mittig im Gang eine Tür an. Wie schon in der Gaststätte war hier alles aus Holz und die Dielen knarrten leise unter ihren Füßen. Geräuschvoll öffnete er ihr die Tür und ließ diese nach innen schwingen.

»Die Damen werden gleich mit dem heißen Wasser kommen«, erklärte er mit einem Blick auf den noch leeren Zuber, der seitlich im Raum stand und auf dessen Rand Handtücher lagen.

Selene trat ein und sah sich aufmerksam um. Im hölzernen Raum befand sich ein großzügiges Bett, welches sich weich anfühlte und unter ihrem Druck leicht federte. Ansonsten gab es nur noch einen kleinen Beistelltisch, auf dem eine Öllampe Helligkeit spendete, einen Kleiderschrank und einen simplen Tisch mit zwei Stühlen und Waschschüssel.

»Der Abort befindet sich am Ende des Ganges. Wenn Ihr noch irgendwelche Fragen habt, so zögert nicht«, meinte er mit glänzenden Augen, verneigte sich und verschwand.

Sie hörte, wie sich seine schweren Schritte entfernten und dann die Treppe hinuntergingen. Im selben Moment ertönten kleine, leisere Schritte und als sie aufsah, stand der Stalljunge in der Tür, beladen mit ihren Satteltaschen und Decken. Vorsichtig legte er alles beim Tisch ab und wollte gerade gehen, als Selene ihn aufhielt.

»Kannst du noch etwas für mich tun?«, fragte sie schnell und trat näher an ihn heran, »Kannst du mir vielleicht ein Nachthemd und Kleider zum Wechseln leihen? Meine Kleider sind während der Reise unbrauchbar geworden«, erklärte sie und der Junge strahlte sie an.

»Sicher werde ich für Euch etwas finden, Herrin«, antwortete er und seine Augen wurden kugelrund, als sie ihm eine Kupfermünze zusteckte.

»Habt Dank!«, rief er, verneigte sich tief und eilte dann aus ihrem Zimmer.

Gerade, als Selene die Türe schließen wollte, kamen drei rundliche Damen mit großen Kübeln auf ihren Köpfen auf sie zu und Selene ließ sie ein. Sie füllten den Zuber mit dem dampfenden Wasser und mit einem Nicken bedankte sich Selene bei ihnen. Dann zog sie endlich die Türe zu und schloss von innen ab. Schnell zerrte sie die dicken Vorhänge zu und

zog sich komplett aus. Mit einem wohligen Seufzer ließ sie sich ins heiße Wasser sinken und öffnete ihre schneeweißen Haare. All den Dreck und Schweiß schrubbte sie mit Seife und einer Bürste von ihrem Körper. Dann lehnte sie sich zurück und ließ ihren durchgefrorenen Körper auftauen. Sie blieb so lange in dem Wasser, bis es mehr kühl als warm war und raffte sich mit einem tiefen Seufzer auf. Sie trocknete sich gründlich ab, schlang ein Handtuch um sich und das andere um ihr Haar, während sie ihre dreckigen Kleider in den Zuber schmiss. Ein wohliger Geruch von Braten drang in ihre Nase. Vorsichtig schloss sie ihre Tür auf und lugte nach draußen. Vor ihrer Tür stand ein großes Tablett mit Fleisch, Brot und Kartoffeln, dazu ein Krug Wein und Wasser. Mit einer Hand zog sie das Tablett in ihr Zimmer und entdeckte ein Kleiderbündel daneben. Selene machte sich nicht die Mühe, das Tablett zum Tisch zu tragen, sondern aß das Essen auf dem Boden sitzend. Es schmeckte so vorzüglich, dass ihr beinahe die Tränen kamen. Selbst der saure Wein schmeckte in dem Moment köstlich. Leise summte sie, kratzte mit dem Brot die Bratensaftreste aus der Schüssel und stürzte den letzten Schluck Wein hinunter. Dann wusch sie ihre Kleider und hängte sie mit einem Gestell, das sie im Schrank gefunden hatte, über den Zuber. Schließlich öffnete sie das Bündel und zog ein gefüttertes Nachthemd hervor, sowie ein schlichtes blaues Kleid, das dick gewoben war und ihr genügend Wärme spenden würde. Schnell schlüpfte sie hinein, kämmte sich dann die verfilzten Haare und stieg in das gut gefederte Bett. Sie drehte die Ölflamme auf ein Minimum und sie war so ausgelaugt, dass sie sofort traumlos einschlief.

Langsam wachte sie aus ihrem heilsamen Schlaf auf und sah sich verwirrt um. Da kam erst die Erinnerung des vergangenen Tages zurück und Selene ließ sich in ihr Kissen sinken. Für einen kurzen Moment genoss sie die angenehme Wärme, schwang sich jedoch dann aus dem Bett und sah nach draußen. Noch immer schneite es und es hatte sich bereits eine dicke Schneeschicht gebildet, die alles freundlicher erscheinen ließ. Selene sah zum wolkenverhangenen Himmel und bemerkte, dass es noch immer hell war. Unweigerlich fragte sie sich, wie lange sie geschlafen hatte. Schnell wusch sie sich, schlüpfte dann in ihre klamme

Unterwäsche und zog darüber das dicht gewobene, blaue Kleid mit den langen Ärmeln und dem dicken Rollkragen. Die Wollsocken waren zum Glück schon trocken und sie glitt in ihre Lederstiefel, bevor sie ihr Haar an ihren Kopf flocht. Ihren Dolch versteckte sie wieder an ihrem unteren Rücken. Dann verband sie erneut ihr halbes Gesicht und ihren Kopf und starrte für einen kurzen Moment ihr Spiegelbild an. Für einen Augenblick dachte sie an Ares und ihre Kehle schnürte sich zu. Sie spürte, wie all die schmerzhaften Gefühle hochkochten und nur mit aller Kraft konnte sie einen Ausbruch verhindern. Sie wusste, dass sie das, was da in ihr schlummerte, nicht ewig zurückhalten konnte, doch hoffte sie, eines Tages in einer besseren Position zu sein, in der sie ihren Gefühlen nachgeben konnte.

Kontrolliert atmete sie langsam tief ein und aus, bis sie alles wieder tief in sich vergraben und die aufkommende Panik verdrängt hatte. Erneut färbte sie sich die Augenbraue und Wimpern schwarz und wickelte ihre Haare in den Schal. Ihr war bewusst, dass es auffälliger sein würde, die Kapuze stets aufgesetzt zu lassen, und hoffte, dass niemand ihr den Schal vom Kopf riss. Mit einem Seufzen raffte sie sich auf und begab sich nach unten in die Gaststätte. Es waren nicht viele Menschen an den Tischen und jene, die es waren, sahen alle müde oder verschlafen aus. Somit schätzte Selene, dass es noch früh am Morgen sein musste. Demzufolge hatte sie wohl sehr lange geschlafen. Sie setzte sich an den Tresen, an dem bereits der Wirt stand und sie fröhlich anlächelte.

»Ich hoffe, Ihr hattet eine geruhsame Nacht, Herrin. Möchtet Ihr frühstücken?«

»Ich habe gut geschlafen, danke der Nachfrage und ja, ich würde gerne etwas essen.«

Er verschwand durch eine Hintertür in einen angrenzenden Raum.

Es dauerte auch nicht lange, als er mit einem Schneidebrett voller Brot, Aufstrichen, sowie diversen Wust- und Obstsorten zurückkam und ihr noch einen Krug Wasser dazu reichte. Sie dankte ihm und aß schnell das köstliche Frühstück. Ihr fiel jedoch auf, dass er sie zu mustern schien, und fragend sah sie ihn an.

»Was ist mit Euch geschehen, Herrin?«, fragte er und seine Augen wanderten abschätzend über ihre Bandagen.

Selene kaute kurz noch zu Ende und nahm ein Schluck Wasser, ehe sie gespielt zögerlich antwortete. »Nun, wie Ihr vielleicht schon bemerkt habt, komme ich aus gehobenen Kreisen.«

Bei seinem Nicken bestätigte sich Selenes Verdacht.

»Ich war jemanden versprochen worden, der einen wesentlich höheren Stand hatte.«

Der Wirt lehnte sich neugierig nach vorne und seine glitzernden Augen hingen an ihren Lippen.

»Doch ich rechnete nicht mit einer besonders hintertückischen Neiderin, die ihn für sich wollte. So übergoss sie mich mit kochendem Öl und verbrannte mir das halbe Gesicht.«

»Nein, wie furchtbar«, raunte der Wirt.

»Es war ungemein furchtbar, da sie es als Unfall darstellte und mir so niemand glaubte, dass es Absicht war.«

»Was für eine miese Frau!«

»Ihr sagt es.«

»Und was ist danach geschehen?«

»Nun«, Selene nahm einen weiteren Schluck Wasser.

»Mit meinem entstellten Gesicht konnte ich ihn nicht mehr heiraten und wurde verstoßen, als ich versuchte, ihnen klarzumachen, dass ich hintergangen wurde.«

»Oh nein!«,

»Oh doch, und deswegen bin ich auf der Suche nach einem Heiler, der mir die Narben nehmen kann.«

Selene senkte ihre Stimme und rutschte etwas näher zum Wirt.

»Ich hörte, dass ein Fürst hier in der Gegend eine Mondfrau besitzt.«

Selene beobachtete ganz genau das Gesicht des Mannes, aber zu ihrer Überraschung hellte sich sein Gesicht auf.

»Da habt Ihr aber Glück«, meinte er und lehnte sich auf seinen Armen auf den Tresen ab.

»Der Fürst, von dem Ihr sprecht, das ist Fürst Schwarzhand.«

»Er besitzt eine Mondfrau?«

»Oh ja. Erst vor wenigen Wochen gelang es ihm, mehrere Mondfrauen in seinen Besitz zu bringen. Ich denke, dass er inzwischen aber nur noch eine oder zwei besitzt.«

»Was ist mit den anderen passiert?«, fragte Selene, bemüht, ihre Stimme ruhig zu halten.

»Ich weiß es nicht ganz genau, aber ich habe von Soldaten gehört, dass sich fast alle Mondfrauen im Verlies umgebracht haben. Die Leibgarde war behilflich, all die Leichen hinauszutragen und zu verbrennen.« Selenes Herz sackte nach unten. Übelkeit machte sich in ihr breit.

»Aber es gibt Überlebende?«, fragte sie fast im Flüsterton und der Wirt nickte bestätigend.

»Ein oder zwei gibt es gewiss noch. Vielleicht wird der Fürst Euch eine Audienz gewähren, wenn Ihr das nötige Gold habt. Womöglich lässt er Euch sogar heilen.«

Selene wusste, dass er nur aufbauend sein wollte, und so zwang sie sich, ihm zuzulächeln, und aß den Rest des Frühstücks, das ihr nicht mehr schmeckte. Dann zog sie sich in ihr Zimmer zurück und sobald sie die Tür hinter sich verschloss, sackte sie zu Boden. Zitternd umklammerte sie ihre angezogenen Beine und wiegte sich leise wimmernd vor und zurück. Sie kämpfte gegen den Schmerz an und versuchte, nur daran zu denken, dass es noch nicht sicher war, ob ihre Familie tot war. Allerdings wusste sie nun, dass ein Großteil der Frauen ihres Clans nun nicht mehr lebte. Die lachenden Gesichter der Frauen, mit denen sie aufgewachsen war, zogen vor ihrem geistigen Auge vorbei, mit der Gewissheit, sie nie wieder zu sehen. Selenes Magen drehte sich um und sie erbrach sich in ihren Nachttopf. Zitternd rollte sie sich auf dem Boden zusammen und biss sich in ihren Arm. Das dämpfte die Schreie, die tief aus ihrer Seele emporstiegen. Sie raufte sich mit der anderen Hand ihre Haare und ihre Fingernägel krallten sich schmerzhaft in ihr Fleisch. Doch keine körperlichen Schmerzen vermochten die in ihrem Inneren abzumildern. Immer wieder zwang sie sich, an die Gesichter ihrer Mutter und Großmutter zu denken. Sie konnte erst aufgeben, wenn sie wusste, wer noch am Leben war. Zwanghaft kontrollierte sie ihre Atmung und ließ dann langsam von ihrem blutigen Arm ab. Es brauchte eine ganze Weile, bis sie auch den Schmerz unter Kontrolle hatte. Tief atmend lag sie auf dem Boden und fragte sich im Stillen, wie viel Elend sie noch ertragen konnte. Sie wusste allerdings nicht, was mit ihr geschehen würde, wenn keine der beiden mehr am Leben war.

Schwerfällig raffte sie sich auf und sah in ihr verheultes Spiegelbild. Die Asche hatte sich auf ihrem kompletten Gesicht verteilt und Selene starrte die schwarzen Spuren auf ihrer hellen Haut an. Dann wusch sie sich gründlich ihr Gesicht und erneuerte ihre Färbungen. Langsam atmete sie tief ein und aus und warf sich erst ihren Umhang über, als sie sicher war, ihre Gefühle wieder einigermaßen unter Kontrolle zu haben. Sie durfte nicht in aller Öffentlichkeit zusammenbrechen, sonst würde man sie entdecken und wer weiß, was dann geschehen würde.

Sie zog ihren Umhang fest um ihre Schultern und eilte nach unten, hinaus in den Schnee. Erneut fielen dicke weiße Flocken vom Himmel und Selene war froh über den Grund, ihre Kapuze aufzusetzen. Es war bereits Mittag und viele Menschen waren auf den Straßen, die ihrem täglichen Geschäft nachgingen. Keiner schien sie zu beachten und so wandte Selene sich der großen Straße zu und ging in Richtung Burg. Es dauerte nicht lang, bis das Dorf in einem Platz endete und sich vor ihr die Burg erhob. Unweigerlich blieb Selene stehen und besah sich die Festung vor ihr. Vom Platz aus zog sich eine breite Brücke zur Burg, die auf einer Anhöhe thronte. An einen mächtigen Hauptturm schmiegten sich schmälere Türme, die von einer hohen Mauer geschützt wurden. Sie machte einen uneinnehmbaren Eindruck und die schwarzen Steine, aus der die Burg gebaut war, verstärken das einschüchternde Gefühl nur noch. Ihr Blick wanderte über die breite Brücke und blieb bei den schwarz gerüsteten Soldaten hängen, die den Eingang bewachten. Erneut wurde es Selene schlecht und kalter Schweiß rann ihr den Rücken hinunter. Sie hielt sich an einer Hauswand fest und unterdrückte den Drang, sich zu übergeben. An ihre Familie denkend raffte sie sich wieder auf und begann auf wackeligen Beinen auf die Soldaten zuzugehen. Mehrmals kniff sie sich in die Seite, um bei klarem Verstand zu bleiben, und zwang sich selbst dann weiter zu laufen, als die Soldaten sie bemerkten. Ihre dunklen Augen beobachteten sie, wie sie immer näherkam und ihr dann mit ihren langen Lanzen den Weg versperrten.

»Haltet ein«, sprach der rechte und musterte sie von Kopf bis Fuß.

Selene musste die Panik unterdrücken, um nicht wie ein kleines Kind davonzurennen.

»Seid gegrüßt«, sprach sie, bemüht ihre Stimme fest klingen zu lassen.

»Ich möchte um eine Audienz bei Herrn Schwarzfürst bitten.«

Der linke Soldat lachte auf und sah sie grinsend an.

»Wer möchte das in diesen Zeiten nicht«, meinte er abfällig und sein Blick blieb an ihren Bandagen hängen.

»Wir können nicht jeden einlassen, der geheilt werden möchte.«

»Ich habe Gold«, meinte Selene schnell, doch der rechte Soldat winkte lachend ab.

»Wir haben unsere Befehle, keine Bettler einzulassen. Gleich, von welchem Stand sie kommen mögen oder wie viel Besitztümer sie uns versprechen.«

»Hört zu, edle Herrin«, meinte nun der linke Soldat abfällig, »Ihr seid nicht die Erste, die von der Mondfrau geheilt werden möchte. Wir können Euch nicht Zutritt gewähren, gleich wie viel Gold Ihr uns geben möget. Wenn wir Euch einlassen, wird das unsere Hände kosten, deswegen müsst Ihr, wie alle anderen, warten.«

»Warten?«

»Ja, in zwei Wochen wir es eine öffentliche Audienz geben. Jeder, der das nötige Gold besitzt, kann an dem Tag zum Fürsten kriechen und ihn um Heilung bitten. Vielleicht gewährt er sie Euch, je nachdem, was Ihr bereit seid zu geben.«

Seine Augen wanderten lüstern an ihr herunter. Selene kroch der Ekel in die Glieder.

»Also belästigt uns nicht weiter und kehrt in zwei Wochen wieder zurück.«

Sie wurde fortgeschickt und Selene sah ein, dass sie so nicht an den Soldaten vorbeikommen konnte. Sie wandte sich ab und spürte die abwertenden Blicke in ihrem Rücken, bis sie in eine der Seitengassen abbog. Dann lehnte sie sich gegen eine Hauswand und brauchte einen Moment, um sich wieder zu fassen. Als sie sich etwas beruhigt hatte, musste sie sich eingestehen, dass sie ihren Plan ändern musste. Sie könnte zwar zu der Audienz gehen, allerdings wäre das Risiko sehr hoch, entdeckt zu werden. Zu viele neugierige Augen wären dann auf sie gerichtet, also brauchte sie eine andere Option.

Selene stieß sich von der Hauswand ab, durchlief die Gasse und verließ das Dorf. Sie fand einen Waldweg, der sich an den Hängen entlang zog,

und folgte diesem, stets darauf bedacht, in Blickweite der Burg zu sein. Immer wieder blieb sie stehen und studierte die Burg, die bei der Umrundung genauso uneinnehmbar blieb, wie ihr auch schon der erste Eindruck gezeigt hatte. Die steilen Felsen, auf denen sie gebaut war, gingen beinahe nahtlos in die Burgmauer über, die sich mehrere Manneslängen gerade nach oben zogen. Selbst die wenigen Abwasser- und Müllschächte waren mit dicken Stäben vergittert und boten ebenso keine Angriffsfläche. Frustriert über die solide Bauweise der Burg setzte sich Selene gut verborgen in den Wald und studierte das Kommen und Gehen der Soldaten. Sie hatte die Hoffnung, dass sie erkennen konnte, wann sie die Schichten wechselten und ob es vielleicht einen Moment gab, in dem das große Eingangstor unbewacht blieb. So verharrte Selene an Ort und Stelle und beobachtete jede Bewegung. Dank des hellen Schnees waren die schwarz gekleideten Soldaten gut auszumachen und je länger Selene verweilte, desto besser wurde sie durch den fallenden Schnee verborgen. Allerdings wurde ihr auch schnell unendlich kalt und abermals war sie froh, dass die Kälte sie nicht dauerhaft schädigen würde. Selene blieb, bis es dämmerte und kehrte erst in der Dunkelheit zurück, um sich in einem heißen Bad aufzuwärmen.

Am nächsten Tag stapfte sie erneut in den Wald, darauf bedacht, nicht beobachtet zu werden, und verbarg sich so gut es ging im Wald zwischen Ästen und Schnee. An diesem Tag schneite es wieder stärker und ein kalter Wind fuhr zwischen die Bäume, so dass Selene schon nach kurzer Zeit ihre Glieder kaum mehr spürte. Sie knetete ihre schmerzenden Finger, als sie plötzlich ein Knirschen hinter sich hörte. Alarmiert wollte sie aufspringen, als zwei Arme hinter ihr hervorschossen. Eine Hand hielt ihr den Mund zu, während die andere ihre Arme fest umschlungen hielt.

20. Kapitel

Panik wallte in Selene hoch und sie wollte nach der Hand beißen, doch ihr Widersacher hielt sie so fest, dass sie nichts tun konnte.

»Beruhigt Euch«, raunte eine tiefe Stimme hinter ihr.

Sofort hörte Selene auf sich zu wehren und ihr Herz hämmerte in ihrer Brust. Ihr kam die Stimme bekannt vor. Eine Bewegung ließ sie aufblicken. Vor ihr stand eine große Person, gekleidet ganz in Grau und in seinen behandschuhten Händen hielt er das Ende einer Kette, die um seinen Hals lag. Als Selenes Blick auf sein Gesicht fiel, entfuhr ihr ein leises Wimmern.

»Sie ist es«, sprach Chiron und der Mann hinter ihr ließ seine Arme sinken.

Langsam drehte sie sich um und sah in Ares' Gesicht. In Selene zerbrach etwas und mit einem Schluchzen umarmte sie ihn. All die unterdrückten Tränen strömten aus ihr heraus, während sie sich an ihn klammerte und er sie an sich drückte.

Erst als sie keine Tränen mehr hatte, die sie vergießen konnte, beruhigte sie sich allmählich und löste sich von Ares, der ihr die ganze Zeit beruhigend den Rücken getätschelt hatte. Mit dem Ärmel ihres Kleides trocknete sie ihr Gesicht und sah abwechselnd Ares und Chiron an, der neben Ares in die Hocke gegangen war. Bei dem Anblick der beiden fühlte sie sich so glücklich wie schon lange nicht mehr. Plötzlich drehte sich Chiron ab und hustete schwer in seine Armbeuge.

»Chiron?«, fragte Selene mit noch belegter Stimme und beäugte ihn genauer, als er sich wieder zu ihr umdrehte.

Seine Augen wirkten glasig und seine helle Haut war blasser und wächserner als zuvor. Ihr Blick schnellte zu Ares und auch bei ihm konnte sie das Gleiche sehen. Schnell legte sie ihre Hände an ihre Wangen und spürte, dass sie schwer krank waren. Beide glühten unter ihrer Haut und Selene war erstaunt, dass sie sich überhaupt auf den Beinen halten konnten. Sofort heilte sie beide, die erleichtert einatmeten.

»Was tut ihr hier und wieso seid ihr so krank? Was ist mit den anderen? Sind sie gesund und munter?«, platze es Selene heraus.

»So viele Fragen. Ich denke allerdings, dass dies nicht der richtige Ort ist«, meinte Chiron mit seinem typischen Lächeln, das für Selene Balsam für ihre Seele war.

»Habt ihr eine Unterkunft?«, fragte Selene, die beide mit einem Kopfschütteln verneinte.

»Dann kommt mit«, meinte sie und stand auf.

Ihre Füße waren eingeschlafen und beinahe wäre sie gestürzt, wenn Ares sie nicht aufgefangen hätte. Er war ihr wieder so nah und seine Augen waren so blau wie der wolkenlose Himmel. Ihr Herz wollte ihr aus der Brust springen und da realisierte sie erst, wie sehr sie ihn vermisst hatte. Mit einem dankenden Lächeln trat sie einen Schritt nach hinten und führte die beiden zurück auf den schmalen Weg. Dort war ein schwarzes Pferd angebunden, das an seinem braunen Sattel drei Rucksäcke hängen hatte. Einer davon kam ihr schlagartig bekannt vor.

»Ihr habt ihn mitgenommen?«, fragte sie verblüfft und starrte auf ihren Rucksack.

»Wir konnten ihn schlecht zurücklassen«, meinte Ares.

Beinahe hätte Selene gelächelt, als sie mit der Hand über ihren Rucksack fuhr. Zusammen hatten sie viel erlebt und sie war unheimlich froh, ihn wieder bei sich zu wissen.

»Immerhin gehört er Euch«, stimmte Chiron ihm zu und trat dann etwas näher an Selene heran, »ich nehme an, dass Ihr mit der Farbe Eure Wimpern und Brauen verdecken wollt. Nicht wahr?«

»Wie immer hast du vollkommen recht«, antwortete sie.

»Nun haltet still, Eure Farbe ist ein wenig verschmiert.«

Sobald sie sich nicht mehr bewegte, murmelte er leise und konzentriert. Selene spürte ein leichtes Kribbeln auf ihrer Haut, doch dann trat Chiron wieder zufrieden zurück.

»Nun ist es wie zuvor.«

»Danke«, hauchte sie aus tiefstem Herzen.

»Dann lasst mich euch zur Unterkunft bringen.«

Sie begleitete die beiden den Hang hinunter zum Dorf, während Ares das schwarze Pferd führte. Alle zogen ihre Kapuzen tief ins Gesicht und Selene hoffte, dass sie nicht mehr Aufmerksamkeit auf sich zogen als nötig. Es half, dass es immer noch schneite und die meisten eilig ihres

Weges gingen. Wie schon zuvor übergab sie das Pferd dem Stalljungen und als sie alle wieder ihre Rucksäcke schulterten, hätte Selene bei dem vertrauten Gewicht auf ihrem Rücken beinahe gelächelt. Durch die Hintertür betraten sie die Gaststätte und sie bedeutete den beiden, im Hintergrund zu bleiben, während sie auf den Tresen zuging. Der Wirt lächelte sie fröhlich an und Selene schlug lächelnd ihre Kapuze zurück.

»Seid gegrüßt, Herrin. Wie kann ich Euch helfen?«

»Habt Ihr noch zwei Zimmer frei? Am besten irgendwo bei mir in der Nähe?«, fragte sie und der Wirt hob seinen Blick.

Er begutachtete die beiden Gestalten hinter Selene, die noch immer nicht die Kapuzen abgezogen hatten.

»Es sind gute Freunde von mir«, meinte Selene und senkte dann ihre Stimme.

»Der eine ist ein ehemaliger Leibwächter und der andere ein Berater meines Vaters.«

Die Augen des Wirts funkelten wieder wissbegierig und beugte sich leicht zu ihr herunter.

»Sind sie bekannt?«, fragte er im Flüsterton und Selene nickte verschwörerisch.

»Beide sind bedeutende Gestalten in den gehobenen Kreisen. Deswegen schenkt ihnen bitte keine Beachtung.«

Heimlichtuerisch schob sie ihm eine Goldmünze zu, die er schnell vom Tresen verschwinden ließ.

»Selbstverständlich, meine Herrin«, sagte er und zog zwei Schlüssel aus der Schublade.

»Die zwei Räume links zu den Eurigen sind noch frei.«

»Habt Dank«, raunte sie und ließ die Schlüssel geheimnistuerisch in ihrem Ärmel verschwinden.

»Bitte bringt genug Essen und Trinken auf mein Zimmer. Die beiden haben einen langen Weg hinter sich.«

»Gewiss, in den Zimmern wird sich auch genug Wasser befinden, damit sie sich gründlich erfrischen können.«

Dankend nickte sie ihm zu, drehte sich um und bedeutete ihnen, ihr zu folgen. Schnellen Schrittes gingen sie nach oben und Selene gab ihnen die Schlüssel zu ihren Zimmern.

»Ihr könnt Euch erst einmal erfrischen und dann zu mir kommen.«
Sie deutete auf die Tür nebenan.

»Der Wirt wird gleich etwas Warmes zu essen und trinken hochbringen lassen.«

Beide nahmen die Schlüssel dankend an und Ares musterte sie kurz, ehe er eintrat und Selene auf ihr Zimmer ging. Dort ließ sie den Rucksack zu Boden gleiten und unterdrückte die Freudentränen, die unweigerlich in ihr aufstiegen. Sie hatte so viele Fragen und war so unendlich dankbar, dass die beiden nun hier waren. Dann nahm sie eilig den Schal um ihren Kopf und die Bandagen ab, ehe sie die Kohle aus ihrem Gesicht wischte. Eilig erfrischte sie sich und überprüfte ihr Aussehen im Spiegel. Kurz erwog sie, ihre Haare anders zu flechten, verwarf den Gedanken aber schnell wieder. Ein Klopfen an ihrer Tür ließ sie aufhorchen.

»Wer ist da?«, fragte sie laut und ging zur Tür.

»Das gewünschte Essen, Herrin«, ertönte eine dumpfe Frauenstimme hinter der Tür.

»Lass es vor der Tür stehen, ich hole es gleich herein!«

»Wie ihr wünscht, Herrin.«

Ein Rumpeln ertönte, dann Schritte, die sich eilig entfernten. Für einen Moment lauschte sie noch, doch konnte sie nichts weiter hören. Zur Sicherheit wickelte sie ihren Kopf halb in den Schal ein und öffnete erst dann die Tür. Sie lugte den Gang und die Treppe entlang, sah jedoch niemanden. Gerade, als sie die Tabletts hereinziehen wollte, öffnete sich eine Tür und Selene sah erschrocken auf. Es war aber nur Chiron, der in seinem Mantel auf den Gang getreten war.

»Puh, du hast mich ganz schon erschreckt«, gestand Selene und Chiron half ihr lächelnd die Tabletts hineinzutragen.

Sie waren voll beladen mit Braten in brauner Soße, einem großen Leib dunklen Brotes, gekochten Kartoffeln und Bergen von Gemüse. Mehrere Karaffen von Wein und Wasser waren dazwischen gequetscht worden. Erneut ertönten Schritte und als Selene aufsah, stand Ares in der Tür. Sie konnte nicht umhin, ihn anzustarren. Unter seiner Kapuze lugte sein blondes, noch feuchtes Haar hervor. Die hochgeschlossene, dunkelblaue Weste spannte sich über seinem breiten Brustkorb und schmeichelte seinen blauen Augen. Das dicke Hemd entblößte seine wohl geformten

Arme und darunter trug er eine Lederhose sowie Stiefel. Sein Schwert hing an seiner Seite und allein sein Anblick reichte, damit sie sich sicher fühlte.

»Ares, bringt bitte noch den Stuhl aus Eurem Zimmer mit«, trug Chiron ihm auf und er verschwand wieder aus ihrer Sicht, während die beiden die Tabletts auf den Tisch stellten.

Selene schalt sich, dass sie sich von ihm so leicht aus der Fassung bringen ließ. Sie vergewisserte sich, dass die Vorhänge gut zugezogen waren und drehte dann das Licht der Öllampe auf. Da kam Ares auch schon zurück und stellte seinen zu den anderen zwei Stühlen. Selene verschloss die Tür hinter ihm und wickelte sich schließlich den Schal vom Kopf. Auch die anderen beiden legten ihre Umhänge ab und Selene musste den Drang unterdrücken, eine Strähne seines Haares hinter sein Ohr zu schieben. Sie alle setzten sich und griffen nach dem Essen. Selbst Chiron langte zu und sie konnte erahnen, dass es den beiden hier nicht gut ergangen war.

»Es tut gut, euch beide wieder zu sehen, aber was ist passiert, nachdem ich hier drüben angekommen war?«, fragte Selene endlich.

»Wie geht es den anderen?«

»Nun, nachdem wir es geschafft hatten, aus der Falle zu entkommen, haben wir gesehen, dass dieses Spinnenwesen tot war und Ihr uns verlassen hattet«, begann Chiron.

»Wir nahmen an, dass Ihr vermutlich von dem Wesen durch das Tor geschleudert worden seid. Euer Dolch und der Rucksack waren nämlich noch auf unserer Seite.«

»Ja, das wurde ich. Nie hätte ich euch auf diese Art und Weise allein gelassen.«

Die beiden nickten, als hätten sie dies auch schon vermutet gehabt.

»Wurde jemand verletzt?«

»Manche hatten ein paar Prellungen und Schürfwunden, aber nichts, worüber Ihr Euch Sorgen machen müsstet«, meinte Ares.

»Es war auf jeden Fall eine große Hilfe, dass das Spinnenwesen bereits beseitigt war.«

Selene konnte sich ein kleines Lächeln nicht verkneifen. Sie war froh, dass es den anderen gut ging und sie ihnen eine Hilfe sein konnte.

»Und dann?«

»Danach sind wir zurück zum Wasserfall gegangen und haben dort etwas gerastet.«

»Und dort haben dann auch die anderen, insbesondere Gladim, gefragt, was nun mit Euch geschehen würde. Also erzählte ich, was Euch womöglich erwarten würde. Ich besitze nur Fragmente des alten Grauen und das, was Ihr uns bereits berichtet habt, doch zusammen gaben sie uns eine Vorstellung darüber, wie es hier sein mochte.«

»Dann entschieden Chiron und ich, dass wir umkehren und Euch folgen würden«, meinte Ares und sah Selene gerade aus in die Augen.

»Aber warum?«, hauchte sie und es war Chiron, der antwortete.

»Wir alle«, und dabei richteten sich seine grauen Augen auf sie, »wollten Euch nicht allein lassen. Wir alle wollten Euch unterstützen und helfen, so wie ihr uns geholfen habt. Nicht, weil wir es Euch nicht zutrauen würden, hier allein zurecht zu kommen, sondern weil wir uns alle um Euch sorgen. Wie hätten wir zurück segeln können, mit dem Wissen, dass Ihr hier in Gefahr seid? «

Selene stiegen die Tränen in die Augen und ihr wurde es ganz warm ums Herz. Leicht schniefend tupfte sie sich mit dem Ärmel die Augenwinkel trocken und wagte es nicht mehr, die beiden direkt anzusehen, aus Angst, sofort weinen zu müssen.

»Ich soll Euch von den anderen grüßen«, raunte Ares mit seiner tiefen Stimme und Selene konnte ihre Tränen nicht länger zurückhalten.

Sie vergrub ihr Gesicht in den Händen und die beiden warteten geduldig, bis sie sich wieder unter Kontrolle hatte.

»Danke«, murmelte sie und wischte sich erneut das Gesicht trocken.

Tief atmete sie ein und trank einen großen Schluck Wein.

»Und dann seid ihr hier angekommen«, fuhr Selene fort und die beiden nickten.

»Wir fanden eine Blockhütte und nahmen uns die Kleider von der Wäscheleine und das Pferd. Keine Sorge, die Besitzer wurden reichlich entlohnt.«

Doch bei Chirons Worten musste Selene belustigt lächeln.

»Auch ich habe Kleidung von einer Wäscheleine genommen. Ich frage mich, ob es dieselbe war.«

 350

Ares musste schmunzeln und nahm ebenso einen großen Schluck von seinem Wein. »Ah genau, wie habt ihr mich eigentlich gefunden?«, fragte Selene und sah beide stirnrunzelnd an.

»Dank dem hier«, antwortete Chiron und zog aus seiner Kleidung seine Halskette hervor.

Daran hing ein halber Kieselstein. Selene legte ihre Hand auf ihren Brustkorb und konnte darunter das Gegenstück der Halskette spüren. Sie hatte sie nicht einen Moment lang abgelegt.

»Ich erzählte Euch, als ich Euch die Halskette gab, dass ich Euch damit jederzeit finden würde, gleich wo Ihr verborgen sein werdet. Ich nahm an, dass Ihr sie selbst auf dieser Seite nicht ablegen würdet. Zum Glück hatte ich recht«, meinte er und lehnte sich zufrieden zurück in seinen Stuhl.

»Aber was wäre, wenn ich sie abgelegt hätte?«, fragte Selene leise, mit der Hand noch immer an ihrer Halskette.

»Dann hätten wir Euch ebenso gefunden. Es hätte nur länger gedauert«, antwortete Ares und als sie ihn ansah, konnte sie den Ernst in seinem markanten Gesicht sehen.

»Aber ihr wart schon krank, als ihr mich gefunden habt. Sehr viel länger hättet ihr nicht durchgehalten.«

»Wir kannten das Risiko«, versuchte Ares sie zu besänftigen, jedoch war das für Selene keineswegs beruhigend.

»Ihr hättet sterben können«, meinte sie, doch Chiron legte nur seinen Kopf leicht schief.

»Wie Ares bereits sagte, kannten wir das Risiko. Durch die Erinnerungen des Grauen wusste ich, dass nur die Mondfrauen auf beiden Seiten existieren können. Hätten wir Euch nicht gefunden, wären wir durch das Tor zurückgegangen. So lange hätte ich uns am Leben halten können.«

»Ihr seid so unvernünftig«, brummte Selene, war im selben Moment aber unendlich dankbar, egal wie egoistisch ihr das schien.

Ares und Chiron hingegen grinsten bei ihren Worten und sahen sich belustigt an, während Selene bei dem Anblick nur den Kopf schüttelte.

»Was ist mit Euren Markierungen geschehen?«, fragte plötzlich Ares und die Augen der beiden Männer richteten sich auf Selene.

Ihr war klar, dass nun sie an der Reihe war. Auch wenn sie sich davor ein wenig fürchtete.

»Schon allein mit meinen weißen Haaren errege ich Aufmerksamkeit. Die Tattoos haben es nur noch schlimmer gemacht. Also schnitt ich sie mir aus meinem Gesicht und vergrub sie im Wald.«

Sie konnte aus dem Augenwinkel sehen, wie Ares zusammenzuckte, jedoch nichts sagte. Als sie einen Blick wagte, war sein markantes Gesicht versteinert.

»War das, nachdem Ihr die Kleidung entwendet habt?«, fragte Chiron

»Ja, und ich wusste anhand der Sternenbilder, wo das Tor zurück war. Also bandagierte ich meinen Körper und machte mich auf den Weg.«

»Ihr bandagiertet Euren Körper?«

»Ja, das macht man hier so, wenn man die Frauenkrankheit besitzt.«

»Frauenkrankheit?«, fragte nun auch Ares.

»Es ist eine sehr spezielle Krankheit. Männer bekommen sie nicht, können aber andere Frauen damit anstecken. Typischerweise stecken sich Männer damit an, wenn sie ein Freudenhaus besuchen und danach wieder zurück zu ihren Ehefrauen gehen. Nicht bei allen Frauen bricht sie aus, wenn sie es jedoch tut, wird die Frau auf Lebzeiten entstellt. Die Haut wirft blutige Blasen und hinterlässt hässliche, tiefe Narben. Manchmal fallen auch die Haare und Zähne aus. Eine Heilung gibt es nicht und die Betroffenen werden meist von der Gesellschaft ausgestoßen. Man ekelt sich vor ihnen, da sie als unrein gelten, obwohl sie nicht ansteckend sind, solange man nicht mit ihnen schläft. Die Krankheit gibt es schon seit langem und wir Frauen haben im Clan beigebracht bekommen, dass wir das zu unserem Vorteil ausnutzen können, wenn wir allein unterwegs sind.«

»Das ist schlau von deinem Clan«, kommentierte Ares und Selene konnte sich ein verlegenes Lächeln nicht verkneifen.

»Deswegen wurde ich auf meinem Weg auch kaum aufgehalten.«

»Aber Ihr wurdet aufgehalten«, unterbrach Chiron und als Selene seinem Blick folgte, sah sie, wie er die Satteltaschen musterte.

Auch Ares musste die Satteltaschen gesehen haben, denn weder wirkte er überrascht, noch nahm er den Blick von ihr.

»Ja das wurde ich«, gab Selene zögerlich zu und knabberte nervös an einem Stück Brot herum.

»Ein Adliger und sein Leibwächter waren der Meinung, dass infizierte

Frauen, wie ich in dem Moment eine war, tot besser dran wären.«

Selene unterbrach sich selbst und sah die Bilder der zwei Leichen wieder deutlich vor ihrem inneren Auge.

»Also brachtet Ihr die beiden um?«, fragte Chiron in einem sanften Ton.

»Ja. Ich nahm von ihnen, was ich brauchte, und versteckte die Leichen im Wald«, gab Selene endlich zu und wagte nicht, die beiden anzusehen.

»Und dann?«, fragte Ares und sie war froh, dass sie ihre Tat unkommentiert ließen.

»Dann ritt ich mit den zwei Pferden in den Nord-Westen. Irgendwann ging mir das Essen aus und nachdem ich versuchte, ohne auszukommen, musste ich schließlich doch anhalten. Die zwei Stadtwächter ließen mich zwar nicht in die Stadt, kauften mir aber Nahrung und Proviant für den Weg. Von ihnen erfuhr ich auch, wo ich die schwarzen Soldaten finden kann. Mein einziger richtiger Anhaltspunkt«, murmelte Selene und seufzte tief.

»Deswegen wart Ihr so schnell unterwegs. Wir kamen nicht sehr viel später nach Euch hier an und doch hattet Ihr einen großen Vorsprung.«

»Das lag vermutlich zum einen an den Pferden und zum anderen daran, dass ich kaum geschlafen habe.«

»Wieso habt Ihr nicht geschlafen?«

Selene zögerte für einen Moment, ehe sie wahrheitsgemäß antwortete: »Ich sah zu viele schlimme Dinge, wenn ich die Augen schloss.«

Einen kurzen Moment herrschte Stille und Selene war erneut froh, dass sie nicht nachfragten.

»Und dann kam ich in diese Stadt. Ich musste meine Bandagen ablegen, ansonsten hätten sie mich hier nicht rein gelassen. Deswegen spiele ich hier eine wohlhabende Frau, die von Öl verbannt wurde und nun nach Heilung sucht«, schloss sie endlich ab und nahm einen großen Schluck vom Wein.

Wieder wünschte sie sich, dass die Wirkung vom Wein auch bei ihr anschlagen würde.

»Habt Ihr inzwischen schon etwas herausgefunden?«

Selene nickte und nahm noch einen weiteren Schluck.

»Es sind tatsächlich diese Soldaten, die meinen Clan überfallen haben,

und der Fürst hat wirklich Mondfrauen in seinem Verlies. Nur kann ich nicht sagen wie viele. Es haben sich wohl vor kurzem erst fast alle umgebracht. Ich weiß nicht, wer von ihnen noch am Leben ist«, sprach sie es endlich aus und der einbrechende Schmerz schnürte ihre Kehle zu.

Sie spürte, wie ihr Chiron beruhigend den Rücken tätschelte.

»Gebt noch nicht auf. Vielleicht finden wir sie noch«, ermutigte er Selene und sie klammerte sich an diese Hoffnung.

»Habt Ihr noch etwas in Erfahrung bringen können?«, fragte Ares in einem sanften Ton und zog sie wieder in die Wirklichkeit.

»Ja«, meinte sie und richtete sich etwas auf.

»Man kann beim Fürsten keine Privataudienz bekommen, zumindest ich nicht. Es gibt aber in zwei Wochen eine öffentliche Audienz, bei der man mit genügend Gold zum Fürsten gehen und um Heilung bitten kann. Allerdings wird das kaum was bringen, da ich zu auffällig bin. Deswegen habe ich die Burg beobachtet und versucht, eine Schwachstelle zu finden oder wenigstens, wie die Soldaten sich bei ihrem Dienst abwechseln.«

»Und?«, fragte Ares neugierig und lehnte sich nach vorne.

Doch Selene seufzte nur und schüttelte den Kopf.

»Die Burg ist solide gebaut, mit hohen Mauern und vergitterten Schächten. Die Soldaten konnte ich noch nicht lange genug beobachten, um ein Muster erkennen zu können«, erzählte sie ihnen und tunkte ein Stücken Brot in die restliche Soße.

»Das ist alles, was ich weiß«, schloss sie ab und stopfte sich den Bissen in den Mund.

Ares und Chiron starrten auf die leeren Teller und schienen nachzudenken, während sich Selene den nächsten Bissen gönnte.

»Nun, durch unsere Anwesenheit haben sich nun gewisse Dinge geändert«, murmelte Chiron.

»Da hast du Recht«, stimmte sie ihm zu, »allerdings weiß ich nicht, wie es nun weitergehen soll. Wenn ich noch allein gewesen wäre, hätte ich die Soldaten weiter beobachtet und dann hoffentlich einen Weg gefunden, hineinzuschleichen. Ansonsten hätte ich das Wagnis der Audienz annehmen müssen.«

»Das wäre keine gute Idee gewesen«, grummelte Ares.

»Aber immerhin eine Idee«, entgegnete sie und er kniff seine Lippen zusammen.

»Uns fällt gewiss eine Lösung ein. Doch ich bezweifle, dass es heute noch sein wird«, sagte Chiron und mit einem Blick nach draußen bestätigte er, dass es bereits dunkel war.

»Ich werde darüber nachdenken«, sprach er und stand elegant wie immer auf.

Schnell half Selene ihm, das Essen auf den Tabletts zusammenzuräumen, als auch Ares seinen Becher austrank und Chiron seinen Umhang reichte. Während Chiron die Kapuze hochschlug, knetete Selene unruhig ihre Hände und erntete von Ares einen fragenden Blick, der ebenfalls seinen Umhang umlegte.

»Kannst du noch bleiben, Ares? Ich würde dich gerne etwas fragen.«

Ares hielt inne und zog dann seinen Umhang wieder aus. Chiron räumte Wein und Wasser wieder vom Tablett und Selene schloss ihm die Tür auf. Mit einem Nicken verabschiedete er sich von ihr und glitt hinaus, während Selene die Tür hinter ihm erneut verschloss. Mit hämmerndem Herzen drehte sie sich um und beobachtete Ares, der den Wein in ihre beiden Becher eingoss und sich wieder an den Tisch setzte. Erwartungsvoll sah er sie aus seinen blauen Augen an und nahm einen Schluck, ohne seinen Blick von ihr abzuwenden. Langsam kam sie näher und setzte sich, so nah es möglich war, zu ihm. Sie konnte selbst aus der Entfernung seine Körperwärme spüren und schnell trank sie einen Schluck vom Wein. Er war ihr so nah.

»Was wolltet Ihr mich fragen?«, wollte er wissen und sie konnte seinen Atem auf ihrer Haut fühlen und den Wein darin riechen.

Sie presste fest die Lippen zusammen und konzentrierte sich wieder auf das, worum es hier ging.

»Du … bist doch ein Krieger, nicht wahr?«, fragte sie und ihr Blick glitt von seinem Schwert in sein Gesicht.

»Ich war einst einer«, gab er zu und sie konnte seine Überraschung über ihre Frage und die weitere Neugierde in seinem Gesicht lesen.

»Hast du dann schon einmal einen Menschen getötet?«

Ares Mundwinkel zuckten kurz nach oben, bevor er ernst wurde und einen weiteren Schluck nahm.

»Das habe ich«, raunte er leise.

»Ich habe noch nie Menschen getötet – bis vor kurzem zumindest«, Selene zögerte, doch Ares ließ ihr die Zeit, die sie brauchte, um ihre Gedanken in Worte zu fassen. »Wird es jemals besser?«

»Die Schuld?«, fragte er direkt heraus und sie nickte.

»Obwohl sie mich umbringen wollten, habe ich sie getötet. Ich hätte sie vielleicht auch nur schwer verletzen können oder so«, murmelte sie und schluckte schwerfällig.

»Selene«, sprach er plötzlich vertraulich und sie sah zu ihm auf.

Seine blauen Augen waren so sanft, dass sie beinahe anfing zu weinen.

»Vielleicht hättest du das machen können, vielleicht hätte es auch nichts geändert. Womöglich wären sie an ihren Verwundungen gestorben, oder eben auch nicht. Hättest du sie nicht getötet, wärst du eventuell wirklich gestorben oder versklavt worden. Möglicherweise hast du mit ihrem Tod ein anderes unschuldiges Leben gerettet oder vielleicht auch nicht«, er atmete tief ein.

»Irgendwann wird es leichter, damit zu leben und dann hören die Was-wäre-wenn-Gedanken von allein auf.«

»Wird es das?«

»Ja, wird es.«

Selene atmete tief ein und nahm einen Schluck Wein.

»Hast du?«, fragte sie zaghaft und ein schiefes Grinsen breitete sich auf seinem Gesicht aus.

»Ob ich schon viele Menschen getötet habe?«

Selene nickte erneut zögerlich und Ares strich sich mit seiner freien Hand durch seine halblangen, blonden Haare.

»Als ich erwachsen war, gab ich Geleitschutz für Waren in den Norden. Wir wurden häufig von wilden Tieren und Räubern überfallen. Damals tötete ich den ersten Menschen und viele sollten noch folgen. Das tat ich für einige Zeit«

»Und wie bist du dann auf das Schiff gekommen?«, fragte Selene neugierig.

»Nun, Glaukos und ich sind im gleichen Dorf groß geworden. Während er früh zur Seefahrt ging und in die Fußstampfen seines Vaters trat, so trat ich in die von meinem. Irgendwann wurde ich dem Ganzen über-

drüssig. Ich mochte zwar das Kämpfen, doch an einem Punkt war ich des Tötens leid. Zur selben Zeit traf ich Glaukos wieder und als ich erfuhr, dass er eine Mannschaft zusammenstellte, nahm er mich, zuerst nur als Geleitschutz, mit. Mir gefiel die Arbeit. Das Meer ist nie gleich, so wie die Menschen und die Wege, die wir nahmen.«

Er trank einen weiteren Schluck vom Wein und Selene hing gebannt an seinen Lippen.

»Eines Tages, als ein Sturm wütete, band ich einen entlaufenen Jungen an der Reling fest. In dem Moment wurden wir hart von einer Welle erfasst und ich ging über Bord. Glaukos sprang, gesichert mit einer Leine, hinterher und rettete mir das Leben.«

Selene raunte beeindruckt und Ares verkniff sich ein Lächeln.

»Bleibst du deswegen bei ihm? Als Lebensschuld?«

»Nein, nicht nur. Zwar war das am Anfang so, allerdings ist das Schiff mein Zuhause geworden und die Mannschaft meine Familie.«

Selene nickte verständnisvoll, musste aber dann unweigerlich an eine Geschichte denken, die ihr in der Spelunke zu Ohren gekommen war.

»Was war das damals eigentlich mit der Frau?«, fragte Selene neugierig und zum ersten Mal sah sie ihn in Verlegenheit.

Er fuhr sich erneut durch die Haare und schenkte sich Wein nach, von dem er einen großen Schluck trank. Selene fragte sich, wie viel Wein er wohl vertrug.

»Nun, ich war jung und es ist schon eine Weile her«, begann er und stockte, doch Selene sah ihn weiter neugierig an, weswegen er fortfuhr.

»Damals hatten wir eine Frau vom Schönen Volk an Bord, die mich umgarnte. Unerfahren wie ich war, fiel ich auf sie herein und wir waren, solange wir an Bord waren, ein Paar.«

Sie konnte sehen, wie sich seine Wangen leicht rötlich färbten.

»Sobald wir jedoch am Zielhafen von ihrem Vater im Empfang genommen wurden, erfuhr er von einem Bediensteten, der sie begleitete, was an Bord zwischen uns vorgefallen war. Sie verleugnete unsere Beziehung und behauptete, dass sie nur mit mir ein Bett geteilt hatte, weil ich sie umgarnt und sie zu viel Angst vor mir hatte, um abzulehnen.«

»So eine dumme Kuh«, kommentierte Selene und verdutzt sah Ares sie an, ehe er in Gelächter ausbrach.

»Wohl war«, sagte er und strich sich die Lachtränen aus den Augenwinkeln.

Dann wurde er wieder ernst und musterte sie.

»Und du?«, fragte er und seine dunklen Augenbrauen wanderten nach oben.

»Was, und ich?«

»Keine verstörenden Geschichten deiner Verflossenen?«

Selene schnaubte laut auf und nahm einen Schluck Wein.

»Im Gegensatz zu dir hatte ich keine Verehrer.«

»Keinen?«, fragte er und Selene verzog das Gesicht.

»Nein, niemanden. Diejenigen, die ich mochte, wollten stets das hübschere, schlankere oder talentiertere Mädchen aus meinem Clan. Mich mochte niemand«, gab sie zu und seufzte leise.

»Ich mag dich«, sprach Ares mit seiner tiefen, rauen Stimme und Selene gefror.

Langsam hob sie ihren Blick und sah Ares aus großen Augen an. Ihr Herz hämmerte in der Brust.

»Was?«, hauchte sie und Ares stellte geräuschvoll den Becher auf den Tisch.

Seine blauen Augen sahen direkt in ihre.

»Ich mag dich«, raunte er erneut und ehe sie sich versah, hatte er sich nach vorn gebeugt und seine Lippen auf die ihren gelegt.

Ihr Herz schien zu explodieren und ihr wurde es abwechseln heiß und kalt. Er küsste sie zärtlich und Selene erwiderte den Kuss. Ihre Arme schlangen sich um seinen Hals und zogen ihn nur noch näher an sich heran. Im nächsten Moment hatte er sie an sich und auf ihre Füße gezogen. Sie drückte sich an ihn und Selene entwich ein wohliges Seufzen, als sie endlich seinen muskulösen Körper so nah an ihrem spürte. Seine Hitze drang durch jede ihrer Poren und ließ sie in Flammen aufgehen. Der Kuss wurde immer intensiver – bis er auf einmal endete. Schwer atmend war Ares ihr noch immer so nah und sie ließ ihre Hände auf seine breite Brust sinken. Er legte seine rauen Hände an ihre Wangen und hob ihren Kopf an.

»Wenn das so weitergeht, werde ich mich nicht mehr lange beherrschen können«, raunte er und eine angenehme Gänsehaut breitete sich auf ihrer Haut auf.

»Wer sagt, dass du das sollst«, entgegnete sie und erntete von ihm ein kleines, raues Lachen.

»Sicher, dass du noch niemanden hattest?«

»Da bin ich mir sehr sicher.«

Er lachte wieder, küsste sanft ihre Stirn und unter seinen Lippen glühte ihre Haut. Dann sah er ihr tief in die Augen und wurde ein wenig ernster.

»Ich habe dich vermisst«, raunte er und Selenes Herz schnellte in die Höhe.

»Ich habe dich auch vermisst«, gab sie zu, stellte sich auf die Zehenspitzen und küsste ihn sanft. »Erst als ich dich hier wiedergesehen habe, wurde mir klar, wie sehr du mir gefehlt hast.«

Er legte seine Wange an ihre Stirn und Selene genoss die Nähe zu ihm. Seine Wärme lullte Selene ein und sie spürte das unbändige Gefühl, darin ertrinken zu wollen. Langsam hob sie ihre Hände und legte sie an seine Wangen. Erneut küsste sie ihn, doch dieses Mal voller Zärtlichkeit und nur zu gern erwiderte er diesen Kuss. Ihre Arme verschränkten sich wieder hinter seinem Hals und sie presste sich an ihn, während er sie noch näher an sich zog. Der Kuss wurde wieder intensiver und das Verlangen, ihm noch näher zu sein, war beinahe unbändig. Bald atmeten beide schwer und Hitze brannte sich durch Selenes Glieder. Ares unterbrach den Kuss und sie sah den Sturm, den Kampf in seinen Augen toben.

»Kämpfe nicht«, raunte sie und legte ihre Lippen fordernd auf seine.

Zuerst zögernd, dann immer forscher wurden seine Küsse und entfachten die Hitze in ihr nur weiter. Selene stöhnte leise und ihre Hände fanden ihren Weg unter seine Kleidung, während ihre bald darauf auf dem Boden lagen. Irgendwie fanden sie den Weg zu ihrem Bett und beide stillten das Verlangen, dem anderen so nah zu sein wie nur möglich.

Selene wachte langsam auf und musste lächeln, als sie realisierte, wo sie war. Ihr Gesicht war an seine breite Brust geschmiegt und seine Arme hatte er um sie geschlungen. Sie schloss wieder ihre Augen und schmiegte sich an seine weiche Haut. Selbst die Albträume, die sie Nacht für Nacht durchlitt, waren in seiner Gegenwart erträglicher und verblassten unter seiner warmen Umarmung und der rauen Stimme, die sie erneut in den Schlaf wiegte. Sie rückte noch näher an ihn heran und klammerte

sich an seinen behütenden, Trost spendenden Körper. Ares atmete tief ein und zog sie noch näher.

»Du bist wach«, raunte er leise und Selene spürte die Vibration seiner Stimme an ihrer Wange.

Unweigerlich musste sie glücklich lächeln und schmiegte sich an seine weiche Haut.

»Du auch«, erwiderte sie und sah zu ihm auf.

Seine blauen Augen sahen in die ihren und ein kleines Lächeln legte sich auf seine Lippen. Langsam beugte er sich hinunter und küsste ihre Stirn. Selenes Herz setzte für einen Augenblick aus und wohlige Wärme breitete sich in ihr aus. Sie wünschte für einen Moment, dass sie für immer hier in seinen Armen liegen konnte. Die Zeit sollte stoppen und ihr den Frieden geben, den sie in der Art noch nie empfunden hatte. Ihr geschundenes Herz fühlte sich nicht mehr so kalt, zerbrochen und verletzt an. Selene schmiegte sich wieder an ihn und lauschte seinem rhythmisch schlagenden Herzen. Er legte seinen Kopf auf ihr Haupt und sie spürte seinen Atem, der sanft über ihr Haar strich. Einen Moment lagen sie so da und Selene verdrängte die Realität, bis sie es nicht mehr konnte. Das Licht, das von draußen durch die Vorhänge fiel, wurde immer heller und sie wusste, dass sie aufstehen mussten. Sie hatte die Pflicht, die Mondfrauen zu retten und dafür mussten sie noch viel bereden und auskundschaften.

»Ich glaube, wir müssen langsam aufstehen. Chiron wird gewiss bald klopfen«, raunte Ares, der ihre plötzliche Angespanntheit gespürt haben musste.

»Das denke ich auch«, murmelte Selene.

Doch dann seufzte sie tief und umarmte Ares noch einmal kräftig.

»Aber ich mag nicht«, sagte sie, drückte ihr Gesicht in seine breite Brust und wiegte sich widerwillig hin und her.

Ares lachte leise und wiegte sich mit ihr hin und her.

»Ich auch nicht.«

Er drückte sie nochmals kräftig, ließ sie dann los und richtete seinen Oberkörper auf. Mit einem Arm stütze er sich ab und strich eine weiße Strähne ihres Haares aus ihrem Gesicht. Selene ließ ihre Augen über sein Tattoo wandern, welches sie noch nie komplett gesehen hatte. Es zog

sich von seinem Haaransatz auf der rechten Seite als breiter Streifen über sein Auge hinunter zum Kiefer, über seinen Hals bis fast hinunter zum Schlüsselbein, von wo aus es immer breiter wurde und sich schließlich über seine rechte Brust, Schulter und Oberarm ausbreitete. Selene fuhr mit ihren Fingerspitzen über die Runen und verschnörkelten Symbole seiner Brust und musste unweigerlich an ihre denken, die nun vergraben im Wald lagen.

»Bist du traurig, dass du deine nicht mehr hast?«, fragte Ares leise und überrascht sah sie zu ihm auf.

Er hatte sie wohl die ganze Zeit beobachtet und sie streckte ihre Hand aus und fuhr durch seine zerzausten, blonden Haare.

»Ich weiß nicht«, gab sie offen zu und strich dann unweigerlich über die Stellen im Gesicht, an denen sie gewesen waren.

»Sie haben immer zu mir gehört. Vielleicht ist es einfach nur ungewohnt.«

Ares nickte und legte sanft seine rauen Hände auf ihre zarte Wange. Leicht lächelte sie und ließ noch einmal ihre Augen über seine schwarzen Tattoos ziehen.

»Woher hast du diese Tattoos? Wenn ich mich recht entsinne, dann hast du vom Letzten Schatten gesprochen.«

Ares atmete tief ein und sein Blick wurde etwas abwesend.

»Ich nehme an, dass dir Chiron grob die Geschichte des Grauen, der zum Letzten Schatten wurde, erzählt hat«, und als sie nickte, seufzte er leise.

»Dieser Graue hatte eine Mutter, die erkrankte. Allerdings war er auf der anderen Seite der Meeresenge und ein heftiger Sturm wütete. Kein Schiff wagte es, in See zu stechen und selbst mit all seiner Redegewandtheit schaffte er es nicht, einen Schiffsherren anzuheuern. Nur ein armer, junger Mann zeigte Erbarmen und wollte ihn übersetzen, doch hatte er keine Mannschaft und nur ein kleines Segelboot. Der Graue nutze jedoch seine Macht und belegte ihn mit einem sehr mächtigen Spruch. Er schenkte ihm die Kraft von mehreren Männern und besiegelte den Spruch mit seinem Blut auf seinem Gesicht. Der Mann stach mit dem Grauen in See und dank der zusätzlichen Kraft ruderte dieser über die stürmische See sicher auf die andere Seite. Das war der erste Gezeichnete.

Der Blutspruch war jedoch so mächtig, dass er sich in all seinen männlichen Nachfahren fortsetzte.«

Selene strich erneut über die schwarzen Muster und konnte kaum glauben, wie machtvoll dieser Graue gewesen war. Noch weniger konnte sie glauben, dass sie es war, die sein Herz herausgerissen hatte.

»Wird der Blutspruch je aufhören?«

»Wer weiß? Vielleicht wird er es eines Tages. Doch wage ich es zu bezweifeln.«

»Wieso?«

»Das war vor vielen hunderten von Jahren und noch immer ist er so stark wie bei meinen Vorfahren«, raunte er und hauchte ihr einen kleinen Kuss auf die Stirn.

Bei der Berührung seufzte sie und schmiegte sich wieder näher an ihn. Ares lachte leise, ehe er die Decke zurückschlug und aufstand. Selene zog die noch warme Decke an sich heran und beobachtete Ares, der nackt seine Sachen vom Boden aufhob und sich Stück für Stück anzog. Bewundernd glitten ihre Augen über all die wohl geformten Muskeln an seinem Körper, an dem es kein Fett zu geben schien, seine breite Brust und seinen noch breiteren Rücken. Gerade, als sie seine Bauchmuskeln bewunderte, drehte er sich um und ihre Blicke trafen sich. Er hielt inne sein Unterhemd anzuziehen und hob fragend einer seiner dunklen Augenbrauen. Das Blut schoss in Selenes Wangen und sie zog sich ertappt die Bettdecke etwas höher. Ares grinste jedoch nur, zog sein Unterhemd an und setzte sich in einer fließenden Bewegung auf die Bettkante. Er zog die Decke von ihrem Gesicht, legte beinahe bestimmend eine Hand an ihren Kopf und küsste sie stürmisch und intensiv. Selenes Brust schien zu explodieren, ein Wirbel in ihrem Kopf ließ sie alles vergessen und eine brennende Hitze rann durch ihren Körper. Wie eine Ertrinkende hing sie an seinen heißen Lippen und im nächsten Moment war es vorbei. Selene schnappte nach Luft und fiel in das Blau seiner strahlenden Augen.

»Ich sollte lieber gehen, bevor ich erneut meine Kleider vom Boden auflesen muss«, raunte er und sie hörte, dass auch er leicht außer Atem war.

»Was wäre daran so schlimm?«, hauchte sie und brachte Ares zum Lachen.

»Aber du hast Recht.«

Sie seufzte leise und biss sich auf ihre leicht geschwollene Unterlippe. Er beugte sich nach vorne und küsste sanft ihre Stirn. Dann stand er auf und zog sich schnell an, während Selene sich langsam aufrichtete und die Decke um sich schlang. Schließlich hatte er sich fertig angezogen und schlug die Kapuze hoch. Selene stand auf, wickelte die Decke gut um sich und tippelte barfuß zur Tür. Mit einem leisen Geräusch drehte sie den Schlüssel darin und machte Ares Platz. Dieser legte seine Hand auf die Türklinke und hielt für einen Moment inne. Er wandte sich ihr zu und küsste sie zärtlich, ehe er die Tür öffnete und nach draußen trat. Selene verschloss die Tür hinter ihm und sank mit zittrigen Knien und mit einem kleinen Lächeln zu Boden. Vor ihrem inneren Auge ließ sie die vergangene Nacht und den Morgen vorbeiziehen und konnte nicht anders, als glücklich zu lächeln.

21. Kapitel

Die nächsten drei Tage verbrachten sie damit, die Burg in wechselnden Schichten auszuspähen. Tausende Pläne wurden geschmiedet und genauso viele wieder verworfen. Da Chiron an ihrer Seite war, gab es unzählige Möglichkeiten, die jedoch an der Umsetzung scheiterten. Auch waren sie zu auffällig, um als Gäste oder dergleichen über den Haupteingang eindringen zu können. Die Wachen wechselten in unregelmäßigen Abständen und machten es für die drei schwieriger, ein Muster erkennen zu können. Das Einzige, das sie feststellen konnten, war der Zeitpunkt, an dem die meisten Bewohner schliefen. Sie durften auch nicht zu lange warten, denn je länger sie warteten, desto mehr waren die Mondmenschen den Gräueltaten der Soldaten ausgesetzt. Am dritten Tag einigten sie sich schließlich und Selene und Ares verbrachten die Nacht, wie schon die Nächte davor, zusammen in ihrem Zimmer. Sie sprachen es nicht an, doch beide wussten, wie töricht ihr Verhalten war. Ares konnte nicht in dieser Welt bleiben. Selene musste die beiden immer wieder heilen, da sie stets erkältet oder fiebrig waren. Sie gehörten nicht hierher und Selene hatte in ihrer Welt ihre Familie und die Clans, zu denen sie jederzeit zurückkehren konnte. Es würde ihnen unwiderrufliches Leid bringen, je länger sie beisammenblieben, doch beiden dürstete es nach der Nähe des jeweils anderen und so verbrachten sie so viel Zeit wie möglich beieinander.

Am nächsten Tag packten sie ihre Habseligkeiten zusammen und verließen in der Abenddämmerung mit den drei Pferden die Gaststätte. Der Wirt hatte sie überschwänglich verabschiedet, nachdem Selene ihn großzügig bezahlt hatte, und sie verließen das Dorf in die Richtung, aus der sie gekommen waren. Dann wendeten sie die Pferde, umrundeten das Dorf im großen Bogen und näherten sich der Burg von hinten. Schließlich stiegen sie ab, wobei Chiron mit Selene ritt, da er nicht gut auf Pferden reiten konnte, und versteckten die Rösser im schneebedeckten Wald. Selene war darauf bedacht, die Pferde gut zuzudecken, da es etwas dauern konnte, bis sie zurückkehrten. Dann nahmen sie einen schmalen Trampelpfad hinunter zu den Felsen, auf denen hoch erhoben die Burg

stand und warteten in einer kleinen Einbuchtung zwischen den Steinen auf den richtigen Moment. Es fing erneut an zu schneien und Selene rückte etwas näher an Ares, der seinen Umhang und seinen Arm um sie gelegt hatte. Hin und wieder brach der fast runde Mond durch die Wolkendecke und warf ein silbriges Licht auf den Schnee, der es hundertfach zurückwarf. Wäre ihr nicht so kalt gewesen, hätte Selene den Anblick gewiss geschätzt. Doch momentan genoss sie nur die Wärme, die von Ares ausging. Stumm warteten sie, bis der Mond seinen Zenit verlassen hatte und die Zeit gekommen war. Dann streckten alle ihre steifen Glieder und begannen den Aufstieg im Schatten der Burg. Sie kletterten über die schneebedeckten Felsen, darauf achtend, weder auszurutschen noch unnötigen Lärm von sich zu geben. Bald gerieten sie ins Schwitzen. Schließlich kamen sie nicht mehr weiter und sie sahen an den Felsen hoch, die eine natürliche Wand bildeten, um dann mehrere Mannslängen höher in die Burgmauer überzugehen. Chiron legte seine dreifingrige Hand auf das Gestein und murmelte einige undeutliche Wörter. Dann drehte er sich um und schüttelte den Kopf.

»Ich spüre nichts«, flüsterte er leise und alle drei sahen zur Mauer hoch.

»Dann versucht es etwas höher«, schlug Ares vor und Chiron ging in die Knie.

Sofort legte Selene ihre Hand auf die seine und als er begann, leise zu murmeln, ließ sie die immense Energie, die er verbrauchte, aus der Umgebung durch sie in ihn fließen. Der Felsen in der Wand verformte sich und bildete schmale Stufen. Der Energiefluss brach ab und sie nahm die Hand von seiner. Beide sahen sich an und Chiron konnte sich ein kleines Schmunzeln nicht verkneifen.

»Faszinierend«, raunte er, während sie wieder aufstanden.

Er ging die Treppe nach oben, wobei Selene und Ares ihm folgten. Nach ein paar Stufen blieb er immer wieder stehen, berührte die Wand und murmelte leise, bis er sich letztendlich dem Gestein vollends zuwandte.

»Hier geht es«, sprach er und Selene schloss schnell zu ihm auf.

Erneut legte sie ihre Hand auf seine, die auf der Wand lag.

»Auseinander… verschiebt Euch«, hörte sie ihn kaum vernehmlich murmeln und im nächsten Moment formte sich ein kleines Loch in dem

Gestein, das rasch größer wurde und schließlich so breit war, dass man hindurchkriechen konnte.

Sie beide senkten ihre Hände und sahen in den Tunnel, der sich vor ihnen geöffnet hatte und dessen Ende sich in Dunkelheit verlor. Selene kroch auf allen Vieren hinein, Ares auf den Fersen. Plötzlich stieß ihr Kopf gegen etwas Weiches und überrascht hielt sie inne.

»Ich brauche Licht. Hier ist etwas«, flüsterte sie nach hinten gewandt.

Im nächsten Moment hatte Chiron eine Öllaterne angezündet, die sie vom Wirt erstanden hatten und gab sie an Ares weiter. Dieser rutschte zu Selene und hob die Laterne an. Vor ihnen befand sich eine Wand aus Säcken. Selene legte ihre Hand auf die Jutesäcke und pikste sie etwas an. Sie gaben mit einem leisen Knirschen nach und Selene warf einen schnellen Blick zu Ares.

»Das sind Kornsäcke«, murmelte sie und auch Ares legte seine Hand an die Säcke und drückte stark dagegen, doch sie regten sich nicht.

»Ein Lagerraum womöglich«, raunte er und gab ihr die Laterne.

Er legte beide Hände auf die Säcke vor sich und sie sah, wie sich sein Tattoo wie lebendig geworden plötzlich blutrot auf seinen Händen abzeichnete. Im selben Moment knirschten die Säcke, bewegten sich ein bisschen und wurden dann auf einmal nach vorne geschoben. Ares schob den ganzen Berg an Kornsäcken vom Loch weg, so dass sie schließlich hindurchsteigen konnten. Selene hob die Laterne und sah in sein Gesicht. Sein Tattoo wurde wieder schwarz und zog sich von seinem gesamten Gesicht in seine unbewegte Form zurück. Weder sah Ares angestrengt aus, noch schwitzte er. Beeindruckt und gleichzeitig besorgt senkte sie die Laterne, die Ares ihr dann wieder abnahm. Selene und Chiron schlossen den Tunnel und Ares führte sie um die Kornsäcke herum in den Raum hinein. Dieser entpuppte sich tatsächlich als eine Art Kornkammer, in der stapelweise Säcke mit Korn gelagert wurden, die bis unter die Decke reichten. Chiron glitt geräuschlos zur Tür und entriegelte diese in weniger als einem Herzschlag. Langsam öffneten sie die Tür, die überraschenderweise gut geölt war und keinen Ton von sich gab. Chiron lugte auf den Gang dahinter und löschte die Flamme der Laterne mit einer schnellen Geste seiner Hand.

»Hier draußen gibt es genug Lichtquellen, lasst uns daher das Öl sparen«, flüsterte er erklärend und als sie auf den Gang traten, konnte Selene erkennen, dass dieser gut mit Wandlaternen ausgeleuchtet war.

Für einen Moment regten sie sich nicht und lauschten nur, doch konnten sie weder Schritte noch andere Geräusche hören, nur ihren eigenen Atem. Dann wandten sie sich nach rechts, da hier der Gang abfiel, und sie vermuteten, dass die Verliese ganz unten waren. Leise, aber zügig gingen sie den Gang immer weiter nach unten, nahmen hier und da ein paar Treppenstufen hinunter, bis sie plötzlich klapprige Schritte hörten. Alle drei hielten an und wie abgesprochen öffnete Chiron blitzschnell den Raum zu ihrer Rechten, damit sie hineinhuschen konnten. Zum Glück war es nur eine Abstellkammer und so warteten sie und lauschten den Schritten durch den Spalt in der Tür. Ares kauerte davor und linste hinaus, bereit zuzuschlagen. Die Schritte wurden immer lauter und Selene sah den Schatten durch den Türspalt fallen, als Ares auch schon reagierte. Abrupt riss er die Tür auf, packte den erschrockenen Soldaten von hinten, hielt ihm den Mund zu und zog ihn in die Abstellkammer. Sie schloss die Tür leise, während Chiron dem Soldaten die Lanze entriss und den Fuß auf den Griff seines Schwertes stellte. Selene kniete sich auf dessen Schienbeine und hielt damit seine Füße still. Der Schein der Laterne erhellte den kleinen Raum und warf Licht auf den Mann zu Boden. Ares hockte hinter ihm und hielt einen Arm um seinen Hals geschlungen, während seine andere Hand seinen Mund fest zuhielt. Er versuchte, sich aus dem Griff von Ares herauszuwinden, doch als er die anderen beiden sah, erstarben seine Befreiungsversuche. Selenes Puls schnellte nach oben, als sie die dunkle Rüstung erblickte. So nahe bei einem schwarz Gerüsteten zu sein, ließ ihr die Galle hochkommen.

»Wir werden Euch nichts tun, solange Ihr nicht schreit, wenn ich meine Hand von Eurem Mund löse«, raunte Ares.

»Wir werden Euch sogar für Eure Informationen bezahlen«, fügte Chiron hinzu und zeigte ihm Goldmünzen, die er auf den Boden in Greifweite gelegt hatte.

Der Soldat sah Chiron aus großen braunen Augen an, dann wanderte sein Blick zu den beiden Goldmünzen auf dem Boden. Er löste eine Hand von Ares Unterarm, griff nach den Münzen und hob sie nahe

an sein Gesicht. Nachdem er gemerkt hatte, dass es echtes Gold war, nickte er sachte und Ares zog seine Hand nach unten, gab ihn jedoch nicht frei.

»Ihr habt eine weise Entscheidung getroffen«, meinte Chiron und kniete sich nieder. »Nun erzählt uns alles, was Ihr über die Mondfrauen in den Verliesen wisst.«

Der Mann, der noch nicht alt sein konnte und eher schmächtig wirkte, sah überrascht zu Chiron auf.

»Ich gebe Euch noch einmal zwei Goldmünzen, wenn Ihr uns alles erzählt.«

»Und wagt es nicht zu lügen. Wir werden es bemerken«, raunte Ares hinter ihm und Selene sah, wie Ares den Unterarm noch etwas enger um den Hals des Mannes zog.

»Das werden wir«, bestätigte Chiron erneut und legte seine Hand auf eine Stelle an dessen Armrüstung, an der er den Stoff des Mannes berühren konnte.

»Wo sind die Mondfrauen?«, fragte Selene leise und der Blick des jungen Mannes wandte sich ihr zu.

Sie spürte, wie sich eine unangenehme Gänsehaut auf ihrer Haut breitmachte.

»Im Verlies, wie Ihr schon sagtet«, bestätigte dieser mit dünner, leiser Stimme und da Chiron nicht widersprach, musste es die Wahrheit sein.

»Wo ist das Verlies?«

»Wenn Ihr den Gang immer weiter hinuntergeht, gabelt er sich irgendwann. Nehmt den rechten Gang, dann werdet Ihr zum Verlies kommen.«

»Gut, und wie viele sind es?«

»Nur noch eine.«

Es war, als hätte man Selene die Luft abgeschnürt. Ihr wurde schwindelig und alles drehte sich.

»Was ist mit den anderen passiert?«, fragte Ares, dessen Stimme wie ein Anker war, der die aufgewirbelten Emotionen im Raum wieder zur Ruhe brachte.

»Nachdem wir die Frauen aus dem Stamm gefangen hatten, wurden sie in das Verlies gebracht. Man wollte sie verkaufen, jedoch starben nach wenigen Tagen alle, außer zwei, abrupt.«

»Warum?«, fragte Chiron dieses Mal.

»Wir hatten alle Frauen gut durchsucht und ihnen das Gift abgenommen, allerdings haben wir bei der Ältesten wohl nicht richtig nachgesehen und sie hatte noch welches bei sich. Ich weiß nicht, warum sie sich erst nach ein paar Tagen alle das Leben nahmen.«

»Sie taten es, damit die letzten Worte jeder einzelnen Frau an ihre Familienmitglieder weitergegeben werden konnten am Tag der Versammlung.«

Selene sah regungslos auf den Boden.

»An der auch du teilgenommen hast«, flüsterte Ares und sie hörte die Bestürzung in seiner Stimme deutlich mitschwingen.

»Ja genau, diese«, bestätigte Selene leise und ihr starrer Blick glitt zu dem Soldaten.

»Was ist danach geschehen?«

Er war bleich geworden und Schweiß lief von seinem Gesicht hinunter. Inzwischen musste er erkannt haben, wen er vor sich hatte.

»Der Fürst war außer sich vor Wut«, begann dieser leise zu berichten und seine Stimme zitterte stark.

»Niemand hätte ihn stoppen können.«

»Erzähl es mir«, forderte Selene ruhig, doch so bedrohlich, dass der Soldat zusammenzuckte.

»Er tötete die alte Frau.«

Selene schnappte nach Luft, als der Schmerz ihr Herz durchbohrte. Ihre Hände krallten sich in die schwarze Rüstung des Soldaten und Tränen tropften ihr an der Nasenspitze hinunter.

»Wie?«, würgte sie die Frage hoch und sah ihn voller Hass an. »Und was haben sie dann mir ihr gemacht?«

Der Soldat wurde noch bleicher und ein heftiges Zittern befiehl ihn.

»Das wollt Ihr nicht wissen«, meinte er, doch Selene griff unter seine Rüstung und umklammerte sein Knie.

Der Soldat keuchte schmerzhaft auf und sah sie voller Angst an.

»Antworte«, fuhr sie ihn an und schließlich gab er nach.

»Sie wurde zerrissen und ihre Einzelteile verbrannt.«

Selene blickte in die braunen Augen des Mannes, der angstvoll in ihre sah. Ihr Herz schien zu zerbrechen. Sie konnte förmlich spüren, wie ihr

die Kontrolle entglitt, doch sie musste noch etwas wissen.

»Was ist mit dem Dorf geschehen, das ihr überfallen habt?«

»Bitte, tötet mich nicht«, wimmerte der Soldat und sah beinahe flehend zu Chiron.

»Wir werden Euch nicht töten«, versicherte Chiron ihm.

Selene umfasste sein Knie noch stärker und sein Blick zuckte wieder zu ihr.

»Sprich!«, verlangte sie und erneut gab er nach.

»Viele Frauen nahmen sich das Leben, als wir kamen. Wir konnten nur einen kleinen Teil einfangen. Die Männer wurden verfolgt und getötet, es blieb keiner übrig.«

Der Schmerz raubte ihr beinahe den Verstand. Blitzschnell biss sie sich in ihren Unterarm und erdrückte den Schrei, der aus der Tiefe ihrer Seele kam. Diesmal half es nicht. All die Qualen, die sie in ihrem Inneren gefangen hatte, brachen auf und überschwemmten sie. Sie riss ihren Kopf in den Nacken und stand dann abrupt auf. Dabei entriss sie dem Soldaten sämtliche Energie. Tot sackte dieser in Ares' Arm zusammen und Selene sah tränenüberströmt auf seine Leiche hinab. Seine Energie flutete ihr Innerstes und sie hatte das Gefühl zu zerplatzen. Wimmernd krümmte sich. Ihr Kopf drohte zu zerbersten. Sie wankte rückwärts, spürte Widerstand und ließ all die überschüssige Energie schlagartig daran entweichen. Es knirschte laut und im nächsten Moment stolperte sie nach hinten. Hart schlug sie mit dem Rücken gegen etwas, doch ihr Kopf klärte sich und die körperlichen Schmerzen verblassten. Nur die in ihrer Seele blieben.

Selene sah auf und stellte fest, dass sie einen Teil des Gesteins pulverisiert hatte. Sie sah in die überraschten Gesichter von Ares und Chiron, ehe sie sich abwandte und so schnell, wie sie konnte, den Gang hinunterrannte. Ohne darauf zu achten, wie laut sie war, rannte sie immer weiter und weiter und immer tiefer und tiefer hinab. Plötzlich wurde sie von den Füßen gerissen und landete schmerzhaft mit dem Rücken auf dem Boden. Der Schmerz zuckte durch ihren Leib und ließ sie nach Luft schnappen. Doch es ging schnell vorüber und Selene rappelte sich geschwind auf, während sie sich umsah. Ihre Hand wanderte zu dem Dolch an ihrem Rücken. Vor ihr war ein schwarz gerüsteter Soldat zu Boden gegangen, der sich gerade

 370

aufrichtete und sie aus dunklen Augen mit schmerzverzerrtem Gesicht ansah. Unbändiger Hass lief heiß durch ihre Adern. Er erkannte sofort, was sie war, und richtete seine lange Lanze auf sie.

»So was, hier ist ja noch eine«, murmelte er und stand, mit einer Hand auf seinem Brustkorb, wackelig auf.

»Und was willst du jetzt tun?«, fragte sie grimmig und ging einen Schritt auf ihn zu, so dass die Lanze ihren Brustkorb berührte.

»Dich bewusstlos schlagen und dann hinab bringen. Mit dir werde ich viel Spaß haben«, meinte er und seine Augen wanderten gierig über ihren Körper.

»Träum weiter«, antwortete sie und zog schnell ihren Dolch.

Im selben Moment griff sie an die Lanze und zog kräftig daran. Geschickt wich sie der Schneide aus und warf ihren Dolch nach ihm. Wie erwartet wehrte er ihn mit seinem Arm ab, aber die Ablenkung hatte gewirkt. Selene schnellte nach vorne, fasste in sein Gesicht und im nächsten Herzschlag, sank er tot zu Boden. Erneut flutete die Energie ihr Innerstes, doch dieses Mal war sie vorbereitet. Die metallene Lanze in ihrer Hand fing an, rot zu glühen und verflüssigte sich. Mit grimmiger Miene stand sie über seinem Leichnam und hörte auf einmal schnelle Schritte hinter sich. Blitzschnell hob sie ihren Dolch auf, jedoch war es nur Ares, der ihr hinterhergesprintet war. Sein Blick schnellte zu dem toten Soldaten am Boden, dem Häufchen geschmolzenem Metall und dann zu ihr. Langsam kam er näher, nicht den Blick von ihr nehmend.

»Hast du ihn getötet?«, fragte er sie leise und kam immer näher, doch Selene wich einen Schritt zurück, ehe er in Reichweite war.

Er blieb stehen und sein Blick glitt kurz zu dem Dolch in ihrer Hand, den sie noch nicht weggesteckt hatte.

»Sie alle haben es verdient«, antwortete Selene hasserfüllt und die Tränen stiegen erneut in ihre Augen.

»Das haben sie. Dennoch sind wir nicht hier, um jeden Einzelnen von ihnen zu vernichten.«

Er kam einen kleinen Schritt näher.

»Erinnere dich an unseren Plan.«

Selene sah ihn starr an und etwas regte sich in ihrem verworrenen, hasserfüllten Inneren.

»Meine Mutter«, hauchte sie und Ares nickte.

»Sie ist hier und braucht deine Hilfe.«

»Ja, sie ist noch am Leben«, raunte Selene und Ares ging einen Schritt näher. Behutsam griff er nach ihrer Hand und nahm ihr den Dolch ab. Selene sah ihm wie betäubt dabei zu und blickte ihn dann fragend an. Er erwiderte ihren Blick, legte seine Hand an ihren Kopf und drückte ihre Stirn sachte an seine breite Brust. Sie spürte, wie sein Herz rhythmisch schlug und die Wärme sie umfing. Der Hass ebbte ab und ließ ihre Gedanken wieder klarer werden. Tränen liefen über ihre Wangen, als sie sich an ihn klammerte. Sanft streichelte er ihren Rücken, bis sie sich langsam beruhigte und er ihr einen Kuss auf ihr Haupt drückte. Dann spürte sie, wie er aufsah, und sie folgte seinem Blick. Chiron hatte die beiden eingeholt und zog den toten Soldaten gegen die Mauer. Er drapierte ihn so, als würde er schlafen. Bei dem Anblick des Leichnams realisierte sie erst, was sie getan hatte und wie leicht es ihr gefallen war. Ein Zittern überkam sie und Ares zog sie nur noch enger an sich.

»Beruhige dich«, sagte er leise zu ihr und strich ihr langsam über den Rücken, »wir müssen weitergehen.«

Selene musste ihm zustimmen. Das war nicht der Moment, darüber nachzudenken. Sie atmete tief ein, versuchte, ihren Kopf zu klären, und nickte dann Ares zu, der ihr prüfend in die Augen sah. Er küsste ihre Stirn und steckte ihren Dolch wieder zurück in die Scheide.

»Gehen wir«, sprach Ares an die beiden gewandt, die ihm zunickten.

Dann wandte er sich ab und ging zusammen mit Chiron zügig, aber leise die Treppen weiter nach unten. Selene folgte ihnen und es dauerte nicht lange, bis sie zu einer vergitterten Tür kamen, die Chiron im Handumdrehen aufsperrte. Auch die nächste Tür öffnete Chiron problemlos, doch dann kam ein Soldat aus einem der abzweigenden Gänge und sah die drei Einbrechenden verblüfft an. Bevor er auch nur etwas sagen konnte war Ares nach vorne geschnellt, hatte ihn an seiner Kehle gepackt und ihm mit einem lauten Knacken das Genick gebrochen. Anschließend ließ er ihn leise zu Boden sinken und betrat eilig den Gang, aus dem der Soldat gekommen war. Rufe schallten aus dem Raum und als Selene über den toten Soldaten stieg, verstummten diese so schlagartig, wie sie erklungen waren. Selene sah in den Gang hinein, der schnell

endete und auf dessen Boden drei tote Soldaten lagen. Ares wischte gerade seine durchscheinende, blutige Klinge an einem Lappen ab und steckte sie wieder an seine Seite. Der Gang war mehr wie ein lang gezogener Raum, in dessen Wände hölzerne Türen mit vergitterten Fenstern eingelassen worden waren. Ohne etwas zu sagen, teilten sich die drei auf und sahen durch jedes Gitter, doch sie fanden keine Mondfrau. Also verließen sie wieder den Raum und gingen weiter, als sich der Weg gabelte und sie den rechten nahmen.

»Was zum…«, ertönte vor ihnen eine Stimme.

Ein schneidendes Geräusch, gefolgt von einem Schmatzen, verwandelte die Stimme in ein Röcheln. Ares hatte dem dösenden Soldaten die Kehle aufgeschlitzt. Wachsam wanderten seine Augen durch den Raum, der sich dahinter eröffnete, doch da waren keine weiteren Gefahren. Ares lehnte ihn in seine Nische zurück und alle drei betraten den Raum, der rechteckig war und dessen Türen nur aus Gittern bestanden. Dank ihnen sah man auf einen Blick, welche Zelle belegt war, und welche nicht. Alle waren leer, außer der einen.

»Mama?«, keuchte Selene und rannte zur Zelle.

Ein Schluchzen entwich ihrer Kehle, als ihre Augen über die Gestalt wanderten. Die dürre Frau mit den schmutzigen, weißen Haaren war an ihren Hand- und Fußgelenken an Decke und Boden aufgehängt worden und schwebte im Raum. Ihr blutiges Kleid hing in Fetzen von ihrem Körper herunter und darunter konnte man die blutverkrustete Haut erkennen. Ein leises Klacken ertönte und Chiron trat durch die geöffnete Tür ein. Schnell folgte sie ihm und schob die verfilzten Haare der Frau aus ihrem Gesicht. Sie erkannte es wieder. Es war ihre Mutter. Ein gequältes Wimmern entfuhr ihr und wieder konnte sie die heißen Tränen nicht unterdrücken. Im selben Moment hob Ares Ilteri an ihrer Hüfte hoch und alle vier Ketten fielen mit einem lauten Rasseln zu Boden. Ares legte den Körper sachte auf den Boden und Selene kauerte sich weinend neben sie.

»Sie ist es«, kam es Selene mit einem Wehklagen über ihre Lippen.

»Es tut mir leid«, brachte Selene durch die vielen Schluchzer hervor und drückte die Hand ihrer Mutter an ihr Gesicht. »Es tut mir leid, dass ich erst jetzt komme.«

Erneut überrollte sie all der Schmerz, doch dieses Mal kämpfte sie dagegen an, bis sie sich einigermaßen unter Kontrolle hatte. Dann ließ sie einen Teil ihrer Energie in ihre Mutter fließen und spürte, wie ihr Herz wieder kräftiger schlug. Ihr Gesicht regte sich ein wenig und endlich öffnete sie ihre Augen.

»Mama!«, sprach Selene und schob sich in deren wanderndes Sichtfeld. Ihre Augen trafen sich und für einen Moment starrte ihre Mutter sie einfach nur an, ehe ihr Tränen in die Augen stiegen.

»Selene«, hauchte sie mit kratziger Stimme und beide fielen sich in die Arme.

Sie umarmten sich so fest, dass es beinahe wehtat, doch keiner der beiden wollte den anderen auch nur einen Moment loslassen. Selene weinte all die Erleichterung, Sorge, Schmerz und Hass von ihrer Seele. Sie trauerte um all die geliebten Menschen, die sie verloren hatte und in diesem Leben nie wiedersehen würde. Schließlich ließen die beiden zittrig voneinander ab und wischten sich gegenseitig die Tränen aus den Gesichtern.

»Du bist zu dünn geworden«, hauchte Ilteri und brachte Selene zum Lachen.

»Du auch«, entgegnete sie und legte ihre Hand auf die ausgemergelte Wange ihrer Mutter.

Entweder hatte sie seit einer halben Ewigkeit nichts mehr zu essen bekommen, oder sie musste sich so oft heilen, dass ihr Körper davon ausgezehrt wurde. Vielleicht traf auch beides zu, Selene wagte es jedoch nicht zu fragen, aus Angst, die Antwort bereits zu kennen. Vermutlich fragte ihre Mutter aus demselben Grund nicht. Dann schien Ilteri Chiron zu bemerken, der die ganze Zeit still neben ihr gekniet und gewartet hatte.

»Ah, das ist Chiron, ein Freund«, erklärte Selene schnell und sah sich nach Ares um, der sich nicht mehr bei ihnen befand.

»Wo ist Ares?«, fragte sie an Chiron gewandt.

»Er sucht das Verlies nach weiteren Soldaten ab, damit uns niemand in den Rücken fällt.«

Selenes Blick schnellte besorgt zum Eingang des Raumes, wandte sich dann jedoch ab, da sie ihm vertrauen musste. Sie wusste, dass er zu ihr zurückkehren würde.

»Dann lass uns von hier verschwinden«, murmelte sie und Chiron erwiderte ihren Blick mit einem Nicken.

Mit einer flüssigen Bewegung stand er auf und legte seine Hand auf das Gestein. Ihre Mutter sah Selene fragend an, als diese Chirons dreifingrige Hand erblickte.

»Er ist jemand, der anders aussieht als die anderen und über gewisse Fähigkeiten verfügt, die wir wohl Magie nennen würden«, erklärte sie ihr schnell.

Ihre Mutter sah sie neugierig an, sagte jedoch nichts, obwohl in ihren Augen so viele Fragen lagen.

»Das Gestein ist hier sehr dick«, teilte ihnen Chiron mit.

»Meine Kraft reicht dafür nicht. Wir müssen eine Stelle weiter oben suchen.«

»Nicht, wenn du meine Hilfe hast«, widersprach sie ihm und trat an seine Seite.

Sie konnte seinen Widerstand erkennen, ihre Hilfe anzunehmen, doch dann gab er nach.

»Wie Ihr wünscht«, hauchte er mit einem kleinen Lächeln und platzierte seine Hand erneut auf dem Stein.

Selene legte ihre Hand darüber und als sie hörte, wie er leise murmelte und seine Kraft aus seinem Körper wich, ließ sie die Energie über ihre Hand in seine fließen. Der Fluss wurde rasch größer und stärker und vor ihnen gab der Felsen nach und bildete eine schmale, kreisrunde Röhre, die sich tief in das Gestein bohrte und sich schließlich nach draußen öffnete. Der Energiefluss verebbte und beide senkten ihre Hände.

»Daran sollte ich mich nicht gewöhnen«, murmelte Chiron und sah sie aus glänzenden Augen an, ehe sie für einen kurzen Moment dunkler wurden. Als ob er etwas realisiert hätte. Dann wandte er sich ab, fummelte an seiner Seite herum und hatte im nächsten Augenblick einen langen Mantel in der Hand, den er ihrer Mutter um ihre knochigen Schultern legte. Ilteri hatte das alles mit großen Augen beobachtet und konnte ihren verblüfften Blick nicht von Chiron nehmen, der sie sanft aber bestimmend auf ihre Füße zog.

»Wie hast du das gemacht?«, fragte sie voller Ehrfurcht und Selene musste sich ein Lachen verkneifen.

Sie hatte sich schon so sehr an Chirons Fähigkeiten gewöhnt, dass sie beinahe nichts mehr sie überraschte.

»Ich habe nur den Stein etwas beiseitegeschoben«, antwortete ihr Chiron und hatte im nächsten Moment ein paar Stiefel in der Hand.

»Keine Magie, sondern reine Manipulation von Materie.«

Er kniete sich nieder und steckte ihre blutverkrusteten Füße sanft hinein. Fragend sah ihre Mutter Selene an, aber diese zuckte nur mit den Schultern. Sie hatte schon immer Schwierigkeiten gehabt, Chirons Erklärungen zu folgen. Dann ertönten plötzlich schnelle Schritte und als Selene herumwirbelte, hatte sie bereits ihren Dolch in ihrer Hand. Doch nur Ares erschien, leicht außer Atem, in dem Torbogen und lächelte sie erleichtert an.

»Bist du verletzt?«, fragte sie besorgt, als ihr Blick über seinen blutbespritzten Körper glitten.

Schnell ging sie auf ihn zu und steckte dabei ihren Dolch weg.

»Nein, dies ist nicht mein Blut«, entgegnete er und steckte sein Schwert ebenso zurück.

Sein Blick glitt über den Tunnel und blieb bei Selenes Mutter hängen, welche die beiden aufmerksam beobachtete.

»Seid gegrüßt, Herrin«, sprach Ares und neigte seinen Kopf vor ihr.

»Das ist Ares«, erklärte Selene schnell und ihre Mutter zog leicht ihre Augenbrauen nach oben.

»Wir sollten uns beeilen«, meinte Chiron, der noch immer neben dem Eingang des Tunnels stand.

»Das sollten wir. Die toten Soldaten werden gewiss bald entdeckt«, und bei seinen Worten schob er Selene sanft in die Richtung des Tunnels.

Sie nickte, nahm die Hand ihrer Mutter und zog sie mit.

»Chiron zuerst«, meinte Selene schnell und er nickte ihr zu.

Grazil kletterte er in den Tunnel und kroch auf allen Vieren hinein. Selene schob ihre Mutter hinterher und als sie einen Blick zu Ares warf, war klar, dass er als letztes gehen würde. Etwas anderes würde er nicht zulassen. Mit einem Seufzen krabbelte sie hinein und kroch hinter ihrer Mutter her. Der Tunnel war lang und als sie das Ende erreichten, hörte sie Ilteri überrascht fluchen. Sie setzte sich in den Tunnel und neugierig sah Selene an ihr vorbei. Nun verstand sie auch, warum sie nicht weiter

nach draußen ging. Unter dem Tunnel gab es einen schmalen Steg, auf dem Chiron stand und dann fiel der Felsen zwei Mannslängen gerade hinab, ehe er begehbar wurde. Sie erwiderte Chirons Blick, in dem großer Widerwillen und ein leichtes Funkeln lag.

»Vielleicht bräuchte ich ein letztes Mal Eure Hilfe«, sprach Chiron beinahe zögerlich an Selene gewandt und hielt ihr seine Hand hin.

Ohne zu zögern, ergriff sie seine und ließ die Energie durch sie strömen. Chiron seufzte hörbar auf und begann zu murmeln. Breite Stufen drückten sich aus dem Gestein, die hinunter zu den Felsen reichten. Dann ließ eine Bewegung hinter ihr Selene stocken und sie sah, wie das Licht am Ende des Tunnels erlosch.

»Habt Dank«, murmelte Chiron und ließ ihre Hand los.

»Kommt.«

Ohne zu zögern, glitt er die Stufen hinunter. Mit einem auffordernden Schubsen brachte sie ihre Mutter dazu, Chiron zu folgen, ehe auch Selene die ersten Stufen hinunterging. Dann wartete sie, bis Ares den Tunnel verlassen hatte. Schnell eilten sie die Stufen hinunter zu den Felsen, wo Chiron leise murmelnd und mit konzentriertem Gesicht verharrte. Selene stellte fest, dass auch der Ausgang nun verschlossen war.

»Das sollte reichen, um sie etwas hinzuhalten«, meinte Chiron und begann dann den Abstieg auf dem schneebedeckten Gestein.

Beeindruckt folgte sie ihm und zusammen kletterten sie vorsichtig die Felsen hinunter. Sie kamen nicht weit entfernt von ihrem Aufstieg an und eilten über die Ebene in den Wald hinein. Am Rande blieb Chiron stehen und wartete, bis Ares an ihm vorbeigeeilt war.

»Was machst du?«, fragte Selene, die neben ihm angehalten hatte und nun sah, wie er in die Knie ging und mit beiden Händen den Schnee berührte.

»Unsere Spuren verwischen«, antwortete er und ohne auf seine Erlaubnis zu warten, legte sie ihre Hand auf seine.

Er schob ihre Hand bestimmt, aber freundlich von der seinen. Fragend sah sie ihn an und er schüttelte sachte seinen Kopf.

»Warum?«, fragte sie flüsternd.

»Ich verstehe langsam, warum diese Statuen errichtet wurden. Mondfrauen und Graue können und sollten nicht in ein und derselben Welt

leben«, faste er leise zusammen, während er wieder seine Hand auf den Schnee legte. »Zu groß ist die Verlockung. Selbst für mich.«

Er murmelte etwas und sie konnte sehen, wie die Fußabdrücke im Schnee verschwanden.

»Nur noch im Notfall werde ich um Eure Hilfe bitten und ich bitte Euch, mir nur dann Eure Hilfe zu gewähren«, fügte er hinzu und sah ihr fest in die Augen.

Sie war ein wenig perplex, doch dann erinnerte sie sich an den Schatten. Er wollte nicht so werden wie er. Schnell nickte Selene und Chiron schenkte ihr ein kleines Lächeln.

»Kommt«, sprach er auffordernd und zusammen erhoben sie sich.

Sie eilten Ares hinterher, der den Trampelpfad sicheren Schrittes hinaufging und Selenes Mutter führte. Oben angekommen schwangen sich Ilteri und Selene auf die braunen Pferde, während Ares und Chiron zusammen auf dem Schwarzen ritten. Sie wendeten die Tiere und galoppierten, so schnell wie sie es vermochten, weg von der Burg. Zuerst ritten sie weiter gen Norden und gelangten dann auf eine breite Straße, der sie gen Westen folgten. Gegen Morgengrauen setzte erneuter Schneefall ein und Selene schickte ein Dankesgebet hoch an den Mond.

Erst, als die Sonne sich vom Horizont löste, führten sie die Pferde in den Wald hinein und fanden Schutz unter einer riesigen Tanne. Unter den dichten Nadeln lag kein Schnee und sie konnten sich an dem kleinen Feuer wärmen, das Chiron für sie aus feuchtem Holz zauberte.

»Wie geht es jetzt weiter?«, fragte ihre Mutter und rieb sich ihre kühlen Hände an den wärmenden Strahlen des Feuers.

»In zwei Nächten wird Vollmond sein. Dann werde ich die Ältesten der Clans in der Versammlung treffen und fragen, welcher Clan uns am nächsten ist. Dorthin werden wir dann gehen«, erklärte Selene, doch ihre Mutter sah sie nur aus ungläubigen Augen an.

»Du hast also wirklich an der Versammlung teilgenommen«, fragte sie sichtlich überrascht.

»Deine Großmutter hat mir erzählt, dass sie mit dir gesprochen hatte.« Doch dann runzelte sie die Stirn und schüttelte den Kopf. »Du hättest dabei sterben können!«

»Wie meint Ihr das, Herrin?«, fragte Ares und hielt in seiner Bewegung

inne, die schweißnassen Pferde mit einem Lappen trocken zu reiben.

»Die Mondblumen sind giftig! Nur wenige wissen, was man in welcher Menge essen darf, um sich nicht selbst zu schädigen.«

»Aber ich wusste es, ich habe es getan und ich werde es wieder tun. Ich habe oft genug Großmutter dabei zugesehen und sie bei ihren Vorbereitungen unterstützt!«

Der Gedanke an Annit trieb ihr erneut die Tränen in die Augen, die sie jedoch vehement wegblinzelte.

»Selene«, setzte ihre Mutter abermals an, aber ihre Tochter unterbrach sie sofort.

»Ich habe mich entschieden!«, und bei den Worten stand sie auf, gesellte sich zu Ares und begann, das hellbraune Pferd trocken zu reiben.

Sie konnte seinen Blick auf sich spüren, ignorierte ihn jedoch. Es gab keinen anderen Weg und sie hatte schon vor langem entschieden, dass es das einzig Richtige war. Sie hatte noch die getrockneten Blätter der Mondblume und es würde reichen, der Versammlung beizuwohnen. Nachdem sie sich ein wenig aufgewärmt hatten, ritten sie weiter und gelangten bald in die Berge, die sich bedrohlich in den Himmel reckten. Dort gingen sie vom Weg ab und suchten an den Hängen eine Höhle. Sie suchten beinahe bis zum Einbruch in die Nacht, als sie schließlich eine fanden, die ihnen etwas Schutz vor Schnee und Wind bot und die auch die Pferde unterbringen konnte.

Ihnen allen war klar, dass die Soldaten sie womöglich suchen würden, und so fanden sie keinen erholsamen Schlaf. Dennoch blieben sie auch den nächsten Tag in der Höhle und Selene erzählte ihrer Mutter, was sie erlebt hatte. Sie berichtet ihr alles so genau, wie sie konnte und musste letzten Endes beichten, dass sie Menschen getötet und den Schwur gebrochen hatte. Daraufhin musste sich Selene eine lange Predigt anhören, wie verantwortungslos das gewesen war und dass der Mond sie deswegen bestrafen würde. Stumm ließ sie alles über sich ergehen und auch Chiron und Ares mischten sich nicht ein. Irgendwann ebbte Ilteris Zorn ab und dann begann sie Selene mit unzähligen Fragen zu löchern, die teils Chiron oder Ares beantworten mussten, da sich Selene in der anderen Welt nicht gut auskannte. Sie fragte auch Chiron und Ares darüber aus, was sie waren und wie sie auf der anderen Seite

gelebt hatten. Immer wieder musste Selene ihre Mutter zügeln, die nur allzu neugierig war.

»Was ist passiert, nachdem ich gegangen bin?«, fragte sie schließlich und obwohl sie es schon wusste, musste sie es aus dem Mund ihrer Mutter hören.

Bei ihrer Frage versteinerte sich Ilteris Gesicht etwas und sie atmete tief ein.

»Ich fürchtete schon, dass du mich das fragen würdest. Aber es war auch dein Clan und du hast jedes Recht, es zu erfahren.«

»Es war mein Clan«, wiederholte Selene leise und die Worte bohrten sich unerwartet tief in sie hinein.

Es gab ihren Clan nicht mehr und es würde ihn nie wieder geben.

Ihre Mutter richtete sich kurz auf, ehe sie langsam begann, zu erzählen: »Die Soldaten ritten in unser Dorf und zündeten die Jurten an. Die Männer versuchten den Frauen zur Flucht zu verhelfen oder wenigstens etwas Zeit zu schinden, doch sie waren in der Überzahl und die Männer wurden alle erschlagen. Zu unserem Unglück hatten nicht mehr alle Frauen die Mondsamen bei sich, da sie verdorben waren.« Sie stockte für einen Moment. »Die wenigen, die noch welche besaßen, nahmen sich das Leben, während die anderen gefangen wurden.«

Tränen stiegen Selene in die Augen, doch sie blieb stumm. Sie musste es mitanhören.

»Als die Tochter der Dorfältesten konnte ich sie nicht allein lassen und so schluckte ich meine nicht. Aus dem Grund brachte sich auch Annit nicht um. Zu sehr fühlte sie sich schuldig, dass wegen ihr die Frauen diese Tortur durchmachen mussten.« Ihre Mutter atmete tief ein. »Annit konnte in der Nacht nur schwer Kontakt mit dir aufnehmen, aber immerhin wussten wir, dass du lebst, doch Sulis –«

Ihre Stimme brach ab und Selenes Kehle wurde eng. »Er hat es nicht geschafft«, flüsterte Selene tonlos. »Ich habe gesehen, wie sie ihn töteten.«

Ein Wimmern entfuhr ihrer Mutter und Tränen rannen ihr die Wange hinunter. Selene ergriff ihre klammen Hände und zusammen weinten sie stumm, bis Ilteri ihre Stimme wiedergefunden hatte.

»Ich hoffte vergebens, dass du das nicht mit ansehen musstest«, sprach sie mit gebrochener Stimme und lächelte Selene traurig an.

Dann fing sie sich und erzählte weiter, ohne Selenes Hand loszulassen. »Wir wurden zu der schwarzen Festung gebracht, dort konnte Annit an der Versammlung teilnehmen.«

»Ich habe sie dort getroffen.«

»Ja, Annit hat mir davon erzählt – so eine unvernünftige Tochter«, raunte sie und tätschelte sachte Selenes Haar. »Wir konnten in der Versammlung die letzten Worte der Frauen übermitteln, ehe wir ihnen unsere Mondsamen gaben. Es hat leider nicht für mich und Annit gereicht, doch wenigstens konnten die anderen in Frieden gehen.«

Die beiden umarmten sich fester. Selene fragte sich, wie viel Schmerzen ein Herz wohl aushielt.

»Unser Plan war es, uns gegenseitig zu töten, doch die Menschen waren schneller. Sie nahmen Annit mit und brachten sie um, während ich allein zurückblieb, ohne Hoffnung, mein Leben beenden zu können – und dann bist du aufgetaucht«, sprach sie mit einem Lächeln und trocknete Selenes nasse Wange. »Du hast mich mit deinen Freunden gerettet.«

Selene lächelte schwach und wischte sich die noch verbleibenden Tränen aus den Augen.

»Hätte ich etwas verändern können, wenn ich geblieben wäre?«, fragte sie voller Schuldgefühle, doch ihre Mutter rutschte schnell zu ihr und nahm sie ein weiteres Mal fest in die Arme.

»Es war richtig, was du getan hast. Es waren zu viele und du hättest nichts ausrichten können«, versicherte sie ihr und Selenes Herz wurde ein klein wenig leichter.

Selene warf einen Blick hoch in den Himmel und sah, dass die Nacht bereits angebrochen war. »Es ist so weit«, raunte sie und löste sich von ihrer Mutter.

»Ich halte es immer noch für zu riskant. Lass es mich probieren«, warf Ilteri ein, doch Selene schüttelte ihren Kopf.

»Mama, ich habe mich entschieden«, sagte sie mit fester Stimme und sah ihre Mutter aus funkelnden Augen an.

Für einen Moment starrten sie sich an, ehe Ilteri mit einem Seufzen nachgab.

»Wieso musst du immer so stur sein?«

»Von wem habe ich das wohl!«, entgegnete Selene, woraufhin beide

schmunzeln mussten.

»Tu, was du nicht lassen kannst!«

Selene kramte aus ihrem Rucksack die hölzerne Schatulle mit der getrockneten Mondblume darin und legte sie offen vor sich.

»Wir sind für Euch da, so wie schon beim letzten Mal«, versicherte ihr Chiron und Selene nickte ihm dankend zu.

Dann wurde das Feuer gelöscht und Selene platzierte den getrockneten Stängel und die Blütenblätter in eine Mulde, die Chiron in einen Stein gedrückt hatte. Mit etwas Schnee zermalmte sie alles in einen Brei, der schnell flüssiger und schließlich zu einer silbrigen Farbe wurde. Selene fügte so viel Schnee hinzu, bis die Farbe die richtige Beschaffenheit hatte und dann setzte sie sich im Schneidersitz hin. Sie zog all ihre Kleidung am Oberkörper, außer ihrer Unterwäsche, aus und ignorierte die Kälte, die sie frösteln ließ. Selene hob ihren Blick und sah hoch zum Vollmond, der sich hinter den dichten Wolken verbarg, die dicke Schneeflocken auf die Erde schickten. Sie sandte ein Gebet an den großen Mond und fing dann an, sein Lied zu singen. Sobald es endete, begann sie von neuem, gleich eines ewig während Gesangs. Dabei tauchte sie beide Zeigefinger in die Farbe und malte die Symbole auf ihren Körper. Manche waren wie viele Kreise ineinander verschlungen, dann wieder kantig und verschnörkelt. Sie startete bei ihren Armen, arbeitete sich zu ihren Schlüsselbeinen hoch und nutzte die Reste der Farbe, um sich ihr Gesicht zu bemalen. Nicht ein einziges Mal unterbrach sie dabei ihren Gesang und schon wie zuvor, merkte sie, dass sich etwas änderte. Der Schnee schien wie von einer inneren Kraft heraus zu leuchten und die Wolken am Himmel senkten sich zu ihr auf die Erde. Der fallende Schnee tanzte in der Luft und schimmerte in allen erdenklichen Farben. Da sah sie auch, wie einzigartig jede einzelne Schneeflocke war und welch schöne Muster jede einzelne besaß. Fäden aus glimmenden Bündeln zogen sich durch die Luft und ihr Gebet wurde zu hellen Strängen, die sich im Rhythmus mit der Natur wogen. Behutsam steckte sie sich die vier getrockneten Blütenblätter in den Mund, die süß wie Honig dahin schmolzen. Plötzliche Zuversicht durchströmte sie und sie spürte, dass sie die Kontrolle über sich langsam abgab. Sie sang und bewegte sich, als wäre sie jemand anderes, jedoch verspürte sie dabei keine Angst, sondern nur tiefe Ruhe. Ihre

Gedanken richteten sich auf die Versammlung und mit einem Mal wurden die Farben und Gerüche um sie herum so intensiv, dass sie beinahe davon überwältigt wurde. Schließlich spürte sie das bekannte Ziehen in ihrem Rücken, dem sie bereitwillig nachgab. Sie konnte spüren, wie sie aus ihrem Körper gezogen wurde, dann empfing sie wohlige Wärme und ein grauer Nebel legte sich über ihre Sinne. Bevor es unangenehm wurde, wich er zurück und sie saß am Rand eines hellen Kreises, der den Mond darstellte. Die vertrauten Sternbilder befanden sich um sie herum und über ihr verdeckten die Wolken die Erde. Leichter Nebel waberte hier und da um sie herum und als sie den Kopf drehte, war sie plötzlich nicht mehr alleine. In einem regelmäßigen Abstand saßen ältere Frauen mit unterschiedlichsten Gesichtstattoos in dem Kreis und füllten ihn so komplett aus.

»Jemand neues.«

»Keine Tattoos auf ihrem Gesicht.«

»Woher sie wohl kommt?«, flüsterten verschiedene Stimmen in Selenes Kopf, die sie aber niemandem zuordnen konnte.

»Noch so jung.«

»Vielleicht Annits Nachfolgerin?«

»Ja, die bin ich«, antwortete Selene schnell in ihrem Kopf.

»Die Älteste fiel. Nur ihre Tochter und Enkeltochter sind am Leben.«

»Welch trauriges Schicksal.«

»Das Ende eines Clans.«

»So viele Mondmenschen.«

»Alle nun tot.«

Ihre Worte fuhren in Selene wie Messerstiche.

»Wir sind auf der Flucht. Welcher Clan ist uns am nächsten?«, fragte sie in die Runde und versuchte, die Trauer wieder zu verdrängen.

»Wo seid ihr?«

»Einen Tagesritt von der Schwarzburg entfernt.«

»So weit.«

»Viel zu weit.«

»Was ist mit dir, Erath?«

»Ja, zu mir könnt ihr kommen.«

»Wo finde ich dich?«, fragte Selene schnell.

»Kennst du die Schlucht der heißen Quellen?«

»Nein, aber vielleicht weiß es meine Mutter.«

»Sie weiß es.«

»Dann kommt dort hin. Wir werden auf euch warten.«

»Was ist mit deinen Tattoos passiert?«

»Ich war allein und entfernte sie mir, um zu überleben.«

»Arme Tochter.«

»So viel Leid.«

»So viel Schmerz.«

»Sie muss nun gehen.«

»Ihr Geist ist noch zu unerfahren.«

»Wir warten auf dich.«

Selene spürte erneut das Ziehen in ihrem Rücken und bevor sich noch etwas sagen konnte, wurde sie wieder in den grauen Nebel gehüllt. Wärme umfing sie und ihr gepeinigtes Herz wurde ein wenig leichter. Sie schlug ihre Augen auf und alles schien zu kippen. Wärme umhüllte sie und als Selene aufblickte, sah sie in Ares' Gesicht. Er musterte sie besorgt und als jemand ihr über die Stirn strich, merkte sie, dass sie schweißnass war. Sie sah zu der Person, der die Hand gehörte, und blickte in das ebenso besorgte Gesicht ihrer Mutter. Selene setzte an zu sprechen, doch ihre Mutter schüttelte schnell den Kopf und sah ängstlich auf. Sie folgte ihrem Blick und beinahe wäre ihr vor Schreck das Herz stehen geblieben. Im Morgengrauen liefen direkt vor ihrer Höhle schwarz gerüstete Soldaten vorbei. Chiron saß unmittelbar vor dem Eingang und sie konnte ein leichtes Flirren vor ihm ausmachen. Da wurde ihr klar, dass die Soldaten sie nicht sehen konnten. Dennoch erstarrte Selene und jeder strengte sich an, so wenig Lärm wie möglich zu machen. Selbst die Pferde blickten zum Höhleneingang und ihre Ohren zuckten hier und da ein wenig. Sie alle beobachteten, wie die Soldaten jeden Busch durchsuchten, und schließlich von dannen zogen. Selbst dann blieben sie noch eine Weile regungslos, ehe Chiron die Illusion aufhob und sich mit einem zufriedenen Gesicht zu ihnen umdrehte.

»Sind sie weg?«, fragte sie flüsternd und Chiron nickte ihr leicht zu.

»Ich sollte Euch eigentlich danken, Herrin Selene.«

»Weswegen?«, fragte sie und setzte sich mit Ares' Hilfe auf.

Sie fühlte sich noch ein wenig schwach, allerdings wurde es schnell besser.

»Seit ich Euch begleite, habe ich allerhand Verschiedenes ausprobieren dürfen und erlebe Dinge, nach denen ich mich nur sehnen durfte. Durch die Erinnerung des Grauen habe ich so viel gelernt und verstehe nun Dinge, die mir zuvor verborgen geblieben sind. Auch habe ich nie zu träumen gewagt, eine andere Welt zu betreten und doch bin ich nun hier.«

Er sah hoch zum Himmel, der noch immer wolkenverhangen war.

»Ich frage mich, ob man die Sonne meiner Heimat von hier aus sehen kann.«

Wie so oft verstand Selene nur die Hälfte von dem, was er von sich gab.

»Bedanke dich erst, wenn du wieder daheim bist«, entgegnete Selene versteut und strich sich eine verschwitzte Haarsträhne von der noch klammen Stirn.

»Wenn du vorher sterben solltest, wird es dir nicht viel bringen.«

Daraufhin lächelte Chiron sanft und sah erneut hoch in den Himmel.

»Wie geht es dir?«, unterbrach Ilteri und legte besorgt ihre Hand auf Selenes Wange.

»Besser«, gab sie ehrlich zur Antwort.

»Wir müssen zur Schlucht der heißen Quellen. Sie warten dort auf uns.«

Erleichterung breitete sich in ihrem Gesicht aus und lächelnd streichelte sie den Kopf ihrer Tochter.

»Das ist nicht allzu weit von hier entfernt.«

»Warst du schon einmal dort?«

»Ja, aber da warst du noch so klein, dass ich dich im Arm tragen konnte. Welcher Clan befindet sich dort?«

»Ich glaube, es ist der Clan der Erath.«

»Oh«, entfleuchte es ihrer Mutter und mit einem Mal strahlte ihr ganzes Gesicht.

»Du kennst ihn?«

»Natürlich! Du müsstest ihn auch kennen. Dort befindet sich deine älteste Schwester Mawu.«

»Oh«, war es nun an Selene zu sagen und ein kleines freudloses Lächeln legte sich auf ihr Gesicht.

Es wäre bestimmt schön, ihre Schwester wiederzusehen. Doch ihr Verhältnis war nicht besonders gut.

»Wie weit ist es bis dorthin?«, fragte Chiron Ilteri.

»Wenn wir eine kleine Abkürzung durch die Berge nehmen, werden wir in nur drei Tagen dort sein.«

»Dann lasst uns aufbrechen. Die Wachen müssten bereits weitergezogen sein«, meinte Ares und sie alle packten schnell ihre Sachen und beluden die Pferde.

Die Sonne stieg schon über die Baumwipfel, als sie sich leise aus der Höhle stahlen und ihre Schritte durch die Berge Richtung Süden lenkten. Ihre Mutter leitete sie zielstrebig durch die schneebedeckten Wälder, entlang der Berghänge und über einen breiten Bergkamm, ehe sie ihren Weg zu einem noch höheren Berg wendete. Der Schnee wurde immer tiefer und die Bäume stetig kleiner und sie alle froren bald erbärmlich.

»Wie lange würde es dauern, wenn wir die Abkürzung nicht nehmen?«, fragte Selene und zog den Mantel enger um sich, während sie in die Schneespuren ihrer Mutter trat. »Es würde anstelle von drei Tagen mehr als eine Woche benötigen, da wir um die Bergkette herum müssten.«

»Vielleicht sollten wir lieber den Weg nehmen«, schlug Selene vor, als sie den Blick über ihre Schulter warf und die zitternden Pferde und die halb erfrorenen Männer erblickte.

Die beiden murrten nicht, doch konnte Selene sehen, wie sehr ihnen ihre Welt zusetzte. Ständig waren sie krank und je länger sie blieben, desto schwächer wurden sie. Eine Bewegung hinter Ares ließ sie in ihrem Schritt gefrieren. Selene runzelte ihre Stirn und versuchte, zwischen den Bäumen etwas zu erkennen. Ares bemerkte ihren Blick, hielt an und drehte sich ebenfalls um. Ein Säuseln ertönte und ehe Selene reagieren konnte, erklang ein schneidendes Geräusch, gefolgt von einem lauten Fluchen.

»Sie haben uns gefunden!«, rief Ares mit gezücktem Schwert und da erst realisierte Selene, dass er einen Pfeil aus der Luft geschlagen hatte.

Im nächsten Moment ritten sechs schwarz gerüstete Reiter auf ihren kleinen, kräftigen Pferden und mit erhobenen Schwertern durch die Bäume auf sie zu.

»Bleibt zurück!«, rief Ares und sie war wie gelähmt vor Schreck.

Vor ihrem geistigen Auge sah sie erneut ihren Bruder, wie er von einem von ihnen niedergestreckt wurde. Unbändige Angst machte sich in ihr breit. Ares ging ihnen schnell entgegen und hob sein durchscheinendes Schwert. Er schrie laut auf, wich der ersten Klinge aus und köpfte in nur einem Streich das Pferd und halbierte den Reiter mit. Schreiend gingen die zuckenden Leiber zu Boden und färbten den Schnee rot. Ares stoppte keinen Moment. Er wich der nächsten Klinge aus, wirbelte sein Schwert um sich und zerschnitt dem nächsten Gerüsteten den Brustkorb. Kreischend rutschte dieser zu Boden, während Ares sich duckte, die Vorderläufe des heran preschenden Pferdes abschlug und beim Aufstehen dem Mann von hinten das Rückgrat zerteilte. Ares drehte sich um sich selbst, riss einen Reiter von seinem Pferd und benutzte ihn als Schutzschild für den ange-flogenen Pfeil, ehe er sein Schwert vertikal in den Hals des Mannes schnel-len ließ. Achtlos ließ er den zuckenden Körper in den Schnee fallen und zog stattdessen das eiserne Schwert des Soldaten. Langsam ging er auf die beiden übrigen Reiter zu, die ihre Pferde gezügelt hatten und die Szenerie nervös beobachteten. Doch dann ließ einer von ihnen den Bogen los und ritt laut schreiend und mit erhobenen Schwert auf Ares zu. Ares hob ge-mächlich die beiden Schwerter und blieb anschließend für einen Moment stehen, bis der Reiter ihn beinahe erreicht hatte. Mit der stählernen Klinge parierte er den Schlag, während er mit dem anderen den Schwertarm des Soldaten abschlug. Von der Wucht des Schlags ging der Gerüstete hart zu Boden und ehe Selene Ares folgen konnte, war dieser über dem Reiter und köpfte ihn mit den beiden Schwertern. Langsam drehte er sich um und fixierte den letzten Reiter, in dessen Gesicht die Angst geschrieben stand. Er wendete sein Pferd und floh, so schnell wie das Pferd konnte. Doch Ares hob das stählerne Schwert und warf es ihm hinterher. Es surrte, gleich eines riesigen Pfeils, durch die Luft und bohrte sich durch seine Rüstung tief in den Brustkorb des Reiters. Mit einem kleinen Aufschrei gefror dieser und fiel dann schlaff von seinem Pferd.

Eine Bewegung am Rand des Geschehens ließ Selene zur Seite sehen. Ein versteckter Bogenschütze hatte seinen Bogen gespannt und richtete ihn auf Ares. Sie riss sich aus ihrer Starre und sprintete den kleinen Hang hinunter, während sie ihren Dolch zückte. Der Pfeil verließ die Sehne, doch dieser verfehlte Ares knapp. Wütend rannte Selene weiter, hielt

dann abrupt inne und warf ihren Dolch, so kräftig wie sie nur konnte. Ihr Dolch hinterließ ein Säuseln, als er durch die Luft flog. Mit einem Schmatzen blieb er im Gesicht des Schützen stecken. Der Bogenschütze rutschte seitlich von seinem Pferd hinunter und regte sich nicht mehr.

»Guter Wurf!«, hörte sie Ares sagen.

Er holte ihren Dolch und kam den Hang dann wieder hoch. Ares war von Kopf bis Fuß blutbespritzt.

»Bist du verletzt?«

»Nein, bin ich nicht.«

Er nahm etwas Schnee in die Hand und reinigte seine Klinge vom Blut, ehe er sich selbst mit dem Schnee säuberte. Selene putzte ihren Dolch und steckte ihn dann wieder zurück. Dabei bemerkte sie, dass ihr Gewissen sich kaum regte. Sie fragte sich, ob sie langsam damit besser klarkam oder ob es einen großen Unterschied machte, ob man jemanden aus der Not heraus tötete oder nicht.

»Muss ich mir Sorgen machen?«, fragte sie Ares, der neben ihr seine Hände gründlich abwischte.

Er musterte kurz ihr Gesicht und verstand, was sie eigentlich fragen wollte. »Nein, das musst du nicht.«

Dann zögerte er einen Moment und sah sie kurz an. »Solange du keinen Gefallen daran findest.«

»Daran werde ich nie Gefallen finden können!«

Er lächelte schief und tätschelte sachte ihren Kopf. »Dann ist es ja gut.«

»Wir können die Leichen hier nicht so liegen lassen«, unterbrach Chiron sie.

Selene sah zu ihm, wie er nachdachte und seine Augen auf den Toten lagen. »Brauchst du meine Hilfe?«, fragte sie augenzwinkernd und Chirons Mundwinkel zuckten.

»Das ist kein Notfall«, entgegnete er und lächelte leicht.

Er ging in die Hocke und legte seine Hände auf den Schnee. Selene sah, wie die Leichen und der blutbesudelte Schnee im Boden versanken und wie sich dann eine blütenweiße, reine Schneedecke darüber bildete.

»Es wird eine Weile dauern, ihre Überreste zu finden«, meinte Ares und sie konnte sehen, wie beeindruckt er von Chirons Gabe und Geschick war.

»Das wird es«, bestätigte er, wischte sich den Schweiß von der Stirn und stand fließend auf. »Dennoch sollten wir uns beeilen.«

Selenes Blick glitt zu ihrer Mutter, welche die drei aus großen Augen ansah, jedoch nichts dazu sagte. Sie drehte sich nur wieder um und führte sie weiter den Hang hinauf. Bei Einbruch der Nacht hatten sie den Grat überwunden und kämpften sich dann in den nächsten zwei Tagen den steilen Hang hinunter. Die Pferde hatten es dabei am schwierigsten und mehr als einmal musste Selene ihre gebrochenen Beine heilen. Auch begann bei Chiron und Ares das Fieber erneut zu wüten und Selene wurde wieder einmal bewusst, dass sie in ihre Welt zurück mussten. Am dritten Tag wurde das Gelände flacher und ein seltsamer, stinkender Nebel setzte ein, der sich im Wald hartnäckig festsetzte.

»Wir sind fast da«, meinte Ilteri, als sie mit einem Mal am Rande einer Schlucht standen.

Aus ihr kam der dicke Nebel, der nach verfaulten Eiern roch.

»Müssen wir da hinunter?«, fragte Selene mit angeekeltem Gesicht und musste sich bei der nächsten Nebelschwade schütteln.

»Genau«, meinte ihre Mutter beinahe fröhlich und führte sie am Rand der Schlucht weiter.

Man konnte weder auf die andere Seite noch in den Schlund hineinblicken. So dicht hing der seltsame Nebel darin. Nach einem halben Tag gelangten sie zu einem geheimen Pfad hinter hohen Büschen, der zu schmal für die Pferde war. Sie versteckten die Tiere und folgten dann Selenes Mutter hinunter in die Schlucht.

Selene merkte bald, dass die stinkenden Nebelschwaden warm waren und je tiefer sie gingen, desto weniger Schnee lag auf den Felsen und Sträuchern, bis er schließlich komplett verschwand. Stattdessen wurden die Bäume wieder grüner und die Büsche üppiger. Das Gras wuchs dichter und weißes Moos kroch dick über die grauen Felsen. Dank dem Nebel konnten sie weder den Boden, noch die gegenüber liegende Seite erkennen und gab der ganzen Szenerie ein verwunschenes Aussehen.

Plötzlich wich der Nebel zurück und alle vier hielten unweigerlich inne. Über ihnen erhob sich eine Nebeldecke, so dass man nicht aus der Schlucht hinaussehen konnte und das Gefühl hatte, als befänden sich die Wolken direkt darüber. Die Wände waren nicht weit voneinander entfernt und

dazwischen brodelten Quellen, die einen beißenden Gestank abgaben. Die heißen Quellen hatten den Stein in unterschiedliche Farben gefärbt. Zwischen ihnen wuchsen große Farne und gelbes Moos hatte sich über den freien Felsen gezogen. Die Vier stiegen weiter hinunter und blieben am Fuße des Tals endlich stehen. Inmitten der vielen brodelnden Quellen zog sich ein schmaler Pfad, der sich unter den hohen Farnen schließlich verlor. Selenes Mutter wendete sich den drei anderen zu und lächelte traurig.

»Das Dorf befindet sich nicht weit von hier. Aber ihr dürft dort nicht hin«, sagte sie direkt an Chiron und Ares gerichtete und für Selene war es wie eine Ohrfeige.

»Mama«, hauchte sie und berührte beinahe zaghaft ihren Arm. »Sie haben uns gerettet. Mehr als einmal.«

»Sie würden euch, ohne zu zögern, töten. Kein Außenstehender darf die Dörfer betreten. Du kennst die Gesetze«, widersprach sie beinahe entschuldigend.

»Es gibt keine Ausnahmen. Es ist nur zu ihrer eigenen Sicherheit.«

Dann wand sie sich den beiden zu: »Ich bitte um Verständnis.«

»Natürlich, Herrin. Wir akzeptieren Eure Gesetze«, sprach Chiron mit einer Verbeugung, doch sie konnte sehen, wie Ares' Gesicht zu einer unbeweglichen Maske versteinerte.

Selene wollte sich wieder an ihre Mutter wenden, erkannte jedoch, dass alle Bitten zwecklos waren. Panik schnürte ihr die Kehle zu und Tränen stiegen ihr in die Augen.

»Ich bedanke mich im Namen der Mondmenschen und des Mondes für die Hilfe und die Rettung meiner Tochter und mir. Ich werde für euch beten, dass der Mond euch helfen möge, um die Schuld zu begleichen.«

Ilteri trat einen Schritt von ihnen zurück und lächelte traurig.

Dann legte sie die Fingerspitzen der rechten Hand an ihre Stirn und öffnete sie wieder in Richtung der beiden.

»Möge der Mond Euren Weg stets erhellen«, sprach sie ihre Abschiedsworte aus.

»Lebt wohl, Herrin«, verabschiedete sich auch Chiron mit einer Verbeugung und Ares verbeugte sich steif.

Sie trat noch ein paar Schritte zurück, blieb stehen und sah Selene an: »Verabschiede dich. Ich werde warten.«

Dann drehte sie sich um und ging den Pfad entlang, bis sie hinter den Farnen aus ihrem Blick verschwand. Selene kam das alles unwirklich vor und es war, als hätte man ihr den Boden unter den Füßen weggezogen. Ihr Blick glitt zwischen Chiron und Ares hin und her und Tränen rannen ihr das Gesicht herunter. Ares sah sie aus unbeweglicher Miene an, doch konnte sie den Schmerz in seinen grauen Augen sehen. Sie wusste, dass er sie nicht aufhalten würde. Er würde ihre Entscheidung akzeptieren, denn der Ausgang des Weges war von Anfang an immer klar gewesen. Jetzt stand Selene an diesem Punkt und brachte kein Wort über ihre zitternden Lippen.

»Dies ist wohl das Ende unserer gemeinsamen Reise«, sprach Chiron es schließlich aus und bei seinen Worten zersprang Selenes Herz beinahe.

»Es war mir eine Ehre, Herrin Selene«, hauchte Chiron und sie konnte in seiner Mine tatsächlich Traurigkeit erkennen.

Sie rang nach Luft und sah dann zu Ares. Ihre Blicke verschmolzen. Seine sturmgrauen Augen ließen ihr Innerstes aufwirbeln und für einen aberwitzigen Moment konnte sie eine andere Zukunft sehen. Sie schmecke das Salz der Tränen auf ihrer Zunge und hörte das Rauschen ihres Blutes in ihren Ohren. Selenes Blick glitt zu dem Pfad hinter ihr, der sie zu ihrer Mutter bringen würde und für einen Moment schien die Zeit langsamer zu gehen. Sie wusste genau, wie ihr Leben aussehen würde, wenn sie bei ihrer Mutter blieb. Zu Beginn wären es neue Menschen und eine andere Umgebung, doch dann würde alles wieder von vorne beginnen. Nie war sie richtig glücklich gewesen, noch hatte sie Freunde, geschweige denn jemanden außerhalb der Familie, die mehr in ihr sahen als die durchschnittliche Frau, die sie hier war. Vor ihrem geistigen Auge zogen noch einmal alle Erinnerungen von dieser und jener Welt an ihr vorbei. Es waren unzählige und doch spürte sie genau, zu welchen Momenten sie am glücklichsten gewesen war. Ihr Herz zitterte vor Angst, aber sie hatte ihren Weg gewählt. Sie brauchte nur Mut, um ihn auch zu gehen.

»Ares«, brachte sie schließlich zittrig hervor, »kann ich bei dir bleiben?«

Sie sahen sich stumm in die Augen und als Ares ausatmete, schien sein ganzer Körper zu vibrieren.

»Hier ist dein Zuhause«, raunte er sanft und eine Gänsehaut zog sich angenehm über ihre Arme. Wie sehr sie doch seine Stimme liebte.

»Das ist meine Welt, aber ich war hier nie wirklich glücklich«, gab sie zu und erneut liefen ihr Tränen über die Wange. »Ich wollte immer meine Familie retten und das habe ich getan. Zumindest die Einzige, die noch übrig ist.«

»Du hast hier noch deine Schwestern.«

»Zu denen ich nie ein enges Verhältnis hatte«, widersprach sie ihm.

»Nur zu meinem kleinen Bruder, aber der ist tot.«

Der Gedanken an ihn ließ ihr Herz erneut bluten.

»Selene«, raunte er und er kam einen Schritt näher.

»Ares«, unterbrach sie ihn und sah ihm direkt in seine grauen Augen. »Kann ich nicht?«

Sie sah, wie er um Worte rang und etwas Helles blitzte in seinen Augen auf.

»Solltest du dich wirklich dazu entscheiden, bei mir zu bleiben, so werde ich nicht von deiner Seite weichen. Ich werde dich mit meinem Leben beschützen und wenn du eines Tages doch wieder hierher zurückkommen möchtest, werde ich dich sicher zurück zu deiner Familie bringen.«

Selene lächelte zaghaft und wusste, dass sie jedes Wort davon glauben konnte. »Ich will aber nur deine Liebe.«

»Die hast du doch schon längst.«

Selene seufzte erleichtert und lächelte breit. »Wartet hier«, und bei den Worten drehte sie sich um und ging langsam den Pfad entlang.

Nach wenigen Biegungen und hinter mehreren Farnen erblickte sie schließlich Ilteri, die sie fragend musterte. »Das ging aber schnell«, meinte sie überrascht.

»Ich habe mich auch nicht verabschiedet«, gestand Selene und sah ihre Mutter an, die ihren Blick verwirrt erwiderte.

»Wie meinst du das?«

»Ich werde nicht mit dir kommen, Mama. Ich werde mit ihnen zurückgehen.«

Entschlossen sah sie in die weit aufgerissenen Augen ihrer Mutter. Ihre Kinnlade sackte etwas zu Boden und Selene umarmte sie fest.

»Was sagst du da? Natürlich kommst du mit mir.«

»Nein. Es tut mir leid, Mama.«

Ihre Mutter war erstarrt, doch Selene umarmte sie nur noch fester.

Es war womöglich das letzte Mal. Bei dem Gedanken konnte sie ihre Tränen nicht mehr zurückhalten. Schluchzend klammerte sie sich an den knochigen Körper ihrer Mutter, die ganz langsam die Umarmung erwiderte.

»Warum bleibst du nicht bei mir?«, hörte sie Ilteri mit zittriger Stimme fragen.

»Weil ich hier nicht glücklich bin. Ja, du bist hier und meine Schwestern. Aber ansonsten werde ich allein sein.« Selene löste sich langsam von ihr und strich ihrer Mutter die Tränen von den Wangen. »Komm du doch mit mir. Auf der anderen Seite können wir in Freiheit leben«, schlug Selene beinahe flehend vor, aber sie war nicht wirklich überrascht, als ihre Mutter den Kopf schüttelte.

»Ich kann nicht«, brachte sie nur hervor und obwohl sie es nicht weiter begründete, war es Selene klar, was sie meinte.

»Liebst du ihn?«, fragte ihre Mutter leise.

»Ich denke schon.«

»Dann werde ich dich auch nicht weiter überzeugen, zu bleiben. Egal, was ich sagen werde, gegen solche Liebe habe ich keine Chance.«

Beide sahen sich in die tränennassen Augen und umarmten sich noch einmal fest.

»Ich habe dich lieb, Mama.«

»Ich dich auch, mein Kind.«

Langsam ließen sie sich wieder los und Selene trat einen Schritt zurück. Sie legte ihre Hand zärtlich auf die Wange ihrer Mutter und Ilteri tat es ihr gleich.

»Möge der Mond deinen Weg stets erhellen«, brachte Selene zittrig hervor und ihre Mutter strich sanft mit dem Daumen über Selenes Wange.

»Möge der Mond deinen Weg stets heimführen.«

Dann küsste ihre Mutter sachte Selenes Stirn und Selene brauchte alle Willenskraft, die sie besaß, um sich auf ihren Fersen umzudrehen. Langsam und mit zittrigen Beinen ging sie Schritt für Schritt zu Ares und Chiron zurück. Beinahe wäre sie in eine heiße Quelle gefallen, da ihre Sicht durch all die Tränen verschleiert war. Dennoch fand sie zurück und ehe sie sich versah, hatte Ares sie fest in den Arm genommen. Selenes Finger krallten sich halt suchend in seinen Stoff.

»Du kannst dich noch immer umentscheiden«, hörte sie ihn leise flüstern, doch Selene schüttelte verhalten den Kopf.

Sie zwang sich, kontrollierter zu atmen, und brachte sich wieder unter Kontrolle. Am Umhang wischte sie sich ihr Gesicht trocken und sah dann zu Ares hoch, der ihr noch immer so nah war.

»Nein, ich habe mich entschieden.«

Selene sah noch einmal über ihre Schulter, doch auf dem Pfad war niemand mehr zu sehen.

»Lasst uns gehen«, hauchte sie und ohne auf die beiden anderen zu warten, schob sie sich an ihnen vorbei und ging mit schwerem Herzen den Weg wieder hoch. Nach einer Weile kamen sie oben an und Selene warf einen Blick hinunter in den Schlund, in der sich der Rest ihrer Familie befand.

»Das war eine schwere Entscheidung«, sprach Chiron, der neben ihr stehen geblieben war und ebenso hinunter in die Schlucht blickte.

»Das war es«, stimmte Selene ihm leise zu.

»Aber es war die richtige.«

Dann wandte sie sich ab und ging mit Ares zu dem Versteck der Pferde. Chiron saß wieder hinter Ares, während Selene allein auf dem hellbraunen Ross saß und das Dunkelbraune an ihres angebunden hatte. Sie wendeten ihre Pferde gen Norden und ritten los.

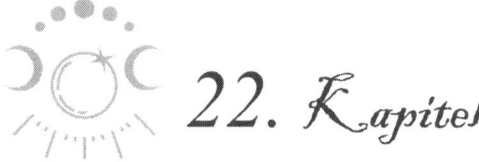

22. Kapitel

Sie brauchten fast eine Woche, um einen Weg zu finden, über die Bergkette zu gelangen, und das war auch nur dank Chirons Fähigkeiten möglich gewesen. Ohne Selene wären sie allerdings verhungert, da man auf den ersten Blick nichts Essbares finden konnte. Sie hingegen fand zahlreiche Pflanzen, deren Wurzeln man essen konnte und sie wusste, wo sich die Tiere in ihren Erdlöchern versteckten. Es hatte unaufhörlich geschneit und hörte erst auf, nachdem sie den letzten Berg erklommen hatten. Sie erreichten eine lang gezogene Hochebene und als Selene die Sternenbilder genau betrachtete, erkannte sie, dass sich an dessen Ende der See mit der Statue befinden würde. So galoppierten sie weiter gen Norden und erfroren nur dank Chirons Fähigkeiten und Selenes Heilkünsten nicht. Je länger sie ritten, desto vertrauter wurde ihr die Umgebung und unweigerlich bekam sie ein seltsames Gefühl im Bauch. Sie hatte sich schon gefragt, ob sie wieder an der Stelle rauskommen würde, an der ihr Dorf gestanden hatte. Sie erklommen gerade einen Hügel, als sie auf dessen Kuppe ihr Ross abrupt zügelte. Eiswasser schien in ihr Innerstes einzudringen und Selene schnappte beinahe gelähmt nach Luft. Die anderen beiden sahen es ebenso und Ares stoppte sein Pferd. Zwischen ihnen und dem nächsten Hügel befand sich eine lang gezogene, flache Senke, die vollends von einer dicken Schneedecke bedeckt war. Jedoch wölbte sich die Schneedecke hier und da, mal mehr und mal weniger.

Ares ritt als erstes hinunter und stieg dann von seinem Pferd ab. Er schritt zu einem seltsam geformten, großen Schneehaufen und wischte den Schnee beiseite. Darunter kamen die Überreste einer verkohlten Jurte zum Vorschein. Er hielt inne und sah zu Selene hoch, die langsam abstieg und zu ihm stolperte. Stumm sah sie auf die freigelegten Überreste und schließlich auf all jene, die noch verborgen waren. Tiefe Traurigkeit befiel sie und sie legte ihre Hand auf den gefrorenen, verkohlten Stoff. Dann ließ sie ihre Hand beinahe kraftlos sinken und sah auf die kleinen Wölbungen, die unregelmäßig über die Senke verteilt waren. Selene beschlich eine düstere Vorahnung. Langsam ging sie zu einer

der ihr am nächsten gelegenen Wölbung, kniete sich hin und wischte den schweren Schnee beiseite. Darunter kam der steif gefrorene Körper eines Jungen zum Vorschein. Selene schluchzte auf und ließ weinend ihren Kopf hängen. Sie hörte, wie die anderen beiden schnell zu ihr kamen, um dann neben ihr zu verstummen. Sie spürte eine warme Hand an ihrem Rücken, die ihn sanft tätschelte. Immer noch leise schluchzend wischte sie sich die Tränen von den Wangen und ließ ihren Blick über die Senke schweifen. Es gab so viele Tote, dass Selene erneut die Tränen über die Wangen liefen.

»Dürfen wir sie begraben?«, fragte plötzlich Chiron mit sanfter Stimme und als Selene aufsah, hatte er sich neben sie gekniet.

»Oder sollen wir sie anders bestatten?«

»Nein, begraben ist gut. Danke, Chiron«, hauchte sie und lächelte ihn traurig an.

Dann begannen die drei, alle Leichen, die sie finden konnten, zu sammeln und in ein breites Loch zu legen, dass Chiron für sie aufgeschlagen hatte. Bei manchen gestaltete sich das als schwierig, da mehrere Körper zu einem großen zusammen gefroren waren oder am Boden festklebten. Es waren so viele, dass es ihr bei dem Anblick ganz schlecht wurde. Obwohl einige von Tieren angefressen worden waren, erkannte sie dennoch alle von ihnen wieder. Nachdem sie jeden in das Grab gelegt hatten, wand Selene ihre Schritte ab und ging den letzten Hügel hinauf.

»Wohin gehst du?«, hörte sie Ares fragen.

»Wir haben welche vergessen«, antwortete sie nur tonlos und registrierte, wie die beiden ihr folgten.

Auf der Hügelkuppe angekommen sah sie das vertraute Bild des zugefrorenen Sees, dessen Ende sie kaum erkennen konnte. Sie wandte sich nach Osten und als der Wald zurückwich, erblickte sie die Statue. Sie stand, unverändert, zwischen dem See und dem Wald, auf offenem Gelände. Als würde der Wald es nicht wagen, näher zu kommen. Wie auch schon zuvor, lief ihr eine kalte Gänsehaut den Rücken hinunter.

»Wie ähnlich sie sich sehen«, murmelte Chiron und ging schnell näher, während Ares seinen Abstand wahrte.

Selene kümmerte die absonderliche Schönheit der Statue in diesem Moment nicht, sie stapfte einfach an ihr vorbei. Dennoch spürte sie ihre

toten Augen im Rücken und am liebsten wollte sie sich so schnell wie möglich von ihr entfernen. Sie lief zum Seeufer und umrundete eine Ansammlung von schneebedeckten Bäumen. Dann konnte sie keinen Schritt mehr weitergehen. Er war noch immer hier.

»Ist etwas?«, hörte sie Ares hinter ihr sprechen, doch Selene deutete nur auf die drei kleinen Erhebungen unter dem Schnee.

»Mein Bruder ist noch hier«, hörte sie sich tonlos antworten und lief dann wie in Trance weiter.

Ihre Augen waren auf den kleinen Hügel gerichtet, der von ihr am weitesten entfernt war. Dort angekommen ließ sie sich in den Schnee fallen und zögerte einen Moment. Dann strich sie den Schnee beiseite und legte das Gesicht ihres Bruders frei. Sie hatte seinen Tod so oft in ihrem Kopf gesehen und immer noch bereitete es ihr Seelenqualen, ihn wahrhaftig hier liegen zu sehen. Es gab keine Tränen, die das ausdrücken konnten, was sie fühlte. Jeder Splitter ihres Herzens bohrte sich in ihr Innerstes. Langsam befreite sie ihren Bruder von seinem natürlichen Leichentuch, nahm seinen Körper in ihre Arme und stand dann schwankend auf. Taumelnd hielt sie ihn an sich gedrückt und ging zurück zum Grab. Dort sank sie kraftlos zu Boden, schaffte es jedoch nicht, ihn hineinzulegen. Sie starrte auf sein kleines Gesicht herunter, das sich dank des Schnees nicht verändert hatte. Beinahe sah er so aus, als würde er schlafen, wären da nicht seine vereisten, toten Augen gewesen, die jede Illusion zerstörten.

»Ich weiß, ich bin spät dran«, raunte Selene leise mit zittriger Stimme und begann, unterbewusst leicht vor und zurück zu wippen.

»Ich habe allerdings auch eine ganze Menge gesehen und erlebt. So wie ich dich kenne, hättest du jeden Moment dort genossen.«

Und dann erzählte sie stockend von ihren Erlebnissen.

Nicht einen Augenblick ließ sie ihn los. Auch dann nicht, als Ares die anderen beiden Kinderkörper in das Grab legte und sich zu ihr gesellte. Chiron setzte sich irgendwann an ihre Seite und beide lauschten Selenes Erzählungen. Langsam neigte sich die Sonne dem Horizont zu und Selene hatte das Ende erreicht. Stumm saß sie nur noch da und wiegte ihren Bruder in ihren Armen. Ihr Blick glitt wieder über sein Gesicht und selbst wenn sie es nicht wollte, so musste sie ihn gehen lassen. Ein Wimmern entkam ihr, ehe sie sich aufrappelte und ihren Bruder zu den

anderen beiden Jungen legte. Sie kniete vor dem Grab und spürte erst da, dass sie die ganze Zeit geweint hatte.

»Mögen wir uns im Angesicht des Mondes wiedersehen«, hauchte Selene zum Abschied und ihre Hände krallten sich schmerzhaft in ihre Knie.

»Lass uns im nächsten Leben wieder Geschwister sein, mein kleiner Bruder.«

Dann hob sie ihren Kopf und unter innersten Qualen nickte sie zaghaft. Chiron hob daraufhin seine Hand und die zurückgeschlagene Erde senkte sich wie eine riesige, schneebedeckte Decke über all die Menschen. Sie spürte, wie Ares ihren Rücken sachte streichelte und seinen Arm um sie legte. Eine Zeit saßen sie so da, bis er sie sanft, aber bestimmt in die Höhe zog und die vereisten Tränen von ihren Wangen wischte. Eine Bewegung am Waldesrand ließ die Drei aufblicken. Vier schwarz gerüstete Reiter ritten langsam aus dem Wald hervor und blieben dann zögernd am Waldrand stehen. Ares zog sie an seine breite Brust und Selenes Hände ballten sich zu Fäusten, während sie versuchte, ihre unbändige Wut zu zügeln. Sie vergrub ihre Stirn an seiner Brust und konnte dennoch unter dem Rand ihrer Kapuze sehen, wie die Vier näherkamen.

»Seid gegrüßt, Fremde!«, rief einer von ihnen und ritt noch näher heran, während die anderen Drei etwas Abstand hielten.

»Wir suchen eine Mondfrau. Habt Ihr sie vielleicht gesehen?«

»Nein, haben wir nicht«, antwortete Ares und sie konnte spüren, wie sich sein Körper anspannte. Bereit zuzuschlagen.

Selene konnte die Hufe des Pferdes und den Atem des Mannes sehen. Ihre Hand wanderte zu ihrem unteren Rücken.

»Und? Wer ist das bei Euch?«

»Meine Frau«, antwortete Ares, ohne zu zögern.

»Dürfen wir sie sehen?«

»Ich glaube, das ist keine gute Idee. Sie mag keine Fremden.«

»So?«

Selene hörte ein leises, schneidendes Geräusch und spürte, wie Ares Puls nach oben schoss. Dann sah sie, wie die Klinge eines Schwertes am Rande ihrer Kapuze auftauchte. Ohne zu zögern, zog sie ihren Dolch. In derselben Bewegung stieß sie sich von Ares ab, wirbelte herum und be-

kam den Arm des überrumpelten Manns zu fassen. Ruckartig zog sie ihn zu sich herunter und versenkte die Klinge in seinem entblößten Hals. Im selben Moment hatte Ares reagiert. Er war an ihr vorbeigesprungen, hatte den nächstbesten Reiter in den Schwitzkasten genommen und dabei den dritten mit seinem geworfenen Schwert aufgespießt. Selene sah auf und im nächsten Moment brach Ares das Genick des Reiters mit einer kräftigen Bewegung.

»Soll ich ihn aufhalten?«, ertönte plötzlich Chirons Stimme und als sie zu ihm blickte, schwebten drei spitze Eiszapfen über seiner ausgestreckten Hand.

Sie folgte seinem Blick, der auf den letzten Reiter geheftet war, der im gestreckten Galopp durch den Wald raste. »Nein, es ist besser, wenn er entkommt«, meinte Selene und Chiron ließ die Eiszapfen in den Schnee fallen. »Sollen sie nur all ihre Suche im Norden konzentrieren. Dann werden sie den Süden in Ruhe lassen.«

»Verstehe, dann soll ich auch die Drei nicht begraben.«

Selene sah auf zu den toten Reitern, die teils noch auf ihren Pferden hingen. »Nein, begrabe sie nicht.«

Ares ließ die Leichen achtlos zu Boden plumpsen und ließ die Pferde ihren Weg suchen, während er sein Schwert wieder holte.

»Sie werden bald kommen«, raunte er und betrachtete die verdrehten Leichen der Menschen im blutbesudelten Schnee.

»Bis dahin werden wir nicht mehr hier sein.«

Bei den Worten ging sie zu den Pferden und holte ihre Rucksäcke von deren Rücken. Danach sattelte sie die Pferde ab und ließ sie frei. Nach einigem Suchen beförderte sie den Pelzanzug zutage, den sie von Chiron erhalten hatte.

»Ich hoffe, er passt dir«, meinte sie und hielt den Anzug Ares entgegen, der ihn nur argwöhnisch betrachtete.

»Was ist mit dir?«

»Ich habe Chiron und so schnell sterbe ich nicht.«

Ares sah sie ernst an und schüttelte seinen Kopf.

»Ich habe das schon einmal überlebt«, meinte sie und drückte ihm den Anzug in die Hand. »Ich weiß, was mich erwartet. Ich war bereits auf der anderen Seite.«

Noch immer sah sie den deutlichen Widerwillen in seinem Gesicht und Selene trat etwas näher heran. »Keine Widerrede«, sagte sie mit einem bestimmten Tonfall und drückte ihm den Anzug in die Hand.

Dann klärten sich seine Augen und sein Gesicht wurde auf einmal weicher. »Du wirst also wirklich mit mir kommen«, raunte er, beinahe erstaunt und ein breites Lächeln legte sich auf seine Lippen.

Ohne Vorwarnung beugte er sich herunter und küsste sie zärtlich.

Selenes Herz wurde ganz leicht und angenehme Wärme wallte durch ihren Körper. Dann übersäte er ihr Gesicht mit kleinen, sanften Küssen, die ihr Herz höher schlagen ließen, und sah ihr tief in die Augen.

»Du ahnst nicht, wie sehr mich das schmerzt und zur selben Zeit zum glücklichsten Menschen auf der Welt macht.«

Selene erwiderte Ares breites Lächeln und legte ihre Stirn an die seine.

»Ich verstehe, was du meinst, es geht mir auch so.«

Kurz blieben sie so stehen, genossen die Nähe zueinander, ehe er zurücktrat und Selene ihm dabei half, den Anzug anzulegen. Er war ihm zu klein, würde aber reichen. Chiron hatte seinen bereits angelegt und wartete geduldig auf die anderen beiden. Die Masken hatten beide noch nicht aufgezogen und Selene musste bei dem Anblick der zottligen Männer beinahe lachen, wenn die Umgebung eine andere gewesen wäre. Schließlich wandte sie sich dem Grab zu, starrte auf die Stelle, an der ihr Bruder lag und berührte den Schnee darüber ein letztes Mal.

»Lebe wohl«, hauchte sie, stand dann auf und ergriff die dargebotene Hand von Ares.

Die Drei gingen langsam zu der Statue und hielten vor ihr inne. Ihre Augen wanderten über das unnatürlich schöne, markante Gesicht des Wesens und erneut spürte sie, wie die toten, leeren Augen der Statue direkt in ihre Seele sahen. Selenes Blick glitt von dem Gesicht über die betenden Hände, die in der Luft schwebten und zum Tor, das sich in der Innenseite des Mantels befand. Die schwarze Leere hinter dem breiten Spitzbogen erschien wie ein endloser Abgrund und Selene drückte Ares' Hand etwas fester.

»Wir sollten«, meinte sie und die beiden nickten langsam.

Sie setzten ihre Masken auf und Selene konnte sich ein Schmunzeln nicht verkneifen, als sie die runden Eisscheiben sah. Es kam ihr beinahe seltsam vor, dass sie jemals denken konnte, dass jemand anderes als ein Mensch sich dahinter verbergen würde. Dann ergriff sie ihre beiden Hände und zu dritt standen sie vor der Statue. Sie hörte, wie Wölfe im Wald schaurig heulten, doch sie fürchtete sich nicht. Beinahe gleichzeitig schritten sie auf die Statue zu und Selene griff nervös die Hände der beiden fester. Als hätte sie Angst, sie zu verlieren, obwohl das nicht passieren würde. Sie traten ein und wurden sogleich von einer seltsamen Stille eingehüllt, die der Mantel der Statue zu verströmen schien. Erneut sahen sie hoch zu dem Spitzbogen und der Leere dahinter. Selene atmete tief ein und versuchte, ihr wild pochendes Herz zu beruhigen. Abermals gingen sie nach vorne und stoppten nicht, bevor ihnen der Boden unter den Füßen weggezogen wurde und sie in die Schwärze fielen.

Epilog

Salziger Wind fuhr ihr in die Haare und Selene sah der Sonne zu, wie sie sich immer mehr vom Horizont löste. Ein Lächeln umspielte ihre Lippen, als sie die Schönheit der Sonnenstrahlen und das Spiel des Wassers betrachtete. Es wurde nur noch breiter, als Ares sie von hinten umarmte und sein Kinn an die Seite ihres Gesichts schmiegte. Selene lehnte sich an ihn und genoss seinen kratzigen Bart auf ihrer Haut. Eine Weile standen sie so da, bis Ares sie langsam losließ und sich dann an der Reling abstütze.

»Ich kann es fast noch immer nicht glauben, dass du hier bei mir bist«, raunte er und brachte sie zum Lachen.

»Und ich kann nicht glauben, dass Chiron euch angeheuert hat, die andere Seite zu kartographieren.«

Jetzt war es an Ares zu lachen.

»Nun, da der Schatten nicht mehr ist, kann die andere Seite ohne Bedenken besucht werden. Dass die Grauen daran ein Interesse haben, die weißen Flecken auf den Landkarten zu füllen, kann ich nur allzu gut verstehen.«

»Ich weiß. Gold hat für sie kein Wert. Dennoch finde ich es irgendwie lustig«, meinte sie und drehte sich zu ihm um.

Er erwiderte ihren Blick liebevoll und Selene gab ihm einen kurzen, schnellen Kuss. Beide mussten glücklich lächeln und sie schmiegte sich in seine starken Arme.

»Auf eure Posten!«, ertönte Glaukos' laute Stimme und die beiden zuckten zusammen.

Sie gaben sich noch schnell einen Kuss, ehe Ares an die Leinen eilte, während Selene zu Glaukos aufs Achterdeck hinauflief. Sie konnte sehen, wie der Rest der Besatzung ebenso an ihre Positionen ging und Chiron, elegant wie immer, sich zu ihr gesellte.

»Lebensleinen anlegen!«, ertönte das nächste Kommando und jeder schlüpfte sofort in die bereitgelegten Westen.

Selene sicherte sich an den Streben des Geländers und Chiron tat es ihr gleich. Sie ließ ihre Beine durch die Lücken baumeln und Chiron setzte sich elegant zu ihr. Nervös klammerte sich Selene an die Streben und sah zu Chiron, der sie zu mustern schien. Fragend hob sie eine Augenbraue und Chirons Gesichtszüge wurden etwas weicher.

»Was?«, fragte sie ihn direkt und Selene war erstaunt, als er zurück grinste.

»Nun, Ihr hattet die Wahl zu bleiben oder mit uns zu kommen und ich muss gestehen, dass mich Eure Entscheidung erfreut hat.«

Das aus Chirons Mund zu hören, ließ Selene breit lächeln und ihr Herz erwärmen.

»Obwohl Graue und Mondfrauen nicht in ein und derselben Welt existieren sollten?« Dabei lachte er auf. »Bei Euch mache ich eine Ausnahme.«

Selenes Lächeln wurde breiter und sie griff nach seiner dreifingrigen Hand und drückte diese für einen Moment. Schließlich sah sie nach vorne und konnte in der Ferne den Fall sehen. Das Ende des Kontinents.

Selene musste aufgeregt kichern und mit einem Lächeln wanderten ihre Augen über jedes einzelne Mannschaftsmitglied, bis sie bei Ares hängen blieb. Sie hatte es nicht einen einzigen Moment bereut, ihm gefolgt zu sein.

Dann kam der Fall. Das Schiff kippte nach vorne und Selene schrie aus ganzer Kehle. Angst hatte sie jedoch keine. Ein bekannter Ruck fuhr durch ihren Körper. Das Segel breitete sich über ihr aus und brachte sie weiter in eine Zukunft voller Abenteuer, mit neuen Familienmitgliedern und erfüllender Liebe.

Noch nie in ihrem Leben war sie so glücklich gewesen.

Danke

Um ehrlich zu sein, fällt es mir schwer, eine Danksagung zu verfassen. Die Seiten würden vermutlich nicht ausreichen, um mich bei allen gebührend zu bedanken. Wie ginge das auch? Es gibt so viele Menschen in meinem Leben, die an meiner Seite sind. Die mich unterstützen und mich auffangen, wenn ich zu fallen drohe. Vorab meine Familie, die mich zu der formte, die ich heute bin. Meine Schwester, die mich das Träumen lehrte und meine Mutter, die meine Liebe zur Fantasy und Science-Fiction erweckt hat. Mein Vater, der mir beibrachte, auf eigenen Beinen zu stehen, und mein Mann, der mir den Rücken stärkt. Dann wären da noch meine Freunde, die Seite an Seite mit mir mein Leben durchschreiten. Insbesondere Luca, welche die Erste war, die meine Zeilen las und mir den Mut gab, den Weg als Autorin einzuschlagen. Dann natürlich noch der Lauinger Verlag, mit all den wunderbaren Menschen, die mir eine Chance geben, dieses Buch zu veröffentlichen.

Ich danke euch allen aus tiefstem Herzen.

Andrea Schneider

Edgar E. Nimrod

Der Geheimnisvolle Bannfluch
Die Eichenwaldsaga Buch I
Fantasyroman

256 Seiten, Broschiert
13,90 € (D)

ISBN: 978-3-7650-9115-5
E-Book: 978-3-7650-2111-4

„Er wusste, das Überschreiten der Bannfluchgrenze stellte einen Wendepunkt in der Geschichte der Eichnoks dar. Ein einmaliger, ungeheuerlicher Vorgang, dessen Folgen keiner abzuschätzen vermochte."

Arun und Gnork haben sich eine Menge Feinde bei ihrem Völkchen, den koboldartigen Eichnoks gemacht. Erst die Kräuterweise des Dorfes, bei der sie für ihren Unfug ihre bislang härteste Strafe absitzen, scheint die Jugendlichen in den Griff zu bekommen. Doch dann führt eine gemeine Intrige zu ihrer Verbannung auf Zeit. Die schlaue Kräuterweise nutzt diese Gelegenheit, denn seit einer Weile wird sie von seltsamen Träumen heimgesucht. Haben diese mit dem mysteriösen Bannfluch zu tun, der die Eichnoks von großen Teilen des Waldes fernhält?

Entschlossen dieses Rätsel zu lösen, ziehen die drei los. Damit beginnt ein Abenteuer, dass das beschauliche Leben der Eichnoks für immer verändert.

Der erste Band der spannenden Eichenwaldsaga.

Das Ende des Bannfluchs
Die Eichenwaldsaga Buch 2
Fantasyroman

232 Seiten, Broschiert
14,00 € (D)

ISBN: 978-3-7650-9118-6
E-Book: 978-3-7650-2136-7

„Du kannst dir nie sicher sein, wer des Nachts deine Träume knüpft ..."

Endlich sind die drei Eichnoks bei der dunklen Ruine angekommen und lüften das Geheimnis um den Bannfluch und damit eine lange vergessene Wahrheit über ihr Völkchen. Eine Wahrheit, die ihnen das Blut in den Adern gefrieren lässt und besonders für Arun gravierende Veränderungen mit sich bringt. Nun heißt es, Entscheidungen zu treffen. Obendrein erreichen sie schlimme Nachrichten aus dem Dorf, wo Großbürger Rogat dunkle Machenschaften treibt und damit die Gemeinschaft der Eichnoks in höchste Gefahr bringt. Und eine andere lauert auch schon ...

LAUINGER VERLAG